藏地三部曲之

百年靈域

TIBETAN JESUS・(又名：藏巴拉)

范穩◎著

藏巴拉 目錄

目錄

藏巴拉

目錄

目錄

自序

范穩

一部小說有不同的版本、被不同地區的人們閱讀，是作家的榮幸，也是對他勞動的獎賞。作家的作品在講述獨特的人生命運和社會歷史時，也把某種奇異的文化傳播給閱讀者，或者說，把一個遙遠的、全新的世界展現在讀者眼前。這個世界或許有一天你將遇到，或許它永遠只存在於書中，但這並不重要。重要的是：讀者在閱讀中領略到了生命的價值，文化的燦爛，信仰的尊嚴，歷史的滄桑，人性的高貴等等精神層面的東西。而這正是生活在地球上不同地域、不同社會制度下的人們都需要認知並希望擁有的精神財富。

本書的故事發生在滇、川、藏接合部，青藏高原的東南緣，藏民族是這片神奇土地上的主體民族，此外，這裏還生活著納西、傈僳、回、漢、怒族、普米等多種少數民族。不同民族擁有的多元文化使這裏的社會形態色彩紛呈，光怪陸離。更加之上個世紀初法國外方傳教會的傳教士也進入到這一地區傳播耶穌的福音，一種帶有西方色彩的宗教和強大的藏傳佛教以及信奉萬物有靈的納西東巴教，在一片狹窄的土地上猝然相逢，他們爲各自的信仰而戰，都是自己所持守的信仰堅定的衛士。

從一開初的相互砥礪衝撞，到最後的互相尊重隱忍，和睦共存。民族的智慧在歷史的長河中閃耀出絢爛的浪花，虔誠的信仰在艱難的環境下碰撞出人性的光芒。即便到了二十一世紀，我們仍可以在雪山峽谷的深處，看到寺廟與教堂並存，聖歌與經文在同一個村莊吟唱。我深信在民族與文化的交匯地帶，一定會產生許多動人的故事，我也相信文化的交流、民族的融合，是我們當今這個世界的大趨勢。當年人們可以爲信仰而戰，爲民族的生存而戰，這是那個時代的悲劇，是歷史發展進程中人們不得不付出的代價。一個作家的責任，大概就在於揭示隱藏在這個悲劇和代價背後的人生命運，展現人性的尊嚴和信仰的高貴。二十世紀一百年的歷史對於中國人來說，已經足夠沉重和紛繁，而對中國邊地的少數民族，則更有普遍意義之外的某些特殊性。他們的苦難與歡樂，他們的文明與信仰，不會比我們少，只會比我們更多。

小說是虛構的藝術，但必須是建立在某種生活基礎上的虛構。西藏這片到處生長著各式神靈的大地，爲小說家提供了豐厚的藝術土壤和廣闊的想像空間。那裏發生的一切都是超現實的，在我們的想像力以外的。對於作家來說，這是一個絕佳的藝術平臺，他可以在這裏拓展自己的藝術手段，開闊自己的視野，施展書寫民族心靈史的宏偉抱負。

當然，要詮釋一個民族的秘史有許多的困難，尤其是跨文化、跨民族的寫作，由於文化背景、民族差異、生活習慣等方面的原因，一個漢族寫作者在寫藏民族時，總是會受到諸多限制。但這也許又是一個優勢，跨文化寫作更具有比較的眼光，更具備審美的距離，更理性和客觀。漢文化和藏文化交流了已經上千年，對這兩種偉大文化的審視與評判，完全可以幫助作家構建自己的小說世界。

要感謝臺灣風雲時代出版公司給予我這次機會，使我的作品能越過那條雖然不深、但是卻似乎難以逾越的海峽，讓臺灣及世界各地的中文讀者能讀到我的這部書。原書在中國大陸出版時，因爲種種原因，有一些刪節，現在承蒙風雲時代出版公司的陳曉林先生的愛意，將刪節之處一一補充並再次修訂。任何藝術作品在完成之後都有遺憾，一部書的再版，也許可以將作家藝術家的遺憾減少到最低。此書倘能得到臺灣讀者的喜愛，則是我莫大的榮幸。

「藏巴拉」在藏語裏是指財富之意，也可理解爲我們通常所說的財神。這是它的物質層面，而在精神領域，「藏巴拉」代表著一種吉祥、安寧、富足的生活。我們知道，藏民族由於歷史現實、地理環境、海拔高度等方面的原因，物質財富並不豐沛。在這片莊嚴的土地上，常常是精神大於物質，信仰高於生存。一個平凡普通的藏族人也許正過著艱難的生活，但他的精神財富卻往往多於那些沒有信仰的人。

正是堅韌的信仰，使這個民族屹立在世界屋脊，用寧靜而高貴的心態，應對險惡的自然環境；也正是他們虔誠的信仰，爲人類文明的發展書寫了一篇篇壯麗的精神之歌，留下了一筆筆寶貴的精神遺產。也許，心靈深處的「藏巴拉」才是最價值無比的財富。

誰如果只知道一種宗教，他對宗教就一無所知。——馬克斯・繆勒

第一章　世紀初

叩開西藏的大門

沙利士神父彌留之際，他沒有看到天國的光芒，但他一定看到了很久很久以前的某一天，當他第一次站在西藏東部的大門前時，層層蠻荒的山巒在天地間鋪展開去，像無垠的大海中凝固了的波浪，山巒之上是白得發亮的雲團，雲團飄浮在藍得純淨如天國的天空中，還有一座金字塔似的雪山聳入雲天。

它是如此地秀美純潔，像一個冰清玉潔的無言美人，深深地吸引著每個第一次看見它的人。在二十世紀之初，法國外方傳教會的沙利士神父沒有想到自己將會終生爲西藏東南部這片隱秘閉塞的土地魂牽夢繞，也沒有想到一個人的孤獨，實際上和一片土地的孤獨有著不可更改的必然聯繫。

那時，他還只是一個剛出道的年輕神父，跟隨已在西藏的邊緣地區傳教多年的杜朗迪神父，正從事一件對教會來講意義非凡的壯舉——叩開西藏的大門。

「杜神父，我看見西藏的雪山了。」沙利士神父指著遠方天際之下那座金字塔形的雪山興奮地說。

那些爲他們牽馬的藏族人則丟下韁繩，衝著遠方的雪山磕起了長頭，眼睛噙著淚水，嘴裏喃喃道：「卡瓦格博，卡瓦格博！」

「這是什麼意思呢？」杜朗迪神父問他的嚮導。

「卡瓦格博，白色的雪山，藏族人的神山！」嚮導不是在回答神父的問題，而是在向雪山禮贊，彷彿要把他的虔誠傳達到遠方的雪山上。

沙利士神父望著遠方彷彿是飄浮在雲層之上的雪山，不解地問：「神山，它有多神？」

藏族嚮導虔誠地說：「沒有朝拜過卡瓦格博神山的喇嘛，他的法力就會減少一半；沒有轉過卡瓦格博神山的藏族人，死後他的屍體都沒有人幫忙抬，因爲他不乾淨。」

「你瞧，沙神父，」杜朗迪神父嘲笑道：「多麼愚蠢的異教徒。我們的職責，在看見這座壯觀的雪山時就非常明確了，那就是：把聖十字架插在他們的神山上。」

那個爲他們牽馬的藏族嚮導抬起頭來說：「老爺，你們上不去的。」

「是嗎？」杜朗迪神父此時心情良好，用對一個孩子說話的口吻說：「你等著瞧吧，孩子。沒有上帝到不了的地方。」

那時他們剛旅行到滇藏交界處的一條綿長深邃的隱秘峽谷裏，他們已經沿著瀾滄江一側的馬幫驛道走了七天了。那條大峽谷彷彿不是由瀾滄江千百萬年的流淌沖刷而成，而是它一夜之間的傑作，兩岸的懸崖和陡坡就像用刀劈出來的一樣。

源自西藏高原的瀾滄江，是一條從雲層之上傾倒下來的天河，巨大的落差使江水不是向前流淌的，而是跳躍著往天上躥。河岸兩側巨石亂布，波浪撞在上面嘶喊哀鳴、粉身碎骨，終日在他們的身邊發出憤怒的吼聲，像一場接一場的慘烈戰爭；這些巨石和瘋狂的巨浪，使神父們不能不想起《聖經》上洪水滔天時期的蠻荒世界，但即便是諾亞的方舟，在如此兇猛的江水中也絕無生存的機會。自進入到陡峭陰森的峽谷裏以來，他們一個人也沒有碰見，要不是有一隻三十人的馬幫隊伍為兩個傳教士提供後勤支援，不要說上帝的使徒，就是上帝本人，也早被餓得奄奄一息了。

杜朗迪神父是一個在中國偏遠地區傳播上帝福音的老手，經驗豐富，意志堅定，同時又很自負虛榮。三年前，他被法國外方傳教會派到了打箭爐（今四川康定）教區，那時教會的願望是先在藏東至藏東南的地區建立傳教點，依托四川、雲南前往西藏的馬幫驛道，步步為營地向西藏的中心拉薩挺進。

傳教會在打箭爐設立了宗座監牧區，在莫維爾主教的統領下，神父們在滇、川藏區遍設傳教點。組織到西藏的傳教探險隊與杜朗迪神父堅定的意志有關，又和他渴望揚名歐洲的虛榮心相連。因為他認為：如此令人驚嘆的大自然如果不是上帝所造，如此純樸虔誠的人民如果不是上帝的選民，那就真是神父們的過錯了，他早就決心成就一件讓上帝也為他感到光榮的大事業，而今天是成就這項大事業的第一步。

他坐在馬背上，用望遠鏡仔細地觀察了遠方的雪山，也禁不住感嘆道：「主啊，它大約有兩萬英尺高①。真是全能的上帝締造出來的一座美麗非凡的大雪山啊，阿爾卑斯山和它相比，不過是一座小山頭罷了。」

「可它是西藏的雪山。」沙利士神父說。

「馬上它就屬於上帝了。」杜朗迪神父自信地說，「頂多三天，我們就會到達它的面前，讓上帝的光芒照耀著它。」

兩個傳教士看著那座遠方的藍天下銀光閃耀的雪山，也禁不住眼眶濕潤起來。嚮導說，只要到了那座雪山下，就算到了西藏了。而從地圖上推測，那座雄偉壯麗的雪山，和緬甸和印度的東北部地區挨得很近，甚至比去聖城拉薩都近。騎在馬背上的神父們相信，只要叩開了西藏的大門，就沒有他們去不了的地方。教會的傳教歷史將因爲他們的探險壯舉而寫下新的篇章。

傍晚的時候，神父們和他們的商隊露宿在瀾滄江峽谷裏一個只有三戶人家的小村子裏。村子前方的馬幫驛道上有一塊殘破的石碑，上面刻寫著「大清國雲南府」，這意味著他們確實已經站在西藏的大門口了。可是這扇大門依然緊閉且充滿敵視。

吃晚飯時，一隊康巴人的馬隊衝到了神父們面前，一個看上去很有教養的藏族漢子跳下馬來，對杜朗迪神父說：「峽谷裏的風前幾天就帶來了魔鬼的氣味，我家的土司老爺不允許長得和魔鬼一樣的人進瀾滄江峽谷。你們回去吧。」

杜朗迪神父的嚮導低聲對他說，這人就是雪山下野貢土司手下的扎巴多吉頭人，他扼守著瀾滄江邊懸崖上的一條棧道。除了天上的鳥兒不需要它，任何人和牲畜要到西藏都得從那上面經過。按土司定下的規矩，每一個從棧道上通過的商旅都得交兩塊雲南半開銀元。

杜朗迪神父笑容滿面地捧了一條哈達走上前去，「尊敬的朋友，我們不是魔鬼，是法蘭西國的商人，我們將給你們帶來財富和希望。至於通過棧道的過路費，我們將如數付給你，甚至可以比任何一個商人都付得多。」

「看看你手臂上的毛吧，只有魔鬼才會這樣渾身長毛。」扎巴多吉推開了杜朗迪神父的哈達，鄙夷地說，「還有你們的眼睛，頭髮，鼻子，哈哈，原來喇嘛們經書上的魔鬼就是你們這個樣子。請睜大眼睛看看你的腳下，這可是一條藏族人去拉薩朝聖的道路。有哪個藏族人會願意踩著魔鬼的腳印去拉薩朝聖呢？」

扎巴多吉撥轉馬頭走了，彷彿害怕沾上一身的晦氣。杜朗迪神父在中國各地傳教十多年了，還沒有見到如此驕傲的中國人。他深信在西藏傳教既需要耐心，又少不了計謀。剛才他沒有表明自己的真實身分，是他和沙利士神父早就謀劃好了的，他們將以商人，而不是上帝的使徒的身分進入西藏。因為，他們面對的是一個世界上宗教勢力最強大、最完整的民族。他們就像要到岩石上去播種的農夫，既堅韌又固執，既聰明又義無反顧。

在接下來的日子裏，傳教士們和扎巴多吉展開了拉鋸式的談判。一方對自己要去西藏的目的閃爍其詞，遮遮擋擋，一方卻認定是在和魔鬼談事關自己的土地和子民的信仰、生存的大事。艱苦的談判幾乎進行到雨季來臨，杜朗迪神父知道，如果等到泥石流下來時，他們今年就再也沒有進藏的機會了。而西藏就在他的眼前，只要通過這條不足三百米長、依托在瀾滄江懸崖邊的棧道，他就可以實現羅馬教會幾百年來最偉大的夢想。

在一個大雨即將來臨的上午，杜朗迪神父帶著幾個僕人闖到了扎巴多吉頭人的屋子前，他大聲喊道：「尊敬的扎巴多吉先生，這是你最後的機會。請出來面談一次吧。」

頭人在兩個康巴騎手的護衛下來到杜朗迪神父的面前。「別費心思啦，這條棧道屬於我們藏族人。而你這個自稱是來自地球另一端的人，既不是去拉薩朝聖，要做的生意也不是我們藏族人需要的茶葉、布匹、絲綢。誰知道你會不會把魔鬼的災難帶給藏族人呢？所以無論你出多少的買路錢，我都不會放你過去。」扎巴多吉頭人說。

「那好，既然你說這條棧道是你的，我就買下它。」杜朗迪神父語氣堅定地說。

「你的口氣比犛牛的肚皮還大了。你有那麼多的銀元嗎？」頭人笑著問。

「你開個價吧。」

扎巴多吉沒有想到西洋人會當真，他隨口說，「喏，那裏有一個接雨水的石缸，一場連下三天三夜的大雨，才能將它填滿。你的銀元再多，能把它填滿嗎？」

杜朗迪神父只看了看那個房子外面的石缸，說聲「你等著」就走了。中午的時候，他和手下的人牽來了三匹騾子，每匹騾子上都馱有兩大筐雲南半開銀元。杜朗迪神父令人將銀元嘩啦啦地倒進石缸裏，那連續不斷的清脆悅耳的聲音，連天上的神鷹都聽呆了，以至於忘了搧動翅膀，垂直地向瀾滄江裏栽了下去。在人們驚訝的目光中，石缸被銀元頃刻間填滿了。對扎巴多吉頭人來說，滿滿一缸的銀元，當然遠比大旱之年的一場甘霖重要得多。

「媽的，這條棧道是你的了。」他肥厚的手掌一擊，宣布了鐵幕下的西藏對外國傳教士的開放。

假如扎巴多吉頭人能確切知道杜朗迪神父要去西藏幹什麼，他大概不會被一石缸的銀元所打動。因爲後來發生在這片土地上的災難證明，爲了這個目的，羅馬教會已經作了四百來年的努力，而與杜朗迪神父用三年時間打通走進西藏的道路比起來，一石缸銀元實在是一筆很划算的交易。

因此，當杜朗迪神父和沙利士神父以及他們的商隊穿過了那條花重金買下的棧道，翻過一座山口，看到西藏湛藍如洗的天空，白得發亮的雲層，切割縱深的大峽谷，還有那座就像仙境中的大雪山時，杜朗迪神父感到自己正在拉動西藏封閉了幾千年的鐵幕的繩索。不知是悲壯還是狂喜，他的眼淚潸然而下：

「現在是掀開鐵幕的時候了。」

學習

三天以後，神父們在一個天上冰雹飛舞、地上大風肆虐的黃昏，叩響了他們進入西藏以來所遇到的第一座寺廟噶丹寺的大門。

那座矗立在瀾滄江峽谷西岸一個山頭上的寺廟，已有六百多年的歷史，就像一座坐落在山坡上的村莊，鱗次櫛比的僧舍依山而建，簇擁著山坡中央地帶巨大的措欽大殿。

大殿裏威嚴的佛像洞悉著大地上即將要發生的一切。彷彿神造天設，峽谷裏未來五十多年的宗教敵人，在這個天上的神靈發怒的日子走到了一起。

站在西藏大門外的那個人說：「尊敬的僧人，我們是來自遙遠的法蘭西國的商人，請給我們提供一塊能避風雨的地方吧。」

而寺廟內的僧人伸出了謙遜友善的雙手：「哦呀，遠方的客人，請進來吧。寺廟裏從不缺少慈悲和關愛。」

就這樣，兩個神父順利地住進了他們渴望已久的寺廟，住進了西藏的心臟。因爲他們知道，要用一種宗教取代歷史悠久的藏傳佛教，首先要學習藏語和藏民族的文化與歷史，只有向那些學問高深的喇嘛們學習，他們才能最終戰勝被天主教徒視爲異端的藏傳佛教。

第二天，神父們遣散了爲他們牽馬的馬夫，把帶進來的東西堆放在一間大屋子裏，然後，他們拜訪了寺廟的住持——活佛五世讓迥活佛和八大老僧。

讓迥活佛是個慈祥溫和的中年人，他的氣度立即就征服了兩位神父的心。歷輩讓迥活佛從來都是寺廟裏學問最深、德行最高遠的大德高僧，這個傳承體系幾百年來已經到了出神入化的地步，每一輩活佛都給寺廟、給峽谷地區帶來過廣闊無邊的福祉。儘管噶丹寺的活佛同時有好幾位，但讓迥活佛這個轉世體系一直是寺廟裏的大活佛。

杜朗迪神父獻給活佛一座自鳴鐘，兩塊西洋翡翠，一幅耶穌的畫像。

自鳴鐘讓活佛嘆爲觀止，他說：「洋人今天能用兩根棍子（指時針和分針）來確定時辰，明天他們就會用馬來拉動太陽和月亮了。」

「你們的時間走得太緩慢了，或許根本就沒有流逝過。」杜朗迪神父用一個文明人自負的口吻說：「世界已經進入機器時代啦，而你們彷彿還生活在中世紀。知道什麼叫機器嗎？它重新規劃了人們的生活。自從世界上有了各式各樣的機器後，人們連走路都要小跑。」

讓迥活佛沒有過多追問機器爲什麼要驅趕人們一路小跑，他撚著手裏的佛珠，緩緩說：「洋人的想法讓神靈也感到不可思議，既然每個人的終點都是死亡，我不明白他們跑那麼快幹什麼。」

讓寺廟裏的喇嘛們大開眼界的，是神父們帶來的那些來自西洋和漢地的商品，可他們的要價讓所有的喇嘛都瞠目結舌，而要命的是，喇嘛們對這些從沒見過的東西又好奇喜愛得不能自持。

在日復一日的討價還價中，神父們已對寺廟的一切瞭如指掌了。

當讓迴活佛第一次用神父們帶來的望遠鏡看到了峽谷對面山上的岩羊，並且連岩羊的鬍鬚都看得清清楚楚時，他驚嘆道：「這個東西真是奇妙無比，它縮短了時間和空間，我彷彿伸手就可以把岩羊捉到。它是長了胳膊的眼睛。」

杜朗迪神父不無誇張地說：「它實際上豐富了人的生命。如果我們能輕易看清遠處的事物，並感覺到可以把它放入我們的口袋，我們就贏得了生命的意義。」

讓迴活佛便提出用寺廟裏的珍寶換望遠鏡，但是杜朗迪神父說，他並不對西藏人的珍寶感興趣。到後來，除了鎮寺之寶外，讓迴活佛擺出了寺廟裏珍藏了數百年的所有寶貝，它們擺滿了措欽大殿外喇嘛們跳神的廣場，而杜朗迪神父對此看也不願多看一眼。

一方越是死守自己能控制時間和空間的寶貝不放，另一方就越是想得到它。讓迴活佛甚至認爲，如果爲這「長胳膊的眼睛」念經、賦予它無窮的法力的話，說不定可以用它看見印度的佛陀和高僧哩。在他的多次懇求和堅持下，杜朗迪神父最後說：

「如果你同意的話，我情願用它來換你們西藏人的舌頭。」

在漢藏接壤地區，人們形容會說不同民族語言的人，爲長有不同舌頭的人，一個人如果能有幾個舌頭的話，就意味著他在這個多民族雜居的地方到處都會有朋友。讓迴活佛從來沒有遇到過這樣的交換，但是他認爲杜朗迪神父是個有遠見的商人，他已經會說漢話了，現在他又要學藏語，這說明他不想在藏區餓死。出於慈悲和憐憫，讓迴活佛同意了這個交換條件。

從那以後，杜朗迪神父和沙利士神父在寺廟裏和喇嘛們同吃同住，享受著貴賓的待遇，跟隨讓迴活佛和學問高深的格西喇嘛學習藏語和藏傳佛教的基礎知識。他們既有學者的堅韌，又具備了探險家的野心，更隱藏著傳教士的狂熱。他們被喇嘛們視爲好學謙虛的西洋學者，神父們學習了偉大而歷史悠久的藏傳佛教的緣起、流派、教義、經典，以及護佑著西藏人平安的各路護法神靈，甚至連魔鬼的名字，讓迴活佛都告訴了他們，以讓他們在藏區旅行時有所防備。

杜朗迪神父私下裏也不得不承認，這些喇嘛都是一些正直的、頗有學識涵養的僧侶。但是每當夜深人靜的時候，他卻在自己的臥室裏向上帝發誓：他要在這片土地上，用耶穌基督的教義替代藏傳佛教的教義。他將用畢生的生命來向藏族人指出藏傳佛教的荒謬與錯誤，他甚至夢見，有一天傳教士們把西藏的所有寺廟都改宗成了天主教的教堂，那可是一些全世界最爲華麗壯觀的寺廟啊。

儘管他在白天的學習中是那樣地謙遜和謹慎。他不無得意地向遠在打箭爐的莫維爾主教寫信彙報說：

「這些純樸的喇嘛們絕對沒有想到，我在他們的鐵砧上接受可貴的鍛造，今後必將用他們賦予我的利矛去攻打他們的宗教。條件成熟時，我決心向他們挑起捍衛我們的宗教、指出他們的謬誤的戰爭。在全能的上帝護佑下，我將打敗他們。」

兩年的時間很快過去，神父們已經可以說一口流利的藏語，已經會喝酥油茶，會吃糌粑麵，已經會和喇嘛們共同探討佛教的佛陀、涅磐、輪迴、轉世、因緣等教規教義，他們甚至還學會了唐卡畫②的畫技。

他們的腦袋絕頂聰明，學習任何東西都很快，從喝酥油茶到本地方言。而在好學虛心的表象背面，杜朗迪神父在昏暗的酥油燈下寫出了一部《藏文——拉丁文宗教對照詞典》，這是爲將來所有到西藏傳教的法國傳教士們準備的一件對藏傳佛教展開進攻的必備武器，他還用藏文寫了一本《天主教要義》的小冊子，準備作爲今後散發給藏族信徒的禮物，而另一本書《聖主光輝驅散雪域上空的黑暗》，則彙集了他和沙利士神父在喇嘛們的教導下認真學習了藏傳佛教的教理後，合作寫下的批判這個宗教的檄文。他們還瞭解到從雲南到西藏去的道路情況，繪製了地圖，這些地區的民風民俗他們也瞭如指掌，甚至做到了比自己的法國故鄉還更瞭解。

他們就像那些數百年來在這條漢地通往西藏的遠古走廊上歇一歇氣、調整一下體力再繼續往前趕路的外地旅行者，和睦友好地同本地融爲一體。沒有人認爲他們將在這裏永遠待下來，也沒有人會想到他們將給這條峽谷帶來前所未有的災難。儘管他們的初衷是想把耶穌基督的福音帶給這片大地。

當神父們感到在喇嘛們的幫助下，已經成爲了刺向西藏及其宗教的一把鋒利的劍後，杜朗迪神父把那部望遠鏡交給了讓迥活佛，並且分文不收。

喇嘛們感動得不行，並爲這兩個行爲古怪的西洋人的慷慨大度深爲不解。當初任憑你把世界上所有的好話說盡，他們也緊攥著自己的寶貝兒不鬆手，現在，他們一個子兒也不要就送給你了。讓迥活佛連連說，如果這樣的話，你就太虧太虧了。但杜朗迪神父說：

「一點也不。我已經擁有了西藏人的舌頭，我必將擁有西藏的一切。世界上沒有比這更令人愉快的交易了。」

神父們已經知道，大約在耶和華上帝創造了光明、天空、大地、日月星辰、游魚飛鳥、人類和爬蟲走獸那六天裏，瀾滄江的洪水沖刷出卡瓦格博雪山下的幾個村莊。那時，峽谷裏樹木遮天閉日，日月不分，山嶺行走，樹木飛馳，魔鬼橫行於雪山森林間。他們有的長有三個腦袋、六隻手臂，張著血盆大口，吞吃一切生靈。

但是喇嘛們說，這段歷史發生的年代，實際上離我們並不久遠，因為時間是輪迴的，而不是瀾滄江裏流逝的水。今天的陽光和幾百年前、甚至上千年前撒滿峽谷的陽光一模一樣。所以在同一顆太陽的照耀下，魔鬼依然存在，他們是人類的影子。在你一轉身的瞬間，他們逃跑的蹤影依稀可見。

喇嘛們說，當年來自印度的蓮花生大師，為了使卡瓦格博雪山成為佛法的護法神，在雪山上的一個山洞裏修行。他發現雪山的半山腰有一條七色彩虹總是從同一個地方升起，他循著彩虹的軌跡找到了森林裏的一大片草甸，這片草甸就像懸在半空中的一樣，周圍都是怪石嶙峋的山崖和黑密的森林，沒有一條道路與它相同，但是蓮花生大師卻看見一頭犛牛在草甸上悠閒地吃草。

蓮花生大師在雪山上靜坐修行了三年，彩虹從草甸上升起了三年，犛牛也在草甸上放養了三年，而他從沒有看見一個牧人。到蓮花生大師功德圓滿，即將要回印度的時候，他來到了草甸上，可是犛牛不見了，彩虹也不見了，他只看見一堆還在冒著熱氣的牛糞，大師用法杖撥開牛糞，一頭金犛牛從草地上顯露出來了。大師說：

「有此牛，雪山下的眾生再不會畏懼魔鬼。」

後來，大師托夢給一個來此地朝拜雪山的雲遊高僧。這個雲遊高僧從前是拉薩哲蚌寺的讀經僧，馬上就要修到格西的佛學最高學位了。但他在一個清冷的早晨為蓮花生大師的法像供奉聖水時，忽然聽見大師說：「年輕人，遙遠的地方有你成佛的因緣。」於是年輕的僧侶告別了寺廟，揹上一個包袱，開始雲遊四方的生涯。

在雪域高原有很多這樣的僧侶，他們的命運就是用腳步丈量大地，讓自己的腳底高過蒼茫的群山，用自己的心和神山聖湖、聖神的寺廟觸摸、親近和擁抱。年輕的僧侶到過印度，沒有找到自己的佛緣，後來他又到後藏的岡仁波齊神山，前藏的南迦巴瓦神山，藏北的念青唐古喇山，甚至還到過漢地的五臺山、峨嵋山，都沒有找到自己的佛緣。雪花染白了他的頭髮，又染白了他的鬍鬚，最後連他的眉毛也染白了，當他來到西藏東部卡瓦格博雪山下的大峽谷時，他在夢裏見到了蓮花生大師托給他的夢。

夢告訴他，這裏應該有座教化眾生的寺廟。

夢還告訴他，金犛牛是寺廟的鎮寺之寶，牠的名字叫做「藏巴拉」。有了牠，峽谷的眾生就有了吉祥，肆虐的魔鬼便永無翻身之地。

雲遊僧依照夢的指點，在雪山下的草甸上找到了那隻閃耀著金色光芒的金犛牛——「藏巴拉」。於是，一座雪山下的寺廟就是雲遊僧成佛的因緣。

幾十年後，宏偉的噶丹寺在高山峽谷中建成了，金犛牛被埋在了寺廟佛堂裏釋迦牟尼法像的座位下，雲遊的僧侶已成了風燭殘年的老僧。他要把寺廟建成的消息告訴啓迪他佛緣的大師，可是他已經沒有時間再到印度去了。於是他將法力作用到一隻貓身上，讓牠鑽進蓮花生大師曾經修行的山洞裏。

山洞深不見頭，穿越了卡瓦格博雪山，在大地的心臟裏穿行，直達印度。貓不僅告訴了蓮花生大師這裏終於有了寺廟的消息，還順利地馱回了來自印度的經書和大師的祝福。自此以後，藏族人煨桑③的青煙在峽谷裏裊裊升起，誦經聲終日依偎著卡瓦格博雪山聖潔的身姿，藏族人的心靈終於有了寄託的地方。

那個受蓮花生大師托夢，第一個在峽谷裏建寺廟的雲遊僧人，就是後來的讓迥活佛體系中的第一世大活佛。只有他是後人追認的，是他締造了峽谷裏的第一座黃教寺廟，帶來了一代宗師宗喀巴注重德行修持的高尙宗教。

自蓮花生大師降伏危害藏東地區的妖魔，使他們成爲佛教的護法神後，藏族人藉著神靈的庇護翻山越嶺而來，他們是藏區東部的康巴人，是個像大山一樣雄壯、像瀾滄江一樣剛烈的部落。

那時，江西岸的坡地受雪山溶化之水的滋潤，土地像女人的肌膚一樣富有彈性，也像女人的肚子一樣豐潤，只要你勤於耕耘，就會有令人欣喜的收穫。那時沒有土司，也沒有藏政府或漢人皇帝派來的官吏，人們耕種著同一片土地，享受著同一個神靈的護佑，用太陽、月亮、星星、樹木、溪流來爲自己的孩子命名。那是一個沒有族別、猜疑、仇恨以及戰爭的年代，家家的土地都一樣大小，羊皮袋裏的青稞麵也一樣多，沒有人餓死，也沒有人是奴隸。

第一個受洗者

峽谷裏的杜鵑花遍山開放的時候，神父們爲這壯麗的景觀所陶醉，那些高山杜鵑都是他們在歐洲從來沒有見過的種屬，它們和峽谷裏險峻的山崗、輝煌的寺廟、藏族人火柴盒一般的土掌房、還有純淨得令人想融化進去的藍天白雲渾然一體。杜朗迪神父對沙利士神父說：「多麼壯觀的大自然啊，看來到了舉行畢業典禮的時候了。」

沙利士神父說：「如果教會允許，我真想一直住在這漂亮的寺廟裏，做一個佛教的求知者。」

兩年來在寺廟裏的學習，使沙利士神父變得有些像一個佛教徒那樣嚴謹、謙遜、刻苦忍耐。他比杜朗迪神父年輕許多，還不到三十歲，正處在求知與辯析真理與謬誤的黃金歲月。與總是笑呵呵的杜朗迪神父不同，他容貌清瘦，目光犀利，神態嚴峻，面相悲苦堅韌。

人們在那些磕著等身長頭去拉薩的朝聖者身上，可以感受到從這個人身上發出的一模一樣的宗教狂熱感，他們都是那種隨時可以爲信仰獻身、並堅信傳播信仰就是自己的使命的苦修僧侶。

「別忘了自己的使命。」杜朗迪神父不高興地說，「我們獻給佛教徒們的第一件畢業作品，就是征服那個好戰的野貢土司。」

「而我認爲，我們應該先將上帝的福音傳播給峽谷裏的納西人。因爲他們是弱小的一群，也不是藏傳佛教的信徒。」沙利士神父說。

杜朗迪神父爲沙神父的建議感到羞恥，他大聲地說：「我們千辛萬苦地到西藏來，難道只是爲了在佛教的強大面前畏懼嗎？神父，幹嘛不把自己變成一支刺向他們的利劍？」

野貢土司是峽谷裏最古老、最富裕龐大的家族。五百多年前，一個從拉薩來的活佛從雲南白族地區的雞足山朝聖回來後路經這裏，苦於山高路險，隨身攜帶的行李又多，就向當地的信徒借犛牛。野貢家族的祖先及時地爲活佛貢獻了一頭犛牛，活佛說：「野給貢馬，會有好福氣。」

「野給貢馬」的漢語意思，就是「借犛牛給活佛的人家」。這家人後來就被榮幸地稱爲野貢家族。

傳說活佛回到拉薩後，爲犛牛加持了法力，讓牠獨自回來，一路上，任何人也別想將牠牽回家，因爲牠的兩隻角會放出爍人的火光。

犛牛回到野貢家時，天上降下了一陣青稞雨，那是活佛從拉薩吹了一口仙氣後飄過來的。青稞落在大地上，長出了苗，抽了穗，那一年，野貢家的糧食堆得像小山一樣高。峽谷裏第一次出現糧食產量比所有的人家都高、且還吃不完的人家。後來犛牛老了，死了，野貢家的人就把牠的頭割下來，埋在了火塘下面，從此火塘的火就特別的旺，連剛從山上砍下來的濕柴都可以立即燒燃。五百多年來，野貢家不僅人丁興旺，家中的火塘再也沒有熄滅過。

藏族人的火塘就像漢族人的香火，具有生命生生不滅、代代不熄的象徵意義。納西人遷徙到這裏時，野貢家族正傳到第三代，他們是明朝時隨雲南麗江的木氏土司征戰藏東地區時留下的後裔。木氏土司敗亡後，藏族人容納了這些前統治者，條件是藏納不通婚，納西人不得在犛牛行走的地方開地。

漢族人來到這個地區時，野貢家族已經傳到第七代。那時，峽谷的人和魔鬼已經一樣多了，人和魔鬼爲爭奪宇宙的控制權經常發生戰爭，寺廟的喇嘛們決定著這些戰爭的進程，而百姓只需把青稞和酥油揹進寺廟就行了。據說，這樣的戰爭每三百年才發生一次，而野貢土司和鄰近地區的各個土司部落的戰爭，每年都在發生。在白人喇嘛到來之前，這裏已有一個縣的設置，可是縣衙門裏由清朝政府委任的官員，卻不能制止峽谷裏年年都在發生的戰爭。第八代野貢家族的兒子野貢・頓珠嘉措已是被清朝皇帝冊封的本地土司，和卡瓦格博縣的知縣、寺廟的貢嘎喇嘛一起管理峽谷地區的僧俗事務。

其時峽谷裏無論土司和百姓，都知道了這兩個和魔鬼長相差不多的西洋人，他們在寺廟裏的刻苦學習使其贏得了「白人喇嘛」的尊稱。當他們在一個上午拜訪野貢土司，並向他奉獻了一批西洋禮品和五支西式快槍時，連野貢土司也對白人喇嘛究竟是商人還是僧侶鬧不明白了。

他是一個身高體胖、野心勃勃的土司。他對那些令人暈眩的禮品不屑一顧，只對那五支西式九子快槍深感興趣，它們比藏族人還在使用的火繩槍殺傷力大多了。野貢土司正需要這些快槍來對付雪山背後的巨人部落（在這個部落裏，所有的成年男子平均身高都在一米八、九以上），瀾滄江上游地區的白狼部落（他們是前白狼王國的後裔），以及崇山峻嶺中出沒無常的土匪武裝。在峽谷地區，如果說木棒是手臂的延伸，石頭是拳頭的延伸的話，那麼射擊準確的子彈，則是權力和財富的延伸。

「尊敬的客人，你送來了比土地、牛羊、房產更珍貴的禮物。有了這些西洋快槍，還有什麼我不能得到的呢?從今以後，我們是朋友了。」野貢土司在給白人喇嘛敬酒時說。

「我還有更珍貴的禮物送給你哩，如果你有足夠的仁慈和虔誠。」那個叫杜朗迪的白人喇嘛說。

「那麼，你們是站在土司一邊的西洋貴族囉?」野貢土司問。

「不，」杜朗迪神父回答道：「我們是站在上帝一邊的西洋僧侶。」杜朗迪神父第一次在峽谷裏對一個土司說出了「上帝」的名稱。不過，他帶給土司的第一樣東西不是《聖經》而是槍。這就預示了要在這裏傳播一種西方的宗教，戰爭是不可避免的。

「誰是上帝?」野貢土司迷惘地問。

「啊，上帝是我們信仰的至高無上的神靈。祂創造了世界，主宰天地萬物的一切。祂派遣自己唯一的兒子耶穌從天上下來拯救我們有罪的靈魂，讓我們死後免受地獄之罰，升往天堂。」沙利士神父說。

「而我們是受耶穌的派遣來拯救你們的。」杜朗迪神父補充道：「尊敬的土司，信仰上帝吧，讓我們虔誠地讚美祂並服從祂吧。你必將得救。」

「哈哈，又不打仗，又沒遭災，我們有寺廟，喇嘛們控制著神靈世界的一切，我們的來世都在他們手裏。」頓珠嘉措土司搖晃著腦袋，不在乎地說：「誰稀罕你們的拯救，一個草場上的騎手，不需要人家去幫他牽馬。」

「可是你們的靈魂是有罪的，需要在上帝面前懺悔。」沙利士神父說。

杜朗迪神父接著說：「不信仰上帝，是要受到永無盡頭的懲罰的。」

頓珠嘉措土司眼睛向上翻了翻，「白人喇嘛，我們要供奉的神靈和要敬畏的魔鬼已經夠多的了。老婆娶多了，男人倒是夜夜都快活，可是麻煩也多了。」

兩位神父爲土司的粗俗皺起了眉頭。「可憐的人，上帝之罰來臨時，他必將像饑餓的嬰兒一樣，等待耶穌仁慈的拯救。」杜朗迪神父站起來時說。

沒過多久，彷彿脆弱的峽谷被杜朗迪神父的咒語擊中，一種不知名的魔鬼襲擊了毫無防備的人們。被魔鬼俘獲的人就像中了他的法術一樣，每隔一天要麼像身處峽谷底的六月天，渾身躁熱難當，要麼像置身於卡瓦格博雪山上的萬年冰川上，冷得恨不能滾進火塘裏。

而到第二日，頭天還在水深火熱中煎熬的病人，又什麼事也沒有了，放牧、下地幹活，就像根本沒有生過病一樣。可是人們剛剛開始慶幸時，魔鬼卻又來了。它令人恐怖的腳步聲像準時升落的日月，人們甚至可以聽到它讓峽谷搖晃、沈淪、坍塌的獰笑。魔鬼控制了人們的冷暖，控制了人們出汗、喝水乃至力氣。

它讓人們把身上所有的汗水都無緣無故地淌盡，而當你大口大口地喝水時，卻依然感到口渴得不行，舌頭和口腔彷彿隨時都是乾焦的，哪怕你把頭扎進瀾滄江裏狂飲，無處不在的魔鬼仍然抽乾著你體內的每一絲水分。由於沒有水的滋養，人們身上的力氣像山上的泥石流一樣，一天天地在流失，最後連呼吸的力氣都沒有了，眼睛裏的光芒也就暗淡下來。活著的人把死者送到天葬台去時需要排隊等候，不是天葬師忙不過來，而是天上的神鷹來不及消化。

噶丹寺裏精通藏醫的高僧們組織了一場隆重的法會，他們為僧俗百姓配出的藥方需經過七七四十九天的念經，才能將喇嘛們的法力加持到藥中去。喇嘛們說是一種瘟疫從魔鬼的口袋裏釋放出來了，為了驅散峽谷上空飄忽不定的魔鬼，他們做法事迎請了一個叫班丹拉姆的女神，以及作為地方保護神的卡瓦格博雪山神等。藥需要念過經才有藥力，就像飼料裏要加鹽，牛吃了才長力氣一樣，這個道理誰都明白。沒有喇嘛們的法力，誰來關注並解脫人們的苦難呢？每當峽谷上空電閃雷鳴時，喇嘛們便向人們描述神和魔鬼的戰爭進行得如何激烈殘酷。

「要不了多久，魔鬼將被驅逐，各路護法神靈將帶給人們勝利的消息。」喇嘛們滿懷信心地宣布說。

可是魔鬼依然橫行，人們依然在死亡。這時，杜朗迪神父和沙利士神父走出了寺廟，換上傳教士黑色的僧衣，在瀰漫著揮之不去的死亡氣息的幾個村莊到處遊走，人們已經沒有力氣來追問他們到這裏來究竟想幹什麼。在野貢土司的許可下，他們在村莊裏租了兩間房子，一間作神父們的臥室，一間作為上帝的祈禱房，裏面掛上了耶穌的畫像，還設立了供壇。

開初，聰明的白人喇嘛並不說自己是來傳播另一種宗教，並要改變人們的信仰和名字。他們不提耶穌基督，只對藏族人說這間祈禱房是「聖徒藥房」，聖徒是一個全新的神靈上帝的羔羊，信奉他的人，將得到上帝的憐憫與寬恕，戰勝峽谷的魔鬼，升往天國。神父們從「聖徒藥房」拿出了一種白色的藥丸，先送給野貢土司家的人吃，他們立即就好了，連犛牛乾巴肉也可以大口大口地吃啦。

這讓野貢土司第一次對寺廟裏喇嘛們的法力產生了懷疑，他拿一顆白色藥丸問杜朗迪神父：

「你們就靠這個拯救我們？」

「不。」神父舉起了手上的一個十字架，「我們靠這個，耶穌的聖十字架。」

野貢土司看了看那個十字架，不置可否的哼哼兩聲，「喇嘛的法鈴也比你手上那玩意兒精緻哩。」他說。

白人喇嘛沒有被野貢土司的忘恩負義而氣餒。他們埋頭搶救所有他們能遇到的病人，不論他是貴族還是農奴或者孤兒。他們對峽谷裏流行的瘟疫解釋與喇嘛們的不同，他們說這是一種瘧疾，它是由於一種可怕的、人的肉眼不能看到的蟲子鑽到了人們的體內作的怪，這些蟲子又是由峽谷中的某種黑色的蚊子傳播的。白人喇嘛號召人們用松柏的丫枝來熏這種蚊子，那方式好像人們平時裏的煨桑，不過不是敬奉給神靈，而是熏走黑色的蚊子。

他們的慈悲心腸連噶丹寺的喇嘛們都深爲感動，他們派出寺廟裏年輕得力的喇嘛，會同白人喇嘛一起搶救峽谷裏的生靈。那時，白人喇嘛給人的印象是仁慈而寬厚的，兩種教派的僧人相互都很謙遜，也很尊重，白人喇嘛還用他們的藥救活了一些也同樣染病的佛教僧侶。穿紅色僧衣黃皮膚的喇嘛爲穿黑色僧衣白皮膚的喇嘛帶路，爲他們揹行囊，峽谷的山道上時常閃現著他們紅黑分明的身影。

比起只會給人服藥丸的杜朗迪神父來，沙利士神父的醫術更爲高明。他甚至可以用一把小刀把病人壞死的一塊肌肉割掉，然後像織氆氌一樣，用針和線將劃開的肌肉密密地縫好，而患者一點痛感都沒有。

一個在一旁參觀了沙利士神父外科手術的喇嘛當時就驚訝地說：「這是魔鬼的法術。」

沙利士神父說：「這只不過是上帝的仁慈罷了。」

每當他們救活了一個病人，他們便說是上帝拯救了他們有罪的靈魂，而不是他們的法術。人們揹著青稞和打好的酥油到白人喇嘛借住的小屋去感謝他們時，卻受到彬彬有禮的謝絕，哪怕他們還餓著肚子。

他們說，如果收了藏族人的一點東西，就違背了上帝的旨意。上帝派遣他們到這裏，是來拯救大家有罪的靈魂的。有一次，沙利士神父餓昏在搶救一個病人的簡易手術檯上，人們這才發現白人喇嘛已經斷糧三天了，他們平常吃的和用的都由馬幫從古驛道上運來，但是泥石流把驛道沖斷了，白人喇嘛也就斷了糧。人們在他們的鍋裏發現了還沒有吃完的樹根和野菜。

儘管白人喇嘛的行爲令人感動，可是峽谷裏的人並不知道自己的罪在哪裡。他們服了白人喇嘛的藥，身上的力氣一天天地恢復，魔鬼的影子似乎被峽谷的風越吹越遠了，白人喇嘛神奇的藥丸拯救了奄奄一息的峽谷，一些藏族人衝著卡瓦格博雪山磕起了長頭，他們虔誠地呼喊道：「拉索囉，神勝利了。」

但是白人喇嘛及時糾正說：「不，是上帝勝利了。趕快在上帝面前懺悔吧，不僅你們的生命將得救，你們的靈魂也必被拯救。」

懺悔，救贖，耶穌，上帝，天國，基督，聖母瑪利亞，洗禮，聖體，十字架。這些新鮮的另一種宗教的專有名詞，開始在一些藏族人口中流傳。一種朦朧而遙遠的愛在峽谷中湧動。多少年以來，人們對那些高高在上的神靈只有敬畏，對喇嘛們也只能敬畏。因爲他們掌握著神靈賦予的無上法力，他們控制人們今生的靈魂，也負責來世的超渡。

而那些白人喇嘛，帶給人們的卻是博大的愛。他們像兄長一樣待人，無論長幼貴賤，一律平等相待。這讓峽谷裏的藏族人有些受寵若驚，覺得自己的靈魂原來也是很尊貴的，美好的天國敞開著大門正等著他們呢。

終於有了第一個付洗者。與白人喇嘛當初的願望相反，他不是一名貴族，而是一名叫阿措的流浪兒。沒有人知道他的父母是誰，也不知道他究竟從哪裡來，更不知道他白天在哪裡吃飯、天黑在哪裡睡覺。

大瘧疾流行時，他餓倒在瀾滄江邊只剩最後一口氣了，是沙利士神父將他揹回來，人們看見神父用口對著他骯髒的口吹氣，把他體內的元氣吹活了，阿措的眼珠才開始慢慢地轉動。

喇嘛們給人治病時，也常使用吹仙氣的招數，但他們只給病人的藥吹氣，說治病的法力已經加持進去了。不管怎麼說，白人喇嘛給人治病的感覺既有很神奇的一面，也有非常人情味的一面。像春天裏的第一場春雨，來得靜悄悄的，雖然不是很大，萬物卻非常受用。

阿措被他們口中的氣吹活後，就成了白人喇嘛的第一個養子。

在一個陽光燦爛的禮拜日，神父們把對他們有好感的藏族人都召集攏來，讓他們見證峽谷裏第一個信奉天主的教徒的光榮。杜朗迪神父那天穿了一身白色的祭衣，沙利士神父在一旁做助手，人們看見流浪兒阿措亂草一般的頭髮理清爽了，臉上再沒有污垢和鼻涕，身上也有比較體面的衣服。

杜朗迪神父手捧《聖經》朗朗說：

「我主耶穌在升天前教導他的信徒們說，『天上地下的一切權柄都交給了我，所以你們要去使萬民成為門徒，你們要因父及子及聖神之名給他們授洗。』孩子，來吧，光榮的時刻到了。」

阿措被沙利士神父推到杜朗迪神父面前，在他的一生中，還從來沒有這麼多人為他而忙乎，也從來沒有這麼多目光關注他。他有些哆嗦，沙利士神父輕聲說：「孩子，別怕，你即將領受到的是聖寵，而不是苦難。」

人們看見杜朗迪神父把一注清水滴到阿措的額頭上，「我洗你，因父、及子、及聖神之名。」杜朗迪神父唱道，「亞當，這是你新的名字。從此以後，你不但潔淨了，你還成了天主的僕人，天主將赦免你的一切罪，讓你走向天國之路。」

一個連一隻狗都不如的流浪兒，竟然找到了自己的家，並有了自己的名字，他的眼睛沒有變藍，身上也沒有長出像白人喇嘛一樣的毛，這讓峽谷裏的藏族人大為驚訝。自那時起，亞當就成了一個很體面的孩子，他的話像百靈鳥一樣多，見人就說：

「看，這就是上帝的愛。」

一個月以後，神父們成功地為三戶藏族人家付洗，其中一個受洗後取教名為托馬斯的，是剛從四川那邊藏區遷過來的外來戶，據說他在那邊殺了人，為了躲避仇家的追殺才舉家出逃。托馬斯從前並不是一個隨便就把腰間的康巴刀抽出來的人，只是人家要偷他的牛，他才不得不殺了那個盜牛賊。這讓他揹上沈重的罪孽感。

他在受洗前，曾經問杜朗迪神父：「耶穌基督看得到我們的來世嗎，我會不會變成牲畜？」

白人喇嘛肯定地說：「不會的，在我們的宗教裏，沒有來世。只要你信耶穌基督，在主的面前懺悔，主就會赦免你的一切罪過，讓你的靈魂升往天國。你還是你，你不會變成一條蟲子，不會變成給人騎的馬，不會變成一條終日勞累的牛。在主的國裏，你將過上全新的、富足的生活。」

托馬斯說：「喇嘛們把我們的來世說得太可怕了，我不願在恐懼中過一輩子。」

神父說：「這說明你們過去所信的佛教是荒謬的，魔鬼統治了你們的心靈，而不是上帝的光和愛。不信上帝，你們將永遠洗不清自己的罪孽，上不了天堂。」

「你說的天國裏，有我們藏族人生活的地方嗎？」托馬斯又問。

白人喇嘛說：「在上帝眼裏，每個人都是祂的羔羊，祂可是個很好的放牧者呢。祂的恩寵施惠給每一個信仰祂的人，而不管他是哪一個種族。孩子們，天國其實離你很近很近，你只要在主的面前懺悔就行了。」

不過令神父們感到沮喪的是，野貢土司頓珠嘉措始終不願意皈依到天主的聖寵之下。這個峽谷裏最體面的紳士對神父們的說教哼哼哈哈，不置可否。他有三個老婆，十多個奴隸，這讓他從骨子裏反感神父們宣講的宗教。杜朗迪神父說，婚配是天主教徒的七大聖事之一，上帝規定了男人只能有一個妻子，多娶妻子是瀆神的，不潔的，是一種罪孽。可是歷代野貢土司都有幾個妻子，那是野貢家的傳統。頓珠嘉措土司對神父們虛與委蛇，只不過是對他們的西式快槍感興趣。一天，在他家的火塘邊，他實在招架不住神父們的勸說，就對杜朗迪神父說：「如果你們能在讓迥活佛前證明多娶老婆是一種罪惡，我就信奉你們的宗教。」

杜朗迪神父說：「我們能證明。我們還要在活佛面前證明，你們的宗教是一種謬誤。」

頓珠嘉措土司笑了，「那就像證明水裏的月亮不是月亮一樣難。」

兩個神父其實早就盼望著這一天的到來。他們差人給寺廟送去了一封戰書，要求在峽谷裏的土司和百姓的面前，和五世讓迥活佛展開一場誰的宗教是世界上最好的宗教的大辯論。杜朗迪神父甚至在戰書中傲慢地寫道：「我們將徹底擊敗你們，用聖主的光輝驅散籠罩在西藏上空幾千年的黑暗。」

大辯論

神父們的戰書在噶丹寺掀起軒然大波，喇嘛們不但感到自己受到了挑戰，而且還被愚弄了。這兩個當初的求學者，謙遜的商人，原來是鑽到佛像底座下陰險的毒蛇。

在寺廟的最高宗教機構「拉昔會議」上，噶丹寺的所有活佛、掌教堪布，掌壇師（也被稱為「鐵棒喇嘛」）、領經師，擁有格西學位的高僧等，都對白人喇嘛究竟要在這裏幹什麼一籌莫展。

高僧們先討論了他們所不熟知的上帝、耶穌、基督等促使這些莫名其妙的人到峽谷裏傳播一種同樣莫名其妙的信仰的因果關係。上帝是誰，住在哪裡？他是和釋迦牟尼一樣的佛陀嗎？但是，他怎麼連一幅肖像都沒有呢？我們藏傳佛教的任何神靈和佛祖可都是有名有尊位的。我們憑此知道怎樣頂禮他們。耶穌又是誰，是和宗喀巴大師一樣的聖者嗎？從他們所帶來的耶穌畫像看，他不過像一個苦修的普通僧侶，看上去一點也不尊貴威嚴。只不過西洋人把他畫得非常逼真罷了。應該承認，白人喇嘛的畫技是我們那些畫唐卡畫的喇嘛們所不及的，他們一定有什麼魔法，他們畫畫的顏料也跟我們的不同，連水也不能將之沖洗乾淨。總之，他們有很多我們所不知道的東西，從畫畫的顏料到白色的神奇藥丸。但我們有自己的宗教，也有自己的佛陀，可爲什麼他們非要到這裏來傳播一種跟我們毫不相干的宗教呢？這裏面是不是有魔鬼的陰謀？是不是佛法的仇敵派他們來的呢？

五世讓迥活佛從他六歲被確認爲四世讓迥活佛的轉世靈童時起，他的師父、導師從來就沒有告訴過他，這個世界上，還有一種宗教與他所信仰的藏傳佛教在救世渡人上大體相似，但其儀式、教宗、教義卻有著本質的不同。

儘管白人喇嘛的苦行律己贏得了人們的普遍好感，連高僧們也承認，他們從來沒有見到過如此慈悲堅韌、如此苦修行善、普渡眾生的僧侶。因此在這次「拉昔會議」上，五世讓迥活佛一直沒有發言，不過，他感覺到其他高僧們也是站在瀾滄江的此岸，討論彼岸的問題。因此，在窮結仲永堪布邀請他談談看法時，讓迥活佛說：

「我不瞭解白人喇嘛是什麼人。我目前還不能對他們下什麼肯定的結論，但我可以否定他們身上的一些東西。他們不是魔鬼，儘管他們有著跟我們不一樣的皮膚、眼睛、頭髮，但他們身體的這些器官仍然是一個人的器官。至於他們的思想是不是魔鬼的思想，我現在還不知道。他們不是商人，因爲他們從不做任何生意。

他們不是官吏，雖然漢人官吏和他們關係很密切，但他們從不對這個地方發號施令。他們不是無賴，因爲他們對所有的人都奉獻他的慈悲之心，所有的人也都把他們當朋友看待，甚至連我們這些和他們持不同信仰的人。他們也不是醫生，儘管他們神奇的藥丸和刀子證明他們的醫術有區別於藏醫藏藥的獨到之處，他們自己出錢，離開自己的親友，從比印度更遠的地方來到我們這裏行善，像我們對待眾生一樣為百姓們服務，而且還不期待得到任何報酬。

我認為，這種鼓勵自己的教徒不怕路途遙遠、甘冒生命風險，去愉快而無私地幫助其他國家的人們，大概不是一個壞的宗教。但是，他們的宗教肯定沒有我們的宗教好，他們的神祇太少，宗教經典不多，竟然只有一本書；他們能控制的魔鬼也沒有我們的多，他們甚至沒有自己的護法神。僅從此點看，白人喇嘛的宗教不會長久的。一百年、五百年、一千年後，你們來看看，這塊土地歷經無數次劫難以後，能永遠傳承下去的，究竟是哪種宗教。」

窮結仲永堪布說：「我在一個上午曾經看見白人喇嘛手裏拿著一個鏡子，對著路邊的岩石左看右看，就像在上面找金子一樣。我推測，白人喇嘛來到我們這裏，或許是來找黃金的。我想他們也像那些漢人一樣，只對黃金感興趣。」

讓迥活佛有些憂心忡忡地說：「要是來找黃金的，那他們就找錯地方了，隔一條山嶺下的金沙江裏才產黃金，瀾滄江裏卻只產鹽。但如果他們真是來傳播一種宗教的，峽谷裏麻煩事就多啦。藏傳佛教的紅、黃、白、花、苯五種教派，這裏就有四種，還有一種納西人的東巴教。俗話說，部落太多上師苦，管家太多僕人苦。這教派太多，百姓還不是苦啊。我看他們除了藏族人的皮膚和酥油茶不能改變外，峽谷裏的一切他們都想推倒重來。要是他們能像摘樹上的核桃一樣將太陽摘下來，連光明和熱量也要被白人喇嘛重新分配。」

「那我們把他們趕出去。」一個年輕一點的喇嘛說。

「人家在峽谷裏盡行善事，一點罪孽也沒有做過，你憑什麼趕人家走呢？如果你的慈悲沒有人家的大，你就得尊重人家的德行。」讓迥活佛訓斥道。

「他們魔鬼的面目還沒有完全表現出來罷了。」那個喇嘛不服氣地說。

「放肆！」讓迥活佛喝道：「他們不是要求辯論麼？辯論是我們宗教的特長，哪一個格西大喇嘛不是在拉薩的高僧面前辯論出來的呢？依靠語言和智慧戰勝他們，正體現了我們宗教的寬容和慈悲。躲在暗處的對手現在終於站到了台前，對峽谷的僧眾來說不啻為一件好事。就像有人類就有魔鬼一樣，宗教總有自己的對手。告訴他們，我等待他們前來接受教誨。他們只學了點藏傳佛教的顯宗常識，密宗大法我還沒有來得及傳授給他們哩。性急的學生總學不到真正的知識。」

三天以後，在卡瓦格博縣的縣衙門前，藏傳佛教的高僧大德和天主教的神父展開了兩種宗教的對話。知縣劉若愚和頓珠嘉措土司見證了這場彬彬有禮、用語言和智慧交鋒的宗教大辯論。

比起後來在峽谷裏兩種宗教你死我活、充滿著血與火的爭鬥，不同教派的僧侶們，此刻就像宗教講壇上的學究。在他們耐著性子討論一個宗教問題時，峽谷裏的杜鵑花有的是花開花落的時間。當滿山殘紅飄零、雨季即將來臨時，他們還沒有弄清對方宗教中的一些起碼問題。不是雙方缺乏智慧，而是他們都是自己宗教堅定的衛道士。

他們首先討論了世界的起源。依照神父們的論說，上帝創造一切，是信仰上帝萬能的最根本問題。而讓迥活佛則駁斥說，宇宙間根本沒有造物主，更沒有什麼上帝，諸法因緣而起，一切事物或一切現象的生起，都是相對的互存關係和條件。杜鵑花為什麼漫山遍野地開放，那是因為有大地。大地催生萬物，萬物讓大地光彩重生。你們的上帝離瀾滄江峽谷九萬萬里遠，他怎麼能知道峽谷裏杜鵑花開放的季節？如果佛陀的慈悲感天動地，峽谷裏的杜鵑花便會全部開成白色的。這樣的事情幾百年就有一次。你們的上帝怎麼會知道這其中的因緣關係呢？

「恰恰相反，這正證明了上帝無所不在的力量。」杜朗迪神父舔舔乾燥的嘴唇，沙啞著嗓子說：「愚癡的人啊，我們的耶和華上帝在創造世界的第六日就說過，『我要使地上到處生長鮮花瓜果，結滿籽實，賜予你們爲食；我要把青草綠樹全賜予飛禽走獸，游魚爬蟲，以及一切生物爲食。』因此，即便峽谷裏的杜鵑花爲你們的佛陀全部開成白色，它也是上帝的杜鵑。」

「神父說得對，」知縣劉若愚打著哈欠說，「那確實是上帝的杜鵑。」

他像一個不稱職的裁判，對競賽雙方的規則與評判標準一竅不通，但是，他只掌握一條從朝廷一品大員到八品官員都通行的準則，那就是不能得罪洋大人。他到這個最偏遠的地方來做官，並不是趕鴨子上架，而是偌大的中國只有這一個位置留給他。

讓迥活佛身後的喇嘛們眼睛都快要氣得掉出來了。白人喇嘛的詭辯術沒有一點明斷和智慧，只有像公犛牛發情時的野蠻。他們用上帝的罩子籠罩一切，無論你說什麼，他們便將這罩子往上一罩，說這是屬於上帝的。

讓迥活佛微閉著雙眼，不急不躁地問：「請問，你們的上帝是慈悲的嗎？」

「啊，上帝的仁慈遍及世上萬物。」杜朗迪神父說。

讓迥活佛說：「我們先不論仁慈。世上之人，有因造孽而失明、聾啞、癱跛者，有因貧寒而饑餓、病痛、困頓者，有因戰爭而喪夫失子、因瘟疫而家破人亡者。那麼，這一切無量之痛苦是誰造成的呢？如果上帝創造了一切，那麼，你們的上帝就沒有大慈悲心。他給一些人帶來痛苦，給一些人帶去幸福，你所說的上帝的公正何在？其實在我們的宗教看來，一切痛苦都源於造孽，一切幸福均來自積德。今生之苦和前世有關，今生積德則爲了來世。生命是一條鏈，不是誰賜予的，而是生生世世，相互關聯。」

「你錯了，尊敬的喇嘛。」沙利士神父插進來說：「人們的痛苦不是因爲他們的前世造孽所致，而是因爲他們有罪，沒有在上帝面前懺悔。人死後沒有來世，只有地獄和天堂，在主的面前懺悔認罪的人，直接升往天國。而你們的宗教，虛構了一個誰也沒見過的來世，可是，有誰能說出自己的前世是什麼呢？尊敬的知縣先生，在你來這裏做官之前，你幹什麼？」

「我念書，後來中了舉人。」劉若愚說。

「然後呢？」沙利士神父又問。

「後來，後來我家出了些銀子，爲我捐了這個知縣。」

「這就是了。」沙利士神父擊掌道：「如果你不念書，你當不了舉人；如果你家不出銀子，你做不了官。你現在的官位可以用你前世的錢來買嗎？」

「神父說得對，官品只和現世的銀子有關，前世的銀子買不來現世的官。因爲誰都知道，前世的錢是冥鈔。」劉若愚站了起來宣布道：「時辰到啦，第一回合，西洋僧人勝，喇嘛敗。第二回合之辯論，明日再說吧。」他打了個大大的哈欠，抵擋不住的煙癮一覽無餘。

接下來的幾日裏，喇嘛們和神父們辯論了佛、法、僧三寶和聖三位一體的關係，藏傳佛教密宗的「破瓦法」④與耶穌的復活是否是一回事，什麼是真正的祈禱，是「主啊，求你寬恕我們的罪」，還是六字箴言「唵嘛呢叭咪吽」，佛教徒的「苦」和天主教的「罪」孰重孰輕，兩種宗教中都涉及到的地獄和天堂的區別等等。儘管在劉若愚不著邊際的評判下，辯論越來越缺乏公允。

有一天，當辯論的雙方來到縣衙門前時，喇嘛們發現給讓迥活佛坐的凳子變矮了，而對面白人喇嘛的凳子卻加高了，白人喇嘛高高在上，傲慢地俯視著峽谷裏人人尊敬的活佛。讓迥活佛坐下時，就像聆聽老師講課的學生。窮結仲永堪布氣憤地說：「活佛，不辯了。他們欺人太甚。」

「那麼，你們就認輸吧。」杜朗迪神父得意地說。

「坐在高處的人，並不意味著他的思想就高遠。」讓迥活佛一字一句地說，「雪山頂上只能長出矮小的荊棘，山腰的大樹卻從不和荊棘比高矮。」

「上帝從來都是站在高處憐憫你們。你們的宗教是那樣地荒謬，所以只配坐在矮處，接受我們的教誨。」杜朗迪神父搖晃著腦袋說。

對面的喇嘛們喘出的粗氣已經像瀾滄江的轟鳴了，讓迥活佛揮手壓住了他們的怒氣，他緩緩說：「如果你們非要認爲一張凳子就能代表你們宗教的優越，我可以不要它。」

人們看見活佛深深地吸了一口氣，雙目微閉，彷佛睡意襲來，他馬上就要進入美妙的夢鄉。

多年以後，峽谷裏年長的老人還會回憶起這驚世駭俗的一幕。偉大的五世讓迥活佛憑藉自己深厚的法力，從凳子上騰空而起，懸在半空中，和白人喇嘛展開捍衛自己宗教的大論戰。

當時，所有在場的藏族人全都衝讓迥活佛跪下了，白人喇嘛駭得目瞪口呆，他們往自己的凳子下墊石頭，試圖抵消自己出身低賤的自卑感，但讓迥活佛始終高出他們一個頭。直到今天，五世讓迥活佛說的話還讓峽谷的眾生沒齒難忘，讓迥活佛說：

「辯論讓我們彼此瞭解對方。我們是在不認知你們宗教的情況下和你們辯論，而你們並不瞭解歷史悠久的藏傳佛教對西藏這片土地的意義。我認爲，我們或許應該尊重你們的宗教，但是你們也要尊重我們的宗教。我們都是替神說話的僧侶，儘管我們各自供奉的神是多麼地不一樣。但是我們對眾生懷有同樣的悲憫。」

可是那天，杜朗迪神父將此視爲佛教徒認輸的表示，他固執地說：「談論真理和譴責謬誤是我們的責任。而你們的宗教恰恰充滿了謬誤。就像你現在靠巫術懸在半空中不下來一樣。」

讓迥活佛大度地說：「這不是巫術，這是你還沒有學到的東西。不是我不願意教給你，而是你們太性急了。請記住，在眾生面前，我們不侮辱你們的宗教，你們也不應侮辱我們的宗教。這是你們能夠在峽谷裏傳播自己宗教的前提。」

「而我認爲，這個前提是用一個真正基督徒的矛，戳穿你們的謊言。」杜朗迪神父傲慢地說。

那邊的喇嘛們氣得嗷嗷亂叫，但是讓迥活佛依然不溫不火地說：「你會發現，你的矛將被折斷。」

世仇家族

神父們和寺廟的喇嘛爲了贏得人們靈魂的控制權而唇槍舌戰時，世俗的肉體凡胎卻在爲家族的世仇而大打出手。那時，野貢家族對寺廟與教堂的競爭態度曖昧。當兩種宗教的僧侶們辯論得天昏地暗時，頓珠嘉措土司把自己當成一個看客，好話壞話對誰都不說。

長期以來，土司家族與寺廟的關係並不融洽。土司允許寺廟在這片峽谷控制神靈，但並不十分樂意他們掌管世俗的權力，在土地、財富、人力以及與漢官的關係上，土司與寺廟的僧侶階層多年以來，一直在進行著勾心鬥角的較量。不是他不需要神靈的護佑，而是他認爲在現今這個時代，神靈的法力已不足以和一支西洋快槍抗衡。因此，當來自卡瓦格博雪山背後的巨人部落掠走了野貢土司家的一群牛羊，並打敗了土司的家丁隊伍時，野貢・頓珠嘉措首先想到的是儘快從白人喇嘛那裏得到更多的槍，而不是祈求西藏的各路神靈。

在那場發生在雪山下充滿血腥的殺戮中，巨人部落的一個頭人澤仁達娃帶領一百多號康巴漢子，突然打著響亮的口哨從森林中衝出來，襲擊了由頓珠嘉措的弟弟野貢・江春農布率領的土司武裝。

那些雪山部落的康巴人雖然武器簡陋，但個個身高體壯，力大無比，騎術高超。他們的頭人澤仁達娃，簡直就是一個神靈世界大黑護法神的化身，他的身高兩米以上，膀闊腰圓，像一頭雄壯的公犛牛。有一次，他帶人下山搶掠，被土司的強大火力趕走。心有不甘的澤仁達娃在逃跑的路上碰見土司家的兩個女佃戶，他巨手一攬，就將那倒楣的母女倆掠到了馬上。澤仁達娃還在馬背上就將女兒姦了，然後再姦女兒的母親，這個過程中，馬只跑了十里地，而且後面還有追兵和呼嘯的槍子兒。

那天當他們衝到江春農布的人馬跟前時，許多家丁來不及點燃火繩槍就人頭落地了。江春農布身邊的幾個槍法最好的護兵倚在一棵橫陳在草地上的大樹後，用白人喇嘛送的九子快槍撂倒了十多個騎快馬像風一樣衝殺過來的騎手，但是他們的頭人澤仁達娃胯下的馬，比風還要快，槍手們甚至還沒來得及看清搶殺過來的究竟是一陣風還是一個奪人魂魄的殺手，澤仁達娃便橫刀立馬躍在了他們的頭上，在他雪亮的馬刀剛一舉起還沒有劈下來時，槍手們的魂魄便驚叫一聲，紛紛從他們的天靈蓋處出逃了。澤仁達娃的戰刀沒有沾染上一點血，便奪走了四條人命。江春農布剛把手中的槍抬平，就被身高臂長的澤仁達娃一刀砍成兩截。

成群的康巴騎手蜂擁而上，他們打馬圍著孤獨的江春農布兜圈子，康巴人快樂的呼嘯和戰馬興奮的嘶鳴回蕩在雪山峽谷間。在追趕的獵物走投無路、獵手伸手便可將牠收入囊中時，一個男人的快感就沒有不達到巔峰的任何理由。

這樣的快感在生命中並不多見，有的人一生中也就那麼一兩次，甚至一次也不會有。而男人一旦捕捉到這種感受，他們會像與漂亮的女人做愛時那樣，將自己處於快樂巔峰上的時間拉得越長越好。

嗜血的口哨聲終於稀落下來時，野貢・江春農布已被林立的馬刀所包圍，他胯下那匹沒有經歷過多少戰火的峽谷地區的矮種馬，在馬刀的一片寒光中，雙腿已經吃不住勁，竟一屁股坐了下去。

這讓江春農布感到野貢家族的臉都讓這不爭氣的馬丟盡了，他不得不跳下馬來，面對架在脖子上、抵在前胸和後背上的馬刀，儘量挺直了腰，用他的熱血贏回野貢土司家族的最後一點驕傲。人在窮途末路的時候，唯一能支配的，就只有這一口傲氣了。

接著，便是野貢・江春農布和土司家族的世代仇人用生命和馬刀的一場對話。

「十四年前，我父親死在你們野貢土司家的人刀下。」

「不錯，那把刀現在還在我們野貢家。」

「現在輪到這把刀成爲一件紀念品的時候了。」

「你要知道，野貢土司家現在有洋人的快槍了。」

「哈哈，洋人的快槍再快，可我一點也不著急。我是澤仁達娃。⑤」

「生命很短暫，快樂卻有限。你想要得到的東西，可要抓緊時間下手。」

「你說得不錯，在我的馬刀揮起和落下之間，快樂和死亡就完成了。有什麼話捎回家嗎？」

「臨終不說多餘的話，是上等的好男兒；飛行不多拍翅膀，是有翅力的好鳥兒。下手吧。我第二次說這話了，我希望不會說第三次。」

草地上只見一道寒光飛過，江春農布的頭便滾落在澤仁達娃的馬蹄下。

澤仁達娃手下的人想去拾起這顆倔強的頭顱，用一個勝利者的方式羞辱它，但是它卻逃了。它順著草地的坡度向峽谷裏滾去，躍過了草地邊上的一條水溝，又繞過了一座瑪尼堆，那上面有蒼白陳舊的經幡飄揚，雪山上的風吹動著經幡嘩啦啦作響，在天空中散發著藏族人祈願吉祥的吟誦，就像藏族人見了瑪尼堆都要繞上一圈一樣，江春農布的頭顱還有時間圍著這無名的瑪尼堆轉了一圈，還用嘴叼了一塊石頭，輕輕放在瑪尼堆上，那是他對神靈世界最後的敬畏。然後，它穿越了一片樹林，那樹林背後有一座天葬台，幾隻兀鷲還盤旋在天空，等候人們將一地的屍體砸碎。

江春農布的頭顱仍然沒有停留，它翻滾著跳過天葬台，繼續向峽谷方向奔去。這時，它遇到了一道橫亙的山坡，擋住了它的歸路。而澤仁達娃追趕而來的馬隊的馬蹄聲已經很近很近了，急迫的蹄聲似乎要把大地敲碎。頭顱躊躇片刻，毅然用它的牙齒咬住山坡上的草根，再用兩隻巨大而堅韌的耳朵做支撐，一蹭一蹭地往上爬。

澤仁達娃的手下已經追到了山坡下，他們被所看到的景象驚呆了，有人用火繩槍向頭顱射擊，但是頭顱攀援的速度超過了子彈飛行的速度，槍手們怎麼也打不準它，眼睜睜地看著頭顱翻過了它歸家之路的最後一道障礙。

在峽谷裏，野貢土司的管家旺珠聽見狗的狂叫，便一陣急跑，打開土司大宅的大門，隨著一股血腥氣撲面而來，江春農布的頭顱一臉悲愴地正衝著他，嘴角上還緊咬著幾棵草根呢。

管家一屁股坐在了地上，失聲痛哭：「佛祖呀，土司們的仇殺又開始了。」

大約在兩百年前，野貢・頓珠嘉措的高祖父——第五世野貢土司，迎娶了卡瓦格博雪山背後的巨人部落頭人查拉的女兒，但是，據說這個長得身高體壯的女人卻不會生育。依照土司們的規矩，這種條件下，他有權再娶一個女人爲妻。

那時，峽谷地區風行一種名爲「帕措」的父系氏族社會形態，在藏語裏，「帕」指父系、父親，「措」指血緣，「帕措」一詞連起來的意思，就是「以父系血緣關係爲主要血統而形成的家族」。一夫多妻制在「帕措」制中是非常普遍的。但問題出在那個來自雪山上的女人，在五世野貢土司的新妻子討回家後不到一年，就跑回了娘家，因爲她的一隻眼睛被暴怒的五世野貢土司打瞎了。

雪山背後的地域，向來被人們稱爲「熱克」地區，「熱克」在康巴藏語裏有勇士之意，還有一個意思是出戰必勝。人們常說，熱克地區的康巴漢子刀出了鞘的話，就一定要沾血的。

在一個月黑風高的夜晚，巨人部落的查拉頭人帶人闖到了野貢土司家，雙方沒談上三句話，查拉頭人的刀就跳出了鞘，因爲五世野貢土司的話深深地刺傷了查拉頭人的自尊。他說：「再貧瘠的土地，只要你深耕細作，就會有收穫；而你女兒的肚子簡直就是岩石一塊，再優良的種子播下去也長不出糧食。」

就在土司碉樓前的院子裏，五世野貢土司被查拉頭人一刀刺穿了喉嚨。仇殺的禍根就此種下。十三年以後，六世野貢土司率人攻陷查拉頭人的部落，將查拉頭人拖在馬後面活活拖死了，還放火燒了村子。

過了五十年，查拉頭人年僅十二歲的重孫，用一支毒箭射穿了六世野貢土司大少爺的胸膛。

再過四十年，在瀾滄江上游白狼部落的德若土司家族，和藏政府的一個宗本、以及噶丹寺的活佛調解下，兩個世代爲仇的家族坐在一起談判，那時，野貢土司家族已經傳到第七代，而那個當年射毒箭的少年也長成了一個剽悍的康巴漢子。

雙方談妥了賠償條件，由巨人部落賠償野貢土司銀子五百兩，作爲土司家大少爺的「命價」，從今以後，兩個家族不再仇殺。然後雙方喝了牛血酒，結爲盟幫。

酒喝到高興處時，查拉頭人的重孫說：「如果不是我當初的那一箭，你今天當不了土司。」

七世野貢土司說：「是啊，我其實一直都想找機會感謝你。」說完，七世野貢土司抽出腰間的康巴藏刀，將桌上的一個印度香梨劈爲兩瓣，一瓣給查拉頭人的重孫，一瓣留給自己。

巨人部落的後代畢竟嫩了點，將野貢土司獻上的那瓣以示和解的香梨吃了。但是，哪知道野貢土司康巴藏刀的刀刃上一邊塗了毒，一邊卻抹的是蜂蜜，他回到自己的部落後，毒藥才開始發作，在他快死時，閻王告訴了他死因。於是兩個家族間的仇殺競賽再度開始。

七世野貢土司六十歲時，在生日壽宴上多喝了幾杯，土司家的人也被慶典的歡樂弄得疏於防範。第二天，人們發現老土司被勒死在自己的床上，而一個僕人卻神秘地失蹤了。幾年以後，人們發現他在巨人部落做一個放牧的自由民，但是他的自由沒有享受多久，就被人將他的頭砍下，送到了峽谷中的土司家請功來了。

到第八世野貢土司頓珠嘉措時，他發動了三次針對巨人部落的戰爭，其中一次成功地偷襲了澤仁達娃父親的帳篷，土司的家丁將帳篷的繩索砍斷，帳篷塌下來，把裏面的人全裹住了，外面的殺手們刀、槍、矛一齊朝亂成一團的帳篷往死裏扎，直到把那頂黑色的犛牛毛帳篷扎成了紅色的篩子。但是，一個才四歲的小孩，卻被一個忠勇的僕人巧妙地壓在屍體堆下，這個小孩就是澤仁達娃。

年輕氣盛的頓珠嘉措不喜歡偷偷摸摸的暗殺，自從得到了白人喇嘛的九子快槍後，他更樂意像射殺岩羊那樣，射殺巨人部落的康巴騎手。派自己的弟弟江春農布到雪山下的草甸上尋找被掠走的牛羊，不過是借機尋找再和澤仁達娃決一死戰的機會罷了，但沒有想到的是，裝備精良的土司武裝竟然中了澤仁達娃的埋伏。

對於土司或頭人家族來說，只要有世仇，仇殺就像一場接力賽，一代又一代地傳接下去。父仇報不了子報，子報不了孫報，是這個世界上的一筆冤孽它終歸得有個了結。每一筆孽債算清，都是一段血腥而精彩的傳奇在雪山峽谷間上演。仇恨是一顆種子，總有一天它會發芽，除非你把仇人一家斬盡殺絕。但要做到這一點是何其艱難。

在給江春農布超渡靈魂時，頓珠嘉措土司請噶丹寺的讓迥活佛打了一卦，問什麼時候可以取下澤仁達娃的頭顱。

德行高深的讓迥活佛一般從不輕易給人打卦請神，因爲這屬於神巫神漢才做的事情，但是礙於土司的情面，他只採用了一種最爲簡單的羊肩胛骨占卜法。土司的管家將剔盡了肉的羊肩胛骨投入火中，活佛在一邊念誦著經文。

烈火燒得那片羊肩胛骨吱吱作響，冒出的油一滴滴地融入火中，屋子裏瀰漫著羊油的清香。人們一會兒看看入定的活佛，一會兒看看火中的那塊骨頭。待羊肩胛骨燒出了神秘的紋路，活佛讓人把它取出來，湊到眼前仔細地觀看。能不能儘快復仇，神靈便會通過這些紋路昭示給大家。那時刻，野貢·頓珠嘉措感到自己的心都要蹦出來了。

「是獨腳鬼泰烏讓使你們不和的。你們應該敬畏他。」讓迥活佛說。

「活佛，泰烏讓獨腳鬼有三百六十多種，我們得提防哪一路的獨腳鬼呢？」管家旺珠問。

頓珠嘉措不耐煩地說：「管它是一隻腳的鬼還是兩隻腳的鬼，我關心的是啥時能取下澤仁達娃的頭來。」

「愚癡的人啊，與其行五毒，不如持五行⑥。一類的因必然產生一類的果，大慈悲才爲根本。你的眼睛現在爲魔障所遮掩，怎麼可以看到將來。不過我可以告訴你，澤仁達娃將死於一個放牛娃手上。中國再換兩個朝代，澤仁達娃都還活著呢。」

活佛說完這話就起身走了。頓珠嘉措氣得臉都白了，中國一個朝代的江山就是幾百年，難道我野貢家要傳到十幾世以後才能殺澤仁達娃嗎？他澤仁達娃又不是苯教的巫師，可以活上幾百歲。

土司砸了一隻酥油茶碗，衝著活佛的背影吼道：

「儘管你是替神說話的活佛，但我野貢家的人，總有一天會取下澤仁達娃的腦袋。殺他的人絕對不會是一個放牛娃！你污辱了我們野貢家族。」

下午，頓珠嘉措土司突兀地問管家旺珠，「白人喇嘛現在最需要我們爲他們做點什麼？」

「他們麼，」旺珠不假思索地說：「他們最希望老爺在胸前掛一個十字架。」

「真是下人的腦袋。你難道沒有聞到他們身上的那一身羶味？」

「老爺的意思，是請他們洗個澡？」

「去呀，把帳篷在溫泉邊搭起來，另外，給我準備一匹騾子的銀子。」

管家旺珠木木地站在那裏沒有動，在他漫長的管家生涯中，他從沒有爲土司家族支出過如此巨大的開支。

「耳朵給狗吃了？」土司踢了管家一腳，他才一溜煙地跑了。

野貢家在瀾滄江邊有一處私人溫泉，周圍用木柵欄圈了起來，除非有土司家邀請，任何人都不能來這裏洗澡。據說這是神靈賜給野貢家族的，每年的藏曆新年，土司常把帳篷搭在溫泉邊，一家人便整天泡在溫泉裏，泉邊有燒烤的牛羊肉和鮮美的犛牛奶、酥油茶、各種甜食、青稞酒。峽谷裏有句諺語說，「天上的日子再好，也不如在土司家溫泉裏泡一天。」

神父們接到去溫泉泡澡的邀請，竟激動得直呼上帝。他們確實已經忘了沐浴的滋味了。兩個神父在旺珠的引領下來到江邊，頓珠嘉措土司已經赤裸著身子泡在泉水中了，熱氣蒸騰中的他，像一頭漂在水中的大肥豬。

「請下來吧，神父，這泉水不是地上湧的，而是天上淌下來的。」土司說。

神父們向溫泉的上方望去，果然見到一股白色的蒸汽從江岸的坡地上迤邐而下，溫泉的泉眼一定在山上，空氣中飄蕩著濃郁的硫磺味。兩個神父矜持片刻，便脫了衣服鑽到水中去了。當溫燙的泉水接觸到皮膚時，沙利士神父的眼淚湧上了眼眶，他連忙掬一捧水灑在臉上，心裏說，主啊，這不是在夢中吧。

溫泉下方幾米遠瀾滄江的波濤聲生動而質感，人就像頭枕在一個又一個的波浪上。峽谷上方的天空似一條寬闊的藍色大道，白雲是這大道上匆忙的商旅，雪山是白雲停靠的驛站，神父們不知道自己是哪一朵漂泊的白雲。

「主啊！土司先生，你的脖子上好像有個小動物！」杜朗迪神父忽然驚呼道。

「哦呀，神父，你們看，我身上到處都是這種東西呢。不要怕，牠們會吃掉你們身上不乾淨的東西。」頓珠嘉措土司不當回事地說。

兩個神父幾乎同時驚得從水裏跳了起來，因爲他們發現，原來自己的身上也到處爬滿了紅色的蚯蚓一樣的軟體動物。

土司哈哈大笑：「這是自然的恩賜。一個有身分的人，是用不著自己搓背的。」

那確實是一種專以人身體上的污垢爲食的小生物。神父們儘管噁心得不行，可是當他們任憑這些軟體動物到處亂爬時，感到牠們好像是在深翻塵封多年的土地。如果不去想牠們，還真像有人在給你抓癢癢哩。

杜朗迪神父嘟嚕道：「這可真是西藏人的享受。」

他們在溫泉裏直泡得骨頭都發酥了才起來，兩個神父認爲這是今生以來洗得最爲痛快的一個澡。泉邊的帳篷裏，僕人們已燒好牛羊肉，打好了茶。神父剛喝了第一碗茶，土司一揮手，僕人們就抬來兩大筐銀子擺在了神父們的面前。

杜朗迪神父好像什麼都知道似的，「其實耶穌基督更需要你的一顆善心，而不是仇恨。」

「你需要更多的信徒傳播上帝的信仰，而我需要更多的槍爲我弟弟報仇。」野貢土司直截了當地對神父們說。

「不，尊敬的土司先生，你錯了。你需要愛你的仇人，並請求上帝寬恕他的罪過。看看那些在上帝面前懺悔過的罪人吧，他們的心中已再沒有了恨。如果你要求我對你有所幫助的話，我只能給予你仁慈的教誨。」

「可是當初你來的時候，送給我的卻是槍。」野貢土司嘟噥道。

「是的，我送過槍給你。但是現在，我更願意送你一本《天主教要義》，這上面將告訴你耶穌基督的真理和上帝的榮耀。」杜朗迪神父拿出用藏文寫的那本小書。

野貢土司接過那本書，看也沒看就放在一邊，「神父，你知道一個土司的榮耀是什麼嗎？那就是殺死他的仇人。我需要你們洋人的槍，越多越好！」

「主啊，饒恕這個迷途的罪人吧。」杜朗迪神父在胸前畫了個十字。

「這是什麼意思？」土司問。

「如果你不求我主耶穌的寬恕，你會下地獄的。」神父說。

「朋友，你們說話怎麼和噶丹寺的活佛一樣了？我告訴你，一個土司是不會下地獄的，他的來世還是土司。只有澤仁達娃這樣的人才會下地獄。要是你們的地獄和我們藏族人的地獄不一樣的話，兩個地獄我都要他下。」

野貢土司的聲音很大，像一個醉漢的瘋話。兩個神父一時被他殺氣十足的喊叫震住了。

這時，一直言語不多的沙利士神父用冷漠的口氣說：

「我們需要在峽谷裏建一座教堂，如果你不反對的話……」

頓珠嘉措土司眼珠轉了轉，大度地說：「峽谷裏多一座寺廟有什麼不好呢？你們保證人們升往天堂，我保護峽谷眾生的安寧，在這一點上，我們是一致的。」

「在主的護佑下，我們終於找到相同之處了。」杜朗迪神父說：「十支快槍，但願它們帶給峽谷的是安寧。」

野貢土司笑了，「如果再多十支，連烏兒都不敢來驚醒神父們的夢。」

峽谷裏薄暮升起時，兩個神父一身輕鬆地踏上了歸途。遠遠近近的狗吠聲此起彼落。藏族人煨桑的青煙在峽谷中扶搖直上，與黃昏的霧靄漸漸融爲一體。雪山被晚霞浸染，呈現出神秘美麗的橘紅色調，像一個燃燒著的神靈；隨著時間的慢慢流逝，神靈的火焰暗淡下去，峽谷便緩緩沈入黑暗。

這時，一支悠揚的藏歌不知被誰唱起，那聲調拖得長長的，高高的，野性十足，似乎要把即將來臨的漫長黑夜穿透，把藏族人的苦難穿透。

建在牛皮上的教堂

瀾滄江的水又一次由肥變瘦、由渾黃變清澈、由暴烈變溫柔的季節，傳教士們認爲自己在峽谷地區已經站穩了腳跟，開始著手建立西藏第一座教堂的計劃。

杜朗迪神父在寫給打箭爐教區莫維爾主教的信中說，依託天主的聖意，我們已經順利地在西藏的土地上播下了信仰耶穌基督的種子。爲了這一天的到來，我們傳教會五年來的努力總算沒有白費。這裏的人們並不像外界傳說的那樣蒙昧愚鈍，儘管他們還生活在彷彿中世紀的歐洲，但是他們善良溫和，信仰堅定。男人是天生的修道士，女人是虔誠的羔羊。

在這片苦寒荒蕪的土地上，沒有信仰的生活是無法想像的。雖然這裏並不是神父們的樂園，但也不是信仰者們的荒漠。尊敬的主教大人，我和勤奮刻苦的沙利士神父在這裏工作三年多了，現在已爲十六個虔誠的信徒付了洗，使他們皈依到天主的聖寵之下。

這個成績雖然很小，但這不是這塊土地的過錯，而是這裏還未經耕耘。現在，我們看到了上帝的光輝第一次照耀到了這片彷彿洪水滔天時代的峽谷。我聽到天使在雲端中喊：「伸出你的鐮刀來，因爲收割的時候已經到了，地上的莊稼已經熟透了。」

峽谷裏的青稞剛剛收穫，大片裸露的土地呈現在爲教堂尋找立足之地的神父們面前。峽谷裏的地是最珍貴的，能放平一隻桶的地方，都是世代藏族人耕種的土地。杜朗迪神父看中了位於驛道邊一塊屬於噶丹寺的平地，它離水源很近，而且很方便，旁邊有一條從雪山上淌下來的溪流，佃戶們只需挖開水溝就可以澆地了。

噶丹寺每年從這片土地上要收五百石青稞，多年以前，噶丹寺的絳邊益西活佛就說過，這片地是神靈的糧倉，連冰雹都不敢下到這塊土地上。神父們爲如何拿下這塊地作好了充分的準備，他們請來寺廟的大總管貢嘎喇嘛、知縣劉若愚和他的士兵、野貢土司的管家旺珠，就在地邊和貢嘎喇嘛商量買地的價錢。

「這是神靈的土地，出多大的價錢我們也不會賣的。」貢嘎喇嘛堅決地說。

貢噶喇嘛既是寺廟的大總管，也是負責僧眾紀律的「鐵棒喇嘛」。在寺裏，是一個僅次於堪布和活佛的職務，由於峽谷地區土匪常來打劫，有時還會衝到寺廟的佛像前公然掠奪搶殺，因此，這一帶的各個寺廟都養有武裝僧團，由寺廟裏那些年輕氣盛、念經又長進不大的喇嘛們組成，交由貢嘎喇嘛管理。他身材高大，面相威猛，可以輕易地將一頭犛牛扳倒。因此，貢噶喇嘛在噶丹寺、在峽谷地區雖然算不上高僧大德，但當他發話時，瀾滄江的水也得打一個哆嗦。

杜朗迪神父說：「上帝在創造世界時，就創造了峽谷裏最大的一塊平地，它本來就屬於上帝，只是暫時託付給藏族人代管罷了。不過出於對寺廟的尊重，我們願意出錢將這塊土地爲上帝贖回來。」

「這是很公平的交易，神父們是知書識禮的人，沒有人比他們心地更善良了。」知縣劉若愚站在兩個士兵的前面說。

如果沒有帶槍的士兵，他不敢在藏族人面前大聲地說話；如果沒有白人喇嘛，他不會給藏族人找來這麼多的麻煩。噶丹寺的喇嘛們覺得這個大清皇帝派來的知縣越來越令人討厭了。

佛教的信徒們向喇嘛們報告說，劉知縣私下裏見了兩個白人喇嘛，都是喊杜爺和沙爺。而他對寺廟的活佛卻從來都是斜著眼睛看的。他帶著兩個老婆到藏區來做官，又娶了一個康巴女人做第三房。據說，他天天都要吃藥才上床，而到早晨起來時，連上馬去衙門的力氣都沒有。高僧們認爲峽谷裏純淨了幾百年的空氣，將會因爲這個漢人官吏的放縱而受到污染。

杜朗迪神父讓人抬來一筐銀錠，然後說：「你們看，這是我們向你們買地的銀子，其實，我們只要很小很小一塊地就夠了。」

「就這一點銀子，你們能買多大一塊地呢？」貢噶喇嘛輕蔑地問。

「不多，有一塊牛皮大的地方給耶穌立足就行了。」杜朗迪神父說。

「就一塊牛皮大的地方？」貢噶喇嘛向杜朗迪神父逼問道。

「耶穌基督需要的是信念，而不是地方的大小。哪怕在一個針眼大的地方，喏，僅僅是一個針眼，上帝也存在。我們只追求上帝的永恆，而絕不強求其他。」

「你可敢與我們立下契約？」

「當然。我們都是將契約擔在肩膀上的僧侶，我們與上帝有契約，而你們與你們的神靈有約。來吧，請公正的知縣先生為我們作證吧。」

那時，貢噶喇嘛低估了杜朗迪神父的聰明，他甚至沒有想到和寺廟的堪布、活佛們商量，就提筆在白人喇嘛早已準備好的契約上簽下了自己的名字。

一般來講，寺廟對外的經濟事務，都由貢噶喇嘛一手操持，無論是放高利貸，還是買地賣地，貢噶喇嘛簽下的契約，從來沒有讓寺廟虧過本。

為了顯示自己辦事公正，劉知縣真的讓人找來了一張新鮮的牛皮，噶丹寺的喇嘛們將牛皮攤開，說：「拿去，這就是你們的耶穌站的地方。」

可是，杜朗迪神父又有新的說法，他說，耶穌基督怎麼能站在這張還帶有血污的、骯髒的牛皮上傳播自己的教義呢？他提出牛皮必須經過三天的水浸泡洗後，才能作為耶穌基督的立足之地。

喇嘛們商量後認為，白人喇嘛還是目光短淺，一張牛皮即便泡上三天，也撐不到哪裡去。要想在這樣大小的地方蓋教堂，除非他們擁有魔鬼的法力。而雪域高原的魔鬼們是不會輕易為白人喇嘛所控制的。三天的時間，貢噶喇嘛準備在寺廟裏做一場法事，詛咒白人喇嘛要蓋的教堂。

但是，白人喇嘛的法術超出人們的想像。三天以後，峽谷裏所有的體面人物都目睹了白人喇嘛的戲法。杜朗迪神父拿出了一把晶亮的剪刀（**人們還記得沙利士神父在給藏族人做手術時，曾用過這把小巧精緻的剪刀**），把那張泡脹發軟的牛皮一圈又一圈地剪下，牛皮變成了細細的、長長的牛皮繩。

在峽谷裏最聰明的腦袋瓜、學問最深的活佛，也不明白白人喇嘛究竟要幹什麼的時候，杜朗迪神父讓知縣的士兵將牛皮繩拉直、拉長。士兵們拉著牛皮繩，每走五十步，就留下一個人，像木樁一樣永遠地立在那裏，然後，其餘的人繼續牽著牛皮繩往前走。

他們走過了大片大片的青稞地，走過了雪山下的溪流，走過了綠蔭匝地的核桃樹林，走過了驛道，走過了驛道邊的三座瑪尼堆，甚至還走過了一小片草場，直到人們都快看不到他們的身影了，最後一個士兵才牽著牛皮繩走回來，這時，他手中的繩子還有好長一截哩。

「好了，這就是一張牛皮大的地方，上帝之光將從這裏照耀著你們的峽谷。」杜朗迪神父輕鬆地說。

所有的人就像中了魔鬼的法術一樣說不出話來了。貢噶喇嘛的臉一下被魔鬼擰歪了，許久沒有恢復原狀，直到他挑起了與白人喇嘛的戰爭。

「你們，你們是一群魔鬼！我要把你們的上帝剁碎了餵瀾滄江的魚。」然後，他抽出了腰間的康巴藏刀，向杜朗迪神父撲去。但是，知縣的士兵用槍口抵住了他的胸膛。

「買賣成交。根據大清國咸豐皇帝和大法國大皇帝簽署之《辛丑條約》，大法國天主教傳教會之傳教士在中國享有保教權。外國神父在中國無論何處何地，均可買地租屋，建蓋教堂。我等均應悉聽尊便，不可爲難，以示和約精神。故從今以後，此地屬於大法國外方傳教會，各級官吏、僧俗人等，均應給予其我大清國之禮儀和慷慨。」劉知縣在士兵們的槍口後宣布說。

這時，一陣怪異的風從人們的頭上掠過，一個沙啞的聲音從半空中傳來：

「火最早是從木頭中取出來的，但是毀滅森林的就是火。」

人們循聲望去，只見苯教法師敦根桑布正騎著一面鼓從峽谷上空飛過。

村裏的幾個六十歲以上的老民還記得，他們還是在孩童時見過他的面，那時他就是一個八十多歲的老巫師了，而今天漂浮在半空中的他，看上去卻不到三十歲。不過，由於他和魔鬼們是朋友，所以他是一個出入於冥界與生界、法力超強的巫師。

據說敦根桑布才十三歲時，便被一群魔鬼掠去，魔鬼們帶他跑遍了整個雪域高原，待他重新回到瀾滄江大峽谷時，他已經知道了許多魔鬼的名字和他們的居住地，更爲重要的是，他掌握了人類無法認知的各種降伏魔鬼的法術。比如，他袍子裏的一張小網可以捕獲作祟的魔怪，他還能用一支羽毛截斷生鐵，爲生者祭神，爲死者降伏魔怪，是他多年以來在峽谷裏贏得人們尊重的主要原因。

但是在兩百年前和黃教進行的一場宗教競賽中，他輸給了噶丹寺的高僧。當時，苯、黃兩個教派的喇嘛在爲去世的五世野貢土司做靈魂超渡、降伏魔怪的儀式，敦根桑布剛剛打坐入定，他的鼻尖上便飛上來一隻蜜蜂，無論他如何調集全身的法力也不能趕走牠，在他一分神的瞬間，敦根桑布請神時所有的觀想修持土崩瓦解，這使他頓失各路神靈的保護，自己也變成魔鬼了。

後來他費了好大的勁，在雪山上的一個土洞裏苦修十多年，才重新恢復了苯教巫師的身分。不過，這次法術的失敗，使野貢土司家族從此禁止苯教在峽谷地區傳播，僧俗百姓也不許修持苯教的巫術，只有在峽谷地區遭遇到大災難時，才允許他回來協助格魯派黃教的喇嘛們降伏魔怪。

從那以後，敦根桑布就成了一個騎一面羊皮鼓，在峽谷上空飛來飛去的雲遊僧。沒有人知道他從哪裡來，也沒有人知道他將去到哪裡，更沒有人確切知道他是否還活在人間。但是每當他不請自來，回到峽谷地區時，總有大事件發生。

「哦呀呀，尊敬的上師，請把話說明白了再走！」貢噶喇嘛跪在了地上，雙手掌心向上呼喊道。

「你在跟誰說話？」劉知縣問。

「敦根桑布回來啦，你們的末日到了。」貢噶喇嘛仰頭望天喃喃地說。

劉知縣、白人喇嘛都向半空中望去，但是他們什麼也沒有看見，只嗅到了一股用世界上所有的語言都不能表述清楚的異味，這種味道令人頭暈目眩，心靈空虛，因爲這與苯教神秘的巫術有關。

杜朗迪神父和沙利士神父有些不明白貢噶喇嘛的意思，問劉知縣：

「誰是敦根桑布，他在哪裡？」

貢噶喇嘛輕蔑地笑了，「你們看不見他的。因爲你們沒有藏族人的眼睛。」

白人喇嘛甚至連藏族人的靈魂都要控制，沒有藏族人的眼睛算得了什麼呢。教堂以一種出乎峽谷地區人們想像的速度，在一節一節地拔高，沒有人見過這樣古怪的房子，它不是河谷地區的藏式碉樓，也不是峽谷地帶的土掌房，人們看見一個像雪山上的尖峰一樣的樓房矗立起來，比藏族人蓋的碉樓還要高出好幾層，立在峽谷一側的噶丹寺就顯得比它矮多了，今後，寺廟裏的一切有關神的活動將被白人喇嘛盡收眼底。

更爲關鍵的是，它深深刺痛了護佑峽谷地區的各路神祇的眼睛。一些年輕氣盛的喇嘛站在山梁上，用甩石器把一塊塊石頭像飛鳥一般射向教堂的彩繪玻璃，將它們擊得粉碎。那玻璃碎裂的聲音刺破了人們的耳膜，讓許多人在好長的時間內聽不到任何聲音。

這是藏傳佛教對天主教的第一次警告。

而白人喇嘛們並不領會這個挑戰，他們將彩繪玻璃重新安裝起來，並在外面安上護板。在教堂建築工地的外圍，當初被命令去牽牛皮繩的士兵如今仍然站在那裏，他們的槍口衝著或憤怒或迷惑的藏族人。

這些每隔五十步就像一根根木樁立著的士兵從沒有接到撤退的命令，因爲他們的長官被白人喇嘛收買了，成天躺在床上吸鴉片，以至於忘記了在風雨中還在給白人喇嘛站崗的士兵。他們的身上長了黴，生了苔蘚，亂草一般的頭髮讓小鳥在上面做窩，衣服成了荒草一樣的顏色，皮膚和臉也與大地的顏色一模一樣。他們的腳上也長出根鬚，使他們動彈不得。教堂打圍牆時，漢地來的工匠已分不清他們究竟是一根廢棄的木頭呢，還是一個個的活人，就派人去問劉知縣。

劉知縣正在和軍官們吸大煙，故作詫異地說：「荒唐。木頭就是木頭，士兵就是士兵。難道你們沒有長眼睛麼？」

軍官們不耐煩地說：「你管他是木頭還是士兵，就讓他們永遠立在那兒好了。」

工匠們爭辯說：「老爺，他們真的是士兵啊！」

軍官吹起了鬍子：「是士兵回來還得天天操練，白吃皇上的糧餉。你來付啊？」

工匠們手中正缺木頭，也就順勢把那些可憐的士兵當作柱子與圍牆砌在一起了。

只有一個士兵還有力氣提出抗議，他用蚊子鳴叫一樣的聲音說：「我在湖北老家還有七十多歲的老娘呢，你們可不能把我拋在這裏。」

一個老工匠說：「兄弟，自古忠孝不能兩全。你就當這是爲皇上盡忠了罷。」

這個冤死鬼最後用只有他自己才聽得見的聲音哽咽道：「盡個鳥的忠，老子是在爲洋鬼子站崗呢。」

白人喇嘛其實也知道這些陌生的士兵的忠勇和苦衷，但是如果沒有他們站在外面，白人喇嘛就不會睡得踏實。

杜朗迪神父想給士兵們做臨終傅油聖事，以便使他們有罪的靈魂得到拯救，皈依到天主的聖寵之下。他手捧《聖經》來到圍牆牆根，對一個已經和圍牆融爲一體的士兵說：「可憐的孩子，如果你信仰耶穌基督，我將指領你的靈魂走出地獄，升往天國。」

士兵一動不動，惟有風聲嗚咽。

神父又說：「啊，我聽見你的懺悔了。藉神聖的傅油，賴天主的無限仁慈，願天主以聖靈聖寵護佑你，赦免你的罪，拯救你，並減輕你的痛苦。阿門！」然後，神父把從打箭爐帶來的經莫維爾主教祝聖過的聖油抹在士兵灰撲撲的臉上。

峽谷中還是只有嗚咽的風聲。

貢噶喇嘛自從與白人喇嘛鬥法輸了後，一直在利用藏族人的方式報復這些佛法的敵人。他的道行並不高遠，但他知道一些民間常用的毀敵巫術。比如說，他私下裏把兩個白人喇嘛的名字寫在紙上，連同一些寫有「斷命」、「掏心」、「斷精力」的咒語一起，放入自己的靴子中，這樣他每走一步路，都把白人喇嘛踩在腳下，並實施一次充滿刻毒的詛咒。

不過，最厲害的毀敵巫術是要找出白人喇嘛的靈魂所在。依照藏族人的傳統，每個人的靈魂、家族的靈魂、甚至一個民族的靈魂，都和動物界或者植物界的某種生物有關。動物界的老虎、狗熊、獅子、大象，犛牛、騾子、綿羊，植物界的樹木、花草，甚至自然界的湖泊、山丘，都可能是人們靈魂所寄居的場所。

簡單地說，如果某個仇敵的靈魂寄居在一頭犛牛身上，那麼，你把這頭犛牛殺了，你就奪去了他的魂魄，他的死期也就不遠了。從前格薩爾王在和霍爾國作戰時，就是首先降伏了象徵霍爾國國王靈魂的一座雪山上的妖魔，才打敗霍爾國的軍隊的。

然而，難題在於人們不知道白人喇嘛的靈魂寄居在什麼事物上，他們來路不明，信仰的又是不同的宗教，他們的民族與魔鬼是什麼關係，人們也不得而知。可是，令白人喇嘛也始料不及的是，有一股神秘的力量始終在與他們作對。在直插西藏藍天的尖頂教堂剛要峻工的那天，峽谷裏便刮起了前所未有的大風，將白人喇嘛教堂的尖頂像吹一頂帽子一樣吹進了瀾滄江。

就像教堂的彩繪玻璃被擊碎後又重新安裝上一樣，白人喇嘛不知是不明白西藏這塊神秘的土地上無處不在的法力，還是過分相信自己的銀子，他們在很短的時間內，又將教堂的尖頂重新立了起來。但是就在完工的那一天，峽谷中狂風大作，雷雨交加。一個能控制雷霆的護法神甩出兩個威力巨大的炸雷，準確地擊中了教堂的尖頂，將它炸得燃燒起來。在噶丹寺措欽大殿做法事的喇嘛們，都聽見了白人喇嘛驚恐的哀嘆。

向上帝開戰

教堂的尖頂後來一直沒有能再立起來，杜朗迪神父原來打算在教堂尖頂的閣樓上安放一個大鐘。但是峽谷裏風聲日緊，信奉耶穌基督的藏族人已經成了人神共怒的發洩對象。他們來教堂做祈禱時，只得貼著村莊的牆根灰溜溜地來，再灰溜溜地回去。

一些天主教徒經常在背地裏受到佛教徒們的嘲笑，他們被人們稱爲「洋人古達」。「古達」一詞在東部藏語中，有獻媚、奴顏之意，是人們對搖尾乞憐的狗的形容。那時峽谷裏的藏族基督徒還沒有意識到，自從把自己交給了上帝，他們便命中注定要與孤獨、歧視、傷害相伴。上帝即便能拯救他們的靈魂，但卻不能帶給他們多少好運。宗教總是和人們的日常生活緊密相連，可當宗教成爲日常生活的障礙時，信仰便成了一種災難。

彼得是峽谷裏的第一批天主教教民，當杜朗迪神父用神奇的白色藥丸救活了他全家時，彼得皈依了耶穌基督。他是一個厚道忠誠的人，租種著噶丹寺的幾小片青稞地。半個月前，當噶丹寺爲讓迥活佛順利完成三個月的閉關修行而舉行慶祝活動時，所有的僧俗百姓都去寺廟敬獻哈達和禮物，並接受讓迥活佛的摩頂祝福。但是彼得拒絕讓迥活佛爲其摩頂，他當著眾人的面說：

「我是天主的選民了，我已經領受了天主的恩賜。活佛的祝福我再不需要啦。」

他對活佛的不敬，當時令所有的喇嘛氣青了臉，但是讓迥活佛溫和地說：「作爲一個藏族人，你可要看清什麼是真正的祝福。回去吧。」

彼得在活佛面前昂首轉身離去，這是非常不敬的。任何人見了活佛後，都是躬身退出，沒有誰敢把自己的背影朝向活佛。貢嘎喇嘛在彼得走出寺廟後，帶了幾個年輕喇嘛追了上去，將彼得按在地上痛揍了一頓。從那以後，天主教徒見到穿袈裟的喇嘛都躲得遠遠的了。

杜朗迪神父認爲這不是一件小事，對基督徒的侵犯就是對上帝的傷害。他找到劉知縣，要求喇嘛寺爲此賠償。劉知縣立即帶了一隊士兵到寺廟，要求交出肇事者。可是貢嘎喇嘛哪裡肯依，他們把劉知縣的人趕了出去，還打傷了三個士兵。

一個月以後，劉知縣從峽谷外搬來援兵，他們在山道上設伏抓捕了貢嘎喇嘛，將他五花大綁地捆了，拘押在縣衙門裏。據說連讓迥活佛前去求情，都被那個清軍管帶驅逐了出去，他高坐在大堂上，翹起二郎腿將腳底衝著活佛，傲慢地說：

「抓你們的人算輕的了，以後再在這峽谷裏得罪洋大人，我就關你的廟門。」

人神共怒的時刻終於來臨。貢嘎喇嘛手下的那幫年輕氣盛的喇嘛不聽讓迥活佛的勸阻，聯絡了鄰近幾座寺廟的僧侶，還有那些忠實的佛教信徒，向上帝和祂的信仰者們開戰。

實際上，那段時間邊藏一帶已經成了一個火藥桶，隨時都可能爆發大規模的流血衝突。朝廷的官員們一方面派兵為外國傳教士提供武裝保護，一方面又限制寺廟裏的喇嘛數量，將大批的出家人趕回家種地放牧，不從者只有一種結局——殺。

可是朝廷的官員們忘記了，在西藏這塊桀驁不馴的土地上，無論你有多大的權勢，當你把人和神靈都得罪殆盡時，你的末日也就來臨了。

大暴動是一聲口哨喚來的，多年以後，僥倖活下來的沙利士神父在他事後一直沒有出版過的回憶錄中寫道：

「我們只聽見了一聲刺人耳目的口哨聲，這種口哨是遊牧部族和山地部落獨特的語言，它和驅趕牲畜、狩獵以及談情說愛有關。但是我們萬萬沒有想到，它還和戰爭相連。」

口哨喚來了滿山遍野的康巴人，然後是更多的口哨此起彼伏，更多的康巴人躍馬橫槍，衝殺而來。

峽谷在搖晃，瀾滄江江水也被這萬年難遇的精彩一幕所撼動，從而發出憤怒的吼聲。喇嘛們圍攻了縣衙門，要求交出貢嘎喇嘛。守備隊的士兵慌亂中打死了兩個衝在前面的年輕喇嘛，事態頓時不可收拾。

守備隊瞬間就被康巴人的洪流淹沒了，在縣府即將被攻破之時，劉知縣手刃了自己的兩個愛妾。如果說，殺第一個愛妾他還有憐香惜玉之情的話，殺那個康巴婦人時，他就帶著一股莫可名狀的惱怒了，「都是你們康巴人幹的好事。」他怒氣沖天地說。然後，他提著血淋淋的刀來到原配劉黃氏的房間，那劉黃氏正把兩個兒女摟在自己的懷中，像一頭絕望的母獸，睜著驚恐的眼睛望著一臉殺氣的夫君。

「要是過去你對藏族人好一些，我們何至於有今天！」劉黃氏說。

「說這些都晚了。我們不能白頭偕老啦，共赴國難罷。」

「我自己來。但是你得給我們留下孩子。」

「婉兒已經十四歲了，豈能受辱於那些蠻子！」

劉黃氏大哭，孩子也大哭。劉黃氏哭著跪倒在地，「他們是信奉佛教的人，不會做那傷天害理的事，夫君啊！」

劉知縣一腳踢倒了妻子，把兩個孩子奪了過來，丟下一句只有鐵石心腸的人才能說出口的話：「貞潔比生命更重要。吊繩我已經給妳準備好了。」

劉知縣的小兒子榮兒才八歲，爲他的康巴愛妾所生，此時早已嚇得嚎哭不已。而大女兒婉兒卻驚人地鎮靜，只用一雙哀怨的眼睛深深地看了母親一眼，然後問父親：「爹，你都安排好了？」

這清醒的一問，反而讓劉知縣淚雨橫飛，禁不住仰天長嘯，「妳爹爹受皇上恩賜，為官一任，家事國事，一樣都沒有安排好。直鬧得暴民四起，家破人亡。天殺我也！」

院子裏還有劉知縣的幾個親兵，都是隨他從山西老家跟來的。直赴黃泉的馬匹已備好，劉知縣一揮手，一行人紛紛上馬，向外面奔湧而來的洪流衝去。

大家都把生死置之於度外，誰離死亡更近，誰更渴望逃離這紛亂的人間，誰的腳下便會有一條歸去的路。劉知縣帶著幾個亡命徒邊打邊突，總算讓他衝到了瀾滄江的懸崖邊。

他把兩個兒女接下馬來，指指江水說：「婉兒，榮兒，江的下游就是漢地。到了漢地，我們的陰魂就可以找到歸宿。跳下去吧。」

婉兒給她父親磕了三個響頭，一句多餘的話也不說，掉頭就跳到江裏去了。榮兒只看到他姐姐的頭在渾濁的江面上一閃，就不見了蹤影。他喊：「姐——」

劉知縣淚流滿面，扶著兒子的肩頭說：「下去吧，找你姐姐去。」

榮兒說：「我怕，爹。」

「蠻子來了，你會更害怕的，他們會掏你的心。」

「爹，你不能保護我了嗎？」

「榮兒，你看這天下盜賊四起，生靈塗炭，你爹連朝廷的官印都保護不了了。覆巢之下，焉有完卵乎。」

「爹，我們都死了，哪個為你養老送終啊？」

「榮兒，我們一起走了。你爹沒有歸家養老的福。」

「爹，江水好急，會淹死人的。」

「爹知道，江水急，回家的路就短了。不出十日，我們就到了山西老家，爹不是早就答應過你了嗎，要帶你回山西。」

「山西有什麼好吃的呢，有核桃和羊肉嗎？犛牛肉乾有嗎？」

「有，都有，我們山西還有大棗呢，那大棗又甜肉又厚，一咬……」

「爹啊爹，你推我一把吧。」

「唉，我劉某人不知是造了哪樣孽，一生盡幹最不願意幹的事情。皇上啊皇上，你看到了嗎？朝廷的邊藏大事，怎麼弄成這個樣子啊！我劉家滿門盡忠了！」

劉知縣趁自己仰天呼喚，朝廷卻聽不見他在瀾滄江峽谷中毫無意義的空悲切之際，一腳就將自己的孩子踢下瀾滄江，然後，他用一支杜朗迪神父送給他的勃朗寧手槍，了斷了自己走背運的一生。

在他奔赴黃泉的路上，他看到了自己匆忙趕來的妻子，她脖子上的繩子都還沒來得及解下來呢。兩人悽楚的目光倉皇相對，都讀出了對方眼中的內容。一個說，妳總算沒丟我劉家的臉，今後劉家的祠堂裏會有妳的一席之地。另一個說，去你姥姥的，還我的兒女來！

當暴動來臨時，彼得和托馬斯是第一批受害者。向寺廟租地種的托馬斯也是在侍奉上帝和順從寺廟的選擇中，虔誠地站在了上帝一邊。一次寺廟要維修措欽大殿，所有的佃戶都被派了差役，在過去，這是再正常不過的事情。可是托馬斯卻拒絕前往。他說，這天是上帝耶和華恩賜給藏族人的安息日，在這樣的日子裏，他不能去喇嘛寺裏幹活了，否則就是對上帝的褻瀆。

彼得和托馬斯被暴動者從家裏驅趕出來，房子也給扒了，他們把兩個教民吊在核桃樹上，問還信洋人的上帝不。托馬斯說，當然信，我們還要追隨耶穌基督升往天國哩。於是，貢噶喇嘛就讓手下的人割下了他們的鼻子和耳朵，但是，他們仍然死心塌地地追隨耶穌基督，後來，憤怒的石頭和弓箭便淹沒了他們的軀體。

彼得在臨死的時候悲哀地喊道：

「主啊，我們都是藏族人啊！寬恕他們的罪吧。」

喇嘛們則憤怒地喝道：「有罪的是你，你對活佛不敬，你被魔鬼奪走靈魂了！」

但是當這個世紀走到末端的時候，噶丹寺的喇嘛們卻把彼得的重孫扛在了肩膀上，因爲他被認定爲是雲南藏區一個活佛的第十世轉世靈童。可那個時候的喇嘛和教民們，怎麼會想得到有這麼一天呢。上帝和佛陀也想不到。

峽谷裏的基督徒如驚弓之鳥，紛紛躲到教堂裏尋求保護。地裏的莊稼荒蕪了，牧場上的牛羊無人放養。教堂成了驚濤駭浪中的一葉扁舟，隨時都可能傾覆。

沙利士神父望著一院子神情哀泣、驚惶不安的教民，憂心忡忡地對杜朗迪神父說：「戰爭開始了，我認爲我們應該暫時撤出去。」

「不。我們要趕快武裝起來，保衛教堂！」杜朗迪神父大聲喊道，像一個戰場上的指揮員，而不是一個神父。

「可是我們只有幾十個教民。」

「人子的光榮到了，主與我們同在。」杜朗迪神父向天空伸出了雙臂。

「也許我們可以指望峽谷裏的納西人，他們畢竟不是藏傳佛教的信徒。」沙利士神父建議道。他曾經到納西人聚居的村莊去爭取過信徒，他們對他還算友好，但是他們說，納西人有自己的宗教東巴教，也有自己的東巴祭司。大自然中，他們的神祇已經很多了，不需要再崇拜其他民族的神。那個納西人年輕的族長和萬祥還說，一個在人家屋簷下的人，是不會向主人的窗戶扔石頭的。

不過，沙利士神父認為納西人是一個聰明實際的民族，也許花些銀子，可以暫時招募一些納西青年為保護教堂出力。

「一個真正的基督徒，可以抵得十萬雄兵。沙神父，要在西藏傳教，我們和佛教徒必有一戰，早來比晚來好。現在該輪到我們給他們一個教訓啦！」

沙利士神父非常驚訝地看到了杜朗迪神父眼中從未有過的狂熱和癡迷，那是一個殉教者走到天堂的門口時才會有的目光。作為一個傳教士，他的職責只是傳播上帝的福音，而不是與人戰鬥。沙利士神父不知道杜朗迪神父究竟是怎樣想的，但是他認為，在強大的藏傳佛教面前，傳教士既是耶穌基督的火種，也是在乾燥的森林中玩火的人，一不小心就可能引來滿山遍野的大火，把自己燒了也就罷了，還將殃及許多無辜的人。

沙利士神父苦著臉問：「看看這一院子的老人和孩子吧，神父，我們怎麼教訓那些騎在戰馬上的康巴人？」

杜朗迪神父自信地對一籌莫展的沙利士神父說：「上帝早把一切都安排好了。你帶兩個人，馬上到漢地去搬救兵。」

「軍隊一來，峽谷裏將屍橫遍野。」

杜朗迪神父說：「這就是上帝的懲罰，異教徒的命運。爲了升往天國，與其教誨他們按上帝的意願去死，不如讓他們爲上帝而獻身。」

「可是，殺戮是違背上帝旨意的。」沙利士神父爭辯道。

「神父，十字軍東征聖城耶路撒冷時，穆斯林教徒的鮮血還淹沒到了十字軍騎士們戰馬的膝蓋呢。」

「那你怎麼辦，還有這些教民？」

杜朗迪神父望著峽谷前方西藏湛藍的天空，喃喃地說：「沙神父，不流血，上帝的福音到不了拉薩。」

沙利士神父感到杜神父對流血的渴望已經超過傳教的理想，他把自己當成走向十字架的耶穌了。鮮血真的能喚起藏族人對上帝的崇敬嗎？沙利士神父已經沒有時間多想，他挑選了托馬斯的孩子馬修和孤兒亞當，馬修十一歲，亞當十三歲。

如果一座房子在熊熊燃燒，沙利士神父能做的只有先救出無辜的孩子。他對他們說：「我們去找能伸張正義的人，但願他不會給你們藏族人帶來災難。」

沙神父走後，杜朗迪神父叫人緊閉了教堂的大門，讓兩個教民在圍牆上放哨。所有的教民都進教堂，這是心靈和生命最後的避風港了。戰爭的烽火已經映紅了峽谷，但教堂裏最後的彌撒仍然按時舉行。那召喚教徒的鐘聲和槍聲交織在峽谷的上空，一個悠揚而詩意，一個刺耳而血腥。一身白色祭衣的杜神父開始佈道，他打開《聖經》，嗓音低沈地說：

「教民們，我的孩子，我的兄弟姐妹，今天是我主耶穌升天的日子，耶穌基督就在這一天完成了他偉大的救世義舉。在聖城耶路撒冷東橄欖山，耶穌基督爲自己的信徒們祝福，一朵彩雲降下來，就把我們的主耶穌接到天國去了。他是爲了你們而升天的啊！一個只有高居於天上的神，才可以拯救你們，才值得你們去信仰，並爲他獻出自己的生命。

就在昨天下午，我們的兩個教民爲主作證，爲你們贏得了榮耀。啊，我看到了，他們的靈魂已經升到了天國；我還聽見他們說，爲主的光榮而死的人有福了，我們從此免除了勞苦、病痛、饑餓和人間無窮無盡的災難。啊，異教徒的槍彈和弓箭正向我們射來，這是上帝對我們的考驗。

想一想走向聖十字架的耶穌罷，他是那樣愛我們，用自己的血使我們脫離罪惡，拯救我們的靈魂。《啓示錄》告訴你們說，『你將要受的苦你不用怕，魔鬼要把你們中的幾個人下在監獄裏，叫你們被試煉。你們必受患難十日。』我的孩子們，不要悲傷，上帝會擦乾你們的眼淚。天國近了，被殺的羔羊，將擁有權柄、富足、智慧、尊貴和榮譽。

看哪，生活是多麼辛勞和痛苦，讓我們在這個特殊的節日裏讚美天主的無限慈愛，讓我們爲聖子耶穌的升天與復活而歡慶吧。基督復活了，天使們皆大歡喜。基督復活了，墳墓中不再有死人。看哪，上帝的帳幕其實就在人間，祂要與我們同在。讓我們去追尋祂的光芒，面對異教徒的刀槍。阿門。」

「阿門！」所有的教民齊聲應道。有嚶嚶的啜泣在昏暗的教堂裏縈迴，像山澗中流淌的雪山上的溪流，清冷而孤獨。

「嘩啦」一聲撕心裂肺的巨響，教堂的彩繪玻璃被一塊石頭擊中了，紛亂的玻璃碎片像一團被擊散的雪花，飛濺在低頭祈禱的人們頭上。有的人脖子、臉被劃破了，鮮血潺潺流下，但是誰也沒有驚惶，連動也沒動一下。穿過教堂的風帶來了戰火的消息，彷彿瀾滄江的水從天而降。

杜朗迪神父拿起祭臺上的一個十字架，緩緩地走下來，向教堂外走去，他說：

「來，爲了上帝在西藏的榮耀，讓我們去。」

十天以後，沙利士神父帶來了一支由一個漢人將軍率領的軍隊。這個將軍的名字不爲人知，即便是在漢地，人們通常只稱他爲趙屠戶。他身材矮小，連五官也使勁地擠壓在一起，彷彿不那樣的話，就會與他的身段不相稱。但這是魔鬼的五官，他的耳朵一天也不能不聞見人的求饒和臨死前的慘叫，他的眼睛一睜開就在尋找可殺之人，他的鼻子呼吸慣了血的腥味，他的嘴巴即便閉得緊緊的，也會有一股股的殺氣洩漏出來，他的喉嚨裏滾出的最頻繁的一句話就是——戴好你的帽子，小心它第二天就找不到你的頭。據說他一天不殺人，就沒有味口吃飯，他到監獄裏視察時，砍掉那些不順眼的犯人的頭，可以增進他尊貴的食欲。他把這稱之爲「洗監」。由此引伸而來的還有「洗村」、「洗城」等等。如果說這位將軍於國家有什麼功勞的話，這就是「洗監」一詞對漢語言令人膽寒的貢獻。當他來到瀾滄江峽谷面對遍地的狼煙時，他感到自己將要胃口大開了。

教堂已經成了一片焦土，斷壁殘垣還在冒著縷縷青煙。倖存的教民已成了驚弓之鳥，飛到雪山上的樹林中躲藏起來了。杜朗迪神父的頭顱還掛在一棵大樹上，已經發腫發黑。他曾經以上帝的名義，努力想把自己變成一把刺向西藏宗教的矛，但是他忘記了讓迴活佛曾經告誡過他的話。

沙利士神父指著趙屠戶憤怒地說：

「你們必須對此做出解釋！否則我將上告中國皇帝。」

趙屠戶儘管殺人如麻，但是對外國人也是以爺相稱。

「沙爺，你不要急。我的炮彈會給你一個圓滿的答覆。」然後他抽出戰刀，對著藍天下紅牆金頂的寺廟說：「炮隊集合，目標——喇嘛寺！」

從那天起，瀾滄江的水改變了它的顏色，江水在白天變紅了，晚上又變黑了。江面上漂浮的屍體比水中的魚還多。從八十多歲的老人到十來歲的孩子，都被趙屠戶的大炮趕進了瀾滄江。

峽谷裏的大風吹送著遍野的哀嚎，那風聲讓人聽來像是天地間最悲壯的慟哭。過去人們只知道峽谷裏經年不息的大風會帶來一些山外世界的消息，但從來沒有人注意到風是會哭的。當風成為大地上的一種哭喊時，魔鬼和神靈都躲得遠遠的了。

沒有神靈護佑的峽谷，便是一條不設防的峽谷。噶丹寺的高僧們面對即將到來的戰爭請教了佛法的護法神，一天清晨在戰神白哈爾的法像前，前去供奉聖水的喇嘛撿到了一張神靈對於這場戰爭秘密的昭示——

咒語戰勝一切。

儘管貢嘎喇嘛對此表示反對，但是神靈的指示又不得不執行，況且，高僧們堅決地站在神靈一邊。貢嘎喇嘛有限的軍事常識告訴他，清軍的炮彈同樣可以打穿充滿信仰的血肉之軀和泥塑的佛像。他唯一可做的，便是讓手下的武裝喇嘛用浸透了水的棉被和犛牛皮蒙在寺廟的大殿和大門外，然後和大家一起集中在殿堂裏念經做法事，祈求神靈的幫助。

一個喇嘛吹響了脛骨法號，這把法號是用一個十七歲少女的脛骨做成的，而且她還必須是在虎年生的。獻出自己脛骨的少女及其家人將受到寺廟的終生供養，並且贏得人們的尊重。因為不到重大事件發生時，寺廟是不會吹脛骨法號的。它的號聲淒厲委婉，驚天泣鬼。它是災難的號角，死亡的前奏曲。它穿透了人們的今生和來世，甚至可以穿越六道輪迴⑦，直達九重地獄。號聲中，每個人都看到了黑暗的地獄就在眼前，一生的信仰將接受最後的考驗。措欽大殿鼓號齊鳴，誦經聲大作。炮口之下的喇嘛們在殿堂內一排排地跏趺而坐，以咒語、密宗儀式和清軍的克魯伯大炮開戰——

「唵，別炸巴轟，煎炸，媽哈落卡納，吽呸，唵，都嚕，都嚕則渣。渣雅，洛雅則渣。哈那，哈那則渣。布嚕，布嚕則渣，不媽不媽則渣。別都媽轟則渣。渣拉，渣拉則渣。沙巴未嘎吶，吶呀沙，則渣沙拉呀，沙拉呀則渣。吶嘎沙呀吶嘎沙呀則渣巴巴則渣，吽，吽，呸呸。沙面達嘎則渣。牒達則渣。吽呸。」

此經是藏傳佛教密宗咒語中的「十三輪金剛根本咒」，喇嘛們相信念此咒能息災退敵，救民於水火，打敗佛法的仇敵。這樣的密咒在藏傳佛教的顯宗和密宗中有八萬四千條，從音節上來講，多於清兵射殺而來的子彈，從意義上說，它和威力無比的佛菩薩的心相通，而戰神白哈兒和各路護法神是它力量的源泉。因此，射向寺廟的炮彈越密集，喇嘛們誦經的禱文也就越高亢激昂。這是語言和槍彈的戰鬥，信仰和政治的較量。

戰鬥剛開始時，喇嘛們的咒語顯示了它們的法力。最初射來的幾發炮彈在咒語的作用下飛過了寺廟，落到後面的山梁上去了。負責瞄準的炮手感到不可思議，炮彈飛到寺廟的上空時，不往下落，卻橫著飛了出去。

後來，炮手們降低了炮口，甚至把大炮直接推到離寺廟大門不足一百碼的地方。反正寺廟的反擊只有他們聽不懂的語言，而不是他們害怕的槍彈。經過校正過的幾發炮彈打在寺廟大門上蒙的棉被與牛皮上時，竟被反彈回去，把放炮的清兵炸死了不少。

在大殿裏念經的喇嘛們聽到外面清兵的慘叫，紛紛跑出來大聲呼喊：「神勝利了！神靈必勝！」然後，他們又回到大殿中，把手中的牛皮鼓、法號、鈸、法鈴等法器吹打得驚天動地。神靈的咒語像天上的雨點一樣密集而不慌不忙。

後來，清軍也請了來自漢地的神靈。他們在放炮前先焚香禱告，祈求家鄉的菩薩在此助他們一臂之力。也不知是因為外來的神靈讓喇嘛們的咒語失去了法力，還是由於漢地的菩薩更具威力，從那以後，從寺廟裏反擊出來的咒語便被清軍密集的子彈和橫飛的彈片紛紛擊碎。它們在硝煙中像受到驚嚇的燕子，吱吱呀呀地四散逃亡。

語言、音節、祈禱詞在槍彈面前是如此不堪一擊，寺廟外的天空和山梁上遍佈被打得支離破碎的咒語的屍體。在沒有信仰的大兵面前，佛法的威力形同虛設。喇嘛們跪在五世讓迴活佛面前，請他運用無上的法力擊退漢人的軍隊。可是讓迴活佛說：「既然他們連咒語都不怕，他們的災難就大過我們了。讓我們爲他們的惡行禱告吧。」

作爲一個佛教徒，他看任何事物都離不開因緣果報大法。當外國傳教士在峽谷裏欺民霸地時，讓迴活佛阻止了貢嘎喇嘛的進一步過激行爲，他告訴他們說，一類的因必然產生一類的果，雖三世諸佛也不能改變。白人喇嘛必將爲他們播下的錯誤種子吃到致命的惡果。他們的惡行越多，受到的報應就越大。

當以貢嘎喇嘛爲首的寺廟武裝攻打縣衙門和教堂時，讓迥活佛同樣也以因緣之法阻止過他們。但是那時群情激憤，峽谷裏到處飄揚著火藥的氣味，人們呼吸出的熱氣都充滿了戰鬥的欲望。到教堂被毀，教民被殺，白人喇嘛人頭高懸時，讓迥活佛第一個感覺到了寺廟的滅頂之災，因爲他在一個凌晨，看到措欽大殿中宗喀巴大師的法像在淌眼淚，這可是自有寺廟以來從沒有過的事情。他把老僧們都送到了相對安全的地方，寺廟裏收藏的上萬卷經書也著人漏夜運到了雪山上的山洞裏。因此，炮火之下的噶丹寺只有貢嘎喇嘛的一些誓與寺廟共存亡的年輕喇嘛。

再一次炮擊之後，寺廟裏已經沒有了聲響，因爲大殿裏的鼓被擊穿了，號被打斷了，誦經的喉嚨被硝煙填滿了。那把脛骨法號被一塊飛來的彈片擊斷時，人們聽到一個少女「哎喲」一聲淒厲的叫聲，這聲音在槍林彈雨中顯得那樣清晰和真實，連身陷絕境中的喇嘛們也不得不悲哀地承認：神靈也是會中彈的。

清兵包圍了寺廟，一個清軍管帶提馬向前，衝著一片死氣的寺廟高喊：「裏面的禿子們聽著，限你們五分鐘之內出來。雙手抱在頭上，否則槍彈伺候！」

貢嘎喇嘛從屍體堆裏探出頭來喊：「毀滅佛法的魔鬼，還是回去伺候你們的小腳女人吧！」

管帶朝身後一揚手：「炮隊準備速射，用炮彈給我把寺廟像這些禿子們的頭一樣地剃光。」

這時，管帶看見一個似人非人的怪物從天而降，他騎在一面破鼓上，後面拖著一眼望不到頭的黑煙。他從兩軍對壘的空地中飛馳而過，一股奇怪的無法形容的異味頓時充斥了宇宙，天地彷佛沈入無邊的黑暗，那不是沒有日光照耀的黑暗，而是喪失了信心、勇氣、知覺和感受生命確實存在的黑暗，是一個即將死亡的人在一瞬間面臨生命離他而去的黑暗。

士兵們一下沒有了方位感，不知道自己究竟身在何方，也從此忘記了自己是從哪裡來，又來這裏幹什麼。有的人在多年以後才醒過來，發現已回到了自己在江蘇、湖南、或者四川的老家。更慘的一部分人，則是去到了某個陌生的連做夢都沒有見到過的地方，自己隨軍征討的光榮歷史就像一堆已經乾硬了的狗屎。但是在他們的老家，已經有一座座衣冠塚孤獨地橫陳於青山綠水之間，他們的名字赫然刻在墓碑上。他們的妻子或者已經改嫁，或者已爲戰死的夫君殉情。他們被親人當成遊蕩的孤魂野鬼拒之於家門之外。這是對一個還活著的人最殘酷的懲罰。

黑煙之後是一場罕見的大霧，九天九夜峽谷裏伸手不見五指，點燈不辨東西。軍隊和大炮不見了，寺廟不見了，喇嘛們也不見了，還有他們的誦經之聲。峽谷裏除了瀾滄江的濤聲和風聲外，一點人的生氣都沒有。大地就像剛剛經歷了一場創世紀時期的洪水浩劫一般，到處是災難猙獰而悽楚的臉。趙屠戶在寫給慈禧太后的奏摺中說：「大軍所到之處，藏民望風跪拜，紛紛改宗易幟，歸附朝廷，齊頌老佛爺吉祥。」云云。

軍隊班師回朝，峽谷裏滿目瘡痍。沙利士神父在清軍的保護下，到高山森林中，把那些還躲在樹上和岩洞中的教民接回來。人們發現峽谷裏現在既沒有教堂，也沒有寺廟了，心靈不知道將存放在何處，未來也不知道將交給誰。

沙利士神父在教堂的廢墟邊臨時蓋了兩間房間，一間做祈禱室，一間做自己和幾個孤兒的房間。這次教難過後，教堂又增加了三個孤兒，六名女教民成了寡婦，約三分之二的家庭受到了不同程度的傷害。

面對一片焦土，遍地孤魂，沙利士神父忽然感到因爲信仰不同而發生的戰爭，是對信仰本身的最大諷刺。上帝的福音和愛，並不應成爲這塊土地的仇恨之源。但是事實上，上帝成了信奉佛教的藏族人眼睛中的沙子。

一個傍晚，沙利士神父在山道上終於碰見了那個孤獨的小女孩，他幾天前就聽說，這個叫央珍的小女孩的父母都被趙屠戶的軍隊殺了，她一直在村莊的遍地瓦礫中翻找可吃的東西，她大約只有十歲左右。沙利士神父有心將她收養到教堂中來。但是當他走近這女孩時，孩子驚叫一聲，像一隻受到傷害的小獸那樣向一處懸崖飛逃而去。

沙利士神父邊喊邊追，「孩子，啊孩子，請讓我來幫助妳。我是沙利士神父！」

小央珍身後就是萬仞深谷，她已無路可逃。沙利士神父小心翼翼地接近那孩子，臉上堆滿真誠的善意。

「來啊，孩子，到我這裏來。我帶妳回教堂。那裏有上帝的愛，還有吃的，有好多好多哩。」

但是他發現了一個令他膽寒的現實。孩子瑟瑟發抖，每當他試圖走近這孩子一步，孩子就抖得越發厲害，她臉上的驚恐使本來看上去十分可愛的五官都變了形。女孩沒有哭出聲來，但是淚如雨下，那是被嚇呆到已經失聲的表現。一個無助的小孩面對一隻兇猛的老虎時，大約就是這個樣子了。

沙利士神父羞愧萬分，他相信，如果他再走一步的話，女孩就會跳下懸崖了。他沮喪地退了回來。

但這個打擊對他來說還不是最大的，當他在回教堂的路上碰見一群綿羊時，發現這些無辜的綿羊見了他，也像剛才那個女孩那樣顫抖不已。有幾隻羊甚至嚇癱在地上，伸長了脖子彷彿引頸就屠。沙利士神父甚至還看到了綿羊眼睛中淌出的眼淚。他對著一群不諳時事的綿羊跪下了——

「主啊，求你饒恕我們的罪。即便中世紀的十字軍東征時，做得也沒有他們過份。但是這些迷途的羔羊，什麼時候才能認識到我們的一片苦心呢？誰去幫助那個可憐的孩子？誰能讓他們相信上帝的仁慈？主，如果我們的存在是這塊土地的一種罪過，那麼，就讓我們離開它吧。」

十天以後，信仰天主耶穌的教民在沙利士神父的組織下，借助於一根橫跨在瀾滄江上空的藤篾索——當地人稱爲溜索，紛紛溜到了荒蕪人煙的瀾滄江東岸。

那時，東岸還是被魔鬼控制的領地，只有勇敢的獵人才敢借助溜索到江東來打獵。溜索固定在江兩岸的岩石上，一頭高一頭低。在瀾滄江峽谷地區，這是一種最便捷也最危險的交通方式，一個金剛木做的溜梆套住溜索，繫在人腰上的兩根羊皮繩又吊在溜梆上，渡江的人一手抓緊溜梆，一手護扶住吊溜梆的繩索以保持平衡，然後雙腳一蹬岩壁，利用從高處往下溜的慣性，像箭一樣地射向對岸。

沙利士神父是第一次用溜索過江，儘管他不相信瀾滄江裏會有躍出江面的魔鬼，把人從溜索中一把掠下，但他不得不畏懼溜索下的瀾滄江，那些大大小小的漩渦、翻騰起伏的波濤，以及它的吼叫聲，可以抵一千個魔鬼。

一個教民提出，由他帶著神父一起過江，就像那些帶著孩子過江的女人們那樣，他說，他將把神父綁在自己的背上。你把眼睛閉上，喘一口氣的功夫就到對岸了。但沙利士神父拒絕了這個有損男人尊嚴的幫助。

「我們是去開闢一個全新的世界的，爲什麼不讓我自己試一試呢？」

沙利士神父在江邊做了祈禱後，人們爲他捆好羊皮繩，一個教民抓了一把茅草，塞到神父扶溜梆的那隻手上，權當手套。在開溜前，沙利士神父高喊一聲：「主啊，求你賜我力量和勇氣吧，我們來了！」然後他雙眼一閉，把自已射向江對岸。

❖ ❖ ❖

①一英尺約等於〇・三〇四八米。

②流行於藏區的一種宗教卷軸畫，通常繪於布帛和絲絹之上，是西藏地方繪畫的主要形式之一。其表現題材十分廣泛，既有宗教方面的，也有民俗、歷史等方面的內容。

③藏民族特有的祈禱、祭祀的方式。

④藏傳佛教密宗的修持方法之一，「破瓦」爲「遷移」之意，精修此法的高僧運用破瓦法，在即將圓寂時可自由投生，預言後世。

⑤「澤仁達娃」一名的漢語意思爲「長壽的月亮」。

⑥「五毒」佛經中指貪欲、瞋怒、愚癡、嫉妒、疑惑；「五行」佛典中指佈施行、持戒行、忍辱行、精進行、止觀行。

⑦指佛教六種不同的生存境界，六道即天、人、阿修羅、餓鬼、牲畜和地獄。前三道是善良虔誠的眾生投生之所，也稱之爲「三善道」；後三道是惡業較多的眾生投生地，又稱爲「三惡道」。

第二章　世紀末

法蘭西的天使

凱瑟琳老修女又一次從天國回到人間時，見到神父悲憫的目光中有如釋重負般的問訊。這讓她感到有點羞澀，她說，神父，我看到天堂的光芒了，可我還沒有走到那兒，你們就把我又叫回來啦。

但是神父卻一如既往地寬慰她，「凱瑟琳奶奶，妳看，主說妳還不能接受祂的感召呢。妳還有事沒有辦完。」

於是，凱瑟琳伸出自己枯瘦的手抓住了神父，實際上，自從她昏迷不醒的五個日夜以來，神父一直就守候在她的旁邊，她的手稍一動，神父就握住它了。

「神父，天使要降臨了。」

「是啊，我看快了。」神父邊說邊向教堂對面的卡瓦格博雪山頂上張望。今天天氣很好，卡瓦格博雪山聖潔明亮，它俏麗的峰頂直指湛藍如洗的天空，天使們一定會選擇這樣純淨詩意的地方棲息。

同前幾次死亡一樣，凱瑟琳修女神奇地徹底活回來了。看在上帝的份上，如果不是主顯示了奧跡，很難相信一個八十三歲的老人，在長達一年多時間裏，一次又一次地死去，一次又一次地復活。

凱瑟琳老修女半年前的一次死而復生，是因爲大地的一次輕微搖動，當時活在世上的人，誰也沒有感覺到這次地震，他們正在忙碌著為凱瑟琳奶奶辦理後事，教堂的唱詩班準備為凱瑟琳老修女唱最後的輓歌——安魂曲。但是躺在棺木裏的凱瑟琳奶奶突然坐了起來，說，神父，燭臺倒了。

正在祭台前與她告別的人們在驚愕中發現，果如凱瑟琳奶奶所言，裝有耶穌聖體的神龕前的燭臺確實倒了，但是蠟燭卻沒有熄滅，燭火也沒有燒著祭台上鋪著的金絲絨布。凱瑟琳修女後來解釋說，她在飛向天國的半空中看見大地在起伏，於是就急忙趕了回來，一進教堂就發現燭臺倒了。

後來官方遲來的消息證實，此地發生過一次四·六級的地震。而凱瑟琳修女這一次復活，你不得不承認是因為天使馬上就要降臨人間。

彷彿是天人感應，來自天空中的聲音，給大地上盼望已久的人們帶來了動人的消息：天使從雪山上飛下來了。

按照事先的部署，天使將降落在教堂後院的平地上。人們早已將那裏拾掇出來了，幾個警察儘量把人們從後院中心往外趕，縣上的兩個副縣長親自坐陣，準備在那裏迎接從雪山上飛下來的天使——在這些父母官們心目中，即將降臨在這塊虔誠而貧瘠的土地上的並不是天使，而是財神。

神父離開了正在慢慢恢復元氣的凱瑟琳，也來到後院招呼應酬。今天雖然不是什麼宗教節日，但是教堂卻高朋滿座，教堂的後院裏不僅聚集了縣上、地區的官員和記者，還有本地的民主人士、教派代表。他們中有藏傳佛教的活佛，有前藏族土司的後裔野貢家族的人，有村莊裏德高望重的老民，有經商的有錢人和錢還不是很多的人。總之，雪山下的一切體面人物都來了。這是教堂一年來最熱鬧的一天，連復活節和耶誕節都沒有過這麼多人。

神父的朋友，藏傳佛教黃教派噶丹寺的六世讓迥活佛瞅準一個機會對神父說：「凱瑟琳修女雖然信的不是我們的宗教，但一定是被我們教派的某位大師施了密宗的『破瓦大法』，把她的靈魂遷移出來了，這讓善良可憐的凱瑟琳老修女多次死而復生。她一定有件很重要的事情還沒有做。」

神父平和地對讓迴活佛說：「在我們的宗教看來，人死後，靈魂只能升往天堂。如果他一生中信奉天主的話，真正的基督都是可以復活的。」

這樣的爭論在這片寂寞封閉的土地上已經一百來年了，從嘴唇到唾沫，從心靈到智慧，從教宗到教派源流，從冷酷的刀槍到血肉的身軀，兩種宗教的衛士們一直沒有停止捍衛自身教派的尊嚴。但是今天，人們把教派之爭暫時放在了一邊，讓迴活佛應教堂之邀，前來觀看天主教的信徒們從遙遠的法蘭西請來的天使，做瀾滄江峽谷中人神共樂的表演。

今天從雪山上飛下來的天使，並不是一個登山專家，她只是一個愛好滑翔運動的法國女郎。她將從雪山半山腰海拔四千三百米的一個高山牧場上起飛，然後借助瀾滄江峽谷遒勁的大風，飛越瀾滄江，飛越峽谷地帶眾多的山脈、田野和河流，降落在瀾滄江東岸的天主教堂內，完成一個天使降臨人間的最富喜劇色彩的神話。

爲此宿願，這個名叫德芙娜的法國女子足足等了三年，終於在二十世紀的最後一年裏如願以償。作爲對當地政府慷慨支持的回報，她的家族將爲峽谷裏的一個釀酒廠提供援助，一家規模不算太大的中法合資的企業，將在德芙娜小姐高山滑翔成功時，在教堂裏正式簽訂合作合同。多年以前，這座教堂也是德芙娜家族中一個叔祖曾經傳教過的教堂。無論在傳教會還是德芙娜的家鄉，這位於二十世紀中期在西藏神秘失蹤的傳教士有許多的傳說。現在是印證這些傳說的時候了。

德芙娜小姐還在瀾滄江上空時，就通過衛星電話，向地面報告說她的感覺好極了，峽谷上方的大風讓她非常愜意，她就像在天國中旅行。而在地上的人們看來，她不過是具備了西洋人新近修煉到的某種可以駕馭空氣的法力。

隨著讓迥活佛一同來的噶丹寺的幾個老喇嘛，私下裏便交換過他們對眼下這個花樣翻新的世界的評判，他們指出，其實這沒有什麼神奇之處，從前苯教的巫師還曾經騎一面破鼓在峽谷裏飛行呢。如果這位法力深厚的巫師還活在人間——天知道他是不是還活著，因為很多人可以證明，他是出沒於神鬼世界和人間的一個不受死亡約束的僧侶，——他完全可以和西洋女子一比高低。只不過往昔那個人神不分、魔鬼比人多的時代，已如瀾滄江水轟然南去後，神靈們曾經馳騁過的峽谷只留下一些模糊的印象和餘音的回憶，像長年圍繞著卡瓦格博雪山峰頂的雲霧，時而密雲緊鎖，給人以沈重的擠壓感；時而又虛無飄渺，若隱若現，不可捉摸。

「一切都逃脫不了輪迴大法，外國人又到這大峽谷來賣弄他們的魔法了。」年邁的讓迥活佛悄聲對他身邊的一個喇嘛說，人們看見他的目光有一絲嘲諷。

從教堂所在的這個山口望去，天上先只出現了一個紅色的點，在天空中緩緩地遊動，然後它慢慢地變大，有一隻高原神鷹兀鷲那麼大了。在瀾滄江峽谷，如果上帝或者佛祖允許人挑選可以得到的最大恩賜，人們只會選擇一種，那就是飛。

現在，這個得到上帝賜福的法國女人飛過來了，她享受到了瀾滄江峽谷吹拂了千萬年的大風，或者說，她用西洋的法力成功地駕馭了它。她在天空中鳥瞰到了這片土地的雄奇和荒蠻，它不僅很美，而且美得令人驚懼。這一段雄偉壯觀、險峻嚴酷的峽谷，完全可以和美國的科羅拉多大峽谷媲美。歲月留下的滄桑歷歷在目，大地像一個憤怒的巨人，隆起和抬升，切割和落陷，都不是造物主的傑作，而是大地向造物主反抗的戰場遺址，你甚至可以感受到還飄蕩在這遺址上激烈搏殺後的硝煙。

在德芙娜小姐不知道中國、不瞭解西藏的時候，她不明白自己的祖先爲什麼要到這個在地圖上都難以找到的地方來傳教。現在，她在峽谷上空狂風的猛烈撕扯中忽然頓悟：要是沒有信仰，這裏簡直沒法生存。

實際上，瀾滄江大峽谷的風是不可征服的，不管你的法力來自於何方，有多深厚。德芙娜小姐沒能如願降落在教堂的後院裏，她在教堂前方猛烈的大風推動下，一直向偏北方向飄去。她不知道教堂所處的這個山口的大風，曾經給她的祖先、給所有在這裏待過的外國傳教士留下過何等深刻的記憶。

在滑翔前的演練計算中，她忽略了自有教堂以來，風就是它的敵人這個重要因素。德芙娜小姐像一隻紅色的大鳥一般掠過了教堂屋頂上的十字架，掠過了教堂後院核桃樹的樹梢，掠過了人們驚訝的目光。人們只看見她的金色長髮像一面飄拂的旗幟，在藍天中一閃，就不見了。

「她被吹到峽谷中去了！」有人驚叫道。

「主啊，願你的力量與她同在。」神父慌亂中在胸前畫了十字。

「哦呀哦呀，佛祖呀，快救救這個可憐的人吧！」年邁的讓迥活佛雙手合掌，開始急速地念起了平安經。

院子裏的官員們亂作一團，他們從沒有處理過這樣的突發事件，連和外國人打交道，也是第一次。人們湧出了教堂，沿著外面的滇藏公路狂追。

這條大峽谷中的唯一公路，像一條黃色的飄帶纏繞在崇山峻嶺之中，很難找到超過一公里的直線距離。它具有西藏東部地區道路的一切特徵，狹窄、崎嶇、險峻，九曲迴腸，奪人魂魄。如果德芙娜女士要想在這少有平地的峽谷裏平安降落的話，公路是她唯一的選擇。但在這條道路上，開車都不是一件容易的事，駕著滑翔傘降落，就不知要靠哪一路的神靈保佑了。

一年以後，當德芙娜小姐回到法國南部美麗的尼斯小城，坐在壁爐前，用一台幻燈機打出近千幅照片，向親友們講述她在西藏東部康巴藏區瀾滄江大峽谷中的傳奇經歷時，沒有一個法國同胞認爲她說的是真的。

那群人中，有自稱爲東方文化的愛好者，有到五大洲作過探險的高手，德芙娜小姐的家族從來就不缺乏高盧人的冒險精神。但遺憾的是，他們中除了有一個先祖到過西藏爲上帝服務外，半個多世紀過去了，他們對西藏的認識只能從德芙娜的敘述中補充一些新的東西。

德芙娜小姐說，確實有一位西藏的神助了我一臂之力。這不是上帝的力量，而是西藏到處都存在的神靈們的力量，儘管那裏還有全西藏唯一的天主教堂。藏族人有一條天天都要念誦的咒語，他們稱之爲六字箴言。任何到西藏旅行的人，當他被那裏險惡絕美的環境所困阨時，他最好和西藏人一樣，念六字箴言。神靈會在這個時候出來幫助他。那天我在半空中時，已經感到自己根本不能駕馭滑翔傘了，風太大也太怪了，我只能眼睜睜地看著它帶著我向瀾滄江裏衝去。如果我不想掉進湍急的江裏，唯一的選擇就是撞向絕壁。我呼喚了上帝，無數遍地呼喚，但是不管用。也不知是誰的力量讓我這時想起了人們曾經教過我的六字箴言。就在這時，一股神奇的力量彷彿托住了滑翔傘，將它神奇地撥轉了航向，我甚至沒來得及採取什麼措施，那個保護我的神靈就像輕輕放下一個嬰兒一樣，把我降落在那條又破舊又險峻的公路上了。主啊，一切就像做夢一樣，我感到西藏的神靈就伴隨在我的身邊。

「那麼，六字箴言到底代表著什麼，怎麼念？」有人問。

「唵嘛呢叭咪吽。噢，它太深奧了、太難念了。用法語簡直念不準它。藏族人彷彿是用鼻子而不是用嘴來念的。我認爲西藏佛教文化最精髓的東西全在裏面了，據說它從古老的梵文演變而來，聽起來，它就像來自宇宙的聲音。在西藏，到處都可以看到這條經文或者說咒語，寺廟裏、石頭上、懸崖上、藏族人懸掛的經幡上。一個虔誠的藏傳佛教信徒，一生中也許要念上幾百萬遍以上。他們天天、時時都在念。」

「是不是像我們念『上帝啊，赦免我的罪過吧』？」

「這個……也許是吧。」德芙娜小姐躊躇片刻，又堅定地說：「肯定不完全是，這裏面一定還有很多更深奧的東西。你們知道，西藏人不相信救贖，他們只求來世。在他們的生命觀裏，人是有前世、今生和來世的。如果今生不行善信佛，來世就可能變成牛馬牲畜。因此，爲了來世，他們寧願受盡今生的一切苦難。」

「這倒很有意思，誰知道你在西藏騎的某一匹馬，牠的前世是不是一個有罪的人呢。」那個東方文化的愛好者說。

人們都輕鬆地笑了，但德芙娜小姐有些生氣，「我不認爲這是一個很好的幽默。你們還是不瞭解西藏。」

這時，德芙娜小姐的爺爺、那個前西藏傳教士的兄長，一個九十多歲的白髮老者，用蒼老的聲音打破了壁爐前的難堪。

「親愛的，妳一定找到都伯修士的一些東西了？」

「弗蘭克爺爺，我只找到了這個，從一個認識都伯修士的藏族老教民家中翻到的。」德芙娜拿出一張用簡陋的木框鑲嵌的照片，遞給她爺爺。

「噢，可憐的都伯，上帝的羔羊。」老弗蘭克捧著照片，眼淚簌簌而下。那是讓思念牽扯出來的眼淚，散發著多年前的溫情。

人們看見的都伯修士，是一個高大俊朗的中年男子，站在遠離尼斯上萬公里的瀾滄江峽谷的某座山梁上，他的身後是荒涼的大山，看不見大山的頂。

德芙娜解釋說，這座大山就是在當地最有名的神山卡瓦格博雪山，但那時，人們更關注都伯修士的神態和面容，他穿著黑色長袍，看上去好像很不開心，憂心忡忡，他的目光望著前方的大地，似乎找不到著落點。他的身邊有一匹西藏峽谷地區的矮種馬，也是一副心不在焉的模樣。

在都伯修士的背後，依稀可見幾間低矮簡陋的藏式民房和一片麥地。人們沒有在照片上看到都伯修士供職的教堂。這張發黃的老照片就像一間古董店的櫥窗，人們可以從中一窺遠逝的歷史。

「這幾顆核桃也是我從那邊帶回來的，據說它們是都伯修士種在教堂的後院的。我去的時候，正是核桃成熟的季節，那一樹的核桃呀，在風中向我招手，彷佛都伯修士憂鬱的眼睛。」

德芙娜小姐那天發現教堂後院的核桃樹不同凡響，她從來沒有見過那麼根深葉茂的大核桃樹，即便在瀾滄江荒涼貧瘠的大地上，她也爲這片土地竟能有這樣一片綠蔭匝地的幽深和寧靜感動。

當她得知這就是傳教士們當年種下的核桃樹時，她也像現在的弗蘭克爺爺一樣，把感慨的眼淚灑在了那片陌生的土地上。那時，她好像見到了被遺棄在一個遙遠荒島上多年了的親人的遺物。那些核桃和樹上的綠葉在強烈透明的陽光照耀下，在濃鬱的深綠中閃爍著點點明亮的白光，好似跳躍在樹叢中有靈魂的金子。

那是來自西藏的核桃，對於弗蘭克家族的人來說，它們就像是從月球中採來的一樣。

「願上帝與他的靈魂同在。」老弗蘭克把一顆核桃捧在手心裏，不像是在打量一顆普通的核桃，而像是在端詳一顆敬獻給上帝的心。

德芙娜小姐介紹說，她從當地信奉藏傳佛教的藏族人口中得知，一九五〇年，毛澤東的紅色漢人即將進軍西藏前，天主教徒和佛教徒發生了一場流血衝突，都伯修士在逃走時，帶走了某件很珍貴的東西，其價值無與倫比。多年以來，人們為此一直爭論不休。

西藏的寺廟裏有很多的珍寶，但她認識的一個被稱為讓迴活佛的高級僧侶說，都伯修士當年帶走的東西，比他的寺廟裏所有的珍寶都值錢。當地的官員們也含糊其詞地認為，都伯修士實際上做了一件很不紳士的事情。如果他不擅自離開教堂，他將會像其他傳教士一樣，被安全地遣送到香港，然後，他就可以和弗蘭克爺爺一起，晚年天天在尼斯溫情的海灣漫步了。

但是，他帶著一個僕人跑了，自從他試圖翻越卡瓦格博雪山後，人們就再也沒有了他的任何消息。如果他能成功翻越卡瓦格博雪山，他就離印度不遠了。或許，他在印度隱居起來了，像那些修煉東方神秘的瑜伽功夫的隱士。按弗蘭克爺爺的說法，都伯修士從德國人的戰俘營出來後，性格就變得很內向古怪，不然，他也不會跑到遙遠的西藏去做一個與世隔絕的修士。

德芙娜小姐的敘述讓人們感到很沈重。他們想像都伯修士沒有結局的旅途以及那隨同他一起失蹤的神秘珍寶。但是他們發現，面對同樣神秘的西藏，他們的想像蒼白乏力。

自從教會方面將都伯修士列入失蹤人員名單後，老弗蘭克多年來一直沒有放棄尋找自己胞弟的努力，讓德芙娜到遙遠的瀾滄江峽谷去作高山滑翔或者投資，不過是老弗蘭克為了最終證明自己家族成員的榮耀而搞的一種試探。因爲傳教會不知出於何種原因，一直不肯給都伯修士蓋棺定論，到今天，他連一個殉教的名份都沒有。然而不幸的是，德芙娜只帶回了有關都伯修士失蹤前不良行爲的傳說，人們就更不知道如何對這個半個世紀前自願到西藏傳教的修士作出評判了。

那個東方文化的愛好者這時找到了發揮自己學識的機會，他引經據典，侃侃而談：

「我想令人同情的都伯修士帶走的，一定是某件珍貴的文物，比如說達賴喇嘛或班禪大活佛用過的法器，或者是某位高僧的舍利。因爲在西藏人看來，這些都是價值連城的聖物。就像我們中的某一位幸運者發掘到耶穌生前的聖物一樣。據我所知，傳教士們早年在那裏還是很受西藏的貴族和官員們歡迎的，十八世紀初，在最先進到拉薩傳教的傳教士們的努力下，七世達賴喇嘛就和我們的教皇克列門十二世互通書信問候，互送禮物。

哦，請想一想那些來自神秘的西藏宗教領袖身邊的禮物有多麼地珍貴吧！或者，都伯修士帶走了大量的黃金？我們知道，早在兩千多年前的希羅多德時代，歐洲人就認爲西藏是一個盛產黃金的地方。可以說歐洲人對西藏的認識，最早是從黃金開始的。有一個有趣的傳說，在印度以北的地方，有一種螞蟻比狗小，但又比狐狸大，牠們在築穴時，把地下的沙子挖出來，而這些沙子中就飽含了黃金。人們冒著風險，駕著駱駝去偷盜這些金沙，因爲一旦被那些既兇猛跑得又快的螞蟻發現，就誰也活不了啦。人們常常只能將公駱駝留下給螞蟻，騎著剩下的母駱駝飛逃。那可憐的母駱駝還惦記著圈裏的小駱駝呢，因此，只有牠能跑過像風一樣奔馳的螞蟻。

哦，請原諒，看我說得太遠了。不過，十九世紀後期，印度測量局的英國間諜蒙哥馬利上尉確實在西藏的西部發現過正在開採的金礦。」

說到黃金，這個東方文化的愛好者眼睛就發亮。

「請問，上帝和黃金、珍寶，哪個更重要？都伯修士是獻身聖職的人，難道他到西藏傳教僅僅是爲了黃金？請你尊重一個爲了上帝的榮耀而遠走他鄉的正派修士！」老弗蘭克用手中的銀色拐杖猛戳地板，他還沒有從往昔純真年代的美好記憶中回過神來。

「我堅信，令人尊敬的都伯修士還活在人間。他就在西藏的某座雪山上，就像剛才德芙娜說的那樣，在神奇的西藏，人是可以永生的。如果有必要，我將到西藏去找他。哦，可憐的都伯，請等著我。」

「弗蘭克爺爺，你該休息了。」德芙娜小姐說。

神話與現實

三年前，獨身闖進瀾滄江大峽谷的德芙娜並沒有給當地人帶來更多的驚奇，深感驚訝的倒是這個在世界各地我行我素的闖入者。尤其是當她在藏傳佛教氣氛濃郁的西藏看見十字架時，她的興奮與激動不亞於看見了教皇。

她第一次走進這個教堂的時候，一個慈祥和藹的老人正在院子裏剝核桃，她穿一身黑色的長袍，頭上也裹著黑色的包頭。那時德芙娜已在西藏旅行兩個多月了，藏族人這樣的衣著她還是第一次看見。不過，這個一身素黑的老人看上去頗有風韻，有某種若隱若現的貴族氣質；與終年在地裏勞作的婦人不一樣，她的皮膚細膩，似乎保養得十分得體。使人想到東方古老的瓷器，雖然年代久遠了，但仍然散發著迷人的光澤。

像大多數康巴地區的藏族人一樣，她的五官長得很開很飽滿，眼睛和鼻子特別傳神。那目光始終是慈愛平和的，帶著一股博大無邊的愛。她年輕時候一定長得很漂亮，聖母瑪利亞溫存和藹的目光也不過如此，德芙娜想。

老人和她一照面，就像一個老朋友一樣地拉住了她的手，邀請她到教堂裏坐坐。那時，德芙娜小姐連簡單的藏語都不會，除了堆出一臉的笑容，她不知該怎樣感謝對方的盛情。

但是最不可思議的事情發生了，老人用略顯生疏的拉丁語問：

「姑——娘，妳——從哪裡——來？」

德芙娜小姐嚇了一大跳，彷彿在巴黎的香榭麗舍大街上忽然聽到一個外星人跟她講話。好在她在上中學時學過拉丁語，她激動地拉著老人的手說：「法國，法國。我從法國來！」

「噢，噢，主啊，主。」德芙娜看見老人抬手去抹眼角的眼淚，還不斷地在胸前畫著十字。她從來沒有看見一個老人如此動情地哭過，但是沒有一點聲音。

這時，一個看上去很厚道的中年男子從教堂一側的屋子中走出來，看見德芙娜後，他卻有些驚愕。他用藏語和那個老人急速地說了些什麼，但是老人只是無聲地哽咽，無法回答他的問話。後來，他大概猜出來德芙娜是一個旅行者，便幫她放下背上的行囊，請她到屋子裏喝酥油茶。

這是他們的第一次見面。那個哭不出聲來、但能說拉丁話的老人，便是教堂的凱瑟琳修女。在以後的時光中，她充當了教堂神父和德芙娜小姐的翻譯，德芙娜小姐發現凱瑟琳修女所說的拉丁語陳舊而生澀，很多地方夾雜著一些她不明白的藏語。

老人平靜下來以後曾告訴她，她的拉丁語是跟當年的外國傳教士學的，好多年不說了，她以爲已經徹底忘記了呢，但當那天一見到德芙娜時，彷彿是天主的聖意，它們從她心中自然而然地就流淌出來了。不過，她們之間還是不能流暢自如的交流，比如當德芙娜小姐急切地問起當年在這個教堂傳過教的都伯修士的情況時，凱瑟琳老修女便沈默了，像一口古井。而這個教堂的安多德神父卻出生在紅漢人來到西藏以後，對教堂從前的歷史知之甚少。

實際上，促使德芙娜小姐對這個地區流連忘返的，並不是這座在西藏還唯一存在著的教堂，而是這裏迷人的人文風情。峽谷兩岸連綿巨大的山體和天地之間縱向排列的雪山，是在傳說中生長的令人敬畏的神靈，他們庇護著峽谷裏的牛羊、野獸、青稞、麥子、男人、女人以及江邊的鹽田——當德芙娜小姐深深愛上西藏後，她便學會了用西藏人的眼光來打量那些雪山、江河、瑪尼堆和到處飄揚的五彩經幡。受過良好地理學教育、又對人類學深感興趣的德芙娜小姐發現，這條隱秘的峽谷完全可以作爲人類進化歷程的教科書。

史前造山運動和河流切割的痕跡新鮮而滋潤，彷彿創世傳說中的世界剛剛在這裏完成，而創世的祖先們，還隱匿在那人類永不可及的雪山之巓。山體表層的運動如此劇烈，由山崩和泥石流造成的傷痕處處可見，那些巨大山體的傷口，年年都在流血，年年都在增添新的創傷。頭年還在放牧的高山草甸、樹林，耕種的坡地，第二年就可能面目全非，甚至不翼而飛。流傳在峽谷裏的創世歌謠和英雄傳奇被人們唱了一代又一代，但是每一代的吟唱者給人們敘說的並不是洪荒年代的歷史，而是昨天剛剛發生的事情。

開初德芙娜小姐聽見這些吟唱和傳說時，還認爲這裏的人沒有時間概念和歷史觀，她不知該爲他們悲哀還是該讚賞他們的樂觀健忘。但是當她在峽谷裏幾次進出，並待過相當長一段時間後，她發現滄桑演變在這裏不是漫長而無聲的，而是急迫又形神兼備、山呼海嘯般的。在最古老的寺廟裏，活佛們坐著最新款的日本豐田越野吉普，喇嘛們身上除了掛著佛珠和護身符外，腰間還別著愛立信手機。神話和現實，在這裏，實際上就是一對孿生兄弟。

很久以來，噶丹寺的喇嘛們，每年春季都有一個向寺廟後一座大山開槍射擊的儀式，人們告訴德芙娜小姐，說那山下鎮壓著一頭被降伏的野牛，如果不開槍予以威嚇，野牛就可能在雨季到來時拱破山體，威脅寺廟的安全。那些射向山體的子彈，都是被活佛念經詛咒施加過法力的，即便野牛不懼怕子彈，也得敬畏活佛們的咒語和法力。

「現在他們還向那座大山開槍射擊嗎？」德芙娜小姐向陪同她參觀寺廟的一位縣宗教局的官員問道。

「現在寺廟不允許有槍枝了，但每當舉行這個儀式時，我們會借槍給他們。」

「這麼說，你們作爲信仰馬克思主義的無神論者，也相信那山體裏真有一頭野牛嗎？」

「不，我們不相信。但是我們尊重藏民族的宗教傳統。」官員一本正經地說。

「就像你們並不信仰上帝，但也允許一些藏族人信仰天主教一樣。但它可不是這裏的傳統。」

「是的，儘管那是帝國主義侵略我們的產物。」官員忽然想到德芙娜小姐也是一個來自帝國主義國家的人，現在他們正需要她的投資和幫助，就聰明地打了個比喻，「好比一個私生子，雖然他來到這個世界上也許不太合乎道德常理，但他也有生存的權利。對不？在文明社會裏，我們還應該給予他更多的關愛。」

德芙娜小姐爭辯道：「尊敬的先生，我不同意你的比喻，但是我讚賞你們給予教民們生存的權利。」

「妳會看到我們所做的一切。我們還打算撥款重修教堂呢。」

這樣的答覆讓德芙娜小姐感到很驚奇。在她來中國前，她從西方的媒體上讀到過許多在共產中國的教堂因無人信教而關門或被封閉的報導。現在連西藏的教堂都要重建，那真是比上帝的福音還要令人感到欣慰的事。

其實，這個峽谷中的教堂並沒有多少西式教堂建築風格的特徵，它不過是一座土木結構的簡陋大房子，與其說是一座教堂，不如說是一座大倉庫。它有一個前院和一個廣闊的後院，那裏種有一些蔬菜和玉米，還有一個約兩百多平方米的葡萄園。教堂內部的陳設卻可以和歐洲的任何一座鄉村教堂媲美，人們對待上帝的態度是虔誠和正規的，無論是神父佈道的祭台還是信徒的懺悔室，無論是彩繪的耶穌像和泥塑的聖母像、聖約瑟像，以及兩側牆上懸掛的耶穌受難時的「十四苦路」圖，都讓人感到在上帝的世界裏，不論是哪一種民族，人們對他的尊崇是一樣的。

教堂的安多德神父說，從前教堂四周還繪有許多宗教壁畫，但是文化大革命時都被毀了。德芙娜問是誰幹的，安多德神父猶疑片刻，終於鼓起勇氣說：「當年搗毀教堂的人，我是其中之一。」

德芙娜小姐驚訝地問：「爲什麼？」

安神父羞愧地說：「妳不用問了，那是一個靈魂墮落的時代。」

德芙娜小姐感到，這個地方有很多的秘密，如果她能搞清其中的一兩個，那麼，她會讓全歐洲大開眼界。歷史的真相正在被時間所遺忘，動人的人生命運也正在被現代社會的喧囂所湮沒，天地間曾經發生或正在發生的事情，超過任何一個最聰明的腦袋瓜的想像。瞭解這些秘密的難題在於，每個人的心靈對他人來講，本身就是一個秘密。

教堂所在的村莊位於瀾滄江峽谷的東岸，被稱爲右鹽田，據說是在這個世紀初，由外國傳教士帶領藏族人開闢出來的；同在東岸，與右鹽田隔著一條山澗的山梁上生活著西藏的少數民族——納西族，他們的村莊叫左鹽田。正如右鹽田的藏族人過去因爲信仰被迫遷到瀾滄江東岸一樣，峽谷裏的納西人也是從地勢相對平緩的西岸遷過來的，只不過並不是爲了信仰，而是因爲鹽。

多年以來，瀾滄江深處的這段峽谷以產鹽而聞名於藏東地區，因此，人們稱這個地方爲鹽田。在苦寒貧瘠的高山峽谷地區，鹽是珍貴的，它是男人力氣的源泉，是女人乳汁的催化劑。

峽谷裏耕地太少，許多地方連一隻盛滿水的木桶都不能平放，更多的地方連在山崖上奔走如飛的岩羊也不能立足。但正是因爲有了鹽，人們才能夠在這塊土地上繁衍。同時，二十世紀在這條峽谷中演繹的林林總總的愛情故事和大大小小的戰爭，也都和鹽有過關係。就像鹽是人們生活中不可或缺的調味料一樣，它也讓一段乏味的歷史有滋有味。

比起藏東南的其他地方來說，鹽田縣是一個相對富裕的地區，它既擁有瀾滄江乾熱河谷地帶比較平緩的坡地，又擁有大自然恩賜的鹽井。那些常年從地底冒出鹽鹵水的井穴，就位於瀾滄江邊，現在，人們已經無從考證是誰最先發現井穴裏的泉水就是大峽谷裏的子民世世代代的財富、夢想，以及家族繁衍的力量之源。

一則流傳了很多代人的傳說，直到今天還經常被人們提及。幾百年前，當野貢土司告訴遷徙而來的納西人不得在犛牛行走的地方開地時，納西人把眼睛望向了天空，可是天空已被藏族人的神靈住滿，然後，他們又把祈求的目光投向了納西民族的自然之神「署」，東巴經書告訴納西人，「署」和納西人的祖先從前是同父異母的親兄弟，在宇宙間，納西人的祖先控制了農耕和畜牧，「署」則主宰了大自然中的一切。「署」用一根棍子在瀾滄江邊戳了幾個坑，說：

「那裏有你們的財富，有你們的子孫萬代。」

於是，含有生命力量的鹽鹵水就源源不斷地湧出來了。

但是，納西先祖們發現他們無法把鹽和水分開，江中的魚尚可以用人的力量從網中撈起，分離出水中的鹽則需要神靈的指引。一個勤奮的東巴祭司在樹皮紙上書寫這一段歷史時，發現滴落在樹皮紙上的汗水晾乾後結晶出了鹽粒。那絕對是「署」神對他的啓示，沒有比自然之神更智慧的神祇了。

神祇的啓示就像黑夜裏天空中的閃電，一瞬間照亮大地上的萬物，點燃人們智慧的火花。瀾滄江岸沒有平地，於是人們就在江岸的坡地或懸崖上，用圓木搭起一座座像吊腳樓一樣的平臺，用山上的黏土將平臺夯實抹平，然後把從井穴裏揹上來的鹽水倒進平臺裏，這就是瀾滄江峽谷獨特的鹽田。

它利用峽谷裏乾燥的大風和高原火辣明亮的太陽，將鹽水中的水分蒸發乾，田裏留下的就是結晶的鹽了。在沒有化學工業的時代，人們將鹽和水分離依靠的是火，而在瀾滄江峽谷裏崇尚自然神靈的納西人，首先想到的是公正無私的太陽。

鹽帶來了有限的商業繁榮，藏東地區崇山峻嶺中的馬幫驛道嗅著鹽的味道蜿蜒延伸而來，很早以前，這裏就成了漢地到藏區的咽喉之地。過去那些精明的漢族人、白族人、甚至納西人，將從漢地販來的絲綢、茶葉、布匹、紅糖等物品馱在馬背上，組成一隊隊的馬幫，雇用能吃苦又能爬雪山的藏族人為他們趕馬，從這裏翻越一座又一座的雪山埡口，走兩個月的路程就可到拉薩，再走一個月的路程便可到印度，然後，他們又把印度的香料、藏區的藥材等馱回漢地。

這樣一個來回，一般要一年的時間，在沒有公路的時代，馬幫是這個地區唯一的運輸工具，也是這裏的人們沒有被世界所遺忘的證明。要是沒有成群結隊的馬幫往來，山外世界改朝換代無數次了，也跟這裏的人們沒有一點關係。

德芙娜小姐曾經跟著販鹽的短途馬幫在瀾滄江峽谷的古驛道上走過一段，驛道的石板上還殘留著碗口大的馬蹄印，馬兒們步步都踩在這些古老的蹄印上，一步也不會錯。在驛道上行走時，給人的感覺就像這兒的時光永遠不會流逝。德芙娜在日記中曾寫道：

「歷史的足跡完好地保留在隱秘的大地上，清晰而神奇。但是卻沒有人知道。」

轉世靈童

左鹽田由於是一個馬幫的驛站，因此，它就比右鹽田繁華得多，加之納西人向來善於經商，右鹽田的藏族人即便是要買一節電池，也得繞過兩個鹽田間的那條深谷，到左鹽田去買。這年麥收過後，右鹽田的村民保羅帶兒子羅伊思到左鹽田趕集。父子倆中午時到一家川菜館吃午飯。

保羅認為那些四川人的菜做得不錯，這幾年大批的四川人、雲南人，或者不知道是中國哪個地方的人湧到了左鹽田，他們帶來了許多新奇的東西和越來越便宜、但卻越來越不耐用的百貨到藏區來。

從大彩電到馬掌。

就說馬掌吧，保羅剛在一家店鋪裏買了一副。從前，一副馬掌走一趟印度或者拉薩回來都還是好好的，而現在不會超過半年功夫，馬掌就磨得只剩一張紙那麼薄了。連生鐵都不耐用了，這個世界上唯一值得信任的就只有天主了。保羅想。

餐館裏進來了幾個老喇嘛，年齡大約都在七十歲以上，卻人人目光炯炯，精神矍鑠。他們在保羅的桌子一側坐下，一人要了一大碗麵條。那個開餐館的小個子四川老闆已經會說藏話，據說他討了一個康巴女人做老婆。保羅聽他問喇嘛們麵裏要不要加一點肉醬，但喇嘛們說，來一碗酥油茶就可以了。

他們拿出了自己背囊裏的木茶碗，一字排開放在桌子上，等待四川老闆來倒酥油茶。其中一個年紀最大的喇嘛眼睛不斷往保羅這邊瞄，保羅下意識地將自己的身體向另一側扭去，因爲他怕他們看見自己脖子上掛著的那個小小的銀色十字架。上帝的福音即便已經在峽谷裏傳播了近一百年了，但是一個藏族基督徒還是對那些曾帶給過他們慘痛教訓的喇嘛心有餘悸。在這些藏族人時刻都要頂禮尊崇的上師面前，信仰天主教的保羅唯有敬而遠之。

「那是我的碗，你還給我。」保羅聽見他兒子說。

他轉過身來，發現他兒子羅伊斯用手指著那個最年長的老喇嘛面前的酥油茶碗說。喇嘛們的木茶碗總是很考究，鑲銀包金，做工精細，看上去價值無比，像一件聖物。

「別亂說，羅伊斯。」保羅忙按下了兒子伸出去的手。

四個老喇嘛也驚愕不已，從他們的驚愕中，可以看出某種按捺不住的激動與狂喜，儘管他們人人顯得莊重威嚴。

「孩子，你說是你的，你就過來拿去。」那個老喇嘛和藹地說。

在保羅還沒有反應過來時，羅伊斯像條魚一樣，就從他手臂中滑出去了，他落落大方地走到了喇嘛們中間，拿起了他說是自己的那只茶碗，順勢就坐到了那個老喇嘛的腿上，像跟自己的老外公一樣熟稔。

老喇嘛莫名其妙地顫抖起來，他將羅伊斯緊緊地摟住，又從行囊裏掏出七八串佛珠，問：「找找看，這裏面有沒有你的東西。」

「羅伊斯，你給我回來！」保羅想過去抱他，但是其餘幾個喇嘛用嚴厲的目光阻止住了他。

羅伊斯挑了一串看上去很陳舊的佛珠，用一個大人的口氣說：「哦呀呀，我找了它好長時間了，原來在你們這裏！」

這是保羅第一次聽見自己的兒子用如此清晰準確的話語說話，聽起來陌生無比。這個孩子到三歲時，才能說一些簡單的藏語辭彙。直到這個中午以前，保羅還在來左鹽田的路上糾正兒子略顯結巴的發音。

那個老喇嘛忽然就老淚縱橫起來，他把羅伊斯放在凳子上，自己匍匐在地上，像一個孩子對著另一個孩子一樣哭泣道：「智慧慈悲的松覺活佛啊，你讓我們找得好苦！你離開我們的寺廟外出修行有四年啦，你好嗎？我是次仁堪布，你還記得我嗎？」

就這樣，一件好像弄錯了的事，在左鹽田這個簡陋的川菜館裏降生了。來自雲南藏區一座寺廟的高僧們，找到了他們的九世松覺活佛的轉世靈童——十世松覺活佛。而令人匪夷所思的是，他竟出生在一個信奉天主教的藏民家庭。

九世松覺活佛四年前在自己的禪房中面向西北方向圓寂，在他圓寂之前的一個夜晚，活佛說，他將要到雪山下一個盛產麥子的地方去修行。人們透過活佛的這句遺言，從寺廟往西北方向出發，尋找雪山下種麥子的地方，而在整個藏東地區，由於海拔高，只適宜種青稞，種麥子的地方倒十分罕見。

轉世靈童尋訪小組的高僧們走遍了藏區的無數座雪山，到著名的神湖納木措去觀看了湖相，他們甚至到拉薩的哲蚌寺，請法力高深的降神師打卦，從神靈那裏得到的啓示是，九世松覺活佛將轉世到一個只能看見一線天的地方，你們去那裏找他時，一個孩子會坐到你們的腿上。

當一陣風掠過左鹽田狹窄而塵土飛揚的街道時，人們都知道右鹽田出了個轉世靈童，小羅伊斯早已被激動的人們扛在肩上，在鹽田的街道上到處遊走。一條條雪白的哈達抛向這個可愛幸運的孩子，老人們巍巍顫顫地擠上前來摸他的腳，請他爲他們摩頂祝福。而那孩子令人驚奇地對蜂擁的人們表達出了與他的實際年齡不相稱的慈悲和關愛，他老成地向人們揮手，給擠上前的老人摩頂祝福，儘管他還不會一句藏傳佛教的經文，但人們有他的這一輕輕的觸摸就心滿意足了。

也許孩子只把這一切視爲某種童心世界裏的遊戲，但孩子的落落大方和對人們歡呼的欣然接受，已足以令人感到這種種神秘的奧跡，的確是前世活佛轉世投身到這個孩子身上了。喇嘛們嘴裏嗚嗚咽咽地向信徒們敘說剛才的奇蹟，他們幾年的辛勞終於在這一天功德圓滿。

而孩子的父親卻被人們撂在了一邊，保羅是一個寡言少語、性格溫和的藏族人，從來沒有見過這樣的場面。當他兒子被喇嘛們抱走時，他當時差點嚇暈過去。但是他發現所有的喇嘛對他兒子都彎下腰來，個個像慈祥的老祖父，便終於明白自己受過洗禮的兒子將被人們送到寺廟裏當活佛供起來，尊貴終生。保羅這才急得在人群中猛一跺腳，大喊道：

「壞了，要出教案了！」

保羅上過中學，瞭解一些瀾滄江峽谷裏兩個不同信仰的村莊過去的歷史，喇嘛教曾經給他的家族帶來過慘痛的記憶。

保羅不知自己是怎麼跑回教堂的，衝著正在吃飯的神父喊：

「喇嘛、喇嘛們搶走了羅伊斯！」

安多德神父當時驚得將手裏的飯碗打落在地，剛剛恢復了元氣的老修女凱瑟琳也嚇得雙手捂面，「主啊主」不停地祈禱。

到神父問明了事情經過，才緩緩出了口氣，安慰保羅道：「沒有關係。轉世靈童的最後確定還要經過縣裏、地區和自治區的宗教管理部門批准呢，如果你不願羅伊斯去當活佛，我可以幫你去申訴。再說了，按照他們宗教的規矩，這樣的孩子會找上好幾個作爲候選，誰知道他們會選上誰呢？」

「神父，羅伊斯是受過洗禮的啊！」

「我知道，他是天主恩寵下的孩子，天主的神印已經牢牢印在他幼小的生命中去了，他怎麼可以成爲一個藏傳佛教的活佛呢？我會幫助你的，我也會說服他們，哪怕跟他們再來一次宗教大辯論。」

神父猛然有種神聖的使命感，多年以前，教堂的白人喇嘛在和噶丹寺的活佛進行大辯論時，就有過這樣的使命感。

神父知道保羅的家史，這個家族中的第一代教民、保羅的曾祖父彼得，曾經因爲拒絕活佛的摩頂祝福而命喪喇嘛們的亂石和弓箭之下。可是你看看吧，現在喇嘛們把彼得的重孫扛在肩膀上，還要立他為活佛。上帝啊，安多德神父也不知道該怎麼禱告了。

在這個多種民族雜居，多種宗教並存的環境中，安多德神父其實更知道尊重對方信仰的重要，沒有這個前提，他們就沒有和平與安寧。政府的宗教管理部門每次召集寺廟的活佛、堪布、住持們和安神父一起開會時，反覆強調的也是這個問題。好在安神父現在已經和噶丹寺的大活佛六世讓迴活佛成了好朋友，他們作為各自不同宗教的代表，同為自治區的政協委員，在地方上享有極高的政治待遇。他們經常一同去拉薩開會，小組討論也在一起，有幾次甚至還被安排住在同一個房間。

到了晚上，神父和活佛都要作禱告時，那真是一個有趣的時刻，一個拿出《聖經》擺在面前，另一個則翻開宗喀巴大師的《菩提道次第廣論》，兩個神界的代言人用同一種語言祈禱不同的神靈，求他們給予眾生的護佑。

讓迴活佛是一個學問淵博、待人隨和的高僧，他比安神父年長三十來歲，都可以當他的父親了。作為西藏宗教界唯一的天主教神父，每次開會時，官員們都要讓安多德神父第一個發言，但安神父總是說，藏傳佛教是西藏宗教界的大哥，讓迴活佛也是我的父輩。我們先聽前輩講講吧。

正如安神父所料，傍晚時分，讓迴活佛在縣宗教局官員陪同下來到了教堂，老活佛一見到安神父就說：「神父，我是來恭喜你們的。」

安神父謙遜地說：「活佛，值得恭喜的是你們。」

縣宗教局的王局長問安神父：「這麼說，你們承認了那個轉世靈童了？」

神父反問道：「你們的意見呢？」

局長說：「我們認為這是一件好事情。它體現了宗教的團結，再說，被尋找到的活佛前世是雲南藏區的，我們也要和鄰省搞好關係麼。」

神父說：「但是孩子的父親思想有顧慮，他怕……」

讓迥活佛打斷了神父的話，「這有什麼可顧慮的，藏族人家幾輩人到聖城拉薩磕長頭進香，也請不來一個活佛。神父，有眾生便有活佛，無眾生便無活佛。眾生要脫離苦海，佛就要顯化身來引渡眾生。剛才我來的時候，看見峽谷裏的彩虹了。這是神靈的旨意啊。」

「據我所知，你們還會找幾個具備相似條件的孩子作候選的。」神父說。

「沒有這個可能了，羅伊斯已是無可非議的人選。他們在孩子的左手臂上發現了一個酷似六字箴言第一個字母『唵』的胎記，而九世松覺活佛在同樣的部位上也有這樣的印記。你說神不神奇？」

宗教局的王局長天天和宗教界的人士打交道，自己也有點人神不分了。但原則他是要堅持的，那就是一定要顧全大局，讓過去這個地方兩種曾經是冤家的宗教不再發生什麼糾紛，讓它們和睦共存。

「這麼說，這個孩子一生下來，就不屬於耶穌基督，而是你們的人？」神父有些疑惑地問讓迥活佛。

讓迥活佛笑了，「不僅是我們的人，而且是我們的活佛。我們的宗教是最寬容的，我的前世是藏族人，可我是一個納西人。你應該知道，當我被認作五世讓迥活佛的轉世靈童時，藏族人還正在和信仰東巴教的納西人打仗呢。哦呀，那戰火打得連卡瓦格博雪山神都躲得遠遠的了。可轉世靈童在納西人的村莊裏一尋找出來，戰爭馬上就平息啦。神父，你的信徒爲我們的宗教積了大德，我們要好好感謝你們呢。人家雲南那邊已經在準備豐厚的禮物，來迎請十世松覺活佛了。」

一個平凡的孩子被認定爲轉世靈童之後，對他神性的塑造就開始了，他不再是一個普通的人。有關他的很多微不足道的小事，現在在人們看來，都帶有種種神奇跡象，它們或許和前世的生命遺傳相連，或許和佛祖廣闊無邊的佛緣和法力有關。而這種力量常常是超自然的，不是一個肉體凡胎的俗人可以輕易看見的。

比如有人回憶說，保羅的妻子瑪麗亞在懷羅伊斯時，曾去鄉衛生院做檢查，一個陌生的老喇嘛忽然就衝著瑪麗亞叩起了長頭；而另一則傳說，則神秘地描述了羅伊斯出生時天上的景象，卡瓦格博雪山頂出現了一道美麗的光環，直到嬰兒第一聲啼哭從產房裏傳出來時，那道光環才緩緩消失。還有人回憶說，羅伊斯受洗禮那天大哭不已，分明是在拒絕耶穌基督的聖寵。在這片土地上，傳說就是現實，至少也是被藝術化了的現實。人人都是神靈世界的作家和詩人，這份才能與生俱來，與秘境一般的大地有關。

安多德神父被這些神乎其神、令人難以置信的傳說所左右，同時也面臨來自宗教管理部門和佛教寺廟的喇嘛們的壓力。他已經被召到縣上、地區的有關部門開過幾次會了，他們勸他顧全大局，活佛轉世到一個信仰天主教的藏民家庭，在當今這個時代，是一件很正常的事情，也是一件大好事。政府不干涉人們的信仰，人人都有選擇自己信仰什麼的自由。神父，請想一想從前吧，現在的信徒們是多麼的幸運。

說到信徒的幸運，安神父就再也無話可講了。自有教堂以來，沒有哪個年代像今天這樣祥和寧靜，教堂不用再擔心被搗毀，教民出門也不會受到佛教信徒的歧視甚至追殺。這不是天主的恩寵，而是人們終於學會了如何在一片狹窄的峽谷中和睦相處。

安多德神父後來把自己關在教堂內反省了三天，面對耶穌基督，他準備把所有的罪與罰都擔當起來。他對耶穌說，全能的主，現在已不是靠辯論和戰鬥就能捍衛你的榮耀的時代啦。在聖城耶路撒冷，在伯利恆，伊斯蘭教徒和猶太教徒還在互相扔石塊，投催淚彈，甚至舞刀動槍。但這裏是西藏，我們需要和平的生活。仁慈寬容的主，我要放棄了。你的一隻羔羊將要被他們培養成爲一個活佛，一個信奉另一種宗教的人們尊貴的神。但願這也是你的光榮。

神父後來對保羅夫婦說，他已在天主面前爲他們贖過罪了，仁慈的天主赦免了我們的罪。保羅，儘管我們有自己的信仰，但喇嘛們現在不是敵人了，都是我們的朋友，我們怎麼能做得罪朋友的事呢？保羅，如果你和喇嘛們握手，主會爲你感到榮耀的，人家也會更尊重我們。我主耶穌說，「人因先知的名接待先知，必獲先知所得的賞賜；人因義人的名接待義人，必得義人所得的賞賜。」

保羅沮喪地說：「神父，我聽你的，我也聽天主的。可是把羅伊斯送去當活佛，我做不到。」

神父把保羅領到教堂廂房的平臺上，從這裏可以看到右鹽田的村舍和前方的峽谷，神父指著前方說：「保羅，你看到了什麼？」

保羅說：「我看到了村莊、峽谷，還有卡瓦格博雪山的頂。」

「你再往上看呢？」

「上面是一片天呢，神父。」

「是啊，多麼狹小的一片天，像放牧人的帳篷裂開了一條線。保羅，你明白我的意思了？」

保羅不說話了，神情變得很凝重。神父想，保羅是個聰明人。

吃晚飯的時候，神父留保羅在教堂裏吃飯，但是他們發現凱瑟琳修女沒有來。神父去她的寢室叫她時，聽見裏面有說話聲，這讓神父感到好生奇怪，他彷彿聽見凱瑟琳修女說：「懺悔室。椅子。神父啊，你怎麼不早告訴我呢。我明白啦，我會找到的。」

神父想，凱瑟琳奶奶又在夢中跟陰間的亡友說話了。他多次聽見她跟已經故亡了六十多年的丈夫對話，一問一答的，彷彿那個冤死鬼就在她身邊似的。一次，她甚至通過詢問自己的亡夫，找到了已丟失多年的一隻手鐲。他明確告訴她，那只手鐲掉在左鹽田的納西人和玉珍家了，民國三十五年的冬天，妳到妳的表姐和玉珍家做針線活，順手把手鐲取下來，放在一個篾簍裏，後來忘了帶走，然後，這個篾簍又被和玉珍瞎眼的父親扔到了柴堆上。民國三十九年春天土匪火燒左鹽田時，和玉珍家的柴堆也給一把火燒了，但那只玉手鐲是燒不壞的，它就埋在灰燼下。

這樣的故事，如果凱瑟琳修女說說也就罷了，誰也不會當真。可她真的請安神父在和玉珍家老房子的柴堆下面約一尺深的土中，把那只手鐲挖出來了。這讓安神父不得不相信，只有活到她這樣年紀的老人，才有權利在陰間和陽世來回奔忙。

「凱瑟琳奶奶，吃飯了。」神父推門進去。

令神父驚訝的是，凱瑟琳奶奶就站在門後面，她一把拽住神父的手說：「來，我帶你去找一樣東西。」

神父說：「奶奶，不著急的，我們先吃飯好嗎？」

「我知道教堂的寶貝藏在哪裡了，他們剛剛告訴了我。」她拉著神父就往外走，完全不像一個病人。

「什麼寶貝？誰告訴妳了？」可憐的凱瑟琳奶奶，她又活糊塗了。神父悲憫地看著她。

「來吧來吧，寶貝在懺悔室裏。神父，難道你忘了，文化大革命時，紅衛兵要找的那些寶貝。」

神父傷感的回憶就像幻燈片一樣地被展現出來。自解放以來，峽谷裏的人們一直都在傳說，那個最後被趕走的外國傳教士沙利士神父留下了一批金銀財寶藏在教堂裏。說得最神乎其神的，說是有一尊純金鑄造的外國裸體女人像，它有真人般大小，眼睛是用西藏最名貴的寶石鑲嵌的，而裏通外國的發報機就藏在裸體女人的肚子裏，天線可以從耳朵裡拉出，發報鍵鈕則鑲在其牙齒上。

那時人們貧乏枯燥的想像力，被更加貧乏枯燥的報紙廣播大字報一煽動，變得像一個頑皮孩子樣的倔強、像脫韁烈馬樣的瘋狂。在階級鬥爭天天都要講的年代裏，外國人的教堂很容易跟特務活動聯繫在一起，這是連一個小學生都可能會做出的邏輯推斷。

神父看到凱瑟琳奶奶一臉嚴肅，生怕她的血壓因爲太激動又升上來了。爲防不測，他把保羅叫上，兩人隨著凱瑟琳奶奶進了教堂，直奔懺悔室。

這個房間就在教堂內大門的左側，由於教堂可利用的房子少，多年以來，神父的告解室同時也兼作教堂裏的庫房，一些農具什麼的都堆在這裏面，甚至還有一個巨大的盛糧食的櫃子，裏面堆滿了今年剛收回來的麥子。因此，懺悔室裏瀰漫著新麥的清香。安神父就是在這鄉村氣息十足的告解室裏，聽自己的信徒們的懺悔。

現在，懺悔室裏真正保留下來的舊時代的東西，就是神父聽信徒懺悔時坐的那把椅子了，它很高很笨重，以便於隔板外跪著懺悔的信徒與裏面的神父交談。這把椅子在文革中躲過了一劫，大概是因爲它太不起眼了。

凱瑟琳奶奶以不容置疑的口吻說：「你們把它挪開。」

保羅看著神父，神父對他擠擠眼睛：「就挪開它吧。不然凱瑟琳奶奶今晚不會吃飯的。」

神父雖然在教堂裏的權力至高無上，但他相當尊重老修女凱瑟琳，生活中的許多事情，他都聽她的。

他們費了好大的勁才把那張老椅子挪開了，凱瑟琳奶奶跪在地上，用手在木地板上東拍拍西拍拍，像個尋寶的探險家。地板在她的拍打下，發出「噗噗」的悶響，這沈悶的聲音證明，地板下面沒有空。沒有暗室，也沒有地道。這樣的探尋，安多德神父在當紅衛兵時早就做過了，而且比凱瑟琳奶奶做得仔細、認真得多。那時，誰不想爲革命立上頭功呀。

「我們走吧，酥油茶都涼了。」神父說。

「他告訴我就在椅子的地板下面呀。」凱瑟琳奶奶自顧自地說。

神父穩住笑，問：「凱瑟琳奶奶，誰告訴妳了？」

「沙利士神父，他剛才跟我講的。」凱瑟琳奶奶說得非常肯定。

「在夢中告訴妳的吧，他離開我們這裏已經快五十年了。」保羅沒好氣地說。

「不對，他在我耳邊說的。過去的事情，你們年輕人不懂。」

凱瑟琳奶奶顯然生氣了，她在懺悔室裏像一個夢遊的老人一般搗騰，神父和保羅袖手站在一邊，時不時地上前幫她一把。當一個老人家在做屬於他們的遊戲時，也跟一個孩子做遊戲差不多，旁邊的人只有耐心地等待這場遊戲結束。沒有辦法，誰都有老糊塗的那一天。

「主啊，我想起來了！」凱瑟琳奶奶大叫一聲，「從前那張椅子不在這個位置上，它是放在這裏的。」她指著那個巨大的糧食櫃說。

「凱瑟琳奶奶，今晚妳究竟要幹什麼呢？」保羅沒好氣地問。

「把糧食櫃搬開，我給你們看沙利士神父的東西。」她語氣堅定地說。

在安多德神父印象中，這個巨大的糧食櫃自他記事起就放那兒了。如果凱瑟琳奶奶堅持要搬開這個櫃子的話，單是騰空那些新打下來的麥子，他和保羅大概要花兩個小時的時間。但是彷彿上帝在暗中指示他，安多德神父不再懷疑凱瑟琳奶奶似夢非夢的行為了。他找來一把鏟子，脫了外衣甩開膀子幹起來，保羅儘管一肚子的氣，但在神父和凱瑟琳奶奶面前，他沒有發脾氣的資格，只有嘟著嘴跟著神父一起幹。

到他們終於把糧食櫃挪開，已是夜裏十二點了。這正是發現一樁秘密最合理的時間，教堂外的風聲吹送出神秘的聲響，彷彿無數根鞭子抽打著人們的恐懼心理。凱瑟琳修女不再拍打地板以探虛實，指著一塊已經發黑的地板對保羅說：「把它撬開。」

保羅幾乎沒有使什麼力，那地板就像是急於要將埋藏近半個世紀的秘密公諸於眾，自己就跳開了。啊，下面果真有名堂呢。他們看到一個已生鏽的圓鐵環和一把古老的銅鎖，鎖上一層厚厚的銅綠。

「主啊，求你告訴我們，誰會有鑰匙呢？」神父因為激動，聲音都有些發抖了。

「砸爛它！」凱瑟琳奶奶像一個現場總指揮，神父從來沒有見到她做事這樣果斷俐落過。

保羅一鏟就將鎖砸開了。現在，教堂的秘密就在眼前。

一塊活動的木板被掀開了，他們看到了一個黑黑的地道，有一道狹窄的臺階延伸下去。一股古老而腐朽的氣息撲面而來。

神父驚嘆道：「真是奇怪，當年紅衛兵鬧得那麼厲害，也沒有找到這個地道。保羅，去找把電筒來。」

保羅拿來電筒時，牙齒磕得像冰雹打在鐵鍋上。神父問：「你怎麼了？」

保羅說：「神父，下面、下面會不會……會不會有死人？」

凱瑟琳奶奶頂了他一句，「我是死過多少次的人了，你怕不怕我？」

儘管保羅不怕凱瑟琳奶奶，但他還是留在了上面。

神父攙扶著凱瑟琳修女下去了，地道的臺階並不長，大約只有十來級，然後轉了一個彎，就是一間約七八平方米的地下室。它大約有兩米多高，裏面並不潮濕，安神父發現牆的四周都是岩壁，可以想見當初鑿這個地下室時，是很費了一些功夫的。

他們在裏面只看到了一張木桌，上面放有一個大鐵箱，旁邊有一盞已經鏽壞了的風燈。安多德神父用電筒四處照了照，除了冰冷的岩壁，再沒有令人激動的東西。

安神父叫保羅下來，和他一起把那只大鐵箱費力地抬上去。他想，要是二十多年前發現這個秘密，教民們又將面臨什麼樣的命運呢？那時人們一直認爲，教堂是相當有錢的，傳教士們在這裏傳教了幾十年，掠奪了西藏多少財富啊；峽谷裏發生第一次教案後，清政府賠了三十萬兩白銀。想想吧，傳教士們有多少錢。

鐵箱子打開後，也許所有的人都要失望。安神父只發現一捆用厚厚的防潮油紙——現在已經見不到這種油紙了——包裹了好幾層的紙包，還用棉線捆紮得緊緊的，那麼長的歲月流逝過去了，安神父還能通過這緊紮的棉線感受到當年那個藏匿者的細心和縝密，哪怕是打一個小結，似乎都經過了深思熟慮。

他小心地打開了紙包。

上帝啊，原來是兩大摞書稿。一摞是納西人的東巴象形文經書，大約有近千冊。和經書在一起的，還有一本用外文寫的書稿，裏面夾雜有許多東巴文字，安神父推測，這大概是外國神父研究東巴象形文字的一部手稿。政府這幾年到處在收集整理這些據說很有價值的東巴經書，說是世界文字史上的活化石。另一摞手稿是用藏文寫的，雖然沒有東巴經書那麼厚，但捧在手上卻沈甸甸的，彷彿捧著一段沈重的歲月。

安神父這時感到了某種神聖和莊嚴，就像要見證一樁神奇的奧跡那樣，他不知道今晚所經歷的一切，是不是一場夢；他也不知道一旦他打開這些塵封了近半個世紀的手稿後，是不是就意味著峽谷裏曾經流傳了許多年、許多代人的傳說和秘密，包括他這個教民世家的秘密，就會真相大白了。

他翻開了那摞藏文手稿，第一頁的標題是：

「世紀初教會在西藏的傳教活動。」

第三章　第一個十年

出埃及記

多年以前，當沙利士神父借助一根橫跨在瀾滄江上空的溜索，從江的西岸溜到東岸開闢新的傳教點時，他肯定想起了引導以色列人出埃及的摩西。不過，上帝耶和華沒有顯示祂的神蹟，用祂法力無比的魔杖使險惡的瀾滄江成爲坦途。

早在上帝的創造力之外，峽谷地區的人們便利用一根藤篾索作爲渡江的工具了。多年以後，沙利士神父都還忘不了那驚心動魄又淒切慘烈的一幕，一個又一個的藏族教民從溜索上飛越而來，從六十多歲的老人到十來歲的孩子。有兩個教民不幸掉到江中去了，真的就像瀾滄江裏有一個長胳膊的水鬼一般，人彷彿不是掉下去的，而是被令人恐懼的魔鬼一把拽下去的。

儘管如此，那些大無畏的藏族人在跨越這道生死線時，就像在盪鞦韆嬉戲一樣，有的人甚至還在過溜索時抽著草煙哩。牛羊也是從溜索上盪過來的，牠們的眼神一般都很驚恐，伸長了脖子絕望地望著下面湍急的江水。牠們永遠不會明白爲什麼要離開自己熟悉的草場，爲什麼要被吊在這條細細的繩索上遷徙到另外一個陌生的地方。牲畜如此，人何以堪。沙利士神父當時想。

江東岸並不是《聖經》上說的遍地是流著牛奶與蜂蜜的富庶之地，這裏到處是巉岩絕壁，山梁上荒草叢生，樹木遮天閉日，野獸出沒，人煙罕至，連一條路也沒有。「我們可不能過與世隔絕的生活，斷絕同上帝的聯繫。」沙利士神父告誡自己的教民。

教民們安慰神父說：「有江水走的路，就會有人走的路。」

整整三年的時間，沙利士神父的主要工作，就是帶領教民們在荒山僻野中開拓道路。教民們多年以後都還在傳說，神父有一個與上帝隨時保持方向的神奇東西，無論他帶領他們走到哪裡，一根永遠指向北方的針，讓他們不會在群山中迷路。

他們向南沿著瀾滄江水流的方向，終於打通了前往雲南的道路，向東則找到了一條可以走到四川藏區的路，從那裏穿越無數的高山大河就可以到打箭爐了；而到拉薩的道路則是那些借道而來的馬幫們發現的。

在尋找出路的歲月裏，他們甚至在前往四川方向的高山峽谷中，發現了地獄裏的魔鬼部落。這個部落在藏族人的傳說中流傳已久，但誰也沒有真正見到過。人們傳說魔鬼統治了這個部落，使部落裏的所有人都成爲魔鬼的化身。當他們猝然相遇時，發現者和被發現者都驚嚇得大叫不已，紛紛倒退回去了幾公里。

開路的教民們驚慌失措地來向沙利士神父報告說，他們在山那邊見到一群魔鬼，他們大都沒有頭髮，也沒有眉毛，個個面目猙獰，一些人身上淌著死人的膿血；他們有的沒有鼻子，有的眼睛只是兩個空洞，有的嘴巴上長出一個拳頭大的肉瘤。他們用樹葉當衣服，身上佈滿老樹疙瘩一樣的結疤，有的人甚至連手指都沒有。一定是作孽太多的人被打入地獄後，不知哪裡弄錯了，讓他們又回到人間受罪啦。

教民們七嘴八舌地向沙利士神父描述他們的見聞。神父那時已經可以斷定他們是一群什麼人了，於是他說：

「那麼，讓我們去拯救這些可憐的人。誰願意與我同去？」

教民們你看看我，我看看你，竟然沒有人回應神父的召喚。神父走出去很遠了，孤兒亞當才慢慢地跟在他身後。不是他害怕，而是他當心一旦神父被這群魔鬼掠走了，他們可怎麼辦啊。

他遠遠地看見神父勇敢地走近了那群魔鬼，向他們伸出了手。他聽見神父用藏語高喊道：「迷途的羔羊啊，來，讓我來幫助你們！」

天黑的時候，沙利士神父回來了，教民們圍在他的周圍，把他們的神父左看右看，佩服得五體投地。

沙利士神父告訴他們說：「這是一群痲瘋病人，這種病在我們那邊也叫做漢森氏病。他們不是魔鬼，只不過是受到一種痲瘋桿菌感染的可憐的人。病菌侵襲了他們的身體，但他們的靈魂仍然屬於上帝。我已經說服他們的頭領皈依仁慈的上帝了。明天，我們就給他們送些吃的和藥去。」

「他們是藏族人嗎？」有教民問。

「不全是。彝族人、傈僳族人、白族人、甚至漢族人都有。是誰讓他們聚集在一起的呢？」神父說。

一個年長的教民路德說：「神父，你說的那種病，莫不就是我們說的『鬼見愁』吧。聽我爺爺講，過去不管哪個村莊出現這樣的病人，都要被趕出去。」

「噢，不憐憫別人的人，必不蒙憐憫。」神父趁機宣講道：「我告訴你們，我主耶穌顯示祂的奧跡的時候，也曾經拯救過許多患痲瘋病的人，主耶穌對一個患大痲瘋的病人說，『你潔淨了罷！』那人立即就潔淨了。你們要相信耶穌的仁慈。」

教民們聽呆了，耶穌只說了一句話，就治好了連魔鬼都發愁的頑疾。在這塊孤獨封閉的地方，既然魔鬼四處橫行，人們只有相信神蹟，才能擺脫魔鬼的追蹤。因爲人是不能和魔鬼相抗衡的。

第二天，神父帶著一批教民來到了痲瘋病人的部落，他們揹去了糧食、衣物和一些藥品。神父把一個十字架立在了部落外面的一個山頭上，代表著上帝對這個被世人所拋棄的部落的關愛。

部落大約只有三十來人，他們在一條小河邊搭建了一些簡陋的茅草棚，靠打漁狩獵和採摘樹林裏的野果爲生。部落的頭領是一個曾趕過馬的漢族人，得了痲瘋病後，被馬幫頭領趕了出來，他在這個部落裏有三個妻子。但是她們加起來只有三隻完好的手，四條完整的腿，一張半尙可辨認的臉。神父與他約定，今後部落有人要死了，一定要通知他，他會趕來爲死者做臨終聖事。

「你們的身體雖然在開始腐爛，但你們的靈魂能不能得救，就看你們的心是否和上帝在一起。」他告訴頭領說。

頭領問神父：「代表天上的皇帝的人，人們見了我們就像見到了魔鬼，你爲什麼要救我們呢？」他不知道上帝是誰，他把他想像成玉皇大帝的模樣。

神父反問他道：「你見過沒有牧人的羊群嗎？」

頭領張開潰爛的嘴說：「那麼，你把我們領走吧。」

神父說：「我把你們的心領走就行了。我會常常來看你們的。」

當第一隊馬幫商隊沿著藏族人開闢的道路來到江東教民們的村莊時，一個曾多次到過印度的馬鍋頭（即馬幫頭領）欣喜地對沙利士神父說，從江東岸去拉薩，原來比從江西岸走近多了，還可以少翻兩座大雪山呢。

沙利士神父自負地說，我早就有預感了，東岸有通往拉薩最近的道路。主會保佑它比西岸更繁華。

從此，江的東岸就不再是一個孤獨地困阨於群山中的地方。

一個信使帶著沙利士神父的信走了三個月，終於與遠在四川打箭爐的傳教會取得了聯繫，莫維爾主教已經被調往其他的教區了，新來的勞納主教在回信中告訴沙利士神父說，託天主的護佑，我們以爲你已經殉教了呢。人們過去一直傳言瀾滄江西岸的兩個傳教士已經爲主作證犧牲了，我們上告到了中國皇帝處，迫使中國政府賠償了鉅額的銀子。這些賠償，讓你再建一座宏偉壯觀的教堂也綽綽有餘。但作爲對暴民和中國政府的懲罰，超出我們實際損失的鉅額賠償是必須的。尊敬的沙利士神父，你就在瀾滄江的東岸大膽地修建一座符合上帝旨意的天主教堂吧，把教堂的尖頂修得高入雲端，使它成爲刺向西藏藍天的一把鋒利的劍。讓那些異教徒們看看上帝的力量。

不過，沙利士神父沒有遵循勞納主教的旨意行事，他認爲這個新來的主教大人一點也不瞭解西藏。他不會忘記從前江西岸被大風吹跑和雷電擊倒的教堂尖頂，他也不會忘記曾經想把自己變成一把刺向藏傳佛教的利劍的杜朗迪神父的悲劇。即便我們是上帝的使者，但我們畢竟是來到遙遠東方的客人。納西人說得好，一個暫住在人家屋簷下的人，是不會向主人的窗戶扔石頭的。因此，當沙利士神父見到隨勞納主教的信一同到來的二十四匹騾子的銀子時，他並沒有顯得多麼地高興。

「如果這是藏族人所說的命價的話，我和杜朗迪神父可值不了這麼多錢，況且我還活著哩。這和一個傳教士的使命相悖。」他在給勞納主教的回信中說。

教堂當然要建，但關鍵看你採用一種什麼樣的姿態。是帶有某種挑釁性的傲慢建一座西式教堂呢，還是建一處能和西藏的環境相適應的上帝的避風港。上帝不會在乎教堂的形式，他在哪兒都可以安身立命。沙神父把新建的教堂蓋成了一座大房子，看上去，它不過比藏式土掌房大許多罷了，它的外觀土頭土腦，教堂的大門是雙扇木門，大門兩側是兩個三層樓高的垛樓，從正面看像一個漢字的「凹」字，十字架不是醒目地立在垛樓的最高處，而是羞羞答答地樹立在「凹」字的中央。

爲了選這個地方，沙利士神父可說是煞費苦心，帶領幾個教民把江東岸的地方都跑遍了。最後，他將地址選在山梁臨風口的一座小山頭上。

教民諾瑟說，神父，這裏的風太大了，我們幹嘛不找一個避風一點的地方呢？

沙利士神父微笑道，諾瑟啊，西藏的大風刮來時，哪裡還有能躲避的地方。與其東躲西藏，不如迎風挺立。

樸實的教民們哪裡知道沙利士神父的心機。那時東岸還沒有喇嘛寺的地，也不是野貢土司的勢力範圍，神父把一個山頭都圈到教堂的範圍之內，他帶領人們用黏土夯了一道厚實的圍牆，圍牆上蓋了個瞭望樓，還在多處地方摳了射擊孔，搭建了供射擊者可蹲可站的平臺。從這些射擊孔瞭望出去，一支步槍輕易地就可以控制方圓五百平方米的範圍。

被厚重的圍牆圈起來的教堂，既不像住家也不像衙門，但從它所處的地勢上看，卻非常像一處堡壘。這裏是東岸兩座伸向瀾滄江的山梁的最高處，一條新開闢出來的馬幫道路把它們連在一起，而教堂所在的地方，正好是扼制這條重要道路的要衝。這兩座山梁就是後來的左、右鹽田。

至於教民們的住家，則分散地建在教堂的四周。那時，江東岸是一個純基督徒的世界，他們在神父的指導下，尋找水源，開挖水渠，砍倒大樹，放火燒山，劈出東一塊西一塊的土地，在房前屋後種上峽谷裏極易生長的核桃樹。

在峽谷中要想有一塊稍大一點的土地，無異於癡人說夢話，耕地的牛能走上十步不用回頭，就算是上好的土地了。那時的沙利士與其說是神父，不如說是一個原始部族的頭領。他以上帝的名義對所有開墾出來的土地都作了公允的分配，新開的土地雖然稀少而貧瘠，但不管怎麼說，人們總算過上了安寧的日子。

神父還在教堂裏辦起了學校，那是峽谷裏開天闢地以來的新鮮事。沙利士神父說，「學校是我們接近天國的第一個臺階。」他在教室大門的左側用藏文寫上「一二三四五」，右側則寫「六七八九十」，神父說這表示創業的艱辛。而門頭上寫的是「所有勤勞和文明的人都到我這兒來吧」。

學校教授藏文和拉丁文，沙利士神父是當仁不讓的教員，他讓孩子們學習藏文，年紀稍大一些的人學習拉丁文。神父教給他們的第一句拉丁語是：

「上帝啊，喇嘛來了，我害怕。」

八世野貢土司頓珠嘉措得到自己兒子的死訊時，是他剛從拉薩朝聖回來的那個中午。其實死亡的味道他在峽谷的山梁上就嗅到了，當時他對管家旺珠說，峽谷裏死人了，好像死了好多好多呢。他走進土司的碉樓，死亡的氣息撲面而來。到處是懸掛的經幡，喇嘛們超渡亡靈的誦經聲隨著煨桑的青煙四處飄蕩。野貢土司跳下馬來，對著跪了一地的家人和僕人問：「誰死了？」

「是是是……大少爺啊……老爺……」一個僕人淚流滿面地說。

管家旺珠給了他一馬鞭，「老爺還沒有進家門，就說這些不吉利的話。當心你的舌頭。」

野貢土司這時看到了妻子央宗哀怨的淚臉，他的心一下就掉到了峽谷的最深處，但是血卻湧上來了。他明確地意識到，他又要打仗了。

出乎野貢土司意料的是，奪走他兒子野貢・扎西尼瑪性命的，不是老冤家澤仁達娃（按照峽谷裏的仇殺規則，野貢家必須殺了澤仁達娃後，他部落裏的人才可以復仇呢），不是一直覬覦野貢家領地的德若土司家族，也不是漢人的軍隊，更不是瀾滄江東岸信奉上帝的天主教徒，而是他身邊一直向他納著稅賦、和藏族人和睦相處了多年的納西人。

更讓他感到不可思議的是，讓扎西尼瑪命喪黃泉的原因，竟然只是因爲愛情！

那時峽谷裏的藏族人還從來沒有聽說過，愛可以讓人死。但是納西人則認爲，如果一對戀人不能選擇婚姻，那麼就選擇死亡。愛和死，是一對如影相隨的、非此即彼的孿生兄弟。

因此，兩個月前，扎西尼瑪從看上納西姑娘阿美的那一時刻起，就不可避免地選擇了死亡。那場雪山上的狩獵彷彿有某個神靈在暗中指引，使扎西尼瑪走向了死亡的第一步。

那是歡樂的第一步。野貢家的僕人來報告說，雪山下的牧場上最近來了一頭兇惡的老熊，已經叼走三頭羊，一頭犏牛了。夏天裏，牲畜都趕到高山牧場上去放牧，雪山下的那些不大的草甸和連綿的草坡在融化了的雪水滋潤下，豐美而茂盛；夏天裏的高山牧場又是一個天國一般的地方，牛羊撒落在綠茵茵的草甸上，像天上的雲團降落在大地，岩羊、麂子、野鹿跳躍於茂密的森林間，還有那些唱著婉轉動聽歌兒的色彩斑斕的鳥兒們，牠們叫喚的是一個生動豐富的夏天，是讓每一個狩獵者心裏潤潤的夏天。

扎西尼瑪早就嚮往著這樣的夏天了。那時，扎西尼瑪已經長成一個孔武有力的小夥子，儘管他還不到二十歲，但是已經很受姑娘們喜愛了。他秉承了野貢家族的許多特徵，寬闊的臉膛，捲曲的頭髮，壯實的身體，還有豪爽的性格，敢作敢爲的冒險精神。在卡瓦格博雪山下，他有數不清的相好，有時，一個晚上他不得不連著鑽兩三個帳篷，不是因爲他是土司家的大少爺，而是因爲他是個不錯的情人呢。能喝酒，能唱歌，能跳轉起來像風一樣流暢的弦子舞，而且幹起那事兒來，一點也不比那些已婚男人差勁。他走到哪個帳篷，哪個帳篷就響起悠揚綿長的歌聲，歡快的笑聲，姑娘們幸福的呻吟聲。

但是一個叫其美卓瑪的情人，說了一句讓扎西尼瑪大跌面子的話，她說，「儘管你可以讓許多姑娘歡樂，但你還不算一個真正的男子漢，因爲你還沒有殺過人，甚至還沒有獵到過一頭老熊呢。」

扎西尼瑪那時驕傲地說，「那是一件很簡單的事，比把姑娘們放平在火塘邊容易多了。」

扎西尼瑪帶著十來個隨從，白天在高山牧場上追逐著老熊的蹤跡，晚上就在帳篷前燃起篝火，飲酒作樂。那是一段快樂的時光，直到有一天，扎西尼瑪追一隻岩羊追到一個小溪邊時，他在雪山下尋歡作樂的生活才開始變得憂鬱起來。他開了三槍，都沒將那頭彷彿受到神靈保佑的岩羊打中，這讓扎西尼瑪很惱火，提馬狂追而去。

當他勒馬追到一處懸崖邊時，沒有看到岩羊，卻發現了懸崖下面的一汪清澈的水潭，還有水潭裏一個美若天仙的姑娘。在人間，是絕不會有這樣美的姑娘，當時，他差一點驚得從馬上滾下來。他在一瞬間，有種跳下水潭把那美麗的姑娘撈起來的欲望，他相信他已經來到了神話傳說中的世界。

「請別開槍！」一聲甜美的嗓音從水潭邊傳來，扎西尼瑪平端的槍口頹然掉下，它是被這柔和的嗓音震落的，那支槍在岩石上彈了一下，像一根棍子一般落入潭中了。扎西尼瑪方才回到現實，他看見了水潭邊的少女，一個峽谷所有姑娘的美加起來都還沒有她的一根頭髮美麗的姑娘。

那頭被追逐的岩羊就依偎在少女的身邊，顯然牠被打傷了，鮮血沿著牠的前腿往下淌，令人奇怪的是，少女正用一隻手給牠捂血呢。

扎西尼瑪繞過懸崖，來到水潭邊，他第一次不知道在一個姑娘面前該說什麼話了。「佛祖啊佛祖，妳妳……是天上掉下來的，還還還是從水中浮上來的？」

少女笑了。

哦，佛祖，那是多麼動聽的笑聲啊，喇嘛聽了也會後悔出家呢。扎西尼瑪感到自己男子漢的豪情一下就沒有了。從那個時候起，他就不再是野貢家的大少爺，不再是野貢家未來的驕傲，不再是眾多姑娘們的情人，不再是躍馬橫槍，馳騁在高山牧場上的英俊獵手啦。他成了一個羞澀膽怯、被突如其來的愛情驚呆了的大孩子，成了一個被美麗的姑娘徹底征服了的絕代情種。

他本想說，姑娘，妳多麼美啊，但從他嘴裏說出來的話卻是：「這個……這……我打的岩羊，牠……牠是是妳家養的？」

「看牠多可憐。」少女說。鮮血從她圓潤的手指中流出來，讓他心疼得難受。他很想去幫她，但又不知道該怎樣做。他把自己頭上的狐狸皮帽子摘下來，使勁地在手上搓揉，想遞給她擦手，但又不敢。土司家的大少爺在一個姑娘面前成了一個傻子，再也驕傲不起來啦。

「有一種止血的草，你認識嗎？」還是她說。她仰起頭來，扎西尼瑪這回把她看真切了，天啊，她有一雙比眼前這汪雪水融化的水潭還要明亮水汪的眼睛，她的鼻梁比雪山還要聖潔挺拔，她的嘴唇像彎彎的月亮，她的兩腮粉紅嬌嫩得像春天裏的桃花。那一刻他想，要是能親上她一口，——佛祖，看一眼也行啊——死他都願意。

「喂，傻站著幹嘛，你聽不懂我說的話嗎？」少女說。

「我我……我我我我……」

「你真是個傻瓜。這樣吧，你來幫牠捂著血，我去找止血草。」她伸出一隻手，把一直呆呆站著的他拉下來，他就乖乖地蹲下來了。然後，用他的狐皮帽子去捂岩羊的傷口。

「噢，多好的帽子。」她惋惜地說。

「沒沒沒……有事的，帽子不不……好……」他大汗淋漓地說。他不明白自己爲什麼會出那麼多的汗。

不一會兒，她就扯了一把他叫不出名字的草回來了。她手腳麻利地用草擦洗岩羊的傷口。剛才他的一槍從岩羊的前腿擦過去了，這是被神靈控制的一槍，正好打得不輕不重，如果槍子兒稍稍偏一點，他怎麼能追到這個水潭邊來呢。

岩羊的血止住了，牠乖乖地蹲在她的身邊，一會兒用哀哀的目光看看她，一會兒又用恐懼的眼光睃他兩眼。打獵那麼多年了，他第一次覺得這些山上奔跑的動物原來也是很可憐的。

「這岩羊，是妳家養的？」他已經不敢再看她的眼睛，也不會說話了。

「哈哈，你說第二次啦。」少女又笑了，笑得扎西尼瑪心驚膽戰。

「去，去，快走啊你。回家去吧。」少女拍拍岩羊的背，牠站起來了，看看這兩個奇怪的人，一跛一跛地走了。

扎西尼瑪第一次看到一隻岩羊從自己的眼前慢慢地離去，這些傢伙從前見了獵人總是跑得像閃電一樣快。但是閃電忽然慢下來了，慢慢地消失在樹林間，那感覺就像在夢中一樣。

這個下午就是一場夢啊。

「妳是誰家的姑娘？」他暈乎乎地問。

「阿美。叫我阿美吧，我可認識你呢，你是野貢土司家的大少爺，看看雪山下的陽光多麼明亮啊，都是你帶來的。①」她大方地說。

「妳怎麼會認識我呢？我都不認識妳。」他嘀咕道。峽谷就這麼大一點地方，一個最美的姑娘他怎麼就不知道呢。

「哈哈，你總是騎在馬上，一大堆人跟著你，在峽谷裏跑來跑去的。我在窗口前看你一眼，我叔叔就要拉我下來。」

「妳叔叔是誰？」

「你肯定認得，他是和萬祥啊。」

「噢。」扎西尼瑪想起那個人來了，他是在江邊曬鹽的納西人的族長，但是他每年也得向土司家納鹽稅。他頭天趕著騾馬馱來成筐的銀子，第二天就可能又馱來很多漢地的商品，然後把成筐的銀子又馱回去了。一個很精明的納西人。

「難怪從前我沒有見過妳，原來是妳叔叔不讓。這是爲什麼呢？」他現在說話自如多了，慢慢地在一個美麗的姑娘面前恢復土司少爺的驕傲和信心。

「想想你在姑娘們面前做的那些事吧，哪個納西人家不怕你。」阿美姑娘也伶牙俐齒，她說這話時臉紅了。

一條峽谷都給染紅了，扎西尼瑪頓時感到自己醉得不能自持，他伸手去撩姑娘飄拂在臉上的頭髮，嘴唇哆嗦著，一句話也說不出來。

「請拿開你的手，大少爺。」她矜持地說，「我可不是你可以隨便闖進帳篷裏的那些姑娘。」

「我我……我今後再不會進去啦。佛祖在上，我發誓。」他隨後把一隻手放在了她的肩上。

她掙脫開了，「大少爺，我是納西人呢。請好好想想。」

「難道妳不是一個美麗的姑娘麼？姑娘和小夥子難道不該在一起麼？」

「天啦……你們土司家有土司的規矩，你可別忘了啊。」她嘆了一口氣，彷彿在惋惜什麼。然後站起身來，打了一聲悠揚的口哨，一群羊就從林子間鑽出來了。啊哈，原來她是個牧羊女。讓扎西尼瑪更驚奇的是，那隻剛才受傷的岩羊，也跟著她的羊群出來了。

「嘿，妳可不能走。」他在她後面喊道。

「峽谷裏的地是你們野貢家的，這雪山上的地方也姓野貢？」她回頭鄙夷地說，可看他的目光卻意味深長。

他一下清醒過來了，土司家大少爺的聰明像一隻放飛的鴿子又飛回他的懷裏，「哎，妳幹嘛要在窗口前看我的馬隊呢？」

這話像一顆準確的子彈擊中了阿美姑娘，她愣了一下，趕緊提了裙子逃之夭夭。但是她春心蕩漾的心扉已經昭然若揭。

從那以後，扎西尼瑪的靈魂就被魔鬼勾走了。他的貼身僕人、口齒伶俐的拉巴平措事後對野貢土司說，他不吃飯也不喝茶了，他也不唱歌不跳弦子舞，他更不去找那些姑娘們。有人把姑娘送到他帳篷裏，都被他趕了出來。他成天躺在帳篷裏，魔鬼使喚了他的舌頭，他說的話，我們一句也聽不懂，只要麼，他就成天不說一句話，連抬起頭來喝口茶都不情願。我們告訴他說發現那頭老熊的蹤跡了，只要騎上馬，放出藏獒，半天的時間就可以追上牠。但他還是一動不動，就像我們到雪山下根本不是來打老熊的。有時，他卻騎上馬在草甸上像風一樣地奔跑，也不讓我們跟著，誰跟他去誰就要吃馬鞭。有一天晚上，我們好不容易在一個水潭邊找到他，他在那裏睡著了。但是滿臉都是眼淚。

老爺，我們都該死。有一天，少爺莫名其妙地失蹤了。他是被一種魔鬼的口弦勾走的，那口弦在太陽還沒有出來時就從雪山上飄下來了。我們在睡夢中都聽到這口弦聲，但等我們起來時，少爺的帳篷就空了。

我們找啊找啊，圍著卡瓦格博雪山轉了一圈。我們想，找不到少爺，我們就死定了。有的人想逃跑，但是想來想去，怎麼跑得出老爺你的馬鞭呢。後來，我們總算在雪山下的一片林子外聽到了少爺的歌聲。那已經是半個月以後的事情了。

我們鑽進了林子，那是雪山上最密的一片樹林，裏面連太陽的影子都看不見。我們隨著少爺的歌聲在林子裏鑽啊鑽，也不知道鑽了多久，突然發現一片大得看不到邊的草甸。天啊，那是我們看到的最大的一片草甸了，雪山下怎麼還有這麼漂亮的草場啊。少爺在那草甸上跳哩、唱哩。當然，還有那個姑娘。天啊，她是我們見到的最漂亮的姑娘。

老爺，那裏真是天國呀，草甸上到處都是鮮花，四周是又密又高大的樹木，各種野獸在樹林裏竄來竄去，一點也不怕人，抬頭就可以看到卡瓦格博雪山潔白的尖頂。誰到了那裏，都想死……哦不對啦，都想把帳篷紮在那裏。

少爺和那漂亮的姑娘也把帳篷紮在草甸的邊上啦。我們說，少爺，回去吧，老爺要回來了。但是少爺不聽，用馬鞭趕我們走。那個漂亮的姑娘，我們後來才知道她是納西人，簡直就是魔鬼的女兒，她看人的眼睛太可怕了，只看你一眼，你的骨頭就軟了，就走不動路了。我們沒有辦法，只好把帳篷搬來緊靠著少爺的帳篷。少爺開初不願意，把我們打得到處亂跑。後來那個叫阿美的納西姑娘爲我們求情，少爺才允許我們留下來。

老爺啊，少爺是過了一番王子的日子才死的啊。那個納西姑娘比格薩爾王的王妃漂亮多了。她隨便摘一片葉子，就可以吹出好聽的讓人淌眼淚的曲子，連林子裏的鳥兒都不唱了，岩羊和麂子，還有馬鹿，都跑出來聽她吹的曲子。我們看到這些平常找也找不到的傢伙，就想舉起槍來打牠們，但是我們連舉槍的力氣都沒有了。我們的骨頭全軟了。不，老爺啊，是那姑娘吹的口弦太好聽了，這種時候，誰還會幹殺生的事呢。

我們對少爺說，少爺，該下山了。我們會跟老爺求情，讓他同意你娶這個女人做你的妻子。但是少爺說，野貢家的祖先說了，藏族人和納西人不能通婚。我一回去，心愛的女人就飛走了。我才不回去呢，除非瀾滄江水倒流了。

有一天，培楚獨幾出去打獵，鑽出了林子。第二天他回來說，在林子外的一個山窪裏發現了澤仁達娃的帳篷，人不多，只有四五個人。我們說少爺，佛祖保佑，野貢家的驕傲該輪到你了。憑我們的人槍，澤仁達娃有幾條命啊。我們可以像老爺多年前那樣先砍倒他們的帳篷，然後刀槍一齊往裏面扎。這回可不能讓那傢伙得便宜了，我們要把帳篷扎成碎片，再把裏面的人一個個地拉出來，吊在樹上。

但是少爺的骨頭被那個女人搞軟啦，他的女人說，幹嘛要去殺人呢？我們說，他殺了野貢家的二老爺，我們要去報仇。少爺都在收拾槍彈了，但是那個納西女人說，少爺，你看多好的陽光啊，跟我去草甸上採野花吧。少爺就把槍放下了。

老爺，她只說了這一句話啊，少爺便忘記了野貢家的榮譽。那個姑娘讓他去死，他怎麼會不去死呢。

野貢土司聽到這一段時，像一頭憤怒的老熊咆哮道：「該死的東西，難道採野花比報家仇還重要嗎？」

雪山下的澤仁達娃要殺一個野貢家的人，還需費九牛二虎之力；而這些看上去溫順厚道的納西人，僅僅站出來一個小女子，就把土司的繼承人謀害了。

「現在野貢家的仇人不是澤仁達娃了，是那些該死的納西人！」他氣咻咻地說。

事實上，自從扎西尼瑪一來到這片仙境一般的高山草甸，他就不可避免地沈醉在愛情溫柔的死亡陷阱裏。峽谷裏的納西人稱這個地方為「遊舞丹」，意思是「殉情之地」，它是有情人殉情自盡的天堂之門。

阿美姑娘一踏上雪山下芳草淒淒的草甸，就回頭神情哀婉地對扎西尼瑪說：

「我們納西人一來到這裏，就想死啊。」

她說她想死時，彷彿說她愛他一樣真切尋常。

而這場死亡遊戲中的另一個癡情者——土司家的大少爺，也神魂顛倒地說：「和妳這樣的姑娘死在這漂亮如仙境的草甸上，就好比醉死在溫暖的火塘邊。佛祖，我現在明白了，為什麼人們會說自己幸福得要死。」

他們在草甸上翻滾、旋轉、歡唱、流連忘返，把愛的雨露滿草地播撒，夏季草甸上五顏六色的鮮花得到他們愛的滋潤，開放得密如天上的繁星，遠遠望去，像阿媽編織的七色氆氌。

阿美看到草地上如此嬌媚的無名小花寂寞地開放，看到扎西尼瑪俊朗脫俗的面龐，看到雪山聖潔高遠的身姿，看到草甸周圍墨綠深邃的森林，眼淚止不住嘩嘩地往下淌。

「哦呀，阿美啊阿美，妳應該笑，應該歌唱，應該大聲說：多幸福的日子，一年三百六十五天，天天都這樣，那該多好啊！」他為她拂去臉上的淚花，把自己的頭埋在她溫香的胸脯裏，「真想在這裏蓋一座房子，天天都睡在妳的奶子上。渴了，餓了，轉過頭去，就能吃到世上最美最甜的乳汁。」

「唉，真是土司家的少爺。」阿美姑娘嘆息道，「連神靈的土地也想讓它姓野貢。」

「這只不過是一塊沒有被人發現的高山草甸而已。」扎西尼瑪不當回事地說，「等我當土司，我就年年把野貢家的高山牧場遷到這裏來。神靈麼，我會敬獻給他豐美的祭品的。」

「少爺啊，沒有找到世上最美最悲的愛情的人，是來不到這塊草甸的。有些事情，有些地方，即便就在面前，但人的眼睛卻看不到。」

「你們納西人其實對神靈的敬畏跟我們藏族人一樣。那麼，是誰最先找到這塊天國裏的草甸的呢？」

「你想聽？」阿美姑娘問。

「想聽。」他肯定地說。

「如果你相信我們納西人的傳說，你就能天天都生活在天國裏。」阿美姑娘指著自己豐滿的胸脯，「還天天睡在為你搭的房子裏。」

「那妳就快講吧。」扎西尼瑪急不可耐地說，並不知道他正在滑入「遊舞丹」的死亡陷阱。

「最早的時候，是一群放牧的納西姑娘發現了這一片高山草甸。」阿美依偎在扎西尼瑪的懷裏幽幽地說：「她們被草地上的鮮花和周圍茂盛的森林、遠處的雪山感動了。她們在遍地鮮花的草地唱歌、跳舞，在溪水邊洗去一身的勞累和風塵。她們唱著、跳著，跳著、唱著，越覺得這裏像天國一樣地美好，就越感到峽谷裏不是人生活的地方。

她們的歌聲越唱越淒涼，她們的舞越跳越輕飄，幾乎都要跳到雲層上去了。當她們的腳步再也踩不到草地上時，她們想到了死。

『能死在這麼優美的地方該多好啊！』一個姑娘首先說。

『我願意死在草地上的鮮花中，讓我和這朵沒有名字的小花一樣輕盈漂亮吧。』又一個姑娘說。

『我願意死在雪山下，讓我的身子像雪山一樣潔白，誰也不要想來污染我。』還有一個姑娘說。

『阿姐們啊，我已經十八歲了，人要是能死在杜鵑花開得最燦爛的時候，該多幸福啊。我不願意看到杜鵑花被風雨吹落的樣子。』

最後，一個年紀最大的姑娘說，『妹妹們，身爲女兒，哪有不被男人欺負、不受人間苦難的呢？當妳還在用尿布時，父母就爲妳找好了一個男人，當妳看到自己中意的小夥子成了人家的新郎，妳們就會知道比黃連還要苦的命了。從我奶奶的奶奶那一輩的傳說中，我從沒有聽說放牧的姑娘能和自己的心上人結爲夫妻。除非是在一個叫遊舞丹的地方，那裏的人想和誰相愛，就和誰結爲夫妻。那裏沒有老人，沒有寺廟，沒有戰爭，也沒有土司和官老爺，人們永遠都年輕。』

於是，姑娘們問：『姐姐，妳說的那是個什麼地方？我們怎麼去呢？』

『那是情人們的國。我們一起死吧，死了，我們的靈魂就可以去到那裏了。』

就這樣，七隻綠色的鳥兒爲她們引路，七個放牧的姑娘爲了尋找情人的理想國，一起在這片草甸邊的樹林裏吊死了。雪山上的風把她們爲情而死的消息吹遍了納西大地，也把她們沒有歸宿的靈魂，吹到每一個愛情不如意的青年男女心中。她們就成了納西人又可憐又害怕的『風流鬼』，跟隨她們一起出行的風是白風和黑風，昨天，我們不是在樹林裏看見了衝我們吹來的黑風嗎，那就是『風流鬼』哈出的熱氣啊。很久以前，白風和黑風曾把一個與人偷情的納西姑娘吹到了岩石上，讓她永遠貼在那岩壁上下不來了，現在那塊岩壁上都還有她的身影。」

「噢，幸好昨天的那陣風不大。」扎西尼瑪暈乎乎地說。

「凡是到這片高山草甸來放牧的姑娘或小夥子，只要一唱起『風流鬼』曾經唱過的歌，跳起她們曾經跳過的舞，『風流鬼』就會鑽進她（他）們的心裏，她（他）們就不想活了。爲情而死，是一件多麼幸福的事情啊。」

扎西尼瑪就像喝醉了一樣——不，比喝醉還要迷糊百倍——，癡癡地望著他心愛的姑娘，「阿美，妳不想回去了麼？」

「我不想回去了，你呢？」

「我父親還要把土司的位置傳給我呢。」

「那你就等著當你的土司吧。」阿美姑娘幽怨地說。她的憂鬱引來草甸上的一陣白色的風，嗚咽成一支傷感的歌。阿美姑娘從懷裏拿出了一把竹子做的口弦，低頭地吹起來，那調子淒切綿長、悲傷哀婉，像一把溫柔的刀子，一直割到人的骨頭裏，割到人軟弱的心尖。

「阿美，求求妳，別吹啦。我難受得要死。這是一支什麼調子啊。」

「我們叫它『骨泣』調，是『風流鬼』喜歡吹的調子。」阿美姑娘撲閃著一雙柔情萬種的眼睛，那目光彷彿有一股強大的的吸力，把土司家的少爺一步一步地引向納西人的殉情天國。

阿妹的左手牽著阿哥的右手，
向「三多阿普」②跪下，
問一問情死的好時候，

算一算阿妹的厄年③，
算一算阿哥的厄年，
說是厄年的時光，
是情死的好時候啊。
有情的阿哥呀，你為什麼不說話？

「你爲什麼不唱呀，扎西尼瑪？」她搖晃著他慢慢僵硬了的身子，那軀體彷彿已經不是他的了，他的靈魂正在阿美姑娘淒迷的調子中徘徊，「風流鬼」已經進到了他多情的內心。

「哦，阿美，多好聽的歌啊，可我怎麼從來沒有聽到過呢？」他喃喃說。

這時，一隻綠色的鳥兒飛到了他們的頭頂，那是納西人養的鳥兒，是所有殉情人的領路者和朋友。鳥兒盤旋在他們的頭上，用婉轉的歌喉與阿美姑娘對唱：

不能成一家，同化一片霞；
不能成一對，同化一縷煙；
煙霞隨白鶴，飛到雪山上。
共穿一件衣，死在一座嶺；
衣上飄白雪，飄落柏樹上；
柏葉變為魚，白雪化為水，

「佛祖，鳥兒原來真的會唱歌呢。」扎西尼瑪嘀咕道。

「我們走吧，時候到了。」她牽著他的手，走過芳草淒迷的草甸，走過遍地迎風起舞的野花，走過身邊飄拂的白雲，走過還在風聲中縈繞的「骨泣」調，走過白風和黑風的嗚咽，走過納西人一個又一個悲情哀傷的殉情故事，走過野貢土司家族規定的藏納兩個民族不能通婚的鴻溝，來到一棵高大的柏樹下。

「你瞧，這是我們的殉情樹，」她撫摸著粗壯的樹幹說，「很多不能白頭到老的納西男女，都從這棵樹升到情人們的國。當我們吊上去的時候，它會為我們流淚哩。」

扎西尼瑪彷彿被掏空了身體內的一切，他已經不是土司家的少爺，也不是一個機智聰明、深得姑娘們喜愛的採花高手，納西人的「風流鬼」牢牢地控制住了他的靈魂。他由著她在樹枝上結好了上吊的布綢，那是一根紅色的綢子，她早為這個時刻做好了一切準備。

她結兩人的吊繩時不慌不忙，沈著冷靜，既不憂傷也不痛苦，就像在做一件天天都要幹的農活。她把布綢在樹枝上打了個結，這樣兩人一起吊上去的時候，才不至於一頭重一頭輕。她甚至還用手拉了一下布綢，欣慰地說：「結實著哩。扎西尼瑪，你不知道上吊的人壓斷了樹枝，是一件多丟人的事情。」

「是一件倒楣的事情。」扎西尼瑪說。然後，他為自己的話忽然感到害怕，他們可是在說自己上吊的事啊。他奇怪為什麼他一點也不將它當多大回事。

他還聽話地搬來了兩截樹樁，放在吊繩下。然後，他神情恍惚地跟著她站在樹樁上，又像夢遊一般順從她的命令，將布綢挽的套子套在脖子上。在那驚天地泣鬼神的關鍵時刻，他看到了她淒美絕倫的面龐，高貴雅致，從容不迫；看到了她那雙眼睛，溫柔得讓人心碎；看到了卡瓦格博雪山聖潔的峰頂，一朵巨大的雲飄過來，讓它蒙上沈重的陰影；他還看到了納西人的「風流鬼」，她們一身白衣，裙裾飄拂，神情端莊，像藏族人的女神；最後，他看到了他的父親野貢土司憤怒的臉，怒氣從他的嘴裏、鼻孔裏、眼睛裏、甚至耳朵裏噴射出來，撲向無辜的納西人。佛祖啊，還是讓我不要看到這張臉吧。他祈禱道。

「扎西尼瑪，我們去了。」阿美姑娘溫柔地說，「你先蹬掉樹樁吧。」

他深深地望著她，眼裏禁不住淌下了兩行溫熱感動的眼淚，那是他對人生最後一絲幸福的感受。

「阿美，我是多麼的愛妳。」他深情地說，然後又嘀咕道：「佛祖，這到底是爲什麼啊！」

「野蠻人高尚的戰鬥」

幾天以後，人們費了很大的勁，才找到兩個殉情者的屍體。扎西尼瑪的僕人們明明曾經在那塊草甸上和他們生活過一段時間，可是當他們再次回到雪山下時，竟然許久都找不到那塊草甸，拉巴平措爲此沒有少挨土司老爺的馬鞭。

正如阿美姑娘說的那樣，有些近在眼前的地方，人的眼睛是看不到的。後來還是找來了納西人的東巴和阿貴，讓他做法事確定了殉情者的方位，才依照納西神靈的指點，找到了那棵殉情樹。

讓藏族人氣憤的是，他們吊在樹上的少爺死後，腳心還被燒糊了一塊，和阿貴解釋說，這是由於殉情時，女方害怕男方不夠堅決，因此要檢查男方是否真的死了，然後才吊死自己。因爲一個人去情人們的國是不會幸福的，留在人間的那個將會更加不幸。

「這是因爲阿美姑娘太愛他了啊！」和阿貴抹著眼淚說。

「這叫愛?狗娘養的，這簡直是比搶人還要惡毒的謀殺！」頓珠嘉措土司看著兒子焦糊的腳，憤怒地喊，「去把那個和萬祥給我叫來。」

「他早就來了，一直跪在外面。」旺珠說。

「把巴登和扎金放出去，咬死他！」野貢土司氣咻咻地說。巴登和扎金是他的兩條兇猛的藏獒，曾經咬翻過一頭豹子。

「老爺，康巴人不罵請罪的人。你忘了我們在拉薩商量的事了嗎？」旺珠站在那裏說。

「什麼事？」野貢土司氣糊塗了，把他一段時間以來一直想幹的大事忘了。

「江邊的鹽田，老爺。這是一個好機會啊。」像所有對主子忠心耿耿的管家一樣，旺珠總是在最適當的時候，說最恰當的話。

這次，拉薩朝聖讓野貢土司知道了瀾滄江的鹽對藏區的重要。他走了兩個月的路程了，還看到人們在用峽谷裏的鹽。由於這幾年漢地動亂不已，邊藏地區土匪橫行，漢地來的鹽越來越少了。他甚至還聽說在一些地方部族之間，爲了爭奪鹽的販賣權而發生了戰爭。峽谷外一個比他的領地大多了的土司對他說，鹽真是個好東西啊，一粒鹽只讓你舌頭鹹一下，一撮鹽讓你的酥油茶有了香味，一坨鹽讓你一天不愁吃喝，一口袋鹽就讓你腰帶的銀子墜不住了，而一個馬幫商隊的鹽呢，無數個馬幫商隊的鹽呢，你要什麼就都在裏面啦。

野貢土司這才開了竅，媽的，祖先當初怎麼會讓納西人去江邊曬鹽呢？他讓人給他著藏族武士裝，這是在正式場合或重大節日時才穿的行頭。

他上身穿了五件由漢地絲綢做的「對通」短衣，一層一層地疊在一起，這代表著土司的富貴；外面又套了件「楚巴」錦緞長袍，用印度虎皮鑲的邊，它象徵土司的威嚴；頭上戴起珍貴的狐皮帽，標誌著土司的尊貴；然後披掛上那些複雜的胸飾、腰飾，有護身符，熊掌箭囊，羊皮掛袋，如意珠，九眼蓮花貓眼石，還有一隻野貢家族世代相傳的鑲金邊和嵌有各種寶石的靴子，它是幾百年前由七世達賴喇嘛所賜。

本來七世達賴賜給野貢家族的靴子是一雙，但一隻靴子被野貢土司家的老祖先供奉在土司樓前的一座白塔裏，另一隻野貢土司家族的歷輩祖先征戰時都要把它掛在胸前。多年前，六世野貢土司在和德若家族的人馬打仗時中了對方埋伏，無數的子彈像雨點一樣向六世野貢土司打來，但全被這隻神奇的金靴擋住了，六世野貢土司回到家裏時，從靴子裏倒出了一茶碗的子彈頭。

當然，現在野貢土司最具威懾力的裝飾品，還是外國神父送的槍了。他把一支長槍和一支短槍都挎在了身上，然後耀武揚威地走到了大門外，那個倒楣的納西族長正等著他的發落哩。

「你呀，不要像一條狗一樣地蹲在我的門口了。快回去準備好傢伙吧，因爲我們藏族人要向你們納西人開戰了。」他晃動著身子，故意把那些裝飾品搖晃得叮叮噹噹，彷彿爲他的宣戰助威。

從太陽當頂時，納西族長和萬祥就跪在土司家大門前了，現在太陽都要落山啦。這個可憐的族長爲了本族人在藏區的生存，已經在土司面前忍辱負重多年了。

儘管他比野貢土司還大幾歲，但他還是說：

「大哥，這些銀子夠了嗎？」

他沒有叫他土司老爺，而是喊大哥。跟藏族人一起在峽谷裏討生活，納西人一直把自己當小弟弟看，天下哪有大哥不原諒小弟過失的呢。他身後有十四騾子馱的銀子，每筐銀子都摞得高高的，筐子上大大的寫著「命價」。即便野貢家的人被世仇澤仁達娃所殺，要賠償的銀子也不會有這一半多。

「不是銀子的問題，老弟，你們納西人要有災難了。在你把女人和孩子都遷出了村莊後，我的馬隊就要踏平你們的家了，我們康巴人不會在你們的女人孩子面前殺死你們。」野貢土司傲慢地說。

和萬祥儘管還跪在土司的面前，但是依然不卑不亢，語調鏗鏘，他說：

「大哥，在我們納西人看來，世上有九十九種禍，從來不曾有女禍；世上有九十九種仇，從來不興有女仇。阿美和大少爺的事，在我們納西人的村莊裏，家家都碰到過。他們不能結婚成家，但是他們又不能沒有這份愛，於是他們就選擇了殉情。他們去的地方人永遠不會老，石頭上也能長出莊稼，老虎是他們的坐騎，鳥兒會唱歌，鮮花會說話，星星可以隨手摘來做胸前的寶石，彩虹可以剪來做衣裳，河裏流淌的都是酥油茶，人們只需幹一年的活，就一輩子吃不完，剩下的日子他們就唱歌、跳舞、吹口弦，和野獸們嬉戲玩耍。他們比活在這個世界上還幸福哩。大哥，我們該爲這對幸福的年輕人祝福才是啊，幹嘛要打仗呢？在這片土地上，江水纏繞著峽谷，白雲依戀著雪山，納西人不是你的敵人，是你的兄弟啊！」

「別跟我胡扯啦！野貢土司家的世仇就是因爲女人引起的。老弟，看到峽谷上方的那片烏雲了嗎，願你們的神靈能保佑你們納西人，戰爭馬上就要開始了。」野貢土司說完，轉身走了，他手下的人「砰」地一聲把大門關了。

和萬祥抬頭看看天上的烏雲，果然就看到了戰神猙獰的臉。他的眼淚頓時就下來了。

幾百年來，勤勞樸實的納西人在峽谷裏以曬鹽爲生，他們忠實地恪守了野貢土司的規矩，不在犛牛行走的地方開地。但是信奉自然神靈的納西人的「署」神，賜給了他們江邊的鹽田，於是他們得以在峽谷裏立足。

他們的村莊就建在瀾滄江邊的亂石灘上，洪水經常淹沒納西人的村莊，但是從來就沒有把他們從峽谷裏沖走。江岸邊是他們建造的成片的鹽田。藏族人在地裏收穫青稞，納西人則在田裏收穫鹽。從峽谷的山崗上望去，阡陌縱橫的鹽田像一塊巨大的被打碎了的鏡子，映照著藍天白雲和雪山森林。他們一直小心翼翼地和峽谷裏的藏族人和睦相處，就像和萬祥說的那樣，借住在人家的屋簷下，從不用石頭打主人家的窗戶。可是，有誰能料到一段愛情會打破這幾百年來的和諧呢？

當和萬祥把要和藏族人打仗的消息告訴族人時，男人們開始磨刀擦槍，女人們先是抹眼淚，然後，她們在一個叫木德麗大媽的帶領下，找到了和萬祥。

納西人的姓氏一般只有兩個，官姓木，民姓和，木氏家族被認爲是從前納西王國的國王木天王的後代，即便傳了多少代了，即便一個姓木的人家已經成普通百姓，卻依然在族人中享有相當高的威望。木德麗大媽在村莊中雖然也是一個曬鹽戶，但她是峽谷裏木氏家族中最年長的一位。

她對和萬祥說：「納西人和藏族人打仗，是幾百年前的事情了，那時我們納西人有木天王護佑。現在我們有誰可以指望呢？」

和萬祥瞄一瞄自己手中的那桿老式火槍，說：「我們只有指望它了。不是魚死就是網破吧。」他的身邊擺滿了一個納西武士的所有行頭，從他高祖父那裏傳下來的一副鐵甲冑，長茅，一鏃弓箭及羊皮弓箭袋，當然，還有一個號召納西武士投入戰鬥、奮勇衝鋒的白海螺。儘管這些東西已經有好多年都不用了，那副鐵甲冑上鏽跡斑駁，白海螺吹出來的聲音也喑啞而低沈。

「你們男人還可以指望我們呢。」木德麗大媽說。

和萬祥苦笑道：「這可是從來沒有聽說過的事情。木大媽，看在土司總算發了點慈悲的份上，趕快帶上家裏的女人和孩子逃命吧。」

「這一點點慈悲可以救我們納西人的命。你這個族長怎麼當的哦？」

「難道妳們也想和康巴人的馬刀對殺？」

「如果他們都是貨真價實的康巴漢子，敢用馬刀砍向我們的胸脯嗎？」木德麗挺起雖然已經耷拉到肚臍處了但依然豐滿的乳房，衝著和萬祥的槍口。她身後的女人個個都把胸脯挺得高高的，就像在炫耀一個武士所擁有的最厲害的武器。

「妳妳……妳們要幹什麼啊，大媽？」

「我們不願失去自己的丈夫，不願失去自己的兒子、女婿。我們都死了，也不會讓你們上戰場。」

「妳說這話就怪了，我們不上戰場，誰來保護妳們，誰來保護我們的鹽田？」

「你們是納西人的種。木天王在峽谷裏留下這一點種可不容易哩。」木大媽說。

「大媽，男人要死也該死得像個男人。回去吧，納西人的種絕不了，不在這裏就在那裏，我們大自然中的兄弟『署』神還在，納西人就在。」和萬祥說得很淒慘。

「把槍給我！」木德麗大媽以不容商量的口氣說。

和萬祥把槍抱在懷裏，「大媽，妳要讓我空著手和野貢土司打仗嗎？」

木德麗大媽一揮手，她身後的女人一湧而上，將和萬祥按倒了，可憐的族長只說了句「簡直沒有章法……」就被婆娘們把槍奪走了。轉眼那桿火槍便被砸成了兩截。

接下來，一個又一個的納西男人被他們的母親、妻子、姐姐、妹妹、嫂嫂、女兒們繳了械，女人們在這個行動中驚人地團結，驚人地堅忍不拔，男人們的刀槍全成了一堆廢鐵。

第二天，當野貢土司的隊伍衝到納西村莊時，康巴騎手們發現了一個他們從來沒有遇到過的戰爭場面，每一個納西男人都被一群女人和孩子緊緊包圍，她們全都赤手空拳，臉上是決絕悲憤的表情，她們挺起豐滿的胸脯，與男人們的馬蹄、槍口和馬刀對峙。

那是一場奇怪的戰鬥。野貢土司的家丁隊長友吉對管家旺珠說：「這些婆娘們真礙事兒，哪有這樣打仗的？砍倒她們幾個，她們就知道馬刀是鐵打的了。」

旺珠一把拉住友吉的韁繩，高聲喝道：「別丟了康巴人的面子！納西人，是條漢子就站出來！」

那時，和萬祥在女人們身後急得直跳腳，媽呀妹妹呀地求情，所有的納西男人全都像他那樣，在女人堆裏害臊得面紅耳赤，但是他們試圖反抗的手腳已經不屬於他們了，試圖戰鬥的雄心也被偉大的母性淹沒了。

馬隊在一堆一堆的女人中衝來闖去，但是馬刀上沒有沾上一點血。騎手們放火燒納西人的房子，女人們看著家產迅速地化爲灰燼，但還是緊緊地護住她們的男人；騎手們又朝天上放槍，槍子兒貼著女人們的髮梢飛來竄去，女人們依然毫無懼色。

藏族人有一句驕傲的諺語說：「獅與狗鬥，雖勝猶敗。」而沒有抵抗的戰鬥，則更讓勝利者丟盡顏面，更何況他們在打一場和女人的戰鬥，簡直就讓男人不是個男人。

野貢土司那時騎馬立在高處，把村莊裏發生的一切看得清清楚楚。「了不起的納西女人。」他沮喪地說：「別再丟野貢家的臉了，讓那些狗娘養的都回來吧。」

借懸崖六百尺

當天晚上，守在殘垣斷壁前的和萬祥收到了野貢土司的停戰信，野貢土司在信中說，鑒於納西女人死也不離開她們的男人，而愛惜榮譽的康巴男人又不願意和娘兒們打仗。因此，爲了讓納西男人也有一點尊嚴，他建議和萬祥帶著納西人離開瀾滄江西岸。信白人喇嘛耶穌教的藏族人到了瀾滄江東岸後，峽谷裏不是就平靜下來了嗎？你們納西男人總不至於像小鷹那樣永遠躲在母鷹的翅膀下吧。他在信的最後又補充道。

「他這是要占我們的鹽田哩。」和萬祥看完信後，終於明白了野貢土司發動這場戰爭的目的。

和萬祥請來族中的老人和東巴祭司，給他們看野貢土司的信。

一個老人說：「我們納西人，除了會曬鹽和趕馬外，還能幹什麼呢？沒有鹽田，就沒有了碗裏的食。明天，還是和他們拼了吧，拼到最後一個人，也要保住我們的鹽田。」

和萬祥羞愧地說：「婆娘們不會答應的。我們不能再在藏族人面前丟臉了。」他神情哀戚地問東巴祭司和阿貴，「現在只能指望我們納西人的神靈了。你給我們請來的戰神呢？」

和阿貴翻著手上殘破的經書，搖晃著頭說：「快了快了，納西人的戰神就在看不見的雲層後面。現在大地上的污穢還重哩，等我把『除穢』儀式做完……」

納西人認為，男女偷情，必然會污染大地和天空。神靈最討厭由偷情產生的穢氣。因此納西人要迎請神靈，首先要做法事清除地上的穢氣。

和萬祥不滿地說：「只怕你的法鈴還沒有響起，野貢土司的馬隊就衝過來了。」

第二天，峽谷裏電閃雷鳴，瓢潑大雨淹沒了整條峽谷，也蕩滌了籠罩在峽谷上空的穢氣。天界的戰爭爆發了。兩邊的祭司忙於杖劍鬥法，調遣天兵天將。和阿貴招請來的納西神靈和喇嘛們迎請來的藏族神靈挾帶著各自擁有的烏雲、雷霆、閃電和狂風，在天空中展開激戰。

和阿貴躲在一個山窪處，頭戴東巴的五佛冠，身穿一件紅色法衣，外套白羊毛皮氈，左手持法杖，右手持搖鈴，胸前掛滿了念珠、海螺、手鼓等法器。他把法杖指向東邊的天空，口中念念有詞，於是，東邊的雷神像扔一個石子那樣，將一個炸雷投向野貢土司的碉樓。

而那邊此時也沒有閒著，野貢土司請的能控制雷神的曲結喇嘛看見炸雷打來了，急忙令人鑼鈸鼓號一齊敲響，然後他揮劍一指，將劍鋒向那炸雷刺去，東巴的炸雷受到抵抗，法力又相對弱小一些，因此在炸雷即將擊中野貢土司的碉樓時偏離了方向，但也將碉樓旁邊的馬廄擊得燃燒起來。那些受到襲擊的康巴戰馬像奔泄的洪水，把一切試圖阻擋牠們的東西都衝垮了。

野貢土司當時急得直跳腳，「狗娘養的，把天上的神靈都請來！就是把一條峽谷都變成魔鬼的世界，也要打敗他們！」

曲結喇嘛令人找來一幅東巴教的教宗丁巴什羅大法師的畫像，把它掛在一面塗有牛血的牆上，然後他取出一支箭，口中念念有詞，再將箭頭也浸上牛血，張弓搭箭，一箭就射中了丁巴什羅的胸膛。

在山坡那邊做法事的東巴和阿貴，那時只覺得胸口被猛擊了一下，頓時跌倒在地，一口鮮血從喉嚨裏噴湧而出。在他昏迷之前，他看到峽谷裏的山嶺在飛馳，樹木在行走，躺在地上的屍體比站著走的人還多。

他捂著胸口對趕來救他的和萬祥說：「力量強大的民族，他們的神靈也是強大的。去東岸吧。『署』神會保佑納西人，當年它在西岸賜給了納西人鹽田，它也會在東岸同樣賜鹽田給我們，納西人要不斷地遷徙才能活命。岩羊能立足的地方，我們納西人也能活下去。」

和萬祥在大雨滂沱、瀾滄江水陡漲三尺的危險中，冒死溜到了江東岸，他羞愧萬分地來見沙利士神父。首先，他對自己幾年前在教民們遇難時沒有援之以手，表示深深的慚愧，他說那是沒有辦法的事情，寄居在人家屋簷下的客人，是不好插手主人的事務的。更何況，納西人是個謙遜溫和的民族。

這個小個子的納西族長在沙神父面前謙卑而彬彬有禮，這讓神父將他與那些漢人官吏區別開來。漢人官吏在洋人面前總是顯得那麼猥瑣，但是他們其實都很狡詐。他們要向人道歉時，總會找上一大堆不相干的理由來搪塞自己的錯誤，他們絕不會像眼前這個納西人，自己沒有做到的事，就勇敢地承認下來。

「其實我很欣賞你們的聰明。」沙神父說。

「不，尊敬的神父，我們並不聰明啊。要是那時我帶領族人和你們站在一起，何至於有今天這般狼狽。」

「啊，和先生，即便你們參加進來，也改變不了什麼。況且，我們是在爲信仰而戰，而我們的宗教你們又不相信。我記得當年我到鹽田裏宣揚耶穌基督時，你派人來請我離開，說你們有自己的神靈了，並不需要洋人的上帝。」

「神父，我們在這裏遠離自己的民族，誰都得罪不起啊……」和萬祥說著說著就哭了起來。

「可憐的納西人。」沙神父在胸前畫了個十字，「我能爲你做什麼呢，找野貢土司談判嗎？」他問。

「神父，談判沒有用了。他的兒子和我的侄女愛上了，但是藏納不通婚是峽谷地區幾百年的規矩。他們不能結婚，就雙雙在雪山下殉情吊死了。」

「噢，我的上帝，竟還有這等事？」神父驚訝不已。

「神父，這就是我們納西人的麻煩啊。我們認爲相愛的人不能成家，就和死了一樣，還不如殉情到一個你們所說的天國一般的地方去，幾乎每一個納西人家都有年輕人到雪山上去殉情，我們是重死不重生，重情不重命。昨天和野貢土司開戰，要是有男人戰死了，女人也會跟著去殉情。納西人家是很少有寡婦的。」

「一個充滿悲劇精神的民族。」沙利士神父感嘆道，「那麼，昨天死人了嗎？」

「一個人也沒有死，女人們全衝到前面，把男人擋在身後。那些康巴騎手也是些珍惜自己榮譽的人，但是我們納西武士的臉卻丟盡了。」和萬祥羞愧地說。

「野蠻人高尚的戰鬥！」沙利士神父評價道。他開始喜歡上納西民族了，可惜他們不信耶穌基督。

「不，神父，這是一場卑鄙的戰爭。野貢土司看中了我們的鹽田。他要把我們全部趕走！」和萬祥憤慨地說。

「那麼，你們打算去哪裡呢？」神父問。

「我們打算到這東岸來開鹽田。神父，我們知道江東岸是你帶領教民們開的，我們不會與你們爭地，只求你讓我們在江邊的懸崖上有立足的地方就行了。」

神父沈默了，良久不說話。

自從帶領江西岸的教民到東岸開闢教點六年多來，他把這裏看成了西藏的伊甸園。他甚至在心中盤算著一個宏偉的計劃，以後凡是在川、滇邊藏地區受到生命及生存威脅的耶穌子民都可以遷徙到這裏來。他要把這塊土地變成一個純天主教徒的世界，使它成爲一個模範教點，讓羅馬教皇也爲之讚嘆。

沙利士神父一生想爲上帝奉獻的最高事業和理想，也莫過於此了。而現在，這些崇拜大自然中多神教的納西人也想涉足進來，便讓神父感到有些難堪。從教會的角度上說，他應該拒絕，而身處峽谷中的沙利士神父又有些不忍心。

「東岸的江邊不比西岸，全是被江水沖刷出來的懸崖峭壁，岩羊都不能在那裏行走，你們怎麼搭建鹽田呢？產鹽鹵水的井在哪裡呢？」他找了個聰明的藉口。

「沒有我們納西人不能做到的事。大地上的萬事萬物都是我們的親兄弟，它不會虧待我們。神父，你只要讓我們過來，我們會報答你的。」

沙利士神父看著這個走投無路的納西人，覺得是自己編一個上帝的口袋讓他鑽進去的時候了，「和先生，自中國通商開口岸以來，我們洋人在你們中國的上海、天津這樣的大地方都有租界，在那裏，一切事務由我們洋人說了算。在租界裏，身分低賤的漢人與狗都不允許入內，這是文明世界的通常做法。瀾滄江東岸是上帝指引藏族人開的，它是上帝的領地，也是受到中國政府保護的。我主耶穌說，『人若不是從水和聖靈生的，就不能進上帝的國。』你們不信仰上帝，怎麼可以輕易進來呢？」

和萬祥急了，「神父，如果你有難處的話，我可以向你租借麼？」

「借？借什麼？」神父問。

「借一段江邊的懸崖。神父，我可以寫張借據給你們。」

這可是聞所未聞的事情，神父說：「要是你們用這種精神來信奉上帝就再好不過了。不過以上帝的名義，我借給你那段懸崖。」神父在收緊口袋了，同時，他也完全把自己當成東岸的國王，這讓他很得意。

他拿出紙筆遞給和萬祥，他當下就寫了一張借據，其文如下——

借據

瀾滄江峽谷東岸之地為大法國神父沙利士君於藏曆木鼠年率信奉耶穌天主之藏族教民所開，鐵馬年夏，西岸之納西人因與野貢土司起殉情及鹽田糾紛，被迫遷徙東岸。現經雙方協商，納西族長和萬祥向大法國之神父沙利士及教民借瀾滄江東岸懸崖六百尺，以作開鹽田之用。

立據人　納西和萬祥

沙利士神父把借據仔細地看了，笑道：「『借懸崖六百尺』，和先生，法國總理大臣一定不會答應這個條約的，因爲它是中法之間的又一個不平等條約，不過，這次吃虧的是我們大法國。你既不說明歸還日期，也沒有寫上利息怎麼付。」

和萬祥傻眼了，真的是借字一出口，還時難煞人啊。

沙利士神父晃晃手中的借據，「再不平等的條約，上帝都會接受，因爲上帝是仁慈的。既然你們要到上帝的領地來開鹽田，你們就應該放棄自己的多神崇拜，只信仰我們全能的、唯一的上帝。如果每年你們能有十個人皈依到天主的聖寵之下，我就算作是你借懸崖的利息，到你們納西人全部都信仰了天主教，這段懸崖就屬於你們的了。怎麼樣，和先生？」

和萬祥臉上的汗水流下來了，良久他才說：「神父，你這是在讓我抵押納西人的靈魂。」

「不是抵押，而是更新你們的生命。」神父自信地說。

沙利士神父以爲從此以後，他就把納西人的信仰用繩子拴住了，他隨時都可以收緊這根繩子。但是這個上帝的使者犯了一個致命的錯誤，他忘記了信仰是不能捆綁的，誰束縛人們的信仰，誰就在自己的脖子上先套上了一條繩索。

東巴祭司和阿貴與噶丹寺的喇嘛動用各自的法力，調遣神靈的戰爭把天給打破了，滂沱大雨從那時起就下個不停，連峽谷裏年紀最大的老人都沒有見過延續了這麼長時間的雨季。如果說雨有停歇的話，不過是密集的像箭矢一般的雨變成稀疏的雨點，但是轉眼又是瓢潑的雨柱了。

神靈們不僅在天上打，地上的較量也爭奪得不堪收拾。西岸先是爆發了百年未遇的山洪，從雪山奔騰下來的暴虐的洪水沖毀了野貢土司大片的青稞地；納西人儘管都逃到江東岸去了，但他們的「署神」請來了瀾滄江的洪水，將江邊所有的鹽田蕩滌一空，野貢土司在雨中眼睜睜地看著那些鹽田一塊一塊地被洪水帶走，就像看到一筐又一筐的銀子被沖走一樣。與納西人戰爭儘管他勝利了，但在大自然的懲罰面前，他輸得精光。

他揮著拳頭衝陰霾的天空高喊：「魔鬼！魔鬼，你有完沒完啊！」

其實他忘記了，當初就是他說要把一條峽谷都變成魔鬼的世界。而他永遠想不到的是，魔鬼一旦招引出來後，峽谷的災難才剛剛開始。

綿長而永無休止的大雨把峽谷裏的一切都泡軟了，平常看起來雄壯巍峨的大山，堅硬如鐵的巉岩，在雨中變成了流動的稀泥，它們流動的速度甚至超過了江中的流水；野貢土司也感到自己的骨頭都被泡軟了，那不是沒有力氣的緣故，而是沒有信心和勇氣去面對這個殘酷的現實。

噶丹寺的五世讓迥活佛來告訴他，峽谷裏是經不住戰爭的，納西人和藏族人一起生存在這條峽谷幾百年了，藏族人在地裏收穫莊稼，在草場上放牧牛羊。納西人在鹽田裏收穫鹽，在馬幫驛道上討生活，佛祖早就把一切都安排公平了。

「若此有則彼有，若此生則彼生。」你爲什麼非要違背佛祖的旨意呢？你不但得罪了納西人的神靈，連我們自己的神靈也得罪了。想想那些被趕走了的白人喇嘛吧，他們爲什麼會把一條繩索套在自己的脖子上？一類的因必有一類的果啊。野貢土司當時回答說，活佛，繩索即便套在我脖子上，我也把它看成邋鞦韆。讓迥活佛感到，野貢土司一代比一代傲慢，一代比一代貪婪，如果土司們連神靈都不屑敬畏，你怎能指望他們能聽一個活佛的話呢？

讓迥活佛詢問過寺廟裏能控制雷霆的曲結喇嘛，峽谷的暴雨什麼時候才能停止。但是曲結喇嘛說，他已經無法控制天上的神靈了，「它們就像放出牢籠的老虎。峽谷的災難我看不到頭。」他說。

讓迥活佛沒有責怪曲結喇嘛法力不及，他默默地把自己關進了活佛密室，閉關靜修，不吃不喝。活佛身邊的小喇嘛有時把酥油茶和糌粑從一個小窗口遞進去，但是又原封不動地被推了出來。這是活佛和外面世界聯繫的唯一通道，神靈的旨意也從這裏傳遞出來。

喇嘛通報說，讓迥活佛在密室裏觀修綠度母女神。窮結仲永堪布告訴信徒們，慈悲無限的綠度母將會悲憫藏族人的苦難，她對讓迥活佛法力的加持將強大而迅猛。讓迥活佛會迎請這尊偉大的女神讓藏族人遠離地、水、火、風造成的災難。大雨將馬上停歇，天空萬里無雲，卡瓦格博神山將現出它聖潔的峰頂。

信徒們這才想起，自峽谷裏連降暴雨以來，他們已經很久很久沒有看到卡瓦格博神山的潔白頂峰了。他們天天把哈達、酥油燈進獻到活佛密室外，希望他們的活佛能戰勝控制了天界的魔鬼。那期間，寺廟裏天天都做法事，香煙繚繞，誦經聲不絕於耳。

當太陽終於從烏雲中露出它寬闊的臉龐，並用它的光芒驅趕峽谷上空的雨雲時，人們再次雲集在寺廟前歡呼：「神靈勝利了！偉大的讓迥活佛，請結束迎請神靈的閉關吧。」

但是讓迥活佛仍然沒有出來，連窮結仲永堪布也不知活佛究竟還要閉關靜修多久，一種不祥的預感讓他面對峽谷裏明晃晃的太陽也高興不起來。因爲有一天，讓迥活佛從小窗口裏遞出來一張小紙條，上面寫道：

「邪惡的鹽，讓峽谷沒有小孩。」

那時誰也沒有領會這句箴言的份量，對鹽的渴求，使人們忘記了一個民族繁衍後代的天職。野貢土司已經驅趕著人們修整被泥石流和洪水沖毀的土地，搭建江邊的鹽田。

瀾滄江水在消退，那些曾被洪水淹沒了的井穴慢慢現出了水位，人們掏盡淤泥，一股股混濁的泉水湧出來了。

管家旺珠舀了一碗泉水送到野貢土司面前，請他嘗一嘗，他說：「老爺，我終於嘗到鹽的味道了。」

野貢土司用手蘸了點鹵水，送到舌頭尖邊，但是他在還沒有嘗到鹽的味道時就哈哈大笑起來，「我已經聞到銀子的味道了。狗娘養的，讓他們手腳快一點。」

自從雨停了後，峽谷裏天天烈日當頂，悶熱無比。湛藍的天空連一絲雲的影子都看不見，卡瓦格博雪山的尖頂懸在人們的頭上，明晃晃的像一把鋒利的寶劍。

在江西岸搭建鹽田的藏族人，有一天忽然發現江東岸的懸崖上，納西人也在搭建鹽田。他們看見納西人把身子吊在繩索上，把木樁打進懸崖的縫隙處，儘管那邊全是一些連岩羊都不能行走的峭壁，但是懸在半空中的鹽田還是一天天地建起來了，而且一點也不比西岸的鹽田建得慢。那一根根紮在懸崖上、瀾滄江裏的木樁，就是他們立足於藏東地區堅韌頑強的腳。

而更令人驚奇的是，納西人在東岸的另一條山梁上找到了自己的立足之地。那是這個曠日持久的雨季的傑作，東岸下游的那條山梁被連續幾個月的大雨沖走了它往昔的猙獰，一個暴雨如注的夜晚，大約有半條梁子坍塌進了瀾滄江，那一聲長長的巨響彷彿地獄之火在噴湧，峽谷兩岸的人都聽到了這雷霆萬鈞的吼聲，瀾滄江水也險些被阻塞，洪水已經淹到教堂的圍牆底下來了。人們不知那半條山梁是被雨水淋垮的，還是被瀾滄江沖走的，或者是被神靈的法力劈開的。新改變的地貌像一頭巨獸裸露的傷口，但是卻讓無以立足的納西人大喜過望，它陡峭的山崖不見了，露出相對平緩的坡地，儘管那上面還亂石密佈，寸草不生，但是納西人彷彿從這片神靈賜予的不毛之地上，看到了他們未來的土地和村莊。

對於山地民族來說，只要有能站穩腳的地方，就會有他們所需要的一切。因此在大雨之後，納西人紛紛遷往泥石流沖毀過的山梁上。他們在亂石遍佈的地方建立自己的村莊，有的房屋利用一堵峭壁作爲天然的山牆，有的屋子裏甚至還有猙獰的巨石，突兀地立在房子的中央，像家中的一件家具或者擺設。

但那是一片嶄新的土地，不屬於上帝也不屬於野貢土司。峽谷裏瀾滄江東岸的地理格局就此形成了，信奉耶穌基督的藏族人，依然住在當初沙利士神父帶領他們開墾出來的江上游的山梁上，不久以後，這裏被稱爲右鹽田；而納西人在泥石流堆上重新開發出了自己的家園，它被叫做了左鹽田。

野貢土司望著江對岸層層搭建起來的鹽田和像蘑菇一樣從荒蕪的土地上冒出來的房舍，心想，天不滅納西人。他把地裏和牧場上所有的人都趕到江邊去建鹽田。管家旺珠曾經對他說，下大雨的時候，許多餓死和被雷電劈死的牲畜都還爛在地裏沒有處理，是不是等清理完牧場上的事再說。

但野貢土司說：「天上的神鷹會照顧牠們的，對面的納西人可不會照顧我們。誰先曬出第一批鹽，銀子就流到誰的家。」

對銀子的渴求使野貢土司聽不到災難的腳步聲。悶熱的氣候和火辣的太陽，讓死亡的牛羊腐爛得比火爐邊的酥油還快。天上的神鷹已經來不及照顧那遍野的死牲畜，峽谷裏的惡臭彷彿凝固在了半空中，連穿越大峽谷的風都吹不散。但是，野貢土司那時只想儘快地聞到銀子的味道，對令人窒息的腐臭置之不理。而地上的一些嗅覺靈敏、動作詭異的幽靈，卻悄悄地佔領了臭氣熏天的牧場。

沒過多久，人們發現一些碩大無比的老鼠橫行峽谷，牠們甚至見了人也不躲避，大搖大擺地和人爭奪狹窄的山路，有幾次，甚至把兩個小孩都擠下山道了。人們那時還不知道，魔鬼已經悄悄完成了它對峽谷的控制。

讓腦袋去曬鹽，讓腳好好睡覺

第一批鹽曬出來後，銀子順利地流到了野貢土司家。而那時江東岸的納西人，還在搭建他們彷彿永遠也搭不起來的鹽田呢。

野貢土司在喝酒慶賀時，對他的小兒子野貢・堅贊羅布說：「鹽真是個好東西，牛羊、土地也是好東西，但是牛羊變成銀子，要好幾年的時間；地裏的青稞只能管我們的肚子不挨餓、酒罐裏的青稞酒不乾枯。這個世界上，沒有比鹽變成銀子更快的東西了。」

堅贊羅布則比他的父親看得更深刻，儘管他那時才十二歲。他回答父親說：「爸爸，沒有槍，哪兒來鹽田啊。槍才是比鹽變成銀子更快的東西。」

堅贊羅布是野貢土司跟他的第三個老婆所生。但他已經可以騎在馬上像風一樣地馳騁了。野貢土司忽然發現這個最小的兒子比爲了一個女人就去上吊的哥哥扎西尼瑪更像一個土司。過去，他把所有的注意力都放在培養扎西尼瑪上，甚至還有過把堅贊羅布送到噶丹寺當喇嘛的念頭，因爲土司家出個喇嘛，將使土司在俗界說話更有份量，在神界更尊貴。現在他明白看錯人了。如果有的兒子只喜歡到草甸上去採花，那麼，他寧願選擇那喜歡槍的後代來坐土司的位置。

他對伺候在一旁的旺珠喊道：「來呀，去找一支槍。你們將來的主子需要它了。」

旺珠拿來一支白人喇嘛送的九子快槍，野貢土司鄭重其事地遞到堅贊羅布的手上，說：「拿著，你今後的領地全在它的射程之內，就看你怎麼用它了。」

堅贊羅布接過他父親的槍，「嘩啦」一聲扳動上槍栓，嚇得一邊的旺珠大叫：「小少爺小心，槍膛裏有子彈呢。」

在這個不尋常的晚上表現出色的堅贊羅布說：「沒有子彈的槍，就像神鷹沒有了翅膀。」

野貢土司哈哈大笑，用手拍打著兒子尚還幼嫩的肩膀說：「好啊，明天我就帶你到雪山上去，你想打什麼呢，我的兒子？」

「我要把子彈打進我們野貢家仇人的嘴巴裏。」他平靜地說。

在座的人們都愣住了，或者說高興得不知該說什麼好。還是管家旺珠機靈，他衝著野貢土司彎下了腰，把手中的酒碗舉得高高的，「恭喜你了，老爺，野貢家報世仇的日子不遠啦！」

野貢土司一高興，又叫人多宰了五頭羊，一頭牛，讓家裏所有的僕人和在鹽田幹活的下人們都來喝酒。

那頓酒宴一直喝到天上的星星都失去顏色了，太陽眼看著就要從峽谷的東邊升起來，野貢土司還沒有完全醉，他想，天要亮了，那是太陽的功勞；太陽要出來了，鹽田裏該有人去曬鹽了。於是他對管家旺珠說：「去，太陽……太陽要出來啦，別浪費……我的太陽。」

旺珠走到院子裏，對醉臥在火堆邊的友吉說：「老爺發話了，叫你帶人到鹽田幹活去。」

野貢土司家的前家丁隊長友吉，因為在驅趕納西人的戰鬥中有功，現在被野貢土司封為鹽田的管事，負責鹽田的監工和販賣，第一批曬出的鹽，他就為土司賺來大筐的銀子，使這個傢伙認為自己也是很了不起的人了。

他醉醺醺地對旺珠說：「我的腦袋是想……馬上就到鹽田邊去幫老爺曬銀子……哦不，曬鹽啊，可是我的腿不想去啦。要是我的腳想去的話，我就……去。有勞你啦，回去告訴老爺，友吉的腳現在……它……它不聽腦袋……的使喚啦……」

旺珠回來把友吉的話說給了野貢土司聽，土司看著已升到峽谷東邊山尖的太陽，再看看大院裏醉了一地的人們，知道就是給他們一頓馬鞭，也不能把這些醉鬼從酒肉之鄉中抽打回來。他搖醒了睡在火塘邊藏毯上的堅贊羅布，「羅布，羅布，醒醒，太陽出來了。可是有個傢伙說，他的腦袋想去為我們家的鹽田曬鹽，但是他的腳不想去，你說該怎麼辦？」

堅贊羅布呵欠連連，睡意朦朧地說：「爸爸，腦袋想去就讓腦袋去麼，腳不想去，就讓腳好好睡覺吧。」

土司摸摸堅贊羅布的頭，說：「好兒子，你說得對。你可比你父親聰明多了。」然後他抽出腰間的康巴刀，遞給旺珠，就像讓他去辦一件極為尋常的事一樣：「去，把友吉的頭割下來，放到鹽田邊。讓這狗娘養的腳好好睡覺吧。」

旺珠沒有猶豫，接過刀子，大步走到友吉面前，大聲說：「友吉，老爺看得起你啊，讓你還算忠心的腦袋去爲他曬鹽呢。」

友吉那時還沒有完全清醒——佛祖才知道他究竟醒還是沒有醒，他愣愣地看著旺珠手中的康巴刀，張了張嘴，打出最後一個幸福的酒嗝。

「那麼，你請吧。」他說得有些沮喪，但也不無豪邁。

旺珠不再多說，抓住友吉長長的頭髮，一刀就把那還在醉生夢死的頭切下來了，鮮血帶著一股濃烈的酒味一下子在院子裏瀰漫開來，並且很快充斥了整條峽谷，把每一個醉意闌珊的人都刺激醒了。

旺珠提著友吉驚得張大了嘴巴的頭，一步一步地朝鹽田方向走去。所有的人此時都明白了他們的身分，明白了土司老爺的刀是可以隨意切斷人的脖子的。他們像一群受到主人嚴厲呵斥的羊群一般，乖乖地跟在那顆血淋淋的頭顱後面。他們聽到了血滴落在峽谷的土地上的滴答聲，聽到了太陽在峽谷東邊的山峰背後攀登的匆匆腳步聲，聽到了野貢土司抽刀出鞘時清脆而刺人神經的那一聲「嚓——」，也聽到了友吉的頭被切下來時，刀和脖子對抗時的那一聲「喀嚓」，他們還聽見了友吉那沒有了身子的頭仍然在說話，他說得急促而懊悔：

「太陽出來了，不要浪費土司的太陽啊。」

從那以後，友吉的頭就一直擱在瀾滄江西岸的鹽田邊，每天啓明星剛剛開始發亮的時候，鹽民們都能從睡夢中驚醒，不是他們天天到這個時候都要做噩夢，而是因爲友吉在江邊叫喚呢。直到後來友吉的頭與岩石連在了一起，成爲江邊那些褐色岩石的一部分，人們才再也聽不到友吉的催促聲，因爲，那時峽谷裏的太陽已經不屬於土司。

也是從那以後，瀾滄江西岸曬出的鹽全是紅色的了。那鹽猩紅猩紅的，像浸透了人的血。這種紅鹽人不願意吃，但把它摻在飼料裏，牛吃了長力氣，羊吃了長膘。

鹽的顏色

沒過多久，江對岸納西人的鹽田也開始出鹽了，令人奇怪的是，他們曬出的鹽是白色的，不論從成色還是質量上來說，都比野貢土司的鹽好。那些馱鹽的馬幫更願意購買納西人的白鹽，而且紅鹽的價格每斤還比白鹽少一個半到兩個藏幣，因爲他們說，人吃了紅鹽會上火。野貢土司酒醒以後，才發現他砍友吉頭的那把刀太快了。

但是砍下的頭怎麼才能再接上去呢，那就像要想改變鹽的顏色一樣難啊。他問管家旺珠，「都是瀾滄江邊的鹽鹵水，都是一樣的鹽田，都是同一個太陽，爲什麼現在我們就曬不出價格更高的白鹽來？」

旺珠回答說：「老爺，大概是因爲我們的神靈和他們的不一樣吧。」

野貢土司氣鼓鼓地說：「我們的神靈經常不站在我這一邊。在我需要他們的幫助時，卻盡遇到些魔鬼。你趕一馱騾子的銀子到寺廟去，讓他們做一場最隆重的法事，把我們的鹽也變成白色的。要是有可能的話，告訴喇嘛們，用他們的法力把對岸納西人的鹽變成紅色的。我想這一定是納西人的東巴搗的鬼。」

噶丹寺的五世讓迥活佛拒絕了野貢土司的要求，他對旺珠說：「神靈只控制鹽的味道，並不控制鹽的顏色。就像地裏的莊稼，神靈能控制它們的生長和成熟，但不能控制它們的青黃。」

旺珠追問道：「尊敬的活佛，那麼，你說是什麼東西控制鹽的顏色呢？」

活佛望著寺廟前方峽谷中的氤氳以及峽谷兩邊的大山，良久才緩緩說：「你去問問大地吧，它賜予我們一切。一切因緣大法都來源於大地啊。」

野貢土司聽說寺廟不願爲他做改變鹽顏色的法事後，把臉上的橫肉全都拉成長條狀的了。

「大地？大地還在我野貢家的控制之下呢！狗娘養的，西岸不給我曬出白鹽來，東岸的白鹽難道就只屬於納西人麼？我能把納西人趕到東邊，也可以把他們趕到天邊！哈哈，這要看我高興不高興了。堅贊羅布不是說了嘛，槍是比鹽變成銀子更快的東西，槍難道就不能改變野貢家鹽的顏色麼？（啪，一個他身邊的家丁挨了一馬鞭。）這些只知道死念經書的喇嘛，他們還沒有一個十二歲孩子的腦袋聰明。哼！他們能控制神靈，可是誰見過他們把神靈像一個朋友一樣帶到家裏來喝酒了？那些能驅散冰雹的巫師，冰雹來的時候，他們忙著把冰雹趕出寺廟的領地，別人地裏的莊稼就不管了。去年那場冰雹的帳，我還沒跟他們算吶。如果神靈真的可以戰勝一切，中國皇帝的軍隊打來的時候，那些藏族人的護法神到哪裡去了？戰神們又到哪裡去了？（一個擋路的家僕被踢了一腳。）嘿嘿，喇嘛們說起他們來，一個比一個厲害，可寺廟還不是一樣被炮彈和槍子兒打得稀爛。我要是不聽明一點，沒有跟他們站在一邊，趙屠戶的軍隊還不把這土司大宅踩平了？佛祖啊，我想了好久了，這個世道在變啦，沒有信仰的人就像不勒轡繩的馬一樣，跑得越來越快了。想去哪裡就去哪裡，想怎麼胡來就怎麼胡來。可是你懲罰過他們嗎？讓迥活佛，願佛祖保佑你的吉祥，你們的咒語被雨水淋濕了嗎？」

「老爺，老爺啊……」旺珠躬身勸解道。

「別打斷我。他不是還在密室裏閉關靜修嗎？他修持到了什麼？他迎請的吉祥在哪裡？大雨是停了，但是太陽讓所有死了的牲畜都爛成了稀泥。聞聞這峽谷裏的臭味，比酒窖裏的味道都還要濃，但是酒窖裏的味道是香的，我們聞到的卻是死亡的臭味。他卻躲到密室找安靜了，眾生的苦難誰來管呢？那個狗娘養的澤仁達娃，活佛說，中國要換兩個朝代，野貢土司家的人才能要他的命。現在中國終於換朝代了，漢族人卻用了三百多年的時間，換一個朝代難道可以像換一個婊子那麼容易嗎？可我兒子說了，他要把子彈打進澤仁達娃的嘴巴裏。澤仁達娃你聽到了嗎？餵進你嘴裏的子彈，我兒子已經給你準備好了。（他用馬鞭到處亂抽，僕人們跪在地上任他抽打。）活佛的話不管用啦，願你吉祥。峽谷裏魔鬼比人還多的時候，人們侍奉完魔鬼，自己有一口糌粑吃就行了；魔鬼和人一樣多的時候，喇嘛們就躲在寺廟裏挑起魔鬼和人的爭端，這樣，他們就有事情幹了；哼，總有一天，這峽谷裏人會比魔鬼還多，納西人，白族人，彝族人，回族人，還有那些看不到他們的地方盡頭的漢族人，他們都會來的。哈哈，現在連喜馬拉雅山那邊法蘭西國的人都來了，他們還帶來據說能救藏族人靈魂的耶穌，這下可就熱鬧了，白人喇嘛控制了藏族人的靈魂，魔鬼怎麼辦呢？神靈們又住在哪裡？喇嘛們的法力還管用嗎？這個世道真他娘的亂透了！（他又把一個僕人踢出去三尺遠。）聽白人喇嘛說，這個世界上還有個國家的太陽永遠不會落下。哦呀，佛祖，這些狗娘養的要曬出多少的鹽啊。看看吧，到處都有人在曬鹽。佛祖給的一點點好處，人人都來搶奪。要是他們都湧到峽谷裏，瀾滄江也會被人堵起來。可是那些吃著我的供奉的喇嘛們，連鹽的顏色都改變不了。（他想把誰猛抽一鞭子，但發現身邊沒有可抽的人，就順手往屋子的中柱上抽了一鞭子。）尊敬的上師，我供奉到寺廟裏的酥油、青稞、銀子都到魔鬼的口裏去了？與其由你們交給魔鬼，還不如我親自給他們送去。佛祖，如今這峽谷裏請一個有用的神靈多難啊，找一個做盡壞事的魔鬼倒非常容易，比找一個放牛娃還容易喲。要是你們的法力真的無邊，嘿嘿，我一高興，把所有的魔鬼都召來！讓我們一起和魔鬼們比試比試，是你們的法力厲害，還是我野貢家的快槍厲害。」

旺珠這時已經全身跪趴在地上了，「佛、法、僧三寶啊！老爺，你把藏族人的神靈都得罪啦！魔鬼是召請不起的啊！」

「那有什麼關係。我有鹽田，就有更多的銀子，然後還會有更多的槍。你找一個魔鬼來，我給他一槍，看那狗娘養的倒不倒！」

爲了鹽的顏色，野貢土司把所有能想到的咒語都罵出來了。他從樓上罵到樓下，從廳堂罵到馬廄，僕人、家丁、女傭全都跪伏在地上，做他的出氣筒，任他抽打亂踢。

土司老爺踢他們時，就像踢路邊的一塊石頭，把他們踢得滿地滾——有時這難免也有做作的成分，他們儘量滾得遠一些，裝成非常痛苦的樣子，也許老爺會高興些呢。

僕人們不明白的是，當老爺得到大少爺扎西尼瑪的死訊時，發的火也沒有今天這麼大，難道土司家的一條人命還沒有鹽的顏色重要嗎？

大瘟疫

魔鬼們一定是聽到了野貢土司的召喚，毫不客氣地用死亡的陰影席捲了整條峽谷。這是一種峽谷裏的人們從來沒有見到過的魔鬼，連噶丹寺的喇嘛們能控制的神靈也不知道是哪一路的魔鬼釋放出來的瘟疫，因爲他們自身也被這種魔鬼擊倒了。

這場可怕的瘟疫，比多年前那場肆虐峽谷地區的瘧疾恐怖百倍。魔鬼像無處不入的風，先從人們的腹股溝和腋下侵入，然後在那些部位開始作祟，先是疼痛、發冷，然後腫脹起來，從一個核桃大到拳頭般大小。人們看到自己身上的這些包塊束手無策，念經、燒香、磕頭，都不能將體內的魔鬼驅趕出來。

當魔鬼的陰影出現在患者的胳膊或大腿上，使黃色的皮膚發黑，並讓人們的舌頭也變黑時，閻王的勾魂簿上已經明確無誤地寫上這些倒楣者的名字了。那是一些被魔鬼控制的東一塊西一團的黑色斑塊，它們在人們身上像陰魂一樣地出現。有的人皮膚上一出現黑斑，不到三天就死了；有的人頭天晚上還在祈禱念經，第二天早晨就再也起不來啦。

從牧場上的放牛娃到地裏幹活的佃戶，從土司貴族到寺廟裏的喇嘛，魔鬼不分貴賤，一律擊殺，任意地掠奪它所遇到的所有人的生命。沒有一家沒有死者，沒有一戶沒有哀嚎。失去親人已經不是倖存者最大的悲痛，最大的哀傷在於人們不知道活著的親人中下一個將輪到誰，每一個人看別人的目光都能擰出淚水來。

到後來，人們的淚水也流乾了，眼珠成了兩顆乾硬的核桃，沒有光澤，沒有活力，也沒有愛、憐憫、仁慈、同情、喜悅、悲傷、孤獨、仇恨。人們互相打量時，就像死人看死人。

野貢土司的三個妻子已經死了兩個，另外還死了三個叔叔，兩個舅舅，一個舅母，四個外甥，六個僕人，牧場上的牧人則全部死光，不少佃戶更是全家死絕。野貢土司的第一房妻子央宗死在火塘邊，她低聲說了句「扎西尼瑪，草甸上的花真的那麼好看嗎？」身子一偏就倒了；第三房妻子曲珍是堅贊羅布的母親，在死的那天晚上，她彷彿有預感，硬撐著身子來到堅贊羅布的臥榻前，認真地對他說：「羅布，你要想當個好土司，就要遠離槍。當有人要拿槍去打仗時，你最好在家裏喝酒。」第二天早晨，人們發現她安詳地躺在自己的床上。

多年以後，當堅贊羅布面臨生死抉擇時，他忘了記起母親臨終前的告誡，作爲一個桀驁不馴的康巴人，他選擇了戰鬥，放棄了坐在家裏喝酒，這樣，他就再也沒有回過豪華氣派的土司大宅。

野貢土司一個常年在寺廟裏吃齋修行的舅舅死得更爲離奇，他說要去拉薩請法力無邊的大活佛來鎮壓魔鬼。他騎上馬，帶了幾個僕人想走出這一片死氣的峽谷，到晚上僕人們要歇下來紮帳篷時，發現還騎在馬上的老爺已經被魔鬼截殺了。誰也不知道他是什麼時候咽氣的，他的雙腳死死地蹬住馬蹬，兩胯將馬鞍夾得緊緊的，以至於人們只有把他連馬鞍和馬蹬一起抬回來。

這時野貢土司才明白，世上的有些事情，不是槍就能解決的。管家旺珠在土司用咒語召請峽谷裏的魔鬼時，曾經提醒過他，但是他自己也被魔鬼纏上了，他的妻子和兩個孩子都離他而去。

人們湧到噶丹寺，期望喇嘛們的法力能保佑他們，可寺廟裏的喇嘛們也自身難保，措欽大殿裏念經的喇嘛稀稀落落，有氣無力，而各紮倉裏則躺滿了同樣被魔鬼侵襲了的渾身佈滿黑色斑塊、氣息奄奄的喇嘛。從有格西學位的高僧到剛受戒的小沙彌，魔鬼輕易地摧毀了喇嘛們的法力。

這時人們才突然發現，冷清的峽谷裏魔鬼比人多了。山道上成天見不到一個人，魔鬼的身影卻到處都是。他們在峽谷的村莊和山道上橫衝直撞，任意捕殺被他們撞見的可憐的人，甚至還擠到人們的火塘邊，在忽明忽暗的火光中閃著陰險的笑臉。

一些老人想起了瀾滄江兩岸鹽曬出來之前，讓迥活佛從靜修的密室裏參悟出來的那句箴言——「邪惡的鹽，讓峽谷沒有小孩。」

佛祖啊，一年多過去了，峽谷裏沒有哪戶人家生過一個孩子！

瀾滄江東岸耶穌的子民和納西人也同樣沒有逃脫魔鬼的懲罰，沙利士神父是第一個站出來解釋魔鬼名字的人。半個月前，他到江邊去看納西人的鹽田時，曾看到幾隻老鼠順著橫跨峽谷兩岸的溜索爬過來了。他在當天的日記中這樣寫道：

> 「溜索不僅是大江兩岸人們的交通工具，也是動物們保持來往的走廊。我看到三隻超出人們想像的巨大的老鼠沿著那根藤篾索爬過來了，只有瀾滄江大峽谷的老鼠才會有這樣高超的絕技，牠們竟然對轟鳴著的瀾滄江一點也不感到害怕。難道牠們也嚮往基督徒的聖地嗎？」

當東岸的人們身上開始出現腫脹和黑斑時，沙利士神父才恍然大悟——奪人魂魄、橫掃一切生靈的鼠疫來了。從那以後，教堂天天都要敲響喪鐘，連沙利士神父也不得不在心底裏擔憂：世界末日是否已經提前到來了？

神父在教民中開展了一場衛生運動，他帶領他們捕殺老鼠，焚燒死牲畜，將死者深埋，到處撒上生石灰，並且讓教民們勤換衣服，天天洗澡。他告訴教民們，瘟疫是由老鼠傳播的，老鼠是菌原體，寄生在牠們身上的跳蚤叮了人，人也就感染了這種瘟疫了。我們歐洲人叫鼠疫，也叫黑死病。早在十四世紀中期，這種瘟疫就在歐洲蔓延過，它大概奪走了近兩千萬歐洲人的性命。從流行這種瘟疫開始，歐洲每十年就爆發一次，這場災難一直延續了一百來年。一些人死了，而另一些人則活下來，爲什麼呢，因爲上帝拯救了他們。你們趕快懺悔吧，末日審判已經來臨了。他在佈道時，經常向自己的教民呼籲。

信徒們雖然遵循神父的話虔誠地向上帝懺悔，祈求上帝的拯救，但在他們當中，一種怪異的抵禦魔鬼的方式與宗教史上曾經發生過的鬧劇不謀而合，上帝作證，這並不是沙利士神父的教導，而是信奉耶穌基督的教民再次受到了本民族宗教的引誘。

一片死氣的峽谷最近一段時間裏，風傳苯教法師敦根桑布又回來了，或者說，他也被黑色的魔鬼擊倒了。人們說他在雪山上和黑色的魔鬼大戰一場，直打得黑天黑地，日月無光。黑色魔鬼後來放出一種語言的毒瘴，那是世界上最刻毒、最陰險、最傷人尊嚴的語言。比趙屠戶當年攻打寺廟的子彈都要厲害百倍，因爲它不是傷害人的軀體，而是直接傷害人的內心。

苯教法師被這魔鬼語言的毒瘴擊中，身體也開始變黑起來。但是法師立即對雪山上一種叫「榮子」的荊棘施加了法力，並用它抽打自己的身體，把身上的魔鬼趕出來。

據說魔鬼雖然法力無邊，但也害怕荊棘的刺。人們通常把一些荊棘種在地頭邊、房屋前或者村邊，不只是爲了防牛羊啃吃地裏的莊稼，主要是爲了阻嚇天空中到處亂竄的魔鬼。現在，人們開始仿效苯教法師敦根桑布的做法和魔鬼對抗。每個人天天都將自己的皮膚從上到下、反反覆覆地察看，一寸一寸地抽打，直到把黃色的皮膚在自己無奈的抽打下變紅、淌血，人無以言狀的痛苦和恐懼得到釋放，黑色的魔鬼也彷彿正在受到沈重的打擊。

人們都已經知道皮膚一旦發黑，就是死神的請柬。東岸的教民路德爲了保住唯一還活著的一個兒子，也找了根佛教徒們用來驅趕魔鬼的「榮子」，他每天都抽打那可憐的孩子，路德的行爲很快讓其他教民忘記了神父的教誨。

這種被神父視爲異端的行爲，後來發展到教民們一邊抽打自己的身體，一邊繞著教堂念誦祈禱經文，那場面就像信奉藏傳佛教的信徒圍著他們的寺廟和神山轉經一樣。

沙利士神父不讓這些已經被瘟疫弄到癲狂地步的教民進入教堂，他說：「教堂不能使人免除死亡，人只能使教堂神聖，耶穌的教堂不是異教徒的神山。『鞭笞派』是受到羅馬教皇譴責的，耶穌就在你們的體內，折磨自己身體的人是對聖靈的褻瀆。」

但是人們用沈默和荊條的「劈啪」聲來回答他們的神父，這是教民們第一次沒有聽他們的精神引路人的話。可疫情並沒有得到多少控制，沙利士神父這才明白，在死亡面前，大家的恐懼是一樣的，而不管他從前持什麼信仰。

後來，即便是空氣也可以傳染這種致命的瘟疫了。人的命運只有完全託付給上帝。他寫信到打箭爐教區求援，但是送信的人還沒有走出峽谷，就倒斃在路邊了。他在日記中寫道：

「彷彿上帝拋棄了這條峽谷。難道我們做錯了什麼嗎？即便我讓這些善良的人們靈魂得到了救贖，但誰來拯救在深淵中沈淪的峽谷？」

納西人的魂路

一個下午，沙利士神父來到教堂的垛樓上，望著另一座山梁上納西人在泥石流浩劫過後的亂石堆上新建立起來的村莊，企圖能看到一點人間的生氣。

自從他們從懸崖上遷走之後，沙利士神父試圖套在納西人脖子上的繩子不解自脫。但那邊也籠罩在一片死寂之中，連一聲狗吠都聽不到，更別說能望到一縷炊煙。他突然想到這些日子來到鹽田裏幹活的納西人少了許多。該去看看這些可憐的人啦，也許他們這時才能認識到上帝的愛。

他叫上亞當與他同行，他們甚至找不出一頭能騎的騾子出來。兩人沿著兩條山梁之間的小道徒步而去，在翻過了幾處泥石流堆後，他們來到了納西人的村莊。死亡之氣從每一家每一戶破敗的窗戶中溢出，來不及掩埋的死牲畜隨地都是。哀嚎之聲是證明這個村莊還有活人的唯一標誌，一些新建的簡陋房屋甚至還沒有來得及封頂，瘟疫就把建房者全家的性命奪走了。

沙利士神父來的時候，東巴和阿貴正帶領眾人在給死者送魂，屍體不是一個個，而是一排十多具。對於重死不重生的納西人來說，那是個簡單得不能再簡單的宗教儀式了，連作祭祀用的牲畜和紙冥馬看上去都顯得不夠。因爲已經沒有更多的人手去做這些本該十分隆重的事。

死者中，就有和萬祥的一個叔伯和兩個外侄，他和其他死者親屬一樣一身喪服，頭上纏著白布包頭，身上披著麻衣，腰間還紮著一塊寬寬的白布。一個村子的人都是這種打扮，使人感覺就像在陰間行走。這個時候，沒有人戴孝的家庭是沒有的，悲痛是峽谷裏第一次能讓大家共同擁有的東西。

和萬祥一身陰氣地走上前來與神父打招呼，神父不知道他家死的究竟是誰，只是禮貌地向他致以問候。

和萬祥族長問神父：「有什麼事嗎？」

沙神父說：「我是來看看你們需不需要幫助。上帝將憐憫可憐的罪人，如果你們需要懺悔的話，仁慈的上帝將寬恕你們的罪，使你們的靈魂升向天堂。」

和萬祥目光哀哀地看著地上的那一排死者，「謝謝啦，神父，我們的親人有自己應去的地方。看看這滿峽谷的悲傷吧，活著的人一個個地死去，女人們卻一個小孩也生不出來。神父，你們的神靈有讓女人肚子儘快大起來的法子嗎？」

沙利士神父認真地想了想。然後說：「沒有。」其實他也發現了，這一年峽谷裏竟沒有一個女人生育。

和萬祥嘆口氣：「世上有活一千年的古樹，難得有活一百歲的長者；水總要流到山下去的，就讓它流下去吧。可是，水源不能乾枯啊。」

沙利士神父那時對納西人和他們的宗教還不太瞭解，他看到東巴祭司和阿貴在村莊的路中央，向峽谷的東北方向展開一條長長的畫卷，那是東巴超渡亡靈的「神路圖」，上面畫的是信奉東巴教的納西人供奉的各類神系和需要斬殺的魔鬼，那些神像畫在一種樹皮紙上，這種紙柔軟而有韌性。上面的畫，是用植物和礦石顏料描摹上去的，旁邊配有東巴經象形文字。

畫面上有陰森的鬼地也有吉祥的仙界，在鬼地的畫幅中，罪人們的亡靈備受各類惡鬼的折磨，生前濫殺野生動物的，死後被虎、豹、熊等動物啃吃；犯有男女私通罪的，男的被魔鬼用鐵鉗拉出生殖器，女人被魔鬼用鑿子釘入頭顱；而生前誹謗人的，則被魔鬼將舌頭拉得長長的，由一頭被魔鬼驅趕的牛在上面實施耕舌之罰。那是一長串活生生的地獄懲戒畫卷，任何人看了都會對自己的所作所為心生後悔。

沙利士神父從沒有看到過這種古老的樹皮紙，更沒有看到過如此拙樸原始而又超越了現實想像的神系畫幅。他感到震驚，一個念頭在他心中閃了一下：這種原始部落的畫和象形文字要是拿到巴黎博物館展出的話，歐洲應該轟動了。因為它們不是已經死亡、並已遠離現代文明數千年的原始宗教畫卷和象形文字，而是活生生的，是生存於納西人中，並被他們所依賴的精神支撐。這才是歐洲人從來沒有見過的遠古東方文明。

出於禮貌，和萬祥族長在東巴祭司做宗教儀式時，向沙利士神父解釋他們親人的亡靈將去向何方，又將如何去。向東北方向鋪開的「神路圖」代表著納西人的祖先從前是從北邊遷徙下來的，現在東巴祭司要把死者的亡靈向著那個方向一站一站地送回去。

一個模仿死者的木偶身著東巴的法衣，騎在紙冥馬上，由東巴祭司扶著，從「神路圖」上一站一站地走過，每走一站，都有一場和魔鬼的戰鬥。幾個身著納西武士裝的男人在一邊揮舞著長刀，爲死者助威。東巴祭司一直把死者的亡靈從鬼地超渡到神界，讓他們來到「巨那茹羅神山」，那是納西人祖宗生活過的地方。「也是我們的靈魂最終要去的地方，不是你們的天堂。」和萬祥說。

「令人費解的去處。」沙利士神父說。

「看看這一峽谷的死人吧，都往你說的那個地方去，不同種族的人又要打仗了。還是各走各的好。神父，我不明白，人生前的事你們要操心，生後的事你們爲什麼還管呢。難道死了的人靈魂回老家，你們的上帝也不允許麼？」

神父還真被問住了。如果上帝是悲憫的，他不會阻擋一個靈魂要回家的可憐人；如果上帝是仁慈的，鼠疫爲什麼要橫加在這些善良而又無辜的人們身上。但是作爲一個侍奉聖職的神父，他不會去追問自己的上帝。他只有問和萬祥：「難道你們不害怕地獄的烈火嗎？」

和萬祥說：「不。我們只害怕『署』神發怒，就像現在一樣。」

「就目前峽谷裏的這場災難而言，跟你們的所謂『署』神沒有關係。尊敬的族長，這是一場在我們歐洲也曾經發生過的鼠疫啊。它是由可惡的老鼠引起的。」沙利士神父想證明自己的觀點，舉目四處觀望，果然就看到了幾隻老鼠旁若無人地竄來竄去，「喏，災難的根源就在牠們的身上。」他指著老鼠們說。

但是和萬祥對他說：「那不過是幾隻老鼠罷了。災難是因爲人們太貪婪所致。」

「噢，這倒很有趣。」神父在胸前畫了個十字，「如此貧窮的峽谷，有什麼東西值得人產生貪婪之心呢？」

「銀子、土地、鹽田、女人，都會讓人貪婪啊。人要一貪婪，天空都不會潔淨。神父，難道你沒有聞到嗎？這峽谷多麼污濁啊。那麼大的風，都吹不盡天空中的穢氣。看看藏族人和我們都幹了些什麼吧，阿美姑娘和土司的少爺在牧場上行苟且之事，污染了草甸和森林，然後土司和我們爭奪鹽田，『署』神怎麼不發怒呢？」和萬祥仍然固執地說。

「異端的信仰。」沙利士神父感嘆道：「和先生，十四世紀鼠疫在歐洲流行時，人們也是如你所說，認爲是由於一種『腐蝕之氣』或者『老婦人的情欲』引起的。可是誰也沒有想到，這是全能的上帝對褻瀆聖靈的人們的懲罰。末日到了，你們納西人要懺悔，上帝才能指引你們的靈魂升往天堂。」

和萬祥說：「我們的經書中講，有一棵生命神樹掌管著人們的壽數。這神樹上的樹葉和人的生命有關，綠葉代表年輕人，黃葉代表老年人。一個叫美利董阿普的神靈，他每年用白銀的竿子挑下枯黃了的葉子，留下綠色的，這樣世上就總是老年人先死。唉，大概是美利董阿普神又喝多了，把生命神樹上的枯葉和綠葉都打落下來了。」

「噢，主啊，他肩負那麼重要的職責，怎麼可以隨便喝酒呢？」沙利士神父隨口說。

「這樣的事經常發生，神靈又不是誰家的孩子，他任性著哩。世上爲什麼有孤寡，爲什麼白頭髮的人會爲黑頭髮的人送終？就是因爲生命神樹上的綠葉被喝醉了的神靈打掉了啊。」

此時，東巴和阿貴手中的法鈴聲響忽然大了起來，他已經順利地將一個亡靈超渡到神界了，他用似唱非唱的誦經聲高聲朗誦道：

「將死者之魂送到種一季莊稼永遠吃不完的神地，
送到可坐於白雲之上，在日月中穿戴打扮的神地，
送到綠樹森森、青草茵茵的神地；
送到以日月為燈，星宿為帽的神地；
送到湖水永不乾枯，樹木永不凋零，金燈永不熄滅的神地；
送到金花銀花開遍，吉祥幸福永存的神地；
送到納西遠祖崇仁利恩居住的神地；
送到人類始祖神美利董主居住的神地；
送到九代男祖、七代女祖之地；
送到遠祖曾居住過的山洞中；
送到祖先曾經放牧過的高山草場上。」

「你認爲我們的靈魂要去的地方如何呢？」和萬祥看著沙利士神父在認真地傾聽，便問。

「那確實是一個不錯的地方，不比我們的天國差多少。但是你們不向上帝懺悔，靈魂同樣得不到拯救。」神父最後這一句話，說得他自己都沒有信心。他覺得納西人比藏族人倔強多了，他們看似溫和卑謙，但他們的骨頭藏在棉花裏。

「順便問一句，」他說：「這幅迷宮一樣的宗教圖，可以賣給我一幅嗎？」

和萬祥愣了一下，隨後堅定地說：「神父，如果你要買一條陽世的道路，你可能買得到，但是沒

有人會出賣自己回到祖先之地的魂路。」

❖ ❖ ❖

①在藏語裏，「扎西」是吉祥的意思，「尼瑪」是太陽的意思。

②「三多」是納西人信奉的古老民族保護神，其塑像爲白盔白甲，騎白馬，相傳他能在冥冥之中率領納西武士衝鋒陷陣，因此也被視爲戰神。殉情的男女在臨死前，都要到「三多」的塑像前慷慨悲歌、山盟海誓、求卜問卦。

③納西人認爲男子的「厄年」多爲逢「九」的年月日或年齡之歲，女子的則是逢「七」的年月日或年齡之歲。

第四章　八十年代

扎西門巴

扎西門巴①的藏醫小診所就設在左鹽田鎮穿城而過的滇藏公路一側，那是一間簡陋的土牆房子，和周圍的小食品店、小百貨店毗鄰。如果不是特別留意和需要，過路的人連看也不會多看它一眼。

它有一個不大的窗口面向公路，陳舊的窗框上黑黑的一層油膩物，那是來看病的藏族人趴在窗口上時留下的痕跡，窗戶兩邊的牆上還遺留有文革時期的標語，字跡陳舊模糊，殘缺不全，但時常令人觸目驚心，那都是當年來自漢地的紅衛兵的傑作。在那上面可以讀出來的字是「橫掃……牛鬼……神」和「踏上……腳……不得翻身」。

穿過鎮上街道的風把路上的塵土刮起，從窗口處掃蕩而過，就更加重了這家小診所門臉的蒼涼和沈重。但是窗口處時常都圍滿了求醫問藥的藏族人和納西人，納西人也是一身藏式打扮，說著地道的藏東地區的康巴藏語，已難以區分他們的族別。

一個戴著副老花眼鏡的老者，在裏面永不知疲倦地忙忙碌碌，沒有人敢正視他深邃有力的目光，也沒有人會對他做出的任何診斷有絲毫的懷疑。他們像對待一個神醫一樣，對他所說的每一句話、每一個字言聽計從。因爲他不僅是個能治百病的門巴，還是一個活佛，當然是在從前。門巴只有半邊臉，另一半臉被文革的烈火燒毀了，看上去像乾旱了三千年的土地。

活佛變爲門巴，這不是藏傳佛教的轉世，而是峽谷地區二十世紀中期的政治風雲使然。不過，活佛以佛的化身超脫人們的苦難，門巴以醫術懸壺濟世，治病救人於爲難之時，在這一點上也符合佛教要理。

那時藏區缺醫少藥，雖然人們開始逐漸明白生老病死不是由卡瓦格博雪山下的魔鬼控制，但簡陋的醫療條件仍然是人們生命保障的大敵。一天，縣醫院的醫生們狼狽地把一具骷髏送到扎西門巴的診所，他們留下一句話：「病人家屬說，只有你才能救活他。」

扎西門巴掀開了擔架上的棉被，確實看到了一個骷髏一樣的人——如果他還真的是個人的話。他瘦得連包骨頭的皮都快看不到了，一股惡臭隨著被掀開的被子沖天而起，熏得周圍的幾個人都打了個趔趄。

扎西門巴發現，患者的肚子從心窩一直到小腹，都被刀子劃得東一道西一條的，裏面的胃啦、腸子啦、肝啦，還有一些已經腐爛了的東西都看得清清楚楚。一些逐臭的蒼蠅嚶嚶嗡嗡地飛來，趕都趕不走。連天上的神鷹好像也嗅到了一頓即將來臨的大餐，不慌不忙地盤旋在天空，在大地上緩慢移動著死亡的陰影，似乎有足夠的耐心。

「誰弄的？」扎西門巴問。

「縣醫院的醫生殺的！」病人的父親氣咻咻地說。

這個叫仲永的病人，從前是個天天都要喝下三四斤青稞酒的康巴漢子，他父親當年給他取這個名字②，就是希望他能像一個乞丐那樣有個好胃口，什麼都能吃。可是他三十五歲的時候，就把自己的胃喝壞了。他們背地裏請了幾個已回家務農的老喇嘛爲仲永念經做法事，那時寺廟還沒有恢復宗教活動，喇嘛們的法力已荒疏好多年了。他們使出了渾身解數，也降服不了在仲永身上作祟的魔鬼，仲永家的人才把他送到縣醫院來搶救。

縣醫院的醫生都是些畢業於工農兵大學的新手，他們粗糙的醫術比喇嘛荒蕪的法力更令人揪心。他們判斷仲永是胃出血，於是就爲他做了胃切除的手術，主刀醫生楊新民是個自願到藏區工作的贖罪者，多年以前曾帶領一支戴紅袖章的隊伍，把峽谷地區攪得天翻地覆，雪山下的魔鬼也被他的人馬驅趕得無影無蹤。可楊新民卻從沒有見過這樣嚴重的胃出血，就像他當年掃除峽谷地區的寺廟和教堂一樣，他鋒利無情的手術刀一刀下去，就將仲永的胃切掉四分之三。可在縫合的時候，他卻遇到了魔鬼的作弄，搞得他連汗水都掉到仲永的胃裏去了。

手術三天後，仲永的狀態不見恢復，而肚子卻一天天地腫脹起來，直到它脹成一個圓圓的皮球，然後就「砰」地一聲爆炸了，就像仲永的肚子裏爆炸了一顆手榴彈。

那一聲炸響，醫院裏所有的醫生都聽見了，楊新民的心從此也被震裂了，再也沒有安寧過。他們眼看著仲永肚子裏腐爛的食物流了一床而束手無策，唯一能做的，就是像切一個西瓜那樣，在仲永的肚子上東劃一刀西拉一刀，既是想清理仲永肚子裏的那些髒東西，以免感染，也想找一找究竟是哪一路的魔鬼在作祟。但他們不是藏傳佛教徒，不能與雪域高原的魔鬼對話，他們的老師也沒有教過他們在西藏行醫與課本知識的不同之處。他們只能眼看著不能進食且還失血過多的仲永急速消瘦下去，血管也很快萎縮了，到最後連液體也輸不進去了。

手術後半月，仲永變成了一隻曬乾了的大龍蝦，從前他有九十多公斤重，現在還不到四十公斤。

身上的骨頭都不只那點分量呢。

仲永的父親灰心地說：「這些穿白衣服的門巴還是不如從前那些穿紅衣服的喇嘛啊，至少他們知道是哪個魔鬼要吃仲永的血。」

「他們把仲永的胃縫漏了。」扎西門巴只往仲永亂七八糟的肚子看了一眼，就肯定地說。

「尊敬的扎西門巴，請你把話說明白一點。什麼縫漏了？」仲永的父親說。

扎西門巴把一小瓶紅顏色的鹽水從仲永的嘴裏灌進去，兩分鐘後，它們從一段腐爛的腸子裏淌出來了。

扎西門巴感嘆道：「一個織氆氌的大娘，也比他們用針仔細。胃沒有縫好，仲永吃下的東西全淌到肚子裏去了。吃東西的生靈，怎麼能沒有胃呢？」

「可他們說仲永得了胃癌。」

「從小吃糌粑的藏族人眼下還不會得這樣富貴的病。控制疾病的魔鬼就不知道癌症是什麼東西。」

仲永的老父親給扎西門巴跪下了，「大慈大悲的扎西門巴，只有你能救仲永的命了。你懂醫術，還知道魔鬼的法力。藏族人的病還是需要藏族人的門巴才能治得了啊！仲永的孩子才十歲啊！扎西門巴。」

扎西門巴把老人攙扶起來，「我們先不討論魔鬼，把病人的肚子清理乾淨再說吧。」

過去沒有多少人知道藏醫也會外科手術，人們認為藏醫治病不過是利用藏區獨特的植物及珍貴動物的器官，以湯、散、丸、膏、油、酒等藥劑，採用服藥、滴鼻、瀉、吐、放血、針灸、敷、穿刺、塗抹等方法治病。其實早在八世紀時，被稱爲藏醫醫聖的雲丹貢布大師的巨著《四部醫典》③中，就詳細論述過數十種外科器械的用法。

多年前，扎西門巴作爲一個轉世靈童在拉薩學經時，就跟他的導師學習過藏醫藏藥的基本原理，並得到灌頂傳承。成爲活佛以後，他常常利用靜坐時期鑽研藏醫理論，《四部醫典》他幾乎能倒背如流。如今能精通這部巨著的人，在藏區也許還不到十個人。

他拿出一個小木箱，裏面用層層的哈達包裹著手術器械，刀、鉗、鑷子、獸骨針等一樣也不少，只不過在一個西醫醫生看來有些簡陋原始罷了。扎西門巴先用一些黃色的小骨針扎在病人的各個穴位上，每扎一針，他的嘴裏都念念有詞，像是藏族人久違了的佛經經文，也像是安慰病人的話語。扎西門巴就在這樣的氛圍中有如神助——實際上，他已經在做神才能做的事情了。

人們看見他在仲永的肚子上打了兩個小洞，安上管子，將裏面的髒東西放出來，這讓仲永的家人大感驚奇，縣醫院的醫生在仲永的肚子上大動干戈，但是他們還是降服不了仲永身上的魔鬼。看看人家扎西門巴吧，沒有無影燈，也沒有各式監護儀器，更沒有護士，一切都在他微微有些顫抖的手下有條不紊地進行，但這種顫抖不是一個人在年齡面前的妥協，而是神在舞蹈。

外面圍觀的人們多年以後都還在傳說，扎西門巴是懸在半空中爲仲永做完手術的，峽谷上方的一束光線隨著扎西門巴的指揮，始終圍著病人旋轉，當扎西門巴累了的時候，他脫下外衣，順手就把它掛在了那束光線上。

他像安排一個個曼陀羅一樣地，把仲永肚子裏那些破爛不堪的器官重新安排好，然後將被魔鬼玷污過的東西清理出來，一揚手就扔了出去，天上的神鷹紛紛趕來，準確地把仲永體內各路魔鬼的化身叼走。那時，種種神蹟預示著仲永的生命即將得到挽救。卡瓦格博雪山被夕陽染成了雪青色，這是連峽谷裏年紀最大的老人都沒有見到過的顏色。每當峽谷裏有不可思議的奇蹟發生時，總是有某種自然的奇觀昭示給芸芸眾生，這已是瀾滄江大峽谷的一種規律了。

半個月後，仲永在扎西門巴的診所已經可以喝酥油茶了，但他第一次從病床上坐起來時，竟會感到頭暈，不是他的身體恢復得不夠好，而是他看床下的地板就像站在峽谷的山崗上看谷底的瀾滄江。

他已經在病床上躺了一年多了，好久都沒有往低處看過。他驚恐地抓住扎西門巴的手說：「門巴呀，你的床怎麼這樣高？」

扎西門巴說：「床不高，是你正從高處走下來呢。」

儘管高處是人人嚮往的地方，但是活著可比什麼都好。仲永死而復生的故事在峽谷地區不脛而走，雖然那時宗教和信仰還在陽光下躲躲閃閃，你可以不相信一切，但你絕對會相信一個神醫所創造的生命奇蹟。

那段時間裏，扎西門巴的名聲傳得比峽谷裏的風還快，在不當活佛的日子裏，他在人們心目中贏得了比當一個活佛更大的尊敬。人們抬著茶磚、紅糖、酥油餅還有哈達，來找扎西門巴看病，診所外面等候就診的人天天都排起了長隊。有的病人甚至遠道從雲南、四川的藏區趕來，病人並不完全都是藏族人，還有納西人、彝族人、白族人，甚至那些穿著時髦衣裳的漢族年輕人。

對於一個信奉神蹟的民族來說，神的烙印早就浸淫在他們的血脈裏了，那是一輩子也不會改變的。儘管外在的環境總是試圖改變這種靈魂深處的東西，但誰能將血的顏色洗白呢？沒過多久，在扎西門巴診所外面圍觀的，就不僅僅是病人了，一些藏族人、納西人沒災沒病的，卻不斷給老門巴送來糌粑、酥油、青稞等供奉。當第一個老婦人衝著扎西門巴磕起了長頭時，久違在人們嘴裏的經文，便從心底裏自然地流淌出來了。

從那以後，那裏就不完全是一所治病施醫的藏醫診所，而有些像一座寒傖的小寺廟。每天從早到晚，都有藏族人圍坐在診所外面念經，搖轉經筒。先是一些老人，而後年輕人，甚至小孩也參加了進來，以至於診所外面的交通經常阻塞。

政府的官員們當然一直在密切關注事態的發展。他們總是在爭論，是將那個老門巴抓起來，還是動用警力驅散那些還在搞封建迷信的百姓。自從紅色漢人進入西藏以後，他們從來都只向藏族人灌輸一種信仰——共產主義，其他的信仰都是落後的、反動的封建迷信。如果他們不管那些試圖恢復自己民族信仰的藏族人，那就說明他們這些年來所做的、所說的都是錯誤的，或者至少部分是錯誤的；如果他們出動警察武力彈壓，似乎現在又不是過去那種環境了。

那是一段思想很混亂的時期，對任何事情的判斷，都被政府官員們以「左」或者「右」來區分，「左」從來是革命的、激進的；「右」則是保守的、反動的。多年以來，站在「左」邊的人總是政治鬥爭中的勝利者，站在「右」邊或者不幸被劃到「右」邊的人，要麼是丟掉烏紗帽，要麼是牢獄之災。

小小的鹽田縣官員人數雖不足百人，但也有「左」和「右」兩個陣營。終於在一次重要的會議上，站在「左」邊的人站了上風。他們下達了命令：驅散終日圍觀在扎西門巴診所外的藏族人。理由是：影響交通，有礙觀瞻。

讓政府官員們始料不及的是，驅散遇到了頑強堅韌的抵抗，幾個警察被打傷了。衝突升級，警察開始抓人，先抓走了那些成天坐在扎西門巴的診所外面、就像屁股下生了根的人，然後又四處抓捕幕後指使者。他們認定：這個事件一定有人在幕後操作。

扎西門巴曾經試圖站出來爲被抓者說情，但是他被告知老老實實在診所待著，要是不聽政府的話，這個診所也將被關閉。兩個藏族便衣警察成天守在他的診所門口，對不是來看病抓藥的人一律轟走，甚至嚴加盤問。這樣的診所，還有哪個病人敢來看病呢？

一天，政府的一輛吉普車開到了扎西門巴的診所前，一個幹部模樣的人帶著一封公函告訴那兩個便衣，他有命令要帶走扎西門巴。顯然他的來頭更大，兩個便衣警察對老扎西說：「走吧，老門巴，人家要接你去更好地方呢。我們也該回家了。媽的，幹這種事兒，會沒有來世的。」

扎西門巴想，好在他們還沒有忘記自己是藏族人。他對他們躬躬身：「辛苦二位了，我們都該去應該去的地方。」

扎西門巴簡單收拾了幾件換洗衣服。他想，大概又該進哪座監獄了。他對監獄並不陌生，離上一次放出來也不過兩年的時間。那麼多人因爲他被捕了，他應該在監獄的黑暗裏爲他們祈禱，也爲自己贖罪，權當又一次閉關靜修吧。

那輛吉普車出了縣城，沿著簡陋的公路跑了一整天，然後來到一座大城市。小車直接開到一個有衛兵站崗的寬闊大院，一個神色嚴肅的年輕人把扎西門巴引到一座小樓裏。那時他想，佛祖啊，這麼好的監獄我還沒有坐過呢。

在一間寬大的辦公室裏，一個個子高大、站在窗戶前的男人背對著他。他的威嚴與氣度可以從他的背影中感受出來。有人就是這樣，哪怕只留給你一個背影，也會令你心生敬畏。

「扎西門巴，這是首長的尿樣，想請你看看。」領他進來的那個年輕人，將一個小瓶放在扎西門巴面前。

尿診是藏醫術的一種奇特的診斷方法，扎西門巴更是精通此道。患者只需提供尿樣，他就能根據尿液的色、味、泡沫和沈澱物等異象判斷出患者病在何處，從胃、肝、肺、脾、腎、腸道等內臟器官的病變到風濕、性病、各類傳染、乃至食物中毒，老扎西便利用當活佛時修煉到的法力和作爲一個門巴的醫術，看一眼你的尿液，就告訴你該服什麼藥了。對於一些疑難雜症，他甚至不惜親口嘗患者的尿液來確診。

曾經有一個來自漢地的知青不相信扎西門巴的醫術，他把馬尿盛在一個瓶子裏，請門巴看看自己是什麼病。老扎西只看了那尿液一眼，便說：「我只給吃飯的看病，不給吃草的看病。」羞得那個自以爲是的傢伙尷尬萬分。

扎西門巴鬆了一口氣，如果是請我來看病的，就不會去乞求佛祖的寬恕了。他仔細地觀察了那瓶尿樣，然後胸有成竹地對那個背影說：「尊敬的首長，你的胃要小心，至少十多年前它就不聽你的話了；你的肺上也有毛病，它受到過傷害，大概是嗆水引起的；你有腎虛，還便秘；你喜歡吃辛辣的食物，其實這對你的身體並不好。」

那個背影突兀地說：「六世讓迥活佛，你不認識我了？」

扎西門巴顫抖了一下，但很快控制住了自己，說：「我只是一個識得幾味草藥的門巴啊，現在是共產黨領導，沒有活佛了。」

那人哈哈笑了，轉過身來，「誰說共產黨領導，就不要活佛了？讓迥活佛，你看看我是誰？」

扎西門巴抬起頭來，嘴就張得合不攏了。「你、你，莫非轉世了？」

「嘿嘿，轉世是你們的事，但我們共產黨人有九條命的。活佛，我已經恢復工作一年多了。這次請你來，並不是要你給我看病，你說的那些我都知道，管它的呢。我是想請你回寺廟當活佛去。」

這人就是地區的副專員木學文，曾經爲鹽田的解放打過戰、流過血。文革時，他和活佛曾在一個勞改農場共同接受過造反派的勞動改造。有一個晚上，活佛親眼看見他不堪凌辱跳下了瀾滄江，從那時起，就再沒有這個共產黨官員的消息了。扎西門巴說他的肺嗆過水，倒真讓木學文驚訝他的醫術。

昨天他們還在到處抓人呢，今天就要請我回去當活佛了。即便是一個能通曉前三世、掐算後三世的活佛，也不會相信他們這一套啊。扎西門巴恢復了常態，平靜地說：

「哪裡還有寺廟呢？紅衛兵早把寺廟搗毀了，你又不是不知道。如果你想爲老百姓做點善事的話，用你有權力的筆畫幾個圈，爲鹽田縣蓋一座藏醫院吧，我還可以去做一個門巴。任何運動來了，門巴都是需要的。」

「尊敬的領導」走過來，扶著活佛的肩膀說：「讓迥活佛，寺廟毀了，我們還可以再修麼。藏族人的精神信仰是毀不了的。活佛，我們已經在撥亂反正了，醫治人的心靈，比醫治人的病痛更重要，你說對嗎？過去因爲錯誤的運動而打倒的一切，我們都要儘快重新恢復起來。包括你，尊敬的讓迥活佛。在鹽田縣抓人的事是錯誤的，我已經命令他們放人。我們有慘痛的教訓了，信仰是不可捆綁的，也是消滅不了的。靠抓人維護不了藏區的穩定。」

活佛的眼淚忽然就流下來了。不是什麼人都可以看到一個活佛哭的，當佛也流淚時，過去的歲月總有諸多令人感慨萬千的苦難。如果說最堅強的人能承受住世間所有苦難的話，那麼，活佛則是把人間和神靈世界的苦難都承受下來了。

人們傳說噶丹寺是在活佛的眼淚中重新建立起來的，但那不是悲天憫世的眼淚，而是擁有苦難並最終戰勝了苦難的眼淚。木學文那天面對唏噓不已的活佛，自己也感動得不能自持，「都過去了，活佛。就當是經歷一場噩夢吧。」他說。

「不，領導，那不是一場夢，只是眾生的一劫罷了。」讓迥活佛平和地說，「佛經上講『諸行無常，是生滅法』。世間的一切，都逃脫不了剎那間生、又剎那間滅的無常大法。生生滅滅，滅滅生生，我們還要感謝這場苦難哩。」

夢裏生長出來的寺廟

三天以後，讓迥活佛回到了峽谷，他關閉了患者盈門的診所，拿出自己行醫多年的積蓄，買了一卡車木料，一卡車水泥，一卡車磚，然後他身上就一個子兒也不剩了。

那個幫他把木料拉到噶丹寺舊址的卡車司機問：「扎西門巴，你要在這裏蓋房子？」

扎西門巴回答說：「不是蓋房子，是建寺廟。」

卡車司機驚訝地說：「就這點東西，還蓋不了一間小屋子哩。」

扎西門巴說：「峽谷裏再小的一間屋子，也能爲佛祖遮擋風雨；西藏再宏偉的寺廟，也是從一間小屋子旁邊建起來的。」

他在噶丹寺廢墟的一道斷牆邊搭了個窩棚，窩棚周圍是一人多高的荒草，野狗們出沒其間。牠們對一個老人的到來從懷疑到歸順，不過是一頓飯的功夫。當炊煙從窩棚裏升起來的時候，牠們就像找到了自己的主子，溫順地趴在他的腳邊了，眼裏閃耀著夢幻一般的渴望。

讓迥活佛以爲，在相當長的一段時間裏，自己將和這些野狗們作伴，他甚至準備爲牠們再搭一個狗窩。山坡上山風很硬，像千萬把刀子在空中飛過。這時，一個慚愧的身影在暮色中慢慢爬上了山坡，那身影之所以是慚愧的，是因爲他面對這片廢墟罪孽深重。

那人在走向活佛的時候，步履越來越沈重，離活佛還很遠的，他就邁不開腳步了。讓迥活佛向他招手：「歡迎啊，從毛主席身邊來的紅色門巴。」

「活佛啊，求求你啦！」他遠遠地衝著讓迥活佛雙手合十道。

多年以前，當他帶領一隊熱血沸騰、幹勁沖天的紅衛兵殺到噶丹寺時，讓迥活佛便是這樣迎接他們的，而且說的還是同樣一句話，只不過活佛那時稱他們爲「毛主席身邊來的紅色護法神」。

他就是縣醫院那個將仲永的胃縫漏了的西醫門巴楊新民，事隔多年，他沒有想到自己會在一個暮色蒼茫的夜晚，以如此的方式向活佛請罪。儘管他以有限的知識挽救了許多藏族人的生命，但是他發現，在他沒有看到壯觀的寺廟重新聳立在雪山下時，在他沒有面對一個遭受過他迫害的活佛真誠地懺悔前，他的噩夢永遠都不會完。

讓迥活佛把楊新民引進窩棚，倒了碗茶給他暖身子。楊新民臉上的羞愧慢慢地被那碗茶溫暖了。

「活佛，回到峽谷以後，我一直不敢到這裏來。」

「這裏不過是大地上的一片廢墟罷了。自有佛以來，這樣的廢墟一直都存在。有人為寺廟進香，就有人要把寺廟夷為平地。這也是一段逃不脫的因緣啊。」活佛平和地說。

「活佛，你真的不想做一名門巴了嗎？好多藏族病人還等著你妙手回春的醫術呢。我們醫院打算搞一個藏醫專科，還想請你老人家去掛帥。」

「治病只能救人一世，而醫治人的靈魂，卻能救人生生世世。還是讓我們藏族人夢裏的東西實在一點罷。」

楊新民知道，多年以前，他帶到峽谷來的紅衛兵不但掃蕩了這裏的寺廟、教堂和納西人的東巴宗教，甚至還把人們夢裏的東西都趕出來批判了。夢是來世的影子，藏族人都這樣說，可是紅衛兵們說，我們不僅要革封建迷信今世的命，還要革你們來世的命，讓那些牛鬼蛇神永世不得翻身。那年月裏沒有一個人敢有夢。

「活佛，我想進入到你的夢裏。你答應嗎？」楊新民真誠地說。

活佛慈祥地說：「我們的夢，像大地一樣兼容一切。佛祖啊，峽谷裏第一個願意與你共夢的，竟會是一個漢族人。」

「一個罪孽深重的漢族人。」楊新民說。

其實，自從峽谷的氣候轉暖以來，六世讓迥活佛便在每個晚上做同一個夢。在這個夢裏，卡瓦格博雪山和噶丹寺是永不變化的場景，就像很久很久以前第一世讓迥活佛在夢裏看到的一樣。他先是夢見雪山下頹廢了多年的噶丹寺，荒草凄凄、斷壁殘垣，然後夢見煨桑的青煙在廢墟上縈繞；青煙過後，一排排的地基從廢墟上長出來了，就像地裏長出的莊稼；它們長呀長，勞動的號子和歌聲從地基處飄起來。春牆的藏族人也是從地裏冒出來的，他們在老人的夢裏踩著雲彩忙忙碌碌，一面面的牆在他們的歌聲中長高，變厚，一座座的大房子像雨季時森林裏的蘑菇，在大地上拔地而起。

啊，佛祖欣慰的笑了，神靈們重新回到了峽谷。峽谷的眾生輪迴到了吉祥的善道。老人的夢執著專一，永恆不變。

在開初那段時間裏，峽谷裏的人們都說扎西這老頭兒瘋了，放著收入可觀的門巴不當，一個人跑到噶丹寺的舊址上與野狗爲伴。他們站在山梁上遠遠的觀望，「文革」燒寺廟的大火還讓一些人心有餘悸，信仰在人們的日常表述中，還被稱爲「迷信」，儘管他們心裏是多麼地空虛，多麼地羞愧。那些曾經在診所外念經磕頭的人，還對政府的政策摸不著頭腦，抓走的人雖然放回來了，但警察告訴他們，抓你是對的，放你也是對的。以後離那個老傢伙遠一點。

日復一日，人們看見老扎西像一個不服老的愚公，孤獨地在廢墟上爬上爬下。傍晚的時候，縣醫院的楊醫生下班後會從江東過來，和老扎西一起幹活，兩人一直要忙到星星出來才會吃晚飯。

他們面對龐大的廢墟，就像在打一場沒有指望的戰爭。楊新民有一天洩氣地蹲在廢墟上偷偷地哭了，「活佛，一個人造孽的時候，怎麼沒有想到將來要洗清自己的罪孽，是一件多麼難的事情。」

「不，洗清罪孽是一件最輕鬆的事情，就如你在佛的面前點燃一盞酥油燈。」

「我們倆光是將這些廢墟清理出來，大概也要二十年。」

「我比你想的時間還要更長哩，一千年的時間，噶丹寺的廢墟都還壓在我們藏族人的心上。」

楊新民覺得自己不是在一個活佛面前贖罪，而是在聆聽一個智者的教誨。他利用休息時間到噶丹寺的廢墟上幹活，已經引得醫院上下的不滿，縣城就那麼大一個地方，拿政府工資吃飯的人本來就不多，現在的政策是要重用知識份子幹部，像楊新民這樣的大學生，雖然在「文革」中有過不光彩的行爲，但人家自願到峽谷地區來援藏，思想已經改造得很好了，甚至傳說組織上正在考察他，要讓他當副縣長哩。

雨季裏連綿不斷的暴雨使廢墟的清理工作進展緩慢。一個大雨滂沱的下午，楊新民和讓迥活佛想把一根圓木抬到木料場上。在從一堆瓦礫上下來時，走在前面的讓迥活佛忽然腳下一滑，坐到了地上，後面的楊新民把持不住，圓木直往前衝，整個兒壓在了活佛身上。楊新民感到天都坍塌下來，「活佛啊——」他大叫道。

圓木下的讓迥活佛已經沒有一點兒聲息，楊新民連活佛的脈都把不住了。但他像所有虔誠的藏族人一樣相信，活佛是不會死的。他冒著大雨揹著活佛連夜往縣醫院送，天上的雷神發出一聲聲的嘆息，閃電爲楊新民照亮腳下的山道。楊新民不知道自己究竟是怎樣過的瀾滄江，也許是飛過來的呢。即便是飛過瀾滄江的神蹟，也不能和活佛死而復生的奇蹟媲美。楊新民當然知道心臟停止跳動了一個多小時的人在醫學上意味著什麼。可是當他把活佛放在醫院的搶救床上，拿起電擊器準備爲活佛強行起搏已死的心臟時，彷彿爲了向他證明什麼，他耳邊一個聲音溫和地對忙碌的他說：

「別用那東西，當心傷著自己。」

楊新民嚇了一大跳，回身看活佛時，他已經在病床上目光柔和地望著他了。

這時，一個護士從外面進來，匆匆對楊新民說：「楊醫生，忘了告訴你，那東西是壞的，漏電。」

電擊器從楊新民手中「哐噹」一聲落在地上。

「活佛……」

他流淚了。他相信了。

活佛爲建寺廟受傷的消息撼天動地，峽谷裏的人們不再觀望徘徊。半年後，活佛恢復了身體，當他回到噶丹寺的舊址時，一大群老僧和百姓已經跪在那裏等待他的摩頂祝福了。

他們說：「慈悲的六世讓迥活佛啊，我們都知道你陽光下的夢了，它和我們的夢一模一樣。」

六世讓迥活佛感慨地說：「神靈護佑有信仰的人做同一個夢。」

一個和讓迥活佛年齡差不多的放牛倌、從前寺廟裏的仁多堪布喇嘛說：「我在夢裏還聽見你誦經的聲音呢。你在夢裏閉關靜修的時候，是誰在靜室外面爲你驅趕魔鬼啊？」

讓迥活佛微笑著說：「當然是你，精進忠誠的仁多堪布。」

從那天以後，楊新民不當醫生了，他從漢地請來了一隊能工巧匠，親自指揮他們施工，親自審定圖紙，那些漢地的工匠都把他當成一個藏族人。

廢墟上，天天都有勞動的號子和歡快的歌聲，那情景和讓迥活佛往昔的夢一模一樣。供奉佛陀們的大殿和幢幢僧舍拔地而起的速度，甚至快於讓迥活佛的夢。在這個世紀初，趙屠戶軍隊的炮火轟平了噶丹寺，但是寺廟在很短的時間就重新矗立在峽谷中，甚至比同樣遭到毀壞的教堂恢復得更快，教堂還有清政府的三十萬兩白銀作賠償，而寺廟全靠藏族人捐獻給來世的功德。

儘管噶丹寺在這個世紀裏屢次遭到重創，但是人們重建寺廟的急迫心情，快於那些毀滅佛法者們的手腳。炮火和運動可以在一天之內，讓一座有數百年歷史的古寺黃鐘毀棄，瓦礫遍地，可在信徒們的夢中，它卻一天也不曾消失過。

實際上被毀壞的只是寺廟的外形，它的內核像雪山一樣亙古不變。當第一座佛陀的法像在大殿裏立起來時，仁多堪布捧出了寺廟的鎮寺之寶、噶丹寺第一世讓迥活佛從蓮花生大師那裏傳承來的金犛牛──「藏巴拉」。

當年紅衛兵燒毀寺廟前，是六世讓迥活佛把這尊純金的犛牛讓他的老師絳邊益西活佛連同寺廟收藏的上萬卷經書，一起藏在雪山下的一個山洞裏。那個山洞就是傳說中蓮花生大師曾經修行過的山洞，它和印度相通。在災難深重的歲月裏，造反派曾經想找到這個山洞，行刑逼供了無數人，可是有一次他們已經走到洞口了，神靈的法力卻讓他們看不見它。

讓峽谷裏的官員們都感到吃驚的是，藏民們從雪山上用一百多頭騾馬，馱回了從前寺廟收藏的上萬冊經書。從前噶丹寺以收藏經書之豐富完整，而在藏東一帶享有盛名，其中一套完整版《甘珠爾》和《丹珠爾》④尤為珍貴，相傳為明代時的木氏土司請來自拉薩的高僧費時三十多年，用雕板印刷完成。另外，寺廟裏還收藏有上百部的《格薩爾王傳》抄本和刻本，以及《苯教大藏經》⑤、《紅史》⑥等重要經書和歷史文獻。

一座寺廟就是一個民族的歷史，也是一個民族的圖書館。彷彿一切都在神靈的控制中，被毀壞的都能重建修復，萬劫不復的卻纖毫未損。

寺廟有了經書和鎮寺之寶，就像傳統有了依據，為佛像的開光大典也有了厚重的份量，這麼多經書竟然一本也沒有被「文革」大火燒掉，實在是一個奇蹟。特地前來參加釋迦牟尼法像開光大典的地區副專員木學文，看著那院子裏小山一樣高的經書，感嘆道：

「當初是誰出的主意，把這些經書藏到了雪山上？這可真是一件功德無量的大善事啊。」

「在很久很久以前，西藏的宗教受到了大劫難。」陪在木副專員身邊的讓迥活佛彷彿不是對他一人、而是對峽谷的眾生講經說法一樣，蒼涼的聲音抑揚頓挫。「有上師受到神靈的指引，便把佛教的經典埋藏了起來。它們有的藏在雪山下的山洞裏，有的藏在老虎的窩裏，有的藏在大江的水底，有的埋藏在藏族人的腦子裏。到國家穩定，人民和睦相處，宗教信仰再次成爲眾生的靈魂皈依時，這些被埋藏的經典才會被有佛緣的人挖掘出來。這就是西藏宗教的『伏藏』。」

木副專員聽入了神，良久才感嘆一句，「可惜我們納西人的東巴經書，現在已經找不到幾本了。還有那些外國傳教士留在教堂的書都被燒啦。不管怎麼說，它們也是一筆文化遺產。」

陽光下的耶穌

中共建立政權以後，教堂作爲帝國主義侵略中國的罪證之一，一直沒有進行過正式的宗教活動。它曾經被當作進藏解放軍的軍需倉庫，後來又作爲右鹽田的小學校。學生們在教堂的大廳裏上課，過去外國神父佈道的祭台成了老師們的講臺。

當然不會有耶穌畫像了，聖母像和聖約瑟像也被挪到一個角落，像一個被冷落的不受歡迎的客人。但是教堂四周牆壁上的宗教壁畫直到「文革」前都還存在，教堂那時並沒有受到多少破壞。

後來身爲教堂神父的安多德還記得，在他還是一個小學生時，經常在老師上課時走神兒，教室兩側牆上揹著十字架的耶穌的畫像深深地控制著他的思緒。那時他還不知道，這是大部分鄉村教堂裏都必備的宗教壁畫——「十四苦路圖」。從耶穌被推上十字架到揹負著十字架一步一步地走向天國，安多德覺得這些畫比他所要學的課本生動有趣多了。

他曾回去問過母親安妮，但每當他一提到耶穌的名字，問到教堂的事情，頭上就會莫名其妙地捱上一巴掌，母親也會偷偷地淌眼淚。在安多德少年時代的記憶中，還有一個忌諱，便是不能在人前——甚至自己的母親——提父親的事，對於親人和教民們來說，他是一個生死未明的人，據說他在臨解放前，和一個外國傳教士跑了，而官方從前的說法，則把他視為帝國主義的走狗，安多德自然就是這條「走狗」的狗崽子了。

父親這條可憐的「走狗」現在肯定不在人間了，但是安多德一家人今天卻始終相信他還活著。一個沒有被確認為死亡的人，總是會給親人留下許多的期盼和痛苦。峽谷裏有不少這樣的家庭，男人要麼是因為外出趕馬一去不回，要麼是因為戰亂生死未卜。尤其是五十年代末期的那場反叛，許多好丈夫、好父親、好兄弟一夜之間攜槍出走，就再也沒有了消息。

多年以來，安多德一直沒有忘記，那時教堂一側的廂房是一間圖書室，裏面都是當年外國神父留下來的圖書，擺滿了十多個書架，但全是外文，誰也看不懂。學生們從破敗的窗戶中翻進去，將那些硬皮裝的圖書撕下來，用書的硬殼來包自己的作業本。有些書上畫有裸體的男人和女人，還有胖乎乎的小孩，肩膀上長了一對翅膀，從雲中飛下來。調皮的男生們把那些裸體男人的圖片偷偷塞到女生們的抽屜裏，然後躲在一邊看那個女生如何臉紅。

那是一個靈魂墮落的時代。安多德回憶起這些往事時，經常如此感嘆。他還記得有些不信教的藏民曾來到教堂，把誰也不關心的圖書一背籮一背籮地揹回家去當柴燒，或者揩屁股。「文革」時，大部分圖書都被紅衛兵一把火燒了。現在這些誰也看不懂的圖書尚存有一些，還不到一千冊。安多德回到教堂當神父後，曾花了相當長一段時間翻閱這些圖書，希望從中找到過去歲月中父親的蛛絲馬跡。

由於不識外國文字，他只能一頁一頁地翻，有時他用鼻子去閱讀，幻想那段塵封的歷史能通過味覺告訴他點什麼。書中殘留的一絲酥油的味道，一點青稞酒的味道，甚至還有一些他不知道的類似於某種香料或香水的味道，都讓他浮想聯翩。他斷定這些味道，他的父親一定也聞到過，父親的氣息也該留下一些的。但他如何把曾經在這片峽谷上演過的複雜紛繁的歷史風雲與自己父親特有的氣味區別開來呢？沒有人能告訴他。

當瀾滄江西岸的佛教徒們忙著重建他們的寺廟時，東岸右鹽田的人們便把毛主席像和耶穌像並排供在自己家的神龕中，對外國宗教的信仰雖然沒有被提倡，但已不再是一種罪過。那時，安多德已是一條三十多歲的漢子，但是非常奇怪的是他沒有結婚，表面上看，似乎有某個神靈在召喚他，應該走另一條人生道路，其實在「文革」後期，他已經在偷偷閱讀藏文的《聖經》了。

多年以後人們才發現，即便「文革」時運動來得那樣激烈殘酷，但是好多教民家都埋藏著解放前外國神父發給的《聖經》，儘管那時在教堂院子裏被燒掉的藏文《聖經》及各類宗教輔讀課本和書籍堆得像一座小山，大火燃燒了兩天兩夜，但精神的糧食是燒不盡的。許多教民即便再窮，也有兩本或更多的《聖經》，就像他們盛青稞酒的土罐不會只有一個一樣。

有的人家甚至還藏有外國神父寫的《天主教要義》這樣一些在那個時代絕對會被認為反動的小冊子。外地來搞運動的漢人不會知道這些，他們看到成堆的經書被化為灰燼，便以為革命已經成功，帝國主義的流毒被徹底肅清了。安多德家保留下來的《聖經》是埋在牛圈裏的，每當他要閱讀這部大書時，都需要先把牛糞揚到一邊，然後撬開一塊活動的青石板，取出一個木箱，耶穌就在裏面了。

幸運的是，在安多德把《聖經》讀完讀懂之時，氣候已經變得適宜宗教信仰的種子發芽了。直到現在，安多德都還記得當年他在一個風和日麗的下午，找到峽谷地區的最高官員、鹽田縣的曲熱縣長時的情景。他說，我要去北京上神學院，將來做一名右鹽田的神父。他還告訴曲熱縣長，他已經寫信給遠在北京的中國天主教主教團，主教團團長對西藏竟然還有人信仰耶穌天主大爲吃驚，他答應幫助推薦他到也是剛剛恢復授課的北京神學院深造。

曲熱縣長一定記得，當年帶紅衛兵去教堂鬧革命的，就有這個個子不高的青年，看看吧，現在他卻想要做一個神父了。這個社會可真是開放到了天了。「文革」時那麼厲害的政治運動，居然沒有改變你們。安多德記得當時曲熱縣長如是說。而他的回答是，自從我們受了洗後，就像鹽溶化進了水裏，水就永遠都是鹹的了。

水還可以被曬乾只剩下鹽哩。縣長嘀咕道。但是安多德回敬了他一句，鹽終究還是要溶入水裏，不然鹽就失去了它的作用。對嗎縣長？你看到窗外的鳥兒了嗎，牠們多麼自由自在。

曲熱縣長從自己的辦公桌往外面看去，窗外的核桃樹上，一群快樂的鳥兒在陽光下跳躍鳴叫，無拘無束。牠們的背後是峽谷，峽谷上方的卡瓦格博雪山，還有雪山上的藍天。不是眼前的這個年輕人提醒，他還真沒有閒暇時間來看這道風景，思考這道風景。

縣長明白了，縱然他有天大的權力，他也不可能讓鳥兒不歌唱。他最後只有說，寺廟恢復宗教信仰是一回事，教堂的問題，事兒可就大著哩。我要請示上級後，再給你答覆。

安多德告訴他，村民們已經把耶穌像和《聖經》都拿到太陽下了。如果沒有神父的引導，他們會走到雪山頂上去尋找升往天國的道路。

他不是在威脅曲熱縣長，幾年前，這樣的悲劇確實在峽谷裏上演過。「文革」後期，一些信奉天主教的教民看不到任何希望，就自發跑到一處懸崖上乞求耶穌帶他們走，他們在山頂上不吃不喝，彷彿等待引頸就屠的羔羊。政府費好大的勁才把他們勸解下來。作爲一方父母官，曲熱縣長肯定不願意自己的百姓再幹蠢事。從前他是野貢土司家的一個奴隸娃子，他愛自己的家鄉，知道自己肩上的責任，知道有信仰的人們心底裏蘊藏的能量。

實際上，政府有關部門早就注意到了陽光下的耶穌，它已成了一個不容回避的事實。當曲熱縣長把安多德的情況逐級反映上去後，自治區領導責成副專員木學文來分管這件事。沒過多久，木學文就帶著一幫人到右鹽田來搞調研了。

但是他犯了一個小小的錯誤，他進村時的車隊在簡陋的公路上揚起沖天的塵土，讓敏感而脆弱的峽谷驚恐不安。當他們一行人來到教堂門口時，正逢是個禮拜日，教民們沒有在教堂裏做禮拜，而是圍坐在教堂的大門外，阻擋官員們進教堂。領頭的是教堂的前修女凱瑟琳奶奶。他們都做好了被警察抓走的準備。

凱瑟琳奶奶那時身體硬朗、口齒俐落，「文革」結束後，右鹽田的學校搬了新校舍，教堂重新空閒起來。這時，凱瑟琳奶奶搬進了孤獨的教堂，儘管破敗的教堂裏陰氣森森，後院雜草叢生，到處都是孤魂野鬼，甚至還有一些膽大的小野獸在夜晚出沒於其間。但是凱瑟琳奶奶對那些關心她的人們說，魔鬼和野獸，都是老人的朋友。你們害怕的話，可以躲得遠遠的，我可得留在這裏招呼它們。

後來，當政策逐步寬鬆的時候，人們開始禮拜天來教堂。就像江對岸的佛教徒那樣，最先表明自己信仰態度的，是那些五、六十歲的老人家，然後是他們的兒子、媳婦，甚至孫子。當初他們像潛入村莊的野生動物，低著頭，佝僂著背，小心謹慎地緊貼牆腳，忐忑不安地來到教堂，直到看到這座破敗的房子和耶穌的畫像時，他們的心才算落了地，彷彿一顆遊蕩的心總算找到了歸宿。

木學文帶領一幫幹部來到教堂時，教堂已有幾十人經常來念經做彌撒了。儘管那時還沒有神父，但是教民們有自己的一套和實際情況相吻合的宗教儀式。

「這裏是教堂，不是你們來的地方。」凱瑟琳奶奶站在人群的最前面，對被人們簇擁著的木學文副專員說。

「媽媽，我只是來看看大家的。」

「我不是你的媽媽。早就不是了。」凱瑟琳奶奶一點也不給自己的兒子面子。

「妳不願做我的母親，我還非要做妳的兒子哩。」木學文笑笑，對周圍的幹部們說，「我們進去。」

「你敢！」凱瑟琳奶奶真的生氣了，順手操了一把掃帚橫擋在前面。

「怎麼啦媽媽，我們是進去談工作的。」木學文說。

「你的工作在你的官府大樓裏談，別來打擾我們。你們一進教堂，可沒有好事情。要進去的話，就從我的屍體上跨過去吧。」她說到激昂處，身體晃晃就要倒了，木學文搶前一步，攙扶住了她。

「媽，妳誤會了。我是來幫助你們重新恢復宗教活動的。」

「噢，我還沒有老糊塗呢，讓你可憐的老母親多活幾年吧。」凱瑟琳氣吁吁地說，她已經沒有一夫當關的力氣啦。

「媽啊媽，妳先去一邊休息。」他一揮手，秘書立即就把老人家扶到一邊去了。實際上，如果沒有凱瑟琳奶奶專員母親的身分，教民們可不敢這樣和政府作對。他們自動讓開一條路，讓幹部們魚貫而入。

木學文先察看了教堂的情況，然後和大家坐在教堂的院子裏，笑呵呵地說：

「各位大叔大媽，父老鄉親，你們的耶穌愛你們，我們也愛你們啊。」

應答他的是一片沈寂，就像冬天裏站在山崖上看到的瀾滄江，聽不到波濤聲，但你可以感覺到水在流動，暗流深藏在平靜的水面下。

「是不是又要搞運動了？」

難堪的場面持續了很久，一個老人才突兀地冒出一句。他現在已經喝得差不多了，他是一個打了一輩子光棍的孤獨老人，安多德的舅舅諾斯。從前他在教堂裏當廚子，據說當年他能爲外國神父做道地的法國菜。每次來教堂望彌撒，他都要喝得大醉，然後稀哩嘩啦地哭一場，誰也不知道他到底傷心些什麼。有時候，幾個老教民會陪著他一起哭，更多的時候，是他一個人坐在教堂前的臺階上，自顧自地哭，就像自顧自地說話一樣。

「諾斯大爹，你喜歡運動嗎？」木學文笑著問。

「那是魔鬼喜歡的事。」他的身子左晃右晃的，好似被魔鬼控制了。

「那麼，我是魔鬼嗎？」木學文問。

「魔鬼也怕你哩。」他偏偏倒倒地將手中的酒碗向木學文遞來，「喝一口啊，能降服魔鬼的人。」

木學文把酒碗接了，一口飲乾，「好酒。一定是我母親釀的。聽說教堂的葡萄園今年豐收了，是新葡萄釀的酒嗎，老母親？」

「你現在知道了，葡萄是新的好，母親還是老的好。」凱瑟琳奶奶撇撇嘴說。

「媽呀媽，從來就只有妳說我這個當兒子的不好，我都認。從前政府確實做過對不起教民的事，現在我們知道錯就改，撥亂反正，一切都在好起來。難道不是嗎？峽谷裏各種信仰的人，我們都尊重他們的選擇。藏傳佛教的宗教活動恢復起來了，天主教雖然不是我們民族的宗教，但是我們再不會幹從前的蠢事啦。等條件成熟了，我還打算把失傳已久的納西人的東巴教也恢復起來呢。宗教再多，只要大家是愛國的，是互相團結的，過去峽谷裏因爲信仰不同而發生的宗教悲劇就不會重演。嘿，安多德，你坐那麼遠幹什麼？是你提出要進北京的神學院嗎？」

坐在人群後的安多德站起來說：「是的。木副專員。」

「北京有很多全國著名的大學，現在中國所有的年輕人都夢想到那裏去念書。你爲什麼非要上神學院呢？」

「我不知道那些大學對拯救我們的靈魂有什麼好處。看看這些老教民吧，難道他們不需要一個神父嗎？喇嘛寺裏已經回去了那麼多喇嘛了，聽說連過去參加過叛亂的喇嘛都請回去了。媽，妳不要拉我。」安多德說話時，他的母親安妮一直在悄悄地拉他的衣襟。

「那麼，你有信心成爲一個稱職的神父嗎？」

「我有。」安多德肯定地說。

「你就去吧，好好地學，早早地回來。」

「這……這太好了。木副專員，我……我現在還湊不齊路費呢。這樣吧，我搭便車去，一站一站地搭，沒有便車的時候我就騎馬，沒有馬騎我就走路。總有一天我會到北京的。條條大路通羅馬哩。」安多德在一瞬間做出了個大膽的決定。

木學文笑了，「小夥子，你知道北京離我們這裏有多遠？」

「瀾滄江下游的漢地吧。」安多德窘迫地說。

「唉，你真該出去見見世面了。你最遠到過哪裡？」木學文問。

「我到過昌都，原來想去拉薩看看，但聽說那裏沒有教堂，就沒去。十多年前曾經想和外地來的紅衛兵出去串聯，可我媽不讓我去。」安多德老老實實地說。

木學文再度發出了感嘆，「如今我們峽谷裏的人，視野還不如從前呢。過去的那些趕馬人，最遠的到過印度。上了年紀的老人家都知道的。這樣吧，我這個月的工資是你的路費了。」他說著掏出一疊錢，遞了出去。

安多德站在那裏沒有動，他被木副專員的舉措驚呆了。十多年前，當他和外地的一幫紅衛兵把時任鹽田縣縣委書記的木學文從地區揪回來批鬥時，他們將他雙手反剪押在一輛大卡車上，外地的紅衛兵強行給他剃了個陰陽頭，還告訴安多德說，這是漢地革命小將整治走資派的最新發明。這還不算最厲害的，還有把破鞋、褲衩、尿壺掛在他們脖子上的哩。一個紅衛兵笑著告訴他。

在回峽谷的路上，木學文用藏語對安多德說他快渴死啦，請給一點水喝。他的脖子伸得老長老長，像一隻氣息奄奄的山羊，只是山羊再可憐，牠還是一隻羊。而當時的木學文連羊都不如。綠色軍用水壺就斜掛在安多德的肩上，他只要遞過去，將來就不會有那麼多的罪過感。但是當外地紅衛兵問安多德他說了些什麼時，安多德回答說，他說他的脖子上需要再掛上一個尿壺。紅衛兵們哈哈大笑，說到了你的村莊，你就去給他找一個來吧。

「你愣著幹什麼，還不快接著。」木學文將錢塞到安多德的手上。

「木……副專員，過去……我、我我，欠你的……」安多德雙手哆嗦起來，然後他的眼淚無聲地流下來了。

「不，是我們欠你們的。」木學文高聲說。

求學與敬畏

三天以後，安多德啓程了。信奉耶穌天主的教民一直把他送到了滇藏公路邊，安多德的舅舅諾斯說，要是我還走得動，我會爲你牽馬，送你到北京的。三十多年前我還年輕時，沙神父讓我爲他牽馬，隨他一起回法國，但我又捨不得我們這峽谷。現在我老啦，想去哪兒都去不成啦。沙神父啊，你這個帝國主義的特務，你爲什麼偏要去做一個特務呢？嗚嗚嗚。

諾斯舅舅今天又多喝了點，以至於他說到後來，就鬧不清是在爲一個將來要做神父的年輕人送行呢，還是在揭發前教堂神父的罪行。只有右鹽田的教民知道，自「文革」以來，諾斯對沙利士神父的懷念方式之一，就是揭發這個外國神父的特務罪行，他把神父說得越壞，對他的想念就越深。

在一個接一個的批判會上，諾斯的發言總是聲淚俱下，因此很受來搞運動的小將們的歡迎，他們聽不懂藏語，只看到這個可憐的老頭兒一把眼淚一把鼻涕的嘮叨，便認為他苦大仇深，過去一定受了外國傳教士很多剝削和壓迫。他們甚至一度還把他樹為典型，讓他到鄰近的幾個村莊去訴苦。

但是有一次，他說著說著就說漏了嘴，大講自己受洗前，如何跟著他母親、帶著三歲的妹妹流浪到峽谷，他們舉目無親，身無片瓦，連小狗也要欺負他們。而自從外國神父讓他們全家入了教後，他終於可以吃飽飯，有衣服穿，睡在能避風雨的教堂裏了。不幸的是，有個長有兩個舌頭的藏族人把諾斯的話翻譯給了在場的紅衛兵，於是他當場就被揪下來了。以後的大會，就是他在臺上彎著腰低著頭接受人家的批判了。

安多德告訴諾斯舅舅，現在不是神父就一定是特務的時代啦，你看，木副專員不是也支持我出去學習嗎？諾斯舅舅，你要等著我呀。不在神父面前懺悔的人，是進不了天堂的。

安多德的母親安妮其實那時比諾斯還更傷心，只不過她那顆飽受磨難的心已經非常麻木了，如果她要把所有的苦難都哭上一遍的話，淚水也會讓瀾滄江水漲的。因此在送兒子出行的時候她很克制，但目光卻很淒涼。她不知道兒子這一去，是不是就像多年前她的丈夫離開家門的那個早晨一樣，再也沒有回家的日期。那時安多德還在她的肚子裏哩。要不是凱瑟琳奶奶極力支持，安妮就是吊死在家門前，也要阻止安多德的北京之行。凱瑟琳奶奶說，藏族人的腳什麼時候怕過路遠了？想想當年的外國神父吧，他們還是從海的那一邊過來的哩。安多德還沒有走到大海邊呢。

安多德就是在這樣一片淚眼淒迷和積重難返的陰影中離開了他的峽谷，他的親人。兩個年輕趕馬人與他同行，他們沿著被泥石流沖毀的公路，慢慢走出了人們期待的目光，並把那眾多的目光越拉越長，直至看不見。

這種被親人的身影痛苦地拉長的目光，安妮多年前就有過切膚之痛的深刻體驗，那時是她的丈夫，現在是她的兒子。她不知道上帝是否憐憫她永遠收不回來的目光。她在無數個夜晚向上帝祈禱：全能的主，你無所不能、無所不知，請你賜福我啊，讓我的眼睛看到我的親人。

在以後的歲月裏，安多德與峽谷的聯繫，就靠一張薄薄的信紙了，因爲他向孤獨的母親發過誓，除了主耶穌外，他天天惦記的就是母親。他會隨時寫信回來，兒子走得再遠，也不會像父親一樣，一去就沒有了音信。

一周以後，他的信來了，說他們已經到了雲南，那裏還是藏區，同樣可以吃到犛牛肉、糌粑，喝到酥油茶。他還在信中說，這裏的藏區有大片大片的草甸，牛羊多極了，想不到我們藏族人也會生活在這麼好的地方。而更爲重要的是，這裏通汽車了，他再不用騎馬啦。還有一個讓人高興的消息，他最後補充說，從這裏到北京，所有的路都是通的。根本用不著馬了。看來我們鹽田真是太閉塞啦。

五天以後，他的信又到了，說他經過納西族地區，白族地區，彝族地區，終於到了漢地的大城市昆明。媽媽，天主賜福於我，讓我坐火車去北京，這是從前做夢都沒有想到的事情。可買一張火車票實在太難了，人們要排很長很長的隊。有些人比喝醉了酒的康巴人還要無禮，他們憑力氣擠到窗口前，把婦女和老人都擠到一邊。

媽媽，我在火車站排了兩天兩夜的隊，感謝天主，終於買到票了。不過，小偷把我的錢都摸走了，那可是木副專員一個月的工資啊。在我們峽谷裏，偷打人家樹上的核桃，已經是非常墮落的行爲了，而這裏居然還會有人把手伸到你的口袋裏偷錢，這實在讓我想不到。不過，我想這是魔鬼對我的考驗，全能的上帝一定看到他墮落的靈魂了，願上帝寬恕他的罪。

第三封信安多德寫得更長，有很大部分是在漫長的路途上寫的。他向母親詳細描述了比峽谷的風還要快的火車，他把它形容爲有一長串鐵輪子的鋼鐵房間。一聲吼叫，它就跑起來了，一百頭老熊的吼聲也沒有它的聲音大。它的上面有廚房，有廁所，有水從鐵管子裏像山泉一樣地流出來，還有旅館，因此有的人甚可以在火車上睡覺。

火車跑的路是用鋼鐵鋪起來的，不像我們鹽田的公路，年年都要被泥石流沖垮。鋼鐵當然比泥石流厲害多了，它一定是上帝強大力量的證明。媽媽妳想想吧，從昆明到北京，要用多少鋼鐵啊。車上有服務員來送水給你喝，但是他們沒有酥油茶，連聽都沒有聽說過。不過周圍的漢人知道我是藏族人後，對我就相當熱情了。他們問了我很多西藏的問題，他們都沒有到過西藏。他們不知道曬鹽的方法，打酥油茶的方法，做奶渣的方法，甚至連我們怎樣吃糌粑，他們也感到很稀奇。

看來漢族人也不是什麼都懂，也沒有我們認爲的那樣聰明，儘管他們很多人戴眼鏡，連十來歲的小孩子也戴。他們總把西藏想像得很可怕，其實當年那些進藏的紅衛兵才讓我們感到可怕哩，連喇嘛也怕他們。不過火車上的這些漢人卻很有愛心，他們聽說我的錢被小偷偷了，問我吃飯怎麼辦，我說，這麼快的火車一開起來，很快就到北京了麼，到了北京我有介紹信，就有吃飯的地方了。

一個大媽告訴我說，火車要走三天三夜才到北京呢。主啊，中國真是太大了。於是人們都拿出錢來爲我買飯吃。我想他們一定也信耶穌基督，才會有這樣的仁慈。但是我不好問他們，因爲他們不戴十字架。後來，火車上的領導知道了我的難處，他們說他是車長，我想他的權力一定比木副專員還要大，人們對他都很尊敬。他穿得像一個將軍，心很善良，讓我到火車的廚房裏吃飯。他們不收我的錢，這讓我很不好意思。我想這大概是天主對我的恩賜吧。

那個吃飯的地方很漂亮，沒有車廂裏擁擠，桌子上還擺有鮮花哩。在我吃一頓飯的時間裏，火車一聲吼叫，就從一個城市開到了另一個城市啦。

媽媽，想想吧，我們去最近的縣城要走四天的山路，坐車也要一天。漢地真是太發達了，上帝對他們真是太偏愛了。我問車長，火車是怎麼開動的，他說是用電。我想了一個晚上，也沒有想明白電怎麼可以開動這樣一大串由鋼鐵連結起來的傢伙。後來終於想明白了，右鹽田第一次用電的時候，保羅家的大兒子站在凳子上用手去摸電線，剛摸到線頭，就被電推出去好幾米遠。想一想電的力量有多大吧，連人都會在一眨眼的功夫被它推得老遠老遠，它一聲吼叫，也同樣可以把火車從一個地方推到任何一個它要去的地方。要是有一天它能把火車推到我們峽谷裏就好了。今後我們要像敬畏上帝一樣地敬畏電。

接下來，峽谷和北京就連在一起了。每當安多德有信來的時候，右鹽田村的教民都會像看鄉村電影一樣，聚集在安妮家聽識藏文的後生念信，峽谷裏的北京和在北京的安多德便從那一刻起，開始真實而生動起來——

他在人多得讓人找不到上帝在何方的北京火車站下車了，一個熱心的警察用了半天的時間才把他送到神學院。

他順利地入學，一個姓章的漢人大主教專門來看望他，並慷慨贈送給他生活費。他身邊的同學都是來自中國各地的漢人教民，他們有的很年輕，這裏全是基督徒的世界；和他們交談，才發現在中國信奉天主耶穌的，並不只有右鹽田的藏族人，漢族人，彝族人，滿族人，蒙古族人等等，中國的好多個民族的人都有上帝的選民，我們其實並不孤獨。

北京是個巨大無比的城市，西藏所有的藏族人加起來，也沒有這個城市的人一半多，一條街道也比瀾滄江峽谷還長，但它是筆直的，漂亮的，兩邊都是高高的樓房，也像一條大峽谷，人們上這些高樓不用擔心腳力不夠，一種用電控制的房間，「叮噹」一聲就把人們提上去了，「叮噹」一聲又下來了。敬畏電吧。

北京人說話好聽極了，個個都是廣播裏的播音員。

神學院組織他們參觀了一個製造鋼鐵的工廠，火車的鋼鐵就是由這裏製造的，人們利用知識把石頭變成了鋼鐵，他們先把石頭熔化成水，然後它們在一個大爐子裏像酥油一樣淌出來，就成了鋼鐵，這也歸功於令人敬畏的電。

北京也有教堂，還有一座喇嘛寺哩，他在裏面見到了從西藏來的藏族人，當然「文革」時，他們也像我們那樣挨了整，教堂和寺廟裏也在開始恢復宗教活動了。

北京有一種在地下行駛的火車，人們坐一種用電控制的臺階下去，臺階可以自己走動，這是連上帝也想像不到的事情。車站也在地下，裏面的房子燈火輝煌，火車從地洞裏開出來，速度快極了，它開過來的聲音像山上下來泥石流。電控制了一切。

北京的商店進去了就找不到出來的路，因為它太大太大了，還到處都是人。商店裏什麼都有賣的，就是沒有敬奉上帝的東西。

神學院裏還有修女，她們來自比北京還更繁華的大海邊的城市，她們對西藏很有興趣，但她們不願意到西藏去為天主服務，因為西藏沒有海邊的食物。她們個個都長得像天使一樣漂亮。

那幾年，安妮就是在期盼兒子的來信中打發時光，這些來信一時讓她欣喜，一時又讓她驚恐不安，在地洞裏的火車怎麼開出來呢？要是泥石流下來了，安多德不是給埋在裏面了嗎？冬天房間裏不升火塘，光靠一種鋼鐵片子裏散發出來的熱氣就可以了嗎？像天使一樣的修女會不會擾亂安多德侍奉耶穌天主的心？要是電，機器，火車，鋼鐵，還有那些說不出名堂的東西控制了一切，上帝怎麼辦？

當她問凱瑟琳時，閱歷豐富的老奶奶便會告訴她，沒有什麼可怕的，多年以前，她就在漢地見識過了，她明確無誤地向安妮指出：那時的火車是用火開動的，而不是電；她曾親眼看到人們把煤一鏟一鏟地填進火車頭的火爐裏，那個火爐就跟我們藏族人烤火煮茶的藏式火爐差不多，只不過它更大一些罷了。不過在地下開的火車，她倒沒有見到過，但是她確實聽從前教堂的都伯修士講，巴黎從前也有這種火車。妳想想，就像耶穌是從他們那邊傳過來的一樣，地下開的火車也會一同開過來的。這說明從北京到巴黎，人們可以不像從前那樣坐在海上的房子裏漂過來了，從地下也可以走。都伯修士說過，世界是一個球的模樣，我們在這邊，他們在那邊。挖一個地洞把兩邊連起來，路就近多了哩。

總之，它們不是魔鬼的東西，上帝早就安排好了一切。老奶奶最後總結道。

隨著安多德在神學院的學習日益深入，他的來信已經很少談及個人的見聞了，他開始試著向右鹽田的教民闡述上帝存在的本質，就像一個真正的神父那樣。

他在一封來信中談到，神學院的老師讓他認識了托馬斯•阿奎那，一個偉大的智者，上帝存在的見證人，他告訴了我們上帝存在的Five wags（五種理由），——安多德的原信如此，凱瑟琳奶奶對此的解釋是：這就是耶穌在那邊用的語言了——上帝的確是世界上萬事萬物的第一推動者。

火車是由電推動的，但電是由誰推動的呢？人們說是工人從電站發出來的；而電站的電又從哪裡來的呢，人們說是水沖的；水怎麼能沖出威力無比的電來呢，人們說利用水往下流淌的力量；那麼水的力量是誰給予的呢，顯然它不是任何人給予的，只能是全能的上帝。所以我明確告訴你們，以後不用敬畏電了，敬畏上帝吧。歸根結柢，電是上帝之力推動出來，能自己行走的臺階，能「叮噹」一聲就升到半空中的房間，一聲吼叫就可以在地上和地下行駛的火車，都是上帝的傑作。

凱瑟琳奶奶看完這封信對安妮說：「他已經能從道理上證明上帝的確存在了，從前沙利士神父也是這麼說。」

安妮眼望著峽谷上方的藍天，喃喃地說：「我們早就相信了上帝，相信祂無所不在的力量。安多德走那麼遠的路，只爲了向我們說明上帝終究是存在的，真是幹了件冤枉的事。」

凱瑟琳奶奶撇撇嘴說：「那可不冤枉。神父是上帝的秘書，上帝的意思他要知道得清清楚楚才行，就像我兒子的秘書一樣。」凱瑟琳奶奶忽然想起那個她並不喜歡，但卻隨時忠心耿耿地跟在他兒子屁股後面轉的年輕人。

兩個老人家在寂靜的教堂，常常這樣有一搭沒一搭地發表自己對世界的看法，對上帝的認識。她們把曾經凋敝的教堂一點一點地拾掇出來，像兩隻行動遲緩的老螞蟻，一個出於對上帝的熱愛和對往昔歲月的懷念，一個則更多地爲了自己兒子今後的出息。

慢慢地，人們發現荒蕪的教堂在兩個老人家的蹣跚步履下，慢慢開始變得井井有條起來了。破敗的門窗被清除修整好了，後院葡萄園的空地種上了玉米、蔬菜和小麥。葡萄園年年都大獲豐收，凱瑟琳奶奶釀製的葡萄酒儲存了幾大酒缸。當有嘴饞的教民想討一點來喝時，她總是說：「這是神父做彌撒時的葡萄酒呢。做彌撒沒有葡萄酒，哪還有做它的意義？那可是耶穌的血啊。」

當第一縷春風從漢地吹過來時，瀾滄江兩岸的桃花率先開放，一樹樹桃花像飄在峽谷裏的片片紅雲。鹽井裏湧出的鹽鹵水，就像一個剛做母親的康巴女人的乳汁一樣豐盈。鹽民們搭建再多的曬鹽平臺都曬不完那含鹽量出奇地高的鹵水。峽谷裏到處都聽得見人們在奔相走告：

「出桃花鹽了！」

出桃花鹽的季節，是瀾滄江峽谷的節日。瀾滄江在這時換上了它最美麗的外衣，江水變成深藍色，像高原深邃無邊的天空。人們說，瀾滄江一年四季有六件衣服，隨著季節的更替，它分別穿上藍、綠、紅、黃、灰、黑六種顏色的衣裳。這時節春暖花開，風乾物燥，高原的太陽火辣無比，峽谷底像一個悶熱的蒸籠，強烈的光線把一絲絲水分直接抽上天空中去，水分蒸發的速度與人們身上淌下的汗水一樣地快。早上倒進鹽田裏的鹵水，下午便被曬乾，鹽田裏就是一片白花花的鹽了。地裏的莊稼才剛剛播下種子，這裏卻在忙於收穫。

剛剛恢復宗教活動不久的寺廟舉行了爲慶賀鹽田豐收的法會，連地方上的領導都會趕來參加。喇嘛們在寺廟大殿前的廣場上鼓號齊鳴，跳起神靈凌空蹈虛、飄飄欲仙的舞步，藏民們則穿上節日的盛裝，爲神靈喝彩。人和神靈好久沒有這樣共同歡慶過了。

那一年，鹽田就像珍貴的土地一樣，被重新分配給私人，這是自十多年前的人民公社化後，個人第一次真正擁有自己的鹽田。政府甚至連稅都不抽，人們曬多少鹽，就可以按市場的鹽價獲得多少收入。

生活開始慢慢好起來了，鹽民們首次成了峽谷裏直得起腰桿的人，一些人甚至準備重新蓋房子了。在過去，鹽民的地位只比土司家的農奴稍高一些，他們沒有土地，也沒有牛羊，官府和土司抽的鹽稅又重，還得往寺廟裏進貢，因此鹽民家庭一年下來幾乎所剩無幾。

峽谷裏流傳的有關鹽民的歌謠是這樣唱的：

「鹽民苦，鹽民苦，
汗落九滴一粒鹽，
彎腰駝背曬屁股。
太陽曬乾眼中淚啊，
瀾滄江邊把命賭。
官府土司來抽稅，
賣了房子去逃難。
好漢不娶曬鹽女啊，
來世莫投鹽民家。」

曬鹽一般都是女人們的事，這與納西人的傳統有關。他們認爲瀾滄江兩岸噴湧鹵水的井穴，實際上就是女人偉大的生殖器。東巴經裏不是說，井穴裏有納西人的子孫萬代嗎。井穴裏的鹵水哺育了鹽民，同時也滋潤了峽谷的兒女。井穴裏湧出的鹵水越多，峽谷的子民繁衍就越旺盛；反之，人們的生殖能力越強，井穴的鹵水就湧得越多。人們不會忘記，當年藏族人和納西人爲爭奪鹽田發生第一次戰爭而得罪了神靈時，江邊的井穴不湧鹽鹵水了，峽谷裏的女人一年都沒有生育。

因此，在出桃花鹽的季節，女人們越幹越有力氣，越活越紅潤。而男人們也被噴湧的鹽鹵水弄得騷動不已。女人們白天下到江邊深深的井穴裏，將鹵水一桶桶揹上來，沿著峽谷裏陡峭的棧道攀越而上，然後倒進自家的鹽田裏。晚上則一身汗香地鑽進男人的懷中，不管她們的男人願不願意，她們都要與他們做愛。男人們有時不耐煩了，說，歇歇吧。但女人們會說，要是不來一回的話，明天井裏就沒有鹵水了，地氣和人氣是相通的。看看白瑪拉珍家的井吧，都快見底了。可憐的白瑪，誰讓她出生在那樣的人家。

被女人們在床上引以爲證的白瑪拉珍，是峽谷裏的老姑娘，今年雖然才二十二歲，但在三十多歲就有人當祖母的峽谷，這已是一個非常令人焦急的年齡。沒有哪個納西男人有勇氣對她多看一眼，因爲她的爺爺從前被認爲是「養毒鬼」。

在納西人的眼裏，這樣的人家鬼氣很重，是世俗生活中與魔鬼爲伍的人。儘管政府號召大家破除迷信多年了，但誰能在這片既偏遠又孤獨的峽谷裏證明神靈魔鬼的確不存在呢？樸素的人們可以向你證明：如果沒有魔鬼作祟，「文革」中，峽谷裏怎麼會發生那樣多傷天害理的事情呢？

人實際上是很弱小的，稍一不小心，魔鬼就可能控制人們的生活。多年以來，人和魔鬼都在這片峽谷裏共生共存，如果沒有魔鬼，人們的生活反而會缺乏色彩，就像沒有動物，人類會覺得孤獨一樣。同樣，如果沒有「養毒鬼」這樣的人家，魔鬼世界又由誰來照應呢。因此在納西人聚居的地方，總有一兩戶倒楣的人家被認作是和魔鬼打交道的人。

白瑪拉珍其實並不希望哪個男人會看上她，但是她不得不爲自家的井穴不產鹽鹵水而焦急。非常奇怪的是，她家的井穴和玉珍家的就只相差十來米的距離，但是玉珍家井穴裏的鹽鹵水噴湧得都快冒出井面了，那個婆娘每天從早揹到晚，井裏的鹵水還揹不完。然後她便對著峽谷底的其他女人們說：「哦呀呀，這井裏的鹵水累得我裙子都濕透了。」

而那些有家有室的女人們則會打趣道：「是妳家男人壓出來的吧，昨晚上妳叫喚了大半夜呢。」哄笑聲蓋過了瀾滄江江水的轟鳴。在這個女人勞作的峽谷，床上的話題是辛苦勞動的一劑舒緩劑。而白瑪拉珍每夜都獨守空床，卻每天都要聽她們笑談床上的花花新聞。渴望中的婚床啊，將由哪個勇敢的男人有力的臂膀來做成？

是「得得」的馬蹄聲和野性的歌聲伴隨著愛神的腳步一起來的。瀾滄江西岸卡瓦格博村的趕馬人獨西從看到白瑪拉珍時，就看穿了橫隔在藏族人和納西人之間數百年來的愛情籬笆。儘管他只有一隻眼睛，但這種人看問題更專注，更投入，更獨到。

那時獨西剛從監獄裏出來，用一隻眼睛重新打量面前這條陌生而熟悉的峽谷。他戴一頂油膩膩的藏式氈帽，渾身都散發出令人懼怕的野公犛牛般的氣息，又濃又黑的長髮，蓬鬆地披到寬闊的肩膀上。他身上穿的藏裝不像藏裝，漢裝不像漢裝，嘴唇上的那一小撮濃黑的髫子向兩邊彎彎地翹起，把他所有的驕傲和嘲諷全掛在了上面；那隻瞎了的眼睛，一副死不瞑目的樣子，可透出來的東西比魔鬼的目光還犀利，眼簾下面一層灰色的雲翳，彷彿深藏著宇宙中最遙遠的黑暗。

如果你把他當成一個藏族武士，但他又更像一個流浪漢；但你真把他看成流浪漢時，他的商人的精明和情人的執著又讓你感動。他現在為鹽商們趕馬，將峽谷裏的鹽馱到集市上去交給他們，自己賺點腳力錢，有時他自己也倒騰一些，趕上兩三匹騾子的鹽，去峽谷深處那些不通公路的村莊販賣，這樣便可以賺更多的錢。當然這要辛苦得多。

獨西趕馬還有個特點，他從來不和人作伴，他是峽谷裏的獨行俠，人們說連魔鬼都怕他。在女性的峽谷裏，他一眼——別忘了他是獨眼——就看到了白瑪姑娘的焦渴。

「姑娘，妳的井裏為什麼鹵水那樣少？」

「我、我不知道。它快乾枯了。」白瑪拉珍回避著問話者像刀子一樣的目光。

「為什麼那些婆娘們的井不乾枯呢？」他用嘲諷的口吻說。

「人家勤快麼。」

「錯了，姑娘。她們白天是幹得很辛苦，晚上可沒閒著。」他彷彿是一個槍法準確的獵手，槍槍都打在白瑪姑娘孤獨的靶心。要命的是，他的射擊從來都好像是漫不經心的，一語中的了，他的鬍子還翹得高高的，一點也不給人面子。

「她們……交上了好運。」白瑪姑娘羞赧地說，她的臉紅得讓山坡上的桃花也害羞了。

「為什麼她們會交上好運？」他逼問道。

「好運……好運是父母給的。」提起父母，她的陣腳就更亂了。

「又錯了，父母只給了我們一條命。好運麼，在我們藏族人看來，如果沒有人送給你，就在自己的手掌上去找。」蹲在地上看鹽的成色的獨西，用他那巨大無比、溫暖異常的手掌摸到了白瑪姑娘的大腿上。

那裏就像被火燙著了，或者被電觸著了，白瑪姑娘的兩條腿都劇烈地顫抖起來，「你、你你你你究竟要不要鹽啊，哎哎哎哎……哎，啊……你你要幹什麼……」然後她就癱了，成爲一個沒有了骨頭、帶著汗香味的軟軟的人兒啦。

「送給妳好運。」

獨西說得果斷而溫存，就像一個慷慨大方的人送人價值高昂的禮物。多年以前，雪山下一個臨死的老人把他一生的好運送給了他，獨西一直攢到今天，現在，他要把這份好運送給一個他喜歡的人了。

他沒有費多大的力氣，就把她放平在江邊鹽民們儲存鹽巴的黃泥土坯小屋裏，中午時，這裏也是人們歇氣吃飯喝酥油茶的地方。女人們在這裏恢復體力補充能量，也談論床上的事情。但是沒有誰想到，鹽巴堆也可以權作婚床。

他們在鹽堆上翻滾，一個渾身發軟，卻在做著無謂的抵抗，一個橫衝直撞，卻迫切地渴望找到一條幸福的出路。他撕扯她的衣服，彷彿揭開酥油上面的那層皮一般，一碰就破了，雪白的肌膚閃耀著聖潔的光芒，這光芒每現出一點，都是一把把威逼人的刀子，讓獨西顫慄害怕。他像個在黑暗的隧道中摸索前進的探險者，越害怕，越想往前。實際上，通過這條隧道並不難，比捅破一層窗戶紙難不了多少。峽谷裏的曬鹽女都穿得很少，爲了幹活方便，她們下身除了穿一條長裙外，什麼也不穿。

「啊，啊呀，你要受到魔鬼的懲罰的！」她用腳踢他，用牙咬他，用手抓他。說這話時，卻語調溫存，像對一個調皮的大孩子說話。

「妳的魔鬼我不認識。」他說這話時，手一刻也沒有閒著，強勁有力的手掌快樂地在她的身上任意遊走。

他在她溫柔的反抗中得到的不是拒絕，而是鼓勵。因爲在獨西看來，與其說那是咬，還不如說是親吻；與其說是抓撓，莫如說是撫摸；與其說拿不知名的魔鬼來告誡他，不如說是情人間的調侃。而她雙腳亂蹬亂踢的姿勢，不過是爲了炫耀那豐腴結實的大腿。

他在誤打誤撞中，總算徹底解除她的武裝了。「佛祖啊，這麼美，這這這……美吶，怎麼會是個養毒鬼的女兒！」他渾身顫抖不已，不是感到害怕，而是對突如其來的的幸福毫無準備，儘管他渴望這一天已經很久很久了。

姑娘突然不反抗了，直挺挺地躺在鹽堆上，像一條晾曬在岸邊的魚，剛才還活蹦亂跳的，現在被陽光和空氣窒息了，被愛窒息了。她雙目緊閉，頭扭向一邊，身子僵硬得就像中了魔鬼的法術一般。

獨西不知道剛才的搏鬥中，是不是由於自己力氣太大，把身下的這個女人折磨死了。這讓他感到害怕，他欠的前一條人命讓他蹲了十五年監獄。愛情的大門才剛剛打開，我可不能又進到監獄的大門中去了。他想。

「喂，醒一醒。」他拍拍她的臉，但她一動不動，真的像死過去了一樣。白色的鹽粒沾滿了她濕漉漉的頭髮和肌膚，還有豐滿的乳房，柔軟的腹部，壯實的大腿上全是鹽，以至於獨西不知道那雪白的胴體上哪是鹽哪是皮膚。他用舌頭舔了舔她的臉，鹹鹹的，她依然僵硬著；然後他又吻她的嘴唇，還是鹹鹹的。

但是這輕輕的一吻，她就用雙手去勾他的脖子了。啊哈，她活回來了。

「媽的，原來愛情也是鹹的。」

獨西一聲感嘆，就把自己感動的頭顱埋在那高聳的雙乳之間了。

帶著鹹味的愛情，讓兩個人感受到某種辛辣刺激的快感，那滋味開初並不美妙，甚至還很痛苦。但是獨西發現他身下的女人，是個多麼濕潤酥軟的女人啊，她下體的汁液潺潺流出，就像瀾滄江邊流量豐沛的井穴。曬鹽女就是這種味道吧。於是他忍著鹽粒的漬咬，把自己一頭扎了進去。

「啊——，啊——」白瑪拉珍伸手抓了一把鹽塞進自己的嘴裏，以免那快樂的喊叫讓神靈世界的魔鬼聽見，但她感覺卻與獨西相反，那鹽竟像蜂蜜一樣地甜。

峽谷開始搖晃起來，瀾滄江水忽然跳起來有三尺高。「地震了！」在鹽田裏幹活的女人們喊道。但是她們沒有跑，因為地震在這裏是家常便飯，沒有哪一年峽谷裏不地震幾次。不過她們發現，這次地震非常奇特，它很有節奏，與她們在床上和自己的男人們引起的震動頻率一致。

玉珍發現自己的下身被一股莫名的火烤濕潤了，她正有些擔憂鄰近鹽田裏那些目光犀利的婆娘們發現自己的窘迫，卻看到一條峽谷都充滿了羞澀。

此時墜入愛情之河的人兒，已全然沒有了羞澀之感。他們任自己的軀體在鹽堆中翻滾，讓雪白的鹽粒被愛的甘露融化。大汗淋漓的軀體被瀾滄江粗礪的鹽浸蝕，使兩個初涉男歡女愛之道的人在幸福的巔峰中，時時逃脫不了針刺一般的痛感。但是這種痛對刀扎在皮肉上都不會感到害怕的獨西來說算什麼呢？與其說這種感覺在給他們添置歡愉的障礙，不如說這種障礙更刺激了他們撫摸、親暱、砥礪，直至最終互相融化在對方深處的欲望。

獨西在第一輪高潮後感嘆道：「鹽真是個好東西吶。」

他身下的女人呻吟道：「啊，化了，化了啊！」

「什麼化了？」獨西問。

「鹽化了，曬乾的鹽又化了。啊，我化了，我渾身都是水啊，獨西！」

獨西第一次聽一個女人這樣真情、這樣近距離地呼喚自己的名字，他的心悠悠的直往嗓子眼奔，那一刻，他真擔心自己一顆火熱的心會滾出來。但是他的眼淚卻先滾落出來了。

這讓他感到害怕，獨西怎麼會哭了呢？他的一隻眼睛就是哭乾的，因此另一隻眼睛裏的水分得勻著點用，他從不在乎錢，但卻十分珍惜自己的眼淚，他連眼眶濕潤的時候都沒有過。不過，對一個七尺男兒來說，這種時候哭的感覺真好，就像久旱的土地遇到了天上的甘霖。

他的眼淚將已被融化的女人再度激發起來，她忽然變得強壯無比，翻身就把獨西壓在了身下。雪白的鹽巴再度被兩人劇烈的翻騰揚得四處飛揚，彷彿小小的屋子裏在下一場細密的雪。

如果說第一輪高潮時，獨西佔有絕對的優勢的話，這一輪他即使沒有處於下風，也只能跟這個曾經被融化了的女人打個平手。一個溫柔而韌勁十足，一個強壯而兇猛急躁。皮膚和骨骼的磨蹭與碰撞，時而是星星與月亮的撫摸，時而是江水和大地的較量。當獨西再次發出公犛牛般的叫喚時，太陽也羞到雲層後面去了。

「天啦獨西，獨西天啦，鹽堆又變小了。」白瑪拉珍哭了，低聲地啜泣，像一隻在林子間自顧自地唱著歌兒的小鳥。

獨西哈哈大笑，震得鹽堆上的鹽粒簌簌往下掉。他笑個沒完沒了，那是瀾滄江一浪推一浪的波浪，又是一條長長的沒有盡頭的歡樂的道路，任何與他同行的人，都會被這笑聲感染，並與他一同大笑不止。他笑著說：

「瀾滄江會還給妳的，只要妳有了男人。哈哈哈哈哈……」

白瑪拉珍感動得無以倫比，她牽引著獨西的手往自己的幸福深處摸去，「獨西你看到了嗎，我的井穴裏鹵水多豐富啊！」

「啊是啊，啊是的，我摸到啦。啊是是啊，啊，啊……」

又一輪衝鋒之後，獨西徹底被征服了。他擁著懷中的女人動情地說：「妳這個養毒鬼的女兒啊，妳知道他們爲什麼要這樣叫妳嗎？」

「聽我父親說，有一年，我爺爺養的一頭犏牛忽然會說話，還無緣無故地淌眼淚，然後峽谷裏開始流行瘟疫，死了好多的人。人們說，是我家的那頭犏牛帶來的。」

「他們瞎說嘛。瘟疫是由卡瓦格博雪山下的一個魔鬼控制的，妳去問寺廟裏的活佛就可以知道它的名字。怎麼會是由一頭犏牛帶來的呢？」

這時他們才發現本民族的魔鬼於對方根本就不存在。不存在也就不敬畏，沒有敬畏，愛情便暢通無阻。

「可是爲什麼所有的人都認爲我們是養毒鬼呢？」

「他們這樣說，是因爲妳太漂亮了。」獨西捧著他女人的臉說。

「我漂亮嗎？天啦，我是世界上最醜最醜的女人了。」

「佛祖啊，那些兩隻眼睛都好好的傢伙，怎麼還發現不了一個漂亮的女人！」

「你不要哄我了，我有七八年都不敢照鏡子了。瀾滄江的水就是我最大的一塊鏡子，我在裏面看到的是一個沒有人要、一年比一年老的女人，我怕我看著看著就跳了下去。」

「哈，那是瀾滄江跟妳開了個玩笑，它讓妳等我等到現在。明天妳再去江邊看看自己的影子，峽谷裏的那些婆娘，哪個會有妳漂亮。」

事實證明獨西的話誠實而正確，不等白瑪拉珍回到家中，她已經從所有遇到的男人們驚訝的神情中，發現了自己震驚峽谷的美。他們全都在她的身後說：「天，這是誰家的姑娘？」一個漂亮姑娘引起的震動，同樣也可以使峽谷搖晃起來。

從此以後，白瑪拉珍家的井穴開始源源不斷地噴湧鹵水了，從白天到黑夜，鹵水多得淌到了瀾滄江裏。

因爲崇尙自然的納西人認爲，天地間的一切事物都是陰陽結合的產物。天爲雄，地爲雌，天地交媾，產生白露，白露聚集，才產生湖泊、海洋，也才產生了有形的生物。同樣，山爲雄，水爲雌，山水相依，便造就了哺育人們的大地和峽谷。如果一個納西女人沒有得到正常的性愛，那麼，她不僅違反了自然的法則，並受到自然的懲罰，她的靈魂也將找不到回家的路。

現在，白瑪拉珍可以昂頭挺胸地回家了。當她挺直了腰走路時，她發現她的乳房像雪山一樣高聳巍峨。

三天以後，他們雙雙到左鹽田鎮的鄉民政所領取結婚證。納西鄉長旺久高興得合不攏嘴，白瑪拉珍是他的一個遠房外甥女，爲了她的婚事，他跑壞了三雙鞋。更讓他高興的是，又一對藏納青年走到一起了。在過去的歲月中，藏納通婚不是招來戰爭，就是引起成雙成對的戀人們集體殉情。不過，旺久鄉長樂觀地認爲，這樁婚事嘛嘛溜地順利，什麼囉嗦事兒也不會有，因爲時代不一樣了，魔鬼早已遠遁。

「小夥子，你們野貢家的人和我們納西姑娘就是有緣。」

「我不是野貢家的人，鄉長，你認錯人了。我是個馬腳子。」獨西翹翹鬍子，驕傲地說。趕馬人靠腳力吃飯，人腳和馬腳連在一起稱呼，便成了操此行業的人的代稱。

「哈哈，野貢家的人在峽谷裏誰不認識呢？俗話講，牛頭可藏不進懷裏。別看你現在長成了一條五大三粗的漢子，十多年前你當放牛娃時做的事情，我現在都還記得一清二楚。」

獨西的鬍子耷拉下來了，帶著點在監獄裏向管教幹部彙報思想的正經說：「我早就和野貢家族劃清界限了。毛主席、共產黨改造了我，讓我趕馬爲生，找到世界上最漂亮的姑娘。野貢家族能給我這些嗎？」說到姑娘，他的鬍子又翹起來了。

旺久鄉長哈哈大笑，不斷拍打獨西寬厚的肩膀，「其實我們早就是一家人了，民族團結既需要政府的工作，也需要愛情的滋潤。我們要向前看，年輕人。」

獨西說了句很得體的話：「旺久大叔，峽谷就這麼大一點地方，藏族人和納西人總要碰到一起。過去的事情我不想再提起，也不想知道得更多，摟著心愛的女人睡覺比什麼都強。」

「揭瘡疤總是很痛的，把它掩蓋起來倒很容易。」旺久鄉長拿出一個橡皮章，「啪」地一聲蓋在一個紅色的小本本上，然後鄭重地交到獨西的手上，用十足的官話說：「在深入揭批『四人幫』，全國人民撥亂反正、改革開放、推進四個現代化的浪潮中，在以鄧小平同志爲首的黨中央的親切關懷下，青藏高原在起舞，瀾滄江在歡笑。我代表左鹽田納西民族自治鄉，莊嚴宣布，卡瓦格博村藏族青年獨西和左鹽田納西姑娘白瑪拉珍正式結爲夫妻。」

獨西有點招架不住旺久鄉長的「莊嚴宣布」，他接過結婚證書，翹了翹鬍子說：「旺久大叔，你的舌頭比我聽說的外國神父給人證婚時還掄得圓。不過你說的再多，我們早就是夫妻了。」

「宗教庇護一切」

四年以後，遠方的遊子安多德學成歸來，他給右鹽田村帶來了歡樂，卻使左鹽田鎮和江對岸的噶丹寺騷動不安。喇嘛們的臉上寫滿了陰鬱，因爲六世讓迴活佛在寺廟的宗教教務會議上向大家通報說，教堂的宗教活動要正式開始了。一個信天主教的藏族人將成爲西藏的第一個神父。

「他是誰？」有喇嘛問。

「他嘛，一個大概不會喜歡我們的人。」六世讓迴活佛說：「他父親的爺爺托馬斯，木龍年第一次反洋教時，被我們的人吊在樹上用箭射死了；而他的父親馬修，就是在解放時跟白人喇嘛都伯跑了的那個人。我的前世曾經在一次夢中告訴我，馬修死了，是我們喇嘛們的過錯，讓我爲他好好超渡。我不明白政府究竟是怎麼想的，讓一個兩代都和我們有仇的人回來當神父。」

「運動剛剛結束，峽谷裏才安寧了幾年，難道說又要發生宗教戰爭了？」年長的仁多老堪布擔憂地說。

「我想，還不至於吧，現在是政府領導一切，他們要照顧到方方面面的人。」讓迴活佛說：「政府告訴我，要和信外國宗教的人搞好團結。不管怎麼說，有信仰的人總比沒有信仰的人好。山羊和綿羊都是羊，都吃草地上的草。十多年前搞運動的時候，他們的人還不是跟我們一樣挨整。我的前世五世讓迥活佛說過，『酥油和水雖然不能融在一起，但是我們藏族人有打酥油茶的茶桶哩』。我們的慈悲也應該施惠於他們。」

仁多老堪布說：「現在政府搞改革開放，我到北京去開會的時候，發現外國人又很受政府的歡迎了。這峽谷裏恢復教堂，是不是也是爲了讓外國人喜歡才搞的呢？要是那樣的話，他們還會把白人喇嘛請回來哩……」

「這事跟外國人沒有關係。」讓迥活佛打斷了仁多老堪布的話，「政府的幹部說，這叫落實民族宗教政策。我們藏傳佛教的政策落實了，人家天主教的政策還不是要落實。一樣一樣囉。聽說那些納西人信的東巴教，他們也要恢復呢。」

「喔呀呀，那就不止山羊和綿羊放在一起養了，」老堪布呷了一口酥油茶，「連山嶺上的岩羊也要放在一起養了。」

「這也未必就不是一件好事。想想從前吧，大家互爲猛獸，峽谷裏一天安寧的日子都沒有，連神靈們都不耐煩了。」他又補充說：「不過，現在峽谷裏發生的許多事情，我也越來越看不明白啦。共產黨當年來到峽谷後，無論是土地、鹽田，還是土司、寺廟，他們都要改變。我們中害怕變化的人，甚至不惜身家性命，扛上槍和他們打仗。可是你們看看吧，一切又都變回去了。連他們過去的敵人土司也重新成了峽谷裏最有錢的人啦。」

那幾年，峽谷裏的確發生著超出神靈控制能力和人們想像力之外的事情。變化就像五十年代那般劇烈，如果說幾十年前的巨變是山呼海嘯般的，那麼現在則是潛移默化的，像卡瓦格博雪山下一點一點豐厚起來的冰川。可是變來變去，有些事情彷彿又變回去了，就像一個輪迴。過去土地和鹽田統統收歸人民公社，有一段時間，連吃飯都要到公社的大食堂，儘管那裏的東西是多麼地難吃，且還吃不飽。現在公社沒有了，土地和鹽田又重新分給了個人。過去人們做一點小買賣，都是一種不可饒恕的大罪，可是你看看吧，野貢土司家的兒子獨西，那個一隻眼睛的傢伙，蹲過監獄的勞改釋放犯，他最先揀起了往昔土司家的老本行——鹽巴販運生意，竟然成了峽谷裏家資上萬的人。佛祖啊，他又重新雇人爲他幹活了。只不過現在人們不叫他土司老爺，而叫他老闆。

「身在佛門的人，永遠弄不明白共產黨心裏在想什麼。」仁多堪布憂心忡忡地說：「就像他們不明白我們的神靈想什麼一樣。」

活佛說：「你只說對了一半，仁多堪布。能控制這個世界的人，也能控制你頭上的天空。擁有天空的人是最強大的。」

半個月後，寺廟得到通知，教堂的神父將前來拜訪六世讓迥活佛，讓寺廟做好準備。

喇嘛們將事情想像得很嚴重，他們認爲一切又輪迴到從前了，從北京學習回來的神父肯定會像多年前的白人喇嘛那樣，和喇嘛們來一場誰的宗教更優越的大辯論。是上帝創造了一切，還是諸法因緣而起；是耶穌的愛對峽谷的眾生更管用，還是佛陀的悲憫在關照著這片大地；是六字箴言「唵嘛呢叭咪吽」還是「主啊，求你保佑我們，寬恕我們的罪」在祈誦著峽谷的平安；峽谷的杜鵑花究竟屬不屬於遙遠的上帝，藏族人又敬又畏的來世到底存不存在。

六世讓迥活佛做好了充分的準備，他要像他的前世五世讓迥活佛那樣，用智慧和語言捍衛自己宗教的尊嚴。如果共產黨的官員不至於像他的前世所面對的那些清政府和國民政府的官吏那般缺乏公正的話，六世讓迥活佛相信他將戰勝對方。

但是事態遠遠比喇嘛們的設想簡單得多。教堂的新神父是由地區的木副專員帶來的，就他們兩個人。不像來挑戰，而像來串親戚會朋友那般隨意輕鬆。

當讓迥活佛在佛堂前見到木副專員時，發現隨同他來的神父不過是一個拘謹的年輕人。他一身黑色衣服，領口處有一塊白色的方塊，胸前掛一個小小的銀色十字架。

木副專員說：「活佛，今天我給你帶來了一個新朋友。來，認識一下，這位是右鹽田的安多德神父。」

安多德比他四年前離開峽谷時胖多了，皮膚也變白了。但更大的變化來自於他身上的矜持和審慎。如今他是神父了，不再是從前那個在峽谷裏種地的青年農民，不再是帶領外地來的紅衛兵在峽谷裏衝來殺去的少年學生。

讓迥活佛站起身來，端起一碗剛沖好的酥油茶放到神父面前，「從北京回來的年輕人，我們早就在恭候你的到來。」

安多德顯得很拘謹，向活佛道了聲謝，就找不到話說了。

佛堂裏顯得有些冷場，木學文詢問了寺廟裏的一些宗教活動，又向活佛大體介紹了安神父在北京學習的情況。而那個年輕人始終正襟危坐，寡言少語，雙方似乎一點也沒有要展開大辯論的火藥味。

讓迥活佛有些納悶了，他微笑道：「我的前世就和你們的外國神父打過交道呢。年輕人，哦，對了，安、多、德神父，我們什麼時候辯論你們的耶穌和我們的佛陀呢？」

安多德迷惑地望著木學文，木學文當然知道這兩種宗教的捍衛者曾經在峽谷裏演繹過的故事。他對安多德說：「你認為有辯論的必要嗎？」

安神父明白了，他肯定地說：「尊敬的活佛，我不是來辯論的。我希望我們不再辯論，也不互相仇恨。我們只宣揚自己的宗教，而不傷害你們的宗教。」

讓迥活佛長長噓了口氣，「感謝佛祖，你們終於明白耶穌在這片土地上應該怎樣做了。其實我們早就應該是朋友。」

然後，讓迥活佛向安多德神父伸出了自己的手。

安多德神父遲疑了一下，還是把自己的手伸了過去。就這樣，一個活佛和一個神父的手，在經歷了半個多世紀的血與火的抗爭和隔閡後，終於握在一起了。

安多德神父也有些激動，他用雙手緊握住活佛的手說：「尊敬的活佛，我們都是有信仰的人，本來就是一家人啊。」

活佛說：「是一家人，但要去的地方不一樣。」

神父說：「是啊，一家幾兄弟還各有所好呢。」

木副專員說：「這就對了，是兄弟就要互相幫助。活佛，神父有件小小的事情要麻煩你們呢。」

讓迥活佛雙手朝上謙虛地說：「請講，請講。」

安神父臉紅了，似乎下了好大的決心才說：「真的不好意思，初次見面，就來給寺廟添麻煩。是這樣，教堂在政府的關懷下就要恢復活動了，我想將教堂重新修整一下，但是，我們現在還缺一些木料和磚。聽說寺廟裏儲存有一些，能不能先借我們一點，等教堂有錢了，再還你們。」

「不就是一些木料嗎，明天我就讓人給你們送來。磚我可以讓寺廟的喇嘛們幫你們做一些。」

木副專員說：「活佛真是菩薩心腸。政府宗教部門現在錢不多，但是喇嘛們不會白出力氣的。」

活佛說：「錢不錢的你就不要提了。現在不是買一塊犛牛皮大的地方建教堂的時代啦。」

安神父對這個典故好像不知道，用詢問的眼光看著木副專員，木副專員不好在這種場合下重提舊事，便說：「活佛說得對，時代不一樣了，我們要向前看。活佛是誠心幫助你們，這對峽谷裏不同信仰的百姓來說，是一件大好事。」

讓迥活佛真誠地說：「過去的事情，我們寺廟有做得不對的地方，你們教堂要多多原諒啊。」

安神父連忙說：「活佛，都過去了。教堂也做過對不起寺廟的事情。不過，沒有永遠的仇人，只有一世的朋友。大家都是藏族人麼。」

活佛說了一句意味深長的話：「宗教庇護一切。」

吃晚飯的時候，讓迥活佛執意要留兩位客人在寺廟用膳。安多德不好意思地說，這次來得匆忙，沒有爲活佛帶一點見面禮，再在寺廟吃飯，就欠活佛太多了。讓迥活佛大度地說，真朋友不需要見面禮。當年外國神父第一次來到寺廟時，帶來了許多喇嘛們從未見到過的禮物，可是他們也帶來了我們從未遇到過的麻煩。

木學文和安神父出來時，看見措欽大殿外的廣場上站滿了喇嘛，他們用懷疑的眼光看著那個與他們不同信仰的異教僧侶。夕陽映照著喇嘛們絳紅色的僧衣，像一片湧動的紅雲。一身素黑的安神父從這在西藏隨處可見的紅色波浪中走過時，使廣場上的色彩豐富生動起來。他不知從哪裡升起來一股勇氣，對眼前的喇嘛們高聲說：

「尊敬的上師，魔鬼已經被打敗了，勝利屬於有信仰的人。仁慈的上帝歡迎你們到教堂來做客。」

❖　❖　❖

①「門巴」的漢語意思爲醫生。

②「仲永」的漢語意思爲乞丐，藏族人有時在給孩子取名時，故意用一些低賤普通的名稱，既求將來好養，也圖避讓魔鬼的注意。

③藏醫學最重要的經典著作。原作者爲八世紀的藏醫醫聖宇陀・雲丹貢布，著作時間爲八世紀末期。該書包含古印度吠陀醫學、漢地中醫學以及其他某些鄰近國家古老醫學內容，其主體則是具有鮮明的藏民族特色的醫學。全書共一五六章，用藏文偈頌體詩寫成，分爲四部分。

④《甘珠爾》也稱「正藏」，即釋迦牟尼本人語錄的譯文，成書於西元八至十二世紀，共有一一〇八卷；《丹珠爾》也稱「副藏」，是佛弟子及後世佛教學者對佛陀教義所作的論述和註疏的譯文，成書於十四世紀中葉，共有三四六一卷。這兩套經書構成了《藏文大藏經》的組成部分。

⑤苯教是西藏的原始宗教，《苯教大藏經》爲苯教文獻的最大集成，是苯教鼻祖辛饒米保的遺訓及其注疏，成書於十九世紀，原卷數不詳，現存卷數約五百卷。

⑥藏文古代歷史著作，成書於西元十四世紀中葉，記載了西藏歷史政治和宗教的源流、世系及相關史事，同時還詳細描述了西藏和周邊四鄰，尤其是漢中央王朝的關係。

第五章　二十年代

九頭喇嘛

峽谷裏的老人們至今還記得，黑色的瘟疫是在一個大風年被狂風一點一點地刮走的。

那是一場刮了整整三百六十五天的大風，瘦小一些的牛羊和孱弱一點的小孩都被狂風刮到了天空，他們就像升向天國的幸運兒，毫無牽掛地脫離了大地，在風中和瀾滄江裏的魚、山嶺上的動物、地上的牛羊、飄飛的經幡一起自如地舞蹈。

人們要用巨大的石塊壓在房頂上，才可保住屋頂的木片不被風刮飛。狂風蕩滌了一切，峽谷裏的房屋、寺廟、教堂、道路、土地等裸露在外面的東西，都被風洗得乾乾淨淨，甚至把人們的頭髮都梳洗乾淨了，許多人一年都沒有到峽谷的溫泉裏洗過澡。

到大風停止時，人們發現天地如此之新，家家的房子就像被水洗過了一樣。連噶丹寺措欽大殿外的那一排金黃色的轉經筒，過去長年累月地被信徒們的香火熏染，又被無數藏族人撫摸推動，早就在上面積澱了一層厚厚的黑色油膩物。清軍的炮火曾經錘煉過它們，但是一點也沒能改變它們的顏色。可曠日持久的大風就像一把刷子，將這些轉經筒從裏到外清洗得如同嶄新的一般。寺廟專門爲此做了一場法會，慶賀這些古老的轉經筒的新生。

那一年，峽谷的地裏沒有收到一粒糧食，鹽田裏也沒有收到一粒鹽。青稞種剛一撒下去，就被天上的神靈收走了；鹽田裏，人們才剛把鹵水倒出來，穿越峽谷的風便把田裏的水吹到天空中，一點希望也不給人們留下。

那是饑餓的一年，草根、樹皮、野果，甚至江邊懸崖下的一種白色的黏土，都是人們肚子裏的食物。許多人胃裏長出了手，從嘴裏伸出來，搶掠一切牙齒能嚼碎、喉嚨能咽下的東西。饑餓是一隻巨大的口袋，籠罩在峽谷的上空，這個口袋裏除了肆虐大地的大風，連一根枯草也沒有給人們留下。

峽谷裏唯一不餓肚子的，只有野貢家族的人，這個古老的家族不但沒有斷糧，而且糧倉裏陳年的青稞還在發黴腐爛。即便是發黴的青稞在這個時候也飄香十里，它們的香味甚至可以飄到雪山背後澤仁達娃同樣饑餓的部落。爲了青稞，澤仁達娃已在一年之內向野貢土司發動了五次戰爭，儘管每次都被野貢土司的家丁武裝趕了回去。肚子沒有吃飽的人畢竟打不過吃喝不愁的軍隊，況且連護佑他們的戰神也是饑餓的。

那是澤仁達娃接連走背運的時期。澤仁達娃在十八歲那年殺了野貢・江春農布後，他在回部落的路上摔了一跤，從馬上滾到一百多米深的一條山谷裏，但是他卻連擦傷都沒有。但那是神靈對他的警告，雖然他大難不死，可從此以後，澤仁達娃的一生再沒有用過自己的好運了，直到他多年以後把它交到野貢家的另一個後人身上。

民國以後，澤仁達娃率領雪山部落的大部分康巴好漢，加入了與漢人軍隊打仗的藏軍隊伍。把自己的部落輕率地拖入到與官府連年不斷的戰爭中，並最終使這個延續了近十代人的部落走向衰落，是因爲「九頭喇嘛」的故事燃起了澤仁達娃反叛的怒火。

澤仁達娃是在雪山下的一座水碾房裏見到「九頭喇嘛」的。那天，有個牧人來告訴他，從水碾房下的水溝裏淌出的水全是紅色的鮮血，他便帶了幾個人來到水碾房察看。他們看見一個沒有頭的喇嘛在水溝邊清洗自己的頭顱，旁邊擺著一個已經很破舊的羊皮鼓。

那被洗的頭顱還在說話哩，它說：「趙將軍可以砍下我的頭，但草場萬萬不可開墾。草場上不會生長莊稼，只能養育牛羊啊，沒有草場就沒有了牛羊，沒有了牛羊，就沒有了藏族人啊。」

那頭顱邊哭邊唱，邊唱邊淌著鮮紅的血。澤仁達娃一聲驚呼：「哦呀，那不是敦根桑布法師嗎？」

但是他們向前走，法師就向後退，水碾房也跟著向後退。他們永遠走不到敦根桑布的身邊，就像聖潔的卡瓦格博雪山峰頂，你看得見、感受得到，但作為一個凡人，神靈早就規定好了你與神界的距離。

澤仁達娃急得大喊：「上師，你真的是能騎在鼓上飛行的敦根桑布法師嗎？」

苯教法師的頭顱說：「我就是敦根桑布。」

澤仁達娃問：「法師，誰要開墾草場啊？」

頭顱說：「趙屠戶趙將軍。」

這個被藏東地區的藏族人視為惡魔的屠戶將軍，澤仁達娃當然知道，不過，早有傳說他被藏族人打死了，看來魔鬼真的不止一條命。

「他開墾草場了嗎？」

「他把我的頭砍下來了。」

「哦呀！」

「砍下一個頭後，我又生了一個頭。」

「哦、哦呀！」

「又砍下一個頭，我再生一個頭。」

「哦呀呀……」

「再砍，再生。」

「哦……」

「生了九個頭，砍了九次。」

「……」

「這是最後一個頭，也被他砍了。趙將軍說，你就是有一萬個頭，也不能阻擋我開墾草場。我的士兵年年要吃十萬斤糧，你們能年年拿十萬個頭來阻擋？」

藏族人跪在法師沒有頭顱的身軀前，哭成了一片。

「康巴的漢子們，上馬呀！」澤仁達娃躍上了戰馬，抽出了馬刀。從那天以後，他就沒有再回過自己的部落，常常連睡覺做夢都是在馬背上。

藏東地區二十三個雪山下的部落和三十六個草原遊牧部落只要一聽到「九頭喇嘛」的悲壯經歷，都立即召集起牧場上的漢子們，躍上戰馬，打著嗜血的口哨，殺向官軍駐防的軍營。那是一場波及到藏東十六個縣的連綿日久的戰爭，「九頭喇嘛」的故事傳到哪裡，哪裡的戰火馬上就燃燒起來了。

但是漢人的軍隊越打越多，戰事的消息在大風中被吹得七零八落。牧場和村莊狼煙滾滾，一會兒說漢人軍隊被大風全部吹到瀾滄江裏去了，一會兒又說風把更多的漢人軍隊吹回來了。更有傳言說，拉薩的漢人軍隊被大風吹到印度，印度的佛陀運用超強的法力，讓他們紛紛皈依了佛門，成為了佛法的護法神。

許多參加戰鬥的藏族人都認為，他們所反抗的是中國皇帝的「叛軍」。因為這些「叛軍」穿著短小的灰色軍服，腦袋上戴著圓盤帽，還敲打著洋人的洋鼓，喊著洋人的口令打仗，和從前中國皇帝梳著小辮子、背後寫著「兵」字的軍隊完全不一樣了。他們為一個已經倒臺多年的皇帝浴血奮戰，並不是他們想對皇帝表示出自己的忠勇，而是駐紮在藏區的官軍在新舊政權交替時期的胡作非為，已到了令人不能容忍的地步。

那場曠日持久的戰爭，就像一場巨大的遊戲，指揮作戰的藏軍將領更多地依助神靈的幫助，而不是那些驍勇善戰的康巴騎手。澤仁達娃和他部落的馬隊有時長達半年多沒有和敵人打過戰，即便漢人軍隊就在看得見的山谷裏，馬隊只要一個衝鋒，就可以將那些不善騎戰的漢人軍隊衝得個七零八落。

但是藏軍將領通過占卜認為，這一天不宜打仗，軍隊應該到寺廟裏去燒香。而有時藏軍將領們的占卜又過分依賴佛法的各路神靈，有一次，一個藏軍代本①命令澤仁達娃一百多人的馬隊去進攻一座有三百多官軍據守的要塞，並說護法神已經明示，當馬隊發起衝鋒時，漢軍士兵的槍栓將扳不到槍膛上，因為一個法力強大的高僧已經做了隆重的法事，況且，「還有喇嘛迎請來的天上的陰兵從後面抄他們的退路。」但是當澤仁達娃帶隊衝鋒時，他遇到了雨點一般密集的子彈，他的戰馬中了四彈，他從馬上被摔到漢人軍隊的槍陣裏，打過來的子彈讓他透不過氣來，一顆子彈鑽到他的肚子裏，兩顆擊中了他的腿。當他爬回到自己人的陣地時，腸子拖了一里長。彷佛那不是他的腸子，而是一段沒有斬盡的孽緣。

澤仁達娃惱怒地對藏軍的一個代本嚷：

「佛祖啊，他們的槍栓拉得比誰都俐落。你給我召請的陰兵呢？」

那個代本也抱怨道：「魔鬼的軍隊，連陰兵也害怕。你的腸子怎麼辦？」

澤仁達娃把腸子一把一把地拖回來，一大團地捧在手裏，那上面沾滿了泥土和草根，他也不仔細看一看，隨便挽幾挽，就把它們統統塞進肚子裏了。

一個隨軍征戰的活佛過來，將溫熱的手掌捂在傷口處，念了一段經文，澤仁達娃泉水一樣往外湧的鮮血才止住了。在後來的三個月時間裏，魔鬼控制了他的語言，他喊出的胡話人們要麼聽不懂，要麼被嚇得躲得遠遠的。

有一年的時間裏，他沒有騎到馬背上。那次他能奇蹟般地活回來，讓活佛也感到不可思議。因爲那個活佛後來說，有一天，他看見魔鬼用一根繩索拖著澤仁達娃的身體往地獄跑，但是澤仁達娃反把魔鬼拖了過來，然後像扔一顆松果那樣，把魔鬼扔得遠遠的了。

六年的戰爭過後，藏東地區再也見不到一個漢人士兵，連漢人官吏都不見蹤影，彷彿他們真的做了藏族人的護法神或者被風吹跑了一樣。其實，不是他們在藏區鬧夠了，而是他們陷入了中國軍閥大混戰的爛泥潭。

但是澤仁達娃當初帶出來的四十八條康巴漢子，如今只剩下二十一個騎手了。他們長年累月地在馬背上顛簸廝殺，他們的村莊被前來進剿的漢人軍隊燒了個精光，他們的女人孩子都躲到連他們也不知道的地方，他們的牛羊要麼是被漢人軍隊掠走，要麼是餓死凍死了。他們再沒有了曾經能放牧、能唱歌、能繁衍後代、能祭祀神靈的村莊。馬背成了他們唯一安身立命的地方，他們忘了節令，不知寒暑，甚至已經不會農耕放牧了。

有一天，饑餓的澤仁達娃立馬在峽谷的一座山頭上，看著河谷底的村莊和江邊的鹽田，忽然對他身後同樣饑餓的康巴弟兄說：

「活佛說過的那些話，經書上的那些戒律，不能幫我們填飽肚子。這個亂世如果我們要想活下去，首先得把自己變成一群魔鬼。」

濟貧就是借貸給上帝

峽谷裏連上帝也是饑餓的，沙利士神父已是第三次屈尊來到瀾滄江的西岸借糧了。他已經能在這條橫跨在瀾滄江兩岸的藤篾索上身輕如燕地飛翔，甚至能嫻熟自如地控制自己在溜索上的速度。

他曾在日記中寫道：

「藏族人是最直截了當的民族，與其興師動眾地架一座橋，還不如拉一根藤篾索來得更方便，反正都是從此岸到彼岸。而走路過去和飛過去，境界是大不一樣的。對於一個要想在峽谷地區生活下來的人來說，如果他不能掌握這門技術，那麼他的世界就只有一半。」

神父在一個天空陰霾的下午，帶教堂的雜役馬修拜訪了野貢土司的大宅。土司依然那麼肥胖，氣色依然那麼紅潤，彷彿他不是身處於一個餓殍遍野的峽谷。與他相比，面帶菜色、瘦得只剩一層皮的沙利士神父就像一個難民。

他和自己的教民一樣，已經吃了一個多月的草根和樹葉麵粥了。沙利士神父在兩個月前曾經向打箭爐教區的勞納主教申請了一批糧食，但是馱運糧食的馬幫剛一走進峽谷，就被大風吹到了空中。

沙利士神父當初不相信風會把一整隊馬幫吹到天上去，但是當教民們指給他看那些在峽谷的雲層之上飄忽不定的馬匹和趕馬人時，他才對峽谷的風有了最爲深刻的印象。

「那些可憐的趕馬人彷彿還在日夜兼程地行走，只不過他們不是走在大地上，而是走在雲端之間。他們就像一群在天國趕馬的勤勞但不走運的中國人。」

沙利士神父在當天的日記中寫道。

「我不相信你們會沒有糧食。我聽人說，你每隔七天便給餓肚子的人施捨呢。」野貢土司在他的火塘前對沙利士神父說。

「啊，尊敬的土司先生，我們現在只能給窮人們一點樹葉熬的湯喝了。要不了幾天，連樹葉都不會有啦。在仁慈的上帝面前，你怎麼能看到自己的族人一個接一個地餓死呢？」

野貢土司巨大的火塘上燉著三口大鐵鍋，它們是連在一起的。一口燒著滾熱的水，一口燉著蘿蔔羊肉湯，那裏面有一整隻羊腿，另一口鍋裏則煮著狗食。

對同樣饑餓的沙利士神父來說，肉的香味他也有好幾個月沒有聞到過了。從他的腳一落在瀾滄江西岸的土地上起，他就聞到蘿蔔燉羊肉的清香，到他進土司的大宅、被迎請到火塘邊時，他幾乎幸福得暈過去。不是想到自己馬上就可以大吃一頓，而是食物的香味已經讓他不能自持。馬修肚子裏有一隻手幾次想從喉嚨處伸出來，但是神父嚴厲的目光把它壓了回去。

野貢・頓珠嘉措胖得下巴直接擱到了胸脯上。在沙利士神父看來，這個土司幾乎每年都要胖一圈，聽說土司大宅裏的一些門年年都要拆了重修，不這樣的話，野貢土司就不能從這些門裏進出，儘管他才三十多歲。

沙利士神父不明白他為什麼要讓自己胖得如此難受，但就是他的教民也認為，肥胖是尊貴和富裕的標誌。峽谷兩岸的藏族人常說的諺語是：如果你的腰桿有野貢土司的脖子粗，你說的話就可以讓峽谷搖晃。

「請喝茶吧，神父。」野貢土司把一碗打好的酥油茶遞給沙利士神父，並不給神父身後的馬修，「這是最後一點茶沫打的茶了。我們藏族人形容一個人倒楣，就說他窮得買一塊茶磚的錢都沒有了。現在我就是這樣的人。神父啊，西藏的宗本、代本有幾年沒來峽谷地區了，漢地官員也不管我們，我們就是全部都餓死在這條峽谷，外面世界的人也不會知道。」

沙利士神父說：「他們要是真的來了，對你不一定就是件好事。」他把那碗茶轉手遞給了身後的馬修，馬修一口就把碗裏的茶飲盡了，他本想為神父爭點氣的，但是胃裏那隻焦慮的手一點也不給他面子，把滾熱香甜的茶一把拽了進去，讓他險些嗆住。一絲嘲諷浮現在野貢土司的臉上，神父感到有些不自在。

野貢土司大概看出了沙利士神父的窘態，他讓人盛了碗羊肉湯放在神父的面前，「來，神父，先喝碗羊肉湯吧。」

沙利士神父咽下從饑餓的胃裏泛上來的口水，「尊敬的野貢土司先生，我是來借糧的，並非是來喝你熱情的肉湯。我的教民們、還有那些缺糧的難民，在等待你的仁慈。」

「哦呀，神父，我還不夠仁慈嗎？我的地裏，我的鹽田，一年都沒有一個佃戶交來一粒糧食、一顆鹽，可是我沒有把他們關進地牢，沒有給他們穿木靴，甚至沒有打過他們。我只是給他們記在帳上就行了。請問，天下還有我這樣仁慈的土司嗎？就是你們法蘭西國也不會有。」

「濟貧就是借貸給上帝，在天國裏你會得到回報的。打開你的糧倉吧，借我五十馱騾子的糧食。」沙利士神父不想再和野貢土司繞彎子，他發現他說話越來越像那些漢地的官員。

「啊，神父，在這年月，糧倉是不能輕易打開的，風會把糧食全部吹到空中，現在連神靈都是饑餓的呢，他們的法力會把所有在陽光下晾曬的糧食收走。還有那些胃裏長著手的饑餓的人們，也會在天空中把隨風飄撒的青稞攔截下來。現在不要說一粒糧食，光是空氣中有一丁點兒糧食的味道，就會引來一場戰爭。」野貢土司搖頭晃腦地說，並把手指向火塘上方的天窗，彷彿上面真有一個會掠走一切糧食的神靈一樣。

「你可以用銀子把剩餘的糧食壓住。我付給你銀子，價錢由你定。」沙利士神父鄙夷地說。

「噢，神父，我不需要銀子。現在誰需要銀子呢？我們這裏有一個故事說，在洪水滔天的年月，峽谷裏只逃出來了兩個人，一個是有錢的財主，他帶了一麻袋的銀子；一個是種地的窮人，他帶了一麻袋的青稞。兩個人逃到一個山頭上，四周都是洪水，財主開初還嘲笑窮人真是種地的命，逃命都捨不得青稞。可是到洪水退了的時候，財主的麻袋空了，窮人的麻袋裏卻裝滿了銀子。聰明的神父，這是爲什麼呢？」

「這正體現了上帝的公正。不憐憫別人的人，必不被人憐憫。」神父直截了當地說：「你最需要的是什麼，你明白嗎？是上帝的仁慈。」

「你錯了，神父。」野貢土司再給沙利士神父續了碗茶，「我最需要的東西，在你手裏。你把它們給我，我就給你糧食。」

「除了我的聖職，我什麼都可以給你，甚至我的生命。」沙利士神父說得非常堅決。

「二十條九子快槍，一千發子彈。只有它們才壓得住我的糧食。」野貢土司笑呵呵地看著沙神父說。

沙利士神父沈默了，自從杜朗迪神父第一次把槍給了這個貪婪的土司後，峽谷裏的戰爭就不斷升級，因爲打仗死的人遠比餓死的人還多，因爲戰爭引起的災難遠比饑荒引發的災難更爲嚴重。歐洲的戰爭結束了，這裏似乎還看不到和平的影子。

如今峽谷地區有一支藏族民謠是這樣唱的：

「叫你去拿木耙，你卻去拿鋼槍；叫你去割青稞，你卻去燒（人家）房子；叫你去轉神山，你卻去搶馬幫。」

和漢族人打了那麼多年的戰，雖然藏族人看似勝利了，但卻留下比牛毛還要多的土匪。

「很遺憾，你要的東西我沒有。」沙利士神父站起身來準備告辭。

「那麼，你要的糧食我也沒有。」野貢土司傲慢地說。

在沙利士神父走出野貢土司宅院的大門前，他回頭對馬修說：「我主耶穌說過，『駱駝穿過針的眼，比財主進天國還容易』呢。當財主下地獄時，他想要得到上帝的憐憫，比我們借糧食濟貧還要困難。」

野貢土司向天上翻翻白眼，「你的地獄跟我沒有關係。」

沙利士神父從來沒有想到過一場大風會刮那麼長的時間，從大風剛刮起來的那一天起，他甚至還在佈道中頌揚了這場清新痛快的大風。

峽谷裏的死亡之氣將被這上帝遣來的大風吹走，耶穌將顯示他的奧跡，把一個嶄新的世界帶給普天之下的人們。他用渾厚的男低音莊嚴地宣布說。

但是後來在大風刮得最慘烈的日子裏，他已經沒有心思來擔憂地裏的莊稼、受災的教民，而是不得不爲教堂的安全日夜提心吊膽。

聳立在山頭上的教堂雖然佔據了戰略上的有利地形，但是峽谷裏的大風卻使它像驚濤駭浪中的一條小船，隨時都有可能被吹到瀾滄江裏去。沙利士神父慶幸自己當初沒有把教堂建成哥德式的，如果教堂的尖頂再被大風吹走，他將如何再次向自己的教民們證明上帝的意志和力量呢？

符合西藏建築特色的看似笨拙的教堂，在大風年有效地抵禦了來自空中的威脅，這在無意間似乎證明了一個不可抗拒的意志：在西藏，它博大的山巒大地可以容納你幹許多事情，但你不能做得太過分。

那時沙利士神父還不能透徹地理解峽谷裏的藏族人、納西族人對待自然的態度。險惡的自然環境和嚴酷的生存條件，使人們與自然的關係順理成章地成爲了人與神的關係。面對惡劣的自然條件，人不能控制的東西越多，人就被看不見的神靈控制得越多，更何況還有人和人的因素。

給沙利士神父馱運糧食的馬幫即便可能在臨江的棧道上被大風吹下瀾滄江，但吹到天空中的雲層之上，則是藏族人爲了寬慰焦急的神父的心。

那隊可憐的馬幫剛一進峽谷，糧食的香味就被澤仁達娃嗅到了，他的馬隊神不知鬼不覺地就將一整隊馬幫掠到了雪山上。當他們走到雪線以上時，峽谷底的人們望上去就像在看一些在雲端中行走的人。沙利士神父沒有上過雪山，他不知道峽谷多變的氣候和怪異的光線會讓人產生一些不可思議的視覺錯誤。這不是上帝的傑作，而是瀾滄江峽谷的幽默。

沙利士神父帶馬修回到瀾滄江東岸時，一個納西商人在江邊的溜索處正等著他。

商人對神父躬身施禮道：「神父，在饑餓的峽谷裏，銀子和錢換不來糧食。」

沙利士神父好奇地看著他，「那你說什麼東西可以換來糧食呢？」

「你們宣講的仁慈和我們納西人的美德。」商人說。

這人名叫和德忠，人長得精悍矮小，其貌不揚，但他卻是納西人村莊中最有勢力的馬幫頭領，自沙利士神父帶人開通了前往雲南的驛道後，得到最大實惠的並不是教會來往傳遞的教皇諭旨和上帝的福音，而是那些在驛道上辛勤趕馬的馬幫們。

「啊，仁慈和美德，」神父感嘆道，「我不知道現在能吃飽肚子的人心裏，還有沒有這件珍貴的東西？」

「神父，人和人是不一樣的。」和德忠說：「我剛牽了五匹騾子的糧食到教堂裏，你可以施捨給那些餓肚子的人了。」

神父感動得險些掉下了眼淚，他拉住和德忠的手說：「仁慈的人，上帝會看到你的義舉。憐憫窮人的人，有福了！」

「我只希望一個義人能知道我的仁慈，因爲他的義舉成就了我的今天。神父，如果你們的上帝什麼都能做到，替我帶個信給他吧。我等待著他來家裏做客。」

和德忠說完這話騎上馬走了，神父看著他的背影，久久收不回感激的目光。

和德忠說的那個義人，現在還是峽谷裏一個謎一般的人物，他們之間發生的故事，就像古時候的傳奇一樣讓人匪夷所思。

多年前，他家中只有一匹高大健壯的騾子，和德忠視牠如自己的兄弟，還給牠取了一個名字「德福」。「德福」雖然不能給和德忠家帶來巨額的財富，但至少可以讓他和他的老母親填飽肚子。

可在一個雪花飛舞的傍晚，和德忠趕著「德福」，在江邊的山道上碰見了一個蒙面大漢，他像一座黑金剛一般立在山道上，手裏拿著一把雪亮的康巴藏刀，更可怕的是他的那雙眼睛，像黑暗裏豹子的目光。

那蒙面大漢說：「兄弟，我被人追趕。借你的馬來用用。」

和德忠知道自己不是蒙面大漢的對手，只有哭喪著臉說：「可是我還指望這匹騾子能給我和我的老母親掙來腹中的口糧呢。」

蒙面大漢說：「要是我過得了江，我就不會借你的騾子，你的老母親也就不會餓肚子了。誰叫我們沒有喇嘛們的法力呢。」

他一把奪過韁繩，將騾子上的貨物掀下來，翻身跨了上去。這時，山道遠處已傳來追趕者的槍聲和馬蹄聲，蒙面大漢提韁奔跑之前揚起了手中的康巴刀，和德忠嚇得蒙住了眼睛，哭著說：「別殺我，我還沒有娶老婆呢。」

蒙面大漢嘆了一口氣，「還有你這樣比我更走背運的人。兄弟，你記住，一年以後，我會還你的騾子的。」

那年月十個被搶的人，有五個能活著回來的，就算命大運氣好了，誰還能指望一個劫匪會還給你被搶的東西。可是一年以後的一個早晨，和德忠在家裏聽到一陣熟悉的馬蹄聲，他推開房門一看，竟然看見了去年被搶走的騾子。

更讓和德忠不敢相信的是，騾子背上還馱有兩大麻袋沈甸甸的青稞。他當時想，人家可真是一個義匪，還沒有忘記我和我那餓肚子的老娘。可是等他把麻袋裏的東西倒出來時，他和他的老娘頓時被嚇暈過去了，半天才醒過來。

那是整整兩麻袋的大洋啊。

和德忠捐給教堂的糧食，緩解了峽谷的饑餓。沙利士神父曾經問他願不願意領洗入教，但和德忠像所有的納西人那樣，固執地認爲，我們納西人已經有很多的神靈需要照顧了，你們洋人的神靈即便再好，和這大地上的萬事萬物有什麼關係呢。我行善和你們的上帝沒有關係。

他還向峽谷裏的人們宣布，他將捐資在瀾滄江兩岸架設一座吊橋。他說他將請在印度的英國工程師來設計這座吊橋，讓人們今後可以像法力高深的喇嘛們那樣，從瀾滄江上空走路過去。他還說，他建這座吊橋其實並不是爲了今後馬幫們的行走方便，而是爲了感謝多年前那個被瀾滄江水阻隔、而不得不搶劫了他的騾子的義人。

探尋與迷失

教堂新來了一個名叫巴勃的神父，他是一個傳教史方面的專家，尤其對羅馬傳教會在東方的傳教歷史深有研究。

在來鹽田教堂之前，他曾在澳門、溫州、天津等地傳過教。這是一個性格孤僻古怪、書卷氣很重的傳教士，沙利士神父從勞納主教寫來的推薦信中感覺到，巴勃神父和教會的同仁們不太合群，似乎在哪裡都受到魔鬼的作弄，按他的資歷和學識，他至少也應該升到主教一類的聖職了，但是他現在連一個本堂神父的名分都沒有。

勞納主教在信中明確指出，他是來協助沙利士神父工作的。如果他能在你的幫助下開闢一個新的教點，上帝會感謝他；如果他在瀾滄江的大峽谷中能證明羅馬傳教會幾百年來在中國——尤其是在西藏——的傳教是符合上帝旨意的，羅馬教皇會讓他吻其尊貴的腳背。

沙利士神父從這些揶揄的文字中讀出了巴勃神父的處境。他很同情這個比自己還年長二十多歲的老傳教士，但是當他第一次站在他的面前時，他感到一股刺骨的陰風被巴勃神父帶來了。他似乎終生都與風有關，他一來就趕上了吹了一年的大風，他最終也必將消失在風中。

與巴勃神父一同來的，還有一個來自澳門的修女薇娜，她乾瘦而精悍，對上帝的事業充滿熱情和理想。與身材普遍高大健壯的康巴女人比起來，薇娜修女就像一個中學生。但不管怎麼說，巴勃神父和薇娜修女的到來，讓沙利士神父感到了教區主教大人對目前在西藏唯一的教點的重視，從今以後，他不再是在西藏孤軍奮戰的鬥士了。

而教會方面的考慮則更爲深遠，勞納主教在給沙利士神父的信中還說，「和你的傳教點隔著一座大雪山下，美國『五旬節』教派的牧師們已經在靠近藏區的傈僳人中開展工作了。我相信他們要去的最終目的也和我們一樣——聖城拉薩。」

勞納主教說的那個地方，就是卡瓦格博雪山背後的怒江大峽谷，那條峽谷和瀾滄江峽谷幾乎是平行的，也是一條前往西藏的通道，卡瓦格博雪山是這兩條大江的分水嶺。

「可惡的美國人，到處他們都要插上一腳。」沙利士神父想到自己的光榮將要被美國人搶先，心裏便不平衡起來。但轉念一想，這又有悖上帝的旨意，於是又說：「傈僳人是比藏族人更原始野蠻的民族，『五旬節』教派的牧師能在那裏站住腳，也不容易啊。願主保佑他們。」

但是巴勃神父的回答是：「只有品質符合上帝的性質的人，才可以在天國裏佔有一席之地。一個不合適的彌賽亞[2]，無異於乾柴下的火星。」

沙利士神父當時就像被嗆住了，他不知道教會怎麼會派一個悲觀傲慢的、與西藏格格不入的傳教士到這裏來，他冷冷地說：「巴勃神父，你和薇娜修女的當務之急，是儘快學好藏語，這將有助於你們認識西藏。耶穌所要求的純樸而自然的虔敬，純潔而正直的生活，對一切人無私慷慨的仁慈，這裏的人們從來都不缺乏。如果有可能，你們還應該學習一些藏傳佛教的基本知識，或者瞭解點東巴教的常識。一個只懂一種宗教的人，並不算真正懂得了自己所擁有的宗教。」

不過，巴勃神父的到來，還是讓沙利士神父看到了右鹽田傳教點向前發展的希望，尤其是在得知美國人在雪山背面怒江峽谷裏的情況時，沙利士神父似乎聽到了競賽場裏的呼喊加油聲。

雨季來臨之前，兩位神父匆忙組織了一次向西藏腹地的遠征，右鹽田二十個帶槍的教民參加了這次沒有明確目的地的遠行。

沙利士神父在出發前曾經樂觀地說：「如果運氣好，我們或許可以到拉薩。要是運氣再好一點，我們甚至還可能把十字架立在佛教徒的聖城。」因爲沙利士神父深知在西藏，運氣是個重要因素，它和人的努力和上帝的護佑一樣不可或缺。

神父們打算沿著瀾滄江峽谷裏的驛道逆流而上，既考察沿途的民風民情，也看看是否還有把傳教點再往前發展的可能。可是他們只往上游方向前進了兩百多公里，就與當地土族發生了大小十多場衝突。

不是人們對上帝的福音不接納，而是他們對兩個有著魔鬼一樣眼睛的洋人心存恐懼和仇恨。在一個村莊裏，他們被三百名藏族人包圍了五天，人們向神父們提出了一個古怪的要求，如果耶穌比他們世代信仰的佛祖釋迦牟尼更有法力，那麼，請你們的耶穌幫我們降服村後雪山上那個專吃小孩的惡魔吧。

有一次，他們沿著一座看似不起眼的雪山山腰前進時，憤怒的藏族人把他們驅趕到了山腳下，雙方爭執了半天才弄明白，原來這是當地人的神山，所有的過路者都必需沿順時針方向行走，逆時針方向過雪山的只能是魔鬼。而在一條險峻的山道上，沙利士神父險些被山頭上滾下來的巨石擊中，山頂卻一個人也不見。

其實令沙利士神父退縮的，還不僅僅是藏族人的仇視和藏區腹地神秘莫測的宗教環境，越來越升高的海拔和日益稀少的人煙，才是令他心灰意冷的主要原因。自一出了峽谷，海拔都在三千五百米以上，其中還翻越了十來座海拔五千米左右的大雪山。

巴勃神父在過第九座大雪山時，患上了嚴重的高山病，差一點把命都丟在那座不知名的雪山上了。他氣喘吁吁地對沙利士神父說：

「如果我們是去尋找約翰長老③的王國，我認爲它就深藏在我們永遠也到不了的前方；但是如果我們翻越這些世界上最難跋涉的大雪山，只不過是去發展新的教點，我認爲這樣遙遠的傳教點大概也是短命的。三百多年前，教會在西藏的西部就有過如此的教訓了。」

「只有上帝知道，約翰長老王國的城門在哪裡。」沙利士神父在瀰漫的風雪和稀薄的空氣中，終於喪失了信心和勇氣。他想，也許群山深處的約翰長老王國的後裔並不一定喜歡一個現代基督徒去打擾他們與世隔絕的生活。

一個月後，這支遠征隊被迫返回。當沙利士神父回到自己的房間，看到桌子上那些鋪了一層灰的納西東巴經書時，他忽然明白上帝要他做的事情是什麼了。

最近幾年，沙利士神父開始對東巴教產生了濃厚的興趣，並不是納西人的多神崇拜使他對上帝產生了懷疑，而是納西人的東巴象形文字引起了歐洲學術界的震驚和轟動。這個事件的肇始者就是沙利士神父。

多年以前，他透過郵件，給巴黎國家博物館郵寄了兩本東巴象形文字的經書。這兩本由樹皮紙書寫的經書，是東巴和阿貴的一個侄兒偷偷賣給他的。自從沙利士神父在鼠疫橫行的年代裏見到了納西人喪葬儀式中珍貴的《魂路圖》後，他就對這個民族怪異詭譎的文化著了迷，但是東巴和阿貴卻對沙利士神父深懷敵意，他有個令沙利士神父哭笑不得的說法：

「天地間自古就有可以看的和不可以看的東西，有看了養眼睛的和看了傷眼睛的東西，東巴象形文如果被藍色的眼珠看得太多，邪惡的穢氣將會污染我們的經書，得罪納西人的神靈。」

不過這難不倒聰明的沙利士神父。那個東巴祭司的侄兒兼學徒和令高正準備結婚，手頭上有些緊，沙利士神父用一匹羊的價格，就從和令高那裏買到了兩本他偷偷臨摹的東巴經書。因爲作爲一個東巴學徒來說，不僅要跟著師傅學做各種法事，念唱經文，能臨寫一手好的東巴象形文，也是必須掌握的技藝之一。

在歐洲露面的東巴象形文經書令歐洲的學者們大爲驚嘆，人們將之讚譽爲「遠東自甲骨文之後的又一重大發現」。學者們和各學術機構紛紛來函向他索要「人類啓蒙時期的原始圖畫文字」。沙利士神父由此而在歐洲名聲大振，人們甚至把他看成一個勇敢無畏的探險家、文化人類學家，有的大學甚至邀請他回歐洲去演講。

這倒讓沙利士神父始料不及，他是作爲一個傳教士來到西藏的，如果是神學院遞過來的教鞭，他會很樂意地接受。但是那些從沒有見到過瀾滄江峽谷的學院派的學者們，你如何跟他們講得清納西人萬物有靈、多神崇拜的宗教觀呢？

歐洲對東巴象形文字的重視，促使沙利士神父在侍奉上帝之餘，對納西人的文化和宗教多了一份關注。他經常往左鹽田跑，不是去發展教民，而是去搜羅散落在民間的東巴經書。

和萬祥在逐步改變對沙利士神父的看法，當他感到沙利士神父已放棄了讓納西人信奉天主教，而自己反倒對納西人的宗教產生了興趣的時候，他便對和阿貴說：

「我們的文字裏一定有現在還不知道的魔力，它能抵禦洋人的穢氣。當他們見到我們的『署』神時，他們就不敢再提他們的耶穌了。既然洋人的經書可以拿到峽谷裏來，我們的經書也同樣能拿到洋人的國家裏去。讓他們看看，納西人的神靈也是尊貴的。」

和阿貴說：「要是他真敬重我們的神靈，我甚至還可以教他識讀東巴文呢。我是怕我們又中了白人喇嘛的奸計。當年他們跟噶丹寺的喇嘛學佛教經文時，像個學童一樣謙虛，學出來後，就一巴掌把老師打倒了。洋人畢竟跟我們不是一個祖先，誰知道他們肚子裏的腸子有幾道彎。」

「即便洋人肚子裏的腸子要比我們的多繞幾道彎，但他們至少是憐憫窮人的人。」和萬祥說：「不管怎麼說，在大家都肚子餓的時候，這個白人喇嘛還想得到在路邊支一口大鍋，給窮人粥喝。」

由於和萬祥對沙利士神父有了好感，和阿貴就不能阻止沙利士神父不斷搞到東巴經書了，而且他後來弄到的不是臨摹本，而是一些納西人家的珍藏本了。

有些東巴經書年代久遠，讓沙利士神父捧著它時，心裏就一陣陣發顫，憑直覺，他也可以判定這些發黃發黑、掉角捲邊的樹皮紙經書，至少也有幾百年的歷史。但是當他發現納西人是個沒有時間概念和歷史感的民族時，他不知該爲他們感到悲哀還是該感謝上帝。創世紀時期的神話故事在他們的口中說出來，就像是在上幾輩人中發生的事情；而峽谷裏剛剛發生不久的事件，納西人又常常將之說成是很久很久以前的故事。

沙利士神父每到納西人的家中做客，就像走近了一間滿屋子古董的房間，主人對陪伴他們一起渡過漫長歲月的東西毫不在意，沙利士神父常常可以用一小口袋青稞，就換來一本價值連城的東巴經書。

經過幾年時間的收集，沙利士神父已經有了近千本東巴經書了。這是因為到後來，他已經不理會歐洲各學術機構的徵購要求。他要自己保留這些東西，並且學習它們。彷彿是上帝的旨意，他對東巴經文的熱愛，超過了當年他跟隨杜朗迪神父在噶丹寺學習藏傳佛教時的熱情。在和萬祥和幾個納西老人的指點下，他已能識讀一些常用的象形文字，他的雄心是要做歐洲第一個能破譯納西東巴經文的人。

在那些緩慢而艱難的歲月裏，教堂的神父們除了每日早晚的禱告，漫長的白天中，就像兩個隱居在深山裏的學者，一個面對納西人文明的碎片——象形文字——冥思苦想，一個卻迷失在傳教會在東方斷斷續續的傳教歷史之中。

兩個神父平常的交談也少有愉快，除了侍奉同一個上帝之外，他們再沒有其他的共同之處，似乎與人搞僵是巴勃神父的特長。那些像曇花一現地散落在古老東方大地上的教堂，那些被傳教會不斷派遣到東方來的堅韌刻苦而又命運不濟的傳教士，時時都在撕扯著巴勃神父灰色的心靈。

如果說沙利士神父對東巴象形文字的著迷，是對一種遠古東方文化的熱愛的話，那麼，巴勃神父對教會在東方傳教史的研究，則是對未來傳教工作的徹底失望，因為在書籍中，他沒有看到多少成功的傳教範例。而現實中的傳教工作則比書籍中的記述更令人難以容忍，上帝的事業就像陷入了一眼望不到頭的泥沼裏，不要說掙扎出來向前邁一步，能保住自己不被淹沒，就算是上帝天大的恩賜了。

巴勃神父時常這樣想：我們是在沼澤地裏建上帝的教堂。

巴勃神父帶來了十匹騾子的書籍，他一來到右鹽田的教堂，不是儘快地熟悉自己的工作，不是花更多的時間在教民中走訪，也不是對當地的民風民情表現出相應的熱情，而是把自己整個兒埋進了書堆裏，彷彿他是羅馬神學院的教授。

他陰鬱少言，落落寡合，對教民缺少一個神父應有的愛和熱情，即便散步時遇見虔誠的教民，人家向他問安，他也懶得回應。生活艱苦並不是巴勃神父的苦難，孤獨寂寞也不是他終日憂鬱的原因，他的憂傷更不是耶穌在客西馬尼園的憂傷④，而是一種看出了上帝的旨意錯誤了的憂傷。

右鹽田的教民經常可以看到這個滿臉鬍鬚、面色陰沈的神父，在傍晚時分於落寞的山道上徘徊而行。他的鬍鬚是淡黃色的，亂蓬蓬的遮蓋了他大半張臉，使他本來就沒有表情的面部更加神秘幽深。

噶丹寺的喇嘛們放出的咒語在風聲流傳，這個新來的黃鬍子白人喇嘛是風鬼的化身，是他帶來了經年不息的大風。看看山梁上枯黃的草吧，都是被他的黃鬍子染黃的。瀾滄江西岸焦慮的牧人如果不是還餓著肚子，連過溜索的力氣都沒有了的話，早就派出殺手把巴勃神父解決了。

沙利士神父在大風中也聽到了一些對巴勃神父不利的消息，他告誡他不要一個人於黃昏時刻在山梁上到處亂走，因爲大風中掩藏著威脅。

「爲什麼？」巴勃神父那時正要跨出教堂的大門，他回過頭來問沙利士神父，「散步是上帝賜予人的權力，即便它不有助於身心的健康，也對在這茫茫群山中尋找上帝有幫助。」

「不管怎麼說，你還是要小心，哪怕是一次平常的散步。在西藏，上帝也有鞭長莫及的時候。」

沙利士神父衝巴勃神父孤單的背影說。「一個在妙不可言的西藏找不到生活樂趣的人。馬修，去，跟著他。既不要魔鬼驚擾巴勃神父的散步，也不要巴勃神父感覺到你的存在。」

第一次教案，馬修的父親被喇嘛們吊在樹上用弓箭射死後，他就一直跟神父們住在教堂裏。現在，他已經是個二十來歲的小夥子，還是個天才的好獵手。儘管教堂裏有沙利士神父帶來的西洋快槍，但馬修還是喜歡用藏式火繩槍。他可以在獵物還沒有出現之前就把火繩點燃，然後從嘴裏吐出一顆鉛彈——他的嘴裏可以放進十多顆鉛彈，口腔就是他的子彈袋，——等獵物剛好進到他的槍口之下時，火繩槍便響了。時機掐算得就像打響一個榧子那般地容易。

馬修不明白巴勃神父晚飯後爲什麼還要到處走動，他曾經在巴勃神父心情好的時候問過他，回答說是習慣，就像你們藏族人習慣喝酥油茶一樣。這讓馬修更爲費解，如果走路需要像喝茶那樣天天伺候、並且讓人感到舒服的話，那麼人人都願意去趕馬了。

馬修曾經跟著馬幫去過一趟拉薩，差一點死在半路上。說到拉薩，馬修不像其他藏族人那樣心神嚮往。他說拉薩一點也不好，不是因爲那裏沒有峽谷裏天天都可以見到的朋友，也不是因爲康巴藏語在拉薩地區被人取笑，而是因爲拉薩沒有教堂和神父。儘管拉薩高僧如雲，喇嘛遍佈，寺廟巍峨，香火繚繞，但他在那裏，就像來到了一片信仰找不到歸宿的土地。

沙利士神父的擔憂曾在一個傍晚得到了印證。那天馬修看見兩個噶丹寺的武裝喇嘛和一個卡瓦格博村的獵手，他們從山澗中爬上來，想抄巴勃神父的後路。馬修及時地趕在他們的前面，把火繩槍平端在自己手上。

那個卡瓦格博村的獵手他當然認識，從前他們曾一起到雪山下打過狗熊，他也是一個使火繩槍的好手。他們甚至還是遠房表親。如果不是因爲信仰不同的宗教，他們見了面肯定要一起大醉一場哩。

如今在右鹽田生活的藏族基督徒，大都和江那邊有著沾親帶故的血緣關係。他們在黑暗裏默默地對視，並沒有把槍指向對方。峽谷的風從他們中間響亮地穿過，像阻止他們成爲朋友的一道無形障礙。他們互相看得見，說著同樣的語言，身上還流著同一個祖宗的血，但已無法用鄰里鄉親的感情去交流了。

那個卡瓦格博村的獵手只在嘴裏嘀咕了一句：「洋人古達。」然後就轉身走了。兩個喇嘛恨恨地看了馬修一眼，也跟著消失在山澗的灌木深處。

這場遭遇馬修沒有對任何人講，並不是他不信任神父，而是他害怕神父再次招來漢人沒有信仰的軍隊。這幾年藏東地區年年打仗，老百姓最怕的就是在雪山峽谷、草場森林間殺來殺去的軍隊，更不用說十多年前的那場由宗教紛爭引來的劫難。

和馬修的父親托馬斯一起遇害的教民彼得，在臨死前的那聲呼喚「主啊，我們都是藏族人啊」，讓人們許久都沒有弄清楚藏族人和藏族人爲什麼要互相殘殺。但人們逐漸明白了因爲信仰的戰爭，是沒有勝利者的，連神靈和上帝都是失敗者。

來來往往的軍隊

夏季即將結束的一個黃昏，西邊的太陽被一片碎雲切割得支離破碎，大風驅趕著黑夜步步逼近，天空一半深藍一半烏黑，雲層堆積在峽谷的上方，彷彿是自上而下即將沖下來的黑色洪水。

巴勃神父一如既往地站在山梁邊那塊突出的岩石上，面對空空的山谷發呆。狂風吹起他的黑色長袍，望上去，使他像大地上一隻被剪斷了翅膀的鷹。

馬修遠遠地跟在一塊巨石後，抱著他的火繩槍都要打瞌睡了，這時，他嗅到了一股比魔鬼的味道還要骯髒的氣味。不是由於這種氣味很臭，而是因爲它和純潔的峽谷格格不入。當年帶來那場鼠疫的臭氣，也不能和這個美好黃昏裏野蠻地闖進來的陌生氣味相比。

「糟啦，神父還是把漢人軍隊給引來了！」馬修在岩石後面叫苦道。

多年以後，馬修還堅持認爲，巴勃神父之所以要天天晚上到左右鹽田的山梁上去「習慣」，就是爲了在那裏等漢人軍隊。他對村裏人說，巴勃神父黑色的衣袖一甩，漢人軍隊就從他的袖子後面鑽出來了。

那是從四川方向來的一支軍隊。帶隊的是四川軍政府的一個小連長。他的隊伍在崇山峻嶺中走了兩個多月了，一個人影也沒有見到，他都懷疑自己是否走出地球了。

當他猛然和孤單地佇立在山梁上的巴勃神父相遇、並和神父藍色的眼光相對時，這個自以爲是的連長，驚得把腰間的手槍抽了出來，他大叫道：

「媽的，我們走到歐羅巴洲了！」

「軍官先生，這裏不是歐洲，是上帝的國。」巴勃神父伸開雙手說。他看到穿軍服的人，以爲是看到了文明人。他認爲，至少他們比藏族人更有教養一些。

「這裏不是中國？」連長的驚訝還沒有完。

「歡迎來到西藏。」巴勃神父再次伸開雙手說：「我的書籍你們帶來了嗎？」一個月前，他接到勞納主教大人的信說，近期內將有政府的軍隊把他要的書帶來。

「噢，西藏。他媽的，我們終於走到西藏了。你的什麼？」連長甩掉帽子問。

「我的書籍。」

「噢，那些書啊，一路上弟兄們要拉屎，它們正好派上用場。」連長滿不在乎地說。

「上帝啊，那可是教會的歷史！」巴勃神父痛心疾首地說。

「教會的屎（史）也是屎，也得有東西去揩。讓開道。」連長揮揮手，根本就不把巴勃神父放在眼裏。

「滾回去！野蠻人！」巴勃神父再不把他們當文明人了。

「洋鬼子，讓開道！別把老子惹火了。」他把槍掏出來點著巴勃神父的鼻子尖說。

這時，馬修像豹子般竄到連長和巴勃神父之間，誰也沒有弄明白這個巨漢是從哪裡冒出來的，他一把就把大兵連長舉到了半空中，如果不是巴勃神父喊住他，他差點就把這傢伙扔到山谷裏去了。

馬修前面的大兵們拉槍栓的聲音響成一片，巴勃神父連忙高喊：「士兵們，別開槍，要不軍官先生就沒命了。」

那個連長懸在半空中也急得喊：「哪個打槍我日他媽！爺，快放我下來！」

好在沙利士神父帶人適時趕來，一場遭遇戰才沒有打響。

沙神父把大兵們迎進教堂，讓亞當和薇娜修女燒熱水給他們燙腳，煮樹葉菜湯給他們喝。他們腳上的臭味和身上的汗味熏滅了祭臺上的蠟燭，讓聖母瑪利亞也皺起了鼻子。他們身上養的蝨子比一粒粒青稞還大，他們一邊喧鬧，一邊把蝨子從身上捉下來，順手就塞進嘴裏，還咬得「啪嗒」「啪嗒」響，彷彿那聲音能讓他們感到幸福。

祭壇上的耶穌聖體也被大兵們在教堂院子裏的喧嘩攪醒，沙利士神父察覺到了耶穌的不悅，他在心中向耶穌告罪道：主啊，寬恕這些無知的人們吧。他們是來爲教堂提供保護的。但是，當他轉回頭去看到教堂裏一片狼藉，他的祈禱又變了。哦，全能的上帝，還是讓他們儘早離開吧。他們不是一些迷途的羔羊，而是一群沒有了轡繩的野馬。

士兵們只在教堂裏待了兩個小時，教堂就像經受了一場戰爭。他們打壞了十六隻木碗，兩口大鐵鍋，七條凳子，三扇玻璃；他們還像騾子一樣在教堂的牆角到處撒尿，薇娜修女當初還出來爲士兵們燒洗腳水，但是幾個大兵看著她就淌口水，下流的嬉笑也一同淌了出來，嚇得薇娜修女再不敢露面了。

「你們是一支什麼樣的軍隊？」沙利士神父等那個連長燙好了腳，在陽光下把腳上的血泡一個個挑了，才問他。

「我們麼，我們是劉司令的隊伍。」

「是屬於北洋政府的嗎？」沙利士神父對中國近期來的時局多少有些瞭解，據說一個鄉村裏的乞丐，只要他敢於打出一桿旗幟的話，他就可以自封爲將軍。

「誰還聽那個雞巴政府的。」連長姓張，他從脖子後抓了一個巨大的蝨子，扔到嘴裏「啪嗒」一聲咬碎，一絲血從他瀰漫著口臭的嘴唇處流下來。

沙利士神父皺起了眉頭，只有上帝才知道他從前是否就是一個乞丐。

他繼續說：「現今中國南方的軍隊和北方的軍隊打，西面的隊伍和東面的打。張飛打岳飛，殺得滿天卵子亂飛，就差沒有打到玉皇大帝那裏去了。政府說的話還不如當兵的放個屁。」然後他一拍腰間的槍說：「這就是你的政府。從今天以後，我就是政府，政府就是我。兄弟我已經被劉司令委任爲鹽田縣的縣長了。」

沙利士神父驚得目瞪口呆，「可是……可是，你是個軍人。」

「軍人怎麼啦？軍人又不是和尚，人家的女人都睡得，縣太爺的位置就坐不得了？」張連長一邊說，眼睛一邊往薇娜修女的房間看。

「當然，如果軍官先生願意的話，大總統的位置也是可以坐的。過去貴國的袁世凱不也是軍人嗎？」沙利士神父譏諷道，「不過，我要奉勸軍官先生一句，右鹽田是天主教徒的領地，傳教是受貴國政府保護的。如果軍官先生的隊伍對教民有所侵犯，當被視爲對教會、對法蘭西國的冒犯，我國政府絕不會無視不管。」

沙利士神父用外交口吻一字一句地說，這一招還真把這個粗魯的大兵震住了，他不得不收回自己時常往薇娜修女的房間溜來溜去的眼光，他說：「其實，我們是來爲你們提供保護的。」

「我認爲，」沙利士神父站起身來說：「你對我們最好的保護，就是馬上帶上你的軍隊從教堂、從右鹽田撤出去。」他做出了送客的手勢。

「可是，可是我的縣衙門，要要……要設在這裏呢。」張連長吞吞吐吐地說。

「右鹽田沒有你設縣衙門的地方，這裏是教會的土地。不要說一支軍隊，就是一支沒有皈依上帝的貓，都不允許在這裏留下來。」沙利士神父說得很堅決。

張連長摸摸自己腰間的槍，但是他沒有勇氣把它抽出來。

「那麼，我們就到下面的那個村莊開署辦公吧。他媽的，不管中國是哪個朝代，洋大人還是洋大人。狗雜種們，集合！」

三天以後，鹽田縣政府的招牌就在左鹽田納西人的村莊中掛出來了。納西族長和萬祥對這支粗俗不堪的軍隊持謹慎歡迎的態度，他想，至少在康巴藏區，有政府總比沒有政府好，江對岸的野貢土司不是隨時揚言要靠槍彈改變自己家鹽的顏色嗎？過去清政府時，縣府設在江西岸，縣衙門就像是野貢土司家族開的。現在納西人在政府的保護下，看來可以直起腰桿來了。因此他動員全村的父老為新成立的縣府蓋了一幢房子，還買了鞭炮，在一片喧鬧聲中，把張連長迎進了縣府。張連長那天換了身長袍馬褂，從此後，他就被人們稱為張縣長了。

但是張縣長的寶座還沒有坐熱，他就被雲南人一槍打死在縣府的大門前。那支從雲南來的軍隊手中全是法式武器，連小炮都有兩門。一個滇軍少校營長在三月峽谷裏桃花盛開的中午，帶著一支滿身是泥的軍隊開到了左鹽田。他掏出一張發黃的委任狀自己宣布說，奉「靖國護法」軍楊司令的命令，鄙人從今日起正式履行鹽田縣縣長一職云云。

張縣長那時帶了幾個馬弁堵在縣府的大門前，他衝滇軍營長嚷：「雲南蠻子，別拿啥雞巴羊司令馬司令來唬人，滾遠點！哪個給你發的委任狀啊，茅坑裏揭下來的吧。」

滇軍營長不露聲色地說：「它給我發的。」他眨眼就把手槍掏在了手上，一槍就把張縣長打了個狗吃泥。滇軍士兵一湧而上，用刺刀把四川的官吏趕走，將新縣官登堂入室地擁入了縣太爺的寶座。

漢人軍隊走馬燈似的在峽谷裏來來往往，並不是他們想治理邊藏地區的混亂，而是鹽的味道讓他們互相爭奪不休。

他們為鹽而動的干戈，比野貢土司厲害多了，而且，他們徵收的鹽稅，連天上的神靈都皺起了眉頭。一個漢人縣長的性子比野貢土司還要急，他嫌太陽曬鹽的時間太長，命令鹽民們伐倒山上的大樹，改用大鐵鍋煮鹽水。

那段時間，峽谷裏濃煙滾滾，神靈蔚藍的天空被熏得黲黑。往昔青翠的山嶺就像被人剝去了衣服。東巴和阿貴在做祭天儀式時，聽到了「署」神憤怒的抗議。在他還沒有來得及告訴眾人神靈的懲罰時，山梁上沖下來的泥石流便將江邊的鹽田沖得蕩然無存。

三個月後，來自藏東昌都地區的藏軍又趕走了雲南人。那是第一支訓練有素的藏族軍隊，他們由英國人提供武器和負責訓練，一個穿藏裝的英國上尉指揮了那次戰鬥，這樣他們不用再靠占卜來決定戰鬥的方式和進程。

他們行軍時演奏的軍歌都是「上帝護佑女皇」。沙利士神父在教堂裏聽到這支熟悉的曲子時，咬著牙幫對巴勃神父說：「可惡的英國佬，他們倒扮演起十字軍的角色了。難道他們又要靠鐵和血來傳播上帝的福音嗎？」

巴勃神父從一堆書中抬起頭來說：「不，他們不是弘揚基督旗幟的十字軍，而是二十世紀的海盜。十五世紀末，航海家達•伽馬的船隊首次抵達印度卡利庫特城的海岸時，當地的阿拉伯人問：『是什麼魔鬼帶你們到這裏來的？』達•伽馬的船員回答說：『不是魔鬼，而是上帝派我們來尋找基督徒和香料，還有黃金。』那時探險家們手裏拿著十字架，心中卻充滿對黃金的渴望。當歐洲人再往北看時，喜馬拉雅山脈擋住了他們的目光。現在英國人終於穿越了喜馬拉雅山，闖到藏東地區來了。只不過他們不是靠聖十字架，而是依靠槍炮。他們到這裏來，心中想的還是和幾百年前的探險家們一樣，絕不是上帝和基督，而是黃金。」

沙利士神父對巴勃神父的引經據典不置可否，他很想提醒他，這裏不是神學院，是西藏的教堂。但是他又不想和他爭論，如果誰要和巴勃神父挑起傳教史的話題的話，那無疑於用掌聲將他請上了神學院的講臺。沙利士神父可沒有那樣的時間和精力。因為一陣馬蹄聲已經在教堂院子的大門外停下來了。

來者是打了勝仗的英國上尉以及他身邊的藏族軍人。他是一個滿頭金髮的青年，看上去三十來歲，西藏高原強烈的陽光，使他白皙的皮膚呈現出油亮發光的古銅色，這在歐洲一定非常受人羨慕，但必須是天天喝上好的酥油茶，新鮮的牛奶、精緻的牛羊肉，才可以養成如此健康漂亮的膚色。像沙利士神父和巴勃神父，他們已經有將近一年不知牛羊肉的滋味了，他們的膚色和本地的藏族人一模一樣，乾燥、黝黑、粗糙，溝壑縱橫，像久旱無雨的大地。

氣質高雅的英國上尉與其說是一個軍官，不如說更像一個冒險家，他隨身帶有羅盤、經緯儀、望遠鏡、海拔表，以及一台德國萊卡相機，一個藏族僕人身上掛滿了這些來自歐洲文明世界的產物。他用法語向兩位神父問安，並說他有好長一段時間都沒有進過教堂了。他謙遜地問沙利士神父，他可以進教堂做懺悔嗎？

沙神父不客氣地說：「如果你的戰爭是正義的，天國的大門一直向你打開。」

上尉矜持地說：「英國皇家軍隊的戰爭都是正義的。」

沙利士神父推開教堂的大門，「那也得看時候。一八四〇年，你們和中國人的鴉片戰爭，能算是正義的嗎？英法百年戰爭中，又有哪幾場戰爭是正義的呢？」

上尉說：「不管怎麼說，現在我們是盟友，在歐洲共同打敗了普魯士人。」

「歐洲的戰爭結束了，你來西藏幹什麼呢？打中國人嗎？」神父點燃了祭臺上的蠟燭。

「不是，」英國上尉面對耶穌像畫了十字，默默地祈禱了一番才說：「爲了防備俄國人。」

「在耶穌面前，你得說真話，俄國人在西藏的北邊，你們卻跑到藏東來了。」

英國上尉愣了一下，換個話題問：「神父，你們爲什麼要到西藏來傳教呢？」

神父一針見血地說：「那不是你關心的問題。把凱撒的歸還給凱撒，上帝的歸還給上帝。西藏更需要什麼，只有上帝知道。但一定不是你們的槍炮。」

英國上尉回敬道：「神父，恕我冒昧，也不一定是你們的十字架。」

一個月後，傲慢的英國上尉和藏軍撤走了，拉薩方面派了一個貴族出身的宗本來行使地方權力，但是這個貴族只來了左鹽田一次，就被這裏險惡的自然環境所嚇倒，他只是騎在馬上對壯麗的峽谷說了一句話：「一個魔鬼都不願落腳的地方。」然後就打馬回拉薩了。他派他的管家到這裏來代替他行使職務，這個管家也只是每年來收兩次鹽稅而已。鹽田縣基本上仍處於無人管轄的狀態。

更爲糟糕的是，那幾年這個縣的行政歸屬，就像峽谷裏的大風吹拂的一片落葉，鑒於第一任縣長的教訓，每當有不同派系的軍隊打來時，縣長就主動把縣政府的大印包好放在自己的辦公桌上，人卻逃之夭夭。

而在某些特殊的時期內，這裏甚至誰也不來管，只有大山深處那些出沒無常的土匪，在這裏行使著他們任意燒殺搶掠的權力，雪山下的陰兵有時拿他們也沒有辦法。這是因爲土匪們給陰兵將領賄賂了大量的金銀珠寶。即便是在陰間，鬼魂們也是有欲望的。喇嘛們解釋說。

那段時間，寺廟正面臨一樁重大的事件，五世讓迥活佛在一個月前預言，他將在天上的兩顆星星交會時圓寂。按藏族天文曆算，這兩顆星星三百年才交會一次。

五世讓迥活佛已經是八十來歲的老翁了，他閉關靜修的時間前後加起來就長達四十多年，幾乎占了他生命的一半時光。那是在雪山上陰冷黑暗的山洞、寺廟裏幽暗潮濕的房間中一人獨處苦修的四十年，一個肉體凡胎幾乎不能抵禦那寂寞、苦痛的煎熬。但像所有德行高深的僧人一樣，讓迥活佛把一切苦難當做是成佛的必然之路。無論是修習藏傳佛教的顯宗還是密宗，藏東地區能和讓迥活佛法力相抗衡的高僧大德幾乎沒有。

噶丹寺的喇嘛們都知道這樣一句格言：「噶丹寶座無主人，誰有學問誰去坐。」人們記得，多年前，曾經有一個來自四川藏區的雲遊密教大喇嘛來到噶丹寺，他對峽谷裏的僧眾對讓迥活佛的敬仰很不以爲然，提出要和讓迥活佛比試法力。讓迥活佛萬般推脫不得，只得應允。

那個大喇嘛深得寧瑪派（紅教）密法真傳，有一身「拙火定」功夫，他坐在雪地上，赤裸上身，一坐就是三天三夜，身上仍然熱氣蒸騰。旁邊觀看的人無不撫掌嘆服。而讓迥活佛說，「要證明這一點功夫，不需要那麼長的時間啊。」他也脫了僧衣坐在雪地上，讓人把一件透濕的羊皮披在自己身上，那羊皮經水一淋馬上就凍硬了。但不一會兒功夫，人們就看見披在讓迥活佛身上的羊皮在冒蒸汽了，俄頃，透濕的羊皮變成乾羊皮，彷佛被烈日曝曬了幾日一樣。

四川的大喇嘛仍不服氣，在眾目睽睽之下，把自己的身子變得近乎透明，人們只聽得見他的呼吸和漂浮的話語在空氣中飄來飄去。但是當他試圖再顯身變回來時，讓迥活佛法杖一揮，在空氣中便形成了一道法力深厚的無形的牆，四川的大喇嘛無論如何也穿越不了這道牆。他只能在牆那邊向讓迥活佛俯首認輸，不然的話，他就永遠會被囚禁在那道法牆內了。

讓迥活佛在這場比試結束後，對四川來的大喇嘛說：「我戰勝了你，讓我感到羞愧，因爲這並不能說明我的德行就有多高遠。我只是想告訴你，法力深厚的人，不應該經常顯示自己的法力，那是愛好虛榮的表現。」

在尋常的日子裏，五世讓迥活佛是一個謙遜溫和、悲憫仁慈的老喇嘛，但像歷輩讓迥活佛一樣，他對寺廟的貢獻無人可比。清末趙屠戶的軍隊轟毀了寺廟後，是他第一個從瓦礫堆中站起來，在斷垣殘壁中豎起了召喚神靈的五彩經幡。只要讓迥活佛在，噶丹寺的靈魂就在，信徒們就會朝九晚五地來寺廟進香火、轉法輪，向佛、法、僧三寶頂禮膜拜。因爲對於藏族人來說，靈魂沒有寄放處的日子是不能想像的，同樣，眾生的凡界裏沒有活佛來護佑也是不能想像的。

讓迥活佛大限那一天到來時，天上陽光燦爛，藍天透明得深不見底，寺廟裏從早到晚誦經聲不絕於耳，四周的信徒扶老攜幼，將寺廟圍了個水泄不通。人們痛哭流涕，失魂落魄。噶丹寺的三大堪布掌教，絳邊益西活佛等高僧，都彙集在讓迥活佛的僧房裏，等待著活佛的最後明示。因爲他們還不知道他將轉世到何方哩。

一般來說，大活佛要圓寂時，總是要用隱晦的比喻來說明自己即將轉世的方向，這樣，寺廟裏的轉世靈童尋訪小組才有據可循。自讓迥活佛預言自己將要圓寂以來，人們從沒有聽他說起過自己轉世的方向，哪怕是可以牽強附會的隻言片語。

讓迴活佛希望到僧房屋頂的平臺上去，他平和地說：「陽光會收走一切。」

人們把活佛抬上了僧房的平臺，他在一個蒲團上跏趺而坐。從這裏，他可以看到寺廟周圍轉經磕長頭的人們，而人們看不到他。

他身邊的喇嘛們發現，陽光照在讓迴活佛油亮發光的腦門上，像一盞白日裏的酥油燈。讓迴活佛從前曾經修習過寧瑪派的密法，腦門能隨意念張開一條裂縫，那裂縫大到可以放進一根草根，此法力謂之曰開頂，能開頂的高僧可以由此而吸收太陽的能量和天地之氣，用肉體凡胎的身、口、意三業⑤，與佛身的身、口、意三密相應，以達到人神合一的瑜伽最高境界。人們今天看到讓迴活佛頭上的那條肉溝經太陽一曬，泛出新鮮肉一樣的紅色。他們就知道，活佛今天八成是要虹化在這滿峽谷的陽光中了。

高僧們在讓迴活佛周圍跪了一地，人人口中誦經聲不斷。讓迴活佛眼望著寺廟周圍的人群，對他身邊的農布喇嘛說：「我不過是要去參加一次賢者的喜宴罷了，他們爲什麼要那麼悲慟呢？」

農布喇嘛是讓迴活佛的近侍，他已照顧讓迴活佛的起居近五十年了。他躬身伏在活佛身邊說：「活佛啊，他們不是爲你即將來臨的圓寂悲慟，他們是在祈禱你能早日更換自己的身體。」

「生命不過是瀾滄江裏的一個波浪，波浪消失了，水還在；只要水在流動，下一個波浪又將出現。」讓迴活佛說。

「活佛，下一個波浪將出現在何方呢？」窮結仲永堪布問。

讓迴活佛微笑了，「在我生前的遺憾還沒有安排好之前，我還不能確定我要在哪一戶人家更換我的身體。也許，到我去到西天樂土後，我的靈魂會告訴你們。」

「活佛啊，我跟了你幾十年了，雖然不及你的聰慧十萬分之一，但我想，我能猜出你的遺憾是什麼。」農布喇嘛躬身說。

「那好，你就說說看。」

「大殿裏宗喀巴大師、蓮花生大師、釋迦牟尼大師的法像該塑一層金身了。可是寺廟裏沒有那麼多的銀子。」

「農布喇嘛，你的眼睛不能只看到寺廟裏，要往眾生看。」

「哦呀，活佛是眾生的佛。我明白了，活佛是擔憂江對岸的洋人宗教威脅著我們的寺廟。」農布喇嘛說。

「洋人宗教本不是我佛教的敵人，我們佛教可以包容他們，就像天包容地一樣。但是他們卻攻擊我們的宗教，動搖我們藏族人的根本，我們的年輕喇嘛就去殺他們的人，他們又召來朝廷的軍隊毀我的寺廟。他們是沒有信仰的軍隊，有信仰的人的爭論，由沒有信仰的人來調解，就像把兩條在水中嬉戲的魚捉出來放在沙灘上一樣。宗教可以爭論，但絕不可以殺生。世界上沒有教人殺生的宗教啊。農布喇嘛，你說對了我的遺憾之一。」

農布喇嘛爲自己能猜中讓迥活佛的遺憾甚爲高興，他轉身爲活佛獻上一碗酥油茶，「那麼，活佛的另一個遺憾……」

讓迥活佛沒有回應農布喇嘛的話，蒼老的眼睛望著藍得透明的天空，手中捻著佛珠繼續說：

「洋人宗教也不是一種壞的宗教，眾生有不同的信仰，本來也是一件好事。沒有信仰的人就像黑暗中少了一盞酥油燈，那該多麼可憐啊。遺憾的是，佛陀沒有告訴我們，藏族人可不可以信仰洋人的宗教。他們好像是播錯了種子的粗心農夫。雪山下只生長青稞和麥子，而不會生長穀子。儘管我們現在就像酥油和水一樣地不能融在一起，但是我們藏族人有打酥油茶的茶桶哩，水和酥油不也可以在茶桶裏交融在一起嗎？因此，你們應牢記我們藏族人常說的那句話：朋友有時可能變成仇人，仇人有時可以變成朋友，對誰都不要懷有敵意。」

窮結仲永堪布說：「活佛，家禽和野獸怎麼能在一面山坡上吃草呢？」

讓迥活佛微笑道：「宗教庇護一切。」

多年以後，五世讓迥活佛的第六輩轉世讓迥活佛，在和共產黨的官員及教堂裏的神父共同探討這片土地上兩種不同的宗教如何相處時，也曾如此說過。因爲不同輩的活佛，是可以說同一句話、做同一件事的。活佛在轉世過程中更換自己的身體，就像更換一件袈裟，他依然在思前世活佛所思，言前世活佛所言，甚至連語氣助詞，他們也會在同一種情緒下發出同一聲感嘆。

此時，陽光下的卡瓦格博雪山散發出聖潔的光芒，在天氣晴朗的日子裏，卡瓦格博雪山一天中也會像瀾滄江一樣，更換不同的衣裳。從早晨像少女臉色的含羞緋紅，到白天如哈達般潔白如玉，再到傍晚似喝醉了酒的康巴漢子臉膛那樣血紅輝煌。她的衣裳是神靈賜予的，是神界向人間展示天堂美麗夢幻景色的一個窗口。

這時，人們看到讓迥活佛頭上的那條縫裂開了，太陽的七彩光線從那縫裏射進去，進入讓迥活佛的頭顱裏，再通過他的意念，進到他那顆悲天憫人的內心，進到他慈悲無限的腹部。彩色的光線在他的體內旋轉、舞蹈，把即將死亡的細胞啓動，讓快要停滯阻塞的血管重新暢通起來，使一個僧侶平靜了一生的鮮血再次活躍起來，像一個新生嬰兒的血那樣地鮮嫩、潔淨、充滿活力。

五世讓迥活佛的身體此時彷彿是一盞不點自燃的酥油燈，儘管屋頂上撒滿燦爛的陽光，一團紅色的光暈便始終縈繞在他的頭頂，使他像一尊坐在法座上的佛。從讓迥活佛身上散發出紅寶石一樣的光芒，與絢麗的陽光相互輝映，並相互碰撞，發出兵器與兵器交鋒時「叮噹叮噹」的脆響！這光芒不是來自於他絳紅色的袈裟，而是源於他像大地一樣堅硬的軀體、像江河一樣蜿蜒的血脈，像太陽一樣溫暖慈悲的內心。

陽光下，讓迥活佛縮小了一圈，彷彿是一個剛受戒的小比丘。

屋頂上的高僧們都驚呆了。他們即使再修習幾生幾世，也達不到讓迥活佛如此深厚的法力，因爲虹化是藏傳佛教修持密宗的最大成就。

「這不是什麼奇蹟，」讓迥活佛說，「只不過是一個波浪在慢慢消失罷了。」

「活佛啊……」農布喇嘛五體投地，噴湧的淚水浸濕了袈裟。

讓迥活佛的眼睛平視前方，彷彿看透了俗世的煩惱和苦難，將最後的悲憫集中到恬淡自然的寧靜之中。他的身體在慢慢變小，可他的法力卻越來越令人敬畏。

「你們該走了。眾生需要你們的關照，神靈需要你們的祈誦。啊，多麼美妙的陽光呀！我就像浸在一條向南流淌的陽光之河裏，我要涉過去啦。」

絳邊益西活佛向高僧們使了個眼色，然後躬身退了回去。高僧們知道，有些奇蹟沒有得道成佛的人是不能看的，讓迥活佛在陽光下虹化時，身上會散發出巨大的能量，修行不夠的人會受到這能量的傷害。

太陽快要落山時，讓迥活佛依靠終生修持到的無窮法力，把自己虹化到西藏絢麗燦爛的陽光中。當天晚上，天上的兩顆星星準時交會，人們這才上到屋頂平臺將讓迥活佛請下來。

噶丹寺的喇嘛們說，那時，讓迥活佛已縮小到只有一個胎兒大小了，而他的四肢和五官依然完好如初。他還是端坐於蒲團之上，面如童子，心若止水，情繫眾生，手結法印。他的軀體像春天裏的樹葉一般鮮嫩輕盈，他的肌膚像剛打出來的酥油一樣濕潤細膩。過去八十多年來所有的磨難與風塵，所有的學識與明斷，所有的智慧與法力，所有的仁慈與悲憫，所有的寬容與忍耐，所有的寂寞與清苦，都如江面上的一個波浪，暫時平靜下來了。

讓迥活佛虹化圓寂的消息被峽谷的大風吹遍到整個藏東地區，關於活佛虹化的奇蹟在信徒的傳言中越傳越神奇，已到了出神入化的地步。

在讓迥活佛虹化後的那一周裏，沙利士神父甚至讓教堂的敲鐘人亞當，每天下午六時都敲響長達半個小時的鐘聲。他在教堂的喪鐘聲裏對自己的教民說：

「不管怎麼說，他也是一個虔誠的僧侶，儘管我們的教義和教規決定了我們不同的犧牲精神，但是僧侶和僧侶之間的慈悲是一樣的。不過你們應該牢記：在神聖的耶穌基督面前，任何令人難以置信的異教奇蹟都是必須加以拋棄的異端。」

沙利士神父對讓迥活佛在陽光下的虹化始終持懷疑和批判的態度，他在日記中寫道：

人們傳說這個高級僧侶在陽光下融化了，最後只剩下嬰兒般大小。佛教的信徒把這個事件作為他們所信仰的宗教的奧跡加以崇拜。但是，上帝啊，藏族人對事物的誇張是歐洲人遠不可比擬的，看看他們平時的民歌就知道了。他們在此方面具有天才般的文學才能。因此，有誰能證明這個高級僧侶所演示的奧跡，是一種真實存在還是某種魔術表演呢？他們寧願相信一個人在陽光下被蒸發，而不相信耶穌也會復活，甚至還會以他的聖靈降臨人間。上帝，儘管我在為他的去世祈禱，但我要指出他所行的謬誤。如果我還有機會和他展開宗教大辯論，我將明確地告訴他：一個復活的靈魂遠比在眾目睽睽中消失的肉體更有宗教價值。

儘管沙利士神父在那段時間內，利用一切機會向自己的信徒們宣講耶穌基督的復活遠勝於活佛的轉世，但是在整條峽谷裏，不爲讓迥活佛虹化的奇蹟深爲嘆服的只有三個人，那就是他自己和巴勃神父，還有薇娜修女。

不過有一次，薇娜修女在向沙利士神父作懺悔時承認：要是她從小就在這條峽谷裏長大，從來沒有見識過峽谷外的世界，也不知道現代的工業文明，不知道耶穌，不知道聖母瑪利亞，不知道蘇格拉底、亞里士多德、柏拉圖，不知道羅馬傳教會的種種戒律和訓令，她也許會相信活佛虹化的奇蹟。

「神父，這是一種罪過嗎？」薇娜修女問。

在懺悔室裏，沙利士神父過了很久才說：「如果真的是一種罪過，也不是妳的錯。是由於上帝來到這塊土地太晚了。」

幾年時間過去了，藏傳佛教的信徒們還在從四面八方趕來寺廟朝拜讓迥活佛的法體，峽谷裏從來沒有過這樣多的人，噶丹寺因爲讓迥活佛的虹化而在藏東地區香火大盛。就是那些皈依了天主教的藏族人儘管也深信耶穌復活的奧跡，相信上帝是全能的造物主，但他們畢竟是藏族人，他們對神靈的敬畏是與生俱來的。

沙利士神父曾經問過馬修，是否真的相信人可以在陽光下被蒸發，馬修的回答代表了所有信奉天主教的藏族人觀點，他說：

「神父，這是西藏的太陽。在你們來到這裏之前，光線就是神靈的手指了。」

昂貴的煩惱

沙利士神父不得不承認西藏的太陽確實與歐洲的太陽不一樣，甚至與他在漢地傳教時見到的太陽也不一樣。天空碧藍如洗，雲團堆積出千奇百怪的形狀，變幻出黃、紅、白、黑、綠、紫、青、藍、灰等等遠遠超出你想像的顏色；陽光從雲縫中射出來，極富穿透力和表現力，像一束巨大的追光照射到大地上。

有時，這種追光就像被神靈所使喚一般，任意地打扮著蒼茫的大地，使它雄渾、古樸、蒼涼，彷彿上帝創造世界時的景象。

有一天，一束奇特的陽光照射到左鹽田的村莊，久久不肯離去，使那裏的房舍和農田看上去像是個大舞臺，納西人土掌房的輪廓被極具質感的陽光勾勒出一道道金邊，炊煙在金色的追光中裊裊上升，使人感到那裏就是貧寒苦難的人們夢寐以求的仙境，而那時峽谷裏其他的地方，還籠罩在一片煙霧瀰漫中。

敲鐘人亞當在教堂的屋頂平臺上首先看見了這神奇的光芒，他大聲對教堂裏的人喊：「快來看哪，太陽的手掌像媽媽一樣地在撫摸納西人。」

人們在亞當的叫喊聲中湧到屋頂去看稀奇，因爲雨季裏，峽谷已有一個多月沒有見到太陽了。大家對納西人村莊的福分驚嘆不已，沙利士神父在胸前畫了個十字，高聲宣布地說：

「那是耶穌的光。」

「哦呀！感謝天主。」屋頂上的藏民們一起嘆服道。

「納西人有福了。」沙利士神父繼續說，「這是一個好的徵兆。耶穌基督說，『我是世界之光，凡跟隨我的人，不會在黑暗中行走。』耶穌的光已經照耀到了他們的村莊，要不了兩年，納西人將會放棄他們的多神崇拜，皈依到耶穌基督的聖寵之下。」

沙利士神父邊說邊爲自己的美好描述所感動。用天主教取代納西人的東巴教，多年以來一直是他的夢想。這個夢想似乎只隔著一層窗戶紙，但沙利士神父在藏區傳教那麼多年了，就是捅不破它，讓耶穌的光照射過去。

這也是讓沙利士神父百思不得其解的一個難題，照理說，他們已從強大的藏傳佛教陣營中打開了一個突破口，他們就更有能力將弱小的納西東巴教徒們改宗爲天主耶穌的信徒。儘管沙利士神父很同情納西人——他們和他一樣，是藏區的少數人，——對他們的東巴教也深感興趣。並不是他不認爲東巴教是一種異端，而是這種宗教讓他看到了文明世界的昨天。——歐洲人永遠不知道、並且再也回不去的昨天。

但納西族長和萬祥坐在這令人羨慕的陽光中還感到周身發冷，連血都快要凝固起來了。在陽光燦爛的日子裏，魔鬼卻在自己身上作崇，這可不是個好的徵兆。

和藏族人一樣，納西人是最講究徵兆的民族，自然中的徵兆是神靈對人們行為的暗示。人們應該自覺地感悟它，並遵循它的旨意行事。和萬祥去年秋天在祭天時犯了一個小小的錯誤，做儀式時，獻給「署」神的糧食本來應該用剛打下來的新青稞，可是他在忙亂中，卻把陳年青稞供到祭壇上，等儀式完了後，他才發現青稞不新鮮了。

一個月後，魔鬼找上門來，讓和萬祥受到肚子天天都餓得不行、但卻吃不下任何東西的懲罰。不是家裏沒有吃的，而是他的雙唇腫得有拇指粗，口腔裏潰爛得看不到一點好肉。東巴和阿貴來他家中捉鬼時告訴和萬祥，他得罪的是一種名為「依道」的餓鬼，在東巴經書的《神路圖》中可以看到這種餓鬼，什麼東西到他嘴邊，馬上就燃起一團火燒乾淨了。

和萬祥那時感慨萬千地說，我的嘴邊也有一團火啊，你看看，連喉嚨裏面都燒爛了。後來和阿貴重新為和萬祥做了一場祭天的法事，祈求「署」神饒恕和萬祥的不敬，又給他吃了大量的涼藥泄火，和萬祥身上的魔鬼才被驅趕走了。一般來說，東巴們都懂得一些醫術，他們總能聰明地把宗教和醫術巧妙地結合起來。

就像醫生看病先要問清病因一樣，東巴給人治病要先找到是什麼魔鬼在病人身上作崇。這天和阿貴一來到和萬祥家裏，就用一面鏡子到處照，從客房到臥室，從灶門到床腳，最後連牛棚的角落都照到了。但奇怪的是，竟然一點魔鬼的影子都沒有照到。

當他爬到和萬祥家的屋頂，無意中用鏡子對著瀾滄江的對岸照的時候，他猛然從鏡子裏看到了一個令他膽寒的畫面：一個他從未謀過面、但法力深厚的法師，正在一幫人的簇擁下從山外來到峽谷。法師的身後烏雲密布，九頭怪鳥在雲翳中四處逃竄，有一個黑色的太陽在沈淪。

「哎呀……」和阿貴驚呼一聲，竟從屋頂上摔了下來。幸好和萬祥的院心裏堆了層牛吃的草料，他才沒有摔傷。

「你怎麼了？」和萬祥就坐在院壩的陽光下，他擁著厚厚的被子，還顫抖不已，像個剛從冰水中撈起來的人。

「驛道上有人要來了。」躺在地上的東巴和阿貴咧著嘴說。

「峽谷裏天天都有人來。讓你照鬼，你卻照到峽谷裏去了。」和萬祥抱怨道。

「這個來者就和一個鬼差不多。」

東巴和阿貴把鏡子遞給和萬祥看，奇怪的是，剛才他在屋頂上照射到的景象還留在鏡子裏。

「這個人我見過。」和萬祥說。現在輪到他開始神神道道的了。

「你……你在哪裡見……他？他是個鬼啊！」和阿貴幾乎是用哭聲說。

「在夢裏。」和萬祥說。身上抖得更厲害了。

夢見鬼的人，大概是要倒楣了。他確實是夢見過這個法師，而且不止一次，因此印象深刻。在和萬祥的夢裏，他是個不講規矩的牧羊人，老把自己的羊趕到和萬祥的地裏吃青稞苗。當和萬祥去趕那些羊時，這個人就站在遠處說：「納西人，請照顧好我們的法王。」

東巴和阿貴聽了這個夢後，一時不能分清它到底是個吉祥的夢還是代表厄運的夢。他從自己的背囊裏抽出一疊繪有東巴象形經文的圖片，那是一些包含了宇宙間各種意義的卦象，一共有三十三張，每一張卦象都由一根細羊毛繩拴著，和阿貴把所有的羊毛繩線頭都攥在手裏，遞到和萬祥面前，說：

「人不能說清楚的東西，就把它交給神靈吧。來，抽一張。」

和萬祥猶豫了一下，隨意抽出了一張，交給和阿貴。

這些卦象圖片都有專門的東巴經書來解釋，只有當東巴祭司的人才能說得清它的含義。

和阿貴翻出經書來，像個大蝦一樣地趴在地上，對照卦象一一地閱讀，然後他抬起頭來說：

「他或許是個長有兩個舌頭的人。」

「從哪裡來的？」和萬祥問。

「在卦象上看不出他來自何方。這上面顯示，無論是雪山、草原、江河、湖泊、沙漠、田野、森林，還是人類的所有居住地，都沒有他生活過的蹤跡。他就像是來自世界以外的人。」

和萬祥憂心忡忡地說：「那麼他不是神靈的使者，就是魔鬼的幫兇。」

實際上，被和阿貴的鏡子照著的那個法師，是野貢土司剛從拉薩請來的神漢，他是個被拉薩藏政府解職的代言神巫。

代言神巫的職責是替神靈說話，向達官貴人們傳達神靈的旨意。從轉世靈童的尋找，到每年藏政府的政事農桑，官員們都要向代言神巫問訊。這樣的職位在聖城拉薩至關重要，但卻風險萬端。

多年以前英國遠征軍入侵拉薩時，布達拉宮交給這個名叫丹瑪的代言神巫一件根本不可能完成的任務，讓他預測藏軍應該在哪個方向阻擊英軍。丹瑪神巫迎請神靈附體後，以神靈的口吻明確無誤地告訴藏政府的噶倫們，藏軍應佔領某條河谷裏的一座小山頭，因爲從這座小山頭上散發出來的法力會讓英軍不戰自潰。

噶廈政府聽從了丹瑪神巫的神諭，佔領了那座山頭，但是連簡單的工事都沒有構築，「神靈的法力會照顧一切」，藏軍將領都如此認爲。而英國人的遠征軍並沒有理會看不見的法力，輕而易舉地就越過了那座山頭，直抵拉薩。

自那次代替神靈宣諭失敗後，丹瑪神巫差一點被藏政府的官吏殺了。以後，他就再沒有臉面在拉薩混了，成了個雲遊四方的喇嘛。當然如果有人請的話，他還是很樂意替神靈說話的，儘管這是一件十分危險的工作。

有一段時間，丹瑪神巫心灰意冷，索性結了婚。可是在一次降神的過程中，神靈懲罰了他的不敬，讓他吐出了自己的五臟六腑。幸好他及時地向白哈爾神悔罪，並發誓今後不再近女色，神靈才沒有收走他的內臟，讓他自己重新裝了進去。

丹瑪神巫在向峽谷裏的人們敘述自己不平凡的經歷時說：「人的頭腦裏裝什麼，心裏裝什麼，肚子裏又該裝什麼，我比誰都清楚，因爲我都看見了。就像我們藏族人的白塔裏總要裝進佛像、經書、五穀、珠寶、獵槍一樣。」

丹瑪神巫看上去是那種不容易使人相信的人，他的頭老是不停地搖晃，就像山羊的頭一樣。他一到峽谷就東嗅嗅西看看的，再加上他下巴上的一撮鬍子，就更與一隻羊沒有什麼兩樣。

也許是因爲經常替神靈說話，他的話常常讓人感到是飄在半空中的語言，就像飄在卡瓦格博雪山山腰的雲彩一樣，看上去非常美麗燦爛，但離你卻十分縹緲遙遠。當他被人領到野貢土司的客房中時，野貢土司決定先試試他的法力。他對丹瑪神巫說：

「拉薩來的尊敬的神巫，我這裏正好有件煩心的事情需要垂詢你。我的一個生於馬年的朋友，哦呀，一個多麼好的人啊。只要我一出門，他就一直跟著我。可是你看，這些年來我是越來越胖，而他卻越來越瘦了。請你降神告訴我，是什麼魔鬼讓他一天天瘦下去的呢？」

丹瑪神巫晃晃自己的頭，細著嗓子說：「尊敬的土司老爺啊，這點小事根本用不著煩請無所不知的神靈啊。我已經知道你朋友瘦下去的原因了。」

「從聖城拉薩來的人，在我野貢家的峽谷裏，抬手要小心你的手臂，走路要小心你的腳掌，而說話，則要小心你的舌頭。如果你不能代表神靈說話，你就是在代表魔鬼說話。」

野貢土司這個朋友的事，半年前，他就告訴過一個自稱去過印度的占卜術士，結果給出了錯誤答案的占卜術士被丟進了瀾滄江。

丹瑪神巫說：「我還是把答案寫下來吧。不敬神的話語，神靈聽了要生氣的。」

旺珠給他準備好了紙筆，丹瑪神巫在客房的神龕前上了一炷香，又磕了頭，然後才在紙上寫下一行字。

旺珠湊過去看，只見那上面寫的是：

「土司家並不缺錢，就買副新的吧。」

這個回答和野貢土司所要問的問題顯然牛頭不對馬嘴。旺珠把它拿給土司看了，兩人眼神一碰，然後哈哈大笑起來。原來野貢土司「越來越瘦下去的朋友」，實際上是他的一匹坐騎蹄下的馬掌。

野貢土司走到丹瑪神巫的面前，躬身向他施禮，用崇敬的口氣說：

「我今天總算見到法力高深的人了。上師，你比那些成天在寺廟裏修行的喇嘛們還要有學問呢。來呀，給丹瑪上師抬銀子來。」

「且慢，」丹瑪神巫抬手阻止道：「土司老爺還有話要說，你的心事都在神靈那裏擱著哩。你可不會爲了一副馬掌大老遠的把我請來。」

土司再次向丹瑪神巫躬身道：「你說的對。如果你真的能替神靈說話，你就是我請進家裏來喝茶的第一個神靈了。請吧，請吧，讓神靈爲一個土司說出他的心事吧。如今這世道，有誰還會爲一個土司的煩惱操心呢？」

「六藏克銀子。⑥」丹瑪神巫聲色不露地說。

野貢土司咂咂嘴，「請神靈說話，可不是一件容易的事。」

丹瑪神巫說：「煩惱是很昂貴的，窮人只要吃飽了肚子，就從來沒有煩惱。」

「那麼，就看看你的金口玉言裏，有沒有我昂貴的煩惱了。」土司說。

「我需要閉關打坐三天，潔淨我的身體。」神巫站起身來說。

如果你不收銀子就降神的話，你早就潔淨了。土司本想這樣說的。他爲丹瑪神巫臨時找了間幽暗的房間，把他關了進去，連一碗水也不送給他喝，讓他徹底潔淨自己。

三天以後，丹瑪神巫從閉關的佛堂裏出來了，但他一點也不像餓了三天三夜的人，倒像一個即將走進祭壇的殉教者。他神情嚴肅，兩眼凝重，動作遲緩。他的表情無聲地告訴人們，神靈就要來了，就要說話了。

和丹瑪神巫一起來的還有幾個小喇嘛，他們忙著爲丹瑪神巫作降神的準備，一個巨大的鐵頭盔被小喇嘛們抬出來，刀、劍、三叉戟、弓箭等各種兵器，其中一把又長又重的劍需要兩個喇嘛才抬得動，他們稱之爲「疙瘩金剛劍」，還有做法事時用的法號、頭蓋骨碗、經書、鈸、鐃、羊皮法鼓等。

降神的地點就選在土司大宅前兩棵巨大的核桃樹下，人們圍了裏外三層，儘管各類神靈早已遍佈西藏的山山水水，但不管怎麼說，看神靈說話對峽谷裏許多人來講還是第一次。

所有的人關心的是：神將告訴我們什麼？

丹瑪神巫在助手的幫助下已經穿戴整齊了，他頭戴平和五佛冠，身穿鮮豔的地方神法衣，胸前掛著個巨大的護心鏡，腳蹬牛皮高統靴，被他的助手們擁到一個臨時搭建的寶座上。

他落座後，喇嘛們開始念誦祈請神靈的經文，兩個小喇嘛各持一支法號，對著丹瑪神巫的耳朵吹響淒厲的號聲，此時，鑼、鼓、鐃、鈸一齊敲響，土司的大宅前頓時充滿熱鬧而陰森的喧囂。

雖然沒有人看見要請的神靈是如何進入丹瑪神巫的體內的，但是人們感覺得到神靈確實依附到了他的身體上。他開始抽搐、痙攣、臉色發紅發紫，他的身體彷彿已不是他自己的了，像一個喝醉了酒的人那樣晃來晃去。

在他顫抖得最厲害的時候，神靈便開始控制他的身體，人們把那把「疙瘩金剛劍」抬到丹瑪神巫的面前，他輕輕地就把它拿起來了，在眾人還沒有看清楚時，丹瑪神巫就像擰一條氊毯一樣地將「疙瘩金剛劍」擰成了麻花狀。

「哦呀——」所有的人張大了嘴。

「他倒真有些力氣呢。」野貢土司說。

「那不是他的力氣，是神靈的法力。」管家旺珠說。

丹瑪神巫把「疙瘩金剛劍」揚手扔得老遠，他的助手們又遞給他一把三尺長的短劍，他在顫抖中將劍從嘴裏塞了進去，人們看到劍越進越深，最後只有劍柄露在外面了。然後一個小喇嘛從他的背後將那把劍一抽而出，劍上一點血也沒有。

法術表演得差不多了，丹瑪神巫開始降神。助手們將那個又大又重的鐵頭盔抬起來，扣在丹瑪神巫的頭上。

「哦呀——」

這樣重的頭盔，一個人別說戴，連抱起來都困難。但是丹瑪神巫在法力的作用下，竟然將它頂起來了，還在場地上走起了神靈的舞步。那是巫術士的舞步，就像踩在虛空中的步履一樣，每一步都攪起陣陣鬼氣。

丹瑪神巫現在取下了沈重的頭盔，他還在痙攣，像一個正在發作癲癇病的病人，一個神志清醒的人是請不來神靈的，就像你大白天不能做夢一樣。

丹瑪神巫和他剛才降神之前已判若兩人，但是他現在要替神說話了，或者說，神靈自己要說話了。

一個助手早領了野貢土司的旨意，貼近丹瑪神巫的耳邊問：

「土司老爺請問神靈，他目前最煩惱的事情是什麼？」

「咕嚕……咕嚕咕嚕……」丹瑪神巫神經質地搖晃著頭，像鴿子叫喚一樣。

這就是土司費了老鼻子的勁，請來的神靈所要說的話。它必須經過神巫的助手翻譯，人們才能知道其意思。不過，即便是翻譯過來的話，也是非常隱晦難懂的。

那個擔任翻譯的助手對大家說：「神靈說，紅雲和白雲。」

野貢土司看看自己的管家，他也一臉茫然；然後他又看看天上，天上既沒有紅雲也沒有白雲。

丹瑪神巫忽然開始用拳頭捶打自己胸前的護心鏡，他捶打得那樣瘋狂，以至於把自己的手指骨節都打斷了，一節節手指飛到了天上，神巫黑色的血污染了潔淨的大地；然後他又去撕自己的喉嚨，彷彿那裏阻塞了似的，那喉嚨被撕開以後，人們隱約看見一個綠頭小鬼在喉管深處張頭露耳，一臉壞笑。

他的助手連忙上前去死死地拉住了他，急速地說：「尊敬的神靈啊，求你再多留一會兒。」

「咕嚕咕嚕……咕嚕。」神靈又發話了。

「顏色。神靈說，有種顏色傷了土司老爺的眼睛！」他的助手高聲翻譯道。

野貢土司一直坐在丹瑪神巫的對面，現在他猛地從椅子上跳了起來，將身後的椅子都碰翻了，好像他也被神靈附體了一樣。他高舉雙手伸向天空，大聲叫道：

「說得多對啊！顏色對眼睛的傷害，比刀子劃破了眼珠還厲害哩。白人喇嘛來到峽谷裏時，他們白色的皮膚和藍色的眼珠讓喇嘛們的眼睛受到了傷害；大地上的青稞由綠變黃時，雪山上澤仁達娃的土匪們眼睛就被傷著了；草原上湧起綠色的波浪時，牛羊的眼睛就被傷著了。瀾滄江邊的鹽有紅色的也有白色的，我站在西岸看東岸白色的鹽田時，我的眼睛就被那鹽發出的白光燒傷了，難道你們沒有看到老爺我的眼睛很久以來就是紅的了嗎？」

「白色的鹽，讓峽谷不安寧。」神巫的助手不等神靈說話，就自己宣布道。

野貢土司接過一個僕人遞給的一條哈達，雙手捧著將它獻給了丹瑪神巫，然後轉身對眾人說：「你們聽見了嗎，神靈告訴我們了，又要打仗啦！真好啊，鹽的顏色就像女人的顏色一樣。我喜歡白色的鹽，就像我喜歡皮膚白皙的女人一樣。來呀，把海螺吹起來，牛皮鼓敲起來！康巴的勇士們，上一次和納西人打仗，你們雖然勝利了，但是讓我感到羞恥！納西武士手上連一根木棍都沒有，納西的娘兒們用她們的奶子擋住了你們的馬蹄，今天洗刷你們恥辱的時候到了。去吧，告訴江東岸的納西人，讓他們像一個真正的男子漢一樣，做好戰鬥的準備。」

由鹽的顏色引發的第二次藏納戰爭很快就要打響了。野貢土司蓄謀已久，只等神靈的一個暗示，戰爭的宣言便順利地發佈。

中國內地軍閥之間正在忙於內戰，藏政府派來的官員連每年來收鹽稅都嫌麻煩。沒有比現在進行戰爭更好的時機了。野貢土司以神靈的名義，向瀾滄江西岸自己屬下十二個村莊的頭人都派了差役，讓每一戶佃戶和農奴都出人出槍，隨時聽候他的調遣，這被稱之爲「門戶兵」。

「門戶兵」將爲白色的鹽而戰，爲土司敏感而佈滿血絲的眼睛而戰。因爲他說：

「白色的鹽將會治好我的眼睛。」

多年以後，每當峽谷裏有孩子的眼睛患了紅眼病的時候，父母們都用白鹽融化的鹽水爲他們清洗。他們說：「白色的鹽清火哩，當年土司的紅眼病就是被白色的鹽治好的。」

那一年，丹瑪神巫宣布說：「打仗的吉祥日子將定在峽谷裏第一朵桃花開放的時候。要讓江對岸的納西人知道，我們是爲顏色而戰。」

野貢土司那一陣，天天一大早起來就去看桃花開了沒有。土司家後院就有一棵大桃花樹，往年桃花開得最爲燦爛。多年來，人們已經認識到了桃花和鹽的關係，如果一樹的桃花盛開得如天邊的雲霞，那麼江邊鹽田裏「桃花鹽」收穫得就越多。

「桃花和鹽的神靈一定是同一個。」人們都這樣認爲，因此在供奉財神時，人們總是把鹽神和桃花神當成一個神來祭祀。桃花鹽桃花鹽，先有桃花後有鹽。在峽谷裏，這是連小孩都會的諺語。

野貢土司在每日的念經祈禱中，都加進了祈願後院的桃花早早開放的內容。但是天公有些不作美，本來已經是春暖花開的陽春三月了，可是一股來自北方的寒流卻遲遲盤桓在峽谷裏，讓氣溫升不起來，桃樹枝上的花朵，就像一個個攥緊了不願鬆手的小拳頭。

彷彿神靈要阻止野貢土司爲顏色而打仗的信心。一天早晨，瀾滄江兩岸曬鹽的人們發現鹽井坑冒出的鹵水竟然又是黑色的了，曬出的鹽也是黑色的，還有一股濃烈的腥氣。

峽谷裏第一次和白人喇嘛的宗教戰爭時，趙屠戶的軍隊血洗峽谷和噶丹寺後，鹽井坑就冒出過這種黑色的鹵水。不過那時峽谷裏哀鴻遍野，人們收屍辦喪事都忙不過來，沒有人到江邊來曬鹽。寺廟的喇嘛們也被趙屠戶的大炮轟得不見了蹤影，因此沒有人爲黑色的鹽做出解釋，只有納西人的東巴和阿貴說，黑色的鹽是「署」神的懲罰。但他的聲音太小了，峽谷裏能聽到的人不多。

西岸急於投入戰鬥的人們紛紛傳說，天氣老是不回升，鹽井坑又冒黑色的鹵水，是東岸那個老東巴在做法，他一定驅趕來了這反常的寒流，以阻止桃樹開花。

野貢土司聽信了這個說法，他冷笑道：「難道我不可以升堆火麼？」

從那天以後，野貢土司命令所有的桃樹下都要一天到晚地升火爲桃樹驅寒，而且，根據丹瑪神巫的占卜，沾過女人經血的褲衩可以破除江東岸東巴的巫術，抵禦天上的寒流。於是，一夜之間，西岸所有的桃樹上都掛滿了那些從來羞於見人的花花綠綠的東西。

巫術的戰爭終於要結束了，丹瑪神巫宣布了自己的勝利。因爲人們看見桃樹的花蕾在樹下柴火的烘烤下，雖然有些萎靡不振，但畢竟慢慢綻放了。

「紅色的桃花開得這樣美麗，
姑娘啊，我要去打仗了，
別一朵桃花在胸前，
就像把妳的臉藏進了懷裏。
我右肩的戰神啊⑦，
請照顧好我桃花一樣憂傷的姑娘。」

很多年以後，這支離別的歌謠還在峽谷裏傳唱；很多年以後，它還在繽紛的桃花雨中飄零；很多年以後，六、七十歲的老人在唱這支歌時還淚流滿面；很多年以後，它還是一支藏族女人不能聽到的歌，一聽到它就心如刀絞。

讓迥活佛的智慧

但是戰爭的進程與第一次藏納戰爭相比卻大不一樣。納西人已經沒有了退路，納西女人不再把她們的男人擋在身後，而是準備好了一根根殉情的貞潔帶。

連接瀾滄江兩岸的溜索在戰爭還沒有開始時，就被納西人砍斷了，康巴的勇士們於是效仿古人的方式，將一張張整羊皮縫成一個個的口袋，留下一隻腿作爲氣嘴，然後往裏吹滿氣，再紮緊氣嘴，就成了一個個的氣囊。

每個康巴勇士都有一個這樣的氣囊，他們把它綁在自己的胸前，作爲渡江的救生筏。據說這是很久以前，元朝的開國皇帝忽必烈的發明，他的士兵就曾採用這樣的氣囊渡過了藏東的一些大江，征服了雲南、四川、西藏的大片地方。

胸前綁著羊皮氣囊的康巴勇士們，像一隻隻大腹便便的龐大青蛙，在瀾滄江的激流中沈浮。東岸堅守自己鹽田的納西人箭矢、火槍、石塊像雨點一般射向江裏，康巴的勇士們既要和激流搏鬥，又要躲避納西人的槍彈，在江水中，他們幾乎沒有還手的能力，更何況以騎射著稱的康巴人水性並不那麼高明，多數康巴勇士還沒有抵達江東岸，就被一個接一個的波浪帶走了，就像在風中飄零的一瓣瓣桃花。

有少數的勇士泅水到了岸邊，但是東岸的地勢太陡峭，他們還來不及在峭壁上站穩腳跟，納西人的長矛就將他們趕下江中。江面上到處都是漂浮的屍體，納西人和康巴人拼死搏鬥的吶喊充斥了峽谷，淒厲、野蠻、憤怒、驚恐的叫聲，連太陽都嚇得躲進雲層深處去了。剛吃過午飯不久，天就黑下來了，彷佛天上的神靈不願意看到人間這殘忍屠殺的一幕。

野貢土司在這一天共發起了九次頑強的衝鋒，但瀾滄江的波浪輕易地就將它們沖垮了。

野貢土司指揮作戰的帳篷就搭建在江邊，他把這次戰爭當成一場野餐，他以爲康巴的勇士們一衝鋒，納西人除了讓娘兒們在前面抵擋一下外，自己就會丟下鹽田，逃到另外一個地方去。這樣，他就可以在江邊的帳篷外爲凱旋歸來的康巴勇士大擺酒宴、歡歌跳舞了，他甚至連要宰殺的牛羊都圈在了自己的帳篷外面。

這天晚上，他收到了納西族長和萬祥的一封箭書，它是將信綁在箭桿上從江東岸射過來的。儘管雙方眼下正處於戰爭狀態，但和萬祥在信中照樣稱野貢土司爲大哥，他在信中說：

大哥，以江東岸地勢之險峻，你就是有百萬康巴勇士，也不可能攻上我江東的土地。不是我們納西武士如何能打仗，也不是康巴漢子缺乏勇氣，而是神靈始終都是公正的。儘管我們是不同的種族，但一切都在神靈的護佑之下。我們的東巴經書《人類遷徙記》中說，人類的祖先崇忍利恩與天女襯紅褒白成婚後，生下三個兒子。但是他們長大後都不會說話。後來一隻從天上飛下來的蝙蝠告訴他們，只要敬畏神靈，誠心祭天，兒子們就會說話的。祖先們信了，祭天，敬神。

第二天，三個兒子到門口蔓青田裏玩耍，看見一匹馬跑來吃蔓青，他們急了，高聲喊叫起來。老大用藏語喊：「達尼芋瑪早！」老二用納西話喊：「軟尼阿肯開！」老三用白族話喊：「滿尼左各由！」

他們喊叫的其實都是同一個意思：「馬吃蔓青了！」

從那以後，三個兒子就會說話了，一母之子也變成了三個不同的民族。老大是藏族，住在拉薩白坡腳，老二是納西族，住在人生廣闊地，老三是白族，住在蒼山下洱海邊。

大哥，現在是你的馬要來吃我們納西兄弟的「蔓青」，我們共同的祖先看著你呢。

在和萬祥的信後，還有一封沙利士神父的短簡，上面說，他對峽谷裏藏納兩個民族再次發生的戰事感到非常遺憾，儘管這場戰爭與上帝無關，但是他還是要奉勸尊敬的土司先生，這場爲鹽的顏色而引發的戰爭是違背上帝旨意的，因爲主耶穌說過，「鹽本是品質純正的，如果它失去了鹽味，怎麼能使它再變鹹呢？」啊，尊敬的朋友，鹽一旦沒有了鹹味，還不如沙子。

野貢土司把信給自己的兒子野貢・堅贊羅布看，他現在已經是個二十一歲的漢子了。他先問：「阿爸，我們藏族人和納西人真的是同一個祖先嗎？」

野貢土司想了想才說：「很久以前，納西人曾經做過我們這裏的王。我們和納西人都是趕著牛羊從北邊遷徙下來的。」

堅贊羅布說：「既然納西人說他們『住在人生廣闊地』，那就讓他們沿著瀾滄江繼續遷徙下去吧。」

野貢土司吃驚地看著自己的兒子，覺得自己真的有些老了。剛才納西人同一個祖宗的說法讓他還有所猶豫，可你看看堅贊羅布，祖宗的話已經嚇不倒他了。

野貢土司拍拍兒子的肩膀，「我一直認爲，你會比你阿爸更有出息。那些狗娘養的，自以爲知道點過去的事，就來對現在的人說三道四。太陽可不等我們。繼續幹吧。」

第二天，野貢土司剛要下令發起衝鋒，天上忽然降下一場從來沒有見過的大冰雹，連野貢土司原來準備慶功宰殺的牛羊，都被那些拳頭大的冰雹打死了不少。人根本就走不到江邊。

觀戰的丹瑪神巫對野貢土司說：

「那邊一定有個會使天氣咒術的巫師。這場冰雹就是他調來的。」

「他能調來冰雹，我還會調來天上的炸雷哩。快去請曲結喇嘛來，要比試鬥法術，納西人還得向我們藏族人學習呢。」野貢土司衝著滿峽谷的冰雹大喊。

第一次和納西人打仗時，能控制天氣的曲結喇嘛曾經運用法力擊敗過納西東巴和阿貴。在他的法力狀態最佳時，可以將天上滾過的雷順手摘下來，像扔一個鞭炮一樣，扔向佛法的敵人和被他詛咒的人。但是現在，曲結喇嘛已是個瞎了眼的老人了，六年前，他在接天上的一個響雷時，不慎在泥濘的山道上滑了一跤，雷雖然接住了，但已來不及扔出去，結果把他自己給炸了。從那以後，他就躲到卡瓦格博雪山下的一個幽暗的山洞裏閉關修行，他已經發下宏願，今世永不出來。

閉關修行的人是不接待來訪的，但野貢土司家是寺廟的大施主，窮結仲永堪布還是帶旺珠管家來到了曲結喇嘛閉關的山洞前，他只能在這裏和曲結喇嘛說話，至於曲結喇嘛是否願意出來參加因爲鹽的顏色的戰爭，那就看他的定力了。

「回去告訴你們的老爺，以我爲教訓吧。神靈賜予的法力是用來抵抗佛法的敵人，不是用來傷人的。傷人者既傷別人，也傷自己。我的上師五世讓迥活佛就說過，濫用神靈法力的人，是愛好虛榮的表現。」曲結喇嘛的話語從山洞的深處穿過黑暗，一波一波地傳出來，像是人生的前世或者後世的聲音。

「尊敬的曲結上師，」旺珠管家跪在山洞口，躬身謙卑地說：「我家老爺的眼睛被江東岸鹽的顏色傷著了，納西人的東巴還調來冰雹打在我江西岸的土地上。地上的牛羊被打死了，莊稼也被毀了。上師啊，眾生等待著你去解脫他們。」

「如果鹽的顏色傷眼，那就閉上眼睛吧；如果冰雹從天上掉下來了，那就待在家裏吧；如果心存十種惡業⑧，那就一定有災禍了；如果眾生都能持因緣大法，像茶和酥油那樣地交融在一起，宗教將庇護一切。」

這話語分明是五世讓迥活佛的聲音，連在一邊的窮結仲永堪布聽了也大爲驚訝，禁不住問：「尊敬的五世讓迥活佛，是你在裏面講話嗎？」

旺珠也聽出五世讓迥活佛的嗓音，早嚇得額頭觸在地上不敢抬起來了。一個已經去世了四年多的活佛，儘管人們還沒有將他尋找出來，但是他的身影、他的話語、他的思想，隨時隨地都在你的身邊。

山洞裏沒有回音，窮結仲永堪布又問：「曲結喇嘛，剛才的話是誰說的呢？」

仍然沒有回答，那段話彷彿來自過去。旺珠只好留下帶來的供奉，隻身回到野貢土司的帳篷裏，直截了當地對他的老爺說：

「老爺，不能再打下去了。讓迥活佛回來啦。」

野貢土司那時眼睛紅腫得只剩一條縫了，那可不是江東岸的白鹽灼傷的，而是戰事不順讓他急火攻心，欲望的火苗一下就竄到眼睛裏了。他現在看什麼都覺得那東西在著火，體內的欲望不僅燃燒著自己，還燃燒著眼前的世界。這讓他感到很煩躁。他就順口說：「那就請活佛到帳篷裏來喝碗酥油茶。」

旺珠嚇了一跳，以爲他老爺真的看見讓迥活佛來了呢，忙扭頭往回看。他的背後就是瀾滄江的東岸，納西人矗立在懸崖上的村莊和鹽田，在他回頭一瞥的瞬間，他看見了江面上明晃晃的陽光下，一個孩子正跏趺跌坐於一個波浪之上。

「佛祖啊……」

旺珠眼淚頓時就下來了。這個孩子的前身他是多麼熟悉、多麼崇拜啊！

瀾滄江兩岸的戰火暫時停下來了。丹瑪神巫向野貢土司獻上了一條渡江的計策，他建議野貢土司放棄過時的羊皮囊，改用牛皮筏渡江。

峽谷裏的人從來沒有見到過船、筏一類的渡江工具。青藏高原上的瀾滄江太兇猛，根本就不是一條可以行船的江。丹瑪神巫說，如果給牛皮筏加持了法力的話，它就可以抵禦瀾滄江的波浪。

野貢土司殺死了本來用來慶功的數十頭犛牛，在丹瑪神巫的指點下，曬乾後，縫製成了六條牛皮筏。牛皮筏的前面還設計了一塊擋板，蒙上厚厚的棉被和牛皮，用以遮擋納西人的弓箭和火槍散彈。丹瑪神巫還向野貢土司建議，寺裏有那樣多年輕力壯的喇嘛，爲什麼不請他們一起來乘坐牛皮筏呢？如果他們過了江，洋人的腳就要打抖了。

可寺廟對野貢土司的建議不置可否，因爲人們找不到那些掌教的高僧和大活佛絳邊益西活佛了。自讓迥活佛虹化以來，三世絳邊益西活佛和窮結仲永堪布聯合掌管著寺廟的宗教大權，絳邊益西活佛傳承體系在噶丹寺裏，其地位僅次於讓迥活佛體系，當讓迥活佛傳承體系需要尋找他的轉世靈童時，絳邊益西活佛便擔當起了從尋找到培養靈童的一切重任；同樣，在絳邊益西活佛體系傳承過程中，讓迥活佛傳承體系的各代大活佛也起著不可或缺的作用。

在絳邊益西活佛的帶領下，寺廟裏最近舉行了好幾場秘密大法會，僧眾在大法會期間隔天只喝一次酥油茶、吃一頓糌粑，爲的是對神靈的虔誠。而寺廟裏，像活佛、堪布、格西、掌壇師、領經師等高僧大德們，據說已經在半個月時間裏，除了隔天一碗茶外，沒有吃任何東西了。而且，他們還經常一起在佛堂裏修持一種普通僧侶不能觀看的密法，在他們修持這種密法時，連大地都在微微顫動。

很久以來，俗界的土司在準備戰爭，僧界的喇嘛們卻在為五世讓迴活佛的轉世煞費苦心。五世讓迴活佛虹化已經四年多了，他的轉世靈童應該浮現於人間了。但是，由於靈童是找出來，而不是選出來的，因此這個過程既有很多的波折，又暗藏著許多不可更改的法定的東西。

鑒於讓迴活佛在虹化時，並沒有明確說明自己將在哪個方向更換自己的身體，他的圓寂方式又相當獨特，噶丹寺的高僧們只能像在黑暗中憑藉著微弱的星光趕路一樣，在崎嶇漫長的尋訪轉世靈童的道路上摸索前進。做法事，觀湖相，求佛陀，問神靈，刻苦修行，迎請了各路神靈前來指引尋訪靈童的高僧小組不要被魔鬼所迷惑干擾。

就在峽谷裏的桃花被當作是戰爭的信號時，睿智的五世讓迴活佛搶在桃花開放前的一個清冷的早晨，向人們顯示了自己的轉世方向。

他的靈塔的東面塔頂上，竟然長出一枝杜鵑花苗來。兩天後，這株杜鵑苗竟開出白色和紅色兩朵顏色的花朵，喇嘛們發現了這個奇蹟，紛紛前去告訴寺廟的臨時大住持絳邊益西活佛。而那個早上，絳邊益西活佛正為自己昨晚的一個夢百思不得其解。他在夢裏看見五世讓迴活佛在江面上行走，邊走邊回頭向西岸張望。寺廟的高僧們根據種種神奇的跡象判定，五世讓迴活佛的轉世靈童將要出現了。

絳邊益西活佛明白了五世讓迴活佛的智慧。他告訴大家，「你們應該仔細想一想五世讓迴活佛虹化前說的最後幾句話，『我就像沐浴在一條向南流淌的陽光之河裏，我要涉過去啦。』在我們這裏，向南流淌的河只有瀾滄江，偉大的五世讓迴活佛涉過了這條江。五世讓迴活佛靈塔上的那株杜鵑花為什麼要向著東面開花呢？佛祖啊，五世讓迥活佛是在告訴我們，他在江的東岸等我們哩。」

寺廟的轉世靈童尋訪小組秘密來到了江的東岸。過去他們在尋訪轉世靈童時，也曾多次來到過江東，他們沿著這邊的馬幫驛道甚至一路走到了拉薩，但是他們從沒有進過渡江後最近的兩個村莊——納西人的左鹽田和信奉天主教的藏族人的右鹽田，因爲這不是佛教徒的村莊。但是這一次，五世讓迥活佛的法力指引他們走進了納西人的村莊。

他們剛一進村口，就看見一個四歲的納西男孩在路口迎接他們，他用一種與他的年齡不相稱的口吻對行色匆匆的高僧們抱怨道：

「你們怎麼才來啊，戰火都快要燒到納西人的房子了。」

絳邊益西活佛蹲在那個孩子面前，激動地問：「孩子，你家在哪裡？」

「在八瓣蓮花上。」孩子說。

能住在八瓣蓮花上的可不是凡人，「佛祖啊！」一群老僧衝著孩子全跪下了。

接下來的驗證過程，就像人們所期望的那樣順利吉祥，儘管這個男孩是納西人的東巴教祭司和阿貴的小兒子。他牽著絳邊益西活佛的手，把高僧們領回自己的家裏。

老僧們發現，孩子家的房子立在一處巨大的岩石上，那岩石看上去形狀既規整又奇異，像一朵盛開了千萬年的蓮花。

當幾個老喇嘛出現在院子門口時，和阿貴嚇得一屁股坐在院子裏，他還以爲野貢土司的人馬已經打過江來了呢。他曾經想過，如果野貢土司征服了江東，第一步是占了納西人的鹽田，第二步大概就是要納西人改宗藏傳佛教了。那麼，他這個東巴既沒有了鹽田和土地，也沒有了自己的信徒。與其如此，他還不如像一個納西武士驕傲地戰死。

但是事情的發展沒有和阿貴想像的那樣糟糕，但又超出了他的想像。

「一個藏傳佛教的活佛，怎麼會投生到一個東巴人家呢？你們沒有弄錯吧？」聞訊趕來的族長和萬祥對高僧們說。

「神靈的眼睛是不會看錯人的。」窮結仲永堪布說。

和阿貴眼看著自己的孩子被喇嘛們抱在膝前，心中有剜肉之痛，「可我們是納西人啊！」

「這樣的事情不是沒有先例，」仁欽平措格西說：「早在大清乾隆年間，鄰近的四川藏區在你們納西人中就找到了轉世靈童；光緒初年，雲南藏區的一個納西活佛後來又轉世回一戶藏族人家。在我們這個地區，不同的民族是依照神靈的旨意，像種子一樣播撒在大地上的，有誰能知道活佛會在哪一個民族更換自己的身體呢？」

和阿貴苦著臉對和萬祥說：「族長，你看怎麼辦呢？」

和萬祥說：「這是藏族人的活佛在拯救我們的村莊。」

「藏族人和納西人，都在讓迥活佛的悲憫之下。」絳邊益西活佛說。

「是的，戰爭該結束了。」那個孩子突兀地在人群中說。

這時刻，在瀾滄江對岸，野貢土司牛皮筏全部做好了。丹瑪神巫爲牛皮筏加持了法力，它們的底部在神巫的咒語聲中自行膨脹起來，讓聚集在江邊所有準備出征的人們看得目瞪口呆。

丹瑪神巫誇耀地說：「如果需要的話，我還可以讓它們在空中飛行哩。」

全身武士打扮的野貢土司說：「那我們坐著它飛過去不是更好？」

丹瑪神巫說：「當然，飛過去是件很容易的事，但是請好好想一想吧，天空是神靈控制的，大地才屬於我們。如果我們雙腳離開了大地在空中飛翔，神靈就會把我們狠狠地摔在地上。」

野貢土司說：「多聰明的神巫啊，這就是爲什麼我們不能在懸崖上像鷹一樣從高處飛下來的原因。」

他向眾人表明了自己也很聰明。每條牛皮筏裏可以乘坐五個康巴勇士，野貢土司帶著兒子堅贊羅布坐在第一條下水的牛皮筏上，他們在牛皮筏四周裝飾了五彩的經幡，經幡上是一些祈誦戰神保佑的經文。被打扮得花花綠綠的牛皮筏看上去不像是去打仗，而是去參加宗教節日。

牛皮筏成爲了那次戰鬥中威力強大的新式武器，東岸的納西人看著藏族人竟然能夠坐在一種他們從來沒有見過的神奇東西上渡江而來，紛紛扔下手中的火槍和長茅，用手捂住了自己驚訝得閉不攏的嘴。

「天哪，他們坐在江裏！」一個納西武士說。

「這是東巴經中說到過的船，它是屬於神靈的！」另一個也驚呼道。

有人說：「趕快問一問和阿貴東巴，我們的神靈的船是不是被土司偷走了？」

納西人紛紛從岩石後探出頭來看坐著神靈的船渡江而來的藏族人。他們在神靈的船上還可以神閒氣定地向岸上射擊。堅守江岸的納西武士措手不及，驚慌失措，被一陣陣排槍放倒了好幾個。

從東岸上投來的標槍和射來的火槍散彈，幾乎不能對牛皮筏上的康巴勇士們構成什麼威脅，牛皮筏前那塊巨大的擋板足以遮擋納西人微弱的抵抗。

野貢土司一手拿著槍，一手捻著胸前的佛珠，望著江東岸懸在半空中、排列得參差不齊的鹽田對堅贊羅布說：

「納西人像對待女人一樣來搭建江邊的鹽田。」

「阿爸，我不明白你的話。」堅贊羅布說。

「哈哈，等你和十個以上的女人睡過覺後，你就明白啦。」

「使勁划呀，誰第一個站在納西人的鹽田上，誰就是那塊鹽田的永遠主人！」他又對牛皮筏上的划槳手們說。

「呵呀！」划槳手們一聲歡呼，恨不得一步就跨上岸去。

但就在此時，划槳手們忽然發現牛皮筏划不動了，既不向岸上移動，也不順著水流的方向下漂，每只牛皮筏都彷彿被施了法力定在了那裏。

年輕的堅贊羅布最先發現戰事的異樣，他手指江東岸，大聲驚呼：「阿爸！喇嘛，喇嘛們！」野貢土司忙循聲望去，果然看見東岸江邊站著一群老僧，他們或許是站在江水中，或許是站在岸邊，或許是懸浮在水面之上，總之，江西岸寺廟裏的喇嘛出現在江東岸納西人的領地就是一個奇蹟。至少，你弄不明白他們是怎麼過江的。那群老僧就像一群江邊的雕像，面對紛飛的戰火和湍急的江水巍然不動。

絳邊益西活佛懷中抱著一個孩子，老僧們拱衛在四周，彷彿怕野貢土司的人搶走了似的。

「戰爭結束了，土司老爺！」絳邊益西活佛揮手衝牛皮筏上的人們高聲喊。

「誰說的？」野貢土司厲聲問。

「峽谷的眾生啊，五世讓迥活佛轉世靈童我們找到啦！你們怎麼還來這裏幹殺生的事情呢？」嗓門一向很大的尼瑪次尼領經師高聲說。

野貢土司呆呆地問：「誰是讓迥活佛的轉世靈童？」

所有乘坐在牛皮筏上的康巴勇士都在問：「誰是轉世靈童？」

「他就是我們的五世讓迥活佛的轉世靈童。」絳邊益西活佛把那孩子高舉在自己的肩膀上，大聲宣布道：「以佛、法、僧三寶的名義，我要告訴你們，你們不能攻打一個產生了活佛的村莊。」

「別聽他的，那是納西人的村莊！」野貢土司喊道。

絳邊益西活佛呵斥道：「尊敬的土司老爺，請原諒我的冒犯，你已經掉入二障⑨的蛋殼中出不來了，貪婪和愚癡蒙住了你的眼，充斥了你的心。如果今天見了小靈童，你還要舞刀弄槍的話，明天你就可以騎在活佛的頭上了。」

野貢土司彷彿被一顆子彈擊中了似的，手中的槍一下掉進了瀾滄江。他回頭一看，只見牛皮筏上的那些連死都不怕的康巴勇士們，全都衝那個剛尋找出來的轉世靈童跪下了。

戰爭確實結束了。

而在另一隻牛皮筏上的丹瑪神巫，正伏在牛皮筏邊嘔吐。

一個冒牌的神巫是不能見真正的活佛的，就像黑暗不能見到陽光一樣。丹瑪神巫先是吐出了早晨喝下的酥油茶和糌粑，然後吐出了昨晚吃下的酒肉；神靈的懲罰紛至遝來，他開始嘔吐自己的內臟，先吐出了胃，再吐出腸子，又吐出了肝和肺，直至他把自己的一顆心也吐了出來，它是黑色的。那是魔鬼的心，丹瑪神巫的本來面目昭然若揭。他已經不可能像他剛來時吹噓的那樣，將吐出的五臟六腑再裝回去，因爲天上的一隻受到神靈派遣的神鷹一個俯衝，把那顆罪孽深重的心收回去了。

丹瑪神巫最後吐出了自己的舌頭，舌頭上坑坑窪窪，佈滿了是非和刻毒的咒語，它一掉進江裏，水中的魚立即被毒死了好幾條。

絳邊益西活佛輕蔑地說：「舌頭多了，禍事就來了，哪裡來的還是回哪裡去吧。把峽谷的安寧還給我們。」

活佛的話音剛落，丹瑪神巫翻身就落進了江水中，他變成了一條黑色的魚，在波浪中一閃就再也不見蹤影了。

於是，本來是去搶佔納西人鹽田的牛皮筏，現在成了迎請納西轉世靈童的過江工具。在出發前，野貢土司為牛皮筏裝飾的彩色經幡，正好為這隆重莊嚴的時刻妝點出些節日的色彩。

偉大仁慈的五世讓迴活佛的轉世靈童順利找到了，沒有人再有心思打仗，也沒有人再顧及鹽的顏色，並為大地上的一種顏色而戰，因為一個產生了活佛的村莊是受人尊重的。宗教庇護一切，靈魂的皈依比什麼都重要。

❖ ❖ ❖

①代本是相當於團長一級的軍事指揮官。

②「彌賽亞」就是基督徒認為的救世主，也指稱為耶穌。

③早在十二世紀，歐洲就流傳著在古老的東方，有一個未被發現的基督徒王國的說法，這個國王叫約翰長老，他身兼國王和教皇二職，集王權與教權與一身。地理大發現以前，歐洲人一直熱衷於找到這個國家，使它能回到基督世界的懷抱中去。

④《新約・聖經・馬太福音》中記載，耶穌在被捕前，曾在客西馬尼園感到十分地憂傷，他對自己的門徒說：「我心裏甚是憂傷，幾乎要死。」這是《聖經》中耶穌唯一爲自己感到憂傷的地方。

⑤佛教的「業」是指行動或作爲，體現力量和作用、功德。

⑥一藏克約等於二十公斤。

⑦藏族人認爲每個人的右肩上都是戰神居住的地方，它也特指個人保護神。

⑧佛教的十種惡業包括身之三惡業——殺生，偷盜，邪淫；口之四惡業——妄語，兩舌（指挑撥離間），惡口，綺語；意之三惡業——貪欲，瞋怒，邪見。

⑨即佛教所說的煩惱障和所知障，經文中，經常把愚癡者和困惑者形容爲掉到一個雞蛋中出不來的人。

第六章　七十年代

魔鬼的造訪

這一年的冬季來得特別早，明明才十月中旬，一場大雪就讓卡瓦格博雪山在一夜之間豐滿起來，雪線就像滑落的白色幕布，把頭天還蒼翠的高山森林和草場籠罩起來了，就像要匆忙掩蓋一個秘密。

千百年來，雪山上究竟有多少秘密不爲人知，人們已經不敢去追問。因爲現在峽谷裏，即便一個大字不識的藏族人，都知道神秘的東西是必須批判的，能控制人們靈魂的神靈早就被打倒了。

高山牧場上，瘦子喇嘛的牛群全成了白色的，彷彿都變成了神話傳說中具有神靈之氣的白色犛牛。當他從草場上的帳篷裏鑽出來時，就像回到了久違了的神靈世界。眼前的一切都潔白無瑕，與紛繁的塵世毫不相干。

「呵——」瘦子喇嘛哈出一口白氣，那隻常年與他相伴的藏獒達嘎便跑了過來，圍著他的腳打轉。瘦子喇嘛對牠說：「下雪了，我們怕是回不去了。」

他說著就流下了兩滴老淚，不是因爲傷心，而是年邁的瘦子喇嘛患有風淚眼好多年了。過去藏族人認爲，見風落淚，是成佛的標誌。

達嘎哼哼兩聲，算是作答。瘦子喇嘛翻出一隻已啃了一多半的羊腿，邊揩眼淚邊遞給達嘎，「你吃吧，我老了，魔鬼也欺負老年人呢，都鑽到我的嘴裏來啦。昨晚我聽見他們在鋸我的牙齒，就像鋸一棵棵的樹一樣。」

達嘎口裏叼著羊腿，用同情的眼光看了看瘦子喇嘛一眼，然後便叼著骨頭去找牠的孩子卡巴。

瘦子喇嘛把火塘的火堆撥燃，他即便蹲在地上，也要費力地彎下腰去吹那還有熱氣的火灰，那姿勢像一隻弓著身子的大蝦。

瘦子喇嘛其實並不瘦，只是因爲他太高了，如今在峽谷裏，很難找到這樣高的人。他長手長腳，蝦腰駝背，連臉龐也長得驚人，挺直的鼻梁像一條橫亙的山嶺，讓人看著腳也會發軟。但是一個放牧者多年的孤獨早已經深深地刻在他的臉上，這使他看上去慈祥而悲憫。他就像一棵到處遊走的細長的老樹，使空曠的草場不寂寞。

「達嘎，不管怎麼說，我們還是試一試，也許大雪還沒有把路完全封死。你說呢，達嘎？」瘦子喇嘛喝完早晨的酥油茶，抹抹嘴對他的伴兒說。

達嘎正在訓練卡巴如何從牠的嘴裏搶吃的，牠把骨頭壓在一條前爪下，當卡巴來搶時，牠就用另一隻前爪扇卡巴，那粗壯的爪子抵得了一個康巴漢子的胳膊，有時達嘎出爪重了，卡巴便被扇得滿地滾，嗚嗚亂叫，但對骨頭的嚮往使牠一次又一次地往前撲。

達嘎剛做了母親，卡巴才半個月，但已經可以啃吃骨頭和糌粑了。達嘎在這種時候表現出來的狠勁，連瘦子喇嘛都看不下去，「人和狗啊，牛啊，羊啊，其實沒有什麼不同哦，都是爲了那一口。達嘎，你輕一點好麼？」

達嘎使勁搖搖頭，將脖子上的項圈甩得嘩啦啦響，那是牠不贊同主人的觀點的表示。這功夫，卡巴趁機把骨頭搶走了，躲到帳篷一角，急速地啃起來。牠的眼睛隨時都在提防著達嘎。

瘦子喇嘛來到帳篷外，刨開草地上的積雪，一些小石子就露出來了，他將它們一一撿起來，每撿一顆，他就念一頭牲畜的名字，多洛，嘎農，巴吉，羅嘎、農批……一共有三十二顆石子，那代表他爲生產隊放牧的九頭犏牛，二十三隻羊。他把這些石子裝進腰間的一隻布袋裏，口裏念了一段經文，牛羊們就知道瘦子喇嘛在召喚牠們回來了。牠們哪怕遊走到再遠的牧場上吃草，都會自己跑回來。早晨天還沒有亮時，瘦子喇嘛把這些石子隔著帳篷門撒出去，牛羊們便會自己爬起來到草場上找吃了，而瘦子喇嘛還可以再小睡一會兒。牛羊們都知道，瘦子喇嘛是用法力放牧，他不是一個普通的牧人。

瘦子喇嘛今天早晨不想再給牛擠奶了，就讓牠們也歇一天吧，還要走山路呢。他想。然後他開始收拾帳篷裏的東西，一個高山牧場上的放牧者，他的生活用具非常簡單，一頭犛牛就可以馱走他的所有家當。他把還有半袋的糌粑麵連同羊皮袋一起放進鐵鍋裏，幾塊剩下的羊肉用一個布袋裝好。

他想，如果佛祖保佑，他和達嘎趕著牛群可以用兩天的時間走完下山的路。在牧場上打好的酥油有三大餅，奶渣有一口袋，這些都得交回給生產隊，他們會憑此給他記工分。

瘦子喇嘛年年都到高山牧場上放牧，這可是個苦差事兒，生產隊對出來放牧的人記的工分低，而走失了牛羊或牲畜們得病死了，放牧人都要承擔責任。如果你成分不是那麼好的話，一項破壞國家財產罪，就可能會讓你進學習班甚至到農場勞改。夏季裏的高山牧場已經不是從前天空中情歌飄蕩、草原上野花浪漫的時代啦。

瘦子喇嘛在紮奶渣口袋時，想找他的羊皮繩，他明明記得剛從背囊裏把這根繩子拿出來了，但現在左尋右尋就是見不到了，帳篷就這麼大一點地方，已經拾掇得沒有什麼可剩下的東西了。

就在瘦子喇嘛四處查看時，一個聲音在他身後說：

「你要的繩子在這裏。」

瘦子喇嘛一回頭，便看到一個他從未謀面過的魔鬼坐在火塘的三角鐵架上，他幾乎是坐在三角鐵架上方的火苗尖上，當然，只有魔鬼才會有這樣的本事。他的手上果然纏著瘦子喇嘛的羊皮繩。他笑嘻嘻的，像一個愛開玩笑的、幽默的藏族人。火還在他的身下燃燒著哩。

瘦子喇嘛只愣了一下，就像對一個多年未見的老朋友說：「嗨，你終於來了。為什麼不坐在藏毯上呢？我可以為你重新鋪開。」瘦子喇嘛說著，把剛捲起來的藏毯鋪開了。

「我怕冷。這裏很好麼。」魔鬼說。

瘦子喇嘛不和魔鬼客氣了，自己在藏毯上盤腿坐下，和魔鬼面對面。

除了跟忠實的藏獒達嘎說說話外，瘦子喇嘛已經有三、四個月沒有和誰說過話了。在寂寞的高山牧場，有魔鬼作伴，總比什麼都沒有強。

瘦子喇嘛從收好的行裝中拿出兩個茶碗，把茶罐重新煨在火堆邊，「你吶，也來一碗茶吧，」他說：「只聽說你們也害怕運動、文化大革命，還沒有聽說過你們怕冷。」

魔鬼沒有回答瘦子喇嘛的話，「你該走了。」他有些俏皮地說。

瘦子喇嘛弓下腰去把火吹旺一些，「不著急麼。你可以把我帶走，但你得讓我喝完這碗茶。」

而他那天碰到的卻是個性急的魔鬼，他說：「走吧，我等你等了八十多年了。」

不知是因爲剛才火煙熏的，還是因爲別的什麼原因，瘦子喇嘛的眼淚又下來了。「八十多年的時間並不長麼，昨晚睡覺前我才四歲，醒來就八十多歲了。你說說，這壽歲你們是怎麼管的，一定是哪兒弄錯啦。」

魔鬼笑了：「是弄錯了。本來在你四歲那年就要收走你的，但是人家幫你把命抵了。」魔鬼的笑臉甚至有點和藹可親，使瘦子喇嘛差點忘了他是一個魔鬼。

茶已經熱了，瘦子喇嘛把茶倒進酥油茶筒，然後一上一下地打茶。他邊打邊想，熱香熱香的酥油茶啊，從來都是打給遠方的客人喝，現在要打給魔鬼喝了。

這讓他打茶的動作遲疑而沈重，有兩次甚至把茶都打出來了，惹得魔鬼在一旁笑話他：「你真的該走了，連茶都不會打了。」

瘦子喇嘛說：「是嗎，那是因爲你在旁邊。」

他倒了兩碗茶，遞給魔鬼一碗，高聲說道：「歡迎啊，遠方的魔鬼！」

魔鬼伸手接了，連碗一起喝了下去。

瘦子喇嘛嘀咕道：「真是餓鬼變的，我只有這兩只碗哩。」然後他也喝了一口，滾熱的茶剛到喉嚨裏，又自己倒著流出來了。不是由於燙，而是瘦子喇嘛猛然發現今天的茶味道奇異，令人作嘔，不再是他喝了八十多年的酥油茶了。他喝到了死屍的味道，從前他多次聞到過這種味道，不過可不是在酥油茶裏。

「你把我的茶弄壞了。」瘦子喇嘛心有不甘地說。

魔鬼好像感到有些愧疚，同情地說：「這個時候的人，吃什麼都不香啦。」

瘦子喇嘛被他的話所感動，這才認真觀看對面與他談話的魔鬼。

儘管瘦子喇嘛已經八十多歲了，但他的眼睛依然好使，連林子間跳躍的鳥兒的羽毛是什麼顏色他都看得清楚，何況這個比真人小不了多少的魔鬼呢。

魔鬼的皮膚是一層死屍皮，乾澀、粗糙而且僵硬，就像經書中說的那樣，它是黑藍色的。瘦子喇嘛雖然多年不念經書了，但他還是終於想起來了，這個魔鬼的名字叫囊珠森吉頓巾，他眼下呈現的是閻王的一種內修身形，名為寂靜閻王。

經書中把他描繪為生有兇暴的羅刹頭，一手持一把滴血的砍刀，一手拿著人頭蓋骨做成的血碗，他專收世上的惡人和罪孽深重的人的命。不過，他今天呈現在瘦子喇嘛面前的是他的善相，而不是怒相，因此他並不顯得十分的恐怖。瘦子喇嘛覺得由他來收走自己的性命，自己今生所造的罪孽，也許可以得到補贖了。——至少到目前為止，寂靜閻王對他還不錯。

這時，達嘎帶著卡巴從外面跑進來了，牠們沒有看見魔鬼，連魔鬼的味道都沒有嗅到，達嘎是聽到主子的說話聲才跑回來的。牠一進帳篷，魔鬼就不見了。達嘎用詫異的眼光看著自己的主人，也許牠認為主人又在自言自語了。牠嗚嗚兩聲，責怪主子為什麼還沒有收拾好。

「你也要催我呀。」瘦子喇嘛對牠說：「那就上路吧，時候到了，誰也躲不過去。」

草場這時已經變成了茫茫的雪原，瘦子喇嘛孤零零的黑色帳篷像白色世界中的一個小黑點。他在拔固定帳篷的木楔子時，拔了幾下也沒有拔出來，他正想找一個東西來撬一撬，魔鬼從他身後伸出手來，輕輕地就將木楔拔起來了。

瘦子喇嘛說：「我可不會謝你，你真比我還急。不管怎麼說，我得把生產隊的牛羊趕回去。那是集體財產，你明白嗎，現在連一根羊毛都屬於社會主義。」

魔鬼在他身後說：「噢，那麼什麼東西才屬於你自己呢？」

瘦子喇嘛老是淌眼淚的眼睛，讓他在魔鬼面前很不好意思，他不得不在回答魔鬼的問話時，不斷揩眼睛。他說：「過去的日子，都是屬於我的。我從前造的孽，誰也不會要。還有這些老也淌不完的眼淚。」

「剛才我忘了，還有一樣吉祥的東西屬於你。」魔鬼跳到了瘦子喇嘛的眼前。

瘦子喇嘛抹一把眼淚：「噢，吉祥。這個時候對我還有什麼用呢?你把金山銀山給我，西藏法王的王冠給我，都會像雪花一樣被風吹走。」

「你的好運氣。」魔鬼認真地說：「我一直沒有給你，不是我忘了，而是時候不到。」

瘦子喇嘛望著空曠的雪原，喃喃說：「難怪我這一輩子都不走運，原來你們捏在手裏不放出來。」

「可憐的人，許個願吧，你要怎麼用你的好運。」魔鬼用同情的口吻說。

瘦子喇嘛想都沒有多想，說：「我把他送給下山路上碰到的第一個人。願他的人生吉祥。」

魔鬼咂咂嘴：「要是那個人是你的仇人呢？」

「我沒有仇人，」瘦子喇嘛又抹一把眼淚，「因爲我是峽谷裏所有人的仇人。我們走吧。」

瘦子喇嘛趕著牛羊上路了，在他前面奔跑的是藏犬達嘎和卡巴，在他身後如影緊隨的是黑藍色的魔鬼寂靜閻王。

他深一腳淺一腳地在雪地上蹣跚而行，狂風吹得雪花起著旋兒，像藏族人煨桑的青煙，像瘦子喇嘛看得見卻一抓就融化了的吉祥，狂風也把他風淚眼裏不斷淌出來的眼淚吹成乾硬的小冰稜，一條條地黏在他的老臉上。開始，他還用僵硬的手指將它們掰下來，後來他乾脆不管了，冰稜在他的臉上橫七豎八地堆積，像一些隆起來的新皺紋，把這張本已滄桑得無法閱讀的臉弄得更加像峽谷冬天裏衰敗、破落的大地，連跟在他身後的魔鬼看著也不忍心。

「不要哭啦，人走到這一步都會這樣。如果你有話要交代給親人，就說給我好了，我會轉告的。留下一些忠告的話，比留下眼淚好。」魔鬼不無同情地說。

瘦子喇嘛看著白茫茫的群山和他腳下深遠幽靜的峽谷，良久才說：「我沒有親人。」

兩滴眼淚又淌下來了，佛祖應該知道，這並不是被風吹出來的。

天空中陰雲厚重，卡瓦格博雪山籠罩在黑色的雲幕中。密雲往下壓的速度超過了瘦子喇嘛下山的腳步，天地間轉眼伸手不見五指，除了魔鬼，瘦子喇嘛什麼也看不見。

雪花密集得使人喘不過氣來，風聲中有千萬個厲鬼在哭泣。儘管峽谷裏人間的一切牛鬼蛇神都早已被打倒，但雪山上仍然是魔鬼橫行的世界。瘦子喇嘛只得把牛羊趕到一處懸崖下，剛想停下來喘口氣，他就聽到達嘎淒厲的狂吠，那是牠從未有過的驚恐呼叫。隨後一連串的雷霆從瘦子喇嘛的頭上傾瀉下來，一直緊跟著他的魔鬼也驚叫一聲，逃遁得不見了蹤影。

在瘦子喇嘛還沒有想清楚是哪一路的神靈發怒時，白色雷霆一瞬間便捲走了天地間的一切。瘦子喇嘛，藏獒達嘎，達嘎的孩子卡巴，以及他爲生產隊放牧的九頭犏牛，二十三隻羊。

還有他沒來得及送人的好運。

瀾滄江邊的魔術

冬天的峽谷裏朔風怒號，從青藏高原吹下來的風沿著峽谷的山口浩蕩而來，把人都吹得搖搖晃晃的，這種時候在江邊鹽田狹窄的山道上揹鹽鹵水需要十分小心，稍不留意就可能被大風吹到瀾滄江裏去。

瀾滄江東岸和西岸的鹽田早已被收歸公有，如今它們既不屬於野貢土司也不屬於納西人，屬於人民公社，還屬於一個新建起來的勞改農場。

農場的鹽田就建在江東岸左鹽田鎮過去納西人的鹽田旁邊，那些接受勞動改造的人，也像當年納西人開闢東岸的鹽田時那樣，在懸崖峭壁上鑿壁打眼，栽下一根根木樁，搭建懸在半空中的鹽田。唯一不同的是，這些現在被改造成了道地鹽民的男人們，並不是通過曬鹽來獲得財富，而是在艱苦的勞作中洗刷自己從前的罪孽——不管你有還是沒有。他們沒有政治身分，屬於被那個時代專政的對象。

每天清晨，啓明星剛開始發亮的時候，淒厲的起床號聲就劃破凜冽的夜空。農場實行半軍事化管制，勞改者起床的速度一點也不亞於軍人。他們從簡陋的工棚裏一湧而出，有的人一邊跑一邊還在繫鈕釦、繫鞋帶，彷彿身後有人在用刀子刺他們的背。

雖然現在早已不是野貢土司生怕耽誤了他的太陽的年代，但是人們奔向鹽田的速度跑得比當年野貢土司的鹽民們還快。他們必須在太陽升出峽谷東邊的高山前，每人揹二十桶的鹵水倒進鹽田裏，然後，才可以吃上這一天的第一頓飯。

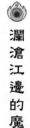

前土司堅贊羅布今天沒有早飯吃了，因爲管教幹部根據最新的階級鬥爭動態，結合鹽田的歷史，認爲有必要在鹽田旁開一個現場批判大會。學校的學生和左、右鹽田，以及江對岸卡瓦格博村的村民們，都被召集起來集中到瀾滄江的西岸。那時候，開批判會就像從前打仗一樣，空氣在一瞬間就充滿了硝煙味，連瀾滄江的波濤都被人們的口號聲嚇得不敢自由喧嘩了。

按照慣例，被批判的對象站在眾人的面前，還有若干陪鬥者。土司的後代堅贊羅布身邊站著的是兩個前土匪頭目，納西富商的後裔，參加過叛亂的喇嘛，東巴祭司的後代，前活佛，有裏通外國嫌疑的天主教徒，殉情未死的膽小鬼，共產黨的前縣委書記木學文，以及幾個偷竊犯、強姦犯、投機倒把犯。除非魔鬼的作怪，這些無論是宗教信仰還是政治觀點都曾經屬於不同陣營的人，是絕不會站在一起挨批判的。

批判會的組織者先念了一段冗長乏味的報紙社論，運用神奇的法力，把鄧小平的右傾翻案跟峽谷裏毫不相干的歷史扯到了一起。他說根據群眾的揭發，瀾滄江峽谷西岸鹽田邊的一塊岩石是一個藏族人的頭顱，他是野貢土司的走狗和幫兇，即便到了現在，他還在爲野貢土司看守鹽田，爲配合鄧小平的右傾翻案，爲萬惡的土司制度復辟作準備。

「堅贊羅布，趕快交代吧，你的資料全在我們手裏。」

神情猥瑣的堅贊羅布抖了一下，腰彎得更低了。他努力地回憶這又是哪一樁沒有來得及向政府交代的罪行。人頭怎麼會是岩石呢，它怎麼才能跟鄧小平的右傾翻案配合在一起呢？它是野貢土司家族從前犯下的千百種罪惡中的哪一樁呢？如果他回憶不起來，他就不能在這個批判會上洗清自己。佛祖啊，如今最革命的人也弄起這些神神鬼鬼的事來啦。

「堅贊羅布，抵賴只能罪加一等！」有人在高呼口號。

「是，是是，我有罪。」堅贊羅布趕忙彎下已不能再彎的腰。

「罪在哪裡？」

「罪在……罪在，我我……我實在想不起來了，隊長。」

「讓我來幫你想，豬屎一樣臭的堅贊羅布。」一個一貫要求進步的前鹽民的後代東珠確傑從人群中站出來說：「聽我爺爺講，從前他給土司家曬鹽的時候，每天早晨天還沒有亮，這塊石頭就在鹽田邊催促人們起床去幹活，說『太陽出來了，不要浪費了土司的太陽。』這石頭叫人給土司幹活像鐘一樣準，它會說話，甚至還能告黑狀哩。它實際上是土司走狗的精魂變的；有一次，我爺爺偷偷帶了一坨鹽回去，被它看見了，告訴了土司。我爺爺被抓到土司大宅的地牢裏，穿了三個月的木靴，腳掌上的骨頭全都給擠碎了。」

「東珠確傑，你在講神話故事哩。」堅贊羅布抬起頭來說：「我可從沒有聽說過石頭也能開口說話的事兒。」

「老實點！」會議主持人喝道。

「是是，我老實。」堅贊羅布又低下了頭。

「東珠確傑的揭發對我們很有啓發。」會議主持人說：「同志們，你們想一想，過去的土司有多狡猾。他讓人頭變成石頭，這瀾滄江邊到處都是石頭，誰會去提防一塊石頭呢？把那塊既反動又頑固的石頭給我揪出來，我們今天要砸爛它！堅贊羅布，你要是不認罪改造，我們就要像砸爛這塊石頭一樣砸爛你的狗頭。」

於是有人把一塊石頭搬到了眾人面前，表面上看，它只是一塊普通的石頭，根本不像一個人的頭顱，也跟一個遊蕩的冤魂沒有關係。但是峽谷裏流行了多年的真真假假的傳說，使這塊石頭確實讓從前的鹽民們心存敬畏。

多年以前，土司家的家丁隊長、鹽田管事友吉滴血的頭顱曾放在上面，他的鮮血曾經浸染過它，他的精魂也曾經寄託在上面。它活該被批鬥，是因爲它總是在凌晨攪了鹽民們的美夢，它活該被砸爛，是因爲它讓人們感到恐懼。就像那些泥塑的佛像也應該被打倒砸爛一樣，這塊石頭被碎屍成了無數的小塊，再也威風不起來了。

批判會結束後，已是中午，勞改者們在民兵的押送下繼續揹鹵水。堅贊羅布由於到現在還沒吃上一點東西，又彎腰駝背地站了一上午，現在揹著沈重的鹵水走在懸崖邊的棧道上，就像瀾滄江懸崖上的一根老樹枝，隨時都可能被吹進江裏去。

這時，另一個被改造者木學文揹了一隻桶，跟在堅贊羅布的身後，來到江邊的井穴旁，堅贊羅布先沿著一把豎梯下去，井並不深，只有三、四米左右。木學文看看周圍，沒有人注意他們。他也一貓身下去了，像潛入地下的一隻動物。

木學文跨坐在豎梯的橫欄上，他的腳正衝著井底的堅贊羅布的頭，「喂，尊貴的土司老爺，開心點。批判會開到如此荒唐的地步，就差不多開到頭了。石頭有什麼罪呢，人命才是關天的。」

堅贊羅布仰頭說：「你還嫌那會開得不夠長不是？就別再扯什麼人命不人命的啦。過去的事，藏族人的命像一根草一樣。這峽谷裏到處都是孤魂野鬼，每一棵樹、每一塊石頭，你都可以說它是某個靈魂的寄放處。如果你們也有藏族人的眼睛的話。」

木學文不緊不慢地說：「這條人命還與你有關哩，儘管你那時還是一個十二歲的孩子。」

堅贊羅布急了，嚷道：「木學文，你現在不是土改工作隊隊長，也不是縣委書記啦。你跟我一樣，是一個接受勞動改造的罪人。你說的這些有誰會相信呢？我十二歲時還沒有當上土司，怎麼能殺人呢？」

木學文笑嘻嘻地問：「『腦袋想去曬鹽就讓腦袋去，腳不想去就讓腳好好睡覺』，這話是誰說的？」

「是……是我說的，可可可……人卻不是我殺的啊！你要是誣衊我，我可對你不客氣了。」

「你要對我怎麼樣？」

「你的腳我伸手就抓到了，我們一起淹死在這鹵水井裏，你以爲怎樣？」他說著，真的抓住了木學文的腳。

「來吧，使力呀，」木學文任他抓住他，毫無懼色地說：「看看一個從前的土司膽量究竟多大。喂，動手啊！」

堅贊羅布抱著那隻腳，並沒有使勁往下拽，而是把臉貼上去了，就像抓住了一個可以把他拉出苦海的救星。

「你們這些不信佛的共產黨啊，我可真拿你們沒有辦法啦。木書記，你的命比我的硬，槍子兒都打不倒你，誰又能把你怎麼樣呢。雖然你現在不當書記了，但是我看得出來，那些在臺上的人，命還是沒有你硬，因爲連魔鬼也討厭他們。將來峽谷的天下還是你們這些人的。」

多年以前，這兩個峽谷裏的好漢曾經刀兵相見，堅贊羅布曾向木學文的心窩處開過一槍，但是被打下馬來的卻是他自己。

「堅贊羅布，他們不是真正的共產黨。你相信這一點就行。」

兩人從井穴裏爬出來，就像剛才什麼事都沒有發生。他們把鹵水倒進各自的鹽田裏，堅贊羅布走到一塊岩石下時，神秘兮兮地對木學文說：「木書記，我搞到一點印度鼻煙絲，要不要來一口？」

木學文有些驚訝，都什麼年代了，這個前土司居然還有這個玩意兒，看來還是他們這種人會享受生活。

他們躲在岩石後面，把印度鼻煙絲小心翼翼地送到鼻孔前，啊，那可真是久違了的享受啊，就像久違了的平和歲月一樣。

幾個響亮的噴嚏打出來後，彷彿把一身的疲乏和晦氣都打出來了，兩人的眼睛中都淚光閃閃。

「誰給你的？」

「我兒子獨西。」堅贊羅布還想再打幾個噴嚏，但是快樂稍縱即逝，就像被風吹散的鹵水的腥味。

「噢，他還在上學嗎？」木學文問。

「不讓土司的兒子上學啦。有一天，老師把『蒼蠅』念成『蒼繩』，獨西說老師念錯了，但是老師說，一個土司的兒子也敢說老師錯了，就把他趕出學校了。這小子性子也野，在峽谷裏到處亂跑，夏天到高山牧場上放牛，秋天便去幫人趕馬，還跟著趕馬的馬幫去了一趟拉薩呢。這鼻煙絲就是他從拉薩給我帶回來的。看看你們把土司的後代改造得多有孝心。」

「漢族人說，家貧出孝子。他有多大啦？」

「十四歲了。但看上去只有八、九歲，吃不飽麼。不過已經可以和魔鬼打架了。」

「和誰打架？」木學文沒有聽清楚。

「魔鬼。」堅贊羅布就像說一件尋常事一樣，「如今這年月，峽谷裏的魔鬼比得上民國時期了。那天，我兒子和六個小鬼在羊圈裏大戰一場，把羊圈的圍欄都打散了，這幾個專找小孩子鬧的小魔鬼還抓破了他的臉；另有一次，我在夢中看見一個穿著件袈裟不像袈裟，牧羊人的披肩不像披肩的魔鬼在追他，獨西操起一根矛與魔鬼對打，我趕過去幫他，魔鬼一見我就跑了。你說奇怪不，第二天，他說給我聽同樣的夢，他說的和我夢中夢見的事情一模一樣。從那以後，獨西的夢我都看得見，也可以隨便進到他的夢中去，就像推開一扇門那樣，抬腿就進去了。」

「唔，照你這麼說，人們可以做同一個夢，並可以同時在夢中相見，批判會也可以挪到夢裏去開了，反正再厲害、再荒唐的批判會，不過是一場噩夢而已。」木學文嘲諷地說。

「噢，木書記，求求你，讓我們藏族人的夢裏也安靜些吧。」

很長一段時間以來，堅贊羅布的夢就不安寧了，這還不僅僅是因爲魔鬼在他的夢裏如入無人之境，還由於眾多的哭聲始終在他的耳邊縈繞。

這哭聲從夢裏傳到夢外，又從夢外進入夢裏。它並不是某種悲泣，也不是哪個人強烈的傷感，它沒有任何情感色彩，彷彿天空中的風聲，瀾滄江的流水聲，纏綿不絕，經久不息。但它是未來的哭聲，是悲劇或者災難還沒有發生時就傳來的哭聲，上了年紀的老人家一般都能聽到這樣的哭泣。準確地說，它不是一種哀慟，而是某種警示。

前一個星期六下午，是農場一月一次的允許家屬探親的日子，堅贊羅布悄悄對兒子獨西說：「峽谷裏要出大事了，獨西，你聽見天空中的哭泣了嗎？」

獨西問：「爸爸，你是說要死人了嗎？」

堅贊羅布說：「我不知道。即便真的要死人，死的要麼是一個很冤很冤的人，要麼就是一個命很硬的傢伙。」

那時，獨西望著峽谷下方的瀾滄江，像一個早熟的小老頭，「爸爸，你看到我昨晚做的夢了嗎？」

堅贊羅布想了想，回憶自己昨晚是否有和兒子做同一個夢，他感到好像有一團模糊的影像，就像即將飄散的雲霧，他抓不住也辨不清。他只有支吾道：「啊，昨晚我睡得太死啦，一覺醒就忙著來揹鹽鹵水呢。」

但是獨西用不相信的眼光看著他父親說：「我可在夢裏看見你的夢了。爸爸，你心裏在想什麼我知道。」

堅贊羅布當時嚇了一跳，「獨西，獨西，大人的想法常常是很反動的，你可千萬不要到處去亂講啊。」

而獨西卻說：「爸爸，講講我們家的仇人吧，我求你了。你要不講，人家也會告訴我的。」

堅贊羅布想了半天，最後才吞吞吐吐地說：「好吧，我講了，你只能一個人知道，不能告訴任何人。就當供你批判吧。獨西，你是不是先去買幾斤酒來？」

獨西從身後拿出一個五公升的塑膠桶，往他父親的面前一頓，「我早就準備好啦。」

那時刻，堅贊羅布覺得獨西已經長成一個男人了。

這天晚上收工回來後，勞改者們才聽說雪山上發生雪崩了，有一些牧人還沒有來得及轉場到冬季牧場，連人帶牧群地被埋在雪裏了。公社裏已經派出了由民兵組成的搶險隊，勞改農場的犯人們被命令隨時待命，一旦找到死傷的人員和牲畜，他們也將到雪山上去抬屍體。

晚上熄燈前，堅贊羅布在洗臉池旁邊，看到一個老人弓著身子在清洗自己的肚子，一灘汙血被水從他的傷口處沖洗下來，還淌到了水池裏，他剛想說，那是大家洗臉漱口的地方，別弄髒了。可那個老人抬起頭來，他們互相都很驚愕，恐懼讓他們不敢再多說什麼。

堅贊羅布看看他周圍的犯人們，但是他們好像都沒有看到這個可憐的老者，有的人甚至已經走到水池邊打水洗臉了。堅贊羅布清楚，他碰見一個未來的幽靈了。

峽谷裏的藏族人認爲，如果有人要死了，他的靈魂會在臨死前幾天出遊，過去卡瓦格博村有個叫達若的老人家，是全村人最害怕在晚上碰見的人，因爲凡是有誰在夜間被他看見了靈魂，第二天痛失親人的哭嚎之聲就會從那人家中傳出來。但是這個晚上，堅贊羅布沒有弄明白的是，他怎麼會看見他的靈魂呢，難道自己也變成了達若這種人人害怕遇到的人？人們認爲陰魂只會被一些罪孽深重的人看的見，善良的人只會看到陽光下的花朵。

臨睡前，堅贊羅布悄悄地對木學文說：「峽谷裏要死人了。」

木學文憂心忡忡地說：「那麼大的雪崩，肯定有遇害者。」

但是巨大的災難卻以一種魔術的形式在人們的面前呈現。兩天以後，縣裏爲瀾滄江上新落成的吊橋舉行隆重的通車剪綵儀式。

多年以前，左鹽田的納西富商和德忠曾經想要捐資建這樣的一座吊橋，甚至還說要請英國工程師來設計建造，可是老天不給他留名峽谷的機會。現在，作爲無產階級文化大革命取得的輝煌成就之一，由四川來的工匠頂風冒雨地幹了半年，總算把一座橫跨大江的吊橋建成了。

那些四川人是一些快樂而手腳麻利的工匠，他們能吃苦，但不能吃沒有辣子和花椒的食物。藏族人打給他們的酥油茶，他們都要在裏面撒上辣子麵和花椒麵。與生性厚道謹慎的藏族人相比，他們能說會道，咋咋唬唬，不懼神靈。有人看見他們甚至在瑪尼堆前撒尿，好在現在是打倒一切的時代。要是在以往，如此瀆神的行爲是要被藏族人割掉小雞雞的。但是他們心靈手巧，把在江邊懸崖上艱苦的勞動當成一場魔術表演。

那時，峽谷兩岸的人仍不知道吊橋是什麼模樣，人們在畫報上見到過長了一排排細長細長的腳的橋，橋下的那些腳直接站在江水中。而四川人說他們要建的橋卻沒有腳，「它是懸在半空中的。」建築隊長對人們說。

有個藏族幹部問：「即便在江邊的懸崖上搭鹽田，也要用木樁撐起來，你怎麼能讓過人的橋懸在半空中呢？難道你有從前那些大活佛的法力嗎？」

建築隊長做了鬼臉，誇張地說：「我們沒有什麼法力，但是我們會變魔術。在你睡一覺起來後，我們就把橋給你變出來了。如果你願意，我們還可以把橋變沒了。」

從那以後，藏族人天天都在等著看四川人的魔術。

那確實是一件很神奇的事情，人們看見他們先在江兩岸立起了兩座高高的水泥塔，它們比藏族人從前造的白塔更高、更龐大，但是沒有塔尖。那塔以出乎人們想像的速度節節升高，因爲縣革命委員會的頭頭們不斷要求四川人加快進度，好在一個值得紀念的日子裏讓吊橋竣工。四川人只有以變魔術的手段來建造他們的吊橋。到他們在江兩岸拉起了鋼繩，並在鋼繩間鋪開了木板後，藏族人才像從夢中醒來一般，哦呀，沒有腳的橋原來是這樣的啊！

那天正是紀念文化大革命中領袖的一個著名講話的日子。藏族人已經被許多他們從來都不知道的紀念日搞得暈頭轉向，但是上面說要慶祝，要紀念，要開會擁護，要獻禮，於是他們就認認真真照辦不誤，他們對毛主席的感情同樣真摯虔誠。

竣工典禮被弄得比過藏曆新年還要熱鬧，人們把紅旗插遍了瀾滄江兩岸，新落成的吊橋也打扮得像一個即將出嫁的新娘，紅色的綢布從西岸拉到東岸，紅色的紙花大朵大朵地紮在吊橋的條條鋼繩上。

前兩天吊橋竣工後，身揹鋼槍的民兵守在橋的兩頭，不讓好奇的人們上去，連看也不給多看。說是沒有剪綵，行人就不能通過。人們由是又學會了一個在藏語裏從沒有見到過的新辭彙「剪綵」。「剪綵」是一個與變魔術有關的辭彙，吊橋一剪綵，四川人的魔術就變成啦，吊橋也就可以走人了。今後人們過瀾滄江，就可以像從前那些法力高深的喇嘛們那樣，從瀾滄江上走過去。當權派將通過吊橋向人們證明文化大革命的勝利，活佛們的經書中提到的神蹟，現在普通的百姓也可以做到了。

木學文和其他勞改者們也被集中到瀾滄江的東岸，觀看這場文化大革命的勝利果實展示，他們不是來慶祝而是接受教育的，因此，他們沒有資格享受走在吊橋上的待遇。

根據那天的日程安排，最先走上吊橋的是各級官員領導，由他們負責剪綵儀式，然後是獻花的小學生，接著是縣裏身著節日盛裝的毛澤東文藝思想藏族表演隊，然後才是急迫地渴望在瀾滄江上行走的貧下中農社員同志們。

那時江兩岸的山崖上和江邊全擠滿了人，與其說他們是來分享喜悅的，不如說他們是來看魔術的。藏族人、納西人、漢族人不僅都穿上了過節時才穿的衣服，還帶來了青稞酒，吊橋還沒有開始剪綵時，許多人都喝得差不多了。

木學文對身邊的堅贊羅布說：「雪山上的人還沒有救下來，他們就忙於搞這一套，真是不把人命當回事了。」

堅贊羅布也喝得醉醺醺的了。今天勞改農場的管教幹部破例讓他們喝酒，他就放開了喝。他說：「魔術要開始啦，從今以後，人人都可以在瀾滄江上走路了。除了溜索，過去我和我父親曾經坐在牛皮筏上橫渡過瀾滄江，當然，那時是爲了去搶納西人的鹽田。可憐我那老父親，當了一輩子土司，也沒有看到過瀾滄江上的吊橋。」

木學文苦笑道：「其實早就該修這樣的橋了。我在臺上的時候，就曾經想搞這個事情，但是他們不讓搞。」

「木書記，本來今天去變魔術的應該是你啊，看看那些穿幹部裝的後生，他們打過戰嗎，流過血嗎？」

「噓，你給我說話小聲點。」木學文捂住了堅贊羅布酒氣沖天的嘴，「那不叫變魔術，是剪綵。」他又更正道。他向橋上望去，幾個穿中山裝的年輕幹部走向了吊橋的中央，他們春風滿面，躊躇滿志，其中一個人手中拿一把大剪刀。木學文此時心中難免有些發酸。

紅布被剪斷了，鞭炮聲熱烈地響起來，掩蓋了人們的掌聲和歡呼聲，也掩蓋了幾聲微弱的脆響。

人們紛紛湧到了橋上，這是他們第一次感受到在瀾滄江上走路的滋味，已經安排好的慶典程序全被瘋狂的人們打亂了，學生們在橋上找不到該獻花的領導，藏族表演隊的隊員們找不到空間翩翩起舞，許多人故意在搖搖晃晃的吊橋上跺腳、跳躍，還大聲呼喊。晃動的吊橋使人們尖叫、驚恐、激動不已，就像要從空中飛下來前的那般興奮。那真是一個歡樂喜慶的時刻，人們好久以來都沒有這樣自由痛快地高興過。但是它與緊接下來的悲劇比起來，就太短暫了。

木學文先是感覺那吊橋太小了，似乎不能容納那麼多歡慶的人們；接著，他又感到吊橋太脆弱了，似乎也經受不了那熱鬧喜慶的氛圍。這讓他忽然感到不安。他看見吊橋像一根布帶子一樣在半空中飄忽，橋上的人也不像人，而像一些道具。彷彿那不是現實中的一座橋，而是夢裏的某個景象。他不由自主地抓住了堅贊羅布的胳膊，「橋上的人太多了。」他說。

他的話音剛落，人們就聽見「劈啪」一聲脆響，西岸的吊塔冒出兩股白煙，固定在吊塔上的粗大鋼繩就像一根甩起來的牧羊鞭，一下在空中飛舞起來，橋上的許多人被它橫掃一空，轉眼就都被趕到空中去了。

「哦呀，四川人又在變魔術了。」堅贊羅布嘀咕道。

「出事了！」木學文驚得跳了起來。

吊橋在一瞬間就不見了，還有吊橋上的人也不見了，這不是魔術又是什麼呢？在江兩岸觀看的人中有不少人就是這樣認爲的。

「狗娘養的四川人，本事真不小。」堅贊羅布看著空空如也的瀾滄江，又往嘴裏倒了一口酒。

「木書記，快坐下來看，多好看啊。下一個節目，他們就要把橋給我們藏族人變回來了。」他自信地說。

「橋斷了，快去救人呀！人全在江裏啊！」木學文站起來大聲呼喊。

許多人如夢方醒，他們看見波濤洶湧的江面上人頭漂浮，嘶喊聲頓時響徹峽谷。那真是一場噩夢，不少人想跳下江裏去救人，但他們已經醉得邁不動雙腳了。就像當年野貢土司家的鹽田管事友吉，腳不聽腦袋的指揮了。

在江邊看「魔術表演」的幾個醉漢多年以後還在後悔，說他們確實看見密密麻麻的人頭在江水中沈浮，但沒有力氣站起身來去救人。而更真實的可能是，他們在醉意闌珊中，也把人落在江水裏看成是四川人變「魔術」的一部分。因爲有一個醉漢當時衝江裏向他呼喊救命的人說：「你還要喝啊，喝多了，誰把我們的吊橋變回來？」

木學文最先跳進湍急的江水中，他只救起了兩個小學生，其中一個還在送醫院的路上死了。人們永遠都記得，木學文那天抱著那個孩子的屍體大哭不已。

英雄遲暮

峽谷裏的災難在眾人的眼皮下像一場「魔術」一般的上演，雪山上的災難卻永遠無人知曉。

這是一場罕見而奇怪的雪崩，一般來說，在這個時候是不會雪崩的。如果是在春天，雪崩就像夏天的泥石流一樣頻繁，誰也不會感到奇怪。峽谷裏立體垂直的氣候很容易把雪坡下端的積雪融化，上方的雪堆自然就垮下來了。大的雪崩可以把人畜像一片樹葉一般地捲起來，吹過一道道山梁，它產生的強大衝擊力，甚至能把一些大樹攔腰擊斷或連根拔起。

當雪山上的瘦子喇嘛像一片樹葉那樣被雪崩的衝擊波吹起來時，他看到了一片白色混沌的世界，這是一個迅速往下跌落的世界，並伴隨著魔鬼們憤怒的吼叫。人的呼吸瞬間就不存在了，因爲心被魔鬼死死揪住，要從喉嚨那裏拖出來，但是拖到嗓子眼處時卻卡住了。人的大腦裏忽然一片空白，一生中所有的欲望和罪孽都無影無蹤，像雪地上一樣乾乾淨淨。

佛祖啊，死亡多麼美麗啊，人在多麼自由地飛翔啊。凡塵的一切是多麼輕易地就得到了解脫啊。有的人一生都在尋找飛翔的感覺，他們希望自己像蒼鷹一樣自由地翺翔在藍天白雲上，他們還希望自己能如願以償地從勞苦的此岸飛到享樂的彼岸，可是他們卻不知道，只有在死亡之前，他們才能實現自己的夢想；有的人試圖在塵世找到解脫苦難之路，可他們是用苦難來解脫苦難，就像以錯誤來彌補錯誤一樣，令人生永遠揹負著沈重的苦難。

瘦子喇嘛索性把自己捲曲起來，像他剛來到這個世界上時那樣，原模原樣地回到大地母親的懷抱中去。如果佛祖念及他這幾十年的喇嘛生涯可以抵消他前半生的罪孽，或許他還可以轉世爲一個嬰兒呢。

人們常說喇嘛可以轉世爲喇嘛，瘦子喇嘛卻從來沒抱過這樣的希望，他當喇嘛只是爲贖罪。如果神靈決定他只能轉世爲一條蟲，他也沒有意見。因爲，只有他才最清楚自己的罪孽有多麼的深重。

飛翔結束了，瘦子喇嘛感到自己跌落到一個冰窟裏。那是一個寂靜得讓人的骨頭都發寒的冰窟，他想尋找寂靜閻王的身影，但是周圍一片漆黑。

照理講，在黑暗中，人們更容易看見魔鬼，但是瘦子喇嘛那時意識已經模糊不清了，他像一個在死亡的激流中掙扎的人，力圖想一些還惦記著的事情，想一些有意思的往事，想一些他的敵人和他的親人，甚至還想再喝一碗酥油茶。輪迴的地獄之火啊，哪怕你來自陰間，請燒起來吧，我怕冷呵。

此時他明白了，他還不想死。儘管在許多艱難得讓人毫不留戀生命的歲月裏，想死是一件解脫苦難而又極其容易做到的事。但是在死亡的門檻邊，人對陽世卻有那樣多的惦記和懷念。我還惦記什麼呀？瘦子喇嘛想。

他想起來了，他還有一件事沒有做完。他還有好運沒有用呢。他得用完自己的好運，才能跟魔鬼走。

得趕緊啊，你這不中用的糟老頭子。他在死亡的門檻邊掙扎。

到瘦子喇嘛感到一口口的暖氣呵在自己的臉上，一隻柔軟而溫熱的手掌不斷撫摸他乾硬的臉頰時，他還沒有想明白自己一生中經歷的許多事情，他忽然又不想回去了。就留在那冰窟裏有一搭沒一搭地回想，也比回到這寒冷的雪原強。

他勉強睜開眼睛，第一眼看到的是一塊猩紅而碩大的舌頭，正懸在他的鼻子上方。啊，那不是魔鬼的舌頭，是藏獒達嘎在給瘦子喇嘛溫暖呢，牠把他臉上的雪渣和冰渣一口一口地舔下來，牠呼出的熱氣讓瘦子喇嘛感到了這個世界的存在。

「噢，你做了件錯誤的事。」瘦子喇嘛看看自己身邊的一堆雪，便知道達嘎至少用了好幾個小時，才把自己刨出來。他試圖辨別一下方位，卻怎麼也想不起這個地方。峽谷就那麼一小方天地，哪一條山梁瘦子喇嘛不熟悉呢？但現在，他就像來到了一個陌生的世界，他看不到一座認識的山頭，也找不到一條走過的路。天空一片混沌，呈現出末日來臨前的顏色。

「達嘎，我們這是在哪兒？」瘦子喇嘛習慣性地去抹眼淚，但奇怪的是，他發現自己的風淚眼並沒有淌淚，他正有些奇怪，馬上就發現他的眼疾轉移到達嘎的眼睛中去了，因爲達嘎在風中流淚。

「魔鬼的法力有時使得真是有點莫名其妙，發動那麼大一場雪崩，只是爲了讓一條狗也得上那見風落淚的毛病。達嘎啊，難道你也要想成佛了？可是現在佛也要受批判啊。」

達嘎嗚咽著，不斷把頭扭向雪堆一側，瘦子喇嘛從來沒有見到過一條狗如此傷心，牠跪下前腿，兩條後腿彎曲著，用下巴使勁地磨蹭著雪地。

瘦子喇嘛心裏一緊，「達嘎，達嘎，卡巴呢？」

他在達嘎的淚光中總算找到了可憐的卡巴，牠已經僵硬了。顯然牠也是達嘎從雪堆中刨出來的。瘦子喇嘛先是像一頭失去孩子的母獸那樣怪聲尖叫，那尖叫聲在雪地上空打著旋兒向天上升去，幸好沒有人聽見這慘絕人寰的尖叫，要不人們一定會把這當成魔鬼的叫聲。

急得快發瘋的瘦子喇嘛甚至一度從雪地上騰起來，半天都沒有降落在地上。到他終於落地時，他開始咒罵魔鬼。人們用荊刺在村頭驅趕你，用經文咒語詛咒你，用最骯髒污穢的東西做法事鎮壓你，都是你命中該有的！你只配吃長了梅毒大瘡的淫蕩女人的經血。因爲你是魔鬼，你就可以做世界上最邪惡的事情；因爲你是魔鬼，你就不害怕任何懲罰。可是我要告訴你，等我到了你們那邊，我會把我的兄弟們——我從前的那些不怕死、也不怕魔鬼的康巴兄弟們重新召集起來，和你開戰。我會抓到你，把你的皮剝下來，把你的腦漿挖出來吃，把你的心——如果你還有心的話——掏出來餵狗，把你的腸子扯出來編成一根繩子，拴在你的精魂上，讓你永遠不能再出來害人。你是陰間的魔鬼，哈，我認識你；從前我也是人間的魔鬼，做的惡事比你還多，可你認識我嗎？

瘦子喇嘛把魔鬼一通好罵，最後把自己的眼疾重新罵回來了，但是他並不後悔。他爲達嘎抹一把眼淚，又爲自己抹一把淚，到後來，手心裏就不知道抹的是誰的眼淚了。

他邊嘮叨邊把卡巴埋在了雪地裏。他本來想召喚天上的神鷹來帶走卡巴，但是多年的放牧生涯使他已沒有了從前的法力，灰濛濛的天空中什麼都沒有。他甚至連挖一個坑的力氣都沒有啦，大地封凍得像一塊鐵。

瘦子喇嘛不打算回去了，他什麼都沒有了，他寧願跟可憐的卡巴守在一起，也不願餓死在路上。他將坐在卡巴的身邊，等待閻王的到來。像一個真正的康巴漢子那樣，平靜地和死亡握手。

但是達嘎不願意，牠對著瘦子喇嘛吼叫，用頭拱他的雙腳，咬著他的靴子往前拖。

這聰明的牧羊犬，主子的一切想法牠都知道，牠從不會違背主子的意願。但這次例外了，牠要驅趕自己的主人回到溫暖的峽谷，那裏還有人等著他哩。

「噢，達嘎，你走吧，我是老得走不動了，你沒見我有好幾十年都沒有喝到酥油茶了嗎？從我看到魔鬼的那一天起，我就沒有喝到可口的酥油茶了。一個藏族人怎麼能不喝酥油茶呢。你走吧，找你的伴兒去，你還可以再下崽呢，生下小東西來了，也叫牠卡巴，牠就是卡巴的轉世。」

但是達嘎撲倒了瘦子喇嘛，牠把自己的奶頭拱到了瘦子喇嘛的嘴邊，不容他是否願意吸它們，一股溫熱的狗奶自己就射出來了。

饑寒交迫的瘦子喇嘛怎能拒絕這人間的甘露，他還聽見達嘎悲泣的聲音：

「喝吧，這就是你的酥油茶。」

「噢，你終於也會說話了。達嘎，你是個好母親。」

達嘎把自己的力量注射到瘦子喇嘛體內，使他的雙腳站了起來，他們繼續往山下走。

瘦子喇嘛邊走邊找寂靜閻王的身影，可是怎麼也看不到。他想，要麼是魔鬼也被雪崩掩埋了，要麼是剛才自己的咒語讓它害怕了。想到這裏，瘦子喇嘛心中就升起一股豪情，你爺爺還不老。

他們終於找到一條依稀可辨的路了，瘦子喇嘛記得，在他出家以前，他曾在這條路上殺過人，有一個死者的精魂曾經在這裏作怪了很久，那時峽谷裏的人們不敢從這條路上經過。瘦子喇嘛還記得，他的刀割破那人的喉嚨時，死者還有一句話剛說了一半，但是在那一瞬間，軟弱的話語被鋒利的康巴刀一刀切爲兩半，後面半句話被封在喉管裏直冒血泡，然後就從刀傷處隨著鮮血一起流出來了。那是一個臨死者永恆的遺恨。從那以後，冤死者的精魂便剝奪試圖通過這條路的所有人的說話能力，使他成爲啞巴。這條山澗小道就被人們稱爲「啞路」。

瘦子喇嘛想起這些血腥的陳年往事，便問達嘎：「達嘎，我還會說話麼？」

達嘎說：「你會說話。說得跟從前一樣。」

「我要不會說話了才好哩。這樣也對得起他。」瘦子喇嘛抹一把眼淚，又去抹達嘎的眼淚，但是他發現達嘎沒有哭了。

「你說對得起誰？」達嘎問。

「啊，你不認識的，那是昨天發生的事情。噢，達嘎，我太老了，已經分不清多久是昨天了。過去的事情，是不是都是昨天才剛剛發生？」

達嘎說：「什麼都是一刹那間。」

「哦呀，達嘎，你說話怎麼像我的師父呢。他已經圓寂三百年了。」瘦子喇嘛仔細地看達嘎，好像想看出他師父的影子。

「也是一刹那間的事。」達嘎又說。

瘦子喇嘛突然想起來了什麼，抱著達嘎的頭說：「你也應該不會說話了才對，可是你說得比山下那些人還好。達嘎，你在說話嗎？」

「我在說話，我才剛剛學會說話呢，我有好多話還沒有說，在它咬斷我的脖子前，我要說我憋了一輩子的話。」

「是啊，人死前就會發現自己有很多話沒有說。活得好好的時候，要麼是你不想說，要麼是人家不要你說。到你想說一個人真正要說的話時，閻王卻不等你了。可恰恰就在人要跟閻王走之前，說的才是最最真實的話。從前峽谷裏有白人喇嘛的時候，他們教藏族人在臨死前向他們的神靈認罪，他們的神靈住得那麼遠，怎麼能知道藏族人的罪呢？因此他們被毛主席趕走了。現在，只有毛主席才最知道我們的錯誤在哪裡，他的法力比所有的神靈都要大，天天都發語錄來教導我們。」

達嘎頭也不抬地說：「我知道哩，毛主席的經文，你們天天都要念。」

瘦子喇嘛糾正達嘎道：「那不叫經文，叫語錄。藏話裏沒有這個詞，我們得用漢話恭恭敬敬地來說它。毛主席的語錄跟我們的經文不一樣，可不要再亂說了，達嘎。」

達嘎不滿地甩甩頭，「一個意思囉。」

瘦子喇嘛有些緊張地四處張望了一下，彷彿怕有人聽見達嘎的話。「你剛才說了反動話呢，達嘎，從前有人也這樣說，挨批判了哩。儘管你是一條狗，但是你說話一不小心就反動了，他們也要開你的批判會。」

達嘎悲哀地看看瘦子喇嘛，扭頭跑了，任憑瘦子喇嘛在後面怎麼喊牠，牠也不回頭。從那以後，瘦子喇嘛就再沒有聽達嘎說過一句話。

走完「啞路」，到一個岔路口時，達嘎往左邊的路走，瘦子喇嘛跟了兩步，忽然受到魔鬼的指引，站住了。

他衝遠去的達嘎喊：「回來，達嘎，這條才是我們要回去的路啊！」

右邊的小道是決定命運的一條路，達嘎先於瘦子喇嘛看到，但是作爲一條忠誠的藏獒，牠會像牠的主人那樣，將勇敢而豪邁地把選擇死亡視爲牠的榮譽和驕傲，因此牠愉快地服從了命運的安排。牠用悲絕的目光最後看了牠的主人一眼，腳步沈重地往自己的末路跑去。

他們走走停停，這期間，達嘎讓瘦子喇嘛吃了兩次奶，在吃第二次奶時，瘦子喇嘛只吸了一口便對牠說，哦，達嘎，我已經很飽很飽了，你就留著點吧。但是達嘎的奶水仍然滴答滴答地往下滴。

瘦子喇嘛心疼達嘎的奶水，但他身邊沒有盛奶水的東西，他的背囊被雪崩奪走了。好在他腰間的康巴刀還在，他就爬到山坡上砍了一根高山箭竹，盛了兩竹筒的狗奶。那時他沒有注意達嘎與他惜別的目光。那目光說：這是最後的奶水了。你可得省著點啊。

翻過一個山埡口，再往下走，就是一條萬年冰川，這條冰川一直延伸到瀾滄江西岸的卡瓦格博村上方。他們將穿越冰川，然後沿著冰川的走向回到峽谷。

瘦子喇嘛呼喚神靈的一聲「啦索囉！」餘音還沒有散盡，便聽到了一個孩子的呼救聲和老熊的吼叫。達嘎沒等瘦子喇嘛發出命令，早就像一根出了弦的黑色利箭那樣射出去了。瘦子喇嘛的目光追到牠時，達嘎已經和一個比牠的體型還要大兩倍多的黑色狗熊咬在一起了。

一個放牛娃躺在一棵大樹下，剛才老熊攻擊他時，他想往樹上逃，左小腿被老熊撕下來一塊肉。瘦子喇嘛趕過來時，他已經痛昏過去了。他的小腿上血肉模糊，鮮血像泉水一樣地淌。瘦子喇嘛撕下自己的衣裳，把放牛娃的小腿紮緊，然後他撥開稀薄的積雪，大地上露出了枯黃的小草。瘦子喇嘛找了幾種草塞到嘴裏嚼碎，再敷到放牛娃的傷口上。

他的眼睛一直在看著和老熊鏖戰的達嘎，不斷地喊：

「使勁咬啊，達嘎！」

「好樣的，達嘎！」

「如今峽谷裏就你一條漢子了！」

達嘎以兇猛的吼叫回應瘦子喇嘛的鼓勵。儘管達嘎幾乎有一頭一歲多的小牛犢那麼大，但從體魄上來講，牠還不是老熊的對手，老熊一掌就將牠扇出去三四米遠。但是牠滾了幾圈後，又勇敢地殺回來，圍著老熊吼叫，瞅準機會了就撲上去狠咬。

有幾次老熊抓住了牠，將牠摔翻在地，用鋒利的熊掌將牠的頭皮抓扯得稀爛，牠甚至一度咬住了達嘎的耳朵，把牠的半片耳朵都撕扯下來了。這是一頭饑餓的老熊，牠一定也是被這場來得太早的大雪和同樣很奇怪的雪崩弄得失去了以往的生活規律，好不容易遇到一頓美味，牠怎能不拼死一搏呢。

這是兩個黑色的幽靈在白色的雪地上的搏殺，牠們從山梁上打到山坡下，又從山坡下追逐到山澗裏。靈活勇猛的達嘎曾經一度咬住了老熊的後腿，使牠轉不過身來，乾嗥著沒有了招兒。

但是這頭老熊也許跟瘦子喇嘛一樣老，牠的皮太厚了，達嘎咬不軟牠。平常達嘎跟狼搏鬥時，要是咬住了狼的後腿，狼基本上就輸定了。但是老熊不是狼，達嘎鋒利的牙齒最多只能在老熊肥厚的腿上扎幾個小坑。老熊在雪地上打滾，利用自身體積的優勢甩開了達嘎。

瘦子喇嘛在一旁高喊：「咬牠的鞭子呀，達嘎！」

於是，達嘎就一個勁兒地冒死往老熊的懷下鑽，不惜把自己的頭和腰暴露在對手的利爪和大嘴前，牠渾身都是血，蒸騰的熱氣帶著濃烈的血腥味。但牠知道，今天如果牠不能咬住老熊的睾丸，牠就不能取得這場血腥搏殺的勝利，也不能為主子盡力了。

在一次類似於自殺式的進攻中，老熊一掌拍斷了達嘎的脊梁骨，那「喀嚓」一聲脆響，讓瘦子喇嘛的心涼透了。達嘎不得不倒下了，牠在悲哀地嗚咽，眼睛淒涼地望著山坡上的瘦子喇嘛，並不關心老熊即將吞噬過來的血盆大口。

達嘎的喉嚨終於被咬斷了。

達嘎的漢語意思是「背上有一團白毛」，人們說這樣的藏狗忠誠、勇猛，曾經是格薩爾王帳下的猛犬。

老熊在坡下咬死了達嘎，現在牠得意洋洋地往坡上爬。瘦子喇嘛知道該輪到他出場了。他把還昏迷不醒的放牛娃放在大樹背後，掰下一根胳膊粗的金岡木樹枝，用康巴刀剃去丫枝，把它的頭削尖。過去藏族人曾用這種堅硬無比的樹木做犁地的犁頭。那臨時製成的兵器有兩米多高，瘦子喇嘛把它握在手上時，感到流失多年的豪氣又回到自己的手上了。

他把放牛娃搖醒，那孩子彷彿從夢中醒來一般，用詫異的眼光看著眼前這個滿臉白鬍鬚、一身是雪渣的老人。在他的第一印象中，這個長相奇特的高個子阿老，就像一個在傳說中生活很久了的食人妖魔，他甚至還經常在噩夢中見到他。他看上去並不比狗熊令放牛娃害怕多少。但是瘦子喇嘛沒有注意到小孩臉上的細微變化，他對他說：「孩子，今天我要是命中該死，這個可以幫你。」

他將自己的康巴刀遞到放牛娃手上。但是放牛娃就像摸到一塊燒紅了的生鐵般，一下把瘦子喇嘛的刀扔了，他說：「我不要你的刀。」

老熊已經在山坡上嗥叫了。瘦子喇嘛把刀子撿起來，再次遞到放牛娃的手上，「你的刀呢？剛才弄丟了是吧？康巴人總是用自己的刀，可這種時候了，我的就是你的，快拿著。」

放牛娃把刀握在手裏，「阿老，那你怎麼辦呢？」

瘦子喇嘛晃晃手中的金岡木，「我有這個呢。」說完他轉身走了。

放牛娃在他身後突兀地喊：「阿老，你殺了老熊，也活不了多久啦。」

瘦子喇嘛頭也沒有回地說：「我知道哩。」對於一個已經看到了閻王的人來說，還指望能活多久呢。他根本就沒時間想爲什麼這個素不相識的孩子也會這樣說，因爲老熊已經站在他的面前了，正用一雙陰鷙的小眼睛打量著他。

「來吧，我還不老哩。」

瘦子喇嘛揮舞著手中的金岡木，向老熊挑戰。他向四周瞭望，除了白色的群山和黑色的森林，以及魔鬼在森林的陰暗處用憂鬱的眼光看著他外，他找不到一個幫手。

「不用爲我擔心，這活兒我還能做。」他對魔鬼說。

老熊伏在離瘦子喇嘛十來米遠的地方，牠搖晃著脖子長聲嘷叫，還用前爪把雪地上的雪擊打得四處飛揚。瘦子喇嘛早就熟悉牠的這些伎倆，他雙手拄著金剛木，一動不動地站在原地，像一棵已在大地上生了根的老樹。

老熊在原地耀武揚威了幾分鐘，這些招數既不能嚇倒對手，也沒有激怒瘦子喇嘛，他仍然站在原地，用冷硬而蒼老的目光逼視著牠。老熊這時才知道，今天牠的對手是雪山下一個孤獨的暮年老英雄。

「你跟我一樣罪孽深重啊，」不管牠願不願意聽，瘦子喇嘛開始數落老熊的罪惡，「我們真是一對兒，欺負那些手上沒有槍的人。人家的青稞熟了，鹽收回家了，牛羊長大成群了，出門趕馬經商賺到錢了，媳婦討回家了，我們就下山去搶他們，殺了他們。哪家哪戶有錢，我們就去吃大戶，燒他們的房子，還搶他們的女人。他們的力氣沒有我們大，他們信佛教說的一切，連一隻螞蟻都不敢踩。但是我們不管這些，我們都喜歡鮮血的味道，喜歡聽軟弱者的哀求，這樣我們才感到自己很有本事，對哦？有帶槍的比我們更強的人來了，我們就躲到雪山上。我們能活到這麼老，不是神靈沒有懲罰我們，只是佛祖讓我們活著把該受的罪受完。路越長，彎道就越多，人越老，苦頭也就越多。喂，現在是時候了，佛祖讓我們兩個罪人一起下十八層地獄呢。」

老熊聽到這些話，真的生氣了，牠大吼兩聲撲了過來。瘦子喇嘛依然紋絲不動，在老熊離他只有三四米遠時，他抬高了一隻手，高喊道：「呵呵，老朋友，跳起來呀！」

老熊被激怒了，牠伸展前肢，高高躍起來，夾帶著一股濃烈的腥氣向牠的獵物壓下來。

老熊撲人一般都是這樣，在發出憤怒的狂吼時，以排山倒海之勢，首先從精神上擊垮對手，沒有經驗的獵手早就被牠的這種氣勢嚇癱了腳。但這正是瘦子喇嘛所需要的，他在老熊展開了前爪，露出自己胸部最脆弱的部位時，像一道閃電一樣一頭鑽進了老熊的肚子下，然後他猛一蹲身，把金岡木豎著緊緊地抱在懷裏。老熊壓下來時，金岡木的尖正好扎進老熊的胸膛。

當瘦子喇嘛感到金岡木的重量時，他快活地說：「你是第十七頭！」

老熊的鮮血從胸口噴湧而出，像下了一場血雨般把瘦子喇嘛淋了個透濕，他在一瞬間差點被濃重的血腥味窒息而死。沈重的老熊壓在瘦子喇嘛的身上，幾乎把他給壓扁了。他試著想搬動懷中的金岡木，但它就像釘在了老熊身上一樣。瘦子喇嘛那時想，牠要是再不翻身，我會被這傢伙活活壓死的。但是胸膛上扎著根金岡木的老熊怎麼能不掙扎呢，牠一個側滾，就把瘦子喇嘛解救出來了，那時他已經成了一個血人。他讓金岡木繼續留在老熊的胸口裏，自己在雪地上滾了幾滾。他得儘快離這瘋狂的傢伙遠一些。有些狗熊命大得很，鬧不好還會給你一掌，那就夠你受的了。

老熊越滾，那金岡木在牠的身上扎得就越深，最後牠終於認輸了，側躺在雪地上呼呼地喘氣，血沫子不斷從牠的口中呼出來。瘦子喇嘛這才鬆了一口氣，「第十七頭，一個吉祥的數字啊①。」他喘著氣快活地說。

瘦子喇嘛先去看了看達嘎，牠已經變冷了，脖子處只有一層皮連著。瘦子喇嘛一邊抹眼淚一邊直罵自己老糊塗。達嘎明明告訴了你牠的脖子將要被咬斷，你怎麼就不多留一個心眼兒呢？

多年來，他在牧場上與達嘎相依爲命，這個世界上，再沒有比達嘎更能帶給他溫暖的朋友了——儘管達嘎是一條狗。可是現在，人和人交往哪有人和狗交往更令人愉快的呢？

他感到他一輩子經歷的災難都沒有今天的多，佛祖啊，你看看吧，先是卡巴被雪崩奪走了性命，然後又是達嘎死在老熊的口下，接下來該輪到我了。魔鬼，你這樣的安排很好。

送給孩子的好運

他傷心夠了，才想起那個孩子。哦，他沒給凍壞了吧？那是誰家的孩子啊，這大雪天跑到雪山來幹啥呢？

他步履蹣跚地往回走，紛紛揚揚的雪花包裹著他，他才發現又下雪了。好大的雪啊，瘦子喇嘛彷彿從來沒有遇到過這樣大的雪。哦，他想起來了，民國三十七年的冬天，他從國民政府的監獄中逃出來時，也是這樣大的雪，那時他成功擺脫了追趕他的人，消失在茫茫的風雪之中。他化成了千萬片雪花中的一片，飄呀飄，飄過了重重山嶺，一身是傷地飄回了他的峽谷。

瘦子喇嘛回到放牛娃身邊時，他已經快凍僵了，但那把康巴刀還死死地握在他的手上，他的眼神雖然很無力，可還是那麼古怪。瘦子喇嘛把他擁在懷裏，捂了他好一會兒，他想起達嘎最後留給他的兩竹筒狗奶，它們還在他懷裏溫著哩。他將奶水一口一口地餵到孩子的嘴裏，像一個慈愛的老爺爺。過了一會兒，孩子身上才算有了點熱氣。他對他說：「我們得升堆火才行。孩子，你帶得有火嗎？」

那放牛娃當然帶得有火，沒有哪個上雪山的人不帶火種的。他把一盒火柴遞給瘦子喇嘛，「阿老，你經常這樣殺老熊嗎？」

「牠是第十七個倒楣鬼。當然，從前我用槍。」

「阿老，你渾身都是血，這不吉利哩。」孩子說。

「嚇著你了嗎，孩子？等我把火升起來，用雪擦一擦就好了。」

瘦子喇嘛很快就堆攏了一大堆柴。火引燃後，他又看見魔鬼的身影在火苗尖上閃現了一下。他低聲罵道：走遠點，別嚇著孩子。

放牛娃受傷的那隻腳還不能下地，瘦子喇嘛不知道他是否傷著骨頭了。他把他抱到火堆前，然後清理自己身上的血跡，他捏一個雪團，在身上到處擦，雪團擦紅了，他又再捏一個。

這時，那放牛娃問說：「阿老，你身上經常沾滿血吧？」

瘦子喇嘛一怔，一個看上去十來歲的孩子怎麼會問這樣的問題呢。但是魔鬼指引他如實回答說：「不是身上，是手上。」

「那麼，你殺過人了。」孩子用肯定的語氣說。

瘦子喇嘛不想跟一個孩子討論殺人的問題。他從火堆中抽出一根已燒成木炭的栗木樹炭塊，指著放牛娃受傷的左腿說：「如果你不想今後腳瘸的話，就讓我燒一燒。不會有多痛的，很快就過去了。」

放牛娃說：「你下手要俐落一些。」

瘦子喇嘛拍拍他的腦袋，「看你年紀不大，卻是條康巴漢子了。來吧，躺下。」他側壓在孩子身上，在下手前，他扭頭對他說：「要是痛得受不了了，你就喊出來。喊媽媽吧，這樣你會好受些。」

孩子說：「我在地上一個媽媽，天上一個媽媽，還有一個媽媽找不到了，我該喊哪一個呢？」

「都喊。」瘦子喇嘛回答道。

然後他下手了。火紅的炭塊一接觸到孩子小腿上鮮嫩的肌肉，發出「哧——」的一聲怪叫，連一直在一邊看著瘦子喇嘛的寂靜閻王都不禁打了冷顫。孩子沒有喊媽媽，卻大喊了一聲：「爸爸——」瘦子喇嘛把放牛娃的傷口創處認真地烙了一遍，他連眉頭都沒有皺一下。那孩子已經痛昏過去了，到他醒來時，他喘著粗氣說：「阿老，你烙得我好痛啊，我要殺了你！」

瘦子喇嘛微笑道：「那我們就誰也不欠誰的了。」

還有小半筒狗奶，瘦子喇嘛把它煨在火堆邊，他想那放牛娃經過這一番火療以後，肚子一定也給搞餓了。他在撥弄火堆時，聽到了火的笑聲。

「孩子，火在笑，酒沒喝夠。可是我們沒有青稞酒啊，不過，這個也可以讓你抵擋一下午了。」他把那竹筒遞給了放牛娃。

「我阿爸說，火塘裏發出笑聲時，是有人要帶給我們財運了。」放牛娃說。

終生都離不開火塘的藏族人可以從火塘中聽到笑聲，那其實是濕柴火在燃燒過程中排出空氣而發出的「噗噗噗」的聲音。

「哦呀，你看我這記性，差點把一件大事給忘了。」瘦子喇嘛望著放牛娃，「孩子，我有一樣東西要送給你。」

「阿老，你的身上除了天上飄來的雪花，還會有什麼東西送我呢？」

「有，當然有。孩子，我要送給你我的好運。」瘦子喇嘛神情莊重地說。

放牛娃愣了一下，然後哈哈大笑，就像聽到了一件非常好笑的事情。

「你？就你、你、你這樣又窮又老的老頭兒，我怕你連多買一塊茶磚的錢都不會有。看看你的好運氣在哪裡？放牧回來遇到雪崩，生產隊的牛羊全給你弄丟了，回去後，你少不了要挨批判，說不定還要進去勞改哩。」

「你說得不對，」瘦子喇嘛從腰間抽出個小小的布口袋說：「我的牛羊全在這裏，牠們並沒有弄丟。你拿去看看。」

放牛娃把布口袋接過來看了，「是一些石子麼，怎麼會是生產隊的牛羊呢？」

「總共三十二顆石子，三十二頭牛羊，一頭也不會少。我的石子在，生產隊的牛羊也就在。」瘦子喇嘛肯定地說。

「你送我的好運就是指這個，把石子變成牛羊？」

瘦子喇嘛把布口袋拿回來，說：「孩子，你的年齡還小，不會明白的。我送給你的好運，要到你長大以後才能享用。」

放牛娃用狡猾的眼睛看著瘦子喇嘛，「長大後才能享用的好運我不要，我要現在就能享用的好運。阿老，把你的好運變成點吃的給我，我的肚子實在太餓了。」

瘦子喇嘛指了指眼角，看到魔鬼坐在孩子背後的樹枝上嘲笑他。魔鬼對他說：「你送錯人了。」

瘦子喇嘛沒有理這個討厭的魔鬼。他只是想，我遇到個頑皮的放牛娃。儘管他的個子是那樣地小，儘管稚氣還時常從他黝黑的臉龐中時不時閃現出來，他和瘦子喇嘛在牧場上見到的其他放牛娃不一樣。

瘦子喇嘛不願再忍受魔鬼的嘲笑，他抬起一隻手，壓在放牛娃的頭上說：「閉上眼睛，我先把我的好運灌到你的體內，然後我才告訴你好運是什麼。時候不早啦，我們得抓緊。」

放牛娃說：「看在你救了我一命的份上，我接受你的好運。阿老，還沒有人送過我這樣的禮物呢。」然後他順從地閉上了眼睛。

瘦子喇嘛用手壓住放牛娃的頭，口中念了幾段經文，然後他輕輕地一拍放牛娃的腦門，莊嚴地說：「以佛、法、僧三寶的名義，我的好運屬於你。」

放牛娃睜開眼睛，覺得天地間什麼都沒有改變，甚至自己饑餓的肚子。他正在四處尋找送給自己的好運，瘦子喇嘛已經一躬身把他揹在背上了。

「我們得趕快走，既然我不能把生產隊的牛羊帶回去，至少我得把你這個調皮的小傢伙帶到他爹媽面前。魔鬼，你得給我留點時間。」

「你在和魔鬼說話？」孩子在他的背上問。

「你不用管。人老了，魔鬼天天都和他打照面，成了他唯一的朋友。」

「爲什麼我沒有看見魔鬼呢？」

「你還是一個孩子麼。」

他們爬上了冰川。冰川上有很多的裂縫，有的冰縫綿延幾里長，深達幾十米，在陽光燦爛的日子裏，它們會從裂縫深處發出藍色的陰冷光芒，彷彿地獄裏魔鬼們的目光。爲了繞開這些可怖的冰縫，他們不得不在冰川上繞來繞去。

瘦子喇嘛多年以前被官軍追捕時，只要逃到了冰川上，那些官軍就不敢再追了。這條冰川是雪山上的一道門檻，過不了這道門檻的人，就只好到閻王那裏去報到了。只有終年與雪山爲伴的藏族人，才最知道冰川的習性。哪裡有巨大的冰縫，哪裡有深不見底的冰窟，瘦子喇嘛就像知道自己手掌上的紋路一樣清楚。

峽谷裏的藏族人還認爲，這條冰川甚至是峽谷裏政治氣候的晴雨錶，如果一年裏風調雨順，沒有戰爭和大的災難，冰川就會從雪山一直延伸到峽谷西岸卡瓦格博村上方的山谷裏，有幾年，冰川還像牛的舌頭一樣，從人們的窗戶外伸進來；而當冰川的冰舌大面積地向雪山上退縮時，峽谷就不會太平了。瘦子喇嘛記得，卡瓦格博村的人們已經有十多年沒有在自己的村莊邊看見冰川了。

瘦子喇嘛感到今天自己的腳有些發軟，別看這孩子個子不大，但死沈死沈的。爲防萬一，瘦子喇嘛不得不找了一根樹枝做拐杖，放牛娃在他背上說：「阿老，讓我下來吧，我可以拄著拐杖走。」

瘦子喇嘛說：「人要是得用三條腿走路，他的路就快走到盡頭了。你還小，可別去撞這個楣運。」

「回到峽谷裏，人家會笑我了，藏族人只有小的揹老的，哪有老的揹小的啊。」

「他們不會笑話你，他們會笑我哩。我是個多沒用的人，不要說生產隊的牛羊看不住，就是連自己的狗都看不住。沒有比我這個廢老頭子更糟糕的人了。」

放牛娃說了句真心的話：「阿老，你的牛羊不是還在麼？」

瘦子喇嘛感到有些寬心，他摸摸自己口袋裏的那包石子，「是啊，它們還在。」

「你還救了我。」孩子補充道。

「是啊，我還送給你我的好運呢。」瘦子喇嘛覺得這個孩子現在說話動聽得多了。老年人是最好哄的，一句寬心的話就夠了。

「阿老，好運是什麼？你說過你要告訴我的。」孩子又問。

「好運麼，它不是吃的，也不是穿的，更不是錢。但它是你命中隨時會幫助你的東西。只有在你最需要它的時候，它才會出現。這要看日子。」

「什麼時候才是好運來的日子呢？」

「我也不知道。有的人一輩子餓肚子的時候比吃飽飯的時候多，有的人一輩子都在打仗、逃跑、餓肚子、被人追殺、逼債，他喜歡的女人不喜歡他，他不喜歡的女人卻又和他成爲一家，睡覺都要睜著一隻眼睛，在夢裏也經常被魔鬼追殺。你能說這樣的人有好運麼？」

「阿老，你的好運多麼？」

「從來沒有過。」

「不對吧，聽我爸爸說，每個人都有好運。」

「我的好運全攢下來了。」

「就像你一生攢的錢從沒有花過一樣？」

「是囉。」

「爲什麼要送給我呢？」

「你命中該得。」

放牛娃眼睛有些濕潤，他說：「阿老，我要下來了。我有些受不了啦。」

「好嘛，我們就歇一歇。看看能不能給你找點吃的。」

他們這時已經安全地越過了冰川，走到雪線以下了，山坡上到處是灌木叢。瘦子喇嘛把放牛娃放在一塊巨石上，自己到灌木叢中採野果，有一種叫「軍糧果」的紅色野果，從前打仗的人們斷糧時，常用它來充饑，他過去經常吃這樣的野果。不多一會兒，瘦子喇嘛就用帽子捧回一大捧「軍糧果」來。

山風依然很硬，那是從冰川上刮下來的能刺入人骨頭的雪風。瘦子喇嘛看到放牛娃已經吃得滿嘴通紅，就說：「少吃點吧，這東西吃多了拉不出屎來。」

「阿老，不是我餓慌了才吃得這麼多，」孩子有些眼淚汪汪了，「我是心裏難受。」說完，他又將一把「軍糧果」塞進嘴裏。

瘦子喇嘛望著放牛娃的眼睛，「怪了，魔鬼又把淌眼淚的毛病轉到你眼睛裏去了。嗨，他也不看看你是誰。」

「阿老，你是誰？」孩子突然嚴肅起來，彷彿下了很大的決心才問這個問題。

「我嘛，一個在高山牧場上爲生產隊放牛的老頭兒。」

「阿老，你得告訴我你到底是誰，不然，我就把你的好運還給你。」

瘦子喇嘛看著這個可憐的放牛娃，他的身子單薄瘦弱，好像從來就沒有吃飽過飯似的；他皮膚黝黑乾燥，像一個常年在野外餐風露宿的小流浪漢。他和放牛娃坐在一塊突出的岩石上，放牛娃的背後是一道懸崖，懸崖不遠就是溫暖的峽谷，他們只需再翻兩道山嶺，就可以回到人間了。有幾隻兀鷲在孩子身後的天空中盤旋，從上往下看去，他可以清晰地看見兀鷲伸開的翅膀，那翅膀尖的羽毛像人張開著的手指，又像一些在天空中滑行的牙齒。牠們是一些飛翔在藍天中的墳墓，將要把誰的肉體埋葬進去啊?

「我是瘦子喇嘛，人們都這樣叫我。」他追蹤著兀鷲的身影，慢吞吞地說。

「不對，你從前叫吹批喇嘛。」孩子說得很肯定。

「哦呀，那是我師父給我取的法名。可是現在寺廟裏的菩薩像都砸了，叫吹批喇嘛又有什麼用呢②?」

「叫吹批喇嘛之前，你又叫什麼?」孩子老成得像一個審查別人履歷的幹部。

瘦子喇嘛身子微微一顫，用既吃驚又恐懼的目光看著那個刨根問底的孩子，他沒有看見孩子咄咄逼人的眼神，卻看到了孩子身後的魔鬼，他在捂著嘴笑哩。

「既然他已經來了，我就實話告訴你，我的名字，大概你爸爸那一輩人知道。」瘦子喇嘛把眼角的淚揩掉，就像揩掉他的最後一個秘密。

「我是澤仁達娃。」

他說這個名字說得十分口生，彷彿在說一個久已生疏了的朋友的名字。

「佛祖啊，果然是你啊!」放牛娃哭了，並且像一個大人那樣哭得很傷心。

瘦子喇嘛伸手拍拍放牛娃的肩膀，「別哭啦，現在不是從前了。從前人們聽到這個名字才會哭，因爲總有人家要死人了。我當峽谷裏的魔鬼早已經當到頭了。我們走吧，我還有時間揹你下山。」

瘦子喇嘛站起來去攙扶放牛娃，他抓住他瘦小的胳膊，一下就把他提起來了。但是放牛娃卻從腰間把康巴刀「唰」地一聲拔出來了。

「你——爲什麼要拔刀呢?」瘦子喇嘛驚愕地問。

「阿老，我不能讓你再揹我了。我實在受不了啦！」孩子淚眼婆娑地說。

「噢，這沒有什麼嘛。孩子，康巴人的刀是不能輕易拔出來的，拔出來了，就一定要見血的哦。快收回去。」瘦子喇嘛說。

「阿老，」放牛娃給瘦子喇嘛跪下了，「阿老，爲什麼偏偏是你救我的命呢？爲什麼偏偏是你對我這麼好呢？爲什麼你還要揹我過冰川呢？阿老，我們不能再走下去了，要不我就做不成我的事了。難道你不問問我一個人跑到這雪山上來幹什麼嗎，阿老？你說得對，這把刀今天是要見血的啊！」

「你要殺我？」

「阿老，我是野貢・獨西！」放牛娃大聲喊道，一條峽谷都聽到了他的喊聲。

「噢，你是野貢家的人。我等了你們那麼多年了。」瘦子喇嘛一點也不驚訝，蒼老的目光帶著迷茫的眼淚，透過孩子稚嫩的眼睛，看到了兩個世仇家族幾百年來的仇殺史。他問：「孩子，你多大了？」

「十四了。不過還差九天。」孩子挺起胸膛豪邁地說。

「你們野貢家族可真的是衰落了，他們怎麼會派一個小孩來幹這件倒楣的事呢？」這時，他也看到了寂靜閻王陰森的目光。魔鬼沒有發笑，就真有人要倒楣啦。

但那個小小的殺手仍在哭泣。

「孩子啊，你該感到驕傲。過去多少人要取澤仁達娃的命，包括你的父親堅贊羅布，你的爺爺頓珠嘉措，還有很多很多的好漢，都是一些連魔鬼也害怕的人，可是神靈卻認爲我的苦還沒有受夠。現在是時候了，快起來吧。」

「阿老，我不能起來。我一站起來，你就該倒下了。」孩子哭著說。

「你說得對，因爲神靈也是這樣認爲的。」瘦子喇嘛說：「看啦，我送你的好運應驗了。」

瘦子喇嘛把野貢・獨西扶起來，讓他面對自己蒼老的胸膛，那孩子儘量把自己的腰挺直了，但也只有他的肚臍高。他把手上的刀在瘦子喇嘛面前比劃了一下，覺得自己無論如何也殺不了這個高瘦高瘦的老人。不是沒有膽量，而是感到彆扭。他的手顫抖起來了。

「澤仁達娃，你太高了。」野貢・獨西說。

「那好，我蹲下來。你可別指望我給你跪著。」瘦子喇嘛說著真的蹲下了，像騎在一匹死亡之馬上。即便這樣，他也比野貢・獨西高。

「你不找樣東西和我鬥一鬥嗎？既然你連老熊都殺得死，也許你真的還不太老，還可能會殺了我呢。這樣才符合我們兩家的規矩。」孩子突然說。

瘦子喇嘛苦笑道：「我早過了和人爭勇鬥狠的年紀啦。剛才我拿火炭烙你，就當我已經殺過你一次了。」

「澤仁達娃，我殺了你，你們家的後人就可以來殺我了。我叫野貢・獨西，你在陰間一定要傳個信給他們。」那孩子的聲音細細的，儘管他說得像一個康巴男人那樣充滿豪情。

「你好好活著吧，我沒有後人。」

孩子愣住了，覺得兩個家族連綿不斷的仇殺到他這裏就終止了，好像遊戲才剛剛開始就結束了一般遺憾。他說：「你總有親戚什麼的吧。」

「沒有了，全被他們殺光了。我是峽谷裏最後一個孽障，孩子，放手幹吧。記著我給你的好運。」瘦子喇嘛的眼睛仍然望著峽谷下方。

瘦子喇嘛在等待。他忽然想起多年前，天上的雷神一路追殺著他，讓他無處可藏。當他絕望地逃到這座山嶺時，他看到了對面山梁上的一個絳紅色的身影，他還看到了天上的一個炸雷直奔他的腦門而來。那個絳紅色的身影揮起手中的法杖，就像斬斷一段孽緣一般，把他罪孽深重的過去一刀斬斷。那天，他在這裏得到了拯救，今天他不指望誰來拯救，他指望死亡能解脫自己。這是一個人最後的一點驕傲了。

他用鷹眼一樣的目光向峽谷下方望去，把八十多年的時間迅速地瀏覽了一遍。他首先看到了草場上奔馳而來的馬隊，年輕的澤仁達娃躍馬橫刀，一刀就砍下了野貢・江春羅布的頭，那顆不屈的頭顱一直跑回到峽谷裏的野貢家，他們怎麼追也追不著；他看到了峽谷上空的高原神鷹兀鷲，牠們已經等得不耐煩了；他還看到了峽谷裏升起的炊煙，看到了瀾滄江兩岸的村舍，看到了藏族人的土掌房頂平臺上煨桑的青煙，看到了家家房頂上的經幡旗，它們在峽谷的狂風中嘩啦啦地飄揚，祈誦著藏族人等了一代又一代的吉祥；然後，他看到了瀾滄江西岸的噶丹寺，寺廟裏的經幢在陽光下熠熠發光，他的師父六世讓迴活佛在一堆熊熊燃燒的烈火前巍然不動。

他還看到了苯教法師敦根桑布的那只破鼓，在神靈控制的空間飄來飄去，但是敦根桑布法師卻了無蹤跡。他的目光像風一樣穿越在峽谷的時空裏，他看到了江東岸右鹽田的教堂，那個破敗的十字架立在教堂的垛樓上，修女凱瑟琳邁著細碎的腳步來到教堂屋頂的鐘樓，正準備爲他敲響喪鐘；他還看到了瀾滄江邊的鹽田，一塊塊地沿著江邊的懸崖搭建起來，田裏的鹽鹵水在峽谷上空的陽光照射下泛著白光，曬鹽的人們剛剛把曬好的鹽收集起來，澤仁達娃的馬隊就從峽谷的山澗深處衝出來了，馬刀在陽光下閃耀著陰冷的光芒，女人和孩子的哭喊響徹峽谷。

他最後看到了一處納西人的大院，那裏面人來人往，人們正在辦喜事，一個有錢人正把一個絕色美女娶回來做二房，美人兒從大紅花轎裏走出來，她是那樣地豐滿而嫵媚，彷彿是格薩爾王的王妃，峽谷被她的美色映照得通紅，連卡瓦格博雪山頂都被染紅了，這時，澤仁達娃的馬隊從天而降，飛揚的馬蹄踢倒了喝喜酒的人們，踢倒了試圖出來阻擋的新郎，踢倒了新娘喜房的大門，澤仁達娃巨手一攬，別人的新娘就成他的了。

「你還不動手？」瘦子喇嘛——喇嘛吹批——前巨匪澤仁達娃回頭對那孩子說，他說得很溫和慈祥，彷彿怕嚇著了他，或者像一個老人問一個孩子爲什麼還不去上學那樣輕言細語。

「那麼，還有什麼話要說嗎？」孩子裝著很老成的樣子問。

「臨終不說多餘的話，是上等的好男兒；飛行不多拍翅膀，是有翅力的好鳥兒。這話是你們野貢家的人說的。他是條好漢。」然後，瘦子喇嘛揩掉了自己眼角邊最後一顆眼淚。

「澤仁達娃，你也是。」

野貢・獨西說完，就將刀捅進了瘦子喇嘛的肚子裏。他是閉著眼睛幹這事兒的，不是因爲他害怕見到血，而是他眼睛裏的淚太多了。

野貢・獨西只聽到一句話：「哦呀，你的手太軟了，讓我來幫你。」

然後他就感到手上空了，待他睜開眼睛，澤仁達娃不見了，而刀卻還在他的手上，黑色的血滴答滴答地往地上滴落，像瘦子喇嘛老也淌不完的眼淚。

剛才他感到一雙粗礪而堅硬的手抓住他的手腕往被刺者的肚子裏帶，讓刀子深深地扎了進去。那一定是神靈在助他一臂之力，孩子想。他站在岩石上四處張望，瘦子喇嘛就像剛從他身邊飛走了的鳥兒一般，連個影子也沒有了。

四周只有山風嗚咽。

野貢・獨西向著峽谷跪下了，痛痛快快地哭了一場，直到哭瞎了自己的一隻眼睛。

❖ ❖ ❖

①藏族人的數字占卜法中，「十七」是個最吉祥的數字，人們認為這個數字可以帶來吉祥和好運。

②「吹批」的漢文意思是弘揚佛法。

第七章　三十年代

劫婚

連年的戰爭造就了許多奇奇怪怪的人穿梭來往於峽谷。神漢、占卜術士、江湖遊醫、雲遊的喇嘛、藏戲班子、說唱藝人等等。他們來到有錢人的大宅前，宣稱自己與神靈們交往的經歷，以此換取一碗酥油茶、一袋青稞麵。

去年就有個流浪四方的格薩爾王傳的說唱藝人，他說自己從前只不過是一個鐵匠，但自從他在拉薩河谷邊大病一場，夢見到了格薩爾王后，他就可以說唱格薩爾王的英雄故事了。野貢土司頓珠嘉措那時把他待爲上賓，好酒好肉的款待，他能說會唱的本事倒也真不小，一段格薩爾王的故事，他可以不吃不睡地說唱三天三夜。所有的人都昏昏欲睡時，這個江湖藝人就爬上了野貢土司家最漂亮的一個女僕的肚子。

最後看在格薩爾王的面子上，野貢土司才沒有打斷他的腿，只是把他趕走了事，當然還有那個女僕。野貢土司也發了善心，給了她自由民的身分，讓她隨那說唱藝人流浪四方。

「誰叫他肚子裏有那樣多格薩爾王的英雄故事呢。說唱英雄故事的人，自己也是半個英雄。」野貢土司說。

那時峽谷顯得比往年熱鬧得多了，瀾滄江的東岸和西岸都有了通拉薩和漢地的驛道，除了冬季，月月都有成隊的馬幫從峽谷裏穿過，他們都是些走南闖北、爲了生存甘冒風險的男人。左鹽田馬幫生意做得最好的，當數精明的納西商人和德忠，他的馬幫常常聚集起幾百匹騾子和馬，上百人的趕馬隊伍，浩浩蕩蕩地從峽谷中穿過，領頭的頭騾一般都高大威武、披紅戴綠，體現著這支馬幫隊伍實力不凡。

人們問和德忠，「去拉薩的路好走嗎？」他豪邁地回答說：「條條大路通拉薩。」人們又問，「從拉薩到印度遠嗎？」他說：「從聖城拉薩出來，一支山歌還沒有唱完，印度就到了。」如今和德忠在左鹽田蓋的大宅幾乎可以和土司媲美了。人們說要不了多久，和德忠也可以當納西人的土司了。

但是當另一個真正意義上的探險家來到峽谷時，馬幫們的氣派和見識和他比起來，就顯得寒傖得多了，連走南闖北的和德忠也不得不爲他的勇氣和鋪張感到驚訝，因爲他就像一個闖進貧寒的峽谷裏來的國王。

這個人就是布洛克先生，一個風度翩翩的英國紳士，夏威夷大學的植物學博士，或者說，那個年代最瘋狂膽大的冒險家、植物學家、民族人文學者。

他在與西藏毗鄰的雲南納西族地區已生活了十多年，同時爲英國和美國工作。他給英國愛丁堡皇家植物園寄去橫斷山脈地區豐沛的植物珍稀標本和花卉種子，豐富了英國人的花園；同時，他又爲美國《國家地理》雜誌撰寫專欄文章，介紹滇、川、藏地區多民族雜居而形成的多元文化狀態和這裏瑰麗壯觀的自然景觀。

當他第一次來到右鹽田的教堂時，他帶著一支由三十多個納西武士組成的衛隊，還有四個僕人，八個轎夫。儘管他可以騎馬，但布洛克博士認爲，在中國乘坐轎子是一種身分地位的象徵。

「如果你不搞得像一個國王出行，那些以衣帽取人的政府官吏是不會把你當多大回事的。你瞧，當我到左鹽田時，那裏的縣長叫我布爺。」他對沙利士神父說。

他的行頭也讓沙利士神父目瞪口呆，望遠鏡、顯微鏡、測量儀器、羅盤、歐洲最新款的雙筒獵槍、德國萊卡照相機等等，甚至還有一套洗印彩色照片的設備，「上帝啊，攝影已經進入了彩色時代了。」他感嘆道。

更讓沙利士神父驚嘆的是，布洛克博士即便生活在中國偏遠的民族地區，又到如此蠻荒閉塞的地方來探險，但他依然保持著一個紳士的生活習慣，甚至到奢侈的地步。他帶來了鋼絲床、可折疊的餐桌、躺椅，在歐洲的海灘上才可見到的太陽傘，甚至還有一個帆布浴缸。

布洛克博士說：「我在這裏的生活幾乎和歐洲一樣，甚至比在歐洲還要快樂。尊敬的神父，你在哪裡洗浴自己的身體呢？」

沙利士神父不卑不亢地回答道：「在自然中。」

就像沙利士神父對布洛克博士的鋪張感到不可理喻一樣，博士對神父的清貧與堅韌也同樣吃驚。「他們說雲南以外就再沒有傳教士了，因爲我所在的地方，彷彿已是地球的邊緣。神父，要是你回到歐洲的社交界，你會成爲那裏的英雄。」

「我不是爲了當英雄才來這裏，」神父說：「真正的英雄是雪山上的藏族人。」

「在我看來，你們都是值得欽佩的人。我在雲南的怒江大峽谷探險時，也碰見過一個和你一樣的傳教士。」

「美國人。五旬節教派的牧師。」沙利士神父有些不屑一顧地說。

「是的。那人是摩爾牧師。他在傈僳人中傳教，那是一個連文字都沒有的山地民族，令人尊敬的摩爾牧師和一些傳教人員甚至為他們創造了一種文字。」

「上帝創造世界，美國人創造麻煩。在某種意義上，文字就是麻煩的根源。」沙利士神父酸溜溜地說。

「噢，神父，你不能這樣說。」布洛克博士從嘴邊取下煙斗說：「你們侍奉的是同一個上帝呢。我認為，你們應該互相走動。」

沙利士神父自負地說：「我會在拉薩等他。」

「我非常樂意轉告你的話，要是我能再見到摩爾牧師的話。順便說一句，幾年前我在怒江峽谷見到摩爾牧師時，他也跟我提起過雪山這邊的教堂，他說他將在拉薩等你。」布洛克博士故意刺激沙利士神父。

沙利士神父轉頭向巴勃神父說：「跑道上的兩個對手，不是嗎？」

巴勃神父撇撇嘴，「但願大家都不要跑錯了方向。」

布洛克博士此次探險的目的地並不是西藏腹地，他要往四川藏區那邊做一次意義非凡的旅行。他閃爍其詞地說，這和美國軍方有關。沙利士神父就沒有過多追問。

三天以後，布洛克博士的人馬浩浩蕩蕩地出發了。他留下了一台相機和黑白照片的洗印設備贈送給神父，可是沙利士神父並不領情，他刻薄地說：「我要那玩意兒幹什麼，它能拍下上帝顯靈的身影嗎？」

布洛克博士是個寬容的人，他說照相機是當今人類最偉大的發明，就像蒸汽機推動了世界前進的步履一樣，照相機留下了歷史的痕跡。即使它不能見證上帝的光榮，也對見證藏族人和納西人的文明有幫助。

沙利士神父看著布洛克博士浩蕩的馬隊遠去後，對他身邊的巴勃神父說：「貧窮和富貴並不是朋友，即便上帝也沒有辦法讓這兩個朋友走得更近一點。在貧窮面前，富貴總是顯得虛榮而矯情。」

「一個在西方世界出賣廉價見聞、並且嘩眾取寵的人。」巴勃神父評價道。

左鹽田這些年的發展超過了右鹽田和對岸的卡瓦格博村，一是由於政府的縣衙門一直設在這裏，二是因爲聰明而善於經商的納西人，使他們的村莊成爲了來往過路馬幫的大驛站。左鹽田現在已經不是一個純納西族的村莊了，一些隨著趕馬人來的漢族人、彝族人、傈僳族人、白族人都到這裏落腳或做生意。這個多年前由於巨大的山體坍塌而造就的小村莊，不僅有了客棧、酒館、雜貨店，甚至連從漢地來做皮肉生意的暗娼店都有了。

老鴰們帶來了會唱女妖歌聲的木匣子，一張像餅一樣的片子放進匣子內，裏面就傳來一個女人嗲聲嗲氣的、可以使人渾身起雞皮疙瘩的歌聲。男人們說，這歌聽了讓人腳發軟，老想和女人做那事兒。因此每當木匣子裏女妖的歌聲一響起，那些腰裏有幾個錢的男人們就往掛著紅燈籠的鋪子裏鑽。

對這方面的事嗅覺最爲靈敏的東巴和阿貴，對充斥左鹽田的穢氣深惡痛絕，儘管他在自家的後院裏做了幾場驅趕穢氣的法事，但是污穢的氣味依然塡滿了峽谷的天空。因爲每天晚上掛紅燈籠的鋪子一開門，穢氣就像魔鬼噴出的毒霧一樣冒出來，還有女人的浪笑和男人的呻吟。老天啊老天，看看他們都在你的領地裏做了些什麼。你們把天空污染了，災難就不遠啦。

和阿貴的詛咒沒能阻擋峽谷的頹廢，左鹽田的富商和德忠向族人宣布，他將從雲南納西地娶回第二個老婆。

「這是爲了讓羊圈裏的母羊產下更多的崽兒。漢地爲什麼那樣富裕啊，因爲他們的有錢人都有三、四個老婆。」他爲自己的行爲辯解道。

那時左鹽田一向勤儉持家的納西人還沒有討小的習慣，只有藏族人的土司和頭人才有可能娶第二個老婆，許多貧苦的藏族人還幾兄弟娶一個老婆呢。

彷彿爲了和對岸的野貢土司鬥富，和德忠在貧窮的峽谷大張旗鼓地操辦自己的婚事。他的新娘從雲南麗江雇了八個轎夫用轎子抬到峽谷，前後還有二十人的武裝護衛，那場面幾乎可以和那個老是叼著一個大煙斗的英國人媲美。峽谷裏有一句讚美和德忠的話說：「銀子是走出來的，春宵是買回來的。」

據說那來自納西地麗江的姑娘，從前也是大戶人家的女子，只是家道中落了，父親又嗜酒如命，她的醉鬼父親便被一千塊雲南半開銀元的聘禮所打倒，把她賣到西藏。

左鹽田的納西人記得，當新娘從花轎裏走出來時，所有的男人都感到了一陣揪心的痛，所有的女人都張大了嘴。這哪裡是人肉凡胎的父母養出來的人兒啊，分明是美麗春神的女兒。

過去人們認爲，一個納西女人的美在於健壯、高大、膚色黑紅發亮。可是他們看見的卻是一個白皙、纖巧，像一株嫩楊柳一般的娉娉婷婷的憂鬱美人兒，嬌嫩得像馬上就要融化的雪團。如果你非要說她有什麼缺點，那就是她大概不會笑。可就是她陰鬱的面容，也是一種峽谷裏曠古絕倫的美。她從此改變了峽谷裏的人們對女性美的看法。

納西地最漂亮的女人撼動了整整一條峽谷，甚至連卡瓦格博雪山也被她臉上的羞澀映紅了，那天，大土匪澤仁達娃也被這紅色的雪山震驚了，他問自己的手下：「卡瓦格博雪山怎麼紅得像姑娘的臉？」

一個兄弟說：「大哥，因爲峽谷裏來了一個可以做格薩爾王妃子的美人兒。」

澤仁達娃望著紅得害羞的雪山沈默片刻，走向了自己的戰馬，他一躍便跨上了馬鞍，馬鞭往峽谷裏一指，用不容置疑的口吻說：「如果她真的是雪山女神，那我們去把她搶過來。」

澤仁達娃的馬隊在人家新婚之後的第二個夜晚，衝進了和德忠的大院，他們來勢兇猛，像一盆從天而降的禍水。那時，和德忠一家還沈浸在新婚的喜慶裏，大多數的客人都還沒有從頭天的宿醉中醒過來，飛揚的馬蹄就將他們踢翻在地。和德忠手裏拿著一把短槍，衣冠不整地從洞房中跑出來，但是澤仁達娃的馬頭一下就把他撞倒了，他從地上爬起來時，看到了澤仁達娃那雙燃燒著無窮欲望的豹子眼。

「我認識你。」和德忠說。

「是嗎？」澤仁達娃問。「以後你再也認不出我了。」他揚起了手裏的馬刀。

「請等一等，好漢。」和德忠說，「幹嘛不下馬來敘敘舊呢？我的喜酒還多的是。」

澤仁達娃笑了，「還不知道是誰的喜酒呢。我們真的認識？」

和德忠也算是一個老跑江湖的人，知道怎樣和一個兇惡的土匪打交道。他把澤仁達娃引進客廳，讓嚇得發抖的僕人給他們上酒，他們在寬大的火塘前坐下，和德忠指指陳設奢華的客廳說：

「好漢，你看，我的這些家產，都是你給的。你要的話，都可以拿去。這尊金佛像是印度產的，這個梳妝鏡是英國人造的，這架留聲機，美國貨，裏面可以唱出女妖的歌聲；還有這個不穿衣服的純銅女人雕像，法國貨。他們派神父到峽谷來宣講耶穌的苦難，自己卻過著淫穢的日子。」

澤仁達娃扇扇巨大的鼻子道：「我對這些不感興趣。我也從沒有買過這些沒用的東西給你。」

「記得多年前你還我的那匹騾子嗎？」和德忠結束了和一個大強盜的啞謎。

澤仁達娃一拍自己的腦門說：「哦呀。真的像漢族人說的那樣了，我們不是冤家不聚頭。」他想起了多年前曾經借過這個人的騾子逃命，後來又馱了兩大筐大洋還恩的往事。

和德忠給他倒了一碗酒，也給自己倒了一碗，「好漢，為我的喜事，也為我們再次相逢，乾。」

澤仁達娃仰頭把一碗酒喝了，「為我們腦袋都還在肩膀上。」

「再拿酒來，還有外面那些弟兄，要像待遠方尊貴的客人那樣讓他們喝高興。」和德忠大聲喊道。

這場奇怪的搶劫便以搶和被搶的雙方大醉一場開始。如果不是澤仁達娃上馬走的時候看見了他朋友妻子驚世駭俗的美，如果不是新娘在外面鬧哄哄的場面即將要收場的時候要去上那一趟廁所——她躲在洞房裏實在憋不住了，如果不是澤仁達娃在酒氣熏天中忽然聞到了那一股使人骨頭發酥的香味——天知道，他怎麼能在醉醺醺的時候還能嗅到愛的味道！

澤仁達娃在痛快地暢飲之後，就真的以為自己真刀實槍地殺到左臨田，只不過是來會一個多年不見的老朋友。他在馬鞍前一回頭，就看見了那個絕色美女淒美豔麗的芳容。

新娘只瞥了澤仁達娃一眼，眼光就像受到驚嚇的小鳥，「吱」地一聲飛了，澤仁達娃聽到了這目光飛逃的聲音。僅這驚鴻一瞥，靈光閃現，澤仁達娃就跨不上他的戰馬了。

和德忠那時還在對他的朋友拱手作揖，他說：「恕不遠送了。」

一瞬間，澤仁達娃作出了一生中最爲殘酷的決定，他說：「朋友，應該是我送你上路啊。」

和忠德笑著說：「大哥，你喝多了。」

澤仁達娃眼睛直勾勾地望著人家的新娘，「我可比什麼時候都清醒。」

和德忠終生的錯誤在於他不能跟一個土匪稱兄道弟。他可以是一條好漢，但他不一定就當得了你的大哥。和德忠伸出一隻手去，想把澤仁達娃扶上馬。但是不知是澤仁達娃誤解了他的意思，還是和德忠的動作惹惱了澤仁達娃，他反手一掌，就將和德忠推出老遠。

「大哥，你……你真是喝多了。」和德忠說。

澤仁達娃抽出了身上的康巴刀，「兄弟，我要對不起你了。多年前我本該殺了你，你說你還沒有娶老婆。一個男人還沒有沾過女人，是不能死的。現在你有兩個老婆了，我還光著身子在這個世界上闖蕩。這公平嗎？」

「你的妻子呢？」和德忠問。

「哈哈，早被官軍殺了。他們殺了我全家。」

和德忠說：「那些官軍該殺。」

「可我得殺了你，兄弟。」澤仁達娃冷酷地說。

「大……大哥？我們不是……冤家。」和德忠說話有些不俐索了。

「現在是了，兄弟。我喜歡上你老婆啦。不是第一個，是第二個。這一個。」澤仁達娃指著還站在院子裏發呆的新娘子說，就像說喜歡上他兄弟的某樣東西。

和德忠憤怒地說：「你不是我的大哥了，我也不是你的兄弟。快滾吧。」

身高臂長的澤仁達娃一步就跨到和德忠的跟前，用刀頂住了他兄弟的脖子。「眼睛一閉，你就看不到人間的痛苦了。兄弟，可別怪我啊。」

然後他的刀鋒橫著一抹，和德忠的喉嚨就斷了。鮮血噴出來老高，濺了澤仁達娃一臉，彷彿是他身上的血一樣。

和德忠軟軟地倒下去了，手腳不斷地抽搐，喉嚨裏還在「咕嚕咕嚕」地冒著血泡，好像還有好多話沒有說完。不知是在惦記著他的嬌妻呢，還是想說那座沒有來得及爲澤仁達娃建的吊橋。

院子裏和德忠家的人全都嚇呆了，有片刻時間，大家以爲這是在夢裏，剛才兩個兄弟還在推杯換盞地喝得高興，現在一個就把另一個的脖子抹了。這不是在夢裏又是在哪裡呢？

最先醒悟過來的是那立即做了寡婦的新娘子，她尖叫一聲，捂著臉扭身往洞房裏跑，澤仁達娃追了過去，他撞開了洞房的木門，新娘像一隻野兔一樣在房間裏蹦來跳去，人高馬大的澤仁達娃東撲西撲，可就是聞得著新娘身上的體香，摸不著新娘的裙邊，兩人就像在做一場遊戲。

最後，新娘從洞房的窗子裏跳了出去，又打開後院的門跑了。澤仁達娃惱怒地從洞房中出來，大聲喝道：「牽馬來！我醉了，我的馬可沒有醉。」

院子裏早已亂著一團，和德忠的家人正和澤仁達娃手下醉意闌珊的土匪們扭打成一團。澤仁達娃拔出手槍，朝天上打了兩槍，他的戰馬聽出了澤仁達娃的槍聲，自己跑到了他的面前。澤仁達娃一步跨了上去，一提韁繩衝出去了。

他沿著山道狂奔，不必擔心他會找不到那可憐的新娘，因爲她的體香在峽谷裏絕無僅有。澤仁達娃像一條狗一樣嗅著那酥人的香味，只追了不到半里地，就看到了那個像一隻金絲鳥兒一般倉皇出逃的女人。

他一夾馬肚，感到自己的下身一陣陣地溫熱。他想，還沒有把人家壓在身下，自己的東西就噴出來了，真沒有出息啊，還沒有哪個女人把我折磨得這樣狼狽。在他還沒有從自我愉悅的陶醉中醒悟過來時，人家的新娘已經嬌喘吁吁地在他汗淋淋的懷裏了。他把她橫抱在馬鞍前，彷彿抱著一隻羔羊，女人已經驚嚇得昏厥過去了，臉色蒼白得像月光下的雪地。

澤仁達娃本來可以在馬背上就搞了她，但是他沒有。他得找個地方好好地享受一番。他的馬兒似乎很知道主人的意思，牠一路飛奔，還嘶嘶地高叫。澤仁達娃渾身的血都在往上湧，女人身上熏人的乳香味都快要讓他瘋狂了。馬兒終於跑到林間的一塊草地上，澤仁達娃翻身下馬，輕輕地把那女人放下來，彷彿放下一團潔白的雲朵。

哦，佛祖啊！當一個饑餓的人忽然面對一頓美味大餐時，他一定不知道從哪裡下手。澤仁達娃此時所有的酒勁和幸福感一齊湧了上來，搞得他渾身發軟、眼前發黑，竟一頭栽倒在女人的身邊。

澤仁達娃醒過來時，睜眼看見了頭上的藍天白雲，那些白得發亮的雲團似乎還在旋轉，而他卻找不到太陽在哪裡。他首先想，我這是在哪裡呢？然後他又想，我爲什麼要躺在這個地方？最後，他終於想起來了，剛才他割斷了一個人的脖子，因爲他看上了這個人的老婆。哦呀，那個漂亮得可以當格薩爾王妃子的女人呢？

他伸手一抓，只抓到了草地上的一把青草。澤仁達娃翻身爬起來，草地上空無一人，現在他完全清醒了。狗娘養的，沒有出息到家了。他感覺腰間有點不對，伸手一摸，槍還在，但康巴藏刀被那個女人摸走了。澤仁達娃笑了，畢竟是女人見識啊。

他跌跌撞撞地在林子邊找到了那個女人，他感到奇怪的是，她正在用刀割自己的裙子，「嗨，妳不會脫裙子嗎？」他問。

「別過來。我有刀呢。」新娘子恨恨地說。

「妳為什麼不拿我的槍？」他笑著問，就像在逗一個小孩玩耍。

「我要用刀做一條繩子。」她幽怨地說。

「幹什麼用呢，牽馬的轡繩嗎？」

「吊死鬼的繩子。站遠點！」新娘聲色俱厲地說，她想把用裙子結好的繩子扔到頭上的樹枝上，但是樹枝太高了，她扔了幾次都沒有扔上去。

澤仁達娃又笑了，她往上拋繩子的姿勢可真好看。「哎，要我來幫妳嗎？」

「人家要去死了，你還笑。」

「你們納西人就是怪，男人死了，還有其他男人麼。活著多好。」他上前一步。

「走開。」新娘軟弱地說。

「我走了，誰來幫妳把繩子扔上去？」他又往前了一步。

「別過來，你這個強盜！」她用刀子對著澤仁達娃嘶喊道。

「是的，我是個強盜，土匪，殺人不眨眼的傢伙，或者說是個魔鬼。但是，我喜歡上妳了，妳應該感到自己的好運來了，因為峽谷裏再沒有比我更壞的人。」他直接用胸膛面對著她的刀尖。

「別想來碰我，我會殺了你！」

「來吧。」他說。「要麼妳殺了我，要麼讓我喜歡妳。」他的豹眼死死地盯住她的一雙鳳眼，他有充足的信心，可以用目光打落她手中的利刃。「我叫澤仁達娃，妳叫什麼？在妳下刀之前，請告訴我妳的名字。佛祖在上，我死了也會記住它。」

「木芳。」她軟軟地說。不像是在向仇人宣布自己的大名，而像是告訴一個情人她草木春秋、鮮花芬芳的芳名。

康巴藏刀無聲地落在地上。木芳自長這麼大，還從沒有聽一個男人說他喜歡她。當初和德忠來到她家時，她被人引到那個陌生而矮胖的男人面前，就像將一件待價而沽的貨物展示給他看，然後和德忠就給他父親下訂單了。

即便是在他們新婚的第一個晚上，和德忠也沒有對她說他喜歡她。他在黑暗中爬到她的身上，喘著粗氣，很快就完了事，然後他翻身下去就睡了，彷彿剛才幹了一件很累人的活兒。他只讓她感受到了男人的一丁點東西。可是當她第二天在院子見到這個巨人時，一瞬間，她把他同昨晚的另一個男人作了短暫的比較，這讓她羞愧萬分。她第一次感到她對和德忠的恨比眼前這個強盜更甚。儘管是他殺了自己的丈夫，也是他把她劫到這個人不知鬼不覺的地方。但在這個巨漢面前，一個女人既恐懼又安全，既驚惶又好奇。

可憐的木芳沒有選擇，她身子一軟，往地上癱去。澤仁達娃長臂一伸，把她攔腰摟住了。他把她緊抱在懷裏，湊著她的耳朵說：

「佛祖在上，我的美人兒，妳要什麼，我都可以給妳。」

木芳渾身發抖，緊咬著嘴唇搖頭。澤仁達娃像一個殷勤體貼的情人，連聲對她說，妳要雪山上的雪蓮嗎？要山洞裏的珍寶嗎？要印度珍貴的虎皮、要草原上的貂皮嗎？要十二個眼的貓眼石嗎？要比雪山下的湖泊還要綠的翡翠嗎？要比太陽還要紅的紅瑪瑙嗎？

最後，他終於問到了重點上啦，他問：

「妳要一個終生都愛妳的男人嗎？」

女人不發抖了，也不咬嘴搖頭了，她忽然像睡著了一樣平靜。

澤仁達娃現在可以把她放平在草地上啦，她也再不會頭腦發熱地暈過去。這一次，他發現他從沒有像愛哪個女人一樣愛上了這個美人兒。

風中的危險

春末，峽谷底的桃花落英繽紛，滿地殘紅，而高山牧場上的春天才開始真正來臨。先是漫山遍野的高山杜鵑花競相開放，把一條條山嶺裝扮得花花綠綠，萬紫千紅；那些杜鵑花就像藏族人的性格，開放得熱情而潑辣，迅猛而果敢，彷彿在一夜之間，它們就由千萬個神靈的千萬枝神奇的畫筆，把峽谷裏的山嶺點染得五彩繽紛。

藏族人的情歌在杜鵑花盛開的季節唱得最爲火熱，滿峽谷都是餘音裊裊的歌聲。峽谷兩岸的牧羊人和馬幫驛道上的馬腳子常常會互相賽唱，有些情歌唱得露骨而直白，連山嶺上的杜鵑花聽了都會羞紅了臉。有的康巴漢子受不了對岸唱歌的妹妹的挑逗，乾脆抛下羊群，丟開手裏的農活，跑下山梁，從溜索上滑過來跟情人幽會了。

在沙利士神父眼裏，沒有戰爭和自然災害的時候，峽谷裏的藏族人日子過得還是很詩意的。他對成天憂心忡忡的巴勃神父說：「我在藏區傳教三十多年了，還沒有發現哪個藏族人有精神障礙。噢，上帝，儘管這裏生活清苦，但是這裏的人們比歐洲人快樂多了。他們把人生簡化爲三件事：幹活，信教，娛樂。你瞧，身體的需要交給勞動，精神的需求交給宗教，其餘空閒下來的時間，就全部交給了唱歌、跳舞、喝酒和談情說愛。他們中的智者甚至連自己什麼時候死都安排好了。還有比這更會安排生活的民族嗎？」

巴勃神父揶揄說：「有，在天堂裏。」

在沙利士神父看來，那一段時間裏，巴勃神父患上了嚴重的鬱閉症，在教堂裏，幾乎聽不到他一句多餘的話。人們除了在主日望彌撒時能看到巴勃神父日益萎靡的身影外，他幾乎不存在。做祭祀時，作爲沙利士神父的助祭，他時常走神，有一次他幫沙利士神父倒祝聖過的紅葡萄酒，竟把一瓶酒都倒在了托盤內而不是酒杯裏。紅色的葡萄酒溢出了托盤，把祭臺上的白布都染紅了，而巴勃神父卻渾然不知，就像一個不能自持的醉鬼。

而在懺悔室裏，他負責聽懺悔的幾個教民常常在訴說了自己的罪過後，得不到巴勃神父明確的指示。彷彿他既不寬恕自己，也不代表上帝寬恕別人。每天他的臉上永遠只有一個表情，那就是像江邊的岩石一樣陰冷、僵硬、古怪。

有一天，教民路德向巴勃神父懺悔說，他的一群羊偷跑到約翰的地裏吃青稞苗，等他發現時已經晚了。但是他又害怕約翰知道了不高興，會認爲他是故意的，就一直沒有告訴約翰。在耶穌面前，路德並不是想隱瞞這樁錯誤，而是時間越長，他就越說不出口，可是他心中的負罪感就越重。

在長久的等待之後，巴勃神父在懺悔室裏突兀地說了一句：

「讓罪孽的感覺像一陣風吧。」

老實巴拉的路德怎麼能聽懂這些深奧的啓示呢，他在回去的路上還在想，要是風能吹走我們的罪，還要神父們幹什麼？

沙利士神父知道，巴勃神父曾經給教區主教大人勞納主教寫信，要求調換一個傳教點，但是遭到了勞納主教的拒絕。勞納主教在給沙利士神父的信中說，歐洲局勢緊張，中國內地戰火遍地，傳教會近期內根本不可能派出更多的傳教士到西藏來。在這充滿戰火和仇恨的世界上，望你們通過守齋和祈禱做信仰的見證。我會將你們的虔誠轉求天主，使你們永遠度過一個基督化的生活。想一想你們的光榮吧，耶穌在西藏的先驅。上帝將護佑你們的偉業。

實際上，在傳教會，沒有人比巴勃神父更知道耶穌在西藏的地位，因爲他精通傳教會在西藏的傳教史，而這段不幸的歷史，告訴了他許多的傳教悲劇。

歷史就是一塊巨大的石頭，你對它知道得越多，你揹負的重量就越重。巴勃神父不會忘記從十七世紀初，第一個到西藏古格王國傳教的安東尼奧·德·安多德神父，這個上帝的寵兒，即便他差一點就讓古格國王皈依了耶穌上帝，可他同時帶給古格王國還有什麼呢？是喇嘛們的暴亂，是古格王國的滅亡。

約一百年後，卡普清修會①的傳教士縱然成功地在拉薩建立了傳教點，可是他們得到的回報是什麼？是饑餓，後繼無援，西藏上層貴族的敵視，佛教徒的圍攻，信奉天主教的教民被毆打，以及被叛軍所殺的孤獨無助的傳教士。

從十七世紀初到十八世紀這一百來年的時間裏，羅馬教會傳信部共派出了三十批一百多人次的傳教士到西藏傳教，他們有的死在橫渡大洋的船上，有的死在喜馬拉雅的風雪山口，有的死在土匪搶劫的刀下，有的被東方不知名的病魔奪走了生命，有的則被宗教引起的暴亂吞沒。即便是那些到達了西藏的幸運兒，把十字架矗立在這片陌生的土地上，可是他們就像在西藏的某個聖湖裏扔了幾塊石頭，隨著時間的流逝，這聖湖裏曾經有過的響動和漣漪都不見了。聖湖還是聖湖，藏族人在裏面看不到一點耶穌的影子。

失敗，失敗，沒有止境的、就像藏族人信仰的輪迴那樣的失敗。不是巴勃神父對上帝沒有信心，而是他對教會在西藏的傳教事業看不到希望。在西藏，沒有藏傳佛教的護佑，這個民族不會存在到今天。羅馬教廷傳信部的先生們都是一些狂妄自大的白癡，他們也許只在地圖上研究在西藏傳教的可能，他們甚至連一個藏族人都沒有接觸過，怎麼能知道離羅馬教廷萬里之遙的西藏對上帝的態度呢？

無數個黃昏，巴勃神父在山道上散步時，就這樣沈浸在歷史的黑暗隧道裏不能自拔。由於他幾乎不與人說話，他的散步就成了一個在傍晚遊蕩的孤魂。馬修一如既往地遠遠跟在他的身後保護他，和巴勃神父一起完成晚飯後的「習慣」，以至於馬修現在吃晚飯後不出去走走，胃裏便會感到不舒服。

馬修對自己的妻子安妮說：「習慣其實就是你養的一條狗，你把牠養大了，牠就一直跟著你。」

秋風像一群群趕路的厲鬼在峽谷裏穿越而過時，人們並沒有注意到這一年的秋風與往年有什麼不同。它們總是滾動著低沈而如雷鳴般的吼聲從青藏高原上呼嘯而下，像瀾滄江裏夏季的洪水，但是它們比洪水泄得更快更兇狠。

人們往往忽視風的破壞威力，只不過在無垠的天空中敢於和它們抵抗的東西不多罷了。當然，峽谷裏的人們也不會忘記多年前的那個大風年，把地上的一切刮得乾乾淨淨，瀾滄江西岸的佛教徒至今還認爲，是東岸右鹽田教堂裏的那個大鬍子白人喇嘛帶來整整刮了一年的大風。他的命運與風有關。

馬修到死的那天，都還記得巴勃神父出事的那個傍晚風聲如雷，一彎上弦月早早地就掛在了北邊的天空。他奇怪的是，那月亮竟是金黃色的，就像一把金鐮刀。

巴勃神父那時長久地佇立在左右鹽田間的山梁上，面對著朦朧陰森的山澗。這樣迎風挺立的姿勢，多年來他一直沒有改變，風梳理著他一臉亂蓬蓬的鬍鬚，也梳理著他時而混亂時而嚴謹的思緒；那是一個歷史學者的思緒，是在歷史的長河中迷失了方向的思緒，被瀾滄江大峽谷裏的大風一吹，它就更加混亂了；風還撕扯著他的黑色長袍，離巴勃神父足有一百米遠的馬修都能聽到那長袍在風聲中劈哩啪啦的呻吟。

馬修躲在一個背風的岩石下，懷裏抱著他的火繩槍。他想，沙利士神父就不會像巴勃神父這樣，把更多的時光用在這無聊的「習慣」上。

每天晚飯後，沙利士神父一般都到教堂裏一個人面對耶穌的聖像默想許久。在教民們眼裏，沙利士神父才是純正的基督徒，他的謙遜，熱情，仁慈，智慧，以及忍受苦難的毅力，做得就跟藏族人的活佛一樣。

作爲一個異族人，如果你能和藏族人一起忍受苦難，並從精神上給予一定的指導，比你幫助他們改變這種苦難更能贏得尊敬。因爲在一個藏族人看來，苦難不過是爲了來世的一種修行。如果今生不把人間所有的苦難都吃盡，他們怎麼敢保證來世的幸福呢。儘管神父們一再告訴信仰耶穌天主的教民們沒有來世，只有天堂裏上帝的國，可是他們還是一不小心就把幸福的來世和上帝的國混爲一談。

馬修突然聽到了一種奇怪的聲音，儘管在大風的呼嘯聲中這聲音並不大，像一隻鳥被勒緊了脖子那一剎那間的驚叫。馬修的心卻猛地一緊，彷彿站在懸崖邊一腳踏空般驚惶和恐懼。他從岩石後竄出來，巴勃神父剛才站立的地方空無一人。

「神父……」馬修急得大喊。

而巴勃神父此時正在山澗裏御風飛翔。

馬修看到，巴勃神父像一隻低空飛行的巨大蒼鷹，在峽谷裏大風的吹送下，在他的視野中越飛越遠。在朦朧的山谷中，與其說那是一個人在飛行，還不如說那是一片黑色的樹葉。他的黑色長袍像飄飛的翅膀，在黑暗的山谷裏迎風招展。

馬修嚇得一屁股坐在了山道上。他從沒有看到過一個墜崖的人可以在風中飛得這麼遠，除非他是那個經常騎著一面鼓在峽谷裏飛行的法力高深的苯教喇嘛敦根桑布。

「巴勃神父被風吹走了。」這個消息很快就在右鹽田傳開。沙利士神父組織所有的教民打著火把，溜到山谷底去尋找巴勃神父的屍體，左鹽田的納西人也紛紛過來幫忙。人們的火把將兩個鹽田間的那條山谷都映紅了。

沙利士神父開初不相信風會把一個人吹走，他認爲巴勃神父一定是遭到了江對岸佛教徒的暗算。可是等他們終於找到巴勃神父的屍體時，他自己也被搞糊塗了。巴勃神父墜落的地點離他生前最後站立的懸崖邊至少也有一公里的距離。難道一個體重足有八十公斤的成年男人會被大風吹得這麼遠？

「在我們的東巴經書裏，風還把人吹到崖壁上揭不下來哩。」納西族長和萬祥看到沙利士神父那麼傷心，就寬慰他道。

如果可憐的巴勃神父真被風吹到懸崖下，那倒好了。沙利士神父心裏想。他擔憂的是，巴勃神父的神經被西藏的大風吹斷了，顯然這是教會最不願意看到的。

三天以後，教堂爲巴勃神父舉辦了隆重的葬禮，人們把他葬在杜朗迪神父的墳墓邊。

當年沙利士神父開闢瀾滄江東岸的教區時，除了確定教堂的位置、村莊的佈局和土地的分配外，還特意留了一塊空地作爲基督徒的墓地。它就在馬幫驛道的下方，面對峽谷裏的瀾滄江，從驛道上過往的人們都能看到那些墳墓上的簡陋木十字架，現在那裏已經有十多座墳塋了。

天上的兀鷲有時嗅著屍體的味道，降落在這些十字架和墳頭上，瞪著一雙迷茫的眼睛四處打量，似乎在問：天葬師到哪裡去了？

上帝的早餐

那一段時間，沙利士神父過得比較消沈，這並不是由於失去了巴勃神父使他感到哀傷，而是峽谷裏的人們對此事的傳言，使上帝的信譽受到了傷害。

「你想想，」人們說，「上帝派來替他說話的人居然會被風吹走，上帝說的那些話還能鎮壓得住峽谷裏的魔鬼嗎？如果白人喇嘛說的天堂真的存在，爲什麼他們自己沒有升向天堂，卻葬身在峽谷的山澗裏？」

喇嘛們話裏有話地說：「哦呀，這個可憐的白人喇嘛大概是想飛向天堂的，但是西藏的大風並不幫他。」

這些傳言從噶丹寺裏傳出，變成了佛教徒們譏諷天主教徒的笑料，峽谷的風又把它從瀾滄江西岸吹到東岸，讓東岸的天主教徒們深感迷惘和屈辱。於是，在聖神降臨節②的前一天，沙利士神父在佈道中對自己的信徒說：

「有那對主的信仰不夠堅定的人，問我能不能帶給你們一點天堂的消息。我知道你們藏族人是相信神蹟的民族，你們歷來認為天上的東西比地上的事物更值得信賴。那麼好，明天上午十點，你們將看到主耶穌在峽谷顯靈。諾斯，明早你不用為我準備早餐了，主會給我從天上送來一頓豐盛的早餐。」

第二天上午，廚子諾斯和亞當在沙利士神父的指點下，在教堂外的空地上，用生石灰畫了一個橫豎均有一箭之地的巨大的十字架。沙利士神父還叫人為他擺了一張桌子，上面鋪上亞麻白布，還擺上了吃西餐的刀叉、勺匙，甚至還擺了一副明顯多餘的枝型燭臺。那是他多年都沒有用過的食具，因為平時他都和教民們一起用手捏糌粑吃。

沙利士神父坐在桌子前，臉上充滿自信，像一個國王。人們圍在十字架外面，等待耶穌神蹟的降臨，人人臉上既激動又迷惑，這可是沙利士神父到峽谷傳教以來，第一次向人們證明主耶穌的奧跡。連左鹽田的納西人也來了不少，他們也想看看，白人喇嘛如何吃到從天上落下來的早餐。

那天天空湛藍，人們曾經猜測神父的早餐大概會從雲團上面飄下來，但是天上一點雲彩也沒有，愛惜神父聲譽的人開始為他擔心。但是神父依然是那副不慌不忙的模樣，他在自己的胸前繫了一塊白布，神父說這叫餐巾，在他們的國家，人們吃上帝盛宴時都要戴這個東西。

十點剛過，一種像公犛牛發情時的嗡嗡聲從南邊的天空傳來，神父的臉上露出了自信的微笑。人們引頸張望，天上盛早餐的籃子、碗、茶壺，甚至一張烙餅，都不見一點蹤影。但是，他們忽然看見一隻飛得很高的鷹，公犛牛叫的聲音就從那裏發出，牠越飛越近，越飛越低，衝著教堂外的那個大大的十字架飛了過來。巨大的聲音讓所有的人都跪了下去，不斷地在胸前畫著十字。

「那是神鷹啊！」有人驚呼道。

令人敬畏的神鷹在教堂的上空盤旋，牠張開的翅膀並不搧動，可是牠飛得那樣快、那樣高。

「真是一隻翅力好的鷹。」人們說。

神鷹最後對準了地上的十字架又俯衝過來，彷彿有一隻巨手，把人們頭上的帽子一把摘走了。人們正在驚慌之際，卻驚訝地發現一朵白色的蘑菇開在空中，緩緩地向地面降落下來。

「感謝你，仁慈的上帝！是你賜予我們每天的食糧，也是你讓峽谷的人們知道了自己的罪，並且相信你的力量。」沙利士神父單腿跪在地上，雙手伸向天空，彷彿要接住上帝賜給他的早餐。

那朵白色的蘑菇在天空中飄啊飄，把地上所有人的心都搞得飄忽不定，不知道自己是否在夢裏。它後來準確地落在十字架的中央，沙利士神父走過去，從癟了的蘑菇下取出一個鐵箱子。多年以後，這個標著U・S・A的上帝的早餐箱，就是沙利士神父埋藏在地窖裏裝東巴經書和自己手稿的大鐵箱。

神父讓亞當把箱子打開。一刻鐘以後，神父的餐桌上擺滿了上帝的早餐，那都是些峽谷裏的人們從來沒有見到過的東西，神父告訴他們說，這是咖啡，我們在吃早餐前要先喝它，就像你們的酥油茶一樣；這是麵包，黃油；這是巧克力，一種甜食；這是沙拉醬，這是……啊，感謝上帝，這是多麼豐盛的一頓早餐啊。你們也來一點嗎？

所有的教民都還在目瞪口呆中醒悟不過來，有幾個教民跪下去說：「神父，我們相信了。」

「相信了什麼？」沙利士神父明知故問。

「相信了主無所不在的力量，相信了天堂的確存在。要是我們天天真誠地祈禱，主耶穌就會派那隻神鷹來接我們上天堂。」一個教民說。

「我實實在在地告訴你們，」沙利士神父用耶穌的口吻說，「巴勃神父的靈魂其實早已經在天堂裏了。他的肉體跌落在峽谷的山澗裏，只不過是上帝借此考驗你們是不是真心愛他敬他罷了。看哪，今天是紀念主耶穌聖靈降臨的日子，這頓來自天上的早餐已爲耶穌作出了見證。你們要悔改，奉耶穌基督的名受洗的人啊，你們的罪要得到赦免，就必須領受主所賜的聖靈。好了，現在，我要好好享受這主耶穌所賜的早餐了。」

這是一次非常成功的表演。兩個月前，當布洛克博士從四川藏區探險回來路經教堂時，在和沙利士神父的閒聊中，說起他在雲南的省會昆明，和一些喜歡在藏區搞飛行探險的先生們的交往經歷。其中一個叫史密斯的飛行員是他的好朋友，他說他在藏東飛行時，看見了一座比珠穆朗瑪峰還要高的大雪山。這在世界上引起了巨大的轟動。但是布洛克博士親自前往那座雪山測量，發現它只不過是一座海拔七千多米的雪山。

此事讓布洛克博士名聲大震，連美國空軍總部也邀請他去華盛頓，爲一些他們還沒有搞清楚的雪山標出準確的高度，因爲美國人也開始關注西藏了。因此布洛克博士說，如果他需要，他隨時都可以請他的好朋友史密斯先生，用飛機爲他提供探險活動中後勤方面的保障。

沙利士神父那時正爲峽谷裏上帝的信譽受到質疑而焦心，便異想天開地讓布洛克博士請史密斯先生爲上帝的力量做一次見證。布洛克博士是個虔誠的天主教徒，同時也深爲敬佩沙利士神父的奉獻精神。兩人約定，在聖靈降臨節這一天，史密斯先生將飛來爲神父送來上帝的早餐。

「這並不是上帝的幽默，只不過是要讓這些虔誠的人們感受到耶穌聖靈的降臨，是可以通過一頓早餐來證明的。」沙利士神父說。

紅色軍隊

進出峽谷的馬幫帶來的消息說，有一支紅色的軍隊最近開到了藏區邊緣，他們在和政府的軍隊打仗，已經死了很多很多的人，走了很遠很遠的路了。據說這一切只是爲了中國的顏色。

「這真是一個令人難以理解的國家，」沙利士神父對亞當說，「他們不爲宗教信仰而戰，不爲權力而戰，卻爲虛無的顏色殺人。」

那是復活節前聖周一的一個下午，春日的太陽暖洋洋地照在教堂裏，把空泛無味的時光拉得很漫長。神父在教堂的院子裏翻揀郵差透過馬幫驛道送來的信件和教會分派過來的簡報，那個忠厚老實的藏族郵差阿雅每個月來一次。簡報中就有這幾年在中國內地到處發生的有關紅色軍隊的消息。

沙利士神父憂心忡忡地問亞當：「對你們東方人來說，顏色是不是和人們的理想有關？既然這方小小的峽谷裏都曾經因爲鹽的顏色而發生過戰爭，中國那麼廣闊的地方，同樣會因爲代表各種意義的顏色而打仗。藏傳佛教的信徒們在幾百年前，不也因爲佛教的顏色不同而分成不同的派別、並且互相攻擊嗎？如果以顏色來區分這個世界，誰知道在他們眼裏，上帝和教會屬於什麼顏色？」

「黑色的，神父。」嘴快的亞當說。「因爲神父們都穿黑衣服。」

沙利士神父又問：「亞當，你們藏族人喜歡什麼樣的顏色？」

亞當那時正在院子的一個角落裏劈柴，笨拙粗大的斧子在他手裏，就像使一把小刀那樣運用自如，如果有必要，亞當甚至可以用斧子給你劈一根掏耳朵的耳匙。他揩揩臉上的汗說：「神父，看看我們的房屋和佛教徒們的寺廟就知道了。吉祥的顏色能帶給我們好運。」

「可憐的人們。」沙利士神父說：「對一個時運不佳的國家來說，好運就像水裏的月亮。遺憾的是，好運並不是你手中的斧子，而竟然被某種顏色所決定。」

「神父，我們藏族人認爲，天上的神靈是有顏色的，地上的人信奉的神靈不同，他們就會爲顏色而打仗。神父，紅色的軍隊能帶給我們好運嗎？」亞當問。

沙利士神父聳聳肩，「只有上帝才知道。」他想了想又說：「教會和軍隊從來就不是兄弟。除非是路易九世麾下的十字軍。③」

「我聽說他們連眉毛鬍子，哦呀，還有頭髮，都是紅色的。」亞當喜歡到處打聽事情，更喜歡誇大其詞，神父多次在他懺悔時指出過這個毛病。可是亞當生性快樂、伶牙俐齒，在右鹽田，人們叫他「長舌頭的亞當」、「快樂的亞當」。

當天晚上，來自打箭爐主教區的一個信使飛馬趕到教堂，那匹可憐的山地矮種馬一到教堂門口，就口吐白沫一頭栽了下去，再也沒有爬起來。信使將一封急件交給沙利士神父，在神父還沒有將信看完時，教堂外已經積聚了一大群教民了。他們舉著火把，木然地望著自己的神父，就像一群沈默的羊群。

神父不知道該怎樣對自己的教民們說清眼下的困境，過去在教堂的佈道臺上，他從來都把主耶穌對眾教民的拯救宣講的頭頭是道，繪聲繪色。現在，他卻對即將大難臨頭的峽谷一籌莫展。信使送來的急件中說，共產黨匪徒武裝可能馬上就要逼近峽谷地區了，勞納主教建議沙利士神父儘快撤離。

「神父，你要離開我們了麼？」快嘴的亞當在寂靜的人群中忽然說。

「誰說的？」沙利士神父有些驚訝，彷彿自己的短處被人家當場揭穿。但在此刻，神父的尷尬恰恰證明了教民們內心的恐懼。

亞當指著倒斃在教堂門口的馬說：「牠把災難的消息帶到峽谷裏來了。」

在閃耀的火光中，沙利士神父看見有幾個老教民在無聲地淌眼淚，有兩個老婦人慢慢地癱倒在地上，用手一下又一下地拍打著教堂的臺階。儘管天已黑盡，但是神父可以看到悲傷、失落、無助、惶恐瀰漫在所有教民的心中。他想起多年以前的那次教案以後，看到的那個被嚇得失聲卻淚如雨下的女孩。可憐的人啊，爲什麼你們會面臨這麼多的災難。

神父在一瞬間就做出了一個奉獻出自己的決定。他高聲向教民們說：「共匪，嗯，就是你們說的紅漢人就要來了。我知道你們有自己的家，有土地和牛羊，你們無處可去。教區的主教大人要我撤到一個安全的地方，但是我不會走。我要留下來和你們在一起。如果這就是世界的末日，那就讓我們一起去迎接它吧。主耶穌啊，這就是你在這個亂世裏留給我們的惟一榮耀你的機會嗎？求你給我們勇氣和信心吧。」

驚恐在時光日復一日的流淌中慢慢被淡化，人們都以爲紅漢人不會來了。連沙利士神父也認爲，這股到處流竄的共匪武裝，絕對不會穿越峽谷跑到西藏去。連上帝都沒有進得去，他們怎麼可能進去呢？

復活期第二個主日④的凌晨，一場春雨不大不小地下了起來，天上的春雷響得很特別，像音樂廳裏的大鼓，在峽谷的天邊轟鳴得很有節奏感。這是一個很美妙寧靜的春夜，沙利士神父那時還躺在床上，想起了巴黎的音樂廳，就像回想一場遙遠的夢中某個模糊的片段。

他還記得，在來中國傳教之前，曾到巴黎的一家不太著名的音樂廳裏聽過一場音樂晚會，那時，他還是一個剛從神學院畢業的年輕學生，對未來充滿信心，對上帝的事業堅定不移。他篤信榮耀上帝的偉業於一個年輕的教士來說，便是去到遙遠神秘的東方，把上帝的福音傳播到一個歐洲人想像力以外的地方。地球這一邊的事情，一個歐洲人冥思苦想一萬年也挨不到邊。沙利士神父想。

他在起床洗涮時迅速歸納了自己的思路，準備在早上的彌撒佈道時的發言。耶穌基督復活了，這是我們舉行神聖慈悲瞻禮的一天；耶穌基督復活了，一個救世主在天地間誕生，人類的罪孽從此得到了救贖；耶穌基督復活了，墳墓裏不再有死人，天地間充滿了聖徒們的愛……

他一邊想一邊走進了教堂，廚子諾斯已經在升火燒茶了。沙利士神父先在耶穌像前默禱片刻，然後來到祭室，換上了一件白色的法衣，他在祭臺上巡視了一遍，爲耶穌像前的兩盞長明燈添了些酥油。當他把一切準備妥當後，天空已經微微泛白了。要是在往常，虔誠的教民們應該陸續來到教堂。

但是在這個早晨，沙利士神父在教堂門口引頸張望時，看到的卻是十幾個他從不認識的帶著長槍、穿著灰色軍裝的漢人。他們就像從地上冒出來一般，突然就出現在教堂的大門前，兩支步槍同時指著了神父的胸膛。

馬修已經把火繩槍端在了手上，亞當也操起了一把斧子。沙利士神父愣了幾秒鐘，看到了他們帽子上的紅色五角星，猛然想起來了，他們就是紅色的軍隊！怎麼來得這麼快？或者說，怎麼連一點聲響都沒有？因爲從前，凡是有軍隊開到峽谷，哪怕是三五個帶槍的毛腳土匪，早就鬧得雞飛狗跳了。沙利士神父在這幾天曾經設想了紅漢人來到峽谷的種種可能，但萬萬沒有想到他們會如此相遇。

顯然抵抗是徒勞的，也來不及了。沙利士神父揮手制止了馬修和亞當，做出了一個邀請的手勢，用漢語說：「歡迎啊，爲中國的顏色而戰的軍隊。」

一個腰別短槍的年輕軍官儘量把自己顯得很嚴肅，或者說很緊張。也許和一個外國人面對面，他也是第一次。因爲他說：「你就是那個外國人？原來你不是長有三隻眼睛的魔鬼。」

「你們也不是紅眼睛紅眉毛的妖魔鬼怪啊。」沙利士神父回敬道。

軍官笑了，「我們是中國工農紅軍。中國工人和農民的隊伍。」然後他又恢復了臉上的僵硬。「你得跟我們走。」

沙利士神父仔細打量了這些軍人，他們的軍裝很陳舊，甚至到了破爛的地步；戴的帽子除了有布縫的紅色五角星外，還有令人費解的八個角，像一圈連綿的小山峰；他們的軍服也不是統一的灰色，有的服裝是黑色的，有的幾乎就看不出原來的顏色了，似乎這支軍隊的後勤給養有問題。沙利士神父不得不承認，這個軍官與他從前在峽谷裏見到的所有帶槍的人不一樣，如果不看他身上破舊的軍裝和腰間別著的勃朗寧手槍，他和一個莊稼人沒有什麼兩樣。

沙利士神父這才後悔，當初沒有相信勞納主教信中的告誡。主教大人說，共產黨匪徒一般喜歡將外國傳教士擄去當人質，當他們從教會或國民政府方面得到大量贖金後才會放人。如果事與願違，他們或許會殺了手中的人質。因爲他們認定外國傳教士和國民政府是站在一邊的。

沙利士神父慨然說道：「這是我的教堂，是主耶穌的聖地。我是不會跟你們走的！除非你們捆綁我去。」

年輕軍官把腰裏的手槍掏了出來，「嘩啦」一聲推上了膛。「你這個帝國主義分子，不要敬酒不吃吃罰酒……」但是他發現，自己的槍還沒有來得及頂著神父的腦袋，一個手持火繩槍的藏族漢子已經赫然站在了他和那帝國主義分子之間，並把長長的槍口衝著了他。

「馬修，讓開！」神父在馬修身後喊道。

年輕軍官愣住了，他不知道該不該對一個藏族人動武。因爲他們有命令，不能在峽谷裏濫殺無辜。他還發現，在自己的士兵後面，有更多的藏族人趕來，他們有老有少，有男有女，手裏拿著刀、杈、甚至農具。他顯得有些驚慌了。

這時，一個看上去官銜更大的紅漢人軍官忽然出現了，他滿臉黑色鬍鬚，身材瘦弱，但透著某種不可撼動的威嚴。他擋下了那年輕軍官的槍，厲聲喝道：「你這是幹啥！用槍對著藏族同胞和我們的朋友嗎？」

年輕軍官喏喏地說：「政委，他……這個帝國主義分子，不跟我們走。」

「站一邊去！沒有你這樣請客人的。」大鬍子軍官轉身面對沙利士神父，用一雙嚴厲的眼睛審視著他，然後說：「喂，我該怎樣稱呼你？」

「沙利士神父。如果你願意這樣叫的話。」神父挺直了身軀說，「你又是誰？」

「我是紅軍的政委。如果你歡迎我們進你的教堂的話，我可以稱你為神父。」大鬍子軍官和顏悅色地說。

沙利士神父不知道紅軍的政委是多大的官階，他認為大概相當於西方軍隊裏的隨軍牧師，但好像他們的權力又比一個牧師大得多。他從四周前來保護他的藏族教民那裏得到了鼓勵，絕不向這些紅漢人妥協。但他從那個政委的神色上，看到了事情的某種轉機，他說：「教堂的大門從來都是為迷途的羔羊敞開，但願你們不是。請吧。」

大鬍子軍官笑著說：「我們有自己的方向，神父。」

沙利士神父招呼軍官在院子裏的方桌前坐下，又讓亞當來沖酥油茶。這個軍官一揮手，隨同他來的一些軍人就把槍放在一邊，操起掃帚就掃起地來，其中一個軍人還拿起亞當放在一邊的斧子劈柴。他們就像回到自己的家，把教堂所有能幹的活都搶過來幹，而且一點也不陌生，那個劈柴的士兵一看就是個幹過農活的人。教堂裏緊張的空氣彷彿被上帝的力量悄然吹散，這些紅漢人忽然變得對教堂裏的藏族人彬彬有禮，人們甚至被他們這種出人意料的謙遜姿態嚇住了。他們呆呆地站在一邊，彷彿成了外人。

沙利士神父當然清楚，這些長途跋涉而來的紅軍，肯定並不僅僅是來為教堂掃地劈柴的，他在請紅軍軍官喝了第一碗酥油茶後，便問：「軍官先生，你和你的士兵們到教堂來有何貴幹呢？」

「我們要到中國的北邊去抗擊日本人，拯救我們的民族。」

「可是你們卻跑到藏區來了。」神父嘀咕道。

紅軍政委說：「蔣介石不讓我們去，我們只有多走一些路了。中國那麼大，條條大路都可走到抗日前線。你們要明白，將來解放全中國只能依靠我們工農革命的武裝，而不是代表資產階級和封建地主階級少數人利益的蔣介石反動政府。」

「這就是說，如果你們在中國打仗贏了，中國將要變成紅色的了？」

「當然，那時中國將是一個紅彤彤的嶄新的國家。」紅軍政委肯定地說。

「可是，國民政府的十多萬軍隊正在追趕你們。」沙利士神父說。

紅軍政委輕鬆地笑了，彷彿他並不是一個被追趕者，「十多萬軍隊算什麼，我們有四萬萬中國民眾的支持。」

沙利士神父再次聳聳肩，「那是你們中國內部的事了，可對於教會來說，凡是受過洗禮、信仰上帝的教民，都是上帝的選民。我們的教堂雖然是受國民政府保護的，但我們不是你們的敵人，你們也不是我們的敵人。對吧？」

「我們尊重你們，不是我們害怕國民黨政府，而是工農紅軍愛護我們的人民，尊重人民群眾的信仰。因為將來我們要建立的紅色新中國，人人都是自由平等的，當然信仰也是自由的了。」紅漢人的政委越說越激動，以至於手臂都揮舞起來了。他已經不把神父一個人當聽眾，而是對著教堂裏所有的藏族人了。

「那可真是上帝的國了。那就是說，貴國不管是紅漢人還是白漢人的軍隊，都可以為基督徒而戰？」沙利士神父天真地問。

政委笑了：「我們只爲勞工大眾而戰。我們不信仰上帝，但是我們信仰一個比你們的耶穌更偉大的人，他的名字叫馬克思。」

沙利士神父聳聳肩：「我聽說過他。一個德國猶太人。」

神父感到紅漢人的政委又要緊接著馬克思的話題展開長篇大論，就搶先說：「那麼，尊敬的軍官先生，我可以爲你做些什麼呢？」

「聽說神父會做外科手術。我們部隊有幾個受傷的傷員，不知是否可以抬來請你看看？」

噢，原來他們來抓他，是要他幫助看傷員。神父鬆了一口氣，說：「幫助有困難的人，是一個神父的天職。請抬來吧。」

不多一會兒，四個傷員抬來了，他們都是非常嚴重的槍傷，由於長途跋涉，消毒不嚴，四個傷員的傷口都嚴重感染甚至潰爛了，如果不立即做手術，他們大概活不過半個月。沙利士神父就把手術檯建在教堂院子的屋簷下，由於沒有麻醉藥品，沙利士神父問紅軍政委，是不是等找到了麻醉藥後再做手術。但是那個政委一揮手說，沒有麻醉藥的外科手術我們經常做。神父，你放心做就是了。

在幾乎整整一個白天裏，沙利士神父用一把外科手術刀，在四個活人身上小心謹慎地切除腐爛的死肉，用鑷子把他們身子裏的子彈頭取出來，他甚至還把一條已經壞死了的胳膊鋸掉了。在這整個過程中，他沒有聽到一個紅軍傷員呻吟。

當最後一個手術做完後，他癱在地上，彷佛已經嚴重脫水了。這不是因爲勞累，而是由於高度緊張而感到害怕，鋸下那條壞死的胳膊時，小鋼鋸拉動摩擦骨頭的響聲，讓他全身的骨頭都酥了，他用了一萬分的勇氣才讓自己沒有倒下去。

沙利士神父在給自己的教民佈道時，聯繫眼下的局勢評價道：我現在還不知道來到峽谷的紅漢人究竟會成多大的氣候，但是我可以肯定，他們是一支有信仰的軍隊。儘管他們的信仰和主耶穌的意願相差得有多遠。這個世界真是越來越亂了。

會飛的糧食

紅漢人在峽谷地區的一個重要任務，就是籌集糧食。他們彷佛知道老百姓家的糧食都有限，而寺廟裏的青稞卻年年多得吃不完。紅漢人政委寫了一封書信給對岸的噶丹寺，由噶丹寺的六世讓迥活佛的父親和阿貴送去。

自從納西人中出了個活佛以後，江對岸的藏族人對納西人好多了，左鹽田的納西人還經常過江到寺廟裏去拜望自己民族的活佛，慢慢地，他們中的一些人也開始信奉起藏傳佛教。噶丹寺的高僧們把這歸功於偉大的五世讓迥活佛的智慧，而皈依了佛教的納西人則認爲，一個人間的佛比自然中的神靈更具有號召力。

和阿貴對紅漢人的認識是從他家的一盤石磨開始的。當紅漢人來到左鹽田時，他和大家一樣，躲到了山上。到他回來時，發現幾個紅漢人正抬著石磨往他的院子裏走。紅漢人請的一個通藏語的人告訴他，石磨被紅軍借去磨了兩天的青稞麵，現在他們是來送回石磨的，還特意送來一個大洋，說是石磨的磨損費。紅漢人總是對這些小事特別在意，他們很快就在峽谷裏贏得了民心。

儘管作爲一個東巴教的祭司，和阿貴最不願意去的地方就是佛教的寺廟。可爲了給好心腸的紅漢人籌集到糧食，他還是從溜索上渡到江西岸。

多年來，他的心中一直有股隱隱的苦澀，不僅僅是由於失去了一個兒子，更由於害怕失去一個民族的信仰。那些經常去寺廟叩拜他兒子的人，回來後，對他就不那麼尊敬了，有的人甚至在家裏供奉起了佛教的神龕。他們有了小孩以後，也要送到江西岸去請他的兒子摩頂祝福，還起一個藏族的名字。如今左鹽田的納西人中，已經有不少人叫尼瑪，扎西，央宗，吹批，達娃了。令和阿貴不無擔憂的是，再過幾十年，峽谷裏的納西人還知道不知道自己的祖宗是誰，納西人中還有沒有東巴。

多年以前，納西東巴和阿貴和噶丹寺的曲結喇嘛曾經爲調集天空中的神靈而鬥過法，雙方可以說打了個平手。和阿貴使喚一個大雷，擊中了野貢土司大宅前的馬廄，而曲結喇嘛用無形的法力將和阿貴打得口吐鮮血，這段往事在峽谷裏兩個民族中廣爲流傳。在每一個傳誦者口中，都把自己民族宗教祭司的法力說得出神入化，以至於這種俗人看不見的法力，成了雙方互相威懾對方的強大武器。

它在傳說中存在，同時它又是看不見的，可是你不能忽略它；它不是一支槍口中射出的子彈，但它在你的靈魂深處產生著巨大的震懾作用，使你一生一世都敬畏著它。

値得慶幸的是，噶丹寺的巫術高僧曲結喇嘛遁入了山洞，再也不出來了，和阿貴對外人也不再展示自己曾經擁有過的克敵絕招。因爲噶丹寺的五世讓迥活佛曾經說過，顯示自己的法力是愛好虛榮的表現。一個德行高超的人，怎麼會爲了虛榮而傷害無辜呢。因此，儘管人們對這一段往事津津樂道，但是只有和阿貴和曲結喇嘛才知道，傷害別人，其實就是對自己的傷害。儘量地回避對方，虔誠地侍奉好自己的神靈，是他們現在唯一的態度。

但是和阿貴沒有想到，自己會在寺廟裏受到如此隆重的款待。從他一跨進噶丹寺的大門時起，他就受到了一個異教祭司從來沒有得到過的禮遇。兩個小喇嘛恭謙地在前面引路，身後還跟著四個喇嘛，他們把他直接引進了措欽大殿，喇嘛們全都向他躬身施禮。甚至連寺廟裏一向以威嚴著稱的鐵棒喇嘛見了他，也雙手掌心向上，做了個請的姿勢。

他們將他引到措欽大殿的樓上活佛修行的密室，他看見了自己的兒子、噶丹寺的六世讓迥活佛，身穿紅色的袈裟，跏趺坐於牆邊一塊巨大的氆氌上，幾個老僧圍坐在小活佛兩側，像他的侍從，更像他的老師和父親。

啊，兒子長高長壯了，儘管他才十五歲，但他已經長成一個康巴人的模樣了。和阿貴想。他的膚色黑紅發亮，陽光的印記清晰地印在他健康的臉上。和阿貴張口想叫兒子的小名，但是話到嘴邊又立即咽下去了，彷佛有某個神靈在使喚他的舌頭，他喊了一聲：

「活佛……」

「你……來了，請坐吧。」小活佛一擺手道。他的臉上波瀾不驚。

馬上有人給和阿貴讓出地方，請他坐在離小活佛最近的地方。密室裏光線很暗，和阿貴總覺得六世讓迥活佛——自己的兒子——就像一個懸在半空中的小神靈，似乎他的身體內散發出一股他看不見的法力，震懾著密室裏的所有人。

六世讓迥活佛平和地說，他剛從後藏的一座雪山上修行回來，目前在師父的指導下正在靜養，他的師父是令人尊敬的絳邊益西活佛。

和阿貴告訴小活佛和寺廟裏的高僧們，紅漢人的軍隊想買糧食，但是他們有他們的規矩，不准一個帶槍的人到寺廟裏來，因此請他來轉送一封信。同時，他們還送來五條上等的哈達，說是獻給寺廟裏的活佛和高僧們。

信是用流暢優美的藏文寫的，高僧們從沒見過漢人這麼謙遜的文書，「不是由於他們找了一個非常瞭解藏語用語習慣的人來幫他們寫這封信，而是因爲他們是一些敬畏神靈的人。」年邁的絳邊益西活佛說。

小活佛看了信也說：「看來他們並不如國民政府說的那樣兇惡。他們是一支有德行的軍隊。」一旁的窮結仲永堪布說：「如果他們不想和我們打仗，只是想買我們的糧食，爲什麼不賣給他們呢？」

「把糧食賣給饑餓而又有德行的軍隊，是眾生的意願。」絳邊益西活佛說。

小活佛欠身問他師父：「野貢土司那邊，是否也會賣糧食給紅漢人呢？」

絳邊益西活佛笑了：「對野貢土司來說，這是送上門來的生意，不是打上門來的敵人。他不是一個傻瓜。」

實際上，瀾滄江西岸早就知曉了紅漢人的消息，頓珠嘉措土司已經和寺廟的武裝僧團商量好，如果紅漢人要打過江來，西岸的僧俗武裝將聯合起來，竭力擊退紅漢人的進攻。國民政府甚至還派來了一個特派員，動員野貢土司和寺廟裏的武裝阻擊紅漢人的部隊，還說每打死一個紅漢人，蔣介石委員長將獎勵一百塊大洋。

開初，野貢土司地盤上最靠近雲南地段的一個頭人扎巴多吉，曾和紅漢人的部隊打過一戰，多年前，就是他賣給白人喇嘛進西藏的棧道。據他到卡瓦格博村向野貢土司通報說，紅漢人的軍隊裝備精良，有無數的戰神護佑著他們，子彈打在他們身上，他們也不倒。扎巴多吉的武裝剛和紅漢人一打，就被衝垮了。他們佔據著古驛道前的山頭，可是紅漢人從後面摸上來了，只有神靈才知道，他們是如何從那些岩羊都不能走的懸崖上爬過來的。

不過，紅漢人是一些很尊重康巴人尊嚴的人，他們俘虜了扎巴多吉的人馬，但是第二天又都放回來了，不但沒有收走他們的槍枝和馬匹，還給他們的乾糧袋裏裝滿了青稞麵。紅漢人說，他們不想和藏族人打仗，他們來到這裏只是借借路。野貢土司和寺廟武裝僧團的帶兵百長魯茸次尼喇嘛，從西岸的山頭上早就看到了，紅漢人從江東岸路過的部隊少說也有五、六千人，峽谷裏男女老幼加起來也沒有紅漢人的軍隊多。

野貢土司曾經就對魯茸次尼說：「老虎的爪子下有一百塊大洋，一隻小老鼠敢去拿嗎？還是給蔣委員長省著點吧。即便他現在是中國最大的土司，我看他拿這些紅漢人也沒有什麼辦法。漢人的事情，讓他們自己鬧去吧。」

魯茸次尼說：「佛祖護佑，幸好他們只是路過，要是他們打算在這裏住下來，峽谷的眾生麻煩就大了。」

因此，儘管那個蔣委員長的特派員一再敦促野貢土司過江去打紅漢人，可嗜酒的土司老爺卻總是天天在火塘邊一醉不起。

有一天，他實在對特派員煩了，就趁著酒興說：「在這座大宅裏，誰要在土司老爺酒喝得高興的時候說種地的事，放牧的事，甚至說女人的事，他就會被裝進一個牛皮袋裏，扔進瀾滄江。哪怕他是從佛祖那邊來的人呢。」

紅漢人遵守自己的諾言，他們絕不派一個帶槍的人到寺廟裏來。甚至噶丹寺由八大老僧組成的慰勞團，帶著大量的酥油餅、青稞酒、紅糖等禮物到東岸回訪紅漢人，邀請他們到寺廟來參觀時，也受到那個紅軍政委的婉言謝絕。他說，他非常嚮往藏傳佛教的寺廟，但是紅軍有嚴格的紀律，不得騷擾藏族人的神靈。等以後他們打敗了日本人和國民黨，他會很樂意到寺廟裏來還願。

瀾滄江西岸所有賣給紅漢人的糧食，都由當地的百姓通過溜索，一袋又一袋地運到了東岸，紅漢人不僅如數付清了所有的糧食款，還付給那些為他們搬運糧食的藏族人工錢，一些藏族人甚至拿到了比去拉薩趕一趟馬還要多的錢，以至於他們後來不叫紅漢人了，而稱他們「菩薩兵」。

唯一對峽谷裏火熱的糧食買賣不滿的，是那個可憐的國民政府特派員，他跑到頓珠嘉措的面前大發雷霆，指責土司以糧食「資匪」。

頓珠嘉措那時抹抹自己嘴唇上的鬍子，平靜地對特派員說：「哦呀，糧食不是我賣出去的，是自己飛過去的。在我們這裏，天空中住滿了神靈，要是神靈需要的話，什麼東西都可以飛哩。」

特派員氣憤地說：「別給我胡扯啦。我要上告到蔣委員長那裏，派人以『通匪』的罪名把你抓起來。」

頓珠嘉措微笑道：「藏區這麼大的山，你怎麼走得出去呢？等你告到蔣委員長那裏，紅漢人早就走啦。」他回頭問自己的兒子堅贊羅布，「羅布，從我們這裏到漢地，什麼東西走得最快？」

堅贊羅布回答說：「天上的鷹飛得最快，地上的水流得最快。」

頓珠嘉措土司笑呵呵地說：「你看，我兒子多聰明啊。從天上你大概回不了漢地啦，就從瀾滄江裏走吧。」

在國民政府的特派員還沒有弄明白頓珠嘉措土司的話時，他就被土司手下的人裝進一隻牛皮口袋裏，扔進瀾滄江裏了。半個月後，蔣委員長的部隊來到峽谷，當有人提到這個多嘴多舌的傢伙時，頓珠嘉措土司同樣抹著他的鬍鬚告訴他們，令人尊敬的特派員在過瀾滄江的溜索時，掉到江裏爲國盡忠了。

紅漢人的軍隊和他們來的時候一樣，走時也神不知鬼不覺，就像一場悄然退去的洪水。更令峽谷裏的人們感到驚奇的是，瀾滄江兩岸的村莊，竟然有十多個藏納兩個民族的青年跟著紅漢人走了。儘管他們現在並不是一支很富裕的軍隊，儘管他們還被國民政府的十多萬大軍緊緊追趕，但是這支軍隊就像有一股神奇的魔力，讓峽谷裏淳樸厚道的人們久久不能忘懷。因爲這麼龐大的軍隊來了，沒有打一戰，也沒有死一個人，甚至連房子都沒有燒一間，連藏族人的護法神都感到驚奇，噶丹寺的絳邊益西活佛就曾對自己的信徒說：

「當紅漢人的軍隊來到時，我們每個藏族人右肩上的戰神已經作好了和他們決一死戰的準備。但是，他們看上去像是一支有信仰的軍隊，但我們卻弄不清他們究竟爲什麼而戰。偉大的五世讓迴活佛當年面對剛剛進入峽谷的白人喇嘛，在我們都對堅信另一種宗教的人作不出正確的判斷時，告誡我們說，即便我們不能肯定他們什麼，但我們可以否定他們身上的一些東西。他們不像是打家劫舍的匪徒，也不是我們藏傳佛教的信徒，更不是洋人宗教的擁護者；他們不是政府的軍隊，卻處處表現得跟政府軍隊一樣地紀律嚴明，他們努力地想贏得我們藏族人的心。這就意味著，他們並不是真的就走了。你們等著看吧，要不了一個輪迴，他們還會回來。他們紅色的信仰，是不是魔鬼的信仰，我現在還不知道。因爲佛祖也沒有告訴過我們，這個世界上還有這樣一種信仰。」

❖ ❖ ❖

①又名嘉布遣小兄弟會，意爲「頂風帽」，因其會員服裝附有尖頂風帽而名。該修會提倡安貧、節欲、發四願，過清貧的生活。
②又稱爲「五旬節」，耶穌復活後第四十天升天，第五十日差遣「聖靈」降臨，門徒從此領受聖靈後開始傳教。因此，教會規定每年復活節後的第五十日爲聖神降臨節。
③指西元十一世紀法國國王路易九世帶領的參加第一次十字軍東征的軍隊。
④即復活節後的第一個星期日。

第八章　六十年代

峽谷的穢氣

在公路還沒有修到峽谷裏來的時候，人們仍然靠馬幫傳遞消息，而古老的馬幫驛道又經常被泥石流、洪水、山崩等自然災害毀壞。常常是峽谷裏夏天花紅葉綠，馬幫帶來了上級要求做好冬季防寒抗凍的指示；而冬天瀾滄江水清澈見底時，上面來的文件卻說要加強防洪抗災。

鹽田人民公社的旺久大隊長在波及全國的大躍進已經折騰了一年多之後，才接到展開大躍進的指示。隨著文件一起來的，還有一本過期的畫報，他從畫報上看到兩個頭戴白帕子的樸實憨厚的婦人，一人抱一大捆稻子，站在田裏長得密密的水稻上，臉上蕩漾著幸福的笑容。他驚呼道：

「我的天，地裏的莊稼上可以站住人！這簡直就是在共產主義的天堂裏。」

根據文件的指示和畫報上的說明，人們學會了一些全新的名詞和革命口號，如果畝產達到了一萬斤，那就叫「放衛星」。「衛星」對峽谷裏的人們來說，也是一個新辭彙，但它不是在天上飛行的航太儀器，而和地裏的糧食產量有關。可高寒地區歷來只能產三、四百斤青稞的貧瘠土地，怎麼能產出一萬斤的糧食呢？

旺久大隊長搞的大躍進當時遇到了強大的阻力，這種阻力不是源於群眾科學的認識，而是來自於宗教的浸淫。信奉藏傳佛教的群眾認為，那一定是內地的某個德行高深的活佛施了強大的法力，人才可以站在水稻上，從前噶丹寺的讓迥活佛還可以在雪地上行走不留下腳印哩。而右鹽田信仰天主教的一些老教民則說，過去外國神父早就說過了，在上帝的國裏，才會有長得那樣好的莊稼，大地上的河流淌的不是水，而是牛奶與蜂蜜。

旺久大隊長對他的幹部們說：「看來我們藏族人、納西人真是落後了。內地的漢人已經把他們的地方建成天堂了。其實在水稻上站兩三個人算個啥，我還見過在莊稼上行船的大機器呢。」

兩年以前，旺久大隊長曾經被抽到地區去學習培訓，一次組織看電影，其中有一部電影放的是《新聞簡報》。那時，由於他漢語還不太聽得懂，就只能看畫面上的熱鬧。他看見一大片一望無邊的大麥田上，一台台聯合收割機在麥浪中破浪航行。

「它們在麥地裏一邊走一邊把麥子吃進去，一點也不搖擺，身後一張巨大的嘴就把麥粒吐出來了，旁邊有一輛汽車接著，裝滿就拉走。」他繪聲繪色地告訴幹部們說：「收割季節的全部工作，那麥地船一天就幹完了。勞動就像唱歌一樣輕鬆。」

有個聽入了迷的細心人問：「大隊長，那麼麥桿呢？麥殼呢？」

旺久大隊長沈思片刻，一拍大腿說：「當然被它吃進去了。那麼大一個傢伙，總得像牛一樣吃點東西，對不？」

有人建議道：「那就趕快給毛主席打個報告吧，我們也要有漢地的那種麥地船。」

旺久大隊長說：「看看你們種的青稞吧，稀疏得像山羊的鬍子。別說站個人上去，就是一隻鳥也不願落到上面去唱歌。毛主席怎麼會派麥地船給我們，它怎麼能吃得飽呢？」

於是那一年，淳樸的人們把青稞種得像藏族阿媽編織的氆氌一般密實。可等到收穫季節，地裏的青稞像荒草一樣，只長苗不結穗。

對山外世界美好生活的憧憬，常常陷於這種似是而非的猜測中。但不管怎樣，旺久大隊長帶領他的社員們仍然在跌跌撞撞地向前闖，他可不願意做政治上的落後分子。那時，峽谷裏的人們確實感到自己落後了，落後到連用神靈的法力都不能說清楚在漢地發生的一切。

當比馬幫驛道寬得多的公路終於修到了峽谷，第一輛解放軍的汽車開進左鹽田時，人們被這能跑動的房子嚇呆了，它明亮耀眼的眼睛也令人敬畏，幾個對著汽車車燈看的喇嘛受到了神靈的懲罰，眼前五顏六色、金星直冒，卻什麼也看不見。兩個藏族大媽抱了一捆草去餵汽車，心疼地說：「看把你累的，辛苦啦，請吃一口嫩草吧。」

這幾年變化來得如此之快，以至於人們的腦子已經裝不下接踵而至的新鮮事物。一天，峽谷裏的人看見一群頭上戴著軟邊白帽子的陌生人，肩扛著有三個腳的神秘儀器，用一頭尖的錘子東敲敲西挖挖，像從前為了阻止眾生的暴力行為，而在大地上擊法印①的高僧。幹部說，他們是年輕的縣委書記木學文從漢地請來的地質隊員，他們要把一條河修到山崗上，以後人們給耕地澆水，只需在這河邊拔開一道口子，水就自己流到地裏去了。

那個搶修水渠的躁動的春末，沒有一點鶯飛柳長的氣息，一切顯得忙碌而慌亂，連天氣也熱得特別早，人們幾乎來不及享受春天的氣息，夏天就來了。峽谷裏規模最大的引水灌溉工程開工以後，好些青年小夥子就沒有穿過上衣。工地人喊馬嘶，炮聲隆隆，溫度比所有的村莊要高好幾度。

那一年，木學文還不到三十歲，他相信他將為峽谷兩岸的人們做一件功德無量的大好事。他把男女青年們編成突擊隊，讓他們在勞動競賽和情歌對唱中提高兩條水渠的工作進度。無論是藏族人還是納西族人，歌聲是艱苦勞動的力量源泉和解除疲勞的良藥偏方，更何況青年們唱出的歌大都和愛情有關。木學文看到，水渠在情歌飄蕩的峽谷沿著山梁的等高線神速地向前蜿蜒延伸，連他從漢地請來的工程師們，都對如此快的進度大為驚訝。

情歌漫漫的餘音之後，麻煩便接踵而至。雨季來臨之前，天氣出奇的悶熱，峽谷裏的一些鳥兒被熱得暈頭轉向，紛紛像山崖上落下的石頭一樣栽進瀾滄江裏。而鹽田裏上午倒進去的鹽鹵水，中午就可以收鹽了。可惜好景不長，那麼好的太陽，那麼悶熱的峽谷，天上又沒有雨水，本來是曬鹽的大好季節，可是鹽井坑裏的鹵水彷彿是被強烈的陽光直接收走了似的，越來越少了。

在一個天邊響了一夜可怕的悶雷、但卻一滴雨水也沒有下的夜晚，大地像被天上的雷擊中了一樣，輕微地顫抖了幾下。木學文在水渠工地的工棚裏感受到了這次地震，他叫醒自己的通訊員，兩人打起手電筒到外面查看，他擔心地震會將新挖好的水渠震塌了。那是一次輕得不能再輕的地震了，許多人的美夢都沒有受到驚擾。

但是第二天，人們發現瀾滄江邊的鹽井坑裏冒出一些帶有泡沫的黑色鹵水，峽谷裏的老人記得，在第一次因為白人喇嘛的宗教引起戰爭的年月裏，鹽井坑裏就冒出過黑色的鹵水；在本世紀二十年代，藏納兩個民族為了鹽的顏色發生的戰爭前，鹽井坑裏也冒過黑色的鹵水，曬出來的鹽是黑色的，人畜都不能吃。

寺廟裏的喇嘛們曾經說過，「那是魔鬼的鹽。」

而人們更願意相信，當鹽井坑裏冒出黑色鹵水時，峽谷就有災難了。

最後連黑色的鹵水也不冒了，江邊的鹽井坑一個個地枯竭了，像母親乾枯了的乳頭，再不給人們以希望的乳汁。

峽谷裏年紀大一點的人們中，已經有某種恐懼在暗地裏流行，鹽井不冒鹽鹵水了，峽谷裏的女人便不會有生育。但這並沒有引起木學文的足夠重視，他認爲，應該集中所有的勞力，在雨季來臨之前到山上去搶挖引水渠。

左鹽田的老東巴和阿貴已經是個七十多歲的老翁了，儘管現在是新社會，來找他做法事的納西人越來越少，但他還身體硬朗，耳聰目明，思路清晰。他以一個東巴的法眼，一眼就看出鹽井坑不出鹵水是因爲天空中充滿穢氣，有人因私情污染了草場和山林，得罪了「署」神。他對在水渠工地上幹活、十天左右才回來收一次換洗衣服的大兒子和庚林說：

「『署』神發怒了，我聞到了滿峽谷的穢氣，年輕人都在山林裏胡來。鹽井不出鹵水，只是『署』神生生悶氣，給我們一個提醒，更厲害的懲罰還在後面哩。」

「阿爸，你就少說些封建迷信的東西吧。現在沒有人信了。」和庚林在屋裏到處翻找可以帶到工地上吃的東西，但是他沒有找到。他說：「工地上快缺糧了，我聽說木書記派了幾撥人到外面去運糧，可一顆糧食也沒有運回來。我們已經喝了半個月的稀飯啦。」

和阿貴說：「地裏的青稞還沒有打下來，青黃不接的日子，勞力又都去挖水渠了，當然要餓肚子啦。你可要看好格桑卓瑪，她那天回來時，帶著些不乾淨的氣味。」

格桑卓瑪是和庚林的小女兒，今年十九歲了，是右鹽田小學的教師，現在也在水渠工地上參加勞動。和庚林說：「她表現不錯哩，那天木書記還跟我講，卓瑪當團支部書記了。阿爸，你說她身上啥不乾淨？」

和阿貴沒有回答兒子的話，只問：「團支部書記是多大的官？」

「官不大，就是管年輕人聚在一起讀報紙啊、開會啊、唱歌啊這些事。」

「男女都在一起？」

「當然，團員也有男有女麼。」

和阿貴一拍自己的大腿，「這就是囉，小丫頭早晚要弄出事情來的。你回去告訴她，要小心風中的哭聲。」

和庚林那時並沒有把他父親的話當真，他認爲這不過是老年人顛三倒四的胡話罷了。作爲一個一生都在神界和人間來回奔忙的老東巴，他有權力說一些神神道道的話，做一些神神鬼鬼的事，有些事情經過驗證，證明老東巴不是一個凡人，不只是因爲他嗅覺靈敏、目光深邃，還由於他能從喧囂的塵世中嗅出天空中的穢氣，看到一幕幕的愛情悲劇。

有些事情沒有應驗，但同樣也不能說明什麼，也許是因爲你沒有一個東巴祭司的法眼呢。不過這不要緊，和阿貴會告訴你：「你現在看不明白的東西，過上三、五十年，你就能看清楚了。就像瀾滄江心的岩石，夏天水漲時你看不見，冬天水枯時就看見了。時間會擦亮我們的眼睛，日子會告訴我們神靈所做的一切事情，如果你能活一百歲的話。」

在這個到處都在熱火朝天搞建設、幹革命的歲月裏，個人的情感不過是瀾滄江裏的一個小波浪，更大的浪頭眨眼就把前面的浪頭掩蓋得了無蹤跡。淒涼的愛情輓歌首先從雪山下的高山草甸上飄了下來，水渠工地上的年輕人那一天都沒有唱情歌了，因爲他們剛剛獲知，右鹽田小學漂亮的女教師格桑卓瑪在草甸邊緣喝草烏酒自殺了，和她一起殉情的，是小學校長斯那農布，他喝下的毒酒足以毒死一頭牛，但卻全吐出來了。不是他不想死，而是神靈認爲他一生的苦還沒有吃夠。

那是一段由於恐懼而發生的愛情。納西姑娘格桑卓瑪從師範學校畢業不到一年，分到斯那農布擔任校長的學校教書。在她來之前，學校就只有斯那農布一個人。右鹽田小學是所謂的「一師一校」，這樣的學校在藏區很普遍，它就設在過去的教堂裏。解放後，外國傳教士被趕走，教堂就一直荒蕪在那裏，幾年前右鹽田籌辦學校時，人們自然想到了空著的教堂，那似乎是它最好的出路。人們把從前神父們的宿舍作爲老師們的寢室，把教堂的經堂作爲教室，而從前教堂的菜園和葡萄園，就成了學生們活動的場所。

十二月裏一個陰風凄慘、雪花飛舞的黑夜，格桑卓瑪在風中聽到了一個男人神秘幽怨的哭聲，似乎就在房梁上，或者就在她的床下，那哭聲在風中到處遊走，像一條會飛行的陰冷的蛇。人們都說教堂裏從前陰魂很多，一些信奉洋人宗教的藏族人死後，由於膚色和洋人的不一樣，到天國又被打了回來，因此，他們的陰魂就老在教堂四周徘徊。還說洋人傳教士在教堂裏挖了很深的地道埋藏帶不走的寶貝，說不定還有冤屈的藏族人還埋在裏面哩。

格桑卓瑪從不相信這些傳聞，她只是相信這裏過去打過戰，死過很多人，因此夜空中飄蕩的孤魂野鬼應該是有一些的。那時，她的東巴爺爺還沒來得及告訴她要提防風中的哭聲，她被這淒厲的哭泣搞得渾身發抖，連內褲都尿濕了。到那幽怨的哭聲在她的枕頭邊響起時，她狼狽不堪地逃出了自己的房間，衣衫不整地敲開了睡在她隔壁的斯那農布的門。

從那個晚上以後，她就再沒有回自己的屋子裏睡過。恐懼讓她找到了一個不僅足以抵抗恐懼，還可以撫慰孤獨寂寞的溫暖的窩。

斯那農布是個有家室的男人，這段愛情從納西姑娘格桑卓瑪鑽進他的被窩時，就注定了結局是殉情。可是對於一個恐懼黑夜的姑娘來說，她唯有用恐懼來抵抗恐懼，用錯誤來抵消錯誤，在粲然一現的愛中，忘卻人生的所有苦難。

而斯那農布一生的悲劇不在於他愛了一個不該愛的人，而是他缺乏勇氣把那口致命的藥酒再咽下去。他沒有能死在最幸福的時刻，他就必將活在一生的苦難與羞恥之中。

人們在爲格桑卓瑪收斂屍體時發現，她已經有四個月的身孕了。

男女殉情，如果有一方因爲畏懼死亡而苟且偷生的話，在瀾滄江東岸的納西人看來，是和弑父娶母相差不了多少的大罪過。木學文已經派民兵把斯那農布關押在公社的糧食倉庫裏，但是水渠工地上的納西年輕人情緒激動，他們暗地裏派人給斯那農布送去了一把康巴刀和一隻烏龜。

而工地上的藏族年輕人則認爲納西人做得太過分了，他們湧找到木學文的辦公室：「康巴男人什麼時候怕過死了？如果納西人不服氣，讓他們把刀子亮出來！」

「簡直胡來！」木學文一拍桌子喝道：「現在是什麼時候了，還是從前的土司時代嗎？藏族人、納西人都是民族兄弟。刀子亮出來容易，收回去難。都給我幹活去！斯那農布的錯誤，組織上會處理的。」

一場有可能發生的民族糾紛被木學文很快就壓下去了。但是由地區和縣裏組成的聯合調查組，卻讓事態進一步擴大。地區行署的陸副書記擔任聯合調查組的組長。他帶人一來到工地上，就召開了大大小小的無數次會議，還不時把被關押的斯那農布拉到會場上來接受批判。可憐那斯那農布，已經死過一回的人了，現在卻還要忍受生的折磨。他現在才弄明白，幸福是稍縱即逝的東西，像落在手掌上的一朵美麗的雪花，眨眼融化了。

工作組在水渠工地上搞得風聲鶴唳，人人自危。工地上的藏族人和納西人已經互相不講話了，即便他們是在一個青年突擊隊，摩摩擦擦的事情天天都有發生。工作組發動一些積極分子，揭發出一批在勞動中建立了「不正當男女關係」的情侶。這種揭發無疑在兩個互相不服氣的民族中挑動起更大的不和諧，如果一個藏族人揭發出某對關係不正當的納西情侶，那麼納西人一定會到工作組那裏去奏藏族人一本。

所謂「不正當」，是因爲這些男女要麼有家室，要麼已被父母早早做主，跟另一個男人或女人定了婚，那時峽谷裏自由戀愛的還不多，藏族人一般都很聽父母的話，納西人家庭觀念更強，因此兩個民族的婚姻大事，年輕人能做主的並不多。木學文之所以在前一段時間不管年輕人的情歌對唱，其實心底是想在峽谷裏倡導一種新風氣。直到這個世紀末，當他欣慰地看到一對對的藏納年輕情侶組建起幸福的家庭時，他才醒悟到，在民主改革剛剛完成不久的六十年代，他想倡導某種新的生活方式和愛情方式，付出代價是不可避免的。

工作組認爲事態嚴重，有必要停下工來，在青年中開展一次思想整風活動。但是出乎工作組意料的是，在整風活動正式開展的前一天晚上，四對男女青年相約殉情。他們一起喝下劇毒的草烏酒，雙雙擁抱而死。他們中，有三個叫達娃，兩個叫尼瑪，三個叫甘瑪②。

那是一個日月無光、星光暗淡的夜晚，從那以後，人們眼裏的太陽是一個憤怒的太陽，人們眼裏的月亮充滿了迷茫的哀傷，而從來都離人們很近的星星，則再也看不到了，彷彿都已隕落在蒼茫的大地上。

丟失時間

幹部們在大雨來臨前的一個周末接到了一道神秘的命令，讓他們到地委集中學習。這次被召去學習的人很多，不但工作組撤走了，從大隊支書到公社書記，再到寺廟裏的高僧，野貢家的後人野貢·堅贊羅布等政府需要團結的民主人士，都被一輛大卡車拉走了。

人們記得縣委書記木學文走的時候，曾經憂心忡忡地對鹽田公社的大隊長旺久說：「水渠修到關鍵時刻，但是學習的事又耽誤不得。今後你們只有靠自己了。」

旺久是木學文培養出來的第一批年輕民族幹部，他的父親就是從前的納西族長和萬祥，但是他更喜歡自己的藏族名字。他對木學文說：「你們可得早點回來，工地上年輕人思想越來越複雜啦。我已經派了幾個民兵把去高山草甸的路口封死了，年輕男女一律不准上山。」

木學文苦笑道：「你守得住路口，守不住心。也許工作組撤走了，對大家還是一件好事呢。」

旺久說：「木書記，你知道的，納西的年輕人聽不得殉情的事，一有人殉情，他們就像得了瘟疫一樣。工作組在工地上搞整頓，被揭發出來的那些年輕人，照他們的說法是『把爹媽的臉掛在裙子尾巴上了』。對納西人來講，被傷了臉比傷了心更要命，傷了心還可以自己憋著，傷了臉大家都看得到啊。」

「你認爲，還會有人去殉情？」木學文有些擔憂地問。

旺久說：「除非雨季來了，只有大雨才能澆滅他們殉情的想法。老天爺啊，你怎麼還不下雨呀，救救我們的年輕人吧。」

木學文當時笑著說：「求老天有什麼用？要學會自己救自己。」

彷彿老天聽明白了旺久的話，這年的雨季在一個月黑風高之夜猝然來臨。

疾風驟雨像一個狂怒的偷襲者，任意蹂躪著毫無防備的峽谷，天上的神靈揮動著千萬根雨鞭，瘋狂地抽打著還在沈睡的大地。

在大雨如注的日子裏，人們有種久旱逢甘霖的痛快感，一些老人甚至還爲這終於盼來的大雨哭泣。在下雨之前，地都快烤焦了，青稞地裏的莊稼無緣無故地會冒出白煙，青稞穗全被火辣辣的陽光燒成了粉末。現在好了，大雨澆滅了烈火燃燒的土地，大雨也讓有殉情想法的年輕人出不了門，那些以修水渠、政治學習、排練文藝節目、過團組織生活等等藉口試圖聚在一起又唱又跳又鬧的年輕人，如今都被大雨封在各自的家中，老人們怎麼能不爲它掬一把感謝的眼淚呢。可是誰也沒有想到，這一年的雨季是一場空前絕後的大浩劫的開始。

雨一直下個不停，從西藏高原湧下來的積雨雲沿著瀾滄江峽谷的山口，像一條倒懸著的大江一般，翻滾著向峽谷的下方流去。在曾經乾燥得連眼淚都沒有了的峽谷，現在滿世界都是水，天上是水，地上是水，江裏更是水。

瀾滄江在一夜間不僅換了身衣服，而且還像換了個人，它出人意料地臃腫肥胖起來，並且變成了一個暴怒的漢子。江面上一個接一個的浪濤不是往下游流走的或泄下去的，而是互相跳著往天上蹦。浪濤激起的水霧像天上的雲層一樣迷濛、沈重，以至於讓人們分不清峽谷裏哪裡是浪濤哪裡是雲團；

而充斥著一條峽谷的江水轟鳴聲和天上的雷鳴，更讓人擔心瀾滄江是不是在前面的那個拐彎處一下就躥到天上去了，然後又向人們兜頭倒下來？不然天上哪來這麼多的雨水？

老東巴和阿貴在大雨來臨時的那個夜晚，在夢中看見了一條青色的蛇盤捲在他家盛青稞的櫃子裏。在東巴的經書裏，蛇釋放的巫術力量能帶來雨水，同時蛇也是人的靈魂的偷竊者。

「人爲什麼一見到蛇就會渾身起雞皮疙瘩呢？因爲牠在偷竊你的靈魂。」和阿貴經常這樣教育人們要提防蛇。

那晚他醒來後，老覺得那條蛇還在櫃子裏，於是就點著一支松明火把到灶房裏查看，果然在青稞櫃子裏發現了牠，並且還像夢裏見到的那樣盤捲在一起。蛇見了他也不逃跑，用灰暗而陰鷙的目光和他較勁，讓老東巴一時弄不清此刻自己究竟是在夢裏還是夢外。在他正努力想清楚這個問題時，大雨就來了。

老東巴和阿貴偷偷在自家後院的山坡下，做了一場祭天的法事。做法事之前，先要「除穢」，用一隻剛殺的公雞的血，灑在用松枝搭建起來的三道「穢門」之下，但是和阿貴發現，不知是他法力不及了，還是天空中的穢氣太重，他總感到這一道儀式做得十分勉強。他敲響了手中的法器，那叮噹哐啷之聲在風雨中孤獨而飄零，彷彿畏懼魔鬼的威力，不敢大聲張揚開去。

天空中的電閃雷鳴時常打斷他念誦的經文，他在觀想中調集起來的各路神靈，也紛紛被烏雲後面的魔鬼們擊敗，他像千軍萬馬陣前唯一的抵抗者，眼睜睜地看著受魔鬼驅趕的烏雲，將他的一世功名徹底廢除了。從那以後，他就再沒有舉行過祭天的儀式。

他心情沮喪地找到旺久，一本正經地對他說：「我看到了雲層後面的魔鬼，比當年澤仁達娃的土匪還要兇惡。我鬥不過他們，峽谷裏要出大事了。」

大隊幹部旺久取笑道：「雲層後面要是有魔鬼的話，那一定是國民黨反動派。」

和阿貴愴然道：「你父親就不會說這種不敬畏神靈的話。」

「大叔，現在是人定勝天的時代了。」

「沒有人可以戰勝天。納西人從來不和自己的神靈打仗。」

旺久說，「你看我們修水渠，不就是把神靈們的傳說變成了現實嗎？」

和阿貴嘀咕道：「我們納西人，本來就生活在傳說裏。看看天上的那些雲團吧，與《人類遷徙記》經書中寫的有什麼區別。」

旺久大隊長正色道：「和大爹，你該加強學習啦。現在是新社會了，你過去搞的那些封建迷信，鬧不好是要挨批判的。」

和阿貴無言以對，作爲一個東巴，從來都是人家向他學習，他是民族的智者，是神界和人間的傳信者。如果說要學習，只能是向控制自然的神靈、向祖先的東西學。像《人類遷徙記》這樣的經書，不僅是納西民族的創世紀史書，還講述了開天闢地之初，由於人類兄妹成婚而得罪了天神，導致洪水氾濫。那場災難就跟我們今天看到的差不多。

《人類遷徙記》中說，天是一頂巨大的帳篷，由五根大柱子撐著，中間高、四周低，但是天地間一些被神靈控制的野牛隨時都可能把天踩塌、頂垮。峽谷裏只有和阿貴看到了要把天踩塌的野牛，支撐天空的五根天柱快要撐不住了。因爲天上的雲層越壓越低，越來越亂。雲層總是壓在半山腰以下，像鉛一樣沈重，彷彿它們從來不曾在天上輕盈地飄蕩，浪漫地舒展一般。

天地變得如此狹窄，人們就像被擠壓在一條陰溝裏，憋得出氣也困難了。每個人都能感覺到天上越堆越多的雲層的重量，因爲自雨季開始以來，它們就不是懸在半空中，而是壓在人們的心裏。它壓得人們的心直往下墜，一直墜到肚臍以下。什麼叫心裏沒有底，現在大家有了真切的感受。

鉛一般沈重的雲層有一天終於承受不了自身的重量，「喀嚓」一聲垮下來了。峽谷裏的很多人都聽到了天垮下來的聲音。多年以後，他們都還能形象生動地向你描述天塌下來後的慘景，他們說，就像一間房子垮了一樣，就像《人類遷徙記》中的那頂巨大的帳篷塌了一般，峽谷裏的一切在一瞬間便被埋在了裏面。

當天坍塌在峽谷中時，光明就被神靈收走了，明明才上午八點，可是人們伸手不見五指；明明是六月，可是人們從那以後就離不開火塘，一出門就感到自己掉進了一個冰窟裏。就這樣沒有光明、沒有白晝、也沒有時間地過了不知多少日。因爲自下大雨以來，峽谷裏所有的手錶、所有的時鐘全都受潮不走了。戴得起手錶的幹部們發現，時間還停留在雨季來之時他們最後能看清手錶時的位置上，時針上指著的八點鐘不知是哪一天的時間，而他們在黑暗中，已經忘記了自己究竟睡了幾多覺，醉了幾多次了。

由於沒有了白天和黑夜的替換，也就沒有了幹活和休息的區別。開初，大家還在火塘邊慶幸這難得的機會。就當是多過一次年吧，前一陣在工地上搶挖水渠太累啦，神靈憐惜我們，收走了白天讓我們好好休息呢。於是，人們就成天坐在火塘邊喝酒、閒聊，醉了就睡，醒了再喝。許多陳年舊事都被翻出來了，那些再沒有人提起過的掌故，那些在有白天黑夜的歲月裏根本就不值一談的話題，現在被人們在火塘邊像嚼一塊牛肉乾巴一樣，反反覆覆地咀嚼，直到那話題淡而無味了，還有人在嘮嘮叨叨地講，因爲他們已經忘記這些故事究竟是講過還是沒有講過了。

到後來，他們把過去峽谷裏的許多風雲人物的故事講串了，不斷在火塘邊製造出一場又一場小小的爭論甚至騷亂。前峽谷裏的大土匪澤仁達娃被說成是一個出家的喇嘛，野貢家的前土司成了天主教徒，外國傳教士則皈依了納西東巴教，成了一名博學的老東巴，而現在峽谷裏的最高官員木學文則是一個來路不明的私生子，他的母親從前是一個風騷妖冶的教堂修女。這些傳聞與故事虛虛實實，真假不辨，讓在火塘邊寂寞孤獨難耐的人們爭吵不休，曾經鮮活動人的歷史被他們攪得一塌糊塗，糾纏不清。以至於吵到最後，大家都會異口同聲地說：「過去的事情，真是說不清啊！」

後來，一個人們從漢地學來的故事掩蓋了峽谷裏複雜多變的歷史。不是因爲這個故事精彩動人，而是因爲它最令人翻胃，並且永遠循環往復、永遠也講不完的故事。這故事說，從前有一座山，山裏有一座廟，廟裏有個老喇嘛在講故事，講什麼故事呢？講的是從前有一座山，山裏有一座廟，廟裏有個老喇嘛在講故事。老喇嘛說從前有一座山，山裏有一座廟……

這個老套的故事在風雨如磐的黑夜中，一遍又一遍地被人們講述，因爲說話現在已經成爲人們抵禦黑暗的唯一法子。因爲找不到事情幹，就像找不到一塊乾的地方一樣。無論是男人還是女人，大人還是小孩，都變得像個自言自語的孤獨而零碎的老人。

漫長無邊的黑暗把峽谷罩死了，情況開始變得不妙。如果說，失去了晝夜比失去了光明更慘的話，那麼，失去了時間感則比失去了光明更嚴重。過去人們知道天地間的一切都可能會失去，金錢、財富、權勢、榮耀、土地、鹽田、女人的美色、男人的力氣，親人的呵愛等等，因此佛教告訴它的信徒「諸行無常，是生滅法」，一切凡人所能得到的看到的享樂到的，都是前念死，後念生，方生方死，方死方生，人們追逐的事物永遠都是一剎那間的過眼煙雲。但是從沒有人想到時間也會失去，大概連寺廟裏的那些高僧大德也沒有思索過，時間失去了，人該怎麼辦？連一剎那都沒有了，人的靈魂又該往何處寄託？

接著，人們開始慢慢喪失過去從來不在意、現在卻是無垠的黑暗中不可或缺的東西——記憶，語言，方位感，還有親情和友誼。人們不再講那些陳年往事，不再講從前有座山，也不再憧憬光明回來之後的幸福時光，因爲誰都受不了這些讓人們暫時忘卻自己被光明拋棄的可笑伎倆，丟失了時間的深刻屈辱。人們說話的方式彷彿回到了洪水開天闢地時期，他們只能根據外面的風雨來說明或回憶自己曾經幹過的事情，說過的話。

多年以後，從漫長的黑暗隧道爬出來的人回想起自己那時說話的神態，都不禁啞然失笑，他們曾經這樣說：

——打那個大雷的時候，我才醒來；水淹到火塘邊時，我又醉過去啦。

——風把山坡上的大核桃樹吹翻了後，我把酒罈裏最後一點酒也喝乾了。

——歇著點吧，對面山坡上的山神發怒，下來泥石流時，你已經要過我一次了。到處都濕濕的，你讓我躺在哪裡？

後來人們連這樣的話也懶得說了，家庭成員間說話的語氣越來越冷漠、越來越簡短、越來越灰心喪氣。人人都生活在真實的噩夢裏，看別人的目光朦朧而迷糊，悲憫而孤獨，那潮濕陰冷的目光所到之處，水都在滴答滴答地淌。

在夢和現實無法分別的空間裏，人就像無頭的蒼蠅一樣找不到落腳的地方，也像無頭蒼蠅一樣惶惶不可終日。讓人們日益擔憂的是，老這樣雨不停夜不盡，家家都圍著火塘、無所事事地坐著吃喝，死水潭也經不住瓢舀，各家的存糧已經不多了。令人沮喪的還有，家家的酒都喝光了，酥油和茶也沒有了。沒有酒和酥油茶的火塘，就像沒有聲音和音樂的電影一樣，生活不僅變得索然寡味，而且使人煩躁不安。峽谷裏的男人們過去經常說起的一句諺語是：喝了酒，頭痛；不喝酒，心痛。

卡瓦格博村有幾個康巴男人，由於再也不能忍受沒有酒和酥油茶的漫漫黑暗，就打老婆，下死勁地打。不是他們對老婆有氣，而是他們對自己有氣；也並不是他們的老婆沒有和他們做愛，而是沒有比做愛更讓人感到心順的事情。

大隊幹部帶著幾個民兵冒著傾盆大雨，將這些沒有酒喝的「醉漢」集中起來，開導他們要忍耐，要相信黑夜即將過去，光明就要來臨，毛主席會派親人解放軍來救我們的。但是一個康巴漢子趁幹部們走了以後，抽出了自己的康巴藏刀，一刀就扎進了自己的大腿，他看到那鮮血嘩嘩地往外淌，心中感到無比的愜意。

他周圍的人都是木木的，彷彿他扎的不是自己的腿，而是一棵沒有痛感的樹。當鄉衛生院的赤腳醫生一身是泥地趕來為他包紮時，大罵他身邊的那幾個同伴沒有良心，眼看自己的鄉親血都快要流乾了，也不管一管。這個漢子的一個堂兄說：

「醫生，你總得讓他做點事情吧。」

也不知捱過多少日，多少月，或者多少年，人們彷彿走到了地獄的盡頭，在希望就要徹底消失的時候，才看到了能讓人活下去的光明。

光明就像一扇沈重的門一下被推開、撲面而來的一個怪獸。猛烈的陽光頃刻間直射在已經長滿了苔蘚的人們身上。天亮了，雨也停了。天空碧藍如洗，藍得如此透明，如此深邃，連一絲白雲也沒有。天上就像什麼都沒有發生過一樣，那些曾在上面縱橫馳騁的雷電、烏雲、狂風、暴雨，被一隻看不見的巨手一下收走了。

老東巴和阿貴躺在潮濕的鋪上，已經餓得奄奄一息，沒有力氣來追趕敗走的惡魔了。他望著湛藍的天空喃咕道：「兄弟啊，你倒鬧夠了，我們可就慘啦。」

噶丹寺的喇嘛們互相拍打著袈裟上潮濕的黴斑，有氣無力地舉手相慶：「神靈勝利了！」現在他們不敢過多地染指世俗的事務，念好自己的經就不錯了。

強烈的陽光讓毫無防備的人們措手不及，儘管他們在漫漫的黑夜裏向光明祈禱了千萬遍，甚至連想像一下有陽光的日子都是一種奢侈。但是迅猛的光明擊倒了渴望光明的人。人們的眼睛突然接受不了這滿世界浩浩蕩蕩的光明，許多人的眼睛一下就失明了，彷彿春光乍泄，曇花一現，人們重新回到了黑暗之中，以至於他們認爲自己做了個美夢，現在夢破滅了，天堂是個幻象，光明是個錯誤。於是這些可憐的人兒拍打著泥濘的大地嚎啕大哭。

待淋漓的淚水滋潤了他們的眼睛，陽光讓他們重新感受到了太陽的溫暖，他們才又一次如夢方醒，暢懷大笑起來。

那個高興勁兒，就像民主改革時，毛主席派來的工作隊第一次把土地、鹽田的地契和契約交到他們的手上一般。他們哽咽著說一些孩子才說的話，「天啊，我看見了我的手指啦！」「嗨，那不是我家的中柱麼，我總算看見它啦。」「媽媽，妳的頭髮怎麼都白了。」「爸爸，你的鬍子太長啦。」「佛祖啊，我的身上怎麼長了一層黴呢？」

在每個人的眼裏，天地如此之新，彷彿眼前的峽谷不是他們生於斯長於斯的峽谷，而是一個新世界。如果只感受天上的陽光，會覺得生活如此美好，生命的力量陡然間全部復甦了。而當人們的目光張望到滿目瘡痍的大地時，現實變得恐怖猙獰。有人驚奇地發現峽谷裏的一大條山梁不見了，露出新鮮的巨大傷痕，就像有人把一頭大象的腿一刀斬斷了一般。

老一輩的人猛然醒悟過來，驚叫道：

「它掉到江裏去了！」

「快去看我們的鹽田，天啊天，那可是『署』神恩賜給我們的啊！」和阿貴已經哭得捶胸頓足了。

江兩岸的鹽田不見了，全都給江水沖垮了。東岸的人們發現江西岸的藏族人呆呆地站在江邊發傻，那邊的鹽田由於地勢較低，現在被一片寬闊的江面所代替，彷彿那裏從來就不曾有過鹽田，不曾有過財富之源與歡樂之源。

實際上，江西岸的藏族人看東岸懸崖上的鹽田，也同樣看得心驚肉跳。那些從前懸在半空中的吊角樓一般的鹽田，現在就像被轟毀的城堡，到處斷壁殘垣，支離破碎。瀾滄江兩岸站滿了來看鹽田的辛勞的鹽民，人人神色哀戚，欲哭無淚。儘管自人民公社化以來，鹽田收歸公社，但是歷代曬鹽的鹽民們仍把江邊的鹽田當成自己的命根子。就像無論在什麼情況下，人們對土地的依戀永遠都不會改變。

幹部們在天亮起來的頭一天，就發現了一個比喪失土地和鹽田、甚至比喪失光明和時間更為嚴峻的現實，他們與世隔絕了。既打不通外面的電話，也無法派人將鹽田受災的情況送出去。人們竟然找不到那條剛修起來不久的進出鹽田的公路了。峽谷裏幾乎所有能淌水的溝壑，淌的都是夾帶著石塊與泥沙的泥石流，石頭與石頭之間的流動、碰撞，發出像天上的雷鳴一般的吼聲，蓋過了瀾滄江的波濤。

山梁上到處是坍方和淌過泥石流後留下的新鮮傷口，就像一個滿目瘡痍的洪荒世界，彷彿峽谷裏壓根兒就沒有過給人們帶來了激動和夢想的汽車與公路。山坡上也從來沒有過青稞地，江邊從來沒有過鹽田，山窪裏也從來沒有過牛羊牲畜製造出來的鄉村情調，沒有過煨桑的裊裊青煙，沒有過村莊裏生動而喧囂的人喊馬嘶、戰天鬥地的革命口號，以及卓瑪和尼瑪們、達娃和頓珠們情歌漫漫的愛情氣息。

「我們被困住了。不知毛主席他老人家知不知道？」旺久隊長向公社武裝部長曹志彙報說，現在他是峽谷裏地位最大的領導。

曹志的一隻腳丟在了朝鮮戰場上，但是他依然有旺盛的革命鬥志。他胳膊一揮說：「誰也不可能包圍我們。當年美帝國主義飛機大炮包圍了我們，部隊還不是一樣突圍出去了。你給我找十個思想好、覺悟高的年輕人，組成敢死隊，我帶他們突出去。」

旺久說：「曹部長就留在公社指揮全局吧，我帶他們去就行了。」

敢死隊順著瀾滄江峽谷往下游漢地方向只走了三里，就被山上的泥石流擋回來了，又沿瀾滄江往西藏方向逆流而上，道路在一段絕壁處直接栽進了瀾滄江，就像一截折進去的斷木。峽谷兩岸除了瀾滄江就是絕壁，有經驗的獵手說，連一隻敏捷的猴子也走不出去。江兩岸稍微平坦的地方都被江水沖走了，兇猛的江水把兩岸切割得像刀削了一般。

他們後來又往四川方向摸索前進，那裏的情況則更爲險惡，一條新冒出來的洶湧而寬闊的河流擋住了去路，而從前這裏有一個漢藏雜居的村莊，還是一個馬幫的大驛站哩。從四川方向來的馬幫，一定要在這裏歇上一夜，才可在第二天趕到左鹽田。更早以前，它是「魔鬼部落」出沒的地方，右鹽田的外國傳教士帶著探路的人最先發現了他們。馬幫驛道開通以後，趕馬的人把那些患瘋瘋病的人們趕到了更遠更偏僻的雪山上。

「這不是思想和覺悟的問題，美帝國主義的包圍和神靈對我們的包圍是不一樣的，我們可以把美帝國主義打跑，但是我們卻打不敗神靈。」旺久隊長探險回來後，對曹部長彙報說。

「越是在這種時候，越要反對迷信。」曹部長一拍桌子道，讓旺久嚇了一大跳。他知道自己說漏嘴了，忙改口說：「曹部長批評得對。我想，我們得趕快組織群眾自救才行。」

所謂自救，不過是把坍塌的房屋清理出來，把屋子裏的水排出去，連修整都是夢想，因爲沒有任何原料；而地裏和鹽田的情況簡直慘不忍睹，沒有收割的青稞和麥子沖得連影子都不見。連接東岸和西岸的溜索不知是被風刮斷的，還是被雷劈斷的，或者是被魔鬼斬斷的，沒有人能相信有小孩胳膊粗的鋼繩竟然也會斷。不僅東岸和西岸被分割開了，東岸的左右兩個鹽田村也被山溝裏的泥石流隔斷了。人們孤立無援，坐以待斃。

也就是在這種時候，人們痛切地認識到，在這險惡的大峽谷裏，他們實際上誰也離不開誰，不論是藏族人、納西族人、漢族人、傈僳族人、彝族人，也不論你是信仰藏傳佛教、東巴教，還是其他信奉萬物有靈、多神崇拜的弱小民族，大家需要互相依靠，互相支撐，背靠背地和大自然抗衡。前一段時間，因爲年輕人的殉情使藏納關係緊張，現在看來是多麼地魯莽衝動，多麼地像小孩子打打鬧鬧的遊戲啊。友誼和團結，是他們目前唯一能指望的東西。

卡瓦格博村兩個勇敢的康巴人在老人的指點下，穿起了過去野貢土司攻打東岸的納西人時穿過的羊皮氣囊，冒死渡江。當然，他們不是過來打仗爭奪鹽田，而是來尋找幫助和依靠的。他們帶來了溜索的牽引繩，然後人們在極短的時間裏修復好連接兩岸幾百年的溜索，當旺久隊長第一個溜到西岸時，卡瓦格博村的社員們抱著他大哭，就像丟失了的孩子找到了父親。同樣，卡瓦格博村的康巴人溜到西岸見到他們的納西朋友和親戚時，大家也互相抱著哭成一團。

其實那幾天，大家冒著風險在溜索上溜來溜去，飛越波濤洶湧的瀾滄江，藐視江中隨時都可能把人像摘桃子一樣摘下去的魔鬼，並不爲十分重要的事情，只是爲看看自己認識的朋友和親戚還在不在，或者，僅僅是爲了和一個倖存者一起哭一場。

卡瓦格博村的藏族人和左鹽田的納西人一致認爲，應該和右鹽田村及時取得聯繫，因爲他們還在孤獨中。大家都孤獨怕了，打破孤獨比填飽饑餓的肚子更爲重要。人們推出臂力最好的獵手，由他用弓弩將一支繫著羊皮繩的箭隔著山梁射過去，他一共射了九十九支箭，終於將那連接信心和愛的紐帶從橫隔在左、右鹽田間的溝壑上射了過去。

借著這條細長的羊皮繩，人們把溜索拉在了山澗兩端，第一個從右鹽田溜過來的，是右鹽田大隊的大隊長扎西約翰。聽這名字，你就知道他是一個教民之後。如今好多教民都取了個漢族或藏族名字，有的人乾脆像扎西約翰一樣，把藏族人吉祥的稱謂和耶穌的印記巧妙地聯結在一起。

扎西約翰伏在旺久的肩頭上哭著說：「旺久大哥，洪水滔天的時代是不是來了？可是我們現在沒有諾亞的方舟啊？」

旺久還算清醒，他悄聲說：「老弟，我們不靠神靈的羊皮囊，你們也不能靠外國人的啥方舟。我們要靠毛主席，他老人家會派解放軍來救我們的。」

在沒有多大意義的自救的同時，人們開始漫長的等待。自打解放以後，峽谷有點什麼災，就像家裏的寶貝孩子生病了一樣，人人都來送溫暖，大包小包的救災物資早早地就送來了，峽谷裏的人們甚至還接到過來自北京、上海、廣州的救災物品。但是這次最爲嚴重的自然災害好像有些不一樣。人們天天跑到山梁的盡頭往漢地方向張望，往西藏拉薩方向張望，可天上除了神鷹的影子，一樣生動的東西也沒有。天上的兀鷲特別多，一些人們來不及掩埋的死牲畜，成了牠們饕餮的美味。

曹志部長帶領幾個隊幹部統計了受災情況，左、右鹽田和卡瓦格博村受災最爲嚴重，全公社共有十八人死亡，他們中，有的是被坍塌下來的土掌房砸死的，有的是被泥石流沖走的，其中有一家連人帶房子整個兒被泥石流沖進了瀾滄江。

右鹽田的山體滑坡和泥石流情況最嚴重，有幾戶人家下大雨前明明住在山梁的上端，待天亮後，卻發現他們的房子挪到山梁的中部；有一家人從前一直爲用水不方便而發愁，現在發現有一條水溝就從他們家的火塘邊流過，只是過去立在他們家房前的核桃樹挪到了房後，從前在房子左邊的地卻神奇地挪到右邊。

「上帝把一切都重新安排了一遍。」這家人的阿老對他的孩子們說。

曹志畢竟當過軍人，應付特殊情況比起本地的藏族幹部更有經驗一些。他命令幹部們把所有能找到的糧食集中起來，每人每天實行定量供應，只配給一碗青稞麵。他告誡大家說：「誰知道外面是不是在打世界大戰呢？我們得有長期吃苦的準備。」

但是有些村民實在抵不住饑餓的折磨，就把家裏的死牲畜洗淨了吃。各個村莊都有大量的牲畜死亡，很多都來不及掩埋。牠們在雨水中早就泡腫發爛了，峽谷裏的死對頭老鼠，其實比人更早發現這滿世界的大餐，牠們又像多年前導致峽谷發生大瘟疫一樣，肆無忌憚地到處亂竄了。好在公社衛生院的醫生及時提醒幹部們，當務之急是要預防瘟疫流行。幹部們帶著還有力氣走動的人，到處挖坑埋死牲畜，打老鼠，撒石灰。但是一些被饑餓搞得無所畏懼的人，甚至重新挖開埋了的死牛爛馬，洗洗燒燒後照吃不誤。

東巴和阿貴有一天給焦慮的旺久出了一個絕妙的主意，他說從前木天王征伐西藏時，要往納西地送信，就把羊皮紮成皮囊，裏面吹足氣，把樹皮紙信封在裏面，放到瀾滄江裏，下游的納西地就收到了。

「天上飛得快是神鷹，地上走得快的是瀾滄江的水。」和阿貴說。

旺久茅塞頓開，一拍大腿道：「真是的，瀾滄江也是一條路呢。我們沒有電話報信，有瀾滄江麼。就叫它『水電話』吧。」

旺久馬上組織人縫了十個羊皮氣囊，裏面都寫上鹽田受災的情況，還用紅漆在每個羊皮氣囊上大大地寫上「毛主席，我們被困在鹽田了，快來救我們！」

那些羊皮氣囊被幾個細心的藏族大媽縫上了五彩經幡旗，她們默默地爲它們念了幾遍經，「願你帶來吉祥啊，請毛主席收到我們的『水電話』！」她們哭著說。

「水電話」在人們殷切的目光中被全部放到瀾滄江裏，在滔天的巨浪中，它們一眨眼就不見了，直到在很遠的地方才冒出頭來。人們的心裏一下開始發毛，有誰敢冒死從江水中撈起這些關係著上千人性命的「水電話」啊？願一切的神靈保佑它們被下游慈悲的人們發現吧。

「水電話」發出去五天了，按推算，早該流經下游的漢地，要是沒有人發現它們，「水電話」就打到國外去了。旺久隊長由此及彼，發明出放倒山上的大樹的方法。他帶人在每棵大樹上刻下「鹽田被困，救命」，「鹽田斷糧，請報告毛主席」的字樣，每天他都放倒十棵大樹到瀾滄江裏，他曾聽從漢地回來的人說起過，每年雨季漲水時，下游漢地的百姓都會到江中撈上游沖下來的木柴，因爲他們那裏沒有森林。江水帶給了他們燒的東西和溫暖。

半個月過去了，還是沒有人間的消息。

紙片的法力

最後不是瀾滄江，而是大峽谷的風恢復了鹽田和外面的聯繫。一個納西族婦女最先發現了天上隨風飄來的一張紅色的紙片。

據那婦女多年以後向某個對峽谷地區的歷史感興趣的作家描述：最先到來的那張紙片是有魔力的，它順著瀾滄江峽谷直線飛行，比天上的神鷹飛得還快，而且從不受氣流的干擾，就像有人在駕駛它一樣。它平穩地降落在公社的大門口，彷彿一個目的明確的信使。這時，那個婦女剛好路經那裏。「怕是佛主傳來西天的音訊了。」她嘀咕道，撿起了那紅色的紙片，但上面都是些漢字，婦女看不懂，就把它交給了公社的武裝部長曹志，曹志那時正在和幾個大隊幹部商量如何預防可能到來的大瘟疫，因爲根據掌握的情況，許多家庭都在吃死牲畜肉，公社衛生院的院長沮喪地說，大家都認爲，反正餓死也是死，得鼠疫也是死，誰能給他們活下去的希望呢？

那時他們都不知道，隨著這張小小的紅色紙片的到來，一場比瘟疫更爲可怕，比失去光明更爲恐怖，比孤獨受困更爲糟糕，比大雨、泥石流更爲慘烈的浩劫，正在向災難深重的大峽谷撲來。

曹志看了看那張紅色紙片，他先是驚訝得合不攏嘴，就像迎著槍口吃了一顆子彈，然後他的臉色變得鐵青，半晌，他才咬緊牙關恨恨地說：「可惡！這些狗娘養的國民黨反動派！狗娘養的美帝國主義分子！」

「上面寫的什麼？」旺久問。

「你們不能看。這是國家機密！」曹志一臉嚴肅，把紙片扔進抽屜裏鎖起來了。

但是在隨後的幾天裏，更多的五顏六色的紙片從峽谷下游的漢地不遠萬里、像遷徙的候鳥般飛過來了。它們先穿過了彝族地區的轎子雪山，又飛越了白族地區終年積雪的蒼山，再翻越納西地的神山玉龍雪山，然後進入雪域高原，把它們的咒語撒遍藏族人的一座座神山聖湖。

它們來得如此迅猛，如此神秘，如此法力無邊，以至於再高的雪山和再大的狂風都不能改變其飛行的意志。當然，並不是外面已經知道鹽田的人們求教的訊號，才採用這種方式來和峽谷的人們聯繫，而是那邊早已進入滿天飛舞紅色傳單和聲討檄文的時代。

風把中國大地上已經發生文化大革命的消息吹過來了。

可是，武裝部長曹志對這個消息深表懷疑，他認爲這肯定是國民黨特務的反動宣傳。因爲根據各種傳單上自相矛盾的說法，從縣長到國家主席，從將軍到元帥，都成了叛徒、特務、內奸、工賊，統統被打倒了，好像整個國家沒有一個好人似的。他知道憑他個人的力量，再也不能爲滿天飛舞的傳單保密了，他把幾個大隊幹部召集起來，嚴肅地對他們說：

「你們看，外面的災害比我們這裏嚴重多了。我想是蔣介石要反攻大陸了。除了國民黨反動派會這樣搞破壞，誰會這樣胡鬧呢？」

旺久其實已經看到過一些傳單了，但是他一直不敢跟人說，因爲他不知道說了自己的嘴巴會不會長瘡發爛。他說：「外面一定是鬧鬼了。」

曹志說：「管他鬼不鬼的，在沒有接到上級的指示之前，我們一是要生產自救，二是要組織民兵，把所有的傳單都收集起來，不准懂漢字的人看，不准互相傳閱，不准回去跟自己的老婆兒女談，哪怕連夢話也不准說傳單上的事情。這是革命的紀律！」

當第一批解放軍的救援隊誤闖誤撞地進入到鹽田公社時，人們喪失的信心終於得到恢復。不過，當初他們並不是衝著鹽田來的，他們奉命去救援高山牧場的牧人，但卻在崇山峻嶺中迷路了，軍事地圖上標明的那些羊腸小道全都不見了蹤影，大部分山頭的標高也和他們實際測繪到的高度不一樣，每條河流都改變了方向，本來應該有吊橋的地方，連岸邊的吊塔都找不到。

他們在深山峽谷中走了一個多月，經歷了一百二十場大暴雨，六十場冰雹，五次地震，遭遇了三百多次泥石流和山體滑坡，渡過了無以計數的河流和山溝，在一天中橫渡了兩條在中國聞名的大江——金沙江和瀾滄江，如果不是及時修正了方向，他們還可能去渡第三條大江——怒江。

這三條在多年以後被人們開發成國家級森林保護區的大江挨得如此之近，中間只隔著一連串由北向南、高聳入雲天的大山脈和大雪山，它們像從西藏高原上一齊向南奔跑的三個巨人，從地球第三極一齊跳了下來。在一些地方站在一個山顛上，至少就可以看到兩條大江。在完成這次世界上任何一支軍隊都不能完成的艱苦卓絕的行軍後，他們損失了三個士兵的生命，另外還有十八匹騾子和戰馬掉下了懸崖。

當他們到達鹽田時，還以爲是誤出了國境，或者回到了舊社會。因爲他們看到人們在泥地裏挖草根，在樹上摘樹葉剝樹皮。所有的人都面黃肌瘦，骨瘦如柴，除了兩個眼珠在轉外，形同死人，連呼吸都感覺不到了。可是這些人一辨認出他們頭上的紅五星和領口上的紅領章，全都匍匐在地上嚎啕大哭。軍人們這才鬆了口氣，這是在我們自己的國土上啊。

曹志帶著幹部們，把軍人們激動地迎進了公社機關的院子。帶隊的是個解放軍營長，後面還跟著一個揹著電臺的通訊兵。

曹志先向營長彙報了災情，緊接著彙報敵情：「我們這裏發現了大量國民黨特務的傳單。」他神色嚴肅地拿出一大摞傳單，遞給解放軍營長。

營長將那些花花綠綠的傳單草草看了，一時不知該從何說起，良久才問：「你們被困多久了？」

曹志反問他：「現在是幾月了？」

「九月十八號啦。」營長說。

曹志驚訝道：「哦呀，下大雨那陣，好像是六月二號，沒錯，因爲頭天是六一兒童節，我還到學校給學生們講戰鬥故事哩，然後天就黑得沒有邊了。」

營長比他更驚訝：「不可能吧，三個多月了，你們都不知道外面發生的事情？」

曹志一下就哭了，「我們把時間丟了。」他哽咽道。

這個在朝鮮戰場上和美國人拼命的漢子，大腿被一發炮彈炸飛了都沒有流過眼淚，現在他爲自己、爲峽谷裏所有善良的人們丟了三個多月的時間而哭。他一哭，幾個大隊幹部也跟著哭了起來，讓軍人們心中升起從來沒有過的憐憫和同情。

「外面在搞文化大革命了，」營長斟詞酌句地說，「群眾都發動起來了，很亂。各級地方政府都參加了這次大運動。我估計他們忙於參加運動，沒有收到你們的告急信。」

旺久急得嚷：「人都快餓死了，還有比這更重要的革命嗎？」

營長說：「老鄉，你不要急。我還帶的有十匹騾子的軍糧，先分給鄉親們吃吧。另外，我馬上用電臺和上面聯繫，彙報你們這裏的情況。」

解放軍就在公社大院裏架起了電臺，很快就和上面溝通了。答覆說，馬上就和地方聯繫，會儘快派人來幫助他們。左、右兩個鹽田的老百姓得知消息後都激動不已，他們把能見得著的士兵都拉進屋裏，但是家裏沒有任何可以拿得出來的東西招待自己的救命恩人，他們唯一能做的，就是在火塘上燒一鍋熱水，讓士兵們好好燙一燙久走山路而起泡發腫的雙腳。

第二天，銀色的吉祥鳥就飛來了，這是人們第二次看見飛機。

三十多年前，那個叫沙利士的外國傳教士爲了向峽谷裏的人們證明上帝是聽從他調遣的，就用法力從雲南那邊調來一架飛機。這件事，峽谷裏許多人都還記憶猶新，那飛機給外國神父投來了一頓早餐，甚至還有一份菜單哩，那上面告訴神父先吃什麼，再吃什麼。那是外國神父最威風的日子。但是你看吧，現在我們勞動人民也該威風起來了，毛主席的飛機不但要給我們投來早餐，還會有中午的酥油茶，晚飯後的青稞酒。你想想，我們峽谷裏的人現在過的是當年白人喇嘛才過的好日子。人們在峽谷裏歡呼著、跳躍著，剛剛受過的苦難早丟到九霄雲外。

銀色的吉祥鳥發出吉祥的歌聲，在峽谷裏人們的翹首張望中盤旋。多年以後，人們還清楚地記得那神奇的一幕，當飛機第二次盤旋俯衝時，從機尾上突然撒出像雪花一樣的紙片來，聰明的人立即說：「人家飛機投吃的都是這樣，總是要先投下菜單，再投吃的。不然那麼多東西投下來，大家亂吃一通，會撐出病來的。」

又有人問：「怎麼會投那麼多的菜單啊？」

這個聰明人喝道：「真是不會動腦筋，峽谷裏一千多人，菜單當然是一人一份的。」

那些滿天飛舞的菜單遮蔽了大峽谷的藍天，連太陽的光芒都看不到了。勾起人們強烈口水的菜單終於落在地面上時，人們驚愕地發現，它們跟從峽谷外吹來的東西一樣，全都是些不能填肚子的廢話和咒語。上面寫的是造反新聞，奪權風波，武鬥成果，以及抗議、警告、譴責、批判等與饑餓的峽谷毫不相干的東西。

所有的人臉都氣青了，氣傻了，眼淚在眼眶中轉，可就是流不下來，因爲那些傳單有無邊的法力，不僅在藏區，就是在全中國，看見它們的人都只許歡呼，不許有其他的表情，你就是想與大家不一樣都不可能。

那個解放軍營長也按捺不住一腔的怒火了，「王八蛋！這裏需要糧食，而不是傳單！已經快餓死人了，你們的眼睛瞎了嗎？」

他讓報務員直接把這句罵人的話譯成電文發了出去，他是一個有正義感和同情心的標準軍人，如果那個命令投傳單到峽谷的上級就站在他的面前，他會給他一槍。

其實山外就先給鹽田投什麼的問題，造反派和當權派已經激烈鬥法三天了。在藏區的幹部們看來，造反派是當時中國獲得最高法力的一群人，儘管他們都很年輕，大部分人連鬍子都沒有長出來，身體各方面都沒有發育成熟，幾乎是清一色的童男處女；他們既沒有打仗流血的革命經歷，也不掌握軍隊和武裝，但是他們法力無窮，上可揪鬥國家主席、元帥將軍，下可橫掃一切牛鬼蛇神，連西藏這片雪域淨土上的各路神靈，見到他們都要退避三舍。

造反派在救災工作會上義正言辭地指出，這是誣衊。餓死人的事情怎麼會在紅色中國發生呢？應該把那個在電報中罵娘的軍人抓起來批鬥，撤他的職。十大元帥我們都揪出來好幾個了，他一個小小的營長算老幾。等我們去了，首先砸爛他的狗頭！

尚有一點權力的當權派一邊深刻地檢討，一邊盡最大的努力，冒最大的風險，履行自己的職責。木學文那時被靠邊站了，他被人從學習班裏叫出來，問鹽田那邊究竟是怎麼一個情況。

木學文昨天才挨了一頓打，坐了造反派的「噴氣式」飛機，現在腰還直不起來呢。他說：

「那裏確實不容易進去，要翻十來座海拔五千多米的雪山呢，無論從四川、雲南方向還是從西藏這邊進去，都一樣艱難。前一段時間我們在學習班接受教育，在隔離寫檢討，不慎把他們忘了。沒有想到他們那裏遭了那樣大的災。實在對不起毛主席。如果再不運糧進去，他們會餓死……哦不不，他們真的會吃不好睡不香的。解放那麼多年來，在毛主席共產黨的領導下，藏族人民翻身做了主人，一直都生活得很好。現在他們只差一點酥油茶和青稞酒了。」

最後雙方終於達成協議，給鹽田災區的食品要投，毛主席的最高指示和文革戰報也要傳達。飛行員得到嚴格的命令，每投一包食品，就搭配投一包語錄書和革命傳單。同時號召四川、雲南的紅衛兵，向這個文革之火還沒有燒到的死角進軍。責令有關部門緊急搶修通往鹽田的公路，必要時動用軍隊。災要救，群眾也要發動起來，參加文化大革命，絕不能因為救災而影響了革命。

諸受都是苦

很多年過去了，人們都還心有餘悸地告訴來峽谷旅遊、探險、考察甚至路過的人們，他們說，紅衛兵是法力最厲害的人，從他們來到峽谷那一天起，我們就沒有夢了。我們睡著了，就跟死了一樣；我們醒的時候，也跟死了差不多。

最先發現峽谷裏的人沒有夢的，是噶丹寺的六世讓迥活佛，自平叛以後，讓迥活佛和政府的合作一直很愉快。他甚至還被政府請到內地去參觀學習，成為峽谷裏第一個坐過火車和飛機的人。在雨季來臨之前，讓迥活佛作為民主人士的代表，也曾被叫到地區去開會，但是就在活佛準備啓程時，他夢見了雪山上的一次雪崩，那次雪崩並不大，但是非常奇怪，峽谷被坍塌下來的積雪淹沒了，而且卡瓦格博雪山的尖頂竟然裸露了出來。

讓迥活佛把這個奇怪的夢跟自己的老師四世絳邊益西活佛說了。年邁的絳邊益西活佛說：「雪山頂上沒有積雪，眾生就有災難了。」

活佛是人間的佛，當然要站在人類的災難前面。讓迥活佛請了假，留在寺廟裏組織一場規模空前的祈禱眾生平安的大法會。大法會進行到一半時，雨季就來了。大雨把喇嘛們的誦經聲沖得七零八落，不成章法。

當峽谷沒有白天並且暴雨成災時，讓迥活佛以爲這就是他夢裏所預示的峽谷的災難，可是等到紅色的傳單滿天飛舞以後，讓迥活佛才感覺到峽谷的災難，他其實還看不到頭。

一天，一個叫央金的老阿媽匍匐在讓迥活佛的腳邊，目光哀哀地望著他說：「活佛，我已經好多天沒有好好地睡覺了。不是我沒有睡在火塘邊，也不是火塘不夠溫暖，而是我醒來的時候，不知自己到底睡了沒有。」

讓迥活佛那時還坐在高高的誦經臺上，他一聲長嘆：「妳說的事情，我也在爲它犯愁呢。因爲最近好多來寺廟上香的人，都說他們分不清白天和黑夜了。明明剛起床，可不知道自己睡了沒有；天上的啓明星都亮了，可他們的眼睛還睜得大大的。魔鬼像抽一根繩子一樣，把人們的睡眠抽走了。我們好像已經失去了明斷能力。」

央金說：「怕是山上的蘑菇吃多了吧？」

每年雨季過後，雪山下的森林裏長遍了野生蘑菇，人們當然不會放棄這大自然賜予的美味。不過有些蘑菇被魔鬼施了魔法，人吃了會產生幻覺。去年卡瓦格博村的幾戶人家吃蘑菇中毒後，硬說電線上站滿了麻雀大的小人，而站在他們面前的人，他們卻說這些大麻雀怎麼趕也趕不走，難道牠們沒有翅膀了嗎？

讓迥活佛卻不這樣看，他問央金：「妳最近做夢了嗎？」

央金使勁想了想，說：「我想不起來了，活佛。」

「你們都沒有夢了，我們也沒有夢了。夢被魔鬼奪走了。」活佛嘀咕道。

央金驚恐地問：「這是爲什麼啊，活佛？我們在什麼時候得罪神靈了呢？」

讓迥活佛有些灰心地說：「我也不知道啊。絳邊益西活佛昨天說，他要到雪山下的山洞裏去苦修了。神靈給他的最後一個夢，還是在雨季到來之前的那個晚上。他告訴我，他成佛的正果在黑暗的山洞裏。他不會出來啦。」

央金給活佛伏身跪下了，她熱淚長淌地問：「尊敬的活佛啊，難道你們要拋棄峽谷的眾生了嗎？活佛們都去山洞裏苦修，我們可怎麼辦？」

讓迥活佛目光穿過了經堂的大門，繞過寺廟裏的幢幢僧舍，然後在峽谷裏，像一隻鳥一樣地飛翔，這目光在峽谷的上空飛行得遲疑而緩慢，像觸摸自已的信徒的溫熱的手掌。

神靈早已遠遁，連魔鬼的蹤影都尋不見。共產黨來了以後，西藏的天空安靜多了，但這對一個有信仰的人來說，卻是一種死一般的寂靜。就像洪水蕩滌了大地上一切有生命的和沒有生命的，只剩下一片荒蕪。

讓迥活佛的目光在峽谷裏盤旋了一周，然後毅然決然地向雪山上飛去，他在尋找那個從前蓮花生大師修行時住過的山洞，只要找到了，他也將像絳邊益西活佛一樣，把自己隱藏在黑暗的山洞閉關苦修再不出來，無論是心靈還是肉體。但是他沒有找到。

讓迥活佛收回了自己的目光，他已經知道自己還不到遁世苦修的時候，神靈賜予他與眾生共同擔當苦難的職責。他恢復了常態，平和地說：

「不管將來的日子是吉祥的還是苦難的，我都會和你們在一起。我將每天為你們迎請分管夢的神靈，給峽谷的眾生帶來夢。沒有夢的人，就像鳥兒沒有翅膀。」

央金傷心地啜泣，「難道我們修行一生，夢沒有了，來世也沒有了嗎？夢是來世的影子啊！」

讓迥活佛捻起了手中的佛珠，「諸受皆是苦，我們要忍耐。」

就在讓迥活佛說這話的第二天，彷彿受看不見的法力推動，來自四川和雲南的兩個鄰近省份的紅衛兵從不同的方向，在同一天同一個小時同一分鐘，同時進佔鹽田人民公社。他們分別從成都和昆明出發，四川的紅衛兵要翻越大雪山、過草地，雲南的紅衛兵也要翻越大雪山，跨越金沙江和瀾滄江，穿越大峽谷。

從困難程度看，兩邊的紅衛兵所面臨的生死考驗都一樣，他們為此付出的代價也幾乎一樣地慘重。在離瀾滄江大峽谷同樣遠的路程中，他們共同遇到了大自然的阻擋，他們毫不猶豫地做出了同樣的決策，棄車步行。因為前面沒有路也沒有人煙了，只有還在奉命搶修公路的解放軍。

就像執行得天衣無縫的軍事行動，兩隊充滿狂熱革命幹勁的紅衛兵小將在左鹽田骯髒狹窄、塵土飛揚的小街上勝利會師。

令人沮喪的是，會師沒有喜悅和激動。在他們相見的那一刻，敵意就產生了。雲南紅衛兵「紅色瑞金」兵團司令楊新民發現，對面那個紮兩小辮的丫頭長得酷似他的妹妹，而四川紅衛兵「井岡山」兵團的領袖陳衛紅，則覺得她面前這個帥氣的小夥子，跟她的哥哥從身高到相貌都一模一樣。他們都穿著粗布黃軍裝，頭戴沒有帽徽的黃軍帽，腰紮寬寬的牛皮武裝帶，腳穿軍用橡膠鞋，臉上流露出同樣的驕傲和自信。

四川妹子畢竟要潑辣一些，在暫短的遲疑、驚訝，以及深藏不露的敵視之後，陳衛紅開口挑釁道：「嗨，雲南蠻子，這裏已被成都紅衛兵『井岡山』兵團進駐了。請你們退回去！」她是音樂學院鋼琴專業的高材生，如果不是戴著那頂黃軍帽，她的美會讓卡瓦格博雪山感到羞愧。

楊新民以嘲弄的口氣說：「四川耗子，昆明『紅色瑞金』兵團的紅衛兵都是屬貓的。你們最好有點自知之明。」

雙方的革命小將立即挽起了袖子，準備先混戰一場。街上的納西人和藏族人袖手旁觀，以為他們在演戲。他們聽不懂這些後生在說些什麼，更感覺不到他們將給峽谷帶來什麼。在當地人看來，一向孤獨閉塞的峽谷裏突然湧進來這麼多像電影裏的可愛人兒，男的個個都英武挺拔，女的人人都如花似玉。

一個藏族大媽感嘆道：「誰家的媽媽呀，福氣那樣好，養了這麼多水靈靈的大姑娘和兒子。」

就在雙方唇槍舌戰，馬上就要升級為全武行的時候，駐軍營長和公社武裝部長曹志等人及時插在他們中間。

營長因為那句出於良知的國罵，已被降職為副營長，就地參加革命。但他的屬下和當地的百姓仍然稱他為營長。他們讓雙方都冷靜下來，請他們到公社大院裏休息。然後，公社大院裏就被辯論、聲討、譴責、抗議、批判、謾罵、恐嚇，以及大段大段的引經據典和領袖語錄淹沒了。從他們口中噴射出來的咒語，比當年噶丹寺裏的喇嘛們念經時還要多。

爭吵中，楊新民的脖子變得像牛脖子那麼粗，而陳衛紅的辮子都豎起來了。他們的豪氣讓在場的藏族人和納西人紛紛吐出了舌頭③，不是對他們表示欽佩，而是被他們像子彈一樣互相對射的話語攪糊塗了，不知道該向誰表達自己的敬意。

他們經過三天三夜相互間的語言攻擊，最後在駐軍的協調下終於達成了協議：右鹽田、卡瓦格博村兩個藏族村莊的文革運動劃歸四川的紅衛兵，左鹽田由於是納西人聚居地，又是公社機關所在地，揪走資派的任務重一些，就劃歸雲南的紅衛兵。

四川「井岡山」兵團的紅衛兵爲自己分得的地盤歡呼雀躍，就像勇敢善戰的軍人遇到了最強勁的對手，當他們聽說自己的地盤上不但有寺廟，還有外國傳教士留下的教堂時，他們已經在腦海裏勾勒出要進行的驚世駭俗的戰役：首先要揪出那些還在搞封建迷信的喇嘛活佛們，然後再去教堂深挖潛伏下來的外國特務間諜。

想一想吧，外國特務披著傳教的外衣，在這個山高皇帝遠的地方幹了多少壞事啊。別看峽谷裏就這麼幾個村莊，真是什麼烏龜王八蛋、牛鬼蛇神都有。

教堂對於來自四川的紅衛兵來說，無異於發現了一個敵巢。紅衛兵把那些從前的教民都集中起來學習。爲了找到可供批判的對象，他們發動了右鹽田小學不諳世事的小學生，對他們施展了神奇的法力，讓他們揭發自己信教的父母和親戚朋友們。

村裏文化程度相對較高的小青年安多德是臨時代課老師，那時他才十六歲。到這個世紀末，當安多德神父穿著神聖的教士祭服，站在佈道臺上，面對教堂裏大部分日漸蒼老的教民，他會想起多年以前自己對上帝所犯下的罪——但願仁慈寬容的上帝能饒恕我們的罪。

他一遍又一遍的在心底裏懺悔、真誠地祈求上帝的寬恕。可是在當初，魔鬼輕易地俘獲了他的心。更要上帝命根子的是，十六歲的少年安多德認為，戴上一頂黃軍帽，紮上寬寬的武裝帶，左臂戴上漢地來的紅衛兵發給的紅袖章，是一件多麼自豪的事情。因此，當他激動地接過漂亮的女紅衛兵領袖陳衛紅送給他的一隻紅袖章和黃軍帽時，這個曾經為信仰上帝奉獻出了兩代人生命的世代教民之後，就站在上帝的對立面了。

他對陳衛紅說：「來吧，我帶你們去揪鬥那些帝國主義的走狗。」

最先被揪鬥的自然是兩個苦命的修女薇娜和凱瑟琳。

自教堂充做學校後，她們就遷出了教堂，在外面搭了間小屋子。兩個修女都成了人民公社的社員，靠掙工分吃飯。薇娜修女過去跟沙利士神父學了點醫術，因此時常有人來找她看病，這樣還可掙點外快。凱瑟琳修女有個當縣委書記的兒子，因此生活上也不缺什麼。曾經有幹部來動員她們找個男人過日子，但被修女們堅決拒絕了。這成了她們今天被批鬥的一大罪狀。

「她們還想為自己的外國主子保持貞潔哩！」陳衛紅在批判會上說，「實際上，她們是外國特務豢養的帝國主義婊子。」於是人們把幾隻破鞋掛在了兩個修女的脖子上。

「主啊，饒恕她吧。因為她不知道自己的罪。」薇娜修女痛苦地呼喊道。

「有罪的正是妳們！拿剪刀來。」陳衛紅一聲大喊，有人遞給她一把剪刀，另幾個人衝上去把修女們的頭按下，陳衛紅三下五除二地就把修女們的一頭青絲修理成光頭不像光頭、雞窩不像雞窩了。

傍晚，薇娜修女投江自殺。在那之前，兩個修女商量好一起逃亡到天國，薇娜修女對凱瑟琳說：「妹妹，妳去打點水來吧。儘管他們剪亂了我們的頭，但在上帝面前，我們也得體面一點。」

多年以來，在堅韌孤獨的守齋和祈禱生活中，她們一向以姊妹相稱。薇娜修女雖是外地人，個子矮小，可她見多識廣，仁慈寬厚。當凱瑟琳從外面打水回來時，發現她們事先準備的一瓶農藥不見了，但是她看到門檻邊的一個十字架，那是用兩支木棍草草拴起來的，它指向瀾滄江方向。

凱瑟琳修女心中陣陣發涼，她沿著十字架指引的道路尋去，每走一百步都可以發現這通往天國之路的標記。凱瑟琳修女一路走一路呼喊，手裏攥著一大把木棍十字架。她終於來到瀾滄江邊，看到最後一個十字架指向江心洶湧的波濤。凱瑟琳修女正要縱身跳下江時，聞訊趕來的幾個教民死命拉住了她。

凱瑟琳修女嚎啕大哭，「上帝從來不給我升天堂的機會。」

接著遭殃的是那些外國傳教士留下的圖書。它們全是些外文書籍，沒有人能看懂。多年以前，杜朗迪神父、沙利士神父，還有那個嗜書如命、一心想在遙遠的西藏做羅馬傳教會在東方的傳教史研究的巴勃神父，都是這些書的主人。

在最後化爲一陣風的學者巴勃神父的眼裏，它們是教會的歷史。而按當年他在山道上見到的那個四川軍政府大兵連長的說法，「教會的屎（史）也是屎。」現在，這些書被學生們從屋子裏一捆一捆地抬出來，堆在教堂的院子裏，成了人們眼裏的狗屎。人們發現有的書上，甚至還有裸體的小孩和女人。啊天啦，你看這些腐朽墮落的大鼻子外國人。啊天啦，你看它們多麼地黃色下流。啊天啦，你看那些大著奶子……不知羞恥的洋婆娘們！燒了它們，這些狗屎一樣臭不可聞的東西！

「教堂裏的牛鬼蛇神還多著哩！潛伏特務的發報機我們還沒有挖出來呢。等我們揪出了裏通外國的特務，挖出了埋藏的電臺，頭功就是我們的了。」

陳衛紅細嫩的手指再次指向了教堂的祭台。這雙手從前彈過莫札特、巴赫、貝多芬的曲子，本是一雙習慣於在雪白的鋼琴鍵上跳躍、在大師們宗教般聖潔優美的音樂中翩翩起舞的藝術家的手。現在它指向了教堂，要把災難降臨到那些音樂巨人們曾經在音樂裏讚美過的地方。

有個小個子紅衛兵問：「妳怎麼知道教堂裏會有發報機呢？」

「同志，你要有一雙階級鬥爭的眼睛。」陳衛紅說。

在無數雙這樣的眼睛的注視下，教堂再次被抄了個底朝天。教民們不知道發報機是什麼東西，還以為是什麼值錢的寶貝。他們被一個個地叫去審問，辦學習班。

其中一個叫比利的年輕教民，非常渴望進步，他在學習班上主動向紅衛兵們交代說，他聽他已故的父親說，外國傳教士好像在教堂挖的有一個地道，據說藏了件藏族人不知道的寶貝。

那天，峽谷的天空中焚毀一切的焦糊味和新翻出來的泥土潮濕味混雜在一起。右鹽田的教民們被集中到教堂的大院裏，默默地看著他們的過去被化為灰燼，被搗毀為瓦礫。

在比利撲朔迷離的回憶中，教堂被毀壞得更加徹底。當他推測地道可能在教堂的後院時，後院於是就被挖得七零八落，根據那時一部風靡全國的電影《地道戰》的啓示，人們甚至把後院的大核桃樹也伐倒了兩棵，這是由於人們懷疑地道的出口有可能就藏在大樹的樹心裏，紅衛兵們甚至做得比當年搜尋八路軍的日本兵還要仔細。

而當比利說教堂的葡萄園也值得懷疑時，人們就把剛掛上大串大串葡萄的葡萄園拔了個精光，望著一地被踩成爛泥的葡萄，陳衛紅突然找不到信心了，她有些惱怒地對比利說：

「難道你要我們把一條山梁都翻一遍嗎？」

比利用誠懇的語調說：「我小時候就聽說過，峽谷裏到處都有神秘的地道。東岸那邊信佛教的藏族人還有一條通往印度的地道呢。」

「它在哪裡？」陳衛紅頓時來了精神。

「那邊的雪山下。」比利指著對岸卡瓦格博雪山前面那些巨大的山脈說。「一隻貓曾經從那個地道裏去到了印度，告訴了印度那邊這裏有座寺廟的消息，然後又把信佛教的人需要的經書馱回來了。」

「你說的是什麼年代的事？」陳衛紅越聽越糊塗了。

「解放以前吧。」比利也搞不清什麼年代，因爲自解放以後，峽谷的時間就劃分爲解放以前和解放以後。

陳衛紅望著對岸那些大山，把自己的脖子都望酸了，「你說的大概是傳說吧。」

「不，是真的。」比利認真地說，「喇嘛們經常從這個地道去印度取經修行。」

「孫悟空還一個跟斗翻了十萬八千里呢，你說他是真的還是假的？王八蛋。」陳衛紅的眉毛豎起來了，那是她要生氣的前奏，如果她的辮子也豎起來了，你就等著好看吧。

「可是，可是……」比利爭辯道：「發報機的事情你們都相信，爲什麼就不相信喇嘛們通往印度的地道呢？」

當天傍晚，安多德頭戴黃軍帽，趾高氣揚地回到自己的家，他的媽媽安妮和他的舅舅諾斯以及幾個長輩都圍坐在火塘邊。教堂被搗毀了，薇娜修女自殺了，他們不僅惶惶不可終日，還清楚而痛切地看到了地獄的烈火在熊熊燃燒，在等待煎熬他們有罪的靈魂。

安多德像往常一樣想坐到火塘邊時，安妮低聲喝道：「脫下你那魔鬼的帽子和袖套，別弄髒了火塘！」

安多德說：「阿媽，妳說這話是要挨批判的。」

「來吧，小子，把你阿媽和你舅舅都拉出去批判吧。還有你那不知是死還是活的阿爸，主耶穌在看著你哩。」

「阿媽，別提我的父親。我爲他害羞，他是帝國主義特務的走狗。」

安妮哭了：「主啊，你竟這樣說你的父親？他可是個誠實的基督徒。」

安多德說：「阿媽，基督徒都是些帝國主義的走狗，都要被革命小將打倒。革命不是請妳吃飯喝酒，不是妳坐在家裏織氆氌，不是講客氣講禮貌尊敬老人，革命就是用拳頭和棍棒打倒過去的神父們和喇嘛們。他們沒一個是好東西。高音喇叭裏天天都在說這些，難道你們沒有聽進去嗎？」

安多德的舅舅諾斯從火塘裏抽出一塊還在燃燒著的木柴，揮舞著朝安多德打去。「老子先把你這個孽種打倒。」他氣咻咻地說：「過去雪山上的大土匪澤仁達娃才會說這些魔鬼的話，別忘了誰給你取的教名。」

安妮死死抱住了諾斯的手，安多德才有機會逃到了門外。他回頭對一屋子的老人們說：「去你媽的教名，去你媽的王八蛋，」他學著紅衛兵的口吻說，「我已經改名叫安衛東了。知道嗎，我現在是一名保衛毛澤東的紅色衛兵，你們敢打我，就是反對毛主席。」

火塘邊的人們都愣住了，諾斯舅舅手裏的木柴落在了地上。他怎麼能打一個毛主席的衛兵呢？峽谷裏的人之所以對漢地來的紅衛兵誠惶誠恐、言聽計從，就因爲他們是毛主席的紅色衛兵。他們不僅法力無邊，而且是紅色的。

安多德驕傲地返回了火塘邊，旁若無人地坐在從前只有老人才能坐的正上方。所有長輩都沒有膽量多看他兩眼，諾斯舅舅縮到了火塘的一個角落裏，好像隨時想溜掉。

「打碗茶來。」安多德威嚴地說。

安妮躬身去打茶，她抹了一把眼淚，在胸前畫了個十字，低聲道：「全能的主耶穌，只有你才知道他們給我們的孩子施了什麼魔法。」

「打茶就打茶，畫什麼十字！」安多德喝道，「紅衛兵說了，不僅在白天黑夜裏不准畫十字，就是在夢裏也不准畫。誰畫開誰的批判會。以後教堂裏的早禱和晚禱，都要改成向敬愛的領袖毛主席早請示和晚彙報！」

「你說什麼？」安妮驚訝地問，「不向主耶穌祈禱，我們這一天誰來護佑？我們又該感激誰賜予我們每天的食糧和平安？」

安多德說：「阿媽，妳怎麼還這樣頑固，反動！都什麼時候了，妳還念念不忘耶穌。難道妳忘了，是毛主席派來的飛機投下青稞和酥油，你們今天才有茶喝。在大家都餓肚子的時候，全能的上帝賜給妳每天的食糧嗎？毛主席才是我們最大的救世主，耶穌早已經被趕回他的老家去了。」

這時，外面忽然傳來一聲喊：「江對岸燒寺廟了！」

人們紛紛跑出家門，瀾滄江東岸的人們站在峽谷這邊，仍然可以感受到從江西岸傳來的烈火燃燒的劈啪聲，以及佛教徒的神靈被燒焦了的味道。熊熊燃燒的寺廟在夜空中，就像一盞巨大的酥油燈，連卡瓦格博雪山都被映紅了。

曾經巍峨高聳、輝煌燦爛的噶丹寺，多年以來就讓江東岸的人心生敬畏，對這邊的天主教徒和東巴教徒來說，寺廟及其在裏面修行的喇嘛們，從來都是他們的夢魘。而現在，他們忽然感到自己和對岸的佛教信徒其實都在面臨同樣的命運——被這場來自漢地的大火一同焚毀。峽谷裏的藏族人那時還不知道，焚毀一切於紅衛兵們來說，並不僅僅是一種革命，而是相互間的鬥氣和比賽。

來自雲南的紅衛兵本來是在左鹽田鬧革命。他們原來以爲這裏是公社所在地，又是特別迷信的納西人聚居地，牛鬼蛇神應該很多。他們先揪鬥了公社裏的當權派，再將矛頭指向本地的牛鬼蛇神，可是，他們才發現納西人的東巴教原來是沒有廟宇的，而四川「井岡山」兵團的紅衛兵已經在右鹽田的教堂裏幹得火熱了。

「紅色瑞金」的紅衛兵頭領楊新民豈甘落後，他大手一揮：「既然他們在教堂裏忙活，我們就去江對岸砸寺廟吧。」

他身邊的一個紅衛兵說：「楊司令，那邊是屬於『井岡山』人的。」

楊新民喝道：「革命不分先後，也不分彼此。再跟他們講斯文，我們就什麼也撈不著了。」

就這樣，在「井岡山」的紅衛兵還在教堂裏到處翻挖外國傳教士的地道時，楊新民帶領紅衛兵已經在藏族人的指點下過溜索了。

他們的行動得到了當地駐軍部分人的支持。那隊前來救災的解放軍，隨著運動的深入，也不知不覺地捲了進來。領章和帽徽已經不足以讓一個軍人感到榮耀，他們也在手臂上套上一個紅衛兵戴的紅袖箍。他們中的一些下級軍官站在四川「井岡山」紅衛兵那一邊，而另一部分則支持雲南「紅色瑞金」。

在過溜索時，有兩個紅衛兵掉進了瀾滄江，身影一翻就被波浪捲走了，但這一點也沒有阻擋革命小將的幹勁。他們包圍了噶丹寺。楊新民沒有想到寺廟的讓迥活佛已經帶了一群老僧在大殿前的廣場上迎候他；他也沒有想到，多年以後，在已成爲廢墟的噶丹寺，還會聽到這個老僧對著他說同樣的話：「歡迎啊，來自毛主席身邊的紅色衛兵！」

楊新民在一瞬間有被讓迥活佛泰然自若、不急不慌的神態震懾住了的感覺，畢竟他還是個乳臭未乾的學生，他甚至以爲真的和一個神話傳說中的某個神碰了個面對面。但是活佛提到毛主席的紅色衛兵，頓時讓他豪情倍增。有毛主席給他撐腰，再大的活佛，算個什麼？

楊新民穩住了自己的情緒，用儘量威嚴的口吻說：「我們是『紅色瑞金』兵團的紅衛兵戰士，從現在起，你們……我命令你們，聽從我們的指揮！」

「爲什麼？」讓迥活佛平靜地問。

「爲什麼！這還用問嗎？」楊新民高聲說：「中國大地上所有的牛鬼蛇神、封建迷信都被革命了，被掃進了歷史的垃圾堆！你們卻還在這裏燒香拜佛，裝神弄鬼。今天我們就是來革你們的命的。」

「毛主席身邊的紅色衛兵，」讓迥活佛語氣依然平緩，但是語調鏗鏘，「當年白人喇嘛來到這片峽谷的時候，想用外國人的宗教取代在西藏流傳了一千多年的佛教，就說我們的宗教是邪惡的異端，可是，他們至少還先與我們展開誰的宗教更優秀、更適合這片土地的大辯論。你們如果也認爲自己的信仰是優秀的，可以取代我們藏族人的宗教。你敢和我在這裏辯論一場嗎？」

楊新民鄙夷地說：「辯論？我真不把你這樣的老朽放在眼裏。我們紅衛兵戰士哪個不是在語言的驚濤駭浪裏闖殺出來的。文攻武衛，是我們紅衛兵的特長。來吧，我們就先來辯論一場。看在你比我年長的份上，你先立論吧。」

楊新民並不是一個只知道打打殺殺的紅衛兵，他曾經是學校的高材生，熟讀馬、恩、列、毛的經典。在鬧文革的開初，他就是靠滿腹馬列經綸，以及滔滔的辯才當上紅衛兵首領的。

六世讓迥活佛心想：生命中的又一個輪迴到來啦。當年我的前世五世讓迥活佛和白人喇嘛辯論誰的宗教是世界上最好的宗教，儘管我們沒有分出高低，但卻給峽谷帶來了長久的暴力和隔閡。現在該輪到我啦。但願這幫漢地來的孩子能學會我們的慈悲。

讓迥活佛說：「在立論之前，請問毛主席的紅色衛兵，你們信仰什麼？」

楊新民驕傲地說：「我們嗎，我們是徹底的無神論者，革命的唯物主義者。」

讓迥活佛有些驚訝，他們怎麼能沒有信仰呢？白人喇嘛雖然跟我們不是同一個人種，說著不一樣的話語，供奉著不同的神靈，但他們還是有信仰的人。這些漢地來的孩子沒有信仰，你又怎麼跟他說得清神界和人間的事情呢？

還是先澄清他們的一些謬誤吧，他們還那樣年輕，不應該被邪見引到邪路上去。讓迥活佛悲天憫人地想。

「剛才你們一來就說我們的宗教是封建迷信，孩子，這是一種邪見啊。我們的宗教有悠久的歷史傳統，我們有自己的佛陀，有高深精微的佛學理論，有嚴謹規範的修行次第，有對人生、對自然、對社會的宗教態度，還有偉大的上師，博學的高僧，對眾生心懷悲憫的眾多修行者。你否定我們的宗教，就是否定我們藏族人的歷史。」

楊新民年輕的胳膊一揮，充滿豪情地說：「說到你們的歷史，那不過是一段反動的、落後的、封建農奴制社會的歷史。不正是這樣嗎？偉大的革命導師馬克思說：『宗教是人民的鴉片。』你們的佛教讓藏族人民放棄了自己的抗爭，放棄了社會進步的要求，只會成天到寺廟燒香拜佛。你們控制了人民的思想，麻痹了人民的反抗，阻礙了革命的發展。就是因爲你們成天宣揚了對人民有害的精神鴉片。現在，到了我們喚醒民眾來反抗你們的時候了！」

「不，年輕人，你錯了。」讓迥活佛心裏微微有些吃驚，對手還真有些學識呢。「我們的宗教不是鴉片，它是我們藏族人的精神支撐，這個偉大的民族正是因爲有了藏傳佛教才延續到今天。我們並沒有試圖去控制人民的思想，我們只是一些講究修行的人，用自己的心去和佛的心相對應，和大地相對應；我們以一顆純潔、善良、正直、慈悲的心，去感化我們的人民。教化他們從善去惡，寬容悲憫，克己忍耐。我們對一切人和事，都抱有一顆慈悲的心。包括你，從毛主席身邊來的紅色衛兵，儘管你並不信仰我們的宗教。」

「你說的正應驗了『宗教是人民的精神鴉片』這一顛撲不滅的真理。封建地主資產階級宣揚的善良、克己、寬容，忍耐，慈悲，不過是爲了維繫你的封建特權罷了。人民群眾都講這些，誰來反抗你們啊？誰來革你們的命啊？」

讓迴活佛慨然辯道：「這些寺廟都是老百姓修的，活佛喇嘛也都大多出自老百姓家，我們為他們的來世修行，為他們抵禦魔鬼的侵害，我不明白，他們為什麼要來反抗自己的上師，革一個修行者的命呢？」

楊新民得意地說：「儘管偉大領袖毛主席也說過：『菩薩是農民立起來的，到了一定時期，農民會用他們自己的雙手去打倒這些菩薩。』但你們西藏剛從農奴制社會中解放出來，人民覺悟還不高，所以需要我們革命小將來幫助他們。馬克思還說，意識的一切形式和產物不是可以用精神的批判來消滅的，也不是可以通過把他們消融在『自我意識』中或化為『幽靈』、『怪影』、『怪想』等等來消滅的，而只有實際地推翻這一唯心主義謬論所產生的現實的社會關係，才能把它們消滅。你明白了吧，馬克思和毛主席都教導我們說要打倒你們的神像，消滅你們唯心主義的宗教。」

讓迴活佛平和地說：「我們的信仰不是可以被打倒和消滅的。當年清政府軍隊的炮彈曾經轟毀了這座寺廟，白人喇嘛也試圖用他們的宗教來取代藏族人的信仰，但都沒有消滅我們的宗教。」

「在戰無不勝的毛澤東思想面前，你們的所謂宗教信仰，都是封建迷信！我們不僅要消滅打垮它，還要埋葬它！」楊新民喝道：「我們有戰無不勝的毛澤東思想武裝，你那點封建迷信，還不夠我們燒一把火呢。」

讓迴活佛此刻不得不想起他的前世，當年他和白人喇嘛辯論時，每當五世讓迴活佛論及到什麼，白人喇嘛便說，這屬於上帝。上帝統治了一切。而現在這個漢地來的紅衛兵，動輒馬克思如何如何說，毛主席怎樣怎樣，你的宗教信仰再博大精深，歷史悠久，但都不值一辯，都必須打倒和消滅。

但是熟讀經書的六世讓迴活佛忘記了最關鍵的一點，當年他的前世跟白人喇嘛辯論的，是純粹的宗教信仰問題，而現在他和紅衛兵辯論的，是信仰和政治的關係。他的失敗不可避免。雪山上的神靈，西藏天空中的各路護法，藏傳佛教的歷輩上師，甚至佛陀，都不能給予他一點幫助。

「如此說來，你認爲毛澤東的理論……嗯，思想，可以消滅博大精深的藏傳佛教嗎？你們怎麼來消滅呢？」

「真是個腐朽沒落的老頑固。」楊新民不想跟讓迥活佛再囉嗦什麼了，「文攻」結束了，現在該「武衛」啦。他把腰間的皮帶解了下來，「把他揪出來，掛上牌子，戴上高帽子，他就知道我們的革命是怎麼一回事了。」

幾個紅衛兵衝上去，揪住了讓迥活佛，反剪了他的胳膊，還強行將他的頭往下壓……

忽然，大地傳來「咚——」的一聲響動，聲音雖不大，但就像每個人的心，一起跌落在了地上。

「什麼聲音？地震了？」楊新民也感受到了這大地上的震動，他四處張望，發現跟他來的紅衛兵們也都愣愣的，不知道接下來該幹什麼好。

原來那是人們跪下的聲音。楊新民發現，不僅讓迥活佛身後的那群喇嘛一齊跪下了，在他們的身後，在寺廟廣場的周圍，無數的藏族人——有老人，有婦孺，還有青年男女，一批批全跪下了。每人眼含熱淚，口中念念有詞。

「你們這是怎麼了？都解放這麼些年了，覺悟還這麼低！」楊新民揮舞著皮帶，在廣場上跳來跳去。他試圖想讓那些跪著的藏族人站起來，讓他們找到做主人的感覺，跟他一起革活佛的命，革宗教信仰的命。可是他不明白一個藏族人在活佛面前的感情，這種感情已經延續上千年了。

紅衛兵們揪鬥了活佛，從肉體上戰勝了他，但是他們感到還沒有從精神上消滅他。於是，紅衛兵焚燒了活佛、喇嘛們以及藏族人精神寄存的地方——雄偉的噶丹寺。

熊熊的烈火燃燒起來時，楊新民以勝利者的眼光巡視被揪鬥在一邊的讓迴活佛和束手就縛的幾個老僧，還有滿山坡圍觀的藏族人。他沒有看到被消滅者的沮喪和悲哀，也沒有看到藏族老百姓臉上的歡欣和舒暢，更沒有看到所謂封建迷信被破除後人們心靈的自由和解放。他只看到了一種堅忍，甚至還看見了從讓迴活佛眼中流露出來的深刻悲憫——包括對他的悲憫。

多年以後，在楊新民重新站在噶丹寺的廢墟上時，他才認識到自己當年帶人來搗毀寺廟，不過是扮演了歷史上的一個小丑，或者說，充當了藏傳佛教的魔鬼。他們甚至連從前峽谷裏的大土匪澤仁達娃也不如。

澤仁達娃殺人如麻，但是面對活佛還知道敬畏，而他們和一個大土匪的差距在於——自己沒有信仰。沒有信仰的人，是徹底的無法無天者。而具有諷刺意味的是，當他們點燃焚燒寺廟的烈火時，他們認爲自己是堅定的馬克思主義、毛澤東思想的信仰捍衛者。

「井岡山」的革命小將得知「紅色瑞金」的人搗毀了本來該屬於他們去革命的寺廟，一怒之下殺向左鹽田。他們已經找不到再可批判的東西了，就把老東巴和阿貴揪出來批了一場，一問才知道，原來納西人的東巴教是沒有寺廟的。

和阿貴被揭發出在大雨來臨時還在做法事迎請神靈，搞封建迷信。揭發他的不是別人，正是也靠邊站挨批判的前大隊長旺久，他還以爲這是在幫助那個可憐的老東巴哩。

和阿貴被勒令將所有的東巴法器全掛在脖子上，紅衛兵們押著他到各村莊遊鬥。在一個太陽毒辣的下午，差半個月就滿九十大壽的和阿貴走到了他漫長生命的最後一天。他站在高高的批鬥臺上，彷佛回到了人類遷徙的歲月，山嶺行走，樹木飛馳，魔鬼橫行，日月無光。人們臉上的眼睛都豎著生長而不是橫著長的，那是人類的始祖崇忍利恩錯誤地娶了魔鬼的女兒才生下來的怪物。台下人們的口號此起彼伏，會場上熱浪洶湧，鬼影幢幢。眼睛豎著長的人渾身妖氣，與魔鬼共舞，而善良的人類渾然不知。

和阿貴拼著最後一絲力氣高喊：

「穢氣啊，天上地上都是穢氣啊！『署』神會懲罰你們的。」

然後，他就從高高的批鬥臺上一頭栽了下來，潛伏在大地下的「署」神，眨眼就把他乾瘦得像一棵老核桃的軀體收走了。

那麼多人眼睜睜地看著他跌到了地上，可是他就像潑到乾旱的土地上的一瓢水，馬上就被大地吸收了，人們竟然到處都找不到他的屍體。一個祭祀自然的東巴，在大自然中總有很多的神靈朋友。這個時候，神靈的幫助既不晚，也不遲。

兩個派別的紅衛兵組織，就像本世紀二三十年代在這裏折騰來折騰去的各路軍閥和土匪武裝一樣，給峽谷兩岸造成了前所未有的混亂和災難。他們互相賽著搞批判會，互相賽著揪人鬥人，曾經住滿神靈的天空和生活著虔誠信徒的大地上佈滿污穢。大字報、戰報連篇累牘地刷滿左右兩個鹽田狹窄的街道和人們房舍的外牆，藏式民居全被搞得花花綠綠、黑黑白白。

滿天飛舞的傳單，連雪山上的雲霧也自愧弗如，紛紛撤退，但是人們仍然看不到卡瓦格博雪山聖潔的峰頂，因爲永遠都在峽谷的上空飛舞的傳單早就將它完全遮蓋了。勁吹的東風把一個又一個震撼人心的消息傳向四面八方。空氣中到處飄散著火藥味十足的語言和文字，全是一些用藏語無法翻譯出來的新辭彙，「血戰到底」，「誓死捍衛」，「油煎」，「炮打」，「踏上一隻腳」。這些辭彙年齡大一點的人說不來，而二十歲以下的年輕人卻一學就會。

人們發現古老的藏語已經不適應這個動盪而瘋狂的年代了，許多意思你用藏語根本無法表達，而用那些填滿了路邊、天上，或任何一個角落裏的漢語隨便一說，你就可以免受挨批判的危險。

到後來，連牛羊們的叫聲、打出的噴嚏聲，也帶有那個時代的話語霸權了。有人親耳聽見左鹽田的一隻毛驢在叫喚「造反有理，革命無罪」；而一條藏獒則在一個批判會的場子邊高呼「完蛋就完蛋，哪怕碎屍萬段」。當時全會場的人都聽見了，但是誰也不感到稀奇，主持會議的紅衛兵小將甚至還表揚了這條革命覺悟很高的藏獒，「你們看，我們要的就是這樣的精神。」他們說。

不過，峽谷裏的牛羊卻在這個時期給運動添亂。本來牠們應該在高山牧場上享受夏季草場的豐盛，但是牛羊的主人們都被叫下山來參加運動，牠們只得被趕下山來。可是峽谷裏沒有吃的，只有空洞乏味的革命語言。不知哪頭聰明的牛發現大字報也可以入口，漿糊和墨汁的香味即便不能和高山草場上青草的香味媲美，但至少可以填飽肚子。於是白天屬於忙於開批判會的人類，晚上則歸饑餓的牛羊。

牠們用堅韌的舌頭把一張張大字報從牆上揭下來，咀嚼著送進堅強的胃裏，把人間的荒唐和苦難一齊咽下去。紅衛兵們當時搞不懂是誰敢撕革命大字報，後來派了巡邏隊漏夜明查暗訪，結果現場抓獲了七十二頭牛，一百一十三隻羊。他們把這些獲罪的牛羊趕到一起，開了個絕對牛頭不對馬嘴的批判會。

在這個批判會上，牛羊們不得不低頭服罪，儘管牠們的目光中滿是委屈。而被叫去參加開會的人們全張大了嘴，卻說不出話來。話語被魔鬼一把收走了。從那以後，峽谷裏的人們有三個月不會說話，彷彿都喝了啞泉的水一般。

就像所有的災難年份一樣，那一年，峽谷的鹽田裏曬不出鹽來，女人們一年都沒有生育。

❖　❖　❖

①「法印」是藏傳佛教的高僧大德為了防止人間的戰爭、搶劫、狩獵等，而在山脈、河流、道路的關鍵處做的一種以石相擊的儀式，並伴隨相應的儀式，它是禁止某種行為的標誌。

②「達娃」、「尼瑪」、「甘瑪」的漢語意思，分別為「月亮」、「太陽」、「星星」，藏族人的名字中同名的很多，一般都以吉祥事物和神靈的稱謂來作為自己的名字。

③吐舌是藏族人向對方表達敬意或致歉的一種方式。

第九章　四十年代

打冤家

澤仁達娃已經等了野貢家族的殺手三十多年了，他們始終沒能殺了他，連澤仁達娃都不耐煩過這種老是與死神相伴、被人追殺的日子。

有幾回，野貢土司的謀殺看上去就要成功了，但他是一個命相當硬的傢伙。有一次，他們把他手下的弟兄都殺光了，還毒死了他的戰馬，一隊康巴騎手追他到瀾滄江邊，但是，他居然搶了一個納西小商販和德忠的騾子跑了。

還有一次，野貢土司不惜重金從拉薩雇來了殺手，他有舉槍擊落天空中飛行的一隻蒼蠅的本事，並且還親自示範給野貢土司看過。他化妝成一個雲遊喇嘛，成功地混到了澤仁達娃的火塘邊，並和他一起喝酒。

他喝酒勝過了澤仁達娃，但是他殺人的運氣和膽量卻沒有澤仁達娃好，他在澤仁達娃醉生夢死的時候掏出藏著的手槍，對準了澤仁達娃的太陽穴，他連扣了三次扳機，竟然都沒有打中。第一次子彈卡殼了，他把子彈退出來，又打，但是又遇上是顆臭子兒，這個倒楣的殺手不得不再來一次，重新裝上一顆嶄新的子彈，可是他連扣動扳機的力氣都沒有了。因爲他看見睡著了的澤仁達娃還微微睜開的眼睛，一股恨恨的目光從睡眠的深處溢出來，足以讓一個蓋世英雄膽寒。

在離澤仁達娃的腦袋不到半米遠的地方，這個可以打掉蒼蠅的神槍手竟然不能把子彈打進一個熟睡的腦袋。膽怯的子彈把澤仁達娃頭上蓬鬆的頭髮推出了一條深溝，一簇頭髮落地的響動讓澤仁達娃心疼。他驚醒過來，伸出長長的胳膊，一把就將那個殺手揪到自己懷裏，兩下就把他的脖子扭斷了。然後，——這是傳說中的一種，——他繼續睡覺。

那個漂亮的納西姑娘木芳被劫到雪山上的第二年，生下了一個兒子。這孩子如今也有六歲了，在到底誰是他的父親這點上，澤仁達娃當初也有過狐疑。可是隨著孩子一天天長大，隨著木芳對雪山上的生活日益適應，他不再爲這個問題煩惱。他給兒子取名叫益西單增，在他四歲的時候就把他扔到馬背上，他的玩具就是澤仁達娃的手槍、藏刀、佛珠、護身符，以及和他一起長大的一匹小馬駒。

木芳不僅是一個絕色的美女，還是一個不錯的妻子。這幾年，澤仁達娃自己也試著做一些馬幫生意，他在雪山下的一個山谷裏安下自己的營寨，手下隨時有四、五十個弟兄調遣，不出去搶人的時候，他們也放牧、開地、做生意。儘管土地貧瘠、遠離驛道和村鎮，人們辛勤的努力收穫都很微薄，但這些事都是木芳在操勞。

她安排四季的農耕，決定生意的大小，管理幾十個人的生活，甚至還親自爲牛羊接生催產。康巴漢子們沒有想到，一個纖弱的女人有這麼大的能量，她在狹窄的山谷裏上上下下地奔忙，指揮一群漢子們做這做那，但就是反對他們出去搶人。她對他們說，田地再瘦，能收一背糧，搶到的東西再好，也是一段冤孽。每當澤仁達娃有搶劫的打算時，木芳就不與他同床，以這唯一的手段來表示自己的抗議。

令人奇怪的是，澤仁達娃自有木芳以後，就再沒有沾過其他的女人。哪怕有一次澤仁達娃在一次搶劫中殺了一個老人，木芳知道後，整整一年沒有搭理他，澤仁達娃也沒有到外面去尋花問柳。他在木芳的房屋前搭了一個小窩棚，像一隻溫馴的小羊羔一樣天天守候著她，等待她心回意轉。

有一天，他抓回來兩個趕馬的納西商人，讓他們去木芳跟前為他求情。那兩個商人跪在木芳的面前痛哭流涕地說，如果今晚妳再不讓那個高個子老爺進妳的房間，明天我們的命就丟在這裏了。

那個晚上，木芳的門沒有像以往那樣反扣死，澤仁達娃順利地摸到了她的床上。他們幾乎折騰了整整一個晚上，激情就像多年前他們第一次在草甸上的那次野合。木芳問澤仁達娃，出去搶人和在我的床上，哪一件事情更讓你感到幸福？澤仁達娃把頭埋在木芳深深的乳溝裏，毫不猶豫地說，當然是在妳的床上了。木芳告訴他說，你以為你是雪山下最強的人，可是雪山以外的強人你知道多少呢？因為我們這裏的雪山，還不是世界上最高的雪山。

自那個晚上以後，澤仁達娃不再輕易地亂殺人了。他還答應了木芳的一個條件，待山谷裏的莊稼和牛羊可以養活所有的弟兄以後，他們就不再出去搶劫。

可是，彷彿老天總要跟澤仁達娃作對，這年的夏天，山谷裏發生了一場罕見的泥石流，二十多個兄弟被沖走了，還有他們幾年來艱難開墾出來的土地和好不容易慢慢長大的牛羊，全都被沖得一乾二淨。澤仁達娃右肩馱著自己的兒子單增，左手拉著木芳，從泥石流中九死一生地逃出來。

在整整一個秋天，他們沒有一粒青稞，全靠山上的野菜和野物度日。到了冬天，澤仁達娃在四川的幾個土匪朋友，來約他合夥搶劫峽谷裏的村莊。因為那裏連續兩年沒有遭受到大的自然災害了，這意味著峽谷裏有了點「油水」。

澤仁達娃對面黃肌瘦的木芳說：「不是我不想做一個不搶人的丈夫，而是饑餓的肚皮只能養出一個強盜。等我把那狗娘養的土司的財富都搶過來了，我兒子就再不用當強盜了。」

木芳淚水漣漣地說：「佛祖啊，一個當強盜的父親，難道還能把他的兒子培養成一個體面的有錢人？」

澤仁達娃撫摸著木芳的臉說：「妳等著瞧吧，我兒子會過上體面的生活的。媽的，這年月，什麼才叫體面的生活呢？」

那年峽谷裏飄起第一場大雪時，澤仁達娃的人馬和四川藏區的土匪武裝把峽谷兩頭的道路都堵死了，除了天上的飛鳥和瀾滄江裏的魚，任何有生命的東西都被裝在土匪們佈下的口袋裏。澤仁達娃發出的搶掠號令是：每一個弟兄的腰間都要塞滿大洋，每一匹戰馬身上都要馱滿糧食，每一個沒有女人的弟兄都要有一個女人。

儘管澤仁達娃號稱帶了一千來號人的武裝來圍攻野貢土司的大宅，但是頓珠嘉措土司認爲，這些烏合之眾並不是他裝備精良、訓練有素的家丁隊伍的對手。他連德國造的馬克沁機槍都有兩挺呢。

這得感謝那些進出峽谷的馬幫們，現在不僅可以買到漢地的各式商品，甚至還能買到世界各地的東西，野貢土司要購買軍火，再不用求江東岸右鹽田的外國神父了。戰事正如頓珠嘉措所料，澤仁達娃的馬隊抵不過土司大宅裏像雨點一樣潑過來的機槍子彈。土匪們在機槍的歡叫聲中鋪下一層層的屍體，土司大宅前的開闊地看上去就像一個屠宰場。

澤仁達娃惱怒地對其他幾個匪首說：「死水潭也經不住瓢舀，圍他幾個月，我看這狗娘養的土司老爺還有多少機槍子彈。」

這是一條聰明的計策。半個月以後，從土司大宅裏射出來的子彈日益稀少了，澤仁達娃看到了勝利的曙光。但是，來自瀾滄江東岸的支援打破了他的美夢。

當土匪們封鎖了峽谷後，瀾滄江兩岸人們的驚恐其實是一樣的。東岸的納西族長和萬祥受族人之託，到右鹽田找沙利士神父商量對付土匪的辦法。他發現這邊已經戒備森嚴。每一家的牆上都摳了槍眼，柴薪都搬得離房子遠遠的，以防土匪放火燒房子，糧食也都埋藏起來了。男人們槍不離身，連睡覺都放在身邊。

沙利士神父對和萬祥說：「這得感謝那個紅漢人，他教會了我們如何打仗。」

這個紅漢人是上次紅軍路過時掉隊的傷員，他是漢地江西省人，人們私下裏都叫他高班長。紅軍走後，他在教堂裏養了一段時間的傷，國民黨的軍隊追過來時，沙利士神父建議他躲到高山牧場上去。他在那裏待了一年多，而他的部隊已經到了中國的西北。

高班長回到峽谷後，便同一個放牧的藏族姑娘結了婚，並且很快就非常藏族化了，甚至能說一口聽不出破綻的藏語，再沒有人懷疑他曾經是一個紅漢人。土匪打過來時，沙利士神父想起這個曾經打過仗的人，就讓他來組織右鹽田的備戰。

高班長見到和萬祥的第一句話就是：「我正要叫人去請你呢，我們應該聯手打過江去。」

和萬祥猶豫片刻，才說：「可是我們納西人和野貢土司過去有仇，右鹽田的天主教徒和那邊的佛教徒也曾經是冤家。」

高班長說：「都在一條峽谷裏生活，會有多大的仇呢？現在最大的敵人不是西岸的藏族人，而是土匪。」

沙利土神父說：「可以肯定，澤仁達娃下一個目標就是江東岸的兩個村莊。」

高班長說：「我們的人從溜索上過去，抄土匪們的後路。土司大宅裏的人再打出來，前後一夾擊，他們就垮了。」

和萬祥一擊掌道：「拇指挨砸，小指也疼。我們幹吧。」

於是，在一個月黑風高的夜晚，瀾滄江東岸四百多條好漢趁著夜色，從溜索上飛到了瀾滄江西岸，高班長指揮藏納兩個民族的漢子偷襲了澤仁達娃的營地。

搞偷襲是紅軍習慣的戰術，而澤仁達娃的土匪武裝卻對此一無所知。他們從夢中醒來時，帳篷已經著火了，馬群也炸了，一些土匪甚至連自己的槍都找不著。天色微明時，土司大宅的人馬也及時衝出來。土匪們更是慌成一團，很快他們就像退去的洪水一樣，消失在山嶺上的密林之中。

野貢土司看見了一身征塵的和萬祥，看見了仗義行俠的納西武士，看見了右臘田全副武裝的教民。他的眼眶潮濕了，他拉住和萬祥的手說：

「兄弟，你再遲來幾天，就見不著你大哥了。」

和萬祥說：「我等你這句話二十年了。」

兩個月後，澤仁達娃被政府的軍隊捕獲，因爲他劫了政府用於抗戰的軍火。那時中國的沿海口岸都被日本人封鎖，唯一一條通往境外的滇緬公路，也因爲緬甸戰場的失利而被日本人截斷了。因此有一段時間內，國民政府的外援只有依靠那些勤勞的馬幫們，他們從印度一馱一馱地馱回前方將士需要的軍火和藥品，穿越西藏的高山峽谷，到了雲南後，再用汽車運到前線。

崎嶇險峻的山道上，幾乎天天都有來往的馬幫穿梭，澤仁達娃以爲發財的時候到了，可是他剛一下手，樓子就捅大了。在全民抗戰大敵當前的非常時期，搶劫軍火可不是一樁小事，於是國民政府從雲南調來一個團的正規軍，像用梳子趕頭上的蝨子一樣，把澤仁達娃經常出沒的山谷反覆梳理了幾遍，終於在一個山洞內將他擒獲。

他們把澤仁達娃打得不成人樣，給他戴上四十公斤重的手銬和腳鐐，在冰天雪地裏讓他赤腳從山道上走過。峽谷裏的人們都湧到官道的兩旁來觀看這個江洋大盜，他的一隻眼睛腫成一條線了，鼻子是爛的，嘴裏的門牙也被打掉了，腿也是一瘸一瘸的，渾身上下沒有一塊好肉。儘管有幾十名荷槍實彈的大兵圍著他，但他高大威猛的身軀還是讓人恐懼，峽谷裏的人們見到這個噩夢中經常出現的強盜束手就擒，竟然沒有誰敢拍手稱快，甚至連多看他兩眼都需要勇氣。

野貢土司頓珠嘉措也從江西岸趕過來看自己宿敵的下場。他們坐在縣衙門大堂內的三張太師椅上，讓人把澤仁達娃押進來，頓珠嘉措笑呵呵地問：「哦呀，老冤家，你這麼成了這個樣子啊？」

「你胖得像一頭豬。」澤仁達娃蔑視地說。

頓珠嘉措扭頭問章團長，「你們幹嘛不馬上殺了他呢？峽谷裏從來不缺殺澤仁達娃的人。」

章團長說：「我們要把他押解到軍事法庭去受審。」

頓珠嘉措說：「那就太便宜他了。澤仁達娃，沒想到你要死在漢人手裏。」

澤仁達娃高傲地說：「殺我的人還沒有生出來呢。」

頓珠嘉措指指站在自己身後的堅贊羅布說：「看看我的兒子，都長成一個男子漢了。可是他今後沒有冤家打了，多沒意思啊。」

澤仁達娃說：「你等著看吧，我還有兒子哩。」

土司肥胖的身子抖了一下，但他很快掩飾住了內心的驚惶。澤仁達娃和被他搶去的那個漂亮的納西女人居然在一起生活了那麼多年，這讓所有的人都感到驚奇。

頓珠嘉措又問王縣長：「他家裏的人抓到了嗎？」

「大軍壓境時，他們就跑到四川那邊去了。」王縣長說。

頓珠嘉措又把頭扭向章團長，「要是你們肯追殺過去的話，我可以奉送十匹騾子的大洋，算是給弟兄們的煙酒錢。」他說。

但章團長不耐煩地說：「那邊不是我們的防區。」

澤仁達娃笑了，「別打斬草除根的主意啦。我兒子將來是要幹大事情的。一個喇嘛說過，峽谷裏的恩怨要了斷，除非中國再換一個朝代。喇嘛還說，我兒子會成爲這裏的大土司。」

頓珠嘉措和王縣長、章團長都哈哈大笑起來，「一個強盜的兒子會當上土司，乞丐也可以當總統了。」

澤仁達娃卻神奇地看到了那麼一天，他的兒子帶著一支勇敢的軍隊，把眼前這些縣長、團長、土司攆得屁滾尿流。他的兒子將是峽谷裏受人尊敬的大人物。

多年以後，澤仁達娃還認爲自己一生中最爲聰明的決定，就是把木芳和兒子送出了峽谷。實際上，他在四川的土匪朋友也是一個有身分和地位的人，他是一個土司手下的大頭人。那邊藏區的風氣似乎比西藏和雲南藏區更糟糕，他們平時忙於農耕和經商，冬季沒事可做時，就出來四處搶掠。並不是他們需要搶掠來抵抗饑餓和貧困，而是搶掠本身讓他們感到自豪和驕傲。

澤仁達娃被抓獲時，木芳和她兒子益西單增已經到了四川藏區玉丹頭人的領地。隨同他們母子倆一同來的，還有一馱騾子的銀錠和十塊金磚。顯然澤仁達娃已經做好了最壞的準備。

玉丹頭人是一個很仗義的人，他問木芳今後如何打算，形容枯槁的木芳說，她自己今生算是徹底完了，讓她憂心如焚的是孩子今後怎麼辦？長大後是去做一個仇殺家族的復仇者呢（儘管孩子還小，但是澤仁達娃可沒少給木芳說他家和野貢家族的世仇）？還是子承父業，做藏區的江洋大盜？

玉丹頭人問，那麼，妳希望孩子做點什麼事才好呢？

木芳幽幽地說：「我希望他能上學讀書。在我的家鄉，有錢人家的孩子都是要上學的。」

玉丹頭人說：「我們這裏，孩子要學點東西，要麼送他到喇嘛寺，要麼送到漢地。」

木芳說：「送到漢地去吧。他們的先生都是一些學問很高的人。只是不知道該怎麼去。」

玉丹頭人拍著胸脯說：「我在漢地大地方成都有朋友，他們年年都要到我這裏來買藏藥和野貨。這個事情可以交給他們來辦。」

木芳擔憂地問：「澤仁達娃留給我的這些金銀，夠嗎？」

玉丹頭人豪爽地說：「不夠的就全包在我身上。我再給妳一馱騾子的銀子，我想也差不多了。妳可以在那裏買一所房子，陪妳兒子念書。只是，妳得給孩子取一個漢族人的名字，在這裏我們欺負漢族人，在漢地，漢族人欺負我們。」

木芳想了半天，最後說：「就叫木學文吧。這個名字能帶給他吉祥。」

強盜一家

抗戰勝利後，木學文已經在漢地的大城市成都上中學了。

自從離開藏區，木芳像一個保姆始終陪伴著念書的兒子。他們在成都租了一間房子，白天木學文去上學，木芳就在家操持家務，有時也幫人幹點縫衣服、鎖鈕釦眼的針線活，以補貼家用。母子倆日子雖然過得清貧，但卻很恬淡寧靜。沒有人知道他們的真實身分，也沒有人去打攪他們平和的日子。

木學文的學習成績總是班上最好的，他穿上學生裝，留著漢人的小分頭，胳肢窩裏挾著課本，曾經很粗糙的皮膚在漢地柔和的陽光下越來越細膩滋潤。木芳從兒子身上隱約看到了與他父親不一樣的生活道路。

但是國內時局動盪不安，讀書人紛紛抗議道，他們連擺放一張書桌的地方都快沒有了。紅色漢人和白色漢人眼看著又要打仗，工人和學生三天兩頭地上街遊行示威，他們不要戰爭，只想填飽自己的肚子。日益飛漲的物價和變魔術一般貶值的紙幣，讓木芳心驚肉跳，當她要上街買一紮草紙時，她要付出比買回的草紙還要大捆的國民政府金圓券。

「漢地的魔鬼作起惡來，可一點也不比我們藏區的差，他們不但懲罰我們貧窮，還把我們活下去的路子像抽一根帶子一樣抽走了。」木芳對兒子說。

「媽媽，我們得和他們鬥爭。」兒子說。

木芳發現木學文那段時間，經常在她面前說一些她不明白的新鮮辭彙，鬥爭，革命，民主，獨裁，剝削，反抗，勞工大眾，法西斯，內戰，白色恐怖，共產黨，紅色中國，毛澤東。兒子長大了，並且像澤仁達娃一樣，天生具有叛逆、倔強、剛直、俠義的性格。木芳在漢人城市裏到處哀嚎的警笛聲中，時常爲兒子擔驚受怕。

不久以後，木學文在街上參加遊行示威時被捕，一群身分不明的男人大白天忽然闖進木芳的家裏翻箱倒櫃地搜查。他們的行爲比澤仁達娃還要匪氣十足，澤仁達娃搶人時還要通報自己的姓名，事情做得還有一定的規矩，觸犯神靈的事一定不會幹。可是這些人就像不通人性的野獸，來自地獄的惡煞小鬼，他們把木芳的神龕掀翻了，把衣櫃裏的衣物抖得一地都是。一個傢伙甚至還捏著木芳的下巴說：「一個長得多讓人心疼的小娘子啊。」

他們不但抄了她的家，還搜了她的身，幾個傢伙骯髒的手像幾條令人噁心的蛇，在木芳發抖的身子上到處遊走。而且，他們搜她身子的時間，長於他們抄家的時間。

他們走了以後，木芳倒在凌亂的家裏哭了三天，那是粒米未進、滴水不沾的三天。在這個陌生的漢人城市，她舉目無親，身邊的魔鬼卻比在藏區時還要多。那些小特務們三天兩頭地來騷擾她，讓她噩夢不斷。當年澤仁達娃霸佔她時，說峽谷裏沒有比他更壞的人了，可現在，比澤仁達娃壞得多的傢伙卻遍地都是。後來她明白了，漢人地方要麼根本就沒有護佑信男善女的神靈，要麼神靈們並不站在納西人或者藏族人一邊。一個在漢地沒有神靈護佑的女子，不如歸去。

她沒有勇氣在老家雲南麗江的納西地生活，因爲她的酒鬼父親剛剛醉死在一個水潭邊，據說他死前的嘔吐物使幾條野狗舔吃了後成了瘋狗。老家那邊一向生活十分嚴謹古板的親人，不但以她父親的荒唐人生作爲茶餘飯後的笑談，而且還以木芳和一個大土匪生活了那麼多年爲羞恥。木芳只在自己的家鄉停留了一晚上，滿城的閒言碎語幾乎就要淹沒她了。

第二天，她就跟隨一隊馬幫回到了峽谷，但是她發現在左鹽田她的婆家裏，人們看她的目光比看一個娼妓還要鄙夷。他們認爲，如果她當初追隨丈夫殉情而死，她就是一個烈女；但是她卻活下來了，她就成了一個比娼妓還不如的女人。她早就應該找一條繩子吊死自己啦。

在左鹽田暫住的那段時間裏，前夫和德忠的陰魂每個晚上都來騷擾她，當年被澤仁達娃抹了脖子的傷口直到現在都還沒有癒合，黑紅的血還在咕嚕咕嚕地往外冒，像一眼紅色的山泉。令人不可思議的是，木芳在雪山下澤仁達娃的部落裏，在漢地又那麼多年，和德忠卻很少來打擾她。而她一回到左鹽田，他就找到她的夢裏來了，還和他臨死前一模一樣，矮矮的、胖胖的，瞪著一雙精明過人的商人的眼睛。

有一次，他甚至在夢裏提了一把刀到處追殺她，一直把她追到了夢外，他還站在夢的門檻邊揮舞著刀子說，賤貨，妳要再過來，我一刀把妳的脖子抹了。

峽谷裏的杜鵑花滿地殘紅的時候，木芳感到生命的凋零其實比花兒更快更淒涼。她終於結好了一根上吊的繩子，不慌不忙地把它搭在了一棵松樹上。她想，要是十多年前澤仁達娃不阻止她結同一條繩子，她就不會活在世上受這麼多的罪了。

「挨刀剮的澤仁達娃。」她臨死前都還在恨他。

在木芳面前的山坡上，是遍野枯萎凋敝的杜鵑花；在她身後的村莊裏，是房前屋內到處遊走的流言蜚語；而在更遙遠的漢地，是生死不知、身陷牢獄的兒子。沒有一件事使她再有理由活在這個世界上，於是她把自己掛了上去。

「啪嗒」一聲脆響，掛繩子的樹枝斷了，木芳重重地摔在地上。

「天啊，難道死也這麼難嗎？」她躺在地上向蒼天抗議道。

「不是難不難的問題，而是妳的罪還沒有得到上帝的赦免。」一個沙啞蒼老的聲音在樹叢後面說。

「是……是人還是鬼？」木芳緊張地問。她想，我還沒有吊死自己，怎麼就聽到了來自陰間的聲音了呢？

「是沙利士神父在和妳講話哩，上帝可憐的迷途羔羊。」沙利士神父從樹叢後面轉了出來。

他在左鹽田收集東巴經書，早就從人們的流言中知道了這個不幸女子的遭遇，這一天，木芳神色悽惶地獨自來到山坡上時，沙利士神父就遠遠地跟來了。因爲他有某種預感，多年以來，他沒有能在納西人中發展一個信徒，如果這個遺憾要想有所彌補的話，那個從漢地回來、曾經被土匪搶過、心靈滿是創傷的女子，將會成爲上帝在納西人中的突破口。

木芳本來想站起來逃走，但她摔下去時把腳扭了。她一瘸一拐地走了兩步，便再次跌倒了。沙利士神父上前去攙扶起她，和藹地說：「如果妳在自己的家裏都找不到同情和憐憫，我主耶穌那裏有一個溫暖的火塘。」

「放開我！你說的那些跟我有什麼關係？」

「噢，可憐的人，我們一直在等妳歸來。」沙利士神父殷勤慈愛地說。

就這樣，木芳成了第一個皈依天主教的納西人，她由沙利士神父付洗，取聖名爲凱瑟琳，並在沙利士神父面前發了四願①，成爲教堂裏的第二名修女。在那個年代，那似乎是她能活下去的唯一路子。如果上帝連這樣的人都不憐憫，還有誰能得到祂仁慈的垂憐？

而她的丈夫澤仁達娃在抗戰時期被政府軍捕獲後不久，就被押解到漢地一個他不知道的地方，那裏沒有一個藏族人，那裏的混亂也比峽谷裏好不了多少。他曾經在囚車中遇到過日本飛機的轟炸，囚車被炸得翻了幾個滾，澤仁達娃只受了點輕傷。

那是天上的魔鬼第一次以看得見、感受得到的形象出現在澤仁達娃的面前。澤仁達娃大笑道，哈，原來你們漢地的天空也到處是魔鬼。

可惜沒有人能聽明白他的話，他們給了他一槍托，讓他老實點。對那些押送他的士兵們來說，來自藏區的巨人澤仁達娃給他們心理上造成的恐懼，一點也不亞於日本人的轟炸。國民政府像懼怕一個野人般防範他。他們不僅給他戴上沈重的腳鐐手銬，而且還將一塊要兩個男人才能抬得動的石磨隨時墜在他的腳鐐上，讓他拖著走路。因爲他們不知道他究竟有多大的力氣，不知道這個巨漢一旦發起怒來，會不會像捏死一隻螞蟻一般把人擠壓得粉身碎骨。

在漢地，他的犯人身分變得如此特殊，以至於沒有一個法官願意審他的案子。原來說是要將他交給軍事法庭，可是抓捕他的部隊又開赴到前線去了，他們就把他移交給地方法院，地方法院的一個法官見了他便老是做噩夢，於是他乾脆將澤仁達娃轉送到更上一級的法院。而他的案卷在日本人的飛機轟炸中弄丟了，法官們又找不出一個懂藏語的人來做翻譯，於是，他們就把他胡亂地下到監獄裏，既不判也不審，反正這樣的人監獄中多的是。

澤仁達娃在漢地的監獄裏過著雙重的囚禁生活，國民政府不但囚禁了他的身體自由，還囚禁了他的語言。他和一些死刑犯和政治犯關在一起，沒有人能聽得懂他說的話，他也無法與人交流。

在放風的時候，那些政治犯曾經試圖對他表示友善，把他當兄弟看，但是不同的語言卻像監獄的高牆一般，使他們無法突破交流的障礙。而監獄裏殺人越貨的江洋大盜，巨匪慣偷，卻總想和一個康巴人比試一下高低。一次，一個曾經聚嘯山林的巨匪糾集了七、八個犯人，想把澤仁達娃按翻教訓一頓，但結果是，他們中三個折了胳膊，兩個斷了肋骨，一人被打掉了一嘴的牙。

那個鬥敗了的巨匪頭子捂著自己的肚子說：「好漢，以後你就是這牢房裏的老大了。可惜你他媽的只會像老虎一樣吼叫，不會說話。」

澤仁達娃就這樣莫名其妙地當了監獄裏的啞巴老大，所有的犯人都畏懼他，有好吃的都要先孝敬他一份。他也為犯人們做一些他們不敢做的事情，要是哪個獄卒欺負了誰，犯人們就把他叫來，瞅準機會讓他往那個獄卒面前一站，瞪他兩眼也就夠了。

後來，不但犯人們拿他當狐假虎威的保護神，監獄長也把澤仁達娃當寶貝。因為他經常在妓院和老鴇們打牌，輸的錢累計起來讓他賣了烏紗帽也還不清。一次，監獄長在牌桌上說，他的牢裏關了一個和美國好萊塢影片人猿泰山一樣高大的傢伙，要是放到妳們這妓院來，保妳們這皮肉生意再也做不下去了。老鴇不相信，監獄長就和她打賭，說她一定會被那傢伙的東西嚇倒。

那個女人臃腫、肥胖，年輕時拿身子當地種，年紀大了又以出賣其他女人的青春為生，一生都在和形形色色的男人打交道。她笑著說，老娘也是做賣笑起家的，什麼男人沒有見到過。你只管放他來，老娘要是皺一下眉頭，你的賬就一筆勾消。監獄長當了真，第二天就偷偷讓人把澤仁達娃押到了妓院，他命令一個獄卒將澤仁達娃的褲頭褪了下來，老鴇只往那地方看了一眼，就不是皺眉頭的事情了，而是昏了過去。

監獄長輕易地平了自己的賬，於是又和老鴇聯手做起了新的生意。他們每周選一個晚上，給澤仁達娃戴上一百多斤重的鐐銬和鐵鏈後，再帶到妓院裏來，不是要給他舒服放鬆，而是讓那些在妓女們面前找不到自信的嫖客們來參觀足以讓男人驕傲的樣本。老鴇打出的廣告招牌是「雪山野人，無敵金槍」。這個主意使妓院的生意一度十分興隆，沈溺於花天酒地中的嫖客們像看西洋鏡一般，在妓院的門外排起了長隊，儘管每看一次得交一個大洋。

監獄長和老鴇數錢數得高興時，忘記巨人終於醒悟過來了。當那個獄卒再次想褪他的褲頭時，他一把揪住了他的頭，稍一用力就把獄卒的脖子擰斷了，然後澤仁達娃奪下了他的槍。妓院一時大亂，監獄長從老鴇那裏跑來時，正撞在澤仁達娃的槍口上。

「鑰匙。」澤仁達娃用漢語準確地說。

「媽呀，原來你並不傻，還知道鑰匙。」

「鑰匙。」澤仁達娃重複道，把槍口抵進了監獄長的嘴裏。

監獄長乖乖拿出了掛在腰間的一串鑰匙，澤仁達娃輕鬆地就將自己身上多年的禁錮捅開了，連哪一把鑰匙開哪一把鎖，順序一點都沒有亂，彷彿他早已開過它無數次。那腳鐐已經生了鏽，深深地嵌在他的腳踝皮肉裏，還生了根，一些地方新長出來的肉已經和腳鐐連在一起了。但是澤仁達娃眉頭都沒有皺一下，連皮帶肉一把將它們扯開了。

他哈哈一笑，然後像放出牢籠的老虎，在這間散發出脂粉味的屋子裏轉了兩轉，彷彿在活動筋骨。監獄長那時不敢跑也不敢喊，在一旁簌簌發抖，他甚至真切地聽到澤仁達娃自由了的身軀裏骨骼在「啪啪啪」地舒展。

巨人站起來了，不再是任人宰割和羞辱的階下囚。澤仁達娃一把將監獄長提了起來，就像提一個包袱一般，橫提著他走過一間間昏暗的包房，走過妓院曖昧的長廊，走過長廊裏一盞盞猩紅的紅燈，走過一群群小便失禁的妓女，走過陽痿了的嫖客，走過再度昏過去了的老鴇，最後，走到自由的天空下。

他將手裏的監獄長遠遠地扔了出去。他年輕時和漢人軍隊打仗受了重傷，一個活佛看見閻王要來拖他走，他把閻王像扔一個松果一樣扔得老遠。現在，他把人間的一個閻王扔到昏暗的大街上，把囚禁的生活甩在一邊。

天上飄著細細的雪花，澤仁達娃從雪花中嗅到了故鄉卡瓦格博雪山的氣息。儘管日思夜想的神山是那樣的遙不可及，但是澤仁達娃是自由的，再遙遠的路跨一步就到了。

耶穌的蜜蜂

巴勃神父被風吹走了以後，沙利士神父一人獨撐著上帝在西藏的傳教事業。現在根本別奢望再往前建立新的教點，能守住這個最後的堡壘不被強大的藏傳佛教吞沒，就該感謝上帝了。

可不知是傳教士們缺乏獻身精神，還是教會傳信部對西藏失去了信心，多年來孤軍深入的感覺一直陪伴著耶穌的尖兵沙利士神父。儘管他毫無怨言，恪盡職守，並爲此引以爲榮，但是被教會遺忘總不是一件令人舒服的事情。在沙利士神父看來，那不是對他一個人的遺忘，而是對整個西藏的遺忘。

不僅如此，沙利士神父的傳教經費也經常捉襟見肘，有兩次，甚至一年都沒有見到從教區主教大人那裏撥來的費用，沙利士神父甚至連爲「聖徒藥房」買藥的錢都沒有。倒是巴黎的那些大學和圖書館、甚至美國的一些學術研究機構，時常給沙利士神父匯來一些款項，救了他不少的急。

自從多年前和布洛克博士結識以後，他也經常嘗試著爲美國《國家地理》雜誌寫一些東西，這並不是爲了在久已陌生了的西方世界沽名釣譽，而是他認爲有責任讓西方認識這些位於地球邊緣地帶的人們，以及他們的信仰和生活方式。他現在已成了一個道地的峽谷人，說著藏東地區鼻音很重的藏語方言，過著和藏族人一樣的生活，一天不喝酥油茶就不舒服。他的教民都是些藏族人，令他著迷的卻是納西人的東巴宗教。他肩負著神聖的使命而來，反被一種陌生的文化所征服。這令他自己也百思不得其解。

這些年，他把大部分精力用在對東巴象形經文的破譯上，像一隻辛勤的蜜蜂，只知操勞而不問收穫。和阿貴已經成了他的朋友和老師，這個敦厚善良的東巴祭司現在認爲，東巴萬物有靈、崇拜自然的宗教，一定在白人喇嘛所在的國度找到了自己的信徒，因爲「署」神已經在照管著白人喇嘛國家中的森林、河流、高山、峽谷、草場。另一方面，他們面對強大的藏傳佛教，還有一種共同的失落感。

和阿貴有一次對沙利士神父說：「神靈也和人一樣，也需要走動和交朋友，你們的耶穌來到我們這裏做客，我們的『署』神也同樣可以到你們那裏去照管你們的自然，神父，我感到如今這個世界，替什麼神靈燒香再不是一個本民族的祭司可以說了算的事了。力量強大的民族，他們的神靈也是強大的。」

「可是佛教徒卻認爲，國家昌盛，宗教沈淪。」沙利士神父推推自己的老花眼鏡，想起多年前他和杜朗迪神父在噶丹寺求學時，那個活佛給他講的這句話，「我一直沒有弄明白他們腦子深處的東西，難道他們不需要自己的民族站在世界的前列參與競爭麼？你們納西人怎樣看待宗教和民族昌盛的關係？」

「我們民族最強盛的時期是木天王時代。那時靠近納西地的西藏、雲南、四川藏區，都成了木天王的領地。峽谷裏這一支納西人，就是木天王當年征討西藏時留下來的後代。可是木天王不是一個好的東巴教徒，他是靠漢人的儒教打下自己的天下的。」

「這說明佛教徒們的觀點是錯誤的，至少也落後於這個時代了。我們的一個偉人拿破崙說，『上帝站在物質力量強大的一方。』」

和阿貴憂心地說：「可是他們的瑪尼堆已經堆到瀾滄江東岸來啦。」

自從和阿貴的兒子被認定為轉世靈童，後來又坐床做了納西活佛後，瀾滄江東岸的納西人越來越多地往西岸的噶丹寺去燒香。寺廟對納西人皈依藏傳佛教採取寬容仁慈的態度，後來西岸的喇嘛們乾脆就來到東岸，在納西人村莊的後面建了一座小寺廟，作為噶丹寺的分寺，分寺裏通常只有三四名喇嘛。

這是峽谷裏藏傳佛教勢力在東岸的第一個立足點。左鹽田的納西人和過路的馬幫使這座小小的分寺香火旺盛。只有沙利士神父和和阿貴從心底裏反感這座看上去不甚規整的寺廟，按神父驕傲的想法，應該是基督的教堂重新回到瀾滄江西岸去，或者在納西人的村莊建立右鹽田教堂的分堂，而不是佛教徒們的香火熏到上帝的眼皮底下。

這座分寺只有一幢不到一百平方米的房子，連僧舍都沒有，喇嘛們晚上就睡在他們供奉的菩薩腳下。沙利士神父評價說，它連一所避風的旅店都不如。和阿貴更爲誇張地說，我家的柴棚也比它更能擋風哩。兩個不同宗教的祭司經常在一起交換各自的失落情緒，一個感到佛教徒在基督的背後捅了一刀，另一個則爲自己民族信仰的改弦易轍而悲涼。

好在沙利士神父對東巴象形文字的癡迷，使和阿貴多少拾回了點自信心。他教神父識讀那些饒有趣味的東巴象形文字，引領他進入納西文明的秘密路徑，以至於沙利士神父在很多時候把自己當成了一個研究古老東方納西山地民族文明的學者，而不是上帝福音的傳播者。

太平洋戰爭爆發以後，他已經能閱讀一些淺顯的東巴經書，並撰寫出了一百多萬字的研究成果。四年前，應巴黎國家圖書館之約，他把自己辛勤研究東巴象形經文的調查手記，兩卷本《納西東巴象形文——拉丁文對照詞典》，以及上千冊東巴經書，打包成四個大木箱托運回法國。可是，日本人的潛艇卻在南太平洋無情地擊沈了載有沙利士神父十多年心血的運輸船。

沙利士神父得到這個噩耗是在一年以後，戰爭輕易地摧毀了一個人的精神世界，摧毀了對一個民族文明的發現。這使本已老邁的沙利士神父衰老得更快，使他像喪失了自己的親人一般哀慟，變得如巴勃神父被風吹走前那樣寡言少語、憂鬱沈悶，本已花白的頭髮一夜之間全白了。

現在，沙利士神父又重新投入到納西東巴象形文字的研讀中。他在重複勞動中找到了生存在這片峽谷中的意義。他變得愈發堅韌，沈默，嚴謹，執著。白髮在峽谷的風中飛舞，一綹一綹地飄撒在西藏的大地上，飄撒在東巴象形文字的經書上，飄撒在人們憐惜的目光中。教民們擔心他們的神父也會落入魔鬼的風中，馬修成天跟在沙利士神父的身後，與他形影不離。他向上帝發誓，如果風要奪走沙利士神父，他絕不會答應。

好在這時都伯修士及時被教區主教大人派來了，沙利士神父低沈的情緒才稍微有所緩解。

身材高大的都伯修士是個好動的人。他是一個參加了歐洲二戰的老兵，蹲過著名的馬其諾防線。殘酷的戰爭使他失去了生活的勇氣和信心。他曾在德國人的集中營裏被囚禁了三年，身上的骨頭關節都生了鏽，人虛弱蒼白得風都可以把他吹倒。

都伯修士的家族是一個古老高貴的家族，家族中的一個祖先曾經做過紅衣大主教，和教皇的關係密切。他之所以在心靈飽受創傷之後選擇做一名遁世的修士，和家族的榮譽不無關係。而且，他一步就到了西藏，這讓他的家鄉的人們深爲羨慕。因爲在他們眼裏，西藏是比天堂還要遙遠的地方。

都伯修士的到來，使寧靜了多年的教堂變得熱鬧起來，他龐大的身軀使教堂處處都顯得狹小、擁擠。他興趣廣泛，性格活躍，對一切事情都感到新鮮好奇，不僅如此，他還擾亂了一個修女的心扉，這人就是剛受洗不久的凱瑟琳修女。

上帝的愛使這個曾經飽受苦難的女人找到一方寧靜的港灣，在到教堂一年多以後，她過著晨鐘暮鼓的安詳生活，在守齋和祈禱中默想上帝的恩賜。她很快就恢復了往昔的容顏，似乎比十年前還年輕，比天使還純潔。在她後來一直孤獨清貧的歲月裏，她永遠都不會忘記都伯修士的背影第一次映入她的眼簾時的情景，那彷彿是在她寂靜得如雪山下的湖泊裏扔下的一塊石頭，響聲打破了湖泊的寧靜，漣漪一層層地蕩開去，一千年也不會平靜。

那天，凱瑟琳修女和馬修到村子裏磨青稞麵，當他們回到教堂時，凱瑟琳修女忽然發現院子裏一個虎背熊腰的漢子正把頭扎進木盆裏，濺得一院子水花四濺。

「上帝啊，他怎麼回來了？」她腦子裏一陣暈眩，險些倒了下去。

她身後的馬修一把攙住了她，「站穩啊，凱瑟琳修女。」馬修說。

「澤仁達娃……」凱瑟琳修女嘴唇發抖，臉色蒼白，就像中了風一般。

馬修往院子裏望去時，那個洗頭的巨人正好抬起頭來，回頭面對他們，水從他的頭髮上、臉上、鬍鬚上似眼淚一樣往下滴，使他像個哭泣的蠻漢。

「你們好。」他用生硬的藏語說。然後他看見了凱瑟琳修女憂鬱的眼神，像太空裏的黑洞，一下讓他墜了進去。那是比全歐洲所有苦難寂寞的女人的眼睛都要傷感憂鬱、深不見底的眼睛。他還看見圍著這個憂鬱的女人飛舞的幾隻蜜蜂，就像她是牠們要採花粉的花朵。

「哦，對不起，真的、真的很……對不起。」他狼狽不堪，滿頭是水，想找個什麼東西來揩一揩，可卻找不到自己的毛巾。他轉身往屋子去，但卻走向了教堂的廁所方向。

他躲進了廁所，把濕漉漉的頭不斷地往牆上撞，祈求上帝不要讓他墜入魔鬼的誘惑。他來教堂才第一天哩。

噢上帝，他不是澤仁達娃。院子裏那個可憐的修女暗自慶幸。但是凱瑟琳的心還是亂了，澤仁達娃已經不知生死有七、八年啦。現在上帝派來一個和他一樣身高馬大的巨人，彷彿在考驗她侍奉上帝的勇氣和信心。從那天以後，凱瑟琳修女便不能正視都伯修士的眼睛，甚至不敢多看兩眼他的背影。

夏季悶熱的河谷裏蒼蠅無數，但是教堂裏的人們似乎習以爲常，連沙利士神父也對在餐桌上、屋子裏嚶嚶嗡嗡到處亂飛的蒼蠅熟視無睹。

有一次吃飯時，都伯修士眼睜睜看見一隻蒼蠅掉進了湯裏，可是沙利士神父只是用拇指和食指把牠捉出來，順手彈進火塘，然後把湯盛進自己的碗裏，就像什麼都沒有發生。而都伯修士那時差點噁心得要嘔吐。

就像不能忍受自己的眼睛裏掉進一粒沙子一樣，都伯修士也不能容忍蒼蠅在眼前肆無忌憚地飛舞。但是成群結隊的蒼蠅無處不在，廚房裏的鍋碗瓢盆、菜刀菜板，全落滿了密密麻麻的蒼蠅。廚子諾斯切菜時，蒼蠅們就在他的刀刃下竄來竄去；薇娜修女縫衣服的一根針線上也會落上三五隻蒼蠅；尤其讓都伯修士氣憤的是，蒼蠅們把他的床當成了自己的棲息地，殘留在鋪上的味道成了蒼蠅們逐臭的戰場。

都伯修士白天簡直不敢往自己的床上看一眼，而到了晚上，他躺在床上，想起這床曾經是蒼蠅們的樂園，他怎麼能安然入眠呢？於是，他勇敢而無聊的投入了和蒼蠅的戰鬥，那可是他到教堂以後，找到的第一件永遠也幹不完的事情，就像西緒弗斯②推動的那塊巨石。

都伯修士曾經要求馬修爲他做一個蒼蠅拍，可是馬修不明白他要這玩意兒幹什麼，他按照都伯修士的比劃做了一件扇子一樣的東西，而且還是木頭的。都伯修士用它拍打蒼蠅時，搞得教堂到處「啪啪啪」亂響，塵土飛揚，但是卻收效甚微。

沙利士神父皺著眉頭對都伯修士說：「上帝創造了人，也同時創造了蒼蠅。你幹嘛要跟這些弱小的生靈過不去呢？」

但是都伯修士說：「牠們可不弱小，看看牠們的囂張吧，簡直要把我們吃了。」

沙利士神父朗聲說：「西岸的佛教徒，連一隻螞蟻都害怕踩死，而左鹽田信奉東巴教的納西人，則認爲天地間的一切都是他們的兄弟。還是藏族人說得對，世間一切，取決於心。」

都伯修士嘀咕道：「假如是一顆無事可做的心呢？」

他在教堂到處拍打蒼蠅，以打發每天無聊的時光。後來他發現了一種有利的武器，那就是多年前峽谷裏瘟疫流行時，虔誠的教民爲了驅趕身上的魔鬼，用來抽打肉體的那種名爲「榮子」的荊棘。這東西握在手上既輕巧又靈活，就像一根得心應手的鞭子。

當都伯修士揮舞著手中的「榮子」向蒼蠅抽去時，牠們往往躲避不及，「唰」一下便被打下來了，還一點響動都沒有，不至於影響沈浸在東巴象形文字中冥思苦想的沙利士神父。

他把抽打蒼蠅的技巧發展到百發百中、爐火純青的地步。在他的房間裏，不一會兒功夫就滿地蒼蠅的屍體，以至於亞當一天要爲他打掃五次房間。

沒過多久，他贏得了戰爭的勝利。他甚至能做到命令蒼蠅懸停在半空中不敢飛走的地步，他對蒼蠅說：「我是都伯修士。」蒼蠅們便停在半空中瑟瑟發抖，然後他一鞭子將蒼蠅抽下來。

都伯修士多次在沙利士神父和兩個修女面前表演自己這一絕招，他得意地說：「什麼東西都是可以馴化的，只是看你採用哪種手段罷了。」

到後來，他走到哪裡，哪裡的蒼蠅便一哄而散，紛紛逃竄。當他抽打永遠也打不盡的蒼蠅時，只有凱瑟琳修女用欣賞的目光看他。因爲她也討厭蒼蠅，還有一個在她內心深藏不露的緣由是，都伯修士面對蒼蠅忙碌出擊的身姿，總使她想起另一個巨人。如果從背影上看，他們幾乎像是兩兄弟。

都伯修士在教堂裏到處追殺蒼蠅的時候，就像一個童心未泯的大孩子。其實誰也不知道那是他的一場遊戲，一場目的地很隱蔽又非常明確的遊戲。有一天，他終於把所有的蒼蠅都追趕到了凱瑟琳修女的面前，那時她正在廚房前打酥油茶，一群群的蒼蠅圍著她嗡嗡轉，彷彿在等著她飼養牠們。

「這些該死的蒼蠅。」凱瑟琳修女嘀咕道。

「讓我來對付牠們。」都伯修士從自己的房間裏走了出來，手裏提著他的荊棘鞭子，就像蟄伏在塹壕中終於等到衝鋒命令的士兵。他在走向她的時候，步履堅定，目光炯炯，呼吸急促，帶起一陣風，地上的塵埃都打起了小旋兒。

「我是都伯修士。」他對蒼蠅們宣布自己的身分。

「嗡」，一群蒼蠅飛走了，轉眼，另一群又來了。

「滾開，我是都伯修士。」他又重複道。

「撲哧」，凱瑟琳修女笑了，手上一失控，竟將茶桶裏的酥油茶潑灑了不少出來。因爲四隻眼睛不合時宜地碰在了一起，目光和目光碰得支離破碎，像兩隻打碎了的玻璃杯子。

都伯修士慌亂中用手裏的鞭子猛抽一陣，趕走了猖狂的蒼蠅。如果一個巨人要掩飾自己的心慌，他的動作會誇張得嚇人。凱瑟琳修女彷彿面對一個拳打腳踢的武林高手，她快要被他眼花撩亂的招式嚇暈過去了。

「噢，對不起，我嚇住妳了。」都伯修士說。

「你以爲自己是個英雄？」凱瑟琳修女忽然變了臉色，冷冷地說。然後她收起酥油茶桶，回廚房去了，幾隻圍著她轉的蜜蜂和她一起倉皇逃竄。

廚房對面，沙利士神父的咳嗽聲正從房間門口傳來。他手裏拿著一本東巴經書，瞇著眼睛來到院子裏燦爛的陽光下。

「都伯修士，你嚇住誰了？」沙利士神父問。

「一隻蜜蜂。」都伯修士說。

「噢，蜜蜂也飛到教堂裏來了。」沙利士神父說。

「是的，那是耶穌的蜜蜂。」都伯修士回答道。

「一切都榮歸天主。」沙利士神父微微顫顫地走過來，「可是納西人的東巴經書上說，蜜蜂分管他們的愛，就像我們的愛神丘比特。」

好在日漸老邁的沙利士神父沒有看到都伯修士慌亂的眼光，沒有聽到廚房裏茶壺打落在地的「哐噹」一聲，也沒有感覺到有一股氣流繞過他的身邊，向另一個人春風拂面般地吹去。他在陽光下的一張躺椅裏坐下，自顧自地喃喃道：「蜜蜂怎麼能管好納西人的愛情呢？」

「也許是通過空氣，」都伯修士看著廚房那邊說，「牠們的翅膀搧動時，攪起一陣陣愛的氣流，敏銳的納西人感受到了，而你卻不知道。」

「這倒是一個很獨特的見解。」沙利士神父說。

都伯修士感受到了蜜蜂帶來的愛的氣息，一種看不見的氣流從那天起就在教堂裏暗中形成了。不論白天還是黑夜，不論颳風還是下雨，這股氣流在耶穌的聖像前，在聖母瑪利亞慈愛的目光注視下，在朗朗的誦經聲中，在就餐前的默禱時，在每個清晨的滴滴露珠前，在中午熾熱明亮的陽光下，在黃昏時夕陽越拉越長的惆悵中，在半夜月明星稀的寂寞裏，在馬修劈柴時的「嘿嘿」聲中，在亞當撥弄火塘的火苗上，在薇娜修女指揮唱詩班詠唱《彌撒曲》的音符間，在沙利士神父獨自朗讀東巴經文乾澀沙啞的嗓音後，在落在教堂屋頂的烏鴉「呱呱呱」的淒叫聲裏，在桃花悄然開放的黑夜，在杜鵑花粲然怒放的午後，在牧場上的姑娘悠揚歌聲飄來時空氣的顫動裏，在教堂裏的蜜蜂嗡嗡作響的翅膀下，這股氣流在空氣中左躲右閃，暗自滑行，像那條伊甸園裏的蛇。

但是另一個人卻試圖趕走這條有罪的蛇。他已經走了幾千里的路，卡瓦格博雪山是他永不會迷失的路標，也是他的人生終點。他受到一股芳香氣味的神秘引導，翻越重重山嶺，跨過道道險礙，終於找到教堂裏來了。人們立即認出了他，所有的人都彷彿回到噩夢裏。

他就是澤仁達娃。

他形單影隻，蓬頭垢面，饑腸轆轆，衣衫破爛，像一個從深山裏闖出來的野人。那時他還不知道，上帝已在他和要尋找的女人間劃了一道深不見底的鴻溝。

一個和他一樣身胚巨大的白人漢子把他擋在了教堂門外，都伯修士對他說：「你不能在上帝面前討要自己的妻子。」

澤仁達娃那時想揍他一拳，但是都伯修士身後的凱瑟琳修女甚至連看他一眼的勇氣都沒有，臉上冰冷得像冰川的冰面。

澤仁達娃看著那個一身黑袍的女人，覺得她的良心比她那身衣服還要黑，他隔著都伯修士高大的身軀問：「哎，我兒子呢？」

凱瑟琳修女忽然掩面哭泣，然後轉身跑回了自己的房間。都伯修士對澤仁達娃說：「他被你們的政府抓去啦。找蔣先生要去吧。」

澤仁達娃就這樣落寞地離開了教堂，臨走前，他對都伯修士說：「不管你的上帝是哪一方的神靈，總有一天，我會帶人來踏平你們的教堂，搶回我的女人。」

都伯修士聳聳肩：「這既要看上帝願不願意，也要看凱瑟琳修女高不高興。」

澤仁達娃在教堂門口的諾言，使他輕率地再度落草爲寇。在峽谷裏，這是再容易不過的事。過去他爲饑餓當土匪，現在他爲向上帝奪回自己心愛的女人而戰。

第二年仲秋，一支馬隊拖著長長的塵埃直衝教堂而來。澤仁達娃腰別雙槍，馬刀在陽光下閃著寒冷的光芒。但是森嚴壁壘的教堂給予他迎頭痛擊。那時他的人馬不夠多，還不足以打破教堂高高的圍牆，沒過兩天就被教堂的武裝趕了回去。

半年以後，他捲土重來，還邀約了四川藏區玉丹頭人的武裝。他們包圍了教堂，截斷了教堂的水源，試圖困死教堂裏的人們。十天後，教堂裏斷水斷糧，能抵抗的子彈也不多了，澤仁達娃攻破教堂指日可待。一個陰風淒慘的黃昏，凱瑟琳修女站到了教堂圍牆高高的垛樓上。

「澤仁達娃，我有話跟你講！」她迎著土匪們的槍口高喊道。

澤仁達娃提馬前來，「木芳，出來吧，跟我走。」他說。

「我可不跟你一起下地獄。」凱瑟琳修女說。

「妳信他們的地獄，還不如信我們的神靈。出來吧，要下地獄我們一起下。」

「澤仁達娃你聽著，要是你不把你的人帶走，我就從這裏跳下去。」凱瑟琳修女堅定地說，同時往前邁了一步。

垛樓下就是十幾米深的懸崖，當初沙神父把教堂建在山頭上時，就已充分考慮了教堂易守難攻的特點。澤仁達娃仰望著自己的女人，一陣陣心疼。

「別……」他揮手喊。

「你不會得到上帝的寬恕的。」凱瑟琳修女又上前了一步，半個身子已懸在外面了。風吹動著她黑色的修女袍，彷彿隨時都要將她吹起來，升到天空中去。

「狗娘養的，魔鬼把妳的心吃了。」澤仁達娃憤憤地說，「弟兄們，我們走。」他撥轉馬頭，把手槍裏的子彈一連串射向了天空。此時他才明白，洋人的上帝並不喜歡他家人團聚。

凱瑟琳修女隻身退敵的壯舉，贏得了教堂內外人們的一致讚賞，沙利士神父在一次佈道時，將她譽爲峽谷裏的聖女貞德。但是，人們對她的讚譽越高，她就越愧疚。倒不是她已經完全具備了一個基督的純真美德，而是她認爲自己給教堂增添了麻煩。澤仁達娃兩次圍攻教堂，四個年輕的教民爲了主的光榮升向了天國，給右鹽田村留下了三個寡婦、一個孤兒。

凱瑟琳修女甚至後悔那天在垛樓上，她沒有及時地一步跨出去，澤仁達娃撥轉馬頭的速度快於她榮耀天主的念頭。他又一次粉碎了她想死的信念，讓她繼續活在這個紛亂的世上，直至把這一個世紀的滄桑演變看完。

仁慈的白杜鵑

澤仁達娃知道，他再也找不回自己的女人了。那一段時間裏，他陷入深刻的孤獨和憂鬱中，一個巨人突然憂鬱起來，是一件很可怕的事情。他不說話，是能量在胸中積蓄，他臉上沒有笑容，是殺氣憋在肚子裏，他躺在床上幾天不吃不喝，是冬眠的老熊。他手下的弟兄們都離他遠遠的，隔著九尺遠也大氣不敢出。當他們終於有機會跟他一起出去做事時，這位老大殺戮無常的脾氣也讓他們捉摸不透。

一次，他們在一條山道上劫持了一隊商旅，其中有一個饒舌的傢伙說，他會說唱格薩爾王的故事。

「如果你們搶了我，就是對偉大的格薩爾王不恭。峽谷裏令人尊敬的野貢土司曾經說過，說唱格薩爾英雄故事的人，自己也是半個英雄。」他喋喋不休地對澤仁達娃說。

多年前，他在野貢家說唱格薩爾王時，拐走了野貢家漂亮的女僕，野貢土司也沒有把他怎麼樣，因此他認爲自己真的是受格薩爾王護佑的半個英雄。

澤仁達娃手下的弟兄都以崇敬的目光看著那個倒楣鬼，他們甚至還要求他立馬唱上一段，爲弟兄們開開心。可是澤仁達娃在他的英雄故事剛剛從喉嚨裏冒出來時，便揮刀斬斷了他的英雄夢。刀刃割斷那傢伙的脖子時，人們還可以聽到格薩爾王的英雄故事順著鮮血源源不斷地淌出來，旋律和歌詞伴著血珠四處飛濺。

有個兄弟斗膽地喊道：「大哥，你幹了件蠢事。」

澤仁達娃瞪了他一眼，他就啞了，再不會說話。而且，從此以後路經這條山道的人，都會變成啞巴。那個格薩爾王英雄故事說唱者的精魂遊蕩在山道邊的古樹和怪石間，報復那些在不該說話時卻多嘴多舌的人。

直到多年以後，澤仁達娃和一個孩子重新走上這條古老的小道，他會想起那個說唱格薩爾王英雄故事的好漢，想起一個又一個的血泡從割斷的喉嚨處不停地冒出來，像在講述許多動人心扉的情節，像人間許多想說而又沒有機會說的話，像一個人對另一個人杜鵑啼血、刻骨銘心的思念。

當然，憂鬱的澤仁達娃也沒有從此變得嗜殺成性。藏曆新年快要到的時候，他們和野貢家族的馬幫隊伍打了一仗，抓到了野貢家的馬幫隊長洛桑，那是澤仁達娃和野貢土司結仇以來第一次抓到野貢家族的人。

刀架到洛桑的脖子後時，洛桑想到再也見不到自己心愛的姑娘了，便對澤仁達娃說：「在你殺我之前，請讓我唱一支歌吧。風會把我的歌聲帶給我心愛的姑娘。」

澤仁達娃懶洋洋地說：「你唱吧，趁你的腦袋還在身子上。」

洛桑引吭高歌，悠揚而淒涼的歌聲似高山流水般淌出來，天上的雲不走了，風也不吹了，路邊松樹林的松果紛紛往下落，像是有情人情到深處的大滴眼淚。

洛桑是峽谷裏的情歌王子，他苦難的愛情使他的情歌蒼涼悲壯，激越淒美，悠長的調子像一個人徘徊掙扎的靈魂，也像一把刀穿透了所有找不到愛的人心。

澤仁達娃忘了自己要做的事兒，彷彿一顆鐵石心腸正在被一隻溫柔的手掌撫摸，先是使它溫熱，然後讓它感動，直至將它融化。那是他從未有過的感受，比砍下一個人的頭顱美好得多。他第一次明白生活的目的並不是爲了報仇和殺人，享受美妙的情歌並被它所擊倒，然後在美麗而憂傷的痛苦中回憶自己愛過的女人，才是真正的生活。

澤仁達娃收起了要嗜血的康巴刀，對他說：「滾吧，你的嗓子是神靈賜予的。」

一個也跟野貢家族有仇的弟兄說：「大哥，你的康巴刀是青稞麵做的嗎？」

「你們這些傢伙就只知道殺殺殺，」他忽然變得像一個很有教養的人，把刀小心地插進了刀鞘，「你們應該明白，美妙的歌聲會讓我們想起愛過的女人。」

不久以後，澤仁達娃的土匪武裝再次受到政府的合力圍剿。兩次圍攻教堂，使沙利士神父到處寫信陳述峽谷裏的匪患對上帝事業的威脅，他甚至給法國總領事也寫了一封措詞激昂的信。

洋人的事情在那個年代可不是一件小事，政府在左鹽田縣成立了一個「彈壓委員會」，專門爲教堂提供保護。拉薩方面也派出了一支藏軍開到峽谷裏，由一個代本帶隊。這次他們列隊前進時不是演奏《上帝佑我女王》，而奏的是《桃花江是個美人窩》。

沙利士神父對此的評價是：「英國佬的陰謀終於在藏區沒有得逞，國民政府總算知道自己該在西藏做點什麼了。」

那個代本對沙利士神父誇下海口說，三個月之內，他就可以提著澤仁達娃的頭來見他。

沙利士神父忙說：「別，我只是想看到他皈依我主耶穌的心，而不是一顆滴血的人頭。」

但那個代本把神父的話理解錯了，他對自己的手下說：「誰抓到了澤仁達娃，就把他的心挖出來。白人喇嘛要用它來祭祀他們的神靈。」

藏軍顯然比漢人軍隊更擅長在雪山上作戰，沒過多久，他們就把澤仁達娃的武裝趕到雪山的背後，有一段時間，澤仁達娃甚至逃到緬甸西北部人煙罕跡的原始森林中去躲避。他翻越了卡瓦格博雪山埡口，下到怒江大峽谷中。他穿越了這條陌生的峽谷，一直走到了一個沒有藏族人和漢人的地方。

這倒不是藏軍把他追得那麼慘，而是他有一個晚上做了一個夢，夢見一棵參天大樹就要倒了，彎下的樹身像一個年逾古稀的老人，彷彿在召喚他。那棵大樹就是澤仁達娃的靈魂寄居樹，多年前由一個活佛占卜算出來的，活佛還沒來得及告訴他這棵奇異而高大的樹究竟在什麼地方就圓寂了。多年來，澤仁達娃一直在尋找自己的靈魂樹，或者說，在尋找自己的靈魂。現在，夢告訴他：應該往西邊去找，見到了原始森林，就見到了那棵靈魂樹。

澤仁達娃從來都相信夢裏的景象，因爲夢是神靈對凡夫俗子的顯現。和藏軍作戰屢次失敗，證明了他的靈魂寄居物一定出了點什麼問題。如果它受到傷害，被護佑的人肯定就沒有了好運。

他沿著夢中的召喚來到異國他鄉，身邊只有三個鐵心跟他的弟兄。他們在現實世界裏尋找夢中的大樹，在蒼茫群山中捕捉夢的影子。

他們終於來到了神靈的眼睛也看不透的原始森林。在一片背陰的山梁上，澤仁達娃看到了他夢中的那片森林，還有那棵巨大無比的樹。但那是一片已成了焦炭的森林，那棵大樹高得讓人望掉了帽子，可它同樣被燒焦了，只剩下一根黑黝黝的彎曲的樹幹和少部分丫枝，孤零零地矗立在一片焦土上。

「完了，」澤仁達娃一聲哀嘆，「我這一生再不會有好運了。」

「是天火燒了這片森林。」一個兄弟說。

他剛說完，西邊的天空就滾過一陣陣雷霆，向他們打來。澤仁達娃沒有躲，憤怒地掏出身上的槍，對準天上的雷霆射擊。

「狗娘養的，你幹的壞事比我還大。」他怒喝道。

天上的雷神被澤仁達娃的子彈擊傷，哀鳴著逃了。從那以後，他就和雷神結下了冤仇，在他回來的路上，天空中的炸雷一直追著他打，就像官軍在他的屁股後面窮追猛打一樣。

在過怒江峽谷時，一顆炸雷準確地落在他們中間，炸死了澤仁達娃的兩個好兄弟，而澤仁達娃只被炸飛了右腳的三個腳趾甲。在翻越卡瓦格博雪山埡口時，天雷再次追來，擊倒了站在澤仁達娃身邊的最後一個兄弟，並且灼傷了澤仁達娃的腹部。

那是一顆正中他肚子的響雷，但是澤仁達娃滿腹的怒火將響雷擋了回去，他對著天邊喊：「來吧！天打雷劈，爺爺也不怕你。」

在後來逃亡的日子裏，天雷到處追殺他，無論他躲在岩洞裏還是古樹下，無論他憤怒地反抗還是虔誠地祈禱，兜頭打下來的天雷秉承神靈的旨意，從下到上一步步地向他的腦門逼近。

一天，他在一棵大樹下避雨時，一顆天雷繞過山梁，直奔他而來，他轉身躲到樹後，但是胳膊還是被燒著了，一個指頭被炸飛；半個月以後，他在一處岩洞睡覺時，一顆炸雷在洞口爆炸，洞內紅光閃耀，響聲震天，像地獄裏煉人的火炕，澤仁達娃甦醒過來時，臉上的鬍子全部被燒光，耳朵許久聽不到人間的聲音。

在雪山上幽靜的密林裏，他成了無處可逃的罪人。澤仁達娃終於明白，一個人的罪孽，朗朗乾坤下是無法掩藏的，即便是在黑夜裏，月亮和星星的光芒也讓澤仁達娃膽戰心驚。你縱有天大的本事，縱然是世上最強的強人，躲得過官軍的追捕，躲得過仇家的追殺，躲得過無數撲面而來的子彈，躲得過像風一樣飛舞過來的刀子，但是，你躲不過上天的懲罰。

他不再暴怒，不再有起伏無常的殺心，走在山道上，連一隻小鳥都害怕驚嚇著牠。他在山上過著野人一般的日子，靠野果野菜充饑，不要說山上的野物不敢打，就是高山牧場上走失的牛羊，他也不敢抓來吃了。他在等待最後一顆直衝他腦門而來的天雷。

那顆期待中的天雷，終於在一個陰霾的下午如約而來。澤仁達娃預感到這是自己人生中的最後一站，他已徹底放棄了永不服輸的驕傲，放棄了面對厄運的最後抵抗。一個康巴漢子即便失敗了，也會敗得體面而尊嚴。

「來吧，衝這裏打吧！」澤仁達娃拍打著自己的胸脯，對遠方電光閃閃的天空說，「我知道你就差這點驕傲的本錢了。劈死澤仁達娃可是一件能說上一百年的事兒。」

雷神躲在厚重的烏雲後，積蓄著最後一擊的力量。它先放出一些小雷試探虛實，把閃電的鞭子在澤仁達娃的上空揮來舞去。狂風帶來死亡的消息，掀翻了他的氈帽。魔鬼的獰笑充斥了山谷，大地上飛沙走石，樹木戰慄，山峰低頭，彷彿閻王出行。

「夠啦，把活兒做得像個男人。」澤仁達娃在一片昏天黑地中說。

滿世界的混沌中，澤仁達娃忽然發現對面山崖上的一點紅，它並不十分耀眼，但讓人瞥一眼就終生難忘，彷彿那是深淵裏的一盞酥油燈，黑夜中的一顆星星。

澤仁達娃正對那點朦朧中的紅色發呆時，天雷打來了，它怪叫著、咆哮著，拖著魔鬼吃人時才會發出的淒厲悠長、暴怒橫蠻的聲音，劈頭蓋臉地向澤仁達娃打來。

澤仁達娃儘管在爲匪生涯中九死一生，多次被子彈擊中，被仇家算計謀殺，被炮火從馬背上掀下來，被天雷一直窮追猛打，可還從來沒有見到過這麼迅猛、兇殘的一個大雷，從來沒有像現在這樣感到生命在自然──神靈──面前如此弱小和不堪一擊。他竟然在這最關鍵的時刻，失去了一個男子漢的尊嚴，一屁股坐在了溪流邊的一塊石頭上。

「佛祖啊！」他哀嘆道。

這一聲不算太遲的呼喚救了他。昏暗的山谷中適時地閃現出一道紅光，直奔索澤仁達娃命的天雷而去，並準確地在半空中將它擊落。天雷落在地上死亡的聲音，澤仁達娃清晰地聽見了，就像摔碎了一個瓦罐。

澤仁達娃看見對面山崖上一個喇嘛絳紅色的僧衣在狂風中飄拂，「你就是佛祖。」他伏身在地，長久不敢抬起頭來。

許多時日以後，陽光重新普照大地，天上滾來滾去的炸雷了無蹤跡，澤仁達娃在六世讓迴活佛的面前剃度受戒，取法名吹批。

一代梟雄澤仁達娃其實在那最後一個天雷擊來時，已經死了。仁慈的六世讓迴活佛並沒有救他的命，也沒有運用自己修持到的無窮法力擊落那個直奔澤仁達娃腦門而來的天雷，他甚至沒有為他講經說法，更沒有為他顯示佛法的力量，讓滿峽谷的杜鵑花因為一個罪人的皈依而感天動地，全部開成白色的花朵。

那是一個讓峽谷裏的人們一百年都不會忘記的奇蹟。人們只知道，六世讓迴活佛為了拯救一顆罪孽深重的心靈，提前結束了自己在雪山上山洞裏的閉關苦修，在一個雷電交加的下午，用法杖輕輕地觸了一下那個跪在蒼天之下的罪人的頭，告訴他說：

「解脫之路不過是要證得佛的存在罷了。」

土司的地獄與天堂

「他們把澤仁達娃這樣的人都收留在寺廟裏了，寺廟不就成了一個匪窩子了嗎？」頓珠嘉措土司氣呼呼地對沙利士神父說。

最近幾年，魔鬼總是卡住他粗壯的脖子，讓他吸一口空氣都很困難。而教堂「聖徒藥房」裏的一種洋藥，可以讓他進出氣時稍微舒暢一些。要不是爲了這個，他可不願意有失體面地經常在溜索上盪來盪去。但是洋人總有讓人離不開的玩意兒，要麼是他們的槍，要麼是他們的藥。當初他們來到峽谷時，征服人心的就是這兩樣東西。

半個月前，野貢土司在寺廟裏見到已出家了的澤仁達娃，發現自己的這個冤家老得幾乎認不出來了。並不是他臉上開始顯現出來的皺紋和微微彎曲的背脊，也不是他頭上稀疏可見的白髮，而是他再沒有了一個大土匪、大強盜的精氣神韻和英雄氣概。他就站在那個納西活佛的身後，低垂著頭，耷拉著雙肩，像一個未老先衰的老者。

本來頓珠嘉措土司帶了一隊人馬，是到寺廟裏去興師問罪的，他甚至以斷絕每年敬獻給寺廟的香火資費爲要挾，逼他們交出澤仁達娃來。可是仁慈的活佛對著盛氣凌人的野貢土司納頭就拜，跪在他面前不溫不火地說：

「尊敬的頓珠嘉措土司，一隻蒼鷹飛行三天也飛不出你的領地，你家裏的奴隸和爲你交地租的佃戶，比寺廟裏的僧侶還要多，你的馬幫商隊遠走到了拉薩和印度，你的財富像瀾滄江水一樣源源不斷，你擁有的槍彈可以像當年的趙屠戶一樣打碎上師的咒語。因此，今天你能把一個僧侶抓到地牢裏去，明天你就可以帶人來搗毀寺廟了。請吧！請吧！」

一個活佛給凡人下跪可是峽谷裏從來沒有的事兒，野貢土司好歹還知道害羞，他惱怒地反唇相譏，「你們都把大土匪請到寺廟來供奉了，我怎麼敢再來打擾尊敬的上師。至少對岸的那些白人喇嘛還知道這個世界的黑白。」從那天以後，他就不再去寺廟了。

「不管怎麼說，那是佛教徒了不起的一個成就呢。他們甚至說今年峽谷裏杜鵑花全開成白色的，也是由於澤仁達娃的皈依。」沙利士神父說。他讓頓珠嘉措坐在陽光下，用一面鏡子反射一束光到老土司昏暗腐臭的喉嚨裏，檢查他的病情。

「他們就會編故事。當年我讓寺廟做法事改變鹽的顏色，他們都辦不到。」

「噢，他們不是法力無比嗎？」神父明知故問。「他們怎麼對你解釋的呢？」

頓珠嘉措艱難地說：「五世讓迥活佛說，神靈只控制鹽的味道，並不控制鹽的顏色。神父，你照到裏面的魔鬼了嗎？我感覺它越來越有力氣了。」

「在哪裡？」神父問。

「這兒。」老土司指著自己的喉嚨深處說，「它不想讓一個土司再發號施令了，看來到了讓堅贊羅布當土司的時候啦。」

沙利士神父微笑著說：「從前你氣太粗了，說話的口氣太大了。上帝總是公平的，從不敢大聲說話的人，也得給他自由表達和喘息的機會。」

「你們的上帝從不爲有錢人說話。」頓珠嘉措土司嘀咕道。

「上帝的公正在於，窮人比富人更先進天堂。」沙利士神父結束了自己的檢查，說：「尊敬的土司，懺悔吧，現在還來得及。」

「來得及什麼？」

「免除下地獄的懲罰。」沙利士神父憐惜地說，「我看到了魔鬼的拳頭卡在你的喉嚨深處，它馬上就要頂上來了。」

「你說什麼，神父？」老土司緊張地抓住了沙利士神父的手。

「按我們的話講，那裏面長了一個瘤，它擋住了你的呼吸，除非做手術切除它。『聖徒藥房』裏的藥只不過能讓你暫時好過一些罷了。真正能挽救你的，只有全能的上帝。」

隨頓珠嘉措土司一起來的，還有他的女兒野貢•康珠小姐，她著人帶來了兩匹騾子的青稞和酥油，期望這臨時抱佛腳的供奉能贏得上帝的歡心。康珠小姐多次陪父親來教堂看病，因此跟神父也很熟。她央求沙利士神父，「神父，想個法子吧，阿爸還有很多話沒有說出來哩。求求你啦！」

沙利士神父兌了一種藥水，讓薇娜修女灌進頓珠嘉措的口中，這讓他稍微好過一點了。神父說：「康珠小姐，不要求我，得向上帝禱告。如果妳父親畏懼地獄的烈火，嚮往天國的召喚，有話就在上帝面前說，懺悔，認罪，祈禱，求得上帝的寬恕。唯有如此，他才可以得救。」

頓珠嘉措土司不等自己的女兒回答，就迫不及待地說：「聽神父的。認罪就可上天堂，這是只賺不虧的事。」

「上帝可從不跟人講價錢。」沙利士神父嘆了一口氣，「扶他到教堂裏去吧。」

教堂主殿的大門邊就是付洗池，那是一個靠牆的水台，裏面的水是山裏的泉水。人們把頓珠嘉措土司攙扶在一邊，沙利士神父換上了白色的祭衣，都伯修士和兩個修女在一旁做他的助手。他一手拿著法杖，一手摸著頓珠嘉措土司的頭頂，聲音低緩地說：

「迷途的羔羊頓珠嘉措，你知道自己的罪孽了嗎？」

「請等一等。」頓珠嘉措土司忽然想起多年前神父到土司大宅來借糧，他只招待了神父一碗酥油茶，招致神父的詛咒。於是他問：「神父，從前你說駱駝穿過針眼，也比富人進天國還容易。你們的天國不喜歡富人嗎？」

沙利士神父說：「我主耶穌說，駱駝穿過針眼，此非人力所能，非神力不可。對上帝來說，一切都是可能的。」

「那麼好吧，」土司嘀咕道：「一切都交給你們的神靈了，我喉嚨裏的魔鬼和我的罪孽。」

頓珠嘉措土司就在這種迷惘、昏沈、痛苦的狀態下受了洗，並被取教名查爾斯。但是這個名字自受洗以後，從來沒有人敢在病入膏肓的土司面前稱呼過，人們還是敬畏地稱他土司老爺。從外表上看，他和受洗前幾乎沒有什麼兩樣，他的威嚴一直延續到他死前的最後一刻。

受洗一周後的一個上午，土司一家人圍坐在火塘的四周，他們是頓珠嘉措的妻子，兒子堅贊羅布和他的三個妻子，女兒康珠小姐，還有康珠小姐尚未過門的夫婿洛桑。

洛桑從小在土司大宅裏長大，是個很英武年輕的小夥子，像陽光一樣明媚燦爛。頓珠嘉措土司忽然感到對不起洛桑，倒不是沒有及時讓他和康珠小姐成親，而是他想起另一個人來。多年前這個人喝醉了酒，說了句著名的錯話，他說自己的腦袋是想去給土司老爺曬鹽，可是他的腳不想去了。於是這個倒楣鬼的腦袋就搬家了，被管家旺珠提到了鹽田。那人就是洛桑的爺爺。

好多年了，頓珠嘉措土司天天都和洛桑打照面，可就是想不起洛桑的爺爺來，甚至忘記了他叫什麼名字。現在他想起來了，他叫友吉，一個很精明能幹、忠心耿耿的傢伙。他的頭顱現在還在江邊擱著哩，已經化成了一塊石頭，揹鹽鹵水的鹽民們看見它都得跑快一點。從洛桑的爺爺友吉開始，頓珠嘉措土司看見了許多死在他手下的冤魂，他們在友吉的帶領下，簇擁在廳堂的門外，趴在窗子上，張頭露耳的，彷彿想進來喝一碗茶。

「讓他們走。」頓珠嘉措土司困難地說。

「誰？」堅贊羅布問。

他忽然急促地喘息起來，一口痰卡在嗓子眼憋不出來，人慢慢地向一邊滑倒，手腳都哆嗦起來啦。他在死亡的邊緣看到友吉的精魂鑽到他的脖子裏，友吉說，老爺，我的頭被砍啦，我用脖子說話。太陽出來啦，不要浪費土司的太陽。老爺啊老爺，在陰間的友吉曬不到太陽啊，快抓住那片陽光吧。

頓珠嘉措土司第一次聽從了一個下人的話，伸手在空中亂抓亂撲，他身邊的人以爲他是給氣憋的，實際上，他只不過想帶走一縷陽光。這是他對人間的最後一個奢望了。火塘邊的人們忙著爲他撫胸捶背，呼天搶地地叫他。可他的眼睛只死死盯住天窗上的那束陽光，以至於人們看不到他的眼仁兒。

他終於把那口痰咳出來了，那是一堆濃黑的血團。儘管這次垂死前的折騰幾乎耗盡了他生命中的最後一點資本，使他氣若游絲，命懸一線，但他的意識卻超乎尋常地清醒，說話又恢復了從前的威嚴。那是夕陽落山前最後的一抹亮光。他抓住堅贊羅布的手說：

「兒子，好好當一個土司吧。」

「別讓野貢家的火塘熄了。」他請求道。

「澤仁達娃……」他的呼吸急促起來，眼又往上翻了。

「阿爸，他躲不掉的。我已經爲他準備好一把刀啦。」堅贊羅布哭泣道。

「哦呀，你把他當兄弟……看，就對了。」頓珠嘉措土司突兀地說。

「阿爸，我們野貢家和他們打了四代的冤家了。」堅贊羅布悲憤地說。

「噢，上帝啊，神父……是這樣說的，我也不明白。」他說這話時彷彿很害羞，就像一個弄不明白老師話的孩子。

他的頭沈重得已經支撐不起了，但他還是頑強地追逐天窗裏射下來的陽光。火塘裏冒出的青煙讓這束光更加生動質感，彷彿一切都在往上飄升。這一次，他看到了陽光中飛舞的花瓣，看到了銜著橄欖枝的小鳥，看到了天國的大門洞開，而地獄的烈火，正在他的身下燃燒。

「神父，沙利士神父，我看見了，看見啦。」頓珠嘉措土司最後提高了嗓門喊道，嗓音洪亮得讓一屋子的人都嚇著了，就像他的脖子從來沒有得病一樣。

葡萄園中的原罪

儘管八世野貢土司頓珠嘉措只做了一個星期的基督徒，但是沙利士神父仍然把這視爲基督的勝利。他在給教區主教大人的信中寫道：

「這個虔誠的信徒在生命的最後時刻皈依了耶穌天主，是上帝的事業在西藏取得的又一個重大的勝利。當年我和杜朗迪神父首次來到峽谷裏，他是我們帶著《聖經》前去拜訪的第一個紳士，實際上，峽谷裏也就只有他一個人稱得上紳士，但是那時他更看重我們送給他的禮品——幾支九子快槍，因為多年來，魔鬼使這片土地上的人們陷入冤冤相報的家族仇殺中。但是，尊敬的大人，我要自豪的告訴你，當這位紳士即將進入主的國的時候，他對家人說，要愛他們家族的仇敵，把他當兄弟看。

主啊，山上的杜鵑花將為這位紳士的仁慈全部開成白色的花朵。而且在這位貴族紳士精神的感召下，他的女兒也放棄了異教徒的信仰，光榮地成為了上帝的選民。這個事件在峽谷裏引起了意義深遠的震動，我甚至聽到了佛教徒的寺廟裏傳來的驚嘆之聲。儘管不久前，因為一個巨匪皈依了佛教而令他們沾沾自喜，但是查爾斯和瑪麗兩位聖徒的行為已給佛教徒們的驕傲以沈重打擊。」

沙利士神父的信雖然不無誇張，但是野貢家族兩位重要人物的皈依，已足以讓他在整個教區贏得榮譽。據他所知，在教會所轄的滇、川、藏教區，迄今還沒有一個貴族上層人物受洗入教。尤其在西藏，動員貴族上層入教，歷來是教會試圖打開鐵板一樣的佛教聖地的一個突破口。

頓珠嘉措的女兒受洗後沒有放棄家族尊貴的姓氏，沙利士神父在給她施洗時，也沒有過分地強求康珠小姐非要用教會的教名，不過在神父的受洗登記簿上，野貢・康珠的教名爲野貢・瑪麗，這是一個雙方都做了適當妥協的名字。在神父和自己的教民面前，她被稱爲瑪麗小姐，而在土司大宅，人們依然稱她爲康珠小姐。

沙利士神父當時說，「姓氏和教名並不代表一個人的高尚，關鍵看妳是不是像嬰兒一樣愛耶穌，並如嬰兒一般被耶穌所愛。」

雖然沙利士神父在傳教時，口口聲聲稱上帝是站在窮人一邊的，但是如果富人也信仰耶穌基督，上帝將會更高興。野貢・瑪麗在爲父親辦完喪事後，大部分的時間都待在教堂裏，她參加了薇娜修女的唱詩班，並且出錢讓馬幫從漢地運來了一台管風琴，了結了薇娜修女多年來的一個夙願。

過去教堂一直沒有一台管風琴，不是教區主教大人不喜歡上帝的音樂，而是每次撥給教堂買琴的錢，沙利士神父都用來救濟窮人了。他說，在教民的肚子還在饑餓時，唱給上帝的歌聲哪裡還有愛呢。

聖母誕辰節③剛過，薇娜修女便忙著組織唱詩班，爲這一年的耶誕節排演節目，管風琴激發起了這個小個子修女的一腔熱情。在她看來，悠揚渾厚的管風琴聲與信徒們的聖歌相伴，就像鳥兒終於張開了的翅膀。那些教民們用唱山歌的嗓子唱出來的讚美詩，簡直就是天國才有的歌聲。

她列出了一長串慶祝聖誕的節目名單，有要排演的聖誕劇，要合練的聖誕頌歌，要搭建表演節目的聖誕馬棚等等。她拿著節目單去請示沙利士神父，可神父正忘情地投入到重新撰寫《納西東巴象形文——拉丁文對照詞典》的工作中，對還遙遠的耶誕節缺乏熱情。他只草草看了看薇娜修女精心製作的聖誕節目單，就說：「很好，好極了。妳可以找凱瑟琳修女幫幫妳。」

「可是，凱瑟琳修女病了。」薇娜修女嘟著嘴說。

「是嗎?噢，對了，她有兩個禮拜沒有來望彌撒了。」沙利士神父說，然後又把頭埋進一大堆東巴經文的樹皮紙堆中去了。

凱瑟琳修女病了，並且病得很嚴重，但是教堂裏的人們都忽略了她的病。這場大病是由蜜蜂引起的。一個月前的一個黃昏，凱瑟琳修女到教堂的後院打核桃，她用一根竹竿去捅那些枝頭上的核桃，卻不料將一個蜂窩捅下來了，蜜蜂一下炸了窩，像一群被惹惱了的小天使，瘋狂地向凱瑟琳修女進攻，她尖叫著往屋裏逃。多年以後，凱瑟琳修女聽到蜜蜂嗡嗡的聲音，就會想到這個愛情本不該發生的下午。可是，蜜蜂掌管著人們的愛情，牠們飛來了，愛情就不可避免。

這時，都伯修士手裏揮舞著他的鞭子及時趕來，用他制服蒼蠅的本領爲凱瑟琳修女解了圍。那時教堂裏沒有人，沙利士神父帶著亞當到左鹽田找東巴和阿貴請教問題去了，他有時甚至就借住在和阿貴家，幾天都不回來；勤雜工馬修和廚子諾斯回家幫助收青稞，薇娜修女也不在。教堂裏連耶穌和聖母瑪利亞都安息了，對即將要發生的一切渾然不知。

那是一個被上帝錯誤地安排了一切的黃昏，如果說凱瑟琳修女有所預感，那麼都伯修士則似乎是早有準備。他到「聖徒藥房」找了些消炎藥水，對驚魂未定地斜靠在床上的凱瑟琳修女說：「蜇著哪裡了？讓我幫妳抹點藥水吧。」

凱瑟琳修女咧著嘴說：「脖子，頭，手臂，上帝啊，好像到處都是。」

她痛得幾乎要哭了，但是她看見都伯修士發光的眼神，感到一股熟悉的氣流直向自己逼來，這氣流已經攪得她連續幾個月睡不踏實覺了。於是她打起精神說：「你別過來，我自己抹。」

都伯修士把藥水遞給了她，看著她艱難地東抹抹西擦擦，可是當她把藥水從左手換到右手時，她「哎喲」了一聲。

「怎麼了？」都伯修士問。

「這……這手指頭上……」她指著發腫了的右手食指說。

「給我看看吧。」都伯修士一把將那受傷的手握在自己巨大的手掌中，兩人的皮膚剛一接觸，竟然都同時哆嗦了一下，都伯修士當兵時曾經堅守過的馬其諾防線不攻自破了。

「噢，主啊，都腫了。」都伯修士說。

凱瑟琳修女臉色通紅，嬌羞得像一個懷春的少女。她感到先是自己的手掌被這個巨人捏碎了，然後全身的骨頭在變酥變軟。她覺察到自己是在向一個充滿誘惑的罪惡深淵墜去。

「凱瑟琳，刺還在裏面哩。我們得把它挑出來才行。」

凱瑟琳修女顯然不可能用左手挑出右手的刺。她只有任自己軟綿綿的手被都伯修士的巨掌輕輕握住，然後看著他像一個笨拙的繡花匠那樣，用一根針在她的指頭上左挑右探，難爲得他滿頭大汗、面紅耳赤。而凱瑟琳卻一點痛感都沒有，並不是都伯修士挑刺挑得好，而是凱瑟琳修女脆弱的心靈承受不住一個男人如此近距離的關愛。

「噢，對不起，噢，我真笨。凱瑟琳，妳痛嗎？」

刺挑出來了，但是凱瑟琳的指頭上血肉模糊。凱瑟琳修女那時說了一句她一輩子都會後悔的實話，她說：「我不感到痛。」

都伯修士把這句話的含義想得太複雜了，他在凱瑟琳修女面前跪了下去，連他自己都被這個舉動嚇了一跳，忙找了個非常合適的理由。

「凱瑟琳，讓我把它吸吮出來吧。」他捧著她的手說。

「什麼？」凱瑟琳修女吃了一驚，想把自己的手抽出來，但是她只做了一點點嘗試，就沒有再堅持了。那推脫本來是想表示拒絕，但卻讓都伯修士感到他在受到引誘。她抽手的時候，把都伯修士往自己的懷裏帶了一下，帶到了一個危險的禁區前。

「蜜蜂的毒液還在裏面哩。」都伯修士說。然後，他用堅定的目光逼視著凱瑟琳修女羞赧的眼神。

多年以前，一個和都伯修士同樣高大的巨人也曾經用這種目光擊落了凱瑟琳修女手中的刀子。那時她才十七歲，現在她三十七歲了，可錯誤就像輪子上的軸，永遠支撐著輪子轉，而凱瑟琳修女，就是那可悲的輪子。

都伯修士慢慢把凱瑟琳修女的指頭塞進了自己的嘴裏，他如刀子一樣的目光一直沒有離開凱瑟琳修女，逼得她動彈不得。他吸吮得很輕柔，讓凱瑟琳修女感到彷彿那是一張嬰兒的嘴，她全身的骨頭一下全散架了，一顆心懸在了半空中，找不到依靠。

「別別別……」她幾乎要暈眩過去。

「凱瑟琳，噢凱瑟琳……」都伯修士也顫慄起來了。

「別別別……」她只有這一個詞。

「噢，凱瑟琳，凱瑟琳……」都伯修士語無倫次，因爲他的嘴現在已經不在指頭上，而是移到了凱瑟琳修女的手背，手腕，然後是她細嫩的小手臂，豐腴的胳膊；令人驚奇地是，他的放肆並沒有受到激烈而堅決的拒絕，那個嬌柔的小婦人只是不停的顫抖，牙齒磕得像幽谷深泉的水滴。於是，都伯修士步步逼近，攻到了她白皙的脖子處和像滿月一樣的臉龐。

在聖母瑪利亞慈愛的目光下，都伯修士爲自己的行爲找到了差強人意的理由，既然指頭上蜜蜂蜇的毒液需要吸吮出來，手上，胳膊上，脖子上被蜇傷的地方，當然……聖母瑪利亞，寬恕我們的罪吧！

最後，在都伯修士的嘴就要封住渾身發抖的婦人哆嗦的嘴唇時，凱瑟琳修女只來得及叫了一聲：「噢主耶穌，罪孽啊！要下地獄的……」

而罪孽總是和歡娛、欲望、不可抑制的快感連在一起。它給人的感覺不是在地獄裏，當然，也不是在天堂。

幾天以後，兩個罪人都沈浸在偷吃禁果的深深懺悔裏。那是不能在沙利士神父面前懺悔的罪過，也是不能面對耶穌和聖母的罪過。都伯修士每個夜晚都輾轉難眠，龐大的身軀將床板壓得嘎吱吱亂響，以至於睡在他隔壁的沙利士神父有一天私下裏問他，修士，晚上也有蒼蠅鑽到你的被窩裏來嗎？都伯修士的目光一下亂了，一時語塞，不知如何作答。

沙利士神父儘管老眼昏花，做事時顛三倒四，經常呼錯教民的名字，甚至在佈道時把《馬太福音》上的引言說成是《馬可福音》的，把施洗者約翰的德行和聖徒保祿混爲一談。可他對隔壁房間的騷動卻機警得像一條嗅覺靈敏的藏犬。他一針見血地向都伯修士指出，「『天主十戒』④中的第六戒，不僅要我們在行爲上保持潔德，思想上的潔德也同樣重要。既不要亂摸別人的身體，也不可亂摸自己的身體。耶穌在你的身體內哩。」

神父的話像亂軍陣中胡亂地放出的一支箭，但它卻直奔都伯修士的要害處，嚇得他晚上躺在床上像一具僵硬的殭屍，但是他的手同樣不老實。他無法不想念那個豐腴性感的小婦人，儘管修女的長袍將她全身包裹得一片素黑，但那天蜜蜂讓他看見了她白皙的胳膊、脖子。那是讓人驚心動魄的白嫩，細膩得像中國上等的瓷器。撫摸甚至親吻她，都是比進天國還要幸福的事情。

他一遍又一遍地在想像中撫摸那片白嫩，可是摸著摸著手就摸向了自己。過去他在枯燥乏味的當兵歲月裏，就沾染上了手淫的壞習慣，在德國人的集中營裏天天和死亡相伴而眠，手淫也是解除恐懼的唯一安慰。到了西藏後，他以爲自己改掉了這個毛病，可是自從那個蜜蜂飛舞的黃昏後，他違反了天主的戒律，先亂摸了別人的身體，然後，只有無奈地亂摸自己的身體。

後來，都伯修士爲了抑制不斷往上竄的欲火，不得不用抽打蒼蠅的鞭子抽打自己的肉體，就像多年前峽谷裏瘟疫大流行時，恐懼黑死病的教民們用荊棘抽打變黑了的肌膚一樣。都伯修士用荊棘抽打自己的四肢、小腹、背脊，在火辣辣的疼痛中消除欲望的煎熬。這個笨拙的方法雖然只能揚湯止沸，但至少在無所不知的天主面前，他鞭笞自己求得寬恕，主耶穌將會憐憫他、赦免他的罪。

一天，在晚飯前的禱告後，薇娜修女忽然驚訝萬狀地說：「都伯修士，你的胳膊怎麼了？」雖然她問的是都伯修士，但是凱瑟琳修女卻打翻了自己手裏的酥油茶碗。

都伯修士拉了拉自己的衣袖，不慌不忙地說：「沒什麼，皮膚有點過敏罷了。」

都伯修士曾在多個機會裏，把渾身的傷痕露給凱瑟琳修女看，與其說那是在展示肉體的創傷，不如說是在凱瑟琳修女面前捧出自己一顆血淋淋的心。他對她說：「妳瞧，我懲罰過自己了，可是那沒有用。」

在一個令人昏昏欲睡的午後，薇娜修女在午眠，沙利士神父在自己書房裏誦讀一本新得到的東巴經文，誰也聽不懂他讀的是什麼，但那聲音就像一隻年邁的知了的鳴叫，同樣催人睡意綿綿。凱瑟琳修女獨自到教堂後院的拾掇葡萄園，那裏的葡萄剛收穫過，葡萄架上只是一些葡萄藤和快要枯黃的葡萄葉。幾分鐘以後，都伯修士嗅著那婦人酥人的氣味而來。在凱瑟琳修女正要彎腰抱起地上的一捆葡萄藤時，都伯修士從背後一把抱住了她。

「噓……」都伯修士用手指壓住自己的嘴唇，又指指沙利士神父的房間，神父枯燥乏味、似唱非唱的東巴經文誦讀聲正從那屋子的窗口傳出來，聽起來像是一個剛剛啓蒙受教育的老小孩的讀書聲。

彷彿是爲了配合都伯修士，凱瑟琳修女沒有敢出聲，連出氣都減弱了。但是她渾身發抖，目光飄浮，就像即將走向屠宰場的羔羊。

都伯修士把她撲倒在那堆葡萄藤上，掀起了她的修女袍。噢主啊，雪白細膩的胴體在陽光下刺得人眼睛都快要睜不開了，都伯修士腦子裏嗡嗡亂想，一眼望不到頭的欲望自上而下地向他壓來，像多年前他在保衛法蘭西的前線時面對德國人鋪天蓋地而來的容克—八七式轟炸機，炸彈爆炸時掀起的氣流把人的心都撕碎了。都伯修士現在也差點把凱瑟琳修女的內衣撕碎了。

他們在葡萄藤中翻滾，像在做一場配合默契的遊戲。她只要喊一嗓子，所有的侵犯都將被徹底打退，可是她沒有喊，只是爲了上帝的榮譽做著毫無意義的無聲抵抗。那抵抗如此地溫柔，彷彿是在撒嬌，是在配合入侵者將動作做得更迅猛果斷。

他們攪得葡萄園裏枝葉飛舞，泥土四濺，寧靜的葡萄園像闖進來了一群野犛牛。歇息在葡萄架上的麻雀們也爲他們近乎野蠻的翻滾感到害羞，嘰嘰喳喳地一哄而散。凱瑟琳修女在兩個人粗重急促的喘氣聲和葡萄藤稀哩嘩啦的亂響中，聽到了從沙利士神父房間裏傳來的誦經聲，——那些她從小就耳熟能詳的東巴經文。

砍柴男奴縊於山，揹水女奴縊於箐；或縊行走之路口，或縊分手之橋邊；腳穿金子鞋，跳死於懸岩；手拿細麻繩，吊死於樹上……

凱瑟琳修女聽出來了，這是爲殉情的納西男女做祭風道場的經文。納西人的殉情者都是一些愛情出了差錯的風流鬼，他們殉情後，靈魂徘徊飄蕩在房前屋後、田野和山崗，必須由東巴祭司做法事超渡他們的靈魂，指領他們回到祖先的家園。凱瑟琳修女沮喪的是，爲什麼偏偏在自己的愛出了差錯時，要聽到這晦氣的經文。在納西人苦難的情感世界裏，偷情總是和死亡連在一起，它們就像不被承認的愛的兩翼。偷情是歡娛的開始，死亡則是愛情的結局。

來吧，讓死亡和愛一同飛翔吧。

「唉！」凱瑟琳修女重重地嘆了口氣，徹底放棄了抵抗。

都伯修士趁勝前進，一直攻到自己夢寐以求的目的地。婦人不再顫慄了，而是有節奏地化解著他猛烈的衝擊，化解著他一腔的欲火，就像大地化解著兇猛的洪水。

都伯修士弄出的那些「嘿——嘿——嘿——」的聲音，在凱瑟琳修女巧妙而藝術的迎合下，變得像馬修劈柴時的喘氣，像亞當深翻葡萄園時鋤頭挖進濕潤土地時的歡唱。因此，午後的葡萄園即便有一些讓耶穌憂傷、令聖母瑪利亞憐惜、讓沙利士神父失望、讓教會憤怒的耐人尋味的響動，也很容易使人以爲不過是有誰在這裏辛勤地勞作罷了。因爲，如果凱瑟琳修女不這樣做，都伯修士的欲火不但會焚毀他自己，還會焚毀這精緻浪漫的葡萄園，焚毀凱瑟琳修女爲上帝守齋節欲的清白之身，甚至焚毀沙利士神父殫精竭慮、九死一生才在西藏站穩了腳跟的教堂。

凱瑟琳修女感到自己身下那座沈睡了千年的雪山湖泊決堤了，愛的洪流傾瀉而下，滋潤著龜裂的大地。時間已經凝固了，在肉體與肉體劇烈衝撞的間歇中，他們還有機會舔盡對方眼中的眼淚和絕望，還有耐心欣賞牧場上牧羊姑娘們飄來飄去的浪漫情歌。

葡萄園竟然寧靜得聽得到風兒拂過喇叭花時和它的親暱聲，聽得到鳥兒落在枝頭上的輕微腳步，聽得到蜜蜂的翅膀在空氣中的搧動，——這愛的天使，情欲的精靈，牠振動翅膀的嗡嗡聲令人亢奮。

實際上，納西人的眼光最爲獨到，他們與自然本是一家，因此最瞭解蜜蜂和愛情的關係，沒有蜜蜂，山嶺上不會開出那麼多五顏六色的花兒，世界上不會有這樣多錯綜複雜的愛情，人的情感世界也不會這般千變萬化，以至於超出了無所不能的上帝的控制。

當蜜蜂沈醉在花蕊之上時，世界變成了一個真空的樂園，只有沙利士神父近在咫尺的誦經聲，似哭似唱：

主人這一家，眼不見吊死鬼，耳不聞殉情鬼，鬼卻要作祟，鬼偏要纏人……

到都伯修士達到雪山的巔峰禁不住要滑下來時，他一頭扎進地裏，把滿腹的快樂隱藏在虯枝遍地的葡萄藤中了。

「噢，凱瑟琳，妳是個多麼豐沛的女人啊。」

「修士，我是個多麼有罪的女人啊。」

「凱瑟琳，罪孽不過是我們自己套給自己的枷鎖。凱瑟琳，我喜歡妳，哪怕下地獄，我也喜歡妳。」

凱瑟琳修女忽然緊緊抱住了都伯修士，「都伯，哦都伯，我害怕啊！我們怎麼面對聖母，怎麼面對耶穌？」

她的聲音稍微大了點，都伯修士忙堵住了她的嘴，再次用手指了指沙利士神父房間的方向。那裏，神父還在一字一句地念：

鬼渴無水喝，鬼餓無飯吃，鬼身無衣披，腳爛無鞋穿，亡失無人找，死後無人祭。

「主，他成天在念些什麼啊？」都伯修士嘀咕道。

「神父他……他在唱愛情的悲歌。」凱瑟琳修女淚水漣漣地說。

「他可真的是老了。」都伯修士嘲弄道，絲毫沒察覺到那是一支唱給他的歌。

❖ ❖ ❖

①一個基督徒的四願，包括：神貧願——不具私產、絕財；貞潔願——不結婚、絕色；聽命願——服從長上，絕意；服從願——服從教堂。

②西方神話人物。因觸犯天條被萬神之王宙斯貶下奧林匹亞山，罰他每天推巨石上山，而每次快

到山頂，巨石就滾回到山腳，周而復始，循環往復。

③天主教紀念聖母瑪利亞誕生日的節日，教會規定為每年的九月八日。

④天主十戒是天主教徒倫理生活的基本準則，其內容包括：1・欽崇一天主萬有之上，2・毋呼天主聖名以發虛誓，3・守瞻禮日，4・孝敬父母，5・毋殺人，6・毋行邪淫，7・毋偷盜，8・毋妄證，9・毋貪他人妻，10・毋貪他人財。

第十章　五十年代

蒙難

這年春，一隻雲雀帶來了改朝換代的消息。

那是一隻從很遠很遠的漢地飛來的渾身通紅的雲雀，峽谷裏從來沒有人見到過牠。連東巴和阿貴也不知道這天空中的紅色精靈來自何方。牠從雲層之上俯衝下來，嚮亮的叫聲喚醒了沈睡的峽谷。春風在牠的翅膀之後，峽谷裏的第一場春雨應著牠的呼喚。

那個雨後清新的早晨，雲雀落在左鹽田縣衙門前的一棵核桃樹上，唱起了誰也聽不明白的歌。左鹽田的納西人都紛紛圍過來聆聽雲雀的歌聲，令人奇怪的是，縣衙門大門洞開，裏面一個人也沒有，連平時縣守備隊站崗的士兵也不見蹤影。

到了中午，一條峽谷的人都知道了這樣一個消息：縣衙裏的縣長大人跑了，「彈壓委員會」的官吏們不見了蹤影，守備隊的士兵扔下槍換上了老百姓的衣服。一隻紅色的雲雀告訴人們，這裏和平解放了。

那時峽谷裏的人們對解放的理解，就是再沒有了漢人的衙門，鹽民們可以不被抽高額的鹽稅了；而對瀾滄江西岸的喇嘛們來說，和平解放就是趕走洋人和漢人，讓峽谷重新回到神靈的統治中。

事實上，那一陣教堂的上空始終籠罩著一股厚重的晦氣，東巴和阿貴早就看出來了，他曾警告過沙利士神父，你們的教堂裏有一股污穢之氣，那是有了男女私情才會發出的氣味。它玷辱了你們的神靈。

當時沙利士神父一笑置之，只把這忠告當成納西人特有的情愛觀。通姦會污染神靈控制的天空，並產生一種污染鬼——穢鬼，這種鬼原來是不存在的，就像欲望的痛苦和愛情的不幸原來不存在一樣，都是因爲人們行爲不檢點才造成的。

沙利士神父現在也可以算作一個納西通了，教堂上空這一陣總是陰雲密佈，不過是一種自然現象罷了。至於和阿貴說的穢鬼將阻塞男人的尿道和女人的陰道，使右甌田的男女再沒有了生育能力，沙利士神父更將此作爲一種獨特的文化現象來看待，他在當天的日記中寫道：

> 納西人稱男人的精液為「尼」，女人的分泌液（或叫做生殖之蛋）為「窩」，他們認為「生殖之路」要暢通，人丁才會興旺。因此要保證「父親流尼之路」和「母親下窩之路」不受穢鬼的干擾。那個認為地球上的天空都屬於他管轄的東巴，竟然要求到我們的教堂做一次驅除穢鬼的儀式，他要迎請一個名叫「湊樹吉般」的性神來趕走穢鬼。這本來是一個很好的學習機會，但是主啊，我怎麼能讓一個信奉多神教的祭司到你的面前褻瀆聖靈呢？

當凱瑟琳修女的腹部逐漸大起來、成爲一個在上帝面前不容爭辯的事實時，沙利士神父才發現自己原來太自信了。納西東巴真有一隻嗅覺靈敏的鼻子。那是教堂前所未有的一場災難，比當年喇嘛們在西岸搗毀了教堂和殺死杜朗迪神父還要嚴重。沙利士神父氣得大病一場，三天三夜茶飯不思，羞愧得不敢走上佈道壇。

那幾天，連教堂呼喚教民們前來望彌撒的鐘聲都羞羞答答的。那兩個偷吃禁果的人兒，一個曾經想再度自殺，把一塊草烏吞了下去，但是沙利士神父及時地為她洗了胃，她命中注定一生要經歷無數次自殺，不是她沒有勇氣死，而是上帝要她為耶穌在峽谷的光榮與苦難作出見證；另一個罪人現在不再用荊棘抽打自己的肉身，他受到了教區主教大人的嚴厲申斥，並勒令他收拾行裝，擇日回法國接受宗教法庭的審判。

在等待歸程的日子裏，都伯修士把樓子捅得更加不可收拾。這倒不是他還在和凱瑟琳修女幽會，而是他觸犯了西藏的地神。

幾天以前，右鹽田的教民們發現左鹽田噶丹寺分寺的喇嘛們，在教堂外面的驛道路口堆了一座瑪尼堆，還把一些五彩經幡和風馬旗插在路口，佛教徒們稱它為「戰神的城堡」。路過的藏族馬幫走到這裏時都要大聲高呼：「拉嗦囉！神靈必勝，魔鬼必敗！」可是天主教徒們卻認為它褻瀆了神聖的教堂，他們告訴都伯修士說，瑪尼堆的石頭上刻滿了瀆神的咒語，這些咒語白天黑夜都面對著教堂，散發出讓人看不見的魔力，它會讓我們進不了天國。都伯修士急於在上帝面前為自己扳回一分，就不加思索地帶了幾個教民將瑪尼堆鏟平了。

喇嘛們又將瑪尼堆重新堆了起來。傍晚，都伯修士帶人再次將它鏟掉。

於是，峽谷裏的瑪尼堆之戰開始了。

當喇嘛們又來路口堆放「戰神的城堡」時，他們發現路口原來堆瑪尼堆的地方佈滿了牛糞和人糞，一些經幡旗被扯到地上，上面滿是污穢。喇嘛們氣得哇哇亂叫，向教堂撲去。但是教堂圍牆上一排排伸出來的槍口逼得他們不得不退了回去。

噶丹寺的八大老僧和活佛們對洋人的這種挑釁行爲深爲憤慨，連一向處事溫和的六世讓迥活佛也憤憤不平地說：「我們在西藏的大地上修建神靈的城堡，洋人有什麼權力去毀壞它？要是我們的人去砸教堂的十字架，他們又當作何感想？」

寺廟武裝僧團的帶兵百長魯茸次尼說：「那麼，我們就去砸十字架吧。」

「冤冤相報，不是一個有信仰的人做的事情。你去砸了十字架，他們就會來砸我們藏族人吉祥的白塔；然後我們就該去燒他們的教堂，他們呢，就會叫官府的兵來搗毀我們的寺廟。因爲信仰紛爭而殺生的人，不可能有真正的宗教精神，語言和智慧才是征服對方的法寶。你們去通知教堂裏的白人喇嘛，我將等待他們前來就此事做出說明。我要像我的前世五世讓迥活佛一樣，和他們辯論。」

但是，寺廟發出的辯論邀請被都伯修士輕蔑地忽略了，沙利士神父已經沒有當年敏捷的才思和滔滔的辯才，他躺在病床上對都伯修士說：

「我老了，已經過不了溜索了。修士，我現在終於明白我們在這片峽谷裏和佛教徒相處的法寶，僅僅是只埋頭宣講耶穌的教義，不觸犯西藏的神靈，不批評人家的宗教。修士，寄宿在主人家的客人，不會去打壞人家的窗戶玻璃。」

「那我們怎麼辦，向那些佛教徒道歉嗎？」都伯修士問。

沙利士神父沒有回答，也無法回答。傳教士們的自負使峽谷裏的宗教悲劇再次不可避免。

聖枝主日①的前一天，幾個在山坡上採摘棕樹枝準備爲教堂做裝飾的教民，受到了武裝喇嘛的襲擊，兩人被打成重傷，一人被割去了一隻耳朵。都伯修士帶人前來救援，用槍打死了一名武裝喇嘛，教堂和寺廟的新仇舊恨再度燃燒起來，噶丹寺的武裝喇嘛紛紛過江圍攻教堂。

這是自峽谷裏第一宗宗教紛爭後，佛教徒和天主教徒最爲激烈的衝突，教堂周圍的山梁上都是喇嘛，驛道也被他們斬斷了。教民們都退守到了教堂大院內，右鹽田一些教民的房子被燒毀。空氣中飄拂著濃烈的仇恨和恐懼，神靈和神靈翻了臉，仁慈和寬容被丟在了一邊。

喇嘛們向被圍困的教堂提出了唯一的條件：交出殺人兇手都伯修士。

沙利士神父在教堂的垛樓上望見四周山頭上喇嘛們紮下的帳篷，對都伯修士說：「基督的委屈看來只有到拉薩去申述了，那裏還有國民政府的辦事處哩。」

「我把喇嘛們的罪行都拍了照片，這些證據可能對我們有幫助。神父，給我一個贖罪的機會吧。」都伯修士說得很誠懇，甚至連眼眶中都閃著淚花。

在不拍打蒼蠅的時候，都伯修士經常擺弄布洛克博士爲教堂留下的那台照相機，他拍了許多峽谷風光的照片。要是有一天都伯修士能回到歐洲，這些照片將會給他帶來令人羡慕的榮譽。

聖周四，都伯修士將帶著教堂忠實的雜役馬修前往拉薩申述，這是主的罪人得到憐憫與寬恕、和耶穌修好的一天②。沙利士神父在那天的早禱上，讓全體教民爲兩個遠行的人祈禱，祈禱全能的耶穌赦免都伯修士的所有罪孽。

凱瑟琳修女一身素黑，安靜地坐在教堂前排，不敢抬頭面對耶穌和聖母瑪利亞。

都伯修士在默禱中乞求上帝寬恕自己的罪，也寬恕那個可憐的婦人。他向上帝陳述道，是教堂的蜜蜂引誘了他脆弱的心靈，就像伊甸園裏的蛇引誘了亞當和夏娃。可是現在，教堂裏的蜜蜂了無蹤跡，竄來竄去的愛的氣流衰弱得連一支蠟燭都吹不熄。

表面上看，反反覆覆的洗胃讓凱瑟琳修女元氣大傷，其實真正讓她形容枯槁、柔腸寸斷的，是這生不如死的苦難人生。由死亡和歡娛構成的愛的翅膀折斷了，可悲的是斷掉的那隻翅膀是死亡，而不是歡娛。如果上帝可以追問，她真想跪在他的面前乞問：進你的國，難道真的就這樣難嗎？

那天另一個大肚子的女人，是馬修的妻子安妮，她已經懷孕七個多月了。清晨她挺著肚子來爲馬修祈禱，在送馬修出教堂大門時，安妮大叫一聲：「馬修，孩子等著你哩！」

馬修和安妮已經有兩個孩子，馬修不明白妻子說的究竟是已經出生的孩子們，還是沒有出生的那個。他回頭望了安妮一眼，說：「好吧，就讓他等著吧。」

昨晚大概下了一場不大不小的春雨，早晨的空氣很清新濕潤，大地呼出嬰兒一般的氣息。天還沒有亮透，對岸的卡瓦格博雪山還籠罩在雲層之中。今天都伯修士和馬修如果一切順利的話，將上到雪山的半山腰，明天他們便可以翻越雪山埡口，然後下到怒江大峽谷，順著這條峽谷進入到西藏腹地。

他們選擇了敵人後方的一條冒險的線路，因爲瀾滄江東岸的驛道都被喇嘛們封鎖了，連一隻有基督印記的鳥兒都不能從東岸飛過。當過兵的都伯修士說，最安全的道路就是敵人鼻子低下的那一條。

人們目送兩個男人寬闊的背影出了教堂，隨他們去的還有教堂的一條藏獒摩比，他們的身影很快消失在山坡下。大家又不約而同地上到了教堂圍牆的垛樓上，在那裏，他們牽掛的目光可以被拉得更遠。

沙利士神父把教堂的望遠鏡翻出來，不等多久就往峽谷對岸張望。快到中午時，沙利士神父終於在對岸半山腰的灌木叢中發現了都伯修士的身影，馬修揹著行囊跟在他身後，如果他們能上到雪線以上，那就基本上安全了。

沙利士神父剛剛鬆了一口氣，忽然發現從另一座更爲險峻的山梁上，幾個紅色的身影在陡峭的山路上閃現。兩條山梁在峽谷裏幾乎呈平行狀態，在雪線的下方處交會，遠遠望去，就像一個人伸出的兩條大腿。

神父用望遠鏡仔細追蹤著那些在西藏高原的湛藍天空下隨處可見的絳紅色身影，越看他的心就越涼。神父判斷，依照這些紅色身影攀登的速度和他們與都伯修士的距離，喇嘛們至少應比都伯修士提前半個小時抵達兩條山梁的交會處。

神父的心一下涼了，「快敲鐘通知他們。」

亞當敲響了教堂的鐘，那急促的鐘聲在峽谷裏帶著某種焦灼的心情傳播出去，但沒傳多遠，就被峽谷裏的大風吹散了。在神父看來，這不是報警的鐘聲，而是爲那兩個迷失了方向的羔羊敲的喪鐘。

「主與都伯修士同在。」神父蒼老的臉上流下了兩行熱淚。

凱瑟琳修女一下暈倒在垛樓上。人們忽然發現鮮血洇紅了她的下身，等大家把她抬到房間裏時，凱瑟琳修女已經流產了。從那天以後，她就再沒有離開過病床，一直到她的另一個親人回到峽谷。

峽谷對岸的山梁上，都伯修士和馬修對即將到來的災難一無所知。都伯修士已經累得氣喘吁吁，大汗淋淋。他身上所有的東西都交給了馬修，但還是快拖不動自己的腳步了。那山梁上的小道幾乎有六七十度的坡度，他們手腳並用地爬行。

都伯修士說：「馬修，這不是人走的路。」

「修士，這是獸道。看見那些蹄印了嗎，豹子的。」

「主啊，牠們可別再來給我們添亂了。」都伯修士在胸前畫了個十字。

「我們有槍哩。」馬修說，「修士，你見到過教皇嗎？他是不是跟我們的活佛一樣大？」

「噢，教皇，他現在離我們多麼遙遠啊！這個老傢伙可難見到啦。」都伯修士揩了一把汗，有些奇怪一個藏族基督徒怎麼會將教皇與佛教徒的活佛相比。「他可比活佛大多了，他管著全世界的基督徒哩。」

「那他的法力一定很厲害。他能把天上的炸雷像扔一個松果一樣扔下來嗎？」

「不，他不能。」

「他可以飄飛在半空中嗎？」

「不。」

「那他可以連續三個月不吃不睡嗎？」

「不能。」

「他可以從江面上徒步走過去嗎？」

「不能。」

「他可以把一束光當手杖使嗎？」

「不能。」

「那麼，他可以降服那些魔鬼嗎？」

「不能。」

「可是……可是，這樣的話，我們爲什麼要聽教皇的呢？」

「走吧，馬修。因爲他是教皇。」

「因爲他是個老傢伙，我們就得聽他的。」馬修幽默地說：「沙利士神父比他還更老，他才應該當教皇。」

「你等著瞧吧，」都伯修士說：「等全西藏人都成了基督徒，他就是我們的教皇了。願主保佑他能活到那一天。」

馬修在山道上回頭往東岸望去，看到教堂像一個紙盒子那般大小。他想起了妻子安妮，彷彿看到了她像大地一般隆起的肚子。馬修想，那是一個兒子呢，不知他是否還來得及趕回來參加兒子的洗禮。

「修士，復活節到來時，我們該翻過卡瓦格博雪山了。」馬修有些遺憾地說。

「唔。」都伯修士想了想，若有所思，「今天是主受難日呢③，教堂裏夠忙的了。」

馬修想起了去年復活節的燭光遊行，教民們手中的蠟燭映紅了教堂，沙利士神父每點燃一支蠟燭，都要高聲唱：「基督的光！」那蠟燭的光芒就像人心裏跳起來的火焰，在每個人的心中溫柔地燃燒。

一年中，無論是復活期還是聖誕期，教堂的慶典總讓喜好節慶、生性樂觀的藏族人很容易把自己的身心融進去。他們敦厚善良，易被感動，對上帝的認識純潔直觀。就像他們對雪山的敬畏一樣，上帝和他的國絕不是虛無縹緲的，你只要相信，他就在路的前方。

瑪利亞，請你告訴我，妳在路上看到了什麼？
我看見了永生基督的墳墓，
和他復活後無比的光榮，
還看見天使作證，又有汗巾和殮布。
基督，我的期望已經復活，
他要先我們而去加里肋亞。
我們知道，基督從死者中復活了。

馬修還想得起去年復活節時他唱過的歌。他在寂靜的山谷裏輕輕地哼唱，耶穌將會寬恕他不能在教堂參加復活節慶典的過錯，因爲耶穌能聽到馬修爲他唱的頌歌，耶穌也能感受到馬修中槍時一個基督內心深處的苦難。

那是從前方山崖上的灌木叢中射出來的一槍，槍聲沈悶而突然。子彈準確地打進馬修的右胸，他一屁股坐在了地上。

「修士，喇嘛們來啦。」他喊道。

走在他身後的都伯修士迅速伏在了地上，他抬起頭來，看到了前方約兩百米處幾個紅色的身影。喇嘛們的槍彈劈哩啪啦地打過來，都伯修士忙把馬修拉到岩石後。血正從馬修的肺部流出來，洇浸了他胸前的衣衫。

「噢主啊，噢，全能的上帝。他們還是搶在了我們的前面。」都伯修士一時不知該怎麼辦了。這個經歷過世界上最殘酷的戰爭的人，現在竟然也慌了手腳。

「槍，修士。」馬修困難地說。

都伯修士把馬修肩上的槍取下來，往前方胡亂放了幾槍。他把馬修背上的行囊揹在自己背上，想把他攙扶起來。

「修士，我不能去拉薩了。你自己去吧。」馬修喘著氣說。

「不，我不能丟下你不管。來，我們回去。」

「修士，求求你，別讓他們抓住我。喇嘛的法力會讓我上不了天堂。」都伯修士聽馬修說起過，當年他的父親托馬斯被喇嘛們吊在樹上，讓他的靈魂一直升不到天國。可憐的人，上帝的福音到峽谷以來發生的兩次教案，都給馬修的家族趕上了。

「我發誓，絕不會讓他們抓住你。堅強些，馬修，我們還來得及。」

「修士，給我一槍吧。」

「不！」

「來吧，修士，讓我痛快些。」

「絕不！」

「修士，修士，聽啊，我聽到主的聲音了。基督復活了，墳墓裏不再有死人。」馬修慘澹地笑了笑。

修士把槍口抵近了馬修的頭，他感到自己腳下的大地在下陷，天要垮下來了。

「修士，別傷心，我又要當父親啦！」馬修微笑著說。

「是的，你又要為耶穌生出一個小基督徒啦。你是一個好父親，一個好基督。」都伯修士的槍口在馬修的腦袋上遊動，似乎在找一個準確的射擊點。

「神父會給他付洗的。」

「當然。」都伯修士找好射擊點了，他相信馬修一點也不會痛苦。

「還會給他取個好聽的名字。」

「是的，」都伯修士的手指扣在扳機上，「一個聖人的名字。」

「是一個兒子。」馬修自豪地說。

「當然，是個兒子。」都伯修士痛苦地閉上了眼睛。

「把他交給上帝……修士，你一路上要小心喇嘛，還要提防山谷裏的大風，不要像巴勃神父那樣，被風吹走了。」

多年以來，馬修一直為當年自己沒有為巴勃神父擋住那陣奪他命的大風而後悔不已。他總認為，如果沒有信奉耶穌的教民在神父們身邊，連一根樹枝都可能是一種威脅。

都伯修士哽咽道：「放心吧，馬修，孩子們等我們回去哩。」

「下手啊。」馬修突然提高了聲音：「基督復活了，天使們皆大歡喜。天使啊天使，請等一等……」

都伯修士開了那一槍，打掉了馬修半個腦袋。他的心就像被痛苦的馬修緊緊抓住，以至於他差點憋死過去。喇嘛們的大呼小叫和槍聲越來越近，才讓他清醒過來。

下午的太陽非常火辣，山谷裏空氣悶熱，一點風也沒有。都伯修士拼命往雪山上爬，喇嘛們的槍子兒像蜜蜂一樣在他的身後飛舞。在到達雪線時，他累癱在淺淺的雪地上，他的大腿上已經中了一槍。

都伯修士已經看見了前方的冰川，像一條懸在頭頂上的白色的河，冰川的上面才是雪山埡口。幾年以前，凱瑟琳修女的男人澤仁達娃，就是從這個埡口翻過了卡瓦格博雪山，下到怒江峽谷。也是在這片山谷裏，他回來時受到了雷霆的追擊，幸運的是他被拯救了。可是，現在有誰來拯救孤獨無援的都伯修士？

喇嘛們追擊的腳步已經清晰可聞，一座大山都在顫抖。可憐的修士知道主的召喚臨近了。他把身上的背囊解開，把那些他收集的證據——一疊用油紙包好的照片——取出來，剛才喇嘛打向馬修的那一槍穿胸而過，將油紙包也擊穿了，馬修的鮮血浸透了紙包，使它顯得沈甸甸的。

「但願他們還看得清那些照片。」他把它捆在藏獒摩比的背上，「夥計，我走不動了。把這東西送回教堂吧，基督的冤屈全指望你了。願主保佑你。」他指指教堂的方向。

但是摩比不走，用戀戀不捨的眼光看著他。

「走吧，看在主的份上，去告訴他們真相！」都伯修士用手拍了一下摩比的後腿。

喇嘛們的子彈又飛過來了，都伯修士想爬起來，但是一顆子彈又打中了他的腹部，強大的衝擊力讓他一個翻身從雪坡上滑了下去，一直滑到山澗的深處。

都伯修士醒來時，不知道自己究竟在哪裡。山谷裏再也聽不到喇嘛們的叫聲和槍聲，「主啊，是你趕走了這些像蒼蠅一樣的傢伙。」他嘀咕道，卻沒想到這句祈禱觸犯了山谷裏的蒼蠅國王。

都伯修士發現自己正被強大的蒼蠅集團所包圍，像籠罩在他頭上的一小團黑色的烏雲，蒼蠅們叮得他連眼睛都睜不開。

他渾身是血，黑壓壓的蒼蠅爬滿全身，使他像個蒼蠅人。蒼蠅尖尖的吸嘴像一支吸血管，貪婪地吸吮著他的血，就像他當初吸吮凱瑟琳修女雪白的肌膚一樣。

「噢主啊，噢，這些吸血鬼。」他悲哀地叫道。

蠅群嗡嗡的叫聲，讓他不能不想起二戰時德國人的機群，容克—八七式轟炸機和梅—一〇九戰鬥機的嗥叫都沒有這些蒼蠅的叫聲令人沮喪。因爲這是西藏所有蒼蠅推出的復仇者，哪怕只是一隻，也可以把巨人都伯擊倒。況且都伯修士的防線徹底垮了，成千上萬的敵人從缺口處蜂擁而入，他不過是一塊擺放在案板上的鮮血淋淋的大肉。

「走開。」他說，「我是都伯修士。」他想故伎重演，靠自己從前和蒼蠅的戰鬥中贏得的威望嚇唬住對手。

蠅群嗡嗡地歡叫著，並不飛走，彷彿是在嘲笑一個被廢黜了的將軍的命令。

「主，你爲什麼要離棄我？」他哽咽道，但是沒有流淚。不是他害怕和恐懼，而是感到深深的屈辱。「啊凱瑟琳，啊主啊，凱瑟琳……」

最後，都伯修士在半昏迷中，終於看見了那隻蒼蠅王國的國王，牠比噩夢中的幻覺還要巨大可怖。牠或許有一隻公蜂那麼大，或許可與德國人的飛機相比。牠像一個土著部落的酋長，指揮著牠的部落向生命之光一點點暗淡下去的都伯修士發起輪番進攻。

這位酋長高高在上，聲色不露，但是都伯修士清楚地看見了牠尖長的吸嘴，還有牠鋒利的爪子，像牙齒一樣張開的翅膀。牠在都伯修士的頭頂盤旋，巨大的羽翼帶著死亡的陰影在雪地上游動，一圈又一圈地向都伯修士覆蓋過來。主啊，世界上有誰見過這樣大的蒼蠅啊？

「你不是蒼蠅王國的國王，就是天使！」都伯修士嘟囔道。

牠降下來了，落在離都伯修士不遠處的一棵小松樹上。兇悍的眼睛死死盯著血肉模糊的都伯修士。牠的頭上光禿禿的，專啄人肉的嘴看上去比刀子還要堅硬。天空中，牠更多的同伴大張著翅膀滑翔下來了。如果你要升往天國，牠們是最好的工具，就像馬是峽谷裏的人們最好的朋友一樣。

「我知道你啦。」都伯修士用盡了最後一絲力氣絕望地喊：「你這西藏的黑色天使，飛行在天空中的棺材，下手吧，懦夫！」

在雪坡上，喇嘛們還在追逐教堂的藏獒摩比。

摩比馱著都伯修士的照片在喇嘛們的圍攻下左衝右突。牠動作靈巧、奔跑速度奇快，能把飛奔的岩羊一槍打下來的喇嘛，此時也拿牠沒有辦法。

他們看見了狗身上捆著的東西，「那裏面裝的是黃金。」一個喇嘛叫道。於是他們追得更來勁了，他們忘了觀察狗逃跑的路線，忘了已經追上了冰川，聖潔的雪山就在眼前。他們邊追邊開槍，槍聲在這終年人煙罕跡的冰川上蕩漾開來，撕裂著純淨的空氣，使天空中的神靈也顫慄不已。子彈打在萬年冰川上，冰渣四處飛濺，形成一團團的霧氣，像神山的嘆氣。

喇嘛們為了捕捉到那狗，已經打光了槍裏的所有子彈，他們只有和摩比拼體力和耐力。一個喇嘛甚至想，如果獲得了那狗身上的黃金，我就可以爲寺廟裏的蓮花生大師的佛像鍍一層金粉了。

他的幻想忽然插上了翅膀，在雪山上飛騰起來了，他升到了空中。

這時他才恍然大悟，大叫一聲：「神山發怒了！」然後，他就被一股白色的氣流捲了起來，橫空拋了出去。那飛向深淵的姿態像一隻紅色的鳥兒，在天地間一晃，就不見了蹤影。

跟在後面的幾個喇嘛這才聽到神山怒吼的聲音，那是地獄裏的猛獸出籠，但卻從天而降。他們看到山坡上的雪像瀾滄江的洪流一樣滾滾而來，他們沒有躲避，也沒有時間躲避。只是衝著高在雲端深處的卡瓦格博雪山俯身跪下去了。但是雪山上的神靈沒有理會他們遲來的虔誠，將他們的生命在一瞬間就收納了。

末日審判

雪山上發生的悲劇，峽谷裏的人們渾然不知，雪崩掩蓋了一切，冰川上就像什麼都沒有發生過。後來苯教法師敦根桑布在雪原上飛行時，看到了那條沒有了主人的藏獒摩比，他收留了牠，把峽谷最深的謎帶到了神靈們的世界。

在我們這個地球上，有許多人的命運結局不爲人所知。他們就像某個與我們擦肩而過的陌生人，當我們驀然回首時，只看到一個消失在悠悠歲月中的背影。我們只能根據這些模糊的背影，尋找他們曾經走過的足跡。

沙利士神父那段時間唯一可做的事情，就是屈指掐算著都伯修士的行程，當他認為國民政府該來解救峽谷裏受困的基督時，一隊國民黨兵開到了峽谷。神父欣慰地對自己的信徒宣布道：

「主護佑著都伯修士和馬修的平安，基督的福祉降臨了。」

但是殘酷的現實嘲弄了沙利士神父的宣言。那是一隊被紅漢人擊潰的國民政府殘軍，帶隊的是一個吊著一隻胳膊的團長，可是他對百姓下起毒手來，比兩隻手都健全的人還要狠毒。他們先洗劫了左鹽田，就像一群惡狼撲進了羊群。左鹽田的納西女人們最先遭殃，孩子的哭喊和婦女的尖叫讓行雲落淚，雪山蒙羞。然後是左鹽田的牛羊、糧食和家財，最後是他們的房子，稍有反抗的納西人家的房屋全被一把火燒了。

那是地獄裏的一天，十幾名受辱的婦女跳進了瀾滄江，她們中年齡最大的近五十歲，最小的才十三四歲。納西族長和萬祥是第一個被殺的男人，他試圖阻擋國民政府的軍隊對女人和糧食的要求，他說：「如果你們肚子餓了，我們可以賣糧食給你們，甚至可以請你們到家裏來吃飯；如果你們需要女人，請不要動我們的妻子和女兒。」

但是一個下級軍官一槍就打在和萬祥的肚子上，他說：「你們不是自己宣布解放了嗎？這就是你們的解放。」

東巴和阿貴想通過做法事迎請納西人的神靈來解救遭受災難的村莊，他的法鈴剛剛搖響，一個大兵揮起槍托就將他打倒在地，把那召喚神靈的法鈴踢到了牛圈裏，還說：「煩不煩哪，裝神弄鬼的幹嘛。」

左鹽田的血腥味飄到了山澗對面的右鹽田，年輕一些的女人全都失去了說話的能力，恐懼攫住了每一個人的心。從山梁那邊升起的黑煙直達到雲層之上，並且久久不散。峽谷裏那麼猛烈的大風，竟然沒有吹散這象徵著死亡與災難的濃煙，它們就像凍結在天空中一樣。

一些教民聚在教堂裏，讓沙利士神父想個辦法。神父說：「他們是政府的正規軍，不是澤仁達娃的土匪武裝，可怎麼連土匪都不如？如果他們有大炮，教堂的抵抗也是無意義的。」

「神父，我們的妻子和孩子，地裏的莊稼和牛羊，都是在主耶穌的護佑之下的，難道今天就是你說的世界末日嗎？」一個教民問。

「如果末日的審判到了，我們要爲主的光榮作好準備。」沙利士神父吩咐亞當說：「敲鐘吧，榮耀天主的時刻到了。讓我們上圍牆。」

急促的鐘聲在村莊上空回蕩，教民們從沒聽到過教堂的鐘聲如此驚惶緊迫。那鐘聲彷彿在說，耶穌有難了，快去拯救遇難的基督。村子裏從十幾歲到六十多歲的男人都帶上了家裏能找到的自衛武器——火繩槍、弓弩、長刀、鐵矛、斧子，女人們則帶來了菜刀、剪子、錐子，即便她們不能用它來殺死敵人，也可用來殺死自己。

天快黑時，在左鹽田作惡夠了的魔鬼們挾帶著死亡的氣息向右鹽田撲來。神父站在牆頭，手拿一支頂端鑲有銅十字架的法杖，悲愴地喊道：「天主的子民，讓我們跟隨主的召喚，與祂同去！」

奔殺而來的馬隊大約有兩百來人，張狂的蹄聲敲打著寧靜的驛道，攪起的塵土沖天而起，像隨同魔鬼一同撲來的霧瘴。兩個修女和其他女人們一樣，準備好了剪刀，當教堂被攻破時，也就是她們爲主獻身、保持貞潔的最後時刻。村民們在胸前畫著十字，低聲的祈禱，有個教民唱起了讚美詩，然後大家低沈地跟著一起唱——

父啊，這杯酒，這杯酒，這杯苦酒，
你是否要我把它喝乾？
我心煩意亂，我害怕；
求你賜我力量，求你給我勇氣。
揹起十字架，揹起十字架，
走到骷髏山下，走到骷髏山腰，
走到骷髏山上，像一隻綿羊，
在屠刀下，沒有抵抗。

低迴婉轉的歌聲在教堂上空盤桓，像一道悲壯的牆，準備同一切來犯者同歸於盡。教民們都清楚，這不是和喇嘛們的戰鬥，喇嘛們只衝著教堂的十字架和神父而來，今天他們面對的禽獸是要霸佔他們的女人、孩子、房子、牛羊。他們寧願速死，也不願看到那悲慘的一幕在自己的眼前發生。

馬隊衝到離教堂兩百米處猝然停下，山谷裏靜得像沒有人一樣，死亡的氣息卻在四處蔓延。雙方對峙了約五分鐘，對方顯然在觀察估量這視死如歸的教堂。一個教民實在忍受不了這決死前的拖延，他猛然站在牆頭上，發出藏族人驅趕野獸的那種高亢激昂的吆喝：

「膽小鬼，下地獄去吧！」然後他用火繩槍衝那邊打了一槍。

令人驚奇的是對方沒有還擊，也沒有提韁衝鋒。一個士兵下馬往前走了十幾步，大喊：「不要開槍，我們長官有話對你們講。」

他說的是漢話，圍牆上只有沙利士神父聽懂了，他招呼教民們安靜，然後站在垛樓上，用久已生疏的漢話說：「這裏是教堂，是受國民政府保護的。看在主的份上，我希望你們善待自己的仁慈！」

這時，一個軍官模樣的人站到了馬隊前，高聲問：「你就是那神父嗎？」

沙利士神父凜然答道：「正是。如果你有罪過要懺悔，可以對我說；如果你有什麼災難要降臨到這個村莊，我向耶穌發誓，你要下地獄。」

那軍官說：「別緊張，能下來談談嗎？」

神父回答說：「與人交談，拯救有罪的靈魂，正是我的天職。」神父把法杖交給亞當，對教民們說：「假如我回不來了，相信主，祂會幫你們度過這一劫。」

教民們全都跪下了，很多人淚流滿面，他們乞求神父不要離開。神父將他們一一攙起，可是他發現，他永遠攙扶不盡這些屠刀面前的羔羊了。因爲當他去攙扶下一個時，剛扶起來的那個又跪下了。

神父此時也老淚縱橫，說了句與自己的聖職不相稱的話：「這不是爲了使你們得救，而是我自己也看不到災難的盡頭了。」

一刻鐘後，沙利士神父站到了軍官的面前，看到他骯髒的軍服領口後掛著的銀白色十字架。他威嚴地說：「你這罪人，難道見了十字架還不知道懺悔嗎？」

軍官沒有發怒，笑著問：「是新教教堂嗎？」

「不，是天主教的聖母聖心教堂。」

「可惜，我是新教教徒呢。」軍官說。

「那有什麼區別，在上帝面前，你都是有罪的。」神父喝道。

「誰知道呢？皈依了上帝的人都有罪。神父，我想看看你的教堂。上帝啊，我有好多年沒有進過教堂了。如果你允許，我還想請你聽聽我的懺悔。」他見神父沒有反應，又自己嘀咕道：「誰知道這是不是最後一次懺悔。」

「可憐的罪人，但願我能醫治你邪惡的靈魂。」神父鬆了一口氣，「你的士兵，那些異教徒，不能進村莊和教堂。」

軍官大度地說：「遵命，神父。這些傢伙本來就只配在路邊吃土。神父，你先請吧，我隨後就來。我保證，一個人。」

神父回到教堂時，人們用疑惑驚恐的目光望著他。神父說：「都回去吧。主再一次顯示了自己的力量，那是一支由一個基督徒帶領的軍隊。唉，多年來這樣的事情還是第一次。這是主的恩典。」

「可是他們在左鹽田燒房子、搶女人。」一個教民說。

神父一時語塞，竟然說：「誰叫他們不信奉我主耶穌。當年十字軍東征攻下聖城耶路撒冷時，異教徒的屍體和鮮血淹過了十字軍戰馬的馬膝。」他看著驚詫得張惶失措的教民們，又說：「主自會審判他們的罪孽，至少我們現在安全了。回去吧回去吧。」

當神父爲那個軍官打開教堂的大門時，他驚詫於自己的眼睛。他看到一個西裝革履、紳士味十足的中年男人站在他的面前，儘管他的左手還用繃帶吊在胸前。

「神父，你瞧，我信守了我的諾言。我可以進來了嗎？」

「天國的大門永遠向迷途的羔羊開啓，」神父揉了揉自己的眼睛，確信自己沒有看錯人，「請吧，尊敬的軍官先生。」

他們進了教堂的院子，向教堂大殿走去，神父說：「自這所教堂建立以來，還沒有一個新教教徒進過這扇大門。不過在此特殊時刻，讓我們摒棄教派之爭，都皈依到天主的仁慈之下吧。」

「是上帝的仁慈。」軍官說。

「都一樣，」神父說，「他的慈悲與憐憫對我們同樣重要。」他把祭臺上的蠟燭點燃，教堂籠罩在一片柔和朦朧的燭光之中。

軍官在耶穌的聖像前單腿跪下，低頭畫了個十字。然後他嘀咕道：「天主教的教堂我也是第一次進呢，要是我媽媽知道了，肯定會打我屁股。」

神父問：「你是在哪裡受的洗？」

「上海徐家匯耶穌聖心教堂。」軍官在教堂裏四處打量。

「噢，主，那可離這裏很遙遠。」神父感嘆道。

「是啊，命運把我拋到這裏來了。」軍官傷感地說。

「是主把你感召到這裏的。」神父肯定地說。

「誰知道呢？」這是軍官的口頭禪，也許這隻迷途的羔羊永遠找不到去天國的路了，甚至連回家的路都找不到。沙利士神父想。

「神父，你看我們能打贏這場戰爭嗎？」軍官突兀地問。

「我不是占星術士，我只拯救有罪的靈魂。」神父矜持地說，「多年以前，一支軍隊被你們追趕到這裏，但是現在輪到你們被他們追趕。當兔子也會追趕獵人的時候，主的光芒就照耀在兔子身上了。」

「可他們是不信耶穌基督的。」

「誰知道呢？」現在輪到神父來說這句話了。「他們離你們有多遠？」

「已經過了金沙江進入藏區了。雲南、四川那邊全都赤紅一片啦。神父，你也不會有好日子過了。」

「那有什麼關係，關鍵看他們有沒有信仰。」神父說。

「當然他們有信仰，不過他們信仰蘇俄那一套。一個大鬍子德國人馬克思，一個小鬍子俄國人列寧，還有一個不留鬍子的毛澤東，就是他們的彌賽亞。」軍官怨氣沖天地說。

「我也很奇怪哩，這個世界越來越亂了。彌賽亞太多啦，上帝會憂鬱的。」神父說。

「他們就像有神相助，三下五除二地就把政府的軍隊打垮了。神父，獵人還會追趕兔子嗎？」

「以納西人的眼光看，喏，就是白天被你的軍隊搶劫的那個村莊，萬物是有靈的。自然中的一切東西，無論是山水草木，還是飛禽走獸，都是神靈的化身。自然和人是兄弟，兔子和獵人也是兄弟。既然是兄弟，誰追誰，不過是一場遊戲。你何必在乎那麼多呢？」

軍官有些不明白神父的話，「可這畢竟是打仗，是要死人的。我最關心的，並不是誰的主義好，而是我能不能活下去。」軍官顯得有些急迫。

「你先懺悔吧。」神父走進了懺悔室，放下布簾，「我的孩子，說出你的罪過。」

很長一段時間，神父沒有聽到外面的聲音，他以爲那個罪人消失了，或者被風吹走了。這時，他聽到一陣低低的啜泣，「我也不知道怎麼走到今天這一步，就像一件摔爛了的珍貴瓷器，誰還珍惜它當初的完美與高雅呢？要是當年聽我母親的話，進神學院，然後做一名上帝的使徒，哪裡會有今天？可那時正在打日本人，我父親非要讓我上軍校，他說國家更需要熱血男兒，而不是牧師。」

「說說你今天的罪行。」神父冷冷地說。

「我有罪，神父。他們搶糧食，搶女人，都是在我的眼皮下幹的，我沒有制止他們。我們這樣做，不是由於我們手裏有槍，而是因爲我們害怕。我們走在山路上，連一隻烏鴉飛過都要讓我們驚恐半天。我們還孤獨，思念家鄉，在藏區轉了一個多月了，天天都和死亡打照面，軍官們看不到前途，士兵們只想女人，及時行樂，過一天算一天。神父，別看我的隊伍有兩百多號人，可一大半是拉來的土匪武裝，如果我制止他們，我們就會火拼一場。仗打到這個份上，已經沒有禮義廉恥和耶穌基督了。其實，我也肚子餓啊神父。」

「我主耶穌把麵餅分給他的門徒，讓成千上萬的人都吃飽了肚子。你應該記得耶穌的奧跡。」

「神父，我怎麼能跟一幫餓紅了眼，不知明天腦袋是否還在肩膀上的大兵講耶穌？」

「正是這生死存亡的關頭，人的靈魂才能獲救。一支沒有信仰的軍隊，是支持不了多久的。多年前被你們追趕的那支軍隊，路過這左、右鹽田，雞不飛狗不叫，對百姓秋毫無犯。他們儘管衣衫不整，武器破舊簡陋，但走到哪裡，還沒有喪失掉他們的仁慈和美德。彷彿他們並不是被追趕者，而是一群去開拓新大陸的人，是摩西引導猶太人出埃及的上帝的寵民。我的孩子，請對比一下你的軍隊的所爲吧。」

「神父，如此看來，我們是一點希望都沒有了嗎？」

「如果你的軍隊不可教化，如果他們依然堅持異教徒的暴行，如果你還把自己當成一個基督，那麼，放下武器，重新皈依到天主的仁慈之下吧。」

「可是，可是，即便上帝赦免了我的罪，共產黨不會寬恕我的。我跟他們打了那麼多年，他們會殺了我的。」

「殺人者終將被人殺，與其拿起武器，不如舉起聖十字架。」

外面沈默良久，似乎軍官在想武器和十字架孰輕孰重。

「晚了，神父。」他的聲音陰鬱而空洞，像來自地獄的邊緣。「上帝與你同在。」他說。

「主與你同在。」神父灰心地想，這顆罪惡的心靈，他是拯救不了啦。

軍官起身告辭，神父從懺悔室裏出來時，只看到軍官寬闊、筆挺的背影。他似乎在抹眼淚。神父內心深處發出一聲嘆息，他衝那背影喊：

「在你刀光劍影、充滿血腥的日子裏，請留下一點點時間，接受末日的審判吧。天國近了，你應當懺悔！」

這聲音在兵荒馬亂的歲月裏，從西藏的教堂內喊出，顯得那樣地遙遠和凝重，彷彿是耶穌在聖城耶路撒冷的聲音，穿過漫長的時光隧道，把上帝即將來臨的憤怒審判告示於他的罪人面前，令人恐懼，又讓人沮喪、悲哀。

軍官在教堂的門口站住了，就像站在審判臺上的罪人，一動不動，長久才說：「他媽的，會有人來審判我的。」

兩天以後，紅漢人的軍隊就打過來了。他們在左鹽田一側的一個山頭上，和國民黨殘軍打了一戰，嘹亮的軍號和衝鋒的吶喊瞬間就如洪水一般，淹沒了曾經在百姓們面前不可一世的白色漢人。他們被追趕到瀾滄江邊，可是沒有誰敢把自己掛到溜索上去，儘管那樣或許可以保一條命。

有幾個白色漢人試圖游過江去，但是他們的頭像江水中飄零的幾截朽木，轉瞬就不見了蹤影。一些白色漢人跪在地上，把手裏的槍舉得高高的，另一些知道自己最終逃不脫紅漢人懲罰的軍官拔槍自盡。

那個吊著一條胳膊的敗兵團長在這時想起了耶穌基督，他往教堂方向跑，不知是想去贏得上帝的護佑，還是想找神父做最後的懺悔。他一身是血地闖進了教堂，不知是哪裡又負了傷，用哭泣的嗓音問：「神父，末日審判來了。」

沙利士神父寬慰他道：「這是誰也躲不過的事情。讓我先給你看看傷吧？」

在沙利士神父給他檢查傷口時，幾個追擊而來的紅漢人士兵衝了進來。沙利士神父伸出雙手試圖攔住他們，說：「請讓我給他包紮好傷口，你們再帶他走。」

一個紅漢人士兵一槍托打在沙利士神父的肚子上，「要抓的就是你。你們都是一路貨色！」

個人的失敗

此時才是峽谷真正的解放。前些日子由那隻雲雀宣布的解放，不過是一些上層人物爲了向紅漢人表示友好，提前發佈的一個消息。沙利士神父被帶到紅漢人的戰俘營裏，很快就被單獨提審，幾個軍官問明了他的身分，倒也沒有怎麼爲難他，很快就把他放了。臨走時他們告訴他，待在自己的教堂，不要亂說亂動。

沙利士神父微微顫顫地回到教堂，教民們都在等他。那一槍托讓他一直很難受，更令他難受的是，這些紅漢人和他們第一次來時，似乎不是同一支軍隊了。因此當凱瑟琳修女問他是否在紅漢人那裏吃了苦頭時，沙利士神父嘆了口氣說：「人一旦成爲追擊者，就缺少了主耶穌的仁慈與厚愛了。」

人們發現紅漢人的軍隊裏，有一個藏話說得非常流利的年輕軍官。這個長有兩個舌頭的青年身材高大魁梧，看上去有些面熟。直到他帶了幾個紅漢人到了教堂，喊臥病在床的凱瑟琳修女「媽媽」時，人們才恍然大悟，噢，主啊，他是木芳的兒子！

但在許多方面，紅漢人表現得跟他們上次來到峽谷一樣，紀律嚴明，樸實熱情。他們爲老百姓挑水、揹柴、耕地，還到鹽田幫曬鹽女們揹鹽鹵水。他們動作迅速，很快就在各個村莊插上了自己的紅色旗幟，然後召開公審大會，將那個被俘的敗兵團長和幾個土匪頭子槍決了。沙利士神父曾經向紅漢人請求在槍斃敗兵團長前，允許他去給那團長做臨終懺悔和敷油聖事，但被拒絕。

儘管他一再向紅漢人解釋，這是一個基督徒最後的願望，希望他們能滿足他。但是紅漢人告訴他：「什麼基督徒？不過是一個雙手沾滿人民鮮血的國民黨反動派。你還要給他披麻帶孝嗎？」

沙利士神父曾經天真地想在這支軍隊中找到他曾經爲他們治過傷的紅漢人，可是他們個個看上去都差不多，幾乎就像一群隨著歲月的流逝而不會有什麼變化的年輕人。不久他就被告知，教堂必須貼出歡迎解放軍的橫幅。因爲每一個藏族村莊都貼出來了。神父沒有辦法，就讓人做了一副橫幅，上面寫著「榮耀屬於仁慈的軍隊」，把它掛在教堂外面的驛道路口。

情景雖然看上去不太樂觀，沙利士神父還是以樂觀的語調給教區主教大人寫了一封信（他已經有半年多沒有得到主教大人的音訊了，也不知道其他傳教點的消息）。他在信中寫道：

自紅漢人來了以後，峽谷裏一樣都沒有改變，土司依舊是土司，寺廟的喇嘛照樣供奉他們的神靈，而上帝的子民也沒有受到一絲侵犯。唯一有所改變的，大概是峽谷從此變得更安寧了，紅漢人看上去似乎比白色漢人做事更有效率得多。我想我有充足的理由繼續在這個地方留下來。既然那麼多年來，上帝的聖教事業在強大的藏傳佛教包圍下都堅韌地存活了下來，那麼，上帝的羔羊們同樣可以在紅漢人的世界中生存下去。

這封信還沒有來得及發出去，沙利士神父便接到了紅漢人讓他離開峽谷回國的通知。這個要神父命的通知，是凱瑟琳修女的兒子木學文帶著一個紅漢人的政委來告訴他的。

他們就坐在教堂的陽光下交談，那是一次饒有趣味的談話，表面上看，雙方談的話題風馬牛不相及，實質上則是沙利士神父沒有弄明白在中國政治與宗教的關係。

他爭辯說，你們可見過沒有牧人的羊群嗎？你們不想讓自己的百姓升向天堂嗎？政委說，我們所認爲的天堂就是共產主義，它是實實在在的。要不了幾十年，我們就可以達到這個目標了。你們的天堂裏並沒有什麼具體的目標，好像只有一個上帝。而一切統治階級、帝王將相，都是我們要打倒的。蔣介石不是被我們打倒了嗎？神父以自己多年來在深山峽谷裏對蔣介石極爲膚淺的認識，極力想向政委說清他們和羅馬教會的區別，但是他越說越糊塗，越說越像政委所認定的帝國主義分子。

當他論說到羅馬教會把中國劃爲一個教省，邊藏地區視爲一個大的教區時，就引來政委的猛烈抨擊，他向神父指出：新生的人民共和國是一個獨立主權的國家，有自己的民族尊嚴，也有自己歷史悠久的宗教，如佛教、道教、儒教等，幹嘛要讓你的什麼羅馬教廷來管中國的宗教事務。三日之內，你必須離開這裏。

神父固執地說，要我離開，除非有教皇的手諭。政委更加嚴厲地說，什麼教皇？中國的皇帝、總統、委員長，統統都被我們推翻了。你那個教皇也應該被打倒，讓人民起來革他的命。神父用拉丁語嘀咕了一句，異教徒的言論。政委問，你說什麼？神父苦笑道，我說你現在就在革我的命了。

上午的陽光暖洋洋的，在以往，這是神父喝茶的好時光。他時常會捧一本東巴經書坐在屋頂的平臺上，面對空曠的峽谷和高遠的藍天，喝著亞當或者修女們沖的酥油茶，時睡時醒，一坐就是幾個小時。

可憐的神父忘記了這是人衰老的信號，忘記了自己的存在，忘記了現實和夢的區別，忘記了自己究竟是個神父，還是納西東巴象形文字的研讀者，忘記了頭上日益稀疏的白髮和下巴上越長越密的鬍鬚，忘記了自己究竟從哪裡來，甚至還忘記了山上的杜鵑花一歲一枯榮。當它們年年把峽谷裏的山梁點染得色彩斑斕，像印象派大師的巨幅油畫時，沙利士神父常常會爲這蔚爲壯觀的大自然感動得涕泗橫流。

沙利士神父忽然想到一個關鍵的問題，他問：「你們趕走了神父，誰來照管那些信奉耶穌天主的教民呢？誰來拯救他們的靈魂？我的迷途的羔羊啊。」

政委響亮地說：「毛主席，共產黨。我們不把他們當羔羊，我們要讓他們做新中國的主人。」

「可是人的靈魂生來就是有罪的。這是原罪，知道嗎，尊敬的政委先生？在上帝面前，我們都是罪人。」

「我只知道人民無罪，有罪的是國民黨反動派和帝國主義及其走狗。」

「你說的是政治，我說的是宗教。政委先生。」神父說。

「宗教從來就是爲政治服務的。我說的對吧？」

沙利士神父終於不得不面對自己在右鹽田教區——這個在西藏克服了無數難以想像的困難才建立起來的唯一傳教點——的失敗。導致這場敗局的，不是來自於宗教派別之爭，不是西藏惡劣的自然環境，不是與羅馬教會遙遠的距離，不是民族與民族之間的文化差異，不是語言的巴比倫塔，不是酥油茶和咖啡的味道區別，不是青稞酒與葡萄酒不同的醇香，不是羅馬教堂的尖頂與藏式土掌房的建築風格之不同，當然也不是一個傳教士飄零的白髮，更不是上帝仁慈的目光沒有垂憐到這地球上最偏遠蠻荒的峽谷，而是政治。

「如果你們真要趕我走，那麼，我接受我個人的失敗。」神父微微顫顫地站起身來，緩緩地說：「我不想再多說什麼啦。如果上帝不被更多的人所接受，或者說，雖然我們有一萬個理由證明上帝存在，但卻被地球上另一部分人所不能理解和認知，歷史就會重新製造出一個救世主來。由他來創造一切，並發號施令，帶給人們新的福音。願主保佑我們大家。」

政委笑了，以勝利者的姿態。

政委走了以後，木學文想留下來陪陪他母親，可是凱瑟琳修女從病床上硬撐起來把他擋在門外。

「別進來，」她喑啞著嗓子說：「既然你們趕走了神父，也就可以趕走自己的媽了。」

木學文那時正年輕氣盛，對他母親的落後表現深爲不滿，他站在院子裏高聲說：「媽，全中國的婦女都解放了，可是妳怎麼還執迷不悟？這些騎在你們頭上欺負藏族人的外國傳教士，都是些帝國主義的走狗、特務。」

凱瑟琳修女那時還深深地沈浸在對都伯修士的思念中不能自拔，他似乎是第一個讓她刻骨銘心地感受到了愛的男人，儘管這種愛是在都伯修士離開以後，才一個夜晚一個白天，又一個夜晚又一個白天地增強，就像雨季來臨時天天見漲的江水。可是現在她含辛茹苦養大的兒子，卻說她日思夜想的人是狗，是她在漢地時領教過的曾帶給她深刻屈辱的特務。

「滾出去，你不再是我兒子了。」她喝道。

那是嚴峻而漫長的一天，教堂裏一片死氣，像戰敗的戰場。人們說話走路都是輕輕的，因為沙利士神父彷彿佛教徒的活佛入定了一般，在院子裏一直坐到天黑。

薇娜修女下午時曾小心地到他面前問，如果神父真的要離開，她怎麼辦？神父靜默了許久，薇娜修女的腰都站麻木了，他才說：「服從主的安排吧。」這是他說的唯一一句話。

吃晚飯時，廚子諾斯費了好多口舌才把神父勸到餐桌邊。那是一頓讓諾斯絞盡腦汁的晚餐，神父愛吃的燒小牛肉，土豆泥，烤羊排，炸青豆，鮮菇湯，還有一碟新鮮奶渣和幾個時令蔬菜。天知道諾斯從哪裡搞來這一頓豐盛的晚餐，即便是耶誕節，教堂的餐桌上也難以有這麼多的菜。大概是因為菜很多的原因，人們在作晚餐前的禱告時，把經文默念了一遍又一遍，可是神父面對菜肴豐盛的餐桌就像睡著了。最後，他只喝了半碗酥油茶，就起身回自己的房間去了。

「儘管他們和第一次來的紅漢人是同樣的軍隊，但是現在他們不站在你的一邊。」沙利士神父在房間裏轉來轉去，不知道自己該先收拾些什麼。房間裏凌亂得如他的思緒。

他已經在這片隱秘的峽谷生活了四十多年了，他忽然發現自己根本就沒有考慮過離開這裏。他根本就不知道該如何收拾要和這片土地分離的心情！無論是教會要他回去述職，還是巴黎那些大學和學術機構的邀請，都沒有讓他產生過一絲離開自己的信徒的念頭。

在這段漫長的歲月裏，他對上帝的事業是否能在西藏獲得成功已不再在乎，當年來到峽谷之初一心要爲上帝獻身的狂熱、執著、理想，現在已經變成連他自己都感到吃驚的冷靜、隱忍、沈默。甚至連傳教士們經常提在口中的異教徒，他也能以超然的態度來對待，他已經是納西人的朋友，西方公認的納西學者。誰知道再假以時日，他會不會成爲佛教徒的朋友，成爲一個藏學專家呢？——只要上帝給他時間和機會。

主啊，教會和中國新生的政府會不會達成某種協議呢？現在的境況是否像滿清王朝垮臺後，國民政府坐穩江山以前那一段黑暗混亂的時期？當蔣介石委員長成了中國的統治者，他不是還討了一個教民世家的閨秀作妻子嗎？清朝皇帝發給的傳教護照，他們照樣承認。事實上，任何一個穩定的社會，一定是有信德的社會，當中國的混亂被共產黨結束以後，誰知道他們會不會把教會的教士們再請回來呢？

神父不由得樂觀起來，樂觀到不想帶走什麼東西。最後，他只收了三套換洗衣服和一本聖經。他明確地聽到了主的旨意，他必將回來。多則八九年，少則兩三年，這峽谷裏教堂還是教堂，神父還是神父。

深夜十二點了，沙利士神父忽然精神抖擻，一反下午時的萎靡不振。他叫醒了亞當，把他帶到教堂的懺悔室。

亞當以爲自己在夢裏，因爲他看見神父的眼睛像黑暗中的豹眼，熠熠閃光。他跟著神父來到教堂的懺悔室，亞當不解地問：「神父，你要聽懺悔，是不是太早了點？」

沙利士神父狡黠地笑笑：「我要你看一個秘密。來，掀開這塊地板。」

他指指懺悔室裏平時自己坐的那張高高的凳子下，亞當舉著酥油燈趴在地上，好不容易才找到了上面隱藏的機關。

在這個世紀末，教堂的新神父安多德也是在這樣的一個夜晚，在凱瑟琳修女的指點下，才發現教堂最後的秘密。此刻，這個秘密在亞當看來一文不值，神父半夜三更地叫他起來，不過是讓他將一大摞手稿和納西人的東巴經書抱到地窖裏去。神父老了，老得抱不動自己看的書和寫的東西了。亞當想。

他們在地窖裏折騰到凌晨三點，才把一切都收拾好。手稿和東巴經書都裝在一個密封的大鐵箱裏。亞當記得，這個大鐵箱還是當年天上的神鷹給神父投來早餐的那只箱子。

在出地窖前，亞當多了一句嘴，他問：「神父，你藏的這些東西，難道比珠寶玉石還值錢嗎？」

「珠寶玉石值幾個價？這是無價之寶啊。」神父撫摸著用油紙包裹得密密實實的書稿說，彷彿撫摸著一個聖嬰。

神父沈默良久，又說：「亞當，我走後，對你有個要求。」

嘴快的亞當說：「神父，不用你說，我已經知道了。盡心侍奉我主耶穌，虔誠的祈禱，過一個基督化的生活。」

這個世紀初，峽谷裏的流浪兒亞當被沙利士神父收留以後，便在教堂裏長大，成為教堂的敲鐘人。神父視他如同自己的孩子，他聰明機靈，伶牙俐齒。早些年，神父想給他撮合一門親事，但是亞當說他不願意離開教堂和神父，而他多嘴多舌的毛病有時也讓人討厭。神父突然有些後悔，今晚應該叫諾斯。

「亞當，你說得都對。」神父拉過地窖裏唯一一把椅子，「來，孩子，坐下吧。」

亞當忙說：「神父你坐，我站著。」

「坐下吧，孩子。我主耶穌可以為他的門徒洗腳，你為什麼就不能在一個神父面前坐下呢？」神父把亞當強壓在了椅子上，搞得亞當誠惶誠恐。

「你聽好，亞當，」神父指著桌子上的大鐵箱說：「有些秘密會在黑暗中腐爛，有的則是森林中的火星，與其讓它燃燒起來招致災難，還不如讓它熄滅；而更多的秘密，將會在時間的河流中被沖洗乾淨，成為歷史。就像瀾滄江中那些巨大的岩石，在水落石出時，人們便會發現，洪水滔天時的波浪和漩渦，不過是這些沈默的岩石與水流在抗爭罷了。你知道，這是我二十多年的心血。日本人曾經毀過它一次，這幾年，我又重新將它復原了。就像一個失去眼珠的人，重新看到了光明。」

「神父，我知道。你為了這些納西人的東西，經常吃飯睡覺都忘了呢。」

「連我的聖職都快忘了。亞當，我還沒有做完這件工作。我不希望再在路上遺失這些寶貝。因此我把它們留下來，我還會回來的，主已經明示我了。即便……即便我回不來了，孩子，我請求你，以一個基督的名義，替我保護好它們。」

「神父，放心吧，誰也別想從我這裏奪走你的寶貝。」亞當肯定地說。

「只要你管好自己的嘴，就沒有人來奪走它們。如今你是知道這個地窖的最後一個人了。」

「神父，我發誓……」亞當舉起了自己的右手。

「在天主面前，毋妄誓。」神父將手摸到亞當的頭頂上，動情地說：「我把自己活下去的勇氣和信心都交給你了。我們都是和上帝有契約的信徒，現在，我和你也有了一個契約。」神父的語調哽咽起來，「孩子，別讓一個老人失望。」

亞當感到自己渾身的血在往上湧，他從椅子上滑下來，跪在神父的腳下，「神父，我會報答你的。」

「報答天主吧。」神父把他扶起來，「走，讓我們去迎接天國的光芒。」

那個晚上，沙利士神父像一個夢遊症患者一樣，在教堂裏轉來轉去，亞當一直在他身後陪伴著他。在耶穌的聖像前，神父長跪不起，昏暗的教堂內，只有聖臺前的兩盞酥油燈若明若暗，悲切壓抑，像神父此刻的心情。

神父後來起身到聖臺上，拿起上面的一個十字架吻了吻。從這裏往下望去，教堂內一片昏暗模糊。這裏曾經是他的講臺，他的戰場，他的生命立足點。除了這裏，世界上再沒有一個地方可以令他有榮耀天主的成就感了。

他隨後又夢遊到聖臺旁邊的聖器室裏，把那些做彌撒和瞻禮時用的枝形燭臺、花架、法杖一一撫摸了一遍，親吻了一遍。裏面的東西他一樣都不想帶走，包括那些不同祭日穿的法衣。因爲他堅定地認爲，這些屬於上帝的東西總有人會用得著的。誰將會是他走後那佈道的神父？

他從教堂內出來時，天色已經微亮。「該敲鐘了。」他喃喃說，向教堂圍牆上的垛樓走去。在他艱難地想爬上垛樓的臺階時，亞當從後面拉住了他，「神父，還不到時辰呢。」

「該敲鐘了。」神父固執地說，想從亞當手裏掙扎出來。

「好吧，」亞當把神父擋在身後，「今天我就敲一次早鐘吧。但願聖母瑪利亞不會責怪我。」

亞當爬上了垛樓，過去的每個凌晨，亞當都是這樣披著晨曦的光芒敲響教堂的鐘聲。那是耶穌的召喚，是和瀾滄江對岸的佛教徒競賽的鐘聲。他看見亞當使勁地晃動著鐘繩，可是他竟然沒有聽到一點聲音傳來。

「使勁敲啊，亞當。天要亮了。」神父揮手喊道。

亞當顯然聽到了神父的呼喚，他敲得更快了。但是神父就像在看一部無聲片，只有動人的情景，卻沒有一點聲音。那鐘錘彷彿不是敲在銅鐘上，而是在敲打一坨棉花。

「我真的老啦，聽不見上帝的鐘聲啦。」神父頹然地放下了自己不斷揮動的手，不能自持地淌下兩行老淚。

第二天，神父到村子裏的教民家一一和他們道別，感謝他們順應了主的感召，皈依到天主的聖寵裏。本來他還打算到左鹽田去跟和阿貴告別的，但是教堂裏的馬都被解放軍徵用去馱軍糧了，神父已沒有勇氣徒步走到左鹽田。

下午，幾個教民抱來了馬修的孩子，要求神父爲他付洗。這時，他強烈地思念起都伯修士和馬修來，他們現在在哪裡?願主的恩寵與他們同在。

那是一個長得很健康的男嬰，用一雙無邪的眼睛滴溜溜地打量著神父，這讓神父一直很鬱悶的心情豁然開朗。

到該給孩子取教名時，沙利士神父不假思索地說：

「安多德。一個聖人的名字，三百多年前，是他第一次把主耶穌的福音帶到了西藏。願主賜福與這個孩子，他將成爲主忠實的僕人。」

後來在這個孩子身上發生的事情，既對沙利士神父的祝福作了無情的嘲弄，也最終證明了他的一片苦心。

在這個世紀末，跟隨主的召喚也做了神父的安多德，聽他母親講起他受洗時的情景，還反問道：「當年沙利士神父爲什麼要給我取這樣一個教名呢？」

第三天，早晨七點，解放軍一個姓趙的排長帶著兩個士兵準時來到了教堂，他們還牽來了一匹馬。神父和教堂的兩個修女早就恭候在大門口，他回頭對修女們說：「時辰到了，人子的光榮終將得到見證。」

修女們依在教堂的大門旁，目光哀哀地和他作最後的道別。神父向她們微笑著說：「我會回來的，至少在大雪封山前。主與妳們同在。」

薇娜修女本來也想跟沙利士神父一起走的，但是她又不忍心拋下病重的凱瑟琳修女。薇娜修女很小的時候就進了澳門的一家修道院，她在廣東的老家還有什麼親人，連她也不知道。與其回到陌生的故鄉，不如服從主的召喚，留在寂寞的峽谷。薇娜修女仁慈的選擇，讓她的後半生命運多舛。

神父原來以爲教堂的大門外應該有一群教民來爲他送行，可是他一個人也沒有看見。在這樣的一個上午，生活跟以往一樣，村子裏的狗吠叫喚出生動的生活氣息，鳥兒在樹上歡唱。這個離別的日子看上去一點也不顯得傷感，甚至有歌聲從村子裏飄來，那是紅漢人的宣傳隊在教村民們唱和讚美詩的旋律大不一樣的革命歌曲。神父在心裏嘀咕道，原來他們唱歌去了。

趙排長示意他的兩個士兵扶沙利士神父上馬，神父上了兩次，都沒有成功。過去，他是先踩在亞當的背上跨到馬背上，但是今天亞當到哪裡去了呢？神父想，或許他不願忍受離別時的傷感罷。

趙排長過來抱住神父的一隻腿，三個人幾乎是將他舉上去的。神父說：「我老了。謝謝。」神父儘量挺直了腰坐在馬背上，決心在離開這生活了四十多年的峽谷的最後時刻，將自己的形象塑造得跟進來時一樣。熱情，謙遜，執著，充滿活力和希望。但是他發現要做到這一點很難。當年他和杜朗迪神父進來時，爲了敲開西藏的大門，可以用兩匹騾子的銀元買下一段被土司們控制的棧道，如今誰還相信他們當初的豪情。

他不能不想起巴勃神父說過的一句話：傳教士在西藏的命運，不過是九死一生地進來，在石頭縫裏播種信仰的種子，然後，被驅除。幸運的巴勃神父，他被峽谷的風吹到了天國，我卻是被中國革命的風吹回去了。他心酸地想。

在走到村口時，那伴隨了沙利士神父幾十年的大風終於吹來讓他感動的歌聲。不是一個人的，而是很多人，也許是所有右鹽田教堂的教民們。他們此刻唱的，不是紅漢人新教給他們的歌曲，而是沙利士神父在每個彌撒日做聖事，從聖杯中傾倒出耶穌的寶血時，教堂總是要迴盪起的歌聲——

「主，我擔不起，你到我心裏來，
主我擔不起啊，你到我心裏來。
只要你說一句話，只要你說一句話，

我的靈魂就會痊癒，就會痊癒。」

沙利士神父欣慰地笑了，這是他自接到紅漢人的通知要離開峽谷以來，第一次在蒼老的臉上露出的笑臉。他拉住了馬韁繩，定定地立在村口，像一個聆聽上帝福音的傾聽者。

歌聲已經消失得連餘音都沒有了，沙利士神父還沒有走的意思。趙排長拍了一下馬屁股，「怎麼不走了？」

沙利士神父回頭對他說：「請讓一個老人享受一下他一生的驕傲。」

趙排長不明白沙利士神父在說什麼，他當然也聽不懂藏族人用藏語唱的聖歌。他不耐煩地說：「走吧走吧，不要囉嗦了。」

沙利士神父心情良好，慈祥地對他說：「孩子，我真想與你一同分享啊。」

但是趙排長一句話，從此就破壞了沙利士神父的好心情，「誰是你的孩子？別忘了，我們現在是西藏的主人，不是你了。快走！」

峽谷的風吹送著黯然神傷的沙利士神父一路南行，他心情沮喪，話語很少，就像一個被逐出比賽場的老選手。上帝不僅再不給他機會，而且還讓他衰老得連失敗都不敢面對。

他們翻越了四座大雪山，快要走到藏區的邊緣進入雲南納西地時，教堂的廚子諾斯飛馬趕了上來，沙利士神父心裏長長地吁了口氣，四十多年的傳教生涯總算沒有白白度過，藏族人為朋友送行的方式總是出乎你的意外。

諾斯星夜兼程趕來並不是來道別，只是為了向沙利士神父捎一個重要的口信。諾斯說：「神父，亞當讓我帶句話給你，他請你放心，他已經在上帝面前收藏好了你交給他的契約。」

神父滿足地說：「我知道。他是個好基督。」

諾斯哭著說：「神父啊，亞當把一顆子彈打進自己的嘴裏啦。」

沙利士神父驚得差點從馬背上摔了下來，他仰天長嘆：「亞當啊，我的孩子，我有罪！」

沙利士神父走出去很遠了，驛道上的風還吹不乾他臉上蒼涼的眼淚。在一個山埡口，神父勒馬回望漸行漸遠的西藏，驀然發現，忠心的廚子諾斯還立馬山頭上一動不動，那遙遠的身影彷彿風中的一個問號，要在天地間尋找答案。

拯救

幾年以後，木學文帶著土改工作隊再次回到峽谷時，已經是新成立的鹽田縣縣長。他把土改工作隊的隊部設在瀾滄江西岸的卡瓦格博村裏的藏公堂裏，這裏從前是野貢土司召集村民開會議事的地方，它就面對著土司大宅。

工作隊把奴隸、農奴、佃戶們請來開會、教唱歌，講故事，對待老百姓比當年的外國傳教士還要熱情，他們也比傳教士能說會道得多。工作隊沒有告訴藏民們誰是救世主，誰將會赦免他們的罪，誰將引領著他們走向天堂。他們只給藏民們講人間的平等與不平等，人和人都是父母生的，沒有貴賤高低之分；講耕者有其田，就像牛羊總有屬於自己的草甸一樣，可見你們連牛羊都不如。而爲什麼有的人飽食終日，既不放牧也不幹活，卻佔有大量的土地和牲畜，還騎在你們頭上作威作福呢？

和大部分藏區一樣，剛解放那幾年，這裏的一切似乎都沒有多大的改變，農奴和佃戶們該向土司和寺廟納的糧、進的貢，一樣都不能少。除了那個外國傳教士沙利士神父被趕走了以外，峽谷裏的人們還沒有更深刻地體驗到改朝換代與自己的切身關係。但是隨著窮人逐漸站在了紅漢人一邊，變化就像春天裏的大地。

卡瓦格博村的幾個佃戶多聽了幾次土改工作隊的宣傳，回去後就不交這一年的糧租了。這種行為要是在過去，野貢土司的家丁會將他們捉去丟在地牢裏，還會給他們穿「木靴」，那是野貢土司家族諸多刑具中最有特色的一項發明，人們聽見「木靴」一詞，臉色都要嚇得發白。受刑者穿上去後，家丁把「木靴」外面的活動釦一個個地釘緊，釘三個釦，腳背脆裂；釘六個釦，五個腳趾全部擠碎；釘九個釦，「木靴」裏面的腳骨頭便一根根一塊塊地被夾斷、夾碎。再強的漢子，一雙「木靴」套上去，能堅持釘六個釦而不昏倒，就算是鐵骨錚錚的好漢了。

當管家把佃戶們抗拒交租糧的事報告給野貢家族的新土司堅贊羅布時，年輕的土司只是對管家說：「記下他們的名字。要像記下借高利貸者的名字一樣準確。」

要是老土司頓珠嘉措還在的話，堅贊羅布將會問他足智多謀的父親，如果人家繼續讓你當土司，甚至還讓你當新成立的鹽田縣的副縣長，但是他們又煽動那些黑頭藏民不交租糧、不還高利貸，甚至還要把田地和牲畜分一些給那些沒有土地的人，這土司還當得下去嗎？堅贊羅布隱約感到峽谷裏的變化已經超出了神靈控制的能力，野貢家族傳到他這一代，火塘裏的柴火，怕是要越來越燒不旺了。連一樁婚事都弄不順暢了呢。

讓堅贊羅布土司煩心的婚事，是他妹妹野貢・康珠小姐的。本來土司家娶親嫁女，是一件吉祥的事情。況且，即將做野貢土司家女婿的，是峽谷裏人見人愛的情歌王子洛桑啊。

洛桑雖然出身在地位低下的人家，但他是峽谷裏公認的情歌王子。當年野貢家族的那個爲情而死、招致藏納兩個民族第一次戰爭的大情種扎西尼瑪與他比起來，不過是一個乳臭未乾的毛頭小子。由於長年在外面奔波，他的皮膚不像峽谷裏種地放牧的人們那樣是土黃色的，而是油亮發光的棕色，像漢地華貴的錦緞一樣光滑、滋潤，那膚色即便在黑夜中，也能照亮姑娘們的春心。而更讓姑娘們傾心的，是他那副善唱情歌的好嗓子，人們說是神靈賜予的，因爲父母給的嗓子根本唱不出那麼動聽的情歌來。

每當他放歌一曲時，山上的鳥兒不再鳴叫，坡上的牛羊不再吃草，峽谷裏百花盛開，草甸上青草起舞。多年前，澤仁達娃的刀架在他脖子上，他高歌一曲，竟然勾起了那個殺人如麻的大土匪無限惆悵。神靈的歌喉救了他的命，一直成爲峽谷裏的美談。

那個在洛桑刀架在脖子上還思念著的女人，並不是野貢家族從小就給他定了婚的貴族女子野貢・康珠，而是瀾滄江邊的曬鹽女央金卓瑪。她就像峽谷裏的一株無名的杜鵑花，開放得樸素自然、美麗大方。但是如果沒有她對山嶺默默無聞的妝點，峽谷的美就不存在。瀾滄江會乾枯，萬年的冰川將融化，千年的雪山不再有潔白的峰頂。

這是一場秘密的看上去幾乎不可能達到目的的戀愛。作爲野貢土司家族的馬幫隊長，洛桑每隔半月到江邊的鹽田去收鹽，便是他們能見上一面的唯一機會。他們靠情歌和眼神來傳遞相互的渴望和熾熱的愛，在他們還沒有摸一下手說上一句話的時候，就知道自己的靈魂被對方勾走了。

他們在夢裏神交，在強烈的思念中各自默默地對著一棵樹、一江春水、一朵盛開的杜鵑花傾訴衷腸。像許多心有靈犀的藏族人一樣，他們每天晚上在同一時刻準時跨入對方的夢，就像跨進一道愛的大門。

那是一扇只為對方洞開的大門，裏面愛神飛翔，鴛鴦嬉戲，鳥語花香。他們在那裏相親相愛，訴說比瀾滄江水還要豐沛的愛戀。在浪漫而自由的夢中，她撫摸過他堅挺的鼻梁，寬闊的臉龐，他吻乾過她橫飛的眼淚，圓潤的嘴唇。他甚至還清楚她脖子上的胎記，她也曾躺在他大地一般厚實的胸膛前，細數過他下巴上的鬍鬚。而在白天，他們只能用山歌唱給對方自己不可言傳的痛苦。那些動聽哀婉的山歌唱的是星星對月亮的依戀，風對樹的纏綿，江水對大地的擁抱，白雲對雪山的廝守，牛羊對青草的親吻。

如果他們能有一次約會，那無異於到老虎的嘴邊搶食吃。因為峽谷裏所有的人都知道，頓珠嘉措土司早就做好了招婿上門的一切準備了。從印度買來了珍貴的虎皮和九眼貓眼石，從拉薩買回了鑲金護身符，哲蚌寺有名的大活佛為它開光，並將祝福的經文藏在裏面，還有藏北草原的紅狐皮帽，藏東昌都做工精細的金邊藏靴，尼泊爾的瑪瑙，漢地的翡翠和綢緞。人們說，光是新郎那身穿戴，就可以買下一個牧場上所有的牛羊。

本來一場萬事俱備的婚事，卻被一再拖延，甚至拖到頓珠嘉措土司死都沒有趕上自己的千金小姐的婚禮。因為根據噶丹寺的喇嘛卜算，婚禮總和不吉祥的時間和峽谷裏的戰事相衝突。不是康珠小姐的屬相和年份的屬相相剋沖，就是接下來的年頭不宜舉辦喜事，似乎神靈對土司家的婚事不甚熱心。

後來，連洋人的上帝也加入到反對者的隊伍。野貢・康珠小姐受洗後，沙利士神父告訴她，一個基督徒是不能和異教徒結婚的。除非妳的夫婿皈依到上帝的恩寵之下。可是洛桑對上帝一點興趣都沒有，每當康珠小姐要拉他去教堂受洗，以儘早完成一個基督徒完美的婚禮時，他總是說，等一等吧，等我趕馬從拉薩回來後吧。等我去一趟漢地再說吧。等山上的杜鵑花再一次全部開成白色的時候。等你們野貢家也能曬出白色的鹽的時候。

當野貢家爲婚事再次隆重而鋪張地大做準備時，紅漢人來到了峽谷。他們並沒有攪亂野貢家招婿上門的步驟，他們有更重要的事情要做。追剿土匪，解放農奴，平均土地和財富，讓地位低賤的人第一次找到做人的感受。

這些事看起來和野貢・康珠的出嫁沒有關係，但是，對那對秘密相愛的人兒來說，他們從紅漢人爲藏族人所做的一切中，看到了自己愛情獲救的希望。

那個讓堅贊羅布大動肝火的早晨，一隻烏鴉蹲在土司大宅裏的核桃樹上聒噪不休，讓堅贊羅布心煩意亂。土司一家圍坐在寬大的火塘邊喝那一天的早茶時，堅贊羅布土司對坐在對面的洛桑說：「今天不要出去了，中午寺廟裏的喇嘛要來占卜，確定個吉祥的日子。你和我妹妹的婚事不能再拖了。這個月內必須辦。」

「不必費心啦，土司老爺。」洛桑一字一句地說：「我早就想告訴你，告訴康珠小姐，其實我喜歡的是鹽田裏的曬鹽女央金卓瑪。我要和她結婚。」

他的話剛一出口，就像一個耳光響亮地打在康珠小姐臉上，火塘邊所有的人都愣住了。康珠小姐捂著臉，跑到客廳一側的房間裏哭了起來。

「你喝的是茶，不是酒。說什麼胡話？」堅贊羅布呵斥道。

「老爺，這碗茶還在我手裏哩，我爲什麼要說胡話呢？」洛桑平靜地說。

堅贊羅布把手裏的茶碗一揚，潑出的茶濺到火塘裏，發出「嘶嘶嘶」的響聲，像他心中就要露出的殺氣。「是誰養大了你！翅膀長硬了是不？飛得再高的鷹，也飛不過我槍口裏射出的子彈。」

「我在土司的大宅裏長大，就像鹽田裏曬出的鹽，人人都看得到。」洛桑也把茶碗放下了，「可是，是一隻鷹，牠總要飛，哪怕地上的人有槍呢。」

堅贊羅布傲慢地說：「砍斷了翅膀的鷹，還能往哪裡飛！別忘了我小時候一句話，就砍下了你爺爺的頭。」

洛桑微笑道：「我當然不會忘記，永遠不會。就像澤仁達娃永遠沒有忘記和你們野貢家族的世仇一樣。」

堅贊羅布「呼」地站了起來，手摸向了腰間，這時，他妻子楚姆撲上來抱住了他的手，楚姆對洛桑喊：「你還不快走！好好想想，孩子，再好的駿馬，也喜歡一套漂亮又富貴的馬鞍。」

堅贊羅布大喊：「關上大門，把這個狗娘養的吊起來，打斷他的腿！」

洛桑也站起來了，用嘲弄的口吻說：「別耍土司老爺的威風啦，你連奴隸你都關不住了，還想把我一個自由民怎麼樣呢？紅漢人說，一切都變了。現在你和我們一樣，都是普通人。」

洛桑昂首走出了土司大宅，連頭也不回。他感到奇怪的是，自己竟然對康珠小姐一絲憐憫也沒有，因爲他和她沒有做過同樣的夢，甚至沒有爲她唱過一支情歌。與其說野貢・康珠是他的未婚妻，不如說她是他的又一個主子。

洛桑像一隻翅膀堅硬的蒼鷹，往瀾滄江邊的鹽田飛去。那個揹鹽鹵水的姑娘央金卓瑪還在苦熬著自己沒有指望的愛情，她日復一日地幹著這繁重的勞動，在光明與黑暗中掙扎，在微薄的希望和極度的失望中煎熬，在永無止境的勞役中淡忘洛桑動人的歌聲和深情的眼睛，在心力交瘁的痛苦中壓抑頭一天晚上的美夢。

她的憂傷像瀾滄江水一樣長流不息，滔滔不絕，她曾經多次地想，當洛桑和野貢・康珠結婚辦喜事的那一天，她將像那些敢於爲情而死的納西女子一樣，義無反顧地跳進這憂傷的瀾滄江。如果佛菩薩允許她選擇來世，她將投生爲洛桑身邊的一匹馬，天天陪伴著他浪跡四方。

當洛桑從天而降般地站在央金卓瑪的面前時，彷彿夢中情景再現，她看見了他濕潤的眼睛和動人的嘴唇，那嘴唇因爲激動而顫抖，但說出的話卻清晰準確，讓央金卓瑪以爲是佛菩薩的金口開了。

「我退婚了。」

「誰……婚……」央金卓瑪身子晃了晃，差點要倒。

「我可以娶妳啦。卓瑪啊卓瑪，我的卓瑪，我要娶妳。」洛桑手舞足蹈，忘了唱一支在這個時候最應該唱的歌。

央金卓瑪眼前一陣暈眩，一下跌進幸福的漩渦裏，腦子裏天旋地轉。幸好洛桑一把抱住了她，她才沒有掉進瀾滄江裏。到她醒來時，他們已經依偎在一起了。佛祖在上，這是他們第一次嗅到對方身上甜甜的汗味。儘管他們在各自的夢中擁抱依偎過無數個日夜，但夢裏的依偎，是聞不到對方的汗味的。

「不是在夢裏？」

「不是。」

「剛才你說什麼啦？」

「向佛、法、僧三寶頂禮，感謝仁慈的觀世音菩薩帶來的吉祥。我要娶妳。」

「我又在夢裏哭了。」

「不，妳在我懷裏哭。」

「我天天都在夢裏哭啊！」

「我看見了，在我的夢中，妳的眼淚比雨季裏的雨水還多。」

「因為我不是康珠小姐。」

「妳不是，妳是央金卓瑪。」

「我是一個農奴的女兒，苦命的曬鹽女。」

「嫁給了我，妳的命不再苦。」

「這是夢裏才有的事情。佛祖啊，就不要讓我醒吧。」

「看到天上的蒼鷹了嗎？牠在飛。」

「夢裏的鷹也會飛，比牠飛得更高更遠。」

「看看眼前的瀾滄江，聽聽它的波浪聲，它在唱歌哩。」

「夢裏的歌聲比它好聽多了。那是你的歌聲啊，洛桑。」

「啊，看看山坡上的那些杜鵑花吧，那些像妳一樣漂亮的杜鵑花。」

「夢裏的杜鵑花都要凋謝了，可是你趕馬還沒有回來。」

「那麼，請嘗一嘗這桶裏的鹽水，它是甜的還是鹹的呢？」

「佛祖啊，它是甜的。佛祖啊，我不是在做夢。」

他們倆在鹽田邊呢呢喃喃，像兩個說瘋話的孩子。他們一邊說一邊淚雨橫飛，讓瀾滄江水也漲了三尺，把臨近江邊的鹽田也淹沒了不少。人們過去只知道雨季裏瀾滄江要漲水，而情人的眼淚也可使瀾滄江陡然水漲，則只有天上的神靈知道。

三天後，在木學文的主持下，這對苦盡甘來的情人舉行了隆重的婚禮。紅漢人的工作組正要找洛桑這樣敢跟野貢土司對著幹的人，給這些人撐腰，他們的工作就好做多了。峽谷裏所有的曬鹽女、馬腳子、奴隸、佃戶、放牛娃、牧羊女都來了，他們在江岸邊一塊不大的空地上唱歌、跳舞，主人甚至拿不出一壺酥油茶來招待自己的客人。

新婚夫婦什麼都沒有，只是在鹽田邊搭了一個簡陋的木棚，木學文樂觀地對洛桑說：「只要身上的這雙手是在爲自己苦自己幹，還有什麼不會有的呢？」

洛桑信心十足地說：「牛羊在自己的牧場上，佛祖就會保佑牠們像天上的星星一樣多。」

木學文及時更正道：「不是佛祖，現在你們應該依靠我們。跟我們走，你們就會重新找到做人的感覺。」

洛桑抓住木學文的胳膊，「只要你們永遠站在我們黑頭藏民一邊，就跟定你們了。」

風把鹽田邊的歡樂傳到了死氣沈沈的土司大宅，有一個人在自己的閨房裏低聲啜泣。第二天，野貢・康珠小姐去了教堂，教堂裏空空蕩蕩，除了修女微娜和凱瑟琳，一個教民也沒有。康珠小姐悲哀地想，教堂現在似乎成了峽谷裏毫無用處的東西。凱瑟琳修女還躺在病床上，她已在床上躺好幾年了。薇娜修女見到野貢家的小姐，便不停地在心裏感激主耶穌，因爲教堂已經快斷糧了。

「瑪麗妹妹，即便神父不在了，主耶穌看到妳的虔誠，也會感到高興。」薇娜修女說。儘管她看見土司家的千金小姐憂心忡忡，人憔悴得像即將凋零的花朵，連那身華貴的衣服上也佈滿晦氣。

「我好久沒有做祈禱了。」康珠小姐心事重重地說。

「教堂裏也沒有周日的彌撒啦。農會的人說，我們這是外國迷信。好多教民們都參加了農會。不知在上帝眼裏，教會和農會，哪一個更重要。」薇娜修女牢騷滿腹地說。

康珠小姐放眼空蕩蕩的教堂，憂鬱地說：「薇娜修女，我真想在神父面前做一次懺悔。沒有神父在，我的罪不知耶穌能不能聽到？」

「只要妳在全能的耶穌面前說出自己的罪，耶穌就會赦免妳。」

薇娜修女殷勤地把康珠小姐引進陰森森的教堂內，那裏面有一股濃重的黴味，可以肯定好久沒有人來做彌撒了。康珠小姐在祭台後耶穌的聖像前跪下，低頭畫了個十字。薇娜修女便退了出來，反手把教堂的門掩上了，然後她在教堂的臺階前坐下，憂心忡忡地想：該如何對野貢・瑪麗講教堂的窘境呢？

薇娜修女想起沙利士神父經常說起的那句話：「教堂不能使人神聖，但人能使教堂神聖。」一座沒有人敢來的教堂怎麼能神聖起來呢？薇娜修女感到後院葡萄園裏的荒草正一步步地逼近到前院來，連教堂大門臺階的縫隙裏長出來的野草都漫過了腳背。總有一天，它們會把我和凱瑟琳修女淹沒起來。她悲哀地想。

在峽谷裏矗立了半個世紀的教堂，現在壓在兩個孱弱的修女身上，顯然她們不能擔負起救贖人們靈魂的重任，她們連塡飽自己的肚皮都成問題。薇娜修女指望野貢・瑪麗帶來獻給耶穌的奉儀——一袋青稞，一點錢，甚至幾張烙餅。但是野貢・瑪麗似乎心思不在對耶穌的愛心上，她同樣滿臉憂鬱地走出了教堂，薇娜修女殷勤地迎上去，「耶穌饒恕妳的罪了。」

「薇娜修女，我的罪孽太深太重。」

「每個人都罪孽深重，主會拯救我們的。」薇娜修女說。

「啊，拯救……主啊。」

野貢・瑪麗在胸前畫了一個沈重的十字，低頭往教堂大門外走去，誰也不知道她有沒有得到拯救，因爲她忍不住要哭了。

薇娜修女張張嘴，想說的那句話終於沒有說出來。她看著野貢・瑪麗悲傷的背影，灰心地說：「可憐的人，看在上帝的份上，別忘了妳的愛心和仁慈。」

這句話讓野貢・瑪麗更加難受，她把它想像得複雜得多，「愛心」和「仁慈」就像兩支利箭穿在她渴望復仇的心裏。剛才在耶穌面前，她彷彿聽到一個聲音說，要愛你的仇人，寬恕他的過錯。這好像是從前的神父沙利士的聲音，又好像是她父親頓珠嘉措在臨終前出人意料的呼喊。可當她一想到家族的姓氏和自己的愛，她便看到魔鬼在仇恨的海洋深處揮舞著嗜血的刀子，憤懣地喊道，不。絕不！

那一陣，峽谷裏到處都能聽到洛桑高亢動人的歌聲，他走到哪裡，歌聲就跟到哪裡，彷彿歌聲是他的影子一般。他參加了農會，鐵了心跟紅漢人走，渴望改變自己命運的年輕人都服他，還推舉他爲藏民自衛隊的隊長。他受木學文的委託，組織了一隊馬幫，爲進藏的解放軍去漢地運糧食和軍用物資。洛桑的歌聲在峽谷裏暫時消失了，野貢家的人找到了復仇的機會。

洛桑走後的第二天夜晚，月亮躲在厚重的雲層後，峽谷裏黑得很早，魔鬼盤踞在峽谷四周的山頭上。兩匹馬一前一後地走出了土司大宅，堅贊羅布土司站在大門口對牽馬的管家旺珠說：「放心去吧，佛祖會保佑復仇者的。」

土司家的老僕人拉巴平措多年以後，都還能清晰地回憶起那個鬼影幢幢的夜晚。土司大宅裏明明走出去了兩人兩騎，回來時就只有一人兩騎了。那另一個人橫搭在馬背上，已經口吐白沫，撒手歸西了。

旺珠淚流滿面地跪在堅贊羅布土司的面前，不停地扇自己的嘴巴。說他該死。他說，他和康珠小姐來到央金卓瑪的家後，把那些帶去的麵點和酒菜擺放了一桌，然後他就退出來了。臨走前，他還特意囑咐康珠小姐，酒可別喝得太多，老爺還在家裏等著我們哩。可是，等他聽到一個女人的大呼小叫再衝進屋裏時，倒在地上的不是那該死的、下賤的曬鹽女央金卓瑪，而是康珠小姐。老爺啊，神靈一定把我們的想法弄反了。

堅贊羅布一直沒有想明白自己的妹妹爲什麼會弄出那樣大的差錯。在管家旺珠精心的安排下，他們在康珠小姐臨行前千叮嚀萬囑咐，一定要認清那唯一一塊拌有巨毒藥物的三角形麵點。下賤的曬鹽女央金卓瑪吃下它了，妳的愛情才有希望。

用毒藥毒死家族的仇人，野貢家的人一點也不陌生，多年以前，堅贊羅布的爺爺——七世野貢土司曾經用一把單面塗有毒藥的刀，切梨給前來講和的澤仁達娃的祖先吃，順利地維護了家族的榮譽。可是這一次，毒藥毒死了下毒的人。

很多年以後，末代土司堅贊羅布和教堂的神父安多德作爲政府的政協委員經常在一起開會，一次，他們被安排住在同一個房間。晚上，兩人躺在床上閒聊時，堅贊羅布向安神父說起這段往事，安神父不經意間的一句話，讓堅贊羅布似乎看到了多年前的真相。

神父對他說：「耶穌的仁慈會讓我們的信徒化恨爲愛。」

那晚堅贊羅布一夜未眠。第二天，他對安神父說：「你們的耶穌害死了我妹妹。」

可是比他年齡小了近三十來歲的神父直率地說：「恰恰相反，耶穌拯救了她。」

叛亂

藏區的局勢越來越不穩定，鄰近幾個地區的土司和寺廟的武裝喇嘛都上山參加了叛亂。叛亂的流言與傳聞躲在峽谷上空的烏雲背後，陰森的風把它們吹到寧靜的村莊，讓藏族人祈禱平安吉祥的煨桑的青煙也顫慄不已。

有人傳言說，四川藏區的紅漢人圍攻了叛亂的寺廟，喇嘛們實施黑巫術和紅漢人對抗。他們做了一個巨大的塔，在基座內埋藏了四處收集來的人間最齷齪污穢的東西——貓頭鷹和烏鴉的骨頭、肉、汙血，人的頭骨，死於鬥毆的男子的新鮮血液，殺過人的兵器，暴亡者的耳垂、鼻尖，心臟和嘴唇，寡婦的黑色內衣，吊死鬼用過的繩子，因分娩而死亡的婦女的骨頭，死屍的皮膚，地下幽暗之地的泉水，活的黑蜘蛛，死人的頭髮，魔鬼遺留在懸崖邊的唾沫，十字路口上亡魂坐過的石塊等等，此外，還從一百零八個不同的墓地取來土，一百零八眼山泉中取來水，一百零八種毒樹上採集來樹葉和嫩枝。

據說他們找齊了大部分東西，但只有一樣由於時間倉促和世道變了，怎麼也找不到啦，這就是淫蕩妓女們的經血。因爲紅漢人來了以後，取締了賣笑生意。因此那座叛亂喇嘛寺的黑巫術做得有點不倫不類，以至於針對紅漢人的巫術失去了應有的法力。

紅漢人得到了支持他們的藏族人提供的準確情報，把大炮瞄準那座巫術之塔，一炮就將它炸得飛上了天，塔內刻毒的咒語被炸得粉身碎骨。喇嘛們像炸了群的馬，各自攜槍跑到山上躲起來了。不過，他們依然認爲，不是紅漢人打敗了他們，而是自己的毀敵巫術少了一樣東西。

這些被風吹來的恐怖故事讓峽谷風聲緊張。野貢家族的堅贊羅布土司已經徵派了「門戶兵」，噶丹寺的喇嘛們也人心惶惶，尤其是那些武裝喇嘛們，他們平常在寺廟裏念經的功夫少於舞刀弄槍的時間。寺廟裏的活佛和八大老僧已經接到了來自拉薩方面的指示，要他們把人拉到雪山上去，跟紅漢人對抗。

木學文便是在這個時候接到了噶丹寺的請柬，請他到寺廟裏和八大老僧以及上層貴族一起商議峽谷的未來。土改工作隊的所有隊員都反對木學文去，但是他說：「如果我不去，他們看不到我們的誠意。」

木學文去的前一天晚上，他的床鋪上飛進來一張神秘的字條，上面只有一行藏文字，「危險，勿來。」工作隊的隊員們都感到奇怪，由於最近一段時間形勢嚴峻，土改工作隊所在地藏公堂的前後都有武裝崗哨，別說來一個人，就是一隻鷹也飛不進來。

木學文笑著對自己的隊員們說：「你們看，即便藏區真有神靈，也是站在我們一邊的。」

實際上，木學文心裏還掛記著寺廟裏的一個喇嘛，因爲人們傳說，這個喇嘛可能就是他的父親。而且木學文憑直覺可以斷定，這張紙條和這個喇嘛有關。

木學文在成都上學的歲月裏，母親木芳從沒有提起她被人搶過，也很少提起他父親。隨著歲月的流逝，世事變遷，木學文一天天長大，父親在他的腦海裏，就只剩下一個個子高高的男人的模糊印象。有時，他在夢中見到一個躍馬橫槍、滿臉絡腮鬍的藏族漢子，有時，一個穿長袍馬褂的男人又老是在他的夢裏浮現。

他曾經問過自己的母親，父親究竟喜歡穿馬褂長衫呢，還是穿藏族人的楚巴？母親總是支支吾吾，實在無法回答，就以眼淚來面對。回到峽谷工作以後，他曾經想從他母親那裏得到有關父親的消息。但自從趕走了外國神父，凱瑟琳修女便不再認這個當了紅漢人的兒子，木學文只能在峽谷裏的風聲中捕捉父親蹤影的蛛絲馬跡。

幾天以前，他和那個曾經搶過他的母親、現在皈依了佛門的吹批喇嘛，在寺廟外面的白塔前見過一面。

正如人們所說，他是寺廟裏個子最高的喇嘛，看上去比木學文還要高，只不過沒有年輕的縣長挺拔、魁梧。他圍著轉經塔一圈又一圈地轉，每轉一圈，都要往白塔上放一個小石子，那上面已經密密地放了上千顆石子。

木學文開初不相信一個搶掠成性的巨匪，會這樣心無旁騖地圍著一座座無言的白塔兜圈子。他站在一邊默默地看了他許久，他在陽光下顯得萎縮、謙卑、遲疑，像一個過早地被生活壓垮了的老年人。

木學文終於鼓起勇氣對他喊：「哎，你，過來一下。」

那個高個子喇嘛定定地看了身著軍裝的木學文好一陣，才慢慢走到他的身邊，躬身向他施了個禮，謙遜地說：「大軍，你是叫我嗎？」

「師父，叫什麼名字？」木學文問。

「大軍，我的法名叫吹批。」

「出家以前呢？」

吹批喇嘛坦然地說：「出家以前，我是一個魔鬼，不配有人間的名字。」

「那麼，你有家人嗎？」

「出家人哪裡有家？寺廟就是他的家。」吹批喇嘛說。

「我是問你，還有沒有親人？」木學文緊張地看著他。

吹批喇嘛依舊平和地說：「大軍，不要費那些心思了。我的罪孽我一個人贖還，與我的親人沒有關係。」

木學文心裏有些感動，又湧上來一股強大的憐憫。如果這個高個子喇嘛真的是某個人的父親，他應算是一個偉大的父親。但是如果作為一個革命者的父親，那就有些糟糕了。

木學文自參加革命以來，從來都是在各式幹部履歷表的家庭成員一欄上，填寫「父親，納西商人，已亡。」不是木學文想掩蓋什麼，而是他小時候能從母親那裏得到的有關父親的消息就是這些。

第二天，木學文讓土改工作隊暫時撤到瀾滄江東岸，自己帶著一個通訊員如約來到寺廟，他們都沒有帶槍，是真心來談判的。武裝喇嘛們虎視眈眈地湧在措欽大殿的外面，有的人連槍都上膛了。

木學文沒有看到這些時日以來一直縈繞在他腦海裏的那個高個子喇嘛吹批的身影。他被引到大殿樓上的一間掌教廳，寺廟的兩大活佛——年輕的六世讓迥活佛和年邁的絳邊益西活佛以及八大老僧都圍坐在幾張長條的方桌前，野貢家族的堅贊羅布土司和幾個頭人坐在另一邊。

木學文向活佛和老僧們施了禮，又向堅贊羅布土司點頭致意，寒暄之後，雙方開始正式的談判，主要是喇嘛們和堅贊羅布在滔滔不絕地訴苦。

他們說，自土改工作隊來後，寺廟的「神民戶」交租不積極了，連酥油也不給寺廟供啦，沒有酥油，用什麼點佛菩薩面前的酥油燈？「神民戶」是大清乾隆皇帝在位時恩賜給寺廟的，民國政府都不管「神民戶」的事，你們共產黨爲什麼要削減「神民戶」的戶數呢？沒有「神民戶」的供養，寺廟拿什麼敬奉給神靈，神靈要是發怒了，峽谷的眾生怎麼生存？你們剛來西藏時，說不動土司貴族和寺廟的財產和權益，我們還簽了協議，才讓你們進來和平解放。現在你們什麼都要翻過來了，連佛菩薩面前的食物也要來搶。菩薩苦了！

堅贊羅布土司今天就像他父親頓珠嘉措當年要和納西人打仗時那樣，全身武士裝打扮，甚至還把那隻野貢家祖傳的能抵禦槍彈的金靴也掛在了胸前。他插進來說，你們不但搶走了我們家的奴隸，還煽動那些下人們把高利貸借據和地租契約都燒了，沒有這些東西，我還是峽谷裏的土司嗎？你們不是委任我當副縣長嗎？一個副縣長沒有奴隸、也沒有爲他種地的佃戶，甚至連借出去的錢都要不回來，還算是一個副縣長？我連一個乞丐都不如。這就是你們的土改嗎？你們什麼都管，連我家妹妹的婚事也插上一手，現在她死了，——啊，願佛祖能超渡她的亡靈，——都是你們讓那些賤民的腦袋發了瘋。要是在過去，土司家的婚事不順，是要打仗的哩。

木學文平靜地說：「你們說得大體都對。共產黨的土改就是要把土地分給窮苦的百姓，不論是寺廟的土地，還是土司的財產，都應該勻一些出來救濟貧苦的百姓。貧富差別太大也違背佛教慈悲為懷的宗旨。信仰歸寺廟，土地歸民眾。大家兩不相擾，不是很好嗎？尊敬的絳邊益西活佛，清朝乾隆年間噶丹寺的『神民戶』核定了一百五十戶，對吧？現在有多少戶呢？三百三十二戶，翻了一倍還多。而寺廟的喇嘛人數和從前沒有多大的變化呀。堅贊羅布土司，高利貸是舊時代的產物，是最不公平合理的，我們當然要廢除它。借你十塊大洋，就把人家兒子抓來當了八年的奴隸，天下還有比這更不公平的事情嗎？」

「借債還錢，翻倍計息，無錢還債，以人相抵。這是規矩。」堅贊羅布振振有詞地說。

「我們革命的目的，就是要打破舊社會的規矩。而你們的出路，取決於你們是否和人民站在一邊。」

「野貢家族的人，從來就只站在屬於相同『帕措』④的一邊。只有相同的血脈，才會有相同的種姓。」野貢土司訕訕地說，「請問木縣長，你屬於哪個種姓呢？」

木學文一愣，然後才說：「我的生命是共產黨給的，因此，你可以認為我屬於共產黨。但我們不是一個家族或者種姓，我們是全中國無產者階層的政黨。」

堅贊羅布閃著狡猾的眼光說：「你可找到一個大種姓當依靠了。現在不是共產黨跟我們過不去，而是老冤家找上門來了。」

木學文身上的血一下衝到腦門，他一拍桌子喝道：「堅贊羅布，共產黨不計個人私怨。如果你站在人民一邊，我和你就是朋友！」

談判陷入僵局，而且話題越扯越遠，從大地上的人間扯到天空中的神靈，雙方都無法說服對方。喇嘛們說峽谷的土地、鹽田是神賜予的，寺廟有權擁有。並舉出實例說，某一塊土地上曾有蓮花生大師的腳印，而另一片土地曾經是某個法力高深的上師和魔鬼打過戰的地方，上師戰勝了魔鬼，才把土地留給了寺廟。他們還說，一個藏族人不會在乎你們分給他們多少地，我們能不能讓他們順利轉世投生，對他們來講才是最重要的。

土司說，當年峽谷裏沒有青稞也沒有犛牛，是一個受他家資助的活佛用風把青稞種吹到野貢家的後院裏，自此以後，峽谷裏的人們才會種青稞。他們極力向共產黨的縣長證明，沒有土司和寺廟，就沒有峽谷的眾生。眾生沒有土地和生活貧困，是他們前世沒有修得好，如果他們聽土司的話和虔誠地來寺廟進香，他們的來世就會有很多的土地和財產了，說不定還可以投生到土司家哩。

一個老僧對木學文說：「神靈照管下的土地，不需要土改。土改只能帶來戰爭。」

木學文沒有接他的話，把臉朝向六世讓迥活佛，「尊敬的活佛，寺廟真的希望打仗嗎？」

六世讓迥活佛沈吟片刻，才說：「作爲一名僧侶，我把自己供奉給佛菩薩，佛菩薩也需要眾生的供養；同樣，作爲一名僧侶，我也不希望喇嘛們去殺生和被人殺。我們僧人在春天都不出門，因爲害怕踩死地上的螞蟻。」

木學文說：「出家人的清規戒律，我想你們都比我清楚。峽谷裏打了幾十年仗了，什麼最珍貴呢？是和平。」

但是幾個喇嘛氣勢洶洶地說，不是寺廟不需要和平，而是你們紅漢人要來割佛菩薩的肉。神靈已經在昨天通過一朵烏雲告示人們了，寺廟和紅漢人終有一戰。

讓迥活佛忙說：「那是魔鬼的陰謀，你們不要上當。」

但他的老師絳邊益西活佛說：「神諭是不可違背的。一個僧侶的職責，就是服從神的旨意。」喇嘛們在歡呼，向木學文挑釁性地煽動著胸前的僧衣。木學文沒有感到害怕，而是感受到了讓迥活佛的悲哀。

「我要到靜室裏閉關靜修了。」讓迥活佛在人們的嚷嚷聲中緩緩地說，彷佛說他累了，要去休息一樣。

儘管那聲音不大，但是所有的人都聽到了。渴望打仗的人像被迎頭潑了一盆冷水，呆呆地看著讓迥活佛。

「如果殺戮能夠解脫惡業，還要僧侶做什麼？土地他們要拿去，就讓他們拿去吧，我們以自己的慈悲心去面對他們的貪心。」讓迥活佛一字一句地說，然後起身拂袖而去。

木學文站起身來高聲說：「不是我們要貪圖你們的土地，是人民需要。你們應該聽讓迥活佛的，別辜負了他的慈悲。」但是喇嘛們的喧嘩淹沒了他的聲音。他走到措欽大殿外時，四個身材高大的武裝喇嘛圍了上來。

「跟我們走。」一個喇嘛命令道。

「我是鹽田縣人民政府的縣長，你們不能這樣。」木學文提高了聲音說。

一個喇嘛用槍托在木學文的頭上猛擊一下，他眼前一黑，就什麼也不知道了。

他們把木學文囚禁在一間地牢裏，那裏面陰暗潮濕，有股腐爛的味道，還有絲絲血腥味若有若無地在黴爛的空氣中飄浮。天黑以後，木學文才醒來，他不明白以慈悲爲本的寺廟爲何還有地牢。不過，他對這種地方並不陌生，當年他參加學生運動被捕後，也在這樣的地牢裏待過。

是夜，山風在峽谷的磨刀霍霍聲中哭泣了整整一晚。啓明星快升起來的時候，地牢的大門輕輕打開，有一縷星光飄進來。平時人們沒有注意到星光的穿透力，那是因爲被黑暗埋藏得不夠深，只有蹲過地牢的人才能看到星星飄逸的光芒。

星光映襯著一個高大的身影，一步步地走向坐在地上的木學文。木學文心中長長地噓了口氣，總算見到他了，只是沒想到是在這種情況下。木學文腳上還戴著腳鏈，要迅速站起來還不是那麼俐索。但那個身影一躬身，就把木學文揹起來了。

木學文伏在他背上悄聲問：「我還有個通訊員小李。他在哪裡？」

「他們殺了他。」身影悶聲悶氣地說。

「唉，他們還是叛亂了。」小李才十七歲，是個剛從漢地參加工作的青年。木學文不知道他是如何死的，他不忍心問。

他們走出了地牢，繞過幢幢僧舍，遠處傳來狗吠聲，西北的天空上，一顆流星拖曳著長長的白光扎向遠方黑黝黝的群山，寺廟的頭通鼓還有一個時辰就要敲響，有幾個睡不著覺的老僧已經起床點了酥油燈，正在僧舍裏的神龕前默默地禱告。寺廟正在沈睡中緩緩醒來，而大地仍然被黑暗所覆蓋。

噶丹寺並沒有圍牆，四處都有進出寺廟的小徑。他們從寺廟的背後溜了出來，其間木學文還看見兩個巡夜的喇嘛模糊的身影，但是他們沒有被發現。吹批喇嘛雖然人高馬大，但走起路來就像走在棉花上一般，一點響動也沒有。木學文想，不愧是當過土匪的人，幹這樣的事情易如反掌。

「讓我下來走吧。」木學文說。那時他們已經離寺廟有三里地了。

「得先把你的腳鐐弄開。」吹批喇嘛把木學文放了下來，蹲到他的面前，用一把康巴刀撬腳鐐上的鎖，他幹得很俐落，三下兩下就把鎖撬開了。

木學文說：「謝謝啦，你讓我當不成烈士。」

「我要你好好活著。」

「爲什麼救我？」

「度己度人，出家人的天性。」

木學文從他蒼涼剛毅的臉上，讀出了寺廟在這個時代不可避免的錯誤，他忽然擔心這個與自己的身分曖昧的喇嘛如果也走向叛亂的隊伍，他們會不會在兩軍交戰中面對面呢？如此，他就更需要弄清他們到底有沒有那種關係。

「師父，我想問你一件事。」

「問吧，趁天還沒有亮。」

「我的母親是教堂的凱瑟琳修女，我的父親在哪裡呢？」

「他早死了。」吹批喇嘛麻木地說。

「怎麼死的？」木學文定定地看著吹批喇嘛的臉。

「我殺死的。」

「你……」木學文很失望，只有把目光轉向天上的星星，那上面興許有答案。

「你走吧，天要亮了。」吹批喇嘛又說。

「我想起了童年時候的一匹小馬，是我父親送我的。我給他取了個名字，叫『農批』。那是一匹灰色的馬，四個馬蹄卻是白色的。能跑，又聽話。我父親說，孩子，牠會和你一起長大，但是你走的路要比牠長，這樣你才會有出息。」

「你現在又有新的馬了。」

「可是我的小灰馬呢？」木學文看著星星喃喃地說。

「別管牠啦，牠老了，而你還年輕，路還長。」他語調輕柔，像一個慈祥的長輩對晚輩的囑咐。一聲槍響從寺廟那邊傳來，風帶來了喇嘛們的驚慌。這時，他們已經走到了瀾滄江的溜索邊，木學文沒有得到答案，悵然跨上了溜索，他吊在溜索上回頭看著吹批喇嘛，但是喇嘛的臉上波瀾不驚，佈滿麻木的蒼涼。

木學文高聲說：「別跟他們走！想一想你爲什麼出家。」然後他雙腿一蹬岩壁，把自己射向了對岸。

他沒有看見吹批喇嘛長久地佇立在瀾滄江邊，佝僂著背一動也不動，彷彿一棵正在枯老的樹；他也沒有看見山風吹動著那老喇嘛絳紅色的僧衣，向著他遠去的方向飄動，像一個父親對兒子殷勤召喚的手；他還沒有看見吹批喇嘛手裏捻動的佛珠，那佛珠陳舊而圓潤，在手指長年的撫弄下，像一顆顆虔誠的心，每捻動一次，都是對那個遠去的背影的祝福；當然，他更沒有看見老喇嘛目送他的目光越拉越長，那是最堅韌頑強、最熾熱溫情的目光，是世界上任何一個父親凝望長大了的兒子的目光，驕傲、幸福、自豪、希望全都深藏不露，堅硬的山風沒有把它吹散，而是將它越送越遠；最後，他沒有看見吹批喇嘛嚅動的嘴唇，沒有看見潮濕的眼眶——這雙眼睛後來見風落淚，具有佛的靈光；這軟弱的嘴裏想說什麼話，那深情的眼仁裏期待的是什麼，木學文永遠聽不到也看不到了。

最後一槍

當天，峽谷裏的叛亂開始了。

叛亂的隊伍首先襲擊了農會和藏民自衛隊，藏民自衛隊的隊長洛桑那天早晨還在溫暖的被窩裏，就聽到了劃破峽谷寧靜天空的槍聲。

「他們鬧起來了。」他翻身爬起來，但是央金卓瑪死死地摟住了他。

「別去，別出去。」她說。

「難道等他們打到家門口來嗎？」洛桑推開了央金卓瑪，他聽見了皮肉撕裂的聲音，聽見了心和心分開時痛苦的脆響。每個夜晚，他們依偎在被窩裏，一分鐘也不曾分開過，他們還做同一個夢，只是醒來後發現現實比夢中還美好，這讓他們常常幸福地從夢裏笑到夢外，又從夢外沈醉進夢裏。

早晨起來時，他們必須小心翼翼離開對方的身體，動作快了或大了，會把對方的皮肉撕扯下來。因爲他們的肌膚是黏在一起的，心也是交融在一起的。因此，當洛桑聽見槍聲急忙起床時，不小心將央金卓瑪青春的皮膚撕痛了，把她盛滿柔情的心傷著了。但是他已經沒有時間來纏綿和道歉。

藏民自衛隊和農會的人加起來，其實只有三十來號人，而且他們手中的槍大都是陳舊的火繩槍，步槍也只有幾支。堅贊羅布的「門戶兵」和寺廟裏的叛亂隊伍衝進村莊時，藏民自衛隊退守到了藏公堂。

堅贊羅布土司手下的一個頭人扎巴多吉，很快帶領叛匪們包圍了這座土司大宅對面的房子，他們用機槍把藏公堂的大門打成了篩子。洛桑指揮大家用桌子、櫃子等家什堵住大門，單調沉悶的火繩槍聲和步槍聲在叛匪們猛烈的射擊中顯得如此孱弱，就像暴風雨中折斷的樹枝。

即便如此，土司家的馬隊也沒能衝進藏公堂，火繩槍的射擊就像長了眼睛，藏公堂外的一小塊開闊地上被擊中的人馬在到處翻滾，彷彿地獄中的景象再現。

扎巴多吉躲在外面的一道土坎後高喊道：

「洛桑，出來吧，土司老爺還沒有喝到你的喜酒哩。」

「可我想請他吃一顆槍子兒。」洛桑在裏面說。

「洛桑，牛糞堆不成高山。別說大話了，我家老爺要用你背叛的心下酒哩。」

「他還沒有那個口福。」洛桑往外打了一槍，射穿了扎巴多吉的帽子。

戰鬥持續到下午，叛匪們始終沒有攻進藏公堂。天要黑的時候，扎巴多吉又在外面喊了，「洛桑，看看誰在我手裏。」

洛桑從藏公堂破敗的窗子看見了被綁著的央金卓瑪，還有所有堅守在藏公堂裏的自衛隊隊員和農會會員的妻子、母親、姐妹。洛桑的眼珠差點就爆裂出來了。

「你們還是康巴人嗎？」他憤怒地喊。

「跟著紅漢人跑，你們也算康巴人？」扎巴多吉反問道。

「放了她們。我們男人的事情，用男人的方式解決。」洛桑說。

「那你們出來，我們商量一個解決的辦法。她們的命在你們手裏，想一想雲南那邊的土司們怎樣對待跟紅漢人走的女人吧。」

據說雲南那邊一個叛亂的土司，把抓到的女土改工作隊員剝光了衣服，將高高的樹梢拉下來拴在她們的乳頭上，然後一放樹梢，一團乳房就飛向了天空。

「洛桑，別出來啊，別出來啊！他們會殺了你們。」央金卓瑪高喊道。

「別出來啊，孩子！」「別出來，哥哥。」「別出來，爸爸。」外面的女人們喊得聲嘶力竭。但是藏公堂裏的所有男人幾乎沒有猶豫，都出來了。他們緊握著手裏的槍，一步步地走向自己的親人，也一步步地走向死亡。

扎巴多吉笑了，他說：「放下槍，我就放娘兒們走。」

洛桑說：「先放了她們。」

扎巴多吉一揮手，他手下的人便把繩子拴著的女人們都放了。

扎巴多吉用槍指著洛桑說：「該你履行自己的諾言了。」

洛桑深情地看了自己的妻子央金卓瑪一眼，手裏的槍「哐噹」一聲落在了地上。他驕傲地說：「來吧，像個真正的康巴男人一樣。」

扎巴多吉一槍打在洛桑的肚子上，但是他動也不動，眼睛還望著央金卓瑪，就像他第一次在鹽田邊看到那個美麗非凡的曬鹽姑娘時一樣，神情專注，心旌搖蕩，分不清現實和夢想，彷彿一步跨進天國，就看到了仙女。

扎巴多吉又打了一槍，洛桑身子才搖晃了一下，他回過頭來，對扎巴多吉說：「你不是個男人。」

央金卓瑪這時才從噩夢中醒過來，她一聲尖叫，像一頭暴怒的母獸撲向扎巴多吉，在她咬下扎巴多吉的一隻耳朵時，她爲洛桑擋住了射向他的第三顆子彈。

機槍再次響起來了。它如此近距離地向人群射擊，人們還是第一次看到。彷彿那只是藏族人炒青稞時青稞在鍋裏劈啪的爆響。爲了親人自動放棄戰鬥的康巴漢子們像被砍倒的大樹，紛紛倒在了藏公堂外面的空地上。

許多自衛隊隊員沒有想到對手會這樣不講信譽，他們也是康巴人，應該顧惜康巴人的名譽。多年前，當他們面對徒手的納西男人和女人時，康巴騎手們選擇了榮譽，放棄了殺戮。正如兩個康巴男人持刀格鬥，刀被打落的那一方絕不會被刀還在手上的一方殺掉，要麼他認輸，要麼他把刀撿起來，再重新搏殺。你贏了，但必須贏得很驕傲；同時你也應該讓對方輸得很尊嚴。

被機槍掃倒的自衛隊隊員眼睛都沒有閉上，永遠也閉不上了。洛桑的眼睛還望著他的央金卓瑪，她也深深地凝望著他。兩人的目光永恆地交織連接在一起，就像兩隻緊挽在一起的手。以至於當人們抬他們的屍體時，必須將這一對生死戀人一起抬走。因爲愛的目光是世界上最堅韌的東西，任何外力都割不斷它。

第二天，堅贊羅布土司和寺廟的武裝喇嘛帶著了大量的藏民逃到了山上。叛亂者把凡是參加了農會的藏民的房子都燒了，抓到的男人全部剁去食指，使他們以後再不能打槍，然後一根繩子拴了，拖在馬後面，讓他們和康巴騎手一起在險峻的山道上奔跑，許多人跌倒了，馬背上的騎手反手一刀，將繩子砍斷，後面奔跑而來的馬便將這些可憐的人撞下懸崖。

那些騎手和被繩子拴著的人過去都是朋友，甚至還是表親兄弟，不少年輕人還一起長大，在同一個牧場放牧，在同一個祭神的節日裏唱歌跳舞喝酒。紅漢人來了後，一些人想在今生改變自己的命運，一些人依然聽土司和寺廟的，把希望寄託在來世。

峽谷裏的藏族人從來沒有對自己的同胞兄弟這樣兇殘過，過去他們作爲土司屬下的「門戶兵」，跟隨土司抗拒土匪，和納西人打仗，都有看似很正當的理由，而現在，他們卻不知道爲什麼要殺同一個村莊的兄弟。彷佛每一個「門戶兵」的腦子都被魔鬼控制了，平時在寺廟進香磕頭時的虔誠、在佛菩薩和神山面前的敬畏、在父母兄弟姐妹面前的孝敬和謙遜，全被嗜殺的熱血淹沒了。

有一個騎手的後面就拖著他的表哥，一個農會的積極分子，表哥說，「兄弟，你慢一點好麼？我實在走不動了。」

那兄弟說：「哥，別廢話了，走不動你還跟紅漢人跑。」

表哥說：「紅漢人分給我們土地，就像把美夢分給我們一樣。」

兄弟說：「別信他們的，我們有土地在下一世。」然後他揚起了馬刀，「你走還是不走？」

三天以後，木學文帶著兩個連的解放軍來到了瀾滄江西岸，那時，叛亂的烽火已經把卡瓦格博雪山下的冰川都融化了好長一截，峽谷裏狼煙滾滾，讓人分不清哪是烏雲哪是戰爭的硝煙。

倖存的農會會員見到木學文時，都跪伏在地上哭得爬不起來，他們說：「木縣長啊，土司的心被魔鬼控制了，他幹的事情比魔鬼還更像一個魔鬼。」

多年以後，堅贊羅布土司在共產黨的監獄裏接受改造時，曾在一次思想學習檢查會上，追憶了自己當年率眾參加叛亂的動因。

他說，有一個傍晚，他的妻子楚姆到房頂上去煨桑，忽然看見一頭金色的牛從後院的門裏撞了進來，楚姆當時嚇得差點從房頂上跌倒。堅贊羅布當初還以爲這是野貢家的第一世土司借給那個拉薩活佛的犛牛轉世投生，因此大家在圍捕金牛時高興得大呼小叫。

牛和這個家族有著如此密切的聯繫，凡是野貢家的人，都沒有忘記在他們家長年不熄的火塘下，還埋有幾百年前拉薩有名的活佛送回來的犛牛的頭顱，是它保佑了野貢家族的傳宗接代和繁榮昌盛。可是野貢家的人那晚付出了極大的代價，一個家丁的腸子被牠的牛角挑出來了，另一個家奴則被牠踩扁了頭。

把這頭金牛捕到後，他們被牠的外形嚇呆了，即便是牧場上最年長的牧人也沒有見過如此恐怖怪異的牛。牠暴怒、兇殘，生著兩隻天青石一般的牛角，而且還有火焰從牛角尖中噴射出來；更爲可怕的是，牠竟長有三隻兇暴的大眼，那眼睛比人的一個拳頭還大，盯你一眼就像在你的心窩處打了一拳；當牠吼叫時，露出的牙齒就像冰川上那些鋒利的冰尖。

最讓人做夢都想不到的是，牠的額頭上鑲嵌著五顆人頭骷髏，就像國王戴的王冠，而牠的脖子上則掛著由五十顆滴著血的小人頭組成的花環。

「你還在講封建迷信，堅贊羅布。」在那個學習會上，一個從前在他手下當頭人的改造積極分子批判他說。

堅贊羅布卻說，你們等我說完麼。那晚，我們把牠用鐵鏈拴在後院的核桃樹下，馬上叫人去請寺廟的喇嘛來看這到底是頭什麼樣的怪物。我記得很清楚，那天是絳邊益西活佛和一個老堪布來的。他們打著火把將金牛一照，絳邊益西活佛當時就驚呼起來，他說：「佛祖啊，這是業力閻王的身形啊！」

「你想說明什麼問題呢，堅贊羅布？」主持會議的管教人員打斷了他人神不分的回憶。

「報告政府，我是想說明，閻王找到我的家裏來了。所以從那天以後，我就成了奪去許多人生命的閻王。」

可是當年堅贊羅布卻不這樣認爲，那頭被拴在他家後院核桃樹下的金牛——業力閻王的密修身形——第二天早上就不見了，拴牛的鐵鏈被牠全部咬碎，吐了一地。

從那天早上起，堅贊羅布就感到自己長了三隻眼睛，多生出來的那隻眼睛，一直在盯著那些想分他的地和財產的賤民和奴隸們，目光裏隨時想伸出一隻拳頭去揍扁他們。他的脾氣也變得跟公牛一樣暴躁，總想把令他不順眼的人一口吞了，總想把擋他道的人一頭撞開。他不明白業力閻王已經進入了他的體內，讓他暫時充任峽谷裏的生死判官。不幸的是，他濫用了這個權力，使許多人由此墜入了死亡的深淵。

與解放軍打的那一戰，使他終於明白藏族人的戰神並不站在他的一邊。更何況還有那些跟紅漢人走的農會會員幫助，他們帶解放軍跨越了只有在高山牧場放牧的人才知道怎麼行走的冰川，截斷了他原來打算一旦打不贏就翻越卡瓦格博雪山埡口往西藏腹地或者印度逃亡的退路，而另一支解放軍卻一路追殺過來，一直將他們逼到一塊密林中的草甸上，並把他們團團圍住。

老管家旺珠一逃到這裏便老淚縱橫，跪在草地上對堅贊羅布說：

「老爺啊，這塊草甸是野貢家的傷心之地，你的叔叔江春農布就是在這裏被澤仁達娃殺死的啊！現在澤仁達娃的兒子又追殺我們到了這裏，兩個世仇家族一決生死的時候到啦。」

多年前，江春農布的頭在這裏被澤仁達娃一刀砍下來後，曾倔強地一路滾回峽谷底的土司大宅，讓許多人唏噓不已。雪山下兩個家族總是重複演繹同一段精彩的故事，連地點都不改變，似乎是神靈的有意安排。今天堅贊羅布要麼成爲野貢家族光榮的復仇者，要麼變成這個驕傲的家族第一個階下囚。

那時，堅贊羅布騎在馬上，不服輸的偏執情緒使他的雙眼比瘋了的公牛還要紅，他氣洶洶地說：「狗娘養的澤仁達娃，自己跑到寺廟裏躲起來，卻讓兒子帶著紅漢人跟我們過不去。老爺我今天死也要跟他同歸於盡。」

而外邊紅漢人卻讓一些藏族人拼命地向被包圍的騎手們喊話，說解放軍優待不抵抗的「門戶兵」，只要放下武器，徒手走過去，紅漢人會把他們當兄弟看待。

喊話得到了一定的效果，連一些騎手的馬都邁不開腳步了，牠們只在原地打轉。騎手們自從跟野貢土司跑到山上來以後，已經和紅漢人打了六仗，他們沒有打贏過一次。驍勇的頭人扎巴多吉在一次衝鋒時，躍馬衝進了迫擊炮彈炸開的一朵黑色大花裏，然後飛起來掛在了樹上，天上的兀鷲就在那裏掏空了他的身子。

解放軍的迫擊炮常常把叛亂者們轟得暈頭轉向，硝煙的味道讓騎手和他們的戰馬聞著十分不舒服，騎手們說，那味道像放屁一樣臭，它射擊的樣子也像放屁。馬一嗅到這種味道就受驚，雙腿發軟。今天解放軍爲了威懾叛亂者，將迫擊炮在草地上擺了一排，遠遠望去，像一片矮小的灌木叢，讓被圍在草甸中央的騎手們看著心寒。

旺珠焦急地看著躊躇不前的馬隊，便斗膽對堅贊羅布說：「老爺，把你胸前的金靴借我，我帶十幾個人衝過去，先踏平他們老放臭屁的小炮。」

那隻可以抵禦槍彈的金靴，自叛亂以來，一直都掛在堅贊羅布的胸前，連睡覺都不曾把它摘下來。有一次，一發迫擊炮彈片飛過來將金靴的鞋幫削掉了，而堅贊羅布卻安然無恙。這更讓野貢家的人深信這隻幾百年歷史的金靴是有靈性的，雖然它沒有像傳說中那樣，可以在一次戰鬥後倒出一捧射向主人的子彈，但是至少彈片擊中了靴子，卻沒傷著堅贊羅布土司一根毫毛。

堅贊羅布土司毫不猶豫地把胸前的寶貝取下來，在空中揮舞著高喊：「雪山下的勇士們，野貢家族的吉祥金靴將爲你們抵擋紅漢人的炮彈。」

旺珠流著老淚接過了金靴，掛在自己的胸前。由於他身上的佩飾不像堅贊羅布胸前那般琳琅滿目、繁複累贅，他連僅有的護心鏡也在逃跑中弄丟了，因此金靴掛上去後，顯得突兀而滑稽，他便從峽谷裏一人之下、千百人之上的管家，變成了找不到另一隻靴子的落魄流浪漢。連堅贊羅布看著也爲他忠心的老管家感到心酸。旺珠老啦，老得離死亡只差一步了，可是他幹嘛要這麼急呢？

旺珠身邊已經跟上來十來個相信金靴無窮法力的康巴漢子，旺珠向堅贊羅布掌心向上，抬起了雙手，「謝謝啦，老爺。我這把歲數的老人家，本來該在家修佛養身啊，可是旺珠沒有那個福分了。」然後他一夾馬肚，率先衝了出去。十幾匹戰馬也瘋狂地跟上去了，那是向死亡迎面撞去，彷彿渡溜索的人沒有對岸，但卻不管生死地往深淵裏滑去。

對面的藏族人都急得高喊：「別過來！快下馬投降啊！」但是奔跑起來的戰馬和熱血燃燒起來的康巴漢子一樣，已沒有時間考慮生和死的選擇，只是一個勁地往地獄裏衝。

木學文深深地嘆了口氣，命令他身邊的士兵們：「舉槍，射擊。」

一陣排槍過後，前方的草地上人仰馬翻，旺珠胸前的金靴在他摔倒時被拋上了天空，落到草地上成了一隻普通的靴子，以後再也沒有人找到它。

直到這個世紀末的一次新春茶話會上，身為縣政協委員的堅贊羅布在品著來自漢地的碧羅春茶時，還心平氣和地對木學文說，「我家祖傳的那隻金靴，雖然不能擋住解放軍的子彈，但的確是一隻做工很精細的靴子，如今再也找不到那樣工藝精湛的鞋匠啦。要是能留下來，也是一件文物呢。可惜那天我頭腦一熱，就把它拿給旺珠啦。」

堅贊羅布多年後應該還記得，旺珠摔下馬來時折斷了脖子，扭頭看著他身後的堅贊羅布，再也轉不過頭去了。他好像在問：為什麼我還是中彈了？

解放軍衝了過來，將那些摔倒在地的騎手們俘獲。一些受傷的人立即被抬到衛生員那裏包紮。堅贊羅布身邊已經沒有幾個可以投入戰鬥的人了。木學文帶著解放軍士兵越逼越近，一排排的槍口對著草地中央的堅贊羅布。

「堅贊羅布，放下槍，下馬投降！」木學文命令道。

「看哪，野貢家的仇家來啦。」堅贊羅布扭頭對他身邊的一個侄兒說。

「別再鬧下去了啦。峽谷裏死的人夠多的了。」木學文邊說邊勒馬向前。

「再死一個也不嫌多。嗨，巨人部落的後代，來殺了我吧。」堅贊羅布說。

「我們不殺你，要把你交給人民審判。」木學文說。

「別侮辱一個土司的驕傲啦，哪有賤民審判貴族的事。來吧，像個爺們。」

「堅贊羅布，下馬投降！」木學文再次命令道。這時，他們已在互相的射程之內，木學文已經能清晰地看到對手眼裏絕望的目光。

堅贊羅布忽然抬平了手臂，手裏的槍對準了木學文的心窩，木學文當時有些驚訝，沒料到這個土司會這麼頑固，他愣愣地望著對方黑洞洞的槍口，彷彿要看清子彈是怎麼打出來的。

只聽得「啪」地一聲槍響，槍聲從很遠的地方傳來，在雪山下的森林裏拖著悠長的回音。他想：糟糕，我中彈了。但是他卻發現堅贊羅布揚手從馬背上摔了下來，手中的槍甩出去老遠。

木學文定定地騎在馬上，在槍聲的餘音中迷惑不解。直到他看見雪山上的白雲仍在遊動，才確信自己還活著。「誰開的槍？」他問。

他身邊的士兵也在互相詢問，誰開的這一槍？因爲在這之前，木學文規定了嚴格的紀律，堅贊羅布土司即便參加了叛亂，也是我們政府團結改造的對象，以後還用得著他，一定要捉活的。

但是這救了木學文命的一槍，竟然沒有人知道是誰打的，成了雪山下永久的謎。即便是在戰鬥結束後部隊的總結會上，也沒有人承認這件可以立功的事。士兵們都說，他們沒有聽到指揮員的命令前，是絕不會開槍的。

有個老兵在總結會上曾經說，那一槍是從雪山上打下來的，我能聽出來，射程至少在一千米以外。不過，就是我軍的神槍手，也不可能打得那樣準。

那神秘的一槍準確地擊中堅贊羅布的右臂，讓他喪失了反抗的能力；那也是腥風血雨的峽谷前半個世紀的最後一槍。從那以後，人們再也沒有聽到過槍聲。

解放軍士兵衝過去把堅贊羅布綁了，木學文對他說：「堅贊羅布，你還沒有本事殺我哩。」

堅贊羅布說：「你記住，我們兩家的冤仇還沒有完。」

木學文說：「我和你沒有仇，是你和人民有仇。」

堅贊羅布對他翻翻白眼，「是澤仁達娃家的人，就和我們野貢家有仇。」

木學文沒怎麼在意他的話，揮揮手叫人把堅贊羅布帶走了。

他們剛走了兩步，堅贊羅布突然對著空曠的雪山高聲叫嚷起來：「佛祖，你怎麼老是袒護澤仁達娃這樣的賤民！他是峽谷的魔鬼，你爲什麼不讓尊貴的野貢家族來降服他？早知道你站在澤仁達娃一邊，我們野貢家就該把酥油青稞送到白人喇嘛的教堂裏去，讓外國人的神靈來保佑我們。父親啊，我該聽你的話。父親啊，澤仁達娃的兒子又找上門來啦。父親，野貢家的火塘要熄啦。你看到了嗎？」

他又跳又喊，像一個鬧事的醉鬼，全然沒有了一個土司的尊嚴與矜持。幾個士兵最後不得不把他攤平捆了個結實，然後將他趴著橫放在馬背上，他已經處於一種迷狂狀態，口水沿著他的嘴角不斷往下淌，雪山在他的眼裏是尖頂向下的，路邊樹木的根都在上面。這時他才悲哀地承認：天地真的是翻了個個兒啦。

雪山下的平叛戰鬥很順利地結束了，木學文帶著部隊凱旋回到峽谷。第二天，他被叫到組織部門談話，堅贊羅布在被俘後的那一通亂叫，讓有關部門對他的身世產生了懷疑。他們問他，你的父親到底是誰？

「他是一個趕馬的納西商人，早死了。」木學文平靜地回答說。

「那麼，澤仁達娃與你是什麼關係呢？」

「大概應算是我的養父。因爲他殺了我的父親後，搶走了我的母親。」木學文說，感到自己快要虛脫了，彷彿這話是澤仁達娃要他這麼說的。

「噢，這樣的話，你也是澤仁達娃的受害者了。」盤問他的領導說。

「是的。尤其是我的母親。」木學文說。

「我們馬上就要到寺廟裏抓澤仁達娃了。」

「爲什麼？」木學文脫口而出，但隨即又問：「他參加了叛亂了嗎？」

「沒有。但他從前是個大土匪啊，又有那麼多血案在身。連國民黨政府都要抓他，我們人民政府當然更要將他繩之以法。」

「可是，他已經出家皈依了佛門。」木學文鼓起勇氣說。

「誰知道他是真出家還是假出家。舊時代的殘渣餘孽躲到那些地方去的傢伙多得很。同志，平叛雖然結束了，但清匪反霸的工作同樣很嚴峻，我們可不能鬆勁啊。」

「請組織上考慮，派我去執行這個任務。」木學文挺了挺胸，認真地說。

「你不怕澤仁達娃認出你來嗎？」

「我們早打過交道了。」

上次木學文從寺廟逃出來之後，回到江東時，只給組織上彙報說，一個老喇嘛把他救出了地牢，但並沒有說明，這個老喇嘛就是昔日的澤仁達娃。因爲澤仁達娃，喇嘛吹批，生父，養父，在木學文的腦子裏好像應該是四個人，而不是現在這樣讓人皂白不辨、好壞不分的一個人。他就像站在瀾滄江對岸的一個熟悉的身影，但是你又拿不準他到底是不是你認識的那個人。一條像大峽谷一樣深邃綿長的鴻溝，稀釋了你想看清他真面目的目光。

如果按佛經的觀點來解釋，假如澤仁達娃是某個魔鬼，那麼在這前半個世紀裏，他變化爲不同的身形顯形於世——搶人的土匪，霸道的丈夫，寬容的養父（或者沈默的父親），皈依的喇嘛。但那時年輕的木學文認爲，一個人身上根本不可能同時擁有這樣多截然不同的性格，因此他陷入深深的苦惱之中。

並不是他非常需要找到自己的父親，而是他要弄明白，前大土匪澤仁達娃究竟是不是他的父親。因爲革命隊伍是純潔的，木學文是革命隊伍中的一員，而且在峽谷裏還是相當重要的一員。

在有些特殊時候，他希望自己的出生是純潔的，哪怕是在推測中；而在某些他和澤仁達娃單獨在一起的時間裏，他甚至希望澤仁達娃就是自己的父親。比如，當他看到這個古怪的老喇嘛在白塔面前一圈又一圈的轉經時，或者，從寺廟裏被救出來的那天，和澤仁達娃在瀾滄江邊的分別，那時，他真想叫他一聲——阿爸。

當年他爲什麼要請求親自去執行逮捕澤仁達娃——吹批喇嘛的任務，多年以來，木學文一直沒有弄明白。是爲了向組織上表明自己的清白嗎？或許是，或許不是；是擔心澤仁達娃在抓捕過程中受到傷害嗎？好像是，但又好像不是。

這是他人生的一個謎，就像澤仁達娃對他的身世來說是個不可解的謎，也像平叛戰鬥中，那救他命的神秘一槍無處可問一樣。

寺廟在那一段時間裏元氣大傷，一部分跟隨堅贊羅布土司參加叛亂的武裝喇嘛被解放軍擊潰、俘虜，另一部分喇嘛跑到了西藏腹地，有的人逃得更遠，到了印度，再也沒有回來過。而年輕的六世讓迴活佛因爲不能阻止喇嘛們的叛亂，也沒有能力阻止紅漢人對寺廟土地的要求，便一直在靜室裏閉關靜坐。這是一個修行者最後的抗爭。

噶丹寺的喇嘛只有叛亂前的四分之一，八大老僧走了五個，絳邊益西活佛病在床上，剩下的兩個老僧已經無力組織起任何佛事活動了。一些不願意惹事的喇嘛乾脆回到了家裏躲起來，寺廟就像一座遭受了災難的村莊，一片死寂。

凌晨催喇嘛們起來念早經的鼓聲已有多日沒有人敲響了；措欽大殿裏也沒有了朗朗的誦經聲和沈悶渾厚的法號。馬上就要到「跳神節」了，往年這是寺廟裏人神共娛的最爲歡樂的節日，寺廟會選出二十多名身強體壯的喇嘛，戴上密宗面具，爲僧俗表演神靈的舞蹈。但現在，誰還能跳得出神靈飄逸怪異、凌空蹈虛的舞步？

寺廟冷清了，峽谷就變得空虛、沈悶，連魔鬼都躲得遠遠的。木學文帶了公安隊的兩個士兵走進近乎空蕩的寺廟，感覺到一陣陣陰氣逼人。不像以往，還沒有進寺廟的大門，佛像前酥油燈燃燒的酥油清香就撲鼻而來。

憑直覺，木學文幾乎不用在寺廟裏搜尋他要抓的人，他直奔經堂外的那一排白塔而去。果然，吹批喇嘛跏趺坐於一座平安白塔前，遙對著雪山，眼睛半睜半閉，似睡非睡。他的身邊有一個小包袱和一根拄杖，彷彿已經做好了雲遊塵世的準備。

木學文走到他面前，一時不知該怎樣說那第一句話。他發現與他們前一次在瀾滄江邊分手時相比，吹批喇嘛彷佛一下就老了十歲，他粗硬的短髮泛著灰白的暗淡光芒，像草甸上即將消融的殘雪。

木學文忽然心酸地想起了孩童時雪山下的某個景象，澤仁達娃長長的辮子在風中飛舞，那辮子不是一根，而是無數根，像一把把驅趕白雲的黑色鋼鞭；他胯下的戰馬不像是在草地上奔跑，而是離地三尺地飛行；他頭上的五彩頭繩在湛藍的天空和潔白的雪山下，似一團遊動的霓虹，遠遠地向他奔來。於是他喊：

「澤仁達娃。」

吹批喇嘛一動不動，彷彿木學文叫錯了人。他蒼涼的目光望著遠方的雪山，對人間的聲音麻木而冷漠。

「澤仁達娃，站起來。我代表政府，問你話。」木學文鼓起了勇氣，高聲說。

吹批喇嘛站起來，然後彎下身去拎那小包袱，又拾起了那根拄杖。他緩緩說：「不用問了，我跟你走。」

木學文攔住了他，有些倉促地說：「澤仁達娃，人民政府有充足的證據證明，你過去在峽谷裏犯有血案。我代表政府……」

一陣陰冷的風吹來，老喇嘛眼眶裏的眼淚潸然而下。

木學文看見澤仁達娃在揩眼角的一滴眼淚，那眼淚不是因爲心傷，也不是因爲心寒，而是風吹出來的。從這一時刻起，澤仁達娃便患上見風落淚的眼疾啦。

木學文等他把眼淚揩掉了，才一字一句地說：

「我代表政府，逮捕你。」

「你做得對。」吹批喇嘛向他彎下腰來說，「這符合佛祖的旨意。」

公安隊的士兵要上前去給澤仁達娃上手銬，但是木學文制止了他們，說跟著他就行了。

他們離開白塔時，一些喇嘛默默地站在各自的僧舍前，用目光和吹批喇嘛告別。當年他被六世讓迥活佛收爲弟子、第一次來到寺廟時，喇嘛們也曾這樣用沈默而敬畏的眼光看著他。

這個峽谷裏從前的惡魔受戒剃度以後，每天在大殿裏念經時坐在僧侶們的最後面，跟著眾僧的念誦聲磕磕絆絆地往前念，有時遇到難念的經文段落時，人們便聽不到他的聲音。他微弱的念經聲和他高大粗獷的身材極不相稱，一個十來歲的小沙彌在佛陀面前嗓音也比他洪亮。喇嘛們私下裏說，吹批喇嘛的念經，就像一個在父母面前認錯的兒子。

在佛陀悲憫的眼光下，他深重的罪孽第一次被自已看到，連他本人也被嚇倒了。在寺廟裏，吹批喇嘛還擔任六世讓迥活佛的近侍，每天早晚都不離開他半步，連睡覺也是在讓迥活佛靜室外的一間小屋裏。他從一個嗜殺成性的惡魔變成了活佛身邊的忠實奴僕，就像一頭被降服的老虎。瞄準他的槍口離他越來越遠了，他狂躁了一生的性子慢慢歸於寧靜，彷佛湍急的江水沖出了峽谷，流到了一個平緩的開闊地，他看到與以往不一樣的世界。

「益西單增，我想跟活佛告個別，可以嗎？」吹批喇嘛小聲問。

木學文嚇了一跳，「益西單增」這個名字就像從天上飄下來的一支箭，準確地擊中了他無法抹殺的過去，把他和澤仁達娃之間那道帷幕射穿了。他們之間不用再互相猜啞謎。

木學文緊張地看了看跟在他身後的兩個公安兵，幸好他們是漢族人，聽不懂澤仁達娃的藏話。多年以來，木學文甚至已經忘記了自已這個吉祥的藏族名字，它和雪山、草甸、森林、遊牧的部落、父親顛簸的馬背、母親溫暖的胸懷、還有那匹童年時叫「農批」的小灰馬，緊密地聯繫在一起。

「益西單增，看那草甸上的花兒，」母親喊。「單增，看這匹小馬駒，牠的腿又細又長，一匹善跑的馬啊。」父親說。

「木縣長，他說了什麼？」一個公安兵問。

「哦，他要磕幾個頭，讓他去吧。」木學文醒悟過來，恢復了常態。

他一點也不認爲澤仁達娃在給他難堪，相反，他看見了吹批喇嘛眼光中的慈祥和溫順，那是一個父親在飯桌邊的慈祥，是被馴服的烈馬才會有的溫順。

木學文感到欣慰的是，吹批喇嘛沒有跟著那些叛亂的武裝喇嘛上山，也沒有選擇逃亡的生涯。照常理，他這樣的人在這種特殊時期應該是最不安分的，他完全有機會重操舊業，在戰火紛紛中大顯身手，找回自己從前的驕傲。那些參加叛亂的武裝喇嘛雖然平常看上去很威風兇悍，但是真刀實槍地打仗，他們都是外行。

在平叛戰鬥開始之前，部隊的指揮員唯一擔心的就是澤仁達娃參加叛亂隊伍，他一個人便可以抵三百名叛亂者造成的麻煩。但是當他們聽說澤仁達娃還在寺廟裏時，指揮員們高興得擊掌相慶，同時又惋惜地說，我們失去了一個有意思的對手。

木學文原來以爲吹批喇嘛要去讓迥活佛閉關的靜室，但他沒有動，只是面對活佛的靜室方向，默立了片刻，嘴裏蠕動著什麼，然後把雙手高高舉起來，在頭頂上合攏，緩緩移到胸前，再匍匐下去，額頭在地上磕出沈悶的響聲。

一次，兩次，三次。

木學文那時想，其實他已經建造了一座囚禁自己的監獄。

吹批喇嘛拉長在地上、佝僂而日漸衰老的身影，就像一個被擊倒的巨人。一代梟雄澤仁達娃謝幕的時刻到啦。他的時代結束了，新的時代屬於站在他身後的那個年輕人。

木學文的眼眶潮濕了，但他悄悄地將快要流出來的淚滴揩掉，沒有讓任何人看見。因爲風不會吹出一個年輕人眼眶中的眼淚。

❖ ❖ ❖

①也名爲「主受難聖枝主日」，時間爲復活節的前一個禮拜日，是爲了紀念耶穌受難前最後一次到耶路撒冷，受到信徒們手持橄欖樹枝和棕樹枝的歡迎。

②主的晚餐紀念日，耶穌在此日被猶大出賣，也稱爲罪人修好禮。教會認爲在復活節前四天，信徒只要虔誠祈禱，所有罪孽都能得到耶穌的寬恕。

③聖周的禮拜五（復活節的前三天）爲受難節，也稱爲「耶穌受難瞻禮日」，耶穌在這一天被釘在十字架上，信徒們爲紀念耶穌殉道，一般都安排有隆重的慶典和彌撒儀式。

④父系血統家族集團之意。「帕」在藏語中，是父親、父系的意思。

最後的晚餐

沙利士神父臨終之際，右鹽田教堂已經離他很遠很遠了，那是一個悶熱潮濕的地方。那段時間，他常常徹夜難眠，像耶穌在客西馬尼園那般憂傷。倒不是因爲要被推上十字架而感到神聖和悲壯，而是沒有邊際的失敗感，像大海一樣徹底淹沒了他。他孤獨、悽楚，沮喪，悲憤，兩手空空，稀疏的白髮在風中飄零，像一個晚景淒涼的老人。

一個月前，沙利士神父幾經輾轉，到達雲南的省會昆明，在那裏，他見到了昔日的老朋友布洛克博士，還有幾個在雲南偏遠地區傳教的五旬節派、救世軍等新教教派的傳教士，他們都被集中到一起等待去廣州的飛機，然後從那裏遣送到香港。

沙利士神父除了與布洛克博士還談得來以外，和新教傳教士們幾乎沒有什麼語言。不是他矜持，也不是別人傲慢，那時他還沈浸在對亞當的追思中。「快樂的亞當」，「長舌頭的亞當」，他天天都在念叨這個名字，以至於新教傳教士們認爲這個古怪的老頭兒被共產黨逼瘋了。

其實是亞當的義舉，讓他揹負上沈重的罪孽感。他是一個多聰明快樂的康巴人啊，可是人們卻嫌他話多，連沙利士神父也不能寬容他這個毛病。他拯救過亞當，但最終謀殺了他。神父認爲，不要說上帝，就是峽谷裏的教民都不能原諒他的彌天大罪。

他不會忘記和亞當分別的那個晚上，亞當伏在他的腿上灼熱的眼淚，不會忘記教堂忠實敲鐘人每天清楚呼喚教民們的鐘聲——亞當最後一次敲響那只大鐘時，沙利士神父竟然沒有聽到清脆悠揚的鐘聲，實際上，那就是上帝對他的警告了。——不會忘記亞當受洗時眸子裏純潔無邪的目光，不會忘記他的快樂，不會忘記他像百靈鳥一樣多的話語，當然，沙利士神父更不會忘記亞當在寂靜的山林裏——或者在黑暗的屋子中，把槍口塞進自己嘴裏時的沈著冷靜、毅然決然。一個秘密的保存真的需要一個人付出生命的代價嗎？沙利士神父永遠猜想不出亞當臨死前是怎樣想的。

在昆明等飛機的日子裏，傳教士們受到了應有的禮遇。同各傳教點的艱苦比起來，他們簡直過的是上等人的生活，住在乾淨的旅館裏，床上鋪著雪白的床單，早餐天天都有純正的咖啡，還有法式硬殼麵包、美國黃油，餐後的甜點甚至有巧克力。

那段時間，傳教士們儘管生活得無憂無慮，但都有些惺惺相惜的傷感，他們中，沙利士神父是在中國傳教時間最長的，但並不是付出的代價最慘重的。五旬節教派的牧師摩爾，一家三口都在雲南怒江大峽谷的傈僳族地區傳教，那個地方離沙利士神父的教點只橫隔著卡瓦格博雪山，他們彼此都知道對方的活動，但是兩個教派的傳教士從來沒有互相走動過。

摩爾牧師的一個兒子在怒江峽谷裏染上了一種怪病，不治而亡，另一個兒子在過溜索時掉進了怒江中。但是摩爾是個對什麼都滿不在乎的牧師，他在一次喝咖啡時對沙利士神父說：

「我早就知道你在雪山那邊啦，我還以為我們能在拉薩會師呢。當然不是你先到，就是我在拉薩等你。可是你瞧，我們卻在一個離西藏更遠的地方會面。中國不需要我們啦。嗨，神父，我們一起到非洲去吧，我聽說那兒還有很多未開墾的處女地呢。怎麼樣，神父，再比試比試？」

沙利士神父眯著眼睛，不急不緩地說：「我寧願天天跟魔鬼打交道，也不和你們美國人一起去旅行。」

每當這兩個老傢伙爭論時，布洛克博士總是充當他們的調停人。在這群人中，只有布洛克博士是在中國西南地區探險的贏家。他在幾十年時間裏，採集了十多萬份植物標本、鳥獸標本、昆蟲標本和植物種子，歐洲和美國的花園、植物園，因爲他像蜜蜂一樣辛勤的採集而豐富多彩，他的英名早就譽滿全球，人們說他是個「植物海盜」，據說，他不久就要被英國王室封爲爵士。

布洛克博士總是對傳教士們說：「中國有句老百姓經常說在嘴邊的話，叫做『一個和尚挑水吃，兩個和尚抬水吃，三個和尚沒水吃』。這該死的飛機還不來，連醫生也治不好他們自己的病了。」

布洛克博士的詛咒得到了應驗，沙利士神父和摩爾牧師不再說話了。幸好不多久，共產黨的官員終於爲他們找來了一架飛機，那是架二戰時飛越駝峰航線的老飛機。

他們在一個清晨登上了飛機，中午時，就到了中國的南部海岸城市廣州。沙利士神父發現更多的傳教士從中國各地被遣送到這裏來，等待出境。那時他才恍然大悟，無論在上帝名義下的何種教派，中國的傳教事業都和他個人的命運一樣。他不知道巴勃神父要是不被風吹走，看到這一天又當作何感想。也許打垮他的就不是一陣瀾滄江峽谷的大風，呵一口氣就能將他軟弱的意志摧毀。

他們離境前，政府的官員請傳教士們吃了一頓飯，同時向傳教士們宣講了驅逐他們的理由，他說的和峽谷裏的政委講的那一套差不多，唯一不同的是，這個看上去水準更高的官員說，他們今後要自辦熱愛國家的教會團體，推舉自己的大主教，跟一切帝國主義的傳教會劃清界線。

外國傳教士在中國傳教的歷史結束了。

那頓晚餐，沙利士神父幾乎沒動一下餐桌上的刀叉，他神情恍惚，萬念俱灰，老眼昏花，餐廳裏就餐的人們在他看來，都是和耶穌共進最後的晚餐的猶大。是他們把事情搞砸了，惹得共產黨不高興，才把所有的傳教士都趕出去了。

這一段時間裏，人民政府的官員們拿出了大量的宣傳資料，指責一些傳教士如何魚肉鄉里、欺壓百姓、製造傳教血案，爲帝國主義侵略中國服務等等。沙利士神父過去從來沒有在教會的簡報中讀到有關對傳教士不利的消息，到處都是主的福音在弘揚。沒有冤案，沒有流血，沒有違背基督德行的上帝的使徒。可是，新的執政者卻根本不這樣認爲，現在是由他們來書寫這一段歷史了。

晚餐還沒有結束，沙利士神父步履踉蹌地起身回自己的房間，布洛克博士和摩爾牧師追上來，博士問：「神父，你不舒服嗎？」

沙利士神父喃喃說：「回不去了回不去了。猶大出賣了我們。」

摩爾牧師說：「神父，看在上帝的份上，這還在中國的最後一晚，讓我們盡釋前嫌，一起去喝杯咖啡吧。」

「喝咖啡？主啊，這個時候，這個時候，竟然還有人……」神父繼續往前走，像一個嘮叨零碎的老頭兒。「我們只能等待上帝在末日審判之時，做出公正的裁決。」他最後說。

布洛克博士望著沙利士神父佝僂的背影，從嘴上取下煙斗說：「他真瘋了。」

摩爾牧師揶揄地說：「不，他就要見證到上帝的光榮了。」

那天晚上，摩爾牧師和布洛克博士到珠江邊的一間咖啡館坐到半夜。博士向牧師談了他在瀾滄江峽谷所看到的沙利士神父的生活，也談了他在那片峽谷的見聞。牧師說，過去我只知道卡瓦格博雪山的這一面，也只認爲怒江峽谷是世界上最蠻荒偏遠的地方。我只爲自己感到驕傲。謝謝你，博士，你不僅讓我看到了雪山的那一面，看到了瀾滄江峽谷的壯觀與傳奇，你還讓我看到了一個聖徒。

第二天早晨，陰雨綿綿，空氣潮濕得令人窒息。傳教士們將乘頭班到香港的客船。布洛克博士在人群中沒有發現沙利士神父，他想，難道神父還會睡過頭嗎？他和摩爾牧師返回去敲神父房間的門，許久都沒有將門敲開。布洛克博士急了，兩人用肩硬把門擠開，一股傷感的氣味撲面而來。

那傷感三分的孤獨，三分的無奈，三分的沮喪，還有一分深深的悲涼。多年以後，這兩個見證者在無數個暮色黃昏中，將回憶得起這人生中涼到骨頭深處的悽楚，回憶得起融化在眼眶邊的眼淚潮濕了廣州的天空，回憶得起屋簷下的一隻鴿子撲打著沈重的翅膀，一頭向陰沈的天空扎去；還回憶得起隔壁房間傳來的嬰孩啼哭聲，他哭得認真而執著，直到母親把奶頭塞進他嘴裏，哭聲才戛然而止，然後是孩子有節奏的吸吮聲，像大海溫柔的潮汐。

外面的世界是如此地生動，而在昏暗的屋子裏，他們看見沙利士神父沒有倚靠在床頭，而是兩膝平伸橫坐在床上，背抵著牆，枕頭放在小腹處，面向西藏的方向，雙眼微微閉上，一絲仁慈眷戀的目光還凝固在眼眶周圍，像聖嬰純潔的眸子。

「噢，主啊。」布洛克博士上前去爲沙利士神父闔上了雙眼。摩爾牧師在胸前畫著十字，一股強大的悲憫襲擊了他，他這才發現這個固執倔強的老神父，原來和自己是多麼地相像。

二〇〇一年八月廿五日至二〇〇二年八月九日一稿完於昆明北郊

二〇〇二年九月十一日二稿

二〇〇二年十二月平安夜三稿至二〇〇三年元旦夜改定

二〇〇六年十月廿七日重新修訂

藏地三部曲之百年靈域（又名：藏巴拉）

作　者　范穩
出版者　風雲時代出版股份有限公司
出版所　風雲時代出版股份有限公司
地　址　105台北市民生東路五段一七八號七樓之三
風雲書網　http://www.eastbooks.com.tw
官方部落格　http://eastbooks.pixnet.net/blog
電子信箱　h7560949@ms15.hinet.net
服務專線　（○二）二七五六—○九四九
傳　真　（○二）二七六五—三七九九
郵撥帳號　一二○四三二九一
執行主編　劉宇青
封面設計　風雲時代編輯小組
法律顧問　永然法律事務所　李永然律師
　　　　　北辰著作權事務所　蕭雄淋律師
版權授權　人民文學出版社
（本書原由人民文學出版社出版中文簡體字版，經由人民文學出版社授權風雲時代出版股份有限公司出版本書的中文繁體字版）
出版日期　二○一○年一月初版
定　價　新台幣三六○元
總經銷　成信文化事業股份有限公司
地　址　台北縣新店市中正路四維巷二弄二號四樓
電　話　（○二）二二一九—二○八○
行政院新聞局局版台業字第三五九五號
營利事業統一編號二二七五九九三五

國家圖書館出版品預行編目資料

藏地三部曲之百年靈域／范穩 著. -- 台北市：
風雲時代, 2010.01
面；公分

ISBN　978-986-146-622-4（平裝）

857.7　98020550